中央高校基本科研业务专项资金资助项目
（项目编号：SKZZB2015002）

前　言

　　王思任，字季重，号遂东，晚号谑庵，浙江山阴（今绍兴）人。生于明万历三年（1575），卒于清顺治三年（1646），享年七十二岁。

　　王思任出身于书香门第，少年时即颖悟过人，颇有文名。二十岁中举，二十一岁即进士及第，可谓少年英发，春风得意。但其仕途却很不顺利。中进士后，他告假归娶完婚，假满后被任命为陕西兴平县令，调任富平。这时其母唐氏去世，丁忧归。服丧期满，补安徽当涂县令，政声卓著，但为人所忌，一任六年。万历三十一年（1603），主试南闱，所录取者都是知名文士。迁南京刑部主事，降为山西按察知事，复补青浦县令。在任与漕使相忤，遂拂袖而归，纵游名山大川。补山东照磨，不赴，改任松江教授，升国子助教。以南京工部主事主管芜湖一带专卖之事。转为江州备兵使者，为人所攻讦，罢职。遂隐居林下，以游历著作自娱。1645年，清兵攻破杭州，鲁王监国绍兴，起用王思任为翰林院提督四彝馆太常寺少卿，升为礼部侍郎。次年六月，绍兴陷落，王思任遁入城南凤林山中，绝食而死。

　　王思任居官正直，颇有作为。初任兴平县令，即以善于处理疑案和冤狱而有名。任当涂县令时，适逢太监邢隆至当涂一带开矿。开矿是万历年间的一项苛政，所至之处，民不聊生。

王思任以谐谑之语稳住邢隆，巧妙地以明朝龙脉所在为由，将邢隆吓走，保住了当涂一带不受骚扰。在青浦县令任上，王思任曾认真清理田数，平均赋役，极力为百姓争取利益，以致与漕使相忤而落职。在任江州备兵使者时，大力整顿防务，不仅保住江州不受兵祸，还发兵解除了邻邑黄梅县之危。解职时，"江州为之罢市，哭声裂匡山之谷"。（查继佐《罪惟录·王思任传》）话虽不免夸张，但可以看出百姓对他的政绩是感戴的。

在明代社稷沦陷、山河破碎之际，王思任表现出了高尚的民族气节。所作《让马瑶草》一书，痛斥权奸马士英，正气凛然。绍兴城一度降清时，有人曾劝其出降，他"闭其门，大书曰'不降'"。（张岱《嫏嬛文集·王谑庵先生传》）鲁王监国后，王思任上疏，"首陈四正：亟正事，持正气，用正人，听正言。继陈五乱：一、官乱，二、兵乱，三、饷乱，四、士乱，五、民乱。皆救时急务"。（查继佐《罪惟录·王思任传》）只是这时"天下事已不可为"了。顺治三年（1646）六月，绍兴陷落，王思任避入凤林山中，因慕伯夷、叔齐高节，自号采薇子，构孤竹庵以居，自誓不薙发、不入城、不见清官吏。在清当局的一再逼降下，遂于九月绝食而死。当时名流降清者极多，像钱谦益、吴伟业等还是文坛的领袖人物。王思任守节不屈，体现了其高尚的人格品质。

王思任为人谐谑滑稽，放达不羁。张岱《王谑庵先生传》中引王思任的门人陆德先的话说："先生之莅官行政、擿伏发奸，以及论文赋诗，无不以谑用事者。"王思任亦自谓"舌如风，笑一肚"（《谑庵自赞》）。他与人谑笑，肆口而出，毫无顾忌，在达官贵人面前也是如此。这样的个性，一方面赢得友朋的敬重和喜爱，一方面也招致了不少猜忌怨恨。张岱说他"少年狂放，以谑浪忤人"（《有明越人三不朽图赞》），并在其传中说："人方眈眈虎视，将下石先生，而先生对之调笑狎侮，谑浪如常，不肯少自贬损也。晚乃改号谑庵，刻《悔谑》以志己过，而逢人仍肆口诙谐，谑毒益甚。"

晚明是知识分子自我意识觉醒的时代，要求个性的自由和解放是当时的时代思潮。在这种思潮中，许多文人景慕魏晋名士的自由放达，以颓放自诩，王思任的为人行事中即颇有一些晋人的流风余韵，其谐谑放达的个性既是本性使然，也与时代风气不无关系。

王思任屡仕屡黜，"五十年内，强半林居"（张岱《琅嬛文集·王谑庵先生传》），游历读书之余，致力于诗文创作，成就斐然。其小品文在晚明名家辈出的文坛上独树一帜，成就尤为突出。

王思任的游记代表着他小品文创作的最高水平。张岱记载王思任"自庚戌（明万历三十八年）游天台、雁荡，另出手眼，乃作《游唤》，见者谓其笔悍而胆怒，眼俊而舌尖，恣意描摹，尽情刻画，文誉鹊起"（张岱《琅嬛文集·王谑庵先生传》）。在作《游唤》之前和之后，王思任足迹不断，平生历游各地名山大川，所至之处大都撰有游记，在描摹景物、抒写性情方面都达到了很高的艺术境界。

描摹刻画工致细丽是王思任游记的一大特色。如《小洋》中对晚霞中色彩变幻的描写：

　　落日含半规，如胭脂初从火出。溪西一带山，俱似鹦绿鸭背青，上有猩红云五千尺，逗出缥天，映水如绣铺赤玛瑙。日益智，沙滩色如柔蓝懒白，对岸沙则芦花月影，忽忽不可辨识。山俱老瓜皮色，又有七八片碎剪鹅毛霞，俱金黄锦荔，堆出两朵云，居然晶透葡萄紫也。又有夜岚数层斗起，如鱼肚白，穿入出炉银红中，金光煜煜不定。

这样工腻细密的描绘，读来景色宛在目前，仿佛身临其境。

设想奇特，出人意表是王思任游记的另一突出特点。如《雁荡记》中对雁荡山这样比喻："雁荡山是造化小儿时所作者，事事俱糖担中物，不然则盘古前失存姓氏大人家劫灰未尽之花园耳。"设喻奇绝。在《华盖》中写连绵不断时强时弱的海雨："海雨在四五月间，如妇人之怒，易构而难解；又如少年无行子，盟在耳门，须臾翻覆。"这样尖新妥贴、生动传神的比喻在其游记中所在多有，充分显现了作者不同凡俗的艺术功力。

王思任的游记在当时就为人所极口称赏。陈继儒云："王季重笔悍而神清，胆怒而眼俊。"（《晚香堂小品·王季重游唤序》）陆云龙云："其灵山川者，又非山川开其心灵，先生直以片字镂其神，辟其奥，抉其幽，凿其险，秀色瑰奇，据其巅矣。"（《皇明十六家小品·王季重先生小品序》）都对王思任的游记给予了极高的评价。

游记之外，王思任的尺牍、杂记和杂序等也有比较突出的艺术成就。他的尺牍潇洒倜傥，笔墨寥寥而神情毕见，如《简夏怀碧》：

丽人果解事，此君针透，量酬之金帛可也。若即欲为之作缘，恐职方亦自岳岳。买鱼喂猫则可，买鲥鱼喂猫，无此理矣。

此外如《柬余慕兰》《答李伯襄》等，均是妙语如珠的佳作；《上黄老师》《简赵哲臣》等写景清丽，风神飘逸，深得魏晋人短札的三昧。杂记和杂序中虽然颇有应酬之作，但大都清峭新奇，俊语随处可见，体现出作者不俗的笔力。如《东坡养生集序》《名园咏序》《醉竹轩记》《二还亭记》《媚樵亭记》等，都韵味隽永，抒情深至。曾世爵说："其记则幽邃渊深，郦道元不足拟也。序文杂记，则登韩柳之室。"(《赖古堂文选·上王季重先生书》)洵非虚誉。

通观王思任的作品，谐谑狂放是其总体的特色，也是其独具的风格。如《天姥》："饭斑竹岭，酒家胡当垆艳甚，桃花流水，胡麻正香，不意老山之中有此嫩妇。"再如《游慧锡两山记》："有妇折阅，意闲态远，予乐过之。……至其酒，出净磁，许先尝论值。予丐洌者清者，渠言燥点择奉，吃甜酒尚可做人乎？冤家，直得一死。"在谑浪疏狂中不乏真性情的流露。又如《徐伯鹰天目游诗纪序》："伯鹰曰：'然，吾第欲还我双眼，所愿一眼如天，一眼如海。'问曰：'何须恁底睁大？'曰：'不但看山水，亦看伊也。'"纯粹是为了谐谑而故作大言。这种谐谑的风格使文章显得轻松幽默，恣意通脱。

王思任的文章也有一些缺点，有时过于追求峭刻而流于险怪，奇字拗句过多以及僻典的大量堆砌，使文章反而失去了活泼之趣，这些在其杂序一类作品中表现得尤其明显。

王思任散文的风格在晚明文坛是独树一帜的。他与三袁兄弟明白畅达的文风大异其趣,着力于奇僻拗折,造成一种"陌生化"的效果,同时王思任的风格又与钟惺、谭元春等竟陵派作家不同。他读书甚博,驱使典故熟极而流,这又是被讥为"浅学"的竟陵派作家难以企及的。正是这种寓学养于奇僻拗折之中的文风,使其迥别于公安、竟陵两派,而具有鲜明的个性。

王思任的文集在其生前就已有好几个版本,万历年间曾刊行《王季重集八种》,后又陆续收入新作,至崇祯年间,已有九种、十三种、十五种、十六种本流传世间。王思任晚年曾拟将生平著作编一总集,定为六十卷,名曰《文饭》,取以文为饭之意,"雕几未半,而玉楼召去,刻遂不成"(余增远《文饭小品序》)。其子王鼎起编选了《谑庵文饭小品》,仅五卷,于顺治十八年(1661)刊行。20世纪30年代上海良友图书公司搜罗王思任所存作品,出版了《王季重十种》,收入文学珍本丛书中,是现今所见到的收录文章较多的版本。

本书裒集现今所见王思任小品文,并加以注释。所选文章大部分取自《王季重十种》及《谑庵文饭小品》,另外又从陆云龙《皇明十六家小品》、刘士鏻《明文霱》等晚明小品文总集中辑出若干篇。关于小品,定义甚多。笔者尝求教于散文史家郭预衡先生,先生告以"短小有趣味者",故本书即以此为选取标准。王思任有几篇长篇游记,字数过多,已不符合此标准,但艺术性甚佳,故作为附录收入,以便读者翻检。本书注释偏重于典故和名物,不作文义串讲。王思任作品艰涩难解之处颇多,加之本人才学未逮,书中可能存在着不少错误和阙失,在此敬请方家不吝赐教。

李 鸣

目 录

致 词

闵子骞辞费　　　　　　　1
介之推对母　　　　　　　2
鲁仲连逃爵　　　　　　　4
赵威后发於陵子仲　　　　5
太史敫截女　　　　　　　7
鲁两生不肯行　　　　　　8
申屠蟠独叹　　　　　　　9
严子陵还富春渚　　　　　11
陶渊明解绶　　　　　　　12
林天复不娶　　　　　　　14

尺 牍

简夏怀碧　　　　　　　　15
柬余慕兰　　　　　　　　15
简张林宗　　　　　　　　16
简阮太冲　　　　　　　　17

简巢必大　　　　　　　　18
简米仲诏　　　　　　　　18
简徐玄仗　　　　　　　　19
简茅止生　　　　　　　　20
简汤霍林　　　　　　　　21
简项听所　　　　　　　　22
简徐繁昌　　　　　　　　23
简徐十洲　　　　　　　　23
简陈眉公　　　　　　　　24
复董玄宰　　　　　　　　25
又复董玄宰　　　　　　　26
简赵哲臣　　　　　　　　26
简何芝岳　　　　　　　　27
简周玉绳　　　　　　　　27
复黄老师　　　　　　　　30
上黄老师　　　　　　　　31
复眉公　　　　　　　　　32
复赵履吾　　　　　　　　33

复何芝岳	33	游北固山记	66
答李伯襄	34	游金山记	70
简赵履吾	35	游焦山记	74
与柳陈父	36	游齐山记	78
回门人陆平格	37	游敬亭山记	80
简米仲诏	38	游九华山记	82
与许伯伦论文	39	游丰乐醉翁亭记	85
复青寥上人	40	东　山	88
复秦朱明	41	剡　溪	90
简徐亮生	42	南　明	91
与翁文澜	42	天　姥	93
与沈瑞生	43	孤　屿	95
付鼎儿	43	华　盖	97
让马瑶草	45	仙　岩	98
		石　门	102
游　记		小　洋	103
游满井记	47	钓　台	105
游摄山记	48	游五泄记	107
再游灵谷寺看松记	50	游灵岩记	110
三登燕子矶记	52	谒孔林阙里及孟庙记	113
登龙山记	54	游峄山记	117
旧游采石记	55	游子房山记	119
上君山记	59	游历下诸胜记	122
游广陵诸胜记	60	游龟峰山记	125
再上虎丘记	63	经过玄潭记	127
游慧锡两山记	64	重游麻源三谷记	129

过梅岭记	132
梅岭松路记	134
游清远禺峡飞来寺记	135

杂记

唐封公笑碧亭记	141
江州兵署秃影庵记	142
通明亭初记	144
通明亭再记	146
媚樵亭记	148
醮竹轩记	150
二还亭记	152
四瑟亭记	154
重修庐山白鹤观记	155
林工宰观瓢记	158

引

萍社诗选引	160
清课诗引	161
陈学士尺牍引	162
诸君馀北枝草引	164
呆道人笛吹引	166
吴越集小引	170
海峤杂咏小引	171
止诗集小引	173
纪游引	174

弈律自引	176

序

淇园图序	178
世说新语序	181
名园咏序	183
闲居百咏序	185
屠田叔笑词序	187
徐伯鹰天目游诗纪序	188
萍吟草序	189
澹宁斋诗序	191
倪翼元宦游诗序	193
南明纪游序	195
苎萝山稿序	196
落花诗序	198
齐群玉去越吟序	200
醉吟近草序	201
盛灵飞源往集序	203
三春九夏社咏序	204
唐诗纪事序	206
潜园小草序	208
王大苏先生诗草序	210
梁山人梅花诗序	211
刘雪湖梅谱序	213
礐园诗稿序	215
水署闲吟序	217

钟山献序	218	知希子诗集序	270
李大生诗集序	221	本书蒙演序	273
郑逸少诗文序	224	集唐诗序	274
邹五从听石草序	225	蓬蒿园诗集序	276
许玉史近义草序	226	李道生五游草序	279
醉白旅草序	228	李贺诗解序	281
庐青草序	229	徐文长逸稿序	286
小题怡赠自序	231	游唤序	292
青溪儒童小试序	235	律陶序	293
麈谈序	236	茵花馆诗序	294
诗三四房选序	238	纪修苍浦园序	297
小题锐序	239	江汉文章图序	300
来香社草序	241	作求录序	303
自怡篇序	243	吴隐君药园图序	305
著坛搜逸序	244	墨苑序	306
尺木堂稿序	246	啜墨阁近稿序	309
倪鸿宝制艺序	248	吕恒吉诗序	312
地理玄珠序	249	杨泠然秀野堂集序	314
贾太傅新书序	251	何韦长读史机略序	316
惹云小集序	255	黄评事阆斋吟稿序	319
王实甫西厢序	257	五一庵志叙	322
十错认春灯谜记序	260	颂节录序	325
批点玉茗堂牡丹亭词叙	262	江深父五一草序	327
蔡汉逸梅花诗序	265	朱宗远定寻堂稿序	328
语石居序	267	雪炤堂四子檠序	329
东坡养生集序	268	张退如膺荐奖序	331

蒨园近草序	333	涌山阁诗文集序	390
雪香庵诗集序	334	夏叔夏先生文集序	393
颜茂齐集序	337	祝氏事偶序	396
李太虚大椿堂集序	339	林木道诗集序	399
冒伯麐诗序	342	铨史纪名序	401
方澹斋诗序	344	高故下诗集序	402
心月轩稿序	345	卯辰合辙序	404
云霞馆游草序	347	甬东越社序	405
孙念劬吏部文集序	350	童曡耻四糊斋稿叙	407
姚永言游笤序	353	朱宗远时义叙	409
猿声集序	355	金谷生家藏稿序	410
深柳斋三集序	357	钟百楼先生窗稿序	412
残草序	358		
偶居集序	360	## 题 跋	
阆斋诗稿序	361	题圣教序帖	415
何龙友先生诗集序	364	题徐文长花竹手卷	416
袁临侯先生诗序	367	题徐慧姬卷	417
天隐子遗稿序	370	为杨仕任题坡公小札	418
郁冈诗自选序	372	题朱叔子花阡	419
贺仲来诗集序	372	题长儿槐起扇头	420
马讷斋诗稿序	374	陈仲公河上赋跋	420
季叔房诗序	377	黄帅先手卷跋	422
吴诚先句香斋诗序	380	圣教序帖跋	423
越游草序	382	跋枯兰再秀卷	424
董苏白蕉园诗集序	385	焦山瘗鹤铭跋	426
胡青莲檀雪斋序	387	重修东粤阃司跋言	427

弈律自跋　　　　　　429

赞

题李卓吾先生小像赞　　430
题吕仙自画赞　　　　431
允修先生题石壁像赞　　431
脚板赞　　　　　　　432
谑庵自赞　　　　　　433

铭

五箴斋铭　　　　　　434
享二铭　　　　　　　434

说

蔬笋说　　　　　　　436

赋

老酒豆酒赋　　　　　438
古月临松赋　　　　　438
坑厕赋　　　　　　　440

附　录

泛太湖游洞庭两山记　443
天　台　　　　　　　447
雁　荡　　　　　　　457
游庐山记　　　　　　461
游西山诸名胜记　　　469
观泰山记　　　　　　474
游五台山记　　　　　477
游杭州诸胜记　　　　480
先后游吾越诸胜记　　483

致　词

闵子骞辞费 [1]

宠命惊临，盛心感切。但大夫图治，必当择人，在下士陈力，方可就列。费为何地？莽伏公山；宰属何官？责深民社。而某素不读书，愚更子羔之上 [2]；乐从风浴，狂尤曾点之前 [3]。既乏求才 [4]，又非由果 [5]。若使操刀必割 [6]，定当鸣鼓而攻 [7]。况某自幼衣寒，骨谢饱温之福；平生食旧，眉颦改作之烦。愿共颜贫，常往来于陋巷 [8]；时调冉疾，待诊视于孔门 [9]。获遂其私，不知所报。倘蒙严谴，亦必奔逃。或且怒及巢由 [10]，则亦何难屠狄 [11]。敬附殷勤之使，以摅委曲之忱。圆便一言，方将百拜。

【注释】

[1] 闵子骞辞费：《论语·雍也》："季氏使闵子骞为费宰。闵子骞曰：'善为我辞焉。如有复我者，则吾必在汶上矣。'"闵子骞，孔子弟子，名损。费，鲁大夫季氏采邑。汶，水名，在鲁国北部与齐国交界处。闵子骞不愿做季氏之臣，令使者善为推辞，言若再来召我，则我将到齐国去。

[2] 子羔：孔子弟子，姓高，名柴，字子羔，卫人。《论语·先进》："柴也愚。"又："子路使子羔为费宰。子曰：'贼夫人之子。'子路曰：'有民人焉，有社稷焉，何必读书然后为学？'"

[3] "乐从"二句：曾点，孔子弟子，字子皙，曾参之父。《论语·先

进》载孔子令弟子各言其志，曾点曰："莫春者，春服既成，冠者五六人，童子六七人，浴乎沂，风乎舞雩，咏而归。"

[4] 求：冉求，孔子弟子，字子有，曾为季氏宰。

[5] 由：仲由，孔子弟子，字子路，曾为季氏宰。果：果敢。《论语·雍也》："由也果，于从政乎何有？"

[6] 操刀必割：喻时机不可失，语出贾谊《陈政事疏》。

[7] 鸣鼓而攻：《论语·先进》载冉求为季氏聚敛，孔子曰："非吾徒也，小子鸣鼓而攻之可也。"

[8] "愿共"二句：颜，颜回。《论语·雍也》："子曰：'贤哉，回也！一箪食，一瓢饮，在陋巷，人不堪其忧，回也不改其乐。贤哉，回也！'"

[9] "时调"二句：冉，冉耕，孔子弟子，字伯牛。《论语·雍也》："伯牛有疾，子问之，自牖执其手，曰：'亡之，命矣夫！斯人也而有斯疾也！斯人也而有斯疾也！'"

[10] 巢由：巢父和许由，相传是尧时隐士。

[11] 屠狄：指申徒狄，《庄子·外物》等篇记载，申徒狄是许由、务光一类的隐士，愤世投水而死。申徒，复姓，骈文中因求句式整齐，简化为"徒"。

【评析】

以下十篇"致词"，是据经史所载人物事迹加以演绎，代古人立言之作。黄道周《评谑庵文饭致词》云："此又启笺别体，冰心匠玉，香味吐金，望似白描，按之锦绚，苏黄小品中吉光摘出，何以敌此？"

此篇发挥闵子骞辞费之意，全用《论语》中典故，而融之不留尘滓，妙合无垠。

介之推对母[1]

三士皆从，人有德色；百年能几，儿独灰心。况霸气未除，不过鞭弭之公子[2]；谲声先著，已昭斧钺于高人[3]。出走尚且怀安[4]，还家安望惕厉[5]。数升俗米，名色加以万钟；一具尘冠，依违可得三锡[6]。争请者同之乞食，上表者只为呈身。奈何以伤气之虚文，负我全终之遗体。深山归隐，有丹桂而又有青松；寒食无烟，有清泉而又有白石。威凤自爱其羽，神龙止见其元[7]。老母骨是九仙，儿子意难一世。倘蒙矜许，即挽鹿车[8]；共遂沉冥，不留鸿爪[9]。

【注释】

[1] 介之推对母：介之推，一作"介子推"，春秋晋人，曾随晋公子重耳流亡列国。重耳返国即位，是为晋文公，赏赐随从流亡者，介之推不言禄，未得赏赐。其母劝其求之，介之推以为不可，其母遂与之隐居而死。事见《左传·僖公二十四年》。

[2] 鞭弭：《左传·僖公二十三年》："（楚王）曰：何以报我？'（重耳）对曰：'若以君之灵，得反晋国，晋楚治兵，遇于中原，其辟（避）君三舍。若不获命，其左执鞭弭，右属櫜鞬，以与君周旋。'"

[3] "谲声"二句：《论语·宪问》："子曰：'晋文公谲而不正，齐桓公正而不谲。'"

[4] 怀安：《左传·僖公二十三年》载重耳流亡至齐国，齐桓公以姜氏妻之，有马二十乘，重耳遂贪图安逸，止而不前。"姜曰：'行也！怀与安，实败名。'"

[5] 惕厉：心存戒慎。《周易·乾卦》："君子终日乾乾，夕惕若厉，无咎。"

[6] 三锡：古代帝王尊礼大臣所给的三种器物。

[7] 威凤：有威仪的凤凰。 元：首。

[8] 鹿车：用人力推挽的小车。

[9] 鸿爪：苏轼《和子由渑池怀旧》："人生到处知何似，应似飞鸿踏雪泥。泥上偶然留指爪，鸿飞那复计东西。"

【评析】

用白描手法写隐逸境界，清幽超然，反衬出乞食呈身者之龌龊。

鲁仲连逃爵[1]

西秦不道，已灰其欲帝之心；东海有灵，幸假我为民之日。不意聊城之役，复当迟暮之馀。约矢以遗[2]，中钩作喻[3]。勉其弃忿悁之节，偕之立身世之功[4]。士卒何辜，死伤堪恫[5]。燕将既已自刃，将军不必又屠[6]。感谢归言，愿从隐志。偶然排解，亦知齐国有人；遂尔辞亡，何必贾商相待[7]。

【注释】

[1] 鲁仲连逃爵：鲁仲连，又称鲁连，战国齐人。高蹈不仕，喜为人排难解纷。游于赵，秦围赵急，赵求救于魏，魏畏秦不敢进，使新垣衍说赵奉秦为帝，鲁仲连力言不可，沮其议。会信陵君率魏军至，秦军解围去。赵平原君欲封鲁仲连，鲁仲连不肯受。其后二十馀年，燕将破齐，据聊城，齐田单反攻聊城，不下，鲁仲连遗书燕将，劝其返燕或降齐，燕将进退两难，遂自杀，聊城乃下。齐王欲爵之，鲁仲连逃隐于海上。事见《战国策·赵策三》及《史记》本传。

[2] 约矢以遗：《史记·鲁仲连邹阳列传》："齐田单攻聊城岁馀，士卒多死而聊城不下。鲁连乃为书，约之矢以射城中，遗燕将。"

[3] 中钩作喻：鲁仲连在与燕将书中以管仲射齐桓公中钩，而终为桓公所用为喻，劝燕将投降。

[4] "勉其"二句：鲁仲连与燕将书中有"故去感忿之怨，立终身之名；弃忿悁之节，定累世之功"之句。悁，恼怒。

[5] 恫：哀痛。

[6] "将军"句：《史记·鲁仲连邹阳列传》载燕将自杀后，田单屠

聊城。

[7] 贾商相待：《史记·鲁仲连邹阳列传》："（平原君）以千金为鲁连寿。鲁连笑曰：'所贵于天下之士者，为人排患释难解纷乱而无取也。即有取者，是商贾之事也，而连不忍为也。'遂辞平原君而去，终身不复见。"

【评析】

櫽栝《史记·鲁仲连邹阳列传》主要内容，写出鲁仲连之高义。

赵威后发於陵子仲[1]

齐使者且持书听言：岁无恙，民无恙，王亦无恙，幸甚；钟离子无恙，叶阳子无恙，北宫之女婴儿子亦无恙，幸甚。於陵子仲其人尚在否？诸侯不想其交，家国无赖其益。蒙心忍理，欺世盗名[2]。伯氏友于[3]，而雠因同气；太君老矣[4]，则怨出亲生。飞蓬垢面之妻，胡然而天，胡然而帝也[5]；匍匐夺螬之李，食之有肉，弃之又有味乎[6]？吐鹅反复[7]，效蚓屈伸[8]。开后世机械变诈之门，贻小人肺肝目手之笑。至今不杀，恐辱典刑[9]。

【注释】

[1] 赵威后：战国赵惠文王之妻。惠文王卒，太子丹立，号孝成王，因新立，太后执政。　於陵子仲：一作"於陵仲子"，即陈仲子，战国齐人，以兄食禄万钟为不义，适楚，居于於陵。楚王欲以为相，不就，与妻逃去，为人灌园。

[2] "齐使"数句：《战国策·齐策四》："齐王使者问赵威后，书未发，威后问使者曰：'岁亦无恙耶？民亦无恙耶？王亦无恙耶？'使者不悦，曰：'臣奉使使威后，今不问王，而先问岁与民，岂先贱而后

尊贵者乎？'威后曰：'不然。苟无岁，何以有民？苟无民，何以有君？故有舍本而问末者耶？'乃进而问之曰：'齐有处士曰钟离子无恙耶？是其为人也，有粮者亦食，无粮者亦食；有衣者亦衣，无衣者亦衣。是助王养其民也，何以至今不业也？叶阳子无恙乎？是其为人，哀鳏寡，恤孤独，振困穷，补不足。是助王息其民者也，何以至今不业也？北宫之女婴儿子无恙耶？彻其环瑱，至老不嫁，以养父母。是皆率民而出于孝情者也，胡为至今不朝也？此二士弗业，一女不朝，何以王齐国、子万民乎？於陵子仲尚存乎？是其为人也，上不臣于王，下不治其家，中不索交诸侯。此率民而出于无用者，何为至今不杀乎？'"

[3] 伯氏：兄长。　友于：指兄弟间的友爱。《尚书·君陈》："惟孝友于兄弟。"

[4] 太君：指母亲。

[5] "飞蓬"三句：《高士传·陈仲子》："自织履，妻擘纑以易衣食。楚王闻其贤，欲以为相，遣使持金百镒至於陵聘仲子。仲子入谓妻曰：'楚王欲以我为相，明日结驷连骑，食方丈于前，可乎？'妻曰：'夫子左琴右书，乐在其中矣。结驷连骑，所安不过容膝；食方丈于前，所甘不过一肉。今以容膝之安、一肉之味而怀楚国之忧，乱世多害，恐先生不保命也。'于是出谢使者，遂相与逃去，为人灌园。"《诗经·鄘风·君子偕老》："胡然而天也，胡然而帝也。"原形容服饰容貌如天神，后以"胡天胡帝"指言语荒唐，行为放肆。

[6] "匍匐"三句：《孟子·滕文公下》："匡章曰：'陈仲子岂不诚廉士哉？居於陵，三日不食，耳无闻，目无见也。井上有李，螬食实者过半矣，匍匐将往食之，三咽，然后耳有闻，目有见。"螬，蛴螬虫。

[7] 吐鹅反复：《孟子·滕文公下》："（陈仲子）他日归，则有馈其兄生鹅者，己频顣曰：'恶用是鶂鶂者为哉？'他日，其母杀是鹅也，与之食之。其兄自外至，曰：'是鶂鶂之肉也。'出而哇之。"

[8] 效蚓屈伸：《孟子·滕文公下》："若仲子者，蚓而后充其操者也。"

[9] 典刑：常刑。

【评析】

用《战国策》及《孟子》所载关于於陵子仲之事,对沽名钓誉者予以抨击。然而对於陵子仲似求之过苛,后世不乏目於陵子仲为高士者。

太史敫截女[1]

日月光明,纲常正大。何来奴子,突作佣夫?诈乞溉园[2],水皆泥淖;诚能匪石[3],柳即篱樊。衣食谁令汝供,媒嫁孰为作主?尔云得所,引镜无此羞颜;我谓难言,佩刀可以断首。玉环原以相辱,松柏定有下场。此种原无,吾世自在。黄泉不许相见[4],青史略可围惭。

【注释】

[1] 太史敫截女:《史记·田敬仲完世家》载齐湣王十七年(前284),燕将乐毅破齐,湣王出奔至莒,为楚将淖齿所杀,"湣王之遇杀,其子法章变名姓为莒太史敫家庸,太史敫女奇法章状貌,以为非恒人,怜而常窃衣食之,而与私通焉。淖齿既以去莒,莒中人及齐亡臣相聚求湣王子,欲立之。法章惧其诛己也,久之,乃敢自言'我湣王子也'。于是莒人共立法章,是为襄王。……襄王既立,立太史氏女为王后,是为君王后,生子建。太史敫曰:'女不取媒因自嫁,非吾种也,污吾世。'终身不睹君王后。君王后贤,不以不睹故失人子之礼。"

[2] 溉园:《史记·田单列传》:"初,淖齿之杀湣王也,莒人求湣王子法章,得之太史敫之家,为人灌园。"

[3] 匪石:《诗经·邶风·柏舟》:"我心匪石,不可转也。"比喻意志坚定。

[4]"黄泉"句:《左传·隐公元年》载郑庄公因其母助其弟谋叛,谓其母曰:"不及黄泉,无相见也。"

【评析】

齐襄王与太史氏之女的故事，是一段内容极为丰富的爱情佳话。太史敫迂执不通，为腐儒之祖，身处晚明张扬个性时代潮流中的王思任，居然为文赞颂之，令人感叹。

鲁两生不肯行 [1]

足下事且十主[2]，颜甲百重[3]；诱尽诸生，制衣数变。汉宫醉裒，乘之媚饰威仪[4]；王道渊微，岂可浪兴礼乐。死未葬而伤未起，如此疮痍；大则王而小则侯，已多诛戮。且也三尺之剑[5]，不认诗书[6]；一杯之羹，愿分刀俎[7]。所得孰与仲多[8]，以爱几易太子[9]。天性忍残，人伦淫昧。秦政犹有丈夫之气[10]，楚王不犯敌国之妻[11]。方兹惭德，宁听废崩；公等荣行，少遭嫚骂。

【注释】

[1] 鲁两生不肯行：《史记·叔孙通列传》载叔孙通为汉高祖刘邦制订礼仪，到鲁地征召儒生三十馀人。鲁有两生不肯行，曰："公所事者且十主，皆面谀以得亲贵。今天下初定，死者未葬，伤者未起，又欲起礼乐。礼乐所由起，积德百年而后可兴也。吾不忍为公所为。公所为不合古，吾不行。公往矣，无污我！"

[2] 事且十主：叔孙通初任秦二世博士，后历事项梁、楚怀王、项羽，最终降刘邦，故云。

[3] 颜甲：脸皮。

[4] "汉宫"二句：《史记·叔孙通列传》载刘邦初定天下，未有礼仪，"群臣饮酒争功，醉或妄呼，拔剑击柱，高帝患之。叔孙通知上益厌之也，说上曰：'夫儒者难与进取，可与守成。臣愿征鲁诸生，与臣

弟子共起朝仪。'"

[5] 三尺之剑：《史记·高祖本纪》载刘邦自谓："吾以布衣提三尺剑取天下，此非天命乎？"

[6] 不认诗书：《史记·郦生陆贾列传》："沛公（刘邦）不好儒，诸客冠儒冠来者，沛公辄解其冠，溲溺其中。"

[7] "一杯"二句：《史记·项羽本纪》："（项羽）为高俎，置太公（刘邦之父）其上，告汉王曰：'今不急下，吾烹太公。'汉王曰：'吾与项羽俱北面受命怀王，曰"约为兄弟"，吾翁即若翁，必欲烹而翁，则幸分我一杯羹。'"

[8] "所得"句：《史记·高祖本纪》："高祖大朝诸侯群臣，置酒未央前殿。高祖奉玉卮，起为太上皇寿，曰：'始大人常以臣无赖，不能治产业，不如仲力。今某之业所就孰与仲多？'"

[9] "以爱"句：刘邦宠爱戚姬，常欲废太子，立戚姬子赵王如意。见《史记·吕太后本纪》。

[10] 秦政：指秦始皇嬴政。

[11] 楚王：指项羽。项羽在与刘邦交战时，俘获刘邦父母妻子，后因议和而归还刘邦。

【评析】

作者自注：两生高品，按古道以拒稷嗣（叔孙通号稷嗣君），其言凛凛，不啻披颊之辱，而浔阳先生（指陶渊明）犹云两生未究其本，不知所争正在本处。

申屠蟠独叹 [1]

闻之雪山积古，落睍无光 [2]；泉本高恬，矶石而碎 [3]。烧书起于内策 [4]，拥篝此乃坑儒。李舟未必神仙 [5]，徐榻难为宾客 [6]。孰清孰浊，方是方非。老氏劝云不敢 [7]，仲尼不为已甚 [8]。事将及矣，伤如之何？梁砀可居，屋巢何逸？江夏豪硕，愿逊公等之论谈；南郡一生，谨谢上京之征聘[9]。

【注释】

[1] 申屠蟠独叹：申屠蟠，东汉陈留外黄人，字子龙。九岁丧父，家贫，佣为漆工。为郭泰、蔡邕等所重。郡守召为主簿，不就。隐居治学。以汉室衰落，乃绝迹于梁砀之间。大将军何进屡征之，坚辞不往，得免于董卓之乱。《后汉书》本传："先是京师游士汝南范滂等非讦朝政，自公卿以下皆折节下之。太学生争慕其风，以为文学将兴，处士复用。蟠独叹曰：'昔战国之世，处士横议，列国之主至为拥篲先驱，卒有坑儒烧书之祸，今之谓矣。'乃绝迹于梁砀之间，因树为屋，自同佣人。居二年，滂等果罹党锢，或死或刑数百人，蟠确然免于疑论。"

[2] 睍（xiàn）：不敢正视的样子。

[3] 矶：冲激。

[4] 内：同"纳"。

[5] "李舟"句：《后汉书·郭泰传》："郭泰字林宗，……乃游于洛阳，始见河南尹李膺，膺大奇之，遂相友善。于是名震京师。后归乡里，衣冠诸儒送至河上，车数千辆。林宗唯与李膺同舟而济，众宾望之，以为神仙焉。"

[6] "徐榻"句：《后汉书·徐稺传》："徐稺字孺子，豫章南昌人也，……恭俭义让，所居服其德。屡辟公府，不起。时陈蕃为太守，以礼请署功曹，稺不免之，既谒而退。蕃在郡不接宾客，唯稺来特设一榻，去则悬之。"

[7] 不敢：《老子》第六十七章："我有三宝，持而保之。一曰慈，二曰俭，三曰不敢为天下先。"第六十九章："用兵有言：吾不敢为主，而为客；不敢进寸，而退尺。"

[8] 不为已甚：《孟子·离娄下》："仲尼不为已甚者也。"

[9] "江夏"四句：《后汉书·申屠蟠传》："太尉黄琼辟，不就。及琼卒，归葬江夏，四方名豪会帐下者六七千人，互相谈论，莫有及蟠者。唯南郡一生与相酬对，既别，执蟠手曰：'君非聘则征，如是相见

于上京矣。'蟠勃然作色曰:'始吾以子为可与言也,何意乃相拘教乐贵之徒邪?'因振手而去,不复与言。"

【评析】

汉末的党锢之祸与明季东林党与阉党的斗争极其相似,王思任此文盖有所指。申屠蟠洞烛机先,高蹈免祸,不失为全身远害之君子;而范滂等决然与恶势力相抗争,视死如归,自是铮铮烈丈夫,不可抑此而扬彼。王思任在东林党与阉党之间持中立态度,他曾在《脚板赞》中说:"不曾投刺于东林、魏党,乞食蟠间,沽名井上",立场与申屠蟠相近。此文代申屠蟠立言,也表明了作者的态度。

严子陵还富春渚 [1]

虽曰中兴,文叔差增于往 [2];大家阿谀,司徒适得其常 [3]。任叫狂奴 [4],存吾男子。半竿蓑雨,足饱鱼鲜;一领羊裘 [5],温于狐白 [6]。绿潭弥弥 [7],翠壁峨峨 [8]。歌沧浪而四山响应 [9],领清风而六月梦寒。无帝可臣,有星是客 [10]。

【注释】

[1] 严子陵:严光,字子陵,会稽馀姚人。少时与汉光武帝刘秀同游学。刘秀即皇帝位后,变名姓隐身不现。刘秀访得之,征召赴京,欲加以官,不受,归富春山耕钓。见《后汉书·逸民传》。

[2] "文叔"句:文叔是刘秀的字。《后汉书·逸民传》载严子陵被征至京与刘秀相见,"帝从容问光曰:'朕何如昔时?'对曰:'陛下差增于往。'"

[3] "大家"二句:《后汉书·逸民传》:"司徒侯霸与光素旧,遣使奉书,……光不答,乃投札与之,口授曰:'君房足下:位至鼎足,甚善。怀仁辅义天下悦,阿谀奉旨要领绝。'"

[4] 狂奴：《后汉书·逸民传》载刘秀见到严子陵与侯霸之书，笑曰："狂奴故态也。"

[5] 羊裘：《后汉书·逸民传》载严子陵"披羊裘钓泽中"。

[6] 狐白：狐腋下的白毛，指精美的狐裘。

[7] 弥弥：水深满貌。

[8] 峨峨：山高峻貌。

[9] 歌沧浪：《孟子·离娄上》："有孺子歌曰：'沧浪之水清兮，可以濯我缨；沧浪之水浊兮，可以濯我足。'"

[10] 有星是客：《后汉书·逸民传》载严子陵与刘秀共卧，"光以足加帝腹上。明日，太史奏客星犯御座甚急。帝笑曰：'朕故人严子陵共卧耳。'"

【评析】

清泠超逸，写尽隐居韵致。

陶渊明解绶 [1]

初拟三径之资 [2]，遂贪二顷之秫 [3]。聊欲弦歌，岂匡束带 [4]。已矣哉，归去来！虎溪莲社，可以攒眉，亦可以大笑 [5]；篮舆纤轸，可以伸脚，亦可以醉眠 [6]。蓄琴不必有声 [7]，读书不求甚解 [8]。篱边摘菊 [9]，门前种柳 [10]。环堵萧然，屡空晏若 [11]。坦率任真，人在羲皇以上 [12]；生憎引贵，看他乡里小儿 [13]。

【注释】

[1] 陶渊明解绶：陶渊明在晋末曾任彭泽令，在官八十馀日，即解印绶弃官而归。见陶渊明《归去来兮辞》自序及《晋书》《宋书》本传。

[2] 三径之资：《晋书·陶潜传》："谓亲朋曰：'聊欲弦歌，以为三径之资，可乎？'执事者闻之，以为彭泽令。"弦歌，《论语·阳货》载

子游任武城宰,以礼乐治邑,邑中有弦歌之声。后以之指任地方官。三径,西汉末蒋诩告病辞官,隐居乡里,于院中辟三径,唯与求仲、羊仲来往。后以三径指隐居。

[3] 二顷之秫:《晋书·陶潜传》:"在县公田悉令种秫谷,曰:'令吾常醉于酒足矣。'妻子固请种秔,乃使一顷五十亩种秫,五十亩种秔。"秫,一种高粱,可以酿酒。秔,不黏的稻。

[4] 束带:《晋书·陶潜传》:"郡遣督邮至县,吏白应束带见之。"

[5] 虎溪:在庐山下。传说晋慧远大师居庐山东林寺,送客不过溪。一日与陶渊明、陆修静共话,不觉逾溪,虎大吼,三人大笑而别。后因称其溪为虎溪。莲社:慧远居庐山东林寺,与刘遗民等十八人同修净土,中有白莲池,号莲社。以书召陶渊明,渊明曰:"若许饮则往。"许之,遂造焉,忽攒眉而去。见《莲社高贤传》。

[6] "篮舆"三句:篮舆,竹轿;纤轸,回车。《晋书·陶潜传》载刺史王弘钦佩陶渊明,前往拜访,陶渊明称病不见,曰:"岂敢以王公纤轸为荣耶!"王弘后携酒于庐山道上与陶渊明相见,欢宴竟日。"潜无履,弘顾左右为之造履。左右请履度,潜便于坐伸脚令度焉。弘要之还州,问其所乘,答云:'素有脚疾,向乘篮舆,亦足自反。'乃令一门生二儿共舉之至州。"梁萧统《陶渊明传》:"贵贱造之者,有酒辄设。渊明若先醉,便语客:'我醉欲眠,卿可去。'其真率如此。"

[7] "蓄琴"句:梁萧统《陶渊明传》:"渊明不解音律,而蓄无弦琴一张,每酒适,辄抚弄以寄意。"

[8] "读书"句:陶渊明《五柳先生传》:"好读书,不求甚解,每有会意,便欣然忘食。"

[9] 篱边摘菊:陶渊明《饮酒》:"采菊东篱下,悠然见南山。"

[10] 门前种柳:陶渊明《五柳先生传》:"先生不知何许人也,亦不详其姓字,宅边有五柳树,因以为号焉。"

[11] "环堵"二句:陶渊明《五柳先生传》:"环堵萧然,不蔽风日,短褐穿结,箪瓢屡空,晏如也。"

[12] "人在"句:陶渊明《与子俨等书》:"常言五六月中,北窗下卧,遇凉风暂至,自谓是羲皇上人。"

[13] 乡里小儿：《宋书·陶潜传》等载，陶渊明任彭泽县令，督邮到县巡视，渊明说："我不能为五斗米折腰向乡里小儿。"遂弃官去。

【评析】

融陶渊明诸典于无痕，尽现陶渊明生平志趣。

林天复不娶[1]

继其所自生，人云不得乃尔；不能不着迹，我谓可以脱然。虽不孝之有三，实大雄之无二[2]。色根锄尽，免荀倩之神伤[3]；扃户恬然，省李益之痴妒[4]。宫形祝发，何必多般；友鹤伴梅，不言贱累。

【注释】

[1] 林天复：北宋林逋，字君复（"天复"误），钱塘人，隐居西湖孤山，二十年不入城市。终身不娶，种梅养鹤以自娱，有"梅妻鹤子"之称。卒谥和靖。

[2] 大雄：佛的德号。大者，包含万有之意；雄者，摄伏群魔之意。

[3] 荀倩：三国魏荀粲字奉倩，娶曹洪女，两相恩爱。后妇病亡，未殡，人往吊唁，荀粲不哭而神伤。痛悼不能已，年馀亦亡。见《世说新语·惑溺》注引《荀粲别传》。

[4] 李益痴妒：李益，唐诗人，大历十才子之一。《新唐书·李益传》："益少痴而忌刻，防闲妻妾苛严，世谓妒痴为'李益疾'。"

【评析】

超然脱俗，不生尘念。

尺　牍

简夏怀碧

丽人果解事，此君针透，量酬之金帛可也。若即欲为之作缘，恐职方亦自岳岳[1]。买鱼喂猫则可，买鲥鱼喂猫[2]，无此理矣。

【注释】

[1] 职方：官名，属兵部。　岳岳：喻人位尊气盛。
[2] 鲥鱼：一种名贵的鱼，肉极鲜美。

【评析】

比喻绝妙。

柬余慕兰

敦睦如吾兄，妙矣。然吾兄大爷气未除，不读书之故耳。邵都公每每作诗示弟，弟戏之曰："且云做官做吏，各安生理，毋作非为。"渠怫然。闻兄近日亦染其病，读书可也。作诗且慢，不容易鲍参军耳[1]。

【注释】

[1] 鲍参军：南朝宋诗人鲍照，字明远，曾任临海王刘子顼之前军

参军,掌书记,后世遂称之为鲍参军。杜甫《春日忆李白》:"白也诗无敌,飘然思不群。清新庾开府,俊逸鲍参军。"此以指作诗俊逸。

【评析】

"大爷气"三字,有只可意会不可言传之妙。

简张林宗 [1]

弟五十年得一老佥[2],而又在江州[3],白波跳、阮小五、张顺是弟治民。而兄云旗鼓有赫,但未耳闻目见尔。段干木之旗也[4],播鼗武之鼓也[5],还有三里店,败弋阳服色,军官参谒,目眉皆带尘色,弟不能还袱耳。

【注释】

[1]张林宗:张民表,字林宗,万历十九年(1591)举人。任侠好客,富于藏书。李自成围开封,引黄河水灌城,张民表溺水而死,年七十三。

[2]佥:佥事,官名。

[3]江州:今江西九江。

[4]段干木:战国魏人,隐居魏国,不受官禄,魏文侯以礼事之。

[5]播鼗武:殷代摇小鼓的乐师名武的人。《论语·微子》:"大师挚适齐、亚饭干适楚,三饭缭适蔡,……,播鼗武入于汉,少师阳、击磬襄入于海。"

【评析】

王思任好用俗典,此处用《水浒传》人物即是一例。

简阮太冲[1]

鹫峰一游甚乐，足下谓元甫跳荡，洪伯痴肥，春秋互见。然弟谓夔之一足[2]，终胜声氏之牛也[3]。

【注释】

[1]阮太冲：阮汉闻，字太冲，浙人，居京师，徙家开封。李自成围开封，阮汉闻组织军民守城，重创李自成军。城破被俘，大骂而死，年七十馀。

[2]夔：神话传说中的怪兽。《山海经·大荒东经》："有兽，状如牛，苍身而无角，一足，名曰夔。"

[3]声氏之牛：《新论》："声氏之牛夜亡而遇夔，止而问焉：'我有四足，动而不善；子一足而超踊，何以然？'夔曰：'以吾一足，王于子矣。'"

【评析】

阮汉闻生平可参见钱谦益《列朝诗集小传》丁集下"阮征士汉闻"条："汉闻字太冲，浙人，家于京师。积学嗜奇，留心当世之务，落落无所遇，与西亭王孙交好，遂依西亭居汴。西亭没，以尉氏阮旧土也，遂徙家焉。太冲博览坟素，笃志古业，天中之士，翕然师之，四方造门者，户屦恒满。家贫，亲剪韭以供客。间出游山水，门弟子争肩篮舆以从。赋诗论道，斳斳如也。上有诏征遗逸，卒不起。太冲习兵家之学，上穷握机，下通鸟卜，著《尉缭子解》《诘戎践墨》诸集。万历甲午，我师败绩于碧蹄。太冲年二十馀，跗注渡辽，北吊黄龙，东驰鸭绿，从退弁老卒，牧圉堠人，访问全辽利病、倭房情状，慨然有请缨鸣剑之志。会东事解严，挟策而返。崇祯末，流寇蹯巩雒，太冲料贼形势，川谷厄塞，图其略上当事，刘寇以千计。病卧据床，犹画地指陈方略。寇掠尉氏，必欲生致太冲，太冲谊不忍舍城去。寇猝至，诸弟子强舆负太冲走，为贼所得，大骂而死，年七十馀。门人张昌祚抱其遗集，避寇南下。盗发其箧，昌祚涕泣固请，乃得免。浚仪周亮工为之叙刻于广陵。"

简巢必大 [1]

二涛处雅坐,几于履舄交错,实欲留髡,不得烛灭[2]。袁六来,大败人意,然其拇阵亦自可[3]。

【注释】

[1] 巢必大:巢士洪,字必大,常州人,万历十六年(1588)举人,号知希子。

[2] "几于"三句:《史记·滑稽列传》载淳于髡对齐威王说:"日暮酒阑,合尊促坐,男女同席,履舄交错,杯盘狼藉,堂上烛灭,主人留髡而送客,罗襦襟解,微闻芗泽。当此之时,髡心最欢,能饮一石。"

[3] 拇阵:饮酒猜拳。

【评析】

文笔倜傥疏放,颇见性情。

简米仲诏 [1]

年兄认南宫作祖[2],亦复号为友石,古云山房所蓄未必令祖之贻[3],即真可下拜,亦二婚矣。右军《兰亭》如聚讼[4],弟云族兄多此公案[5]。问者曰:"何以兄得来?"弟云:"自王子晋分支擘脉[6],是兄弟行耳。"

【注释】

[1] 米仲诏:米万钟(1570—1628),字仲诏、子愿,号友石、湛园、文石居士、勺海亭长、海淀渔长、研山山长、石隐庵居士。关中

（今陕西）人，居燕京（今北京），米芾后裔，明末著名书画家。万历二十三年（1595）进士，先后任永宁、铜梁、六合县令，仕至太仆少卿、江西按察使。性好石，人谓无米芾之颠而有其癖。行草得米芾家法，与董其昌齐名，时有南董北米之誉。

[2]南宫：即宋代著名书画家米芾。南宫本为南方星宿名，汉时用以比拟尚书省，唐宋时又称礼部为南宫。米芾曾任礼部员外郎，故世称米芾为米南宫。据载米芾酷爱奇石，见辄下拜。

[3]古云山房：米万钟专为收藏和陈列名石、奇石而修建的一处建筑。据孙承泽《春明梦馀录》记载，山房中有三枚奇石最为珍贵，一枚"非非石"，一枚黄石和一枚青石。黄石高四尺，通体玲珑，光润如玉；青石高七尺，形如片云欲堕，背面刻有"元符元年二月丙申米芾题"，又有"泗清浮玉"四个篆字。

[4]右军：晋王羲之官至右军将军，世称王右军。《兰亭》：即王羲之所书《兰亭序》帖。

[5]公案：禅宗对有关教理的疑难问题，称为公案。

[6]王子晋：即王子乔，传说为周灵王太子，得道成仙。

【评析】

"二婚""兄弟"云云，俱友朋间谐谑语。

简徐玄仗

旧溧水良令[1]

尊教挚诚感切，但所云下逐客之令，罪主家无赦，则有必不可谢、必不可绝之客，将奈之何？又云不得已姑行之，客去即翻案。弟中夜思之，犹觉未稳妥，于客甚恨，亦于百姓甚怨也。居官日短，做人日长，况弟不比台翁，起家牛医[2]，戴笠下马之盟[3]，颇有其人。又弟情软，不能作冷面，来则必见，见则必款，计其往来路费，察其特来经过，不妨以血诚告之，或请或不请，情礼必当尽之，但竭吾厚薄之力。如有放便事关说[4]，亦委曲从之。过我心许，妨我官箴，则密求相谅，或亦不取其恨也。台翁以弟视弟，再求酌教，恳恳。

【注释】

[1] 溧水：今江苏溧水县。

[2] 牛医：《后汉书·黄宪传》："黄宪字叔度，汝南慎阳人也。世贫贱，父为牛医。……是时，同郡戴良才高倨傲，而见宪未尝不正容，及归，罔然若有失也。"

[3] "戴笠"句：《初学记》卷十八引晋周处《风土记》曰："越俗性率朴，初与人交有礼，封土坛，祭以犬鸡，祝曰：'卿虽乘车我戴笠，后日相逢下车揖。我步行，卿乘马，后日相逢君当下。'"后以喻交谊深挚，不因身分贵贱而改变。

[4] 放便事：方便事。

【评析】

辞意恳切，深切人情。

简茅止生[1]

顷见报袁督师赚杀毛帅[2]，此朱亥伎俩也[3]，谁为画此策者？毛帅在诸岛中，不知海外情形，不审牵制果否得力，但以私臆度之，帅即无功，亦似无罪，"贪悍"二字乃将官本等，况招商屯种，亦是着数，利之所在，精神血气往焉，何以忌而锄之？

【注释】

[1] 茅止生：茅元仪，字止声，号石民。崇祯年间佐孙承宗军务，历官副总兵，守觉华岛，旋以兵哗遣戍漳浦。边事急，请募死士勤王，为奸臣所忌，悲愤纵酒而卒。

[2] "顷见"句：袁督师指袁崇焕，毛帅指毛文龙。袁崇焕，广东东莞人，字元素，万历四十七年（1619）进士。天启二年（1622）擢兵部主事，在宁远击败后金努尔哈赤大军，擢右佥都御史，巡抚辽东。崇祯初为兵部尚书，督师蓟辽。崇祯二年（1629），后金兵越长城陷遵化而西，崇焕急引兵入护京师。或诬其通敌，下诏狱，被磔于市，天下冤之。毛文龙，仁和人，字镇南。任总兵，左都督，镇守皮岛，数为清军所败，又骄纵不受节度。崇祯初，袁崇焕以阅兵为由抵岛，乘其不备，设计擒斩之。《明史》卷二五九具载其事。

[3] 朱亥：战国魏国勇士。秦兵围赵，魏公子信陵君欲救之，而魏军统帅晋鄙屯兵不进。信陵君窃得虎符，使朱亥袖铁椎击杀晋鄙，夺其军。遂退秦存赵。

【评析】

袁崇焕计斩毛文龙，当时朝野议论颇多，此亦代表一种观点。

简汤霍林[1]

昨日主人何以不至？苏门兄奚落我纱帽太古，弟云极时高极则下，下极则高，弟乃先高者耳。体衡以为佞。少选更酌，体衡谦馆中酒原吃不得。弟作一转语[2]：虽吃不得，看馆中体面。又佞我而散，闻之以资唱噱[3]。

【注释】

[1] 汤霍林：即汤宾尹。汤宾尹，字嘉宾，号睡庵，别号霍林，安

徽宣州人。明万历二十三年（1595）进士第二，授翰林院编修。

[2] 转语：佛教语。禅宗谓拨转心机、使人恍然大悟的机锋话语。

[3] 噶噱：大笑。

【评析】

王思任性喜谐谑，此短简记戏谑诨语，颇有自得之情。

简项听所

高淳令 [1]

数局如破章邯 [2]，年兄从此当投诚折体，弟不吝以归命侯相封也 [3]。气杀，气杀！东壩虎棍，垄断苦行客，弟曾亲受其侮。今分赃不均，四院并督，要弟完结，此不可以遣配惩也。只大毛竹狼藉其血肉，庶几有豸 [4]。但求密获巨魁付弟，正不可作分土分民观也。恳恳。

【注释】

[1] 高淳：今南京市高淳区。

[2] 章邯：秦二世时官少府，降项羽，从项羽入关，灭秦后被封为雍王。汉高祖还定三秦，与章邯三战皆破之，章邯败走自杀。

[3] 归命侯：对归顺或被灭国君主的封号。

[4] 豸：解决。

【评析】

前数句谈围棋胜负，后段谈惩罚流氓无赖，文笔通脱随意。

简徐繁昌

名有为,广东德庆人

承下询,此间府考价不甚翔,不到"尧曰[1]"。然南都切近[2],书可汗牛[3],恐不得不应。弟已言之太尊[4],取数不妨浮倍,截则由他。贫生得一名府考,亦可教书,是放便事。况数多则价减,又一放便也。左右吾三人阅卷,先尽真才实学,次尽缙绅书香,次尽分上足矣。

【注释】

[1] 尧曰:《尧曰》是《论语》的第二十篇,此处代指二十。
[2] 南都:南京。
[3] 汗牛:"汗牛充栋"之省,此用以形容请托书信之多。
[4] 太尊:明清时对知府的尊称。

【评析】

此谈科举取士之事,所定三条标准,似不尽公允,有真才实学一条足矣。

简徐十洲

溧阳令[1]

弟亦知有阮寄卿[2],然在兄翁为侠客,在程守训则为棍徒[3],汪文言实被其破家,非来教则一顿板子,敝之而无憾矣[4]。稍示弟意,令其私下调停,吾辈带纱帽只可错一二分也[5]。

【注释】

[1] 溧阳：江苏溧阳市。

[2] 阮寄卿：名国政，安徽歙县人。据茅元仪《石民四十集》卷二七《阮寄卿墓表》可知，其人以任侠著称，于玉立、汤宾尹等均与之结交。

[3] 程守训：徽州人，万历时矿税太监陈增的爪牙，也是第一个建议开征矿税的人，骄横跋扈，借收矿税之名巧取豪夺，积累甚巨。后与陈增互相猜忌，陈增上疏揭发，程守训被捕送京师治罪，陈增后亦畏罪自杀。详见沈德符《万历野获编》卷六"陈增之死"条。

[4] "敝之"句：《论语·公冶长》："子路曰：'愿车马，衣轻裘，与朋友共，敝之而无憾。'"敝：破，坏。

[5] 带：同"戴"。

【评析】

汪文言，初名守泰，字士克，歙县人。万历末年，受于玉立派遣入京打探消息，捐钱为监生，用计破齐、楚、浙三党（三党皆反东林）。察知太子伴读王安贤能知书，与之结交，讨论当朝政事。天启（1621—1627）时，因王安案牵连下狱。后赦免，被大学士叶向高起用为内阁中书，与东林党人魏大中、赵南星、杨涟、左光斗等往来甚密。天启五年（1625），魏忠贤兴大狱，与杨涟、左光斗、魏大中等被逮下狱，备受折磨，至死不屈，死于狱中。可参见《廿二史札记》。

简陈眉公 [1]

均役论田，此定是也。诡寄易查 [2]，花分难察 [3]，弟已设法悬格清之矣 [4]。但抚台急于成功，恐卤莽应之，将来必有决裂。兄翁晤间缓颊一语，王青浦非无意者 [5]。感成就多矣。

【注释】

　　[1] 陈眉公：陈继儒，字仲醇，号眉公。松江华亭人，明末隐居昆山，文章书法皆名重一时。
　　[2] 诡寄：将自己的田地伪报在他人名下，借以逃避赋役。
　　[3] 花分：指土地分散不实。
　　[4] 悬格：颁布法令。
　　[5] 王青浦：作者自称。此时作者在青浦县令任上。

【评析】

　　均役论田是王思任在青浦县令任上值得称道的政绩，但最终因此事与上官相忤而被罢职。这封短简即谈论此事，流露出一些忧患之感。

复董玄宰[1]

　　承教二佃事，兄弟狞狰甚有口[2]，此等小人，军徒不在心上[3]，只有毛竹墨监，五日一比[4]，渠自当叩首阶下也。二扇奉求墨宝，晚弟亦为他人作嫁裳耳。

【注释】

　　[1] 董玄宰：董其昌，字玄宰，号香光，松江华亭人。万历十七年（1589）进士，累官至南京礼部尚书，逾年告归。卒谥文敏。工诗义，尤精书画。书法初学米芾，后自成一家，画则集宋元诸家之长，在当时极负重名，对后世亦有深远影响。
　　[2] 有口：善辩。
　　[3] 军徒：充军和处以徒刑。
　　[4] 比：追征。

又复董玄宰

承谕某童,已领悉。月白可也,但不可白雪之白耳。

【评析】

以上二篇与董其昌小札,文笔疏快,使人不觉其请托之意。

简赵哲臣

同年官允[1]

汾水西流[2],弟愿随去看李公子王气[3],随上清凉台[4],食古雪,袖天花数朵归寿老亲,未必不韵,谪官何足挂怀。

【注释】

[1] 赵哲臣:赵用光,字哲臣,山西河津人。万历二十三年(1595)进士,官至詹事府少詹事,掌翰林院事,兼侍读学士。 宫允:官名,即太子中允,是太子属官。

[2] 汾水:黄河支流,源出山西宁武县,南流至曲沃县西折,在河津县入黄河。

[3] 李公子:指唐太宗李世民。王气:帝王之气。此句典出唐杜光庭《虬髯客传》,传中言隋末李世民在太原为公子时,望气者称太原有奇气,虬髯客见到李世民后,即知其为真命天子。

[4] 清凉台:指五台山。

【评析】

洒落飘逸,颇似晋人短札。

简何芝岳[1]

同年大宗伯[2]

晋吏部已去而耿公多欲,皆马长班进步。昨敝友王樗臣云:"须具一大书帕送之[3]。"弟诘何谓大书帕,渠云:"百金一封,此最薄者。"弟笑曰:"岂有买官做之王季重哉!"

【注释】

[1] 何芝岳:何如宠,字康侯,号芝岳,明万历二十六年进士,崇祯时为内阁辅臣,卒于崇祯十四年。《明史》有传。

[2] 大宗伯:《周礼·春官》中的一个官职,掌邦国祭事典礼,后世用以称礼部尚书。

[3] 书帕:明代官场送礼,具一书一帕,称书帕,实则指行贿用的金银财宝。

【评析】

官场皆多欲之人,王季重不买官,故一生坎坷,不得好官做。

简周玉绳[1]

足下既在承明[2],当日讨典故[3],卜下千古,如九经廿一史,我朝会典律例,都该讲究批评一番,以为异日纶扉秉政之地[4]。昔张江陵为翰编时[5],逢盐使、关使、屯使、各按差使还朝,即具一壶一盒强投夜教,密询利害扼塞,因革损益,贪廉明昧阻通之故,归寓篝灯细纪笔札。其储心如此,容易造到江陵。如只风花雪月,一吟一咏,以青州从事醉乡涸过[6],即此先愧科名矣。不佞南还在即，恃足下过谦之爱，药石留别，幸勿吐之。

又

不佞得南缮郎且去[7]，无以留别。此时海内第一急务在安顿穷人。若驿递不复，则换班之小二哥，扯纤之花二姐，皆无所得馍馍[8]，其势必抢夺。抢夺不可，其势必争杀，祸且大乱，刘懋、毛羽健之肉不足食也[9]。相公速速主持，存不佞此语。

又

刘掌科因父作马头[10]，被县令苦责，其言罢驿递犹可。若毛御史在京置妾[11]，因其妻忽到，以公祖轻与勘合而怒室色[12]，朝突发此议，则因戏起乱矣。驿递乃穷人大养济院，穷人无归，乱矣！再语之相公。

【注释】

[1] 周玉绳：周延儒，字玉绳，江苏宜兴人。万历四十一年（1613）进士。崇祯初拜大学士，参与机务，后为首辅，以善伺旨意，为崇祯帝所信任。庸驽而贪黩，只求苟安。清兵略山东，还至近畿，延儒自请督师，避敌不战，并虚报战功，清兵去后，论功加太师。不久事被揭发，削职赐死。见《明史·奸臣传》。

[2] 承明：承明庐，汉代承明殿旁屋，为侍臣值宿之处。此用以指入阁为大学士。

[3] 典故：指各种典章制度和常例掌故。

[4] 纶扉：即内阁。明清时称宰辅处理政务之处为纶扉。

[5] 张江陵：张居正，江陵人，字叔大，号太岳。嘉靖二十六年（1547）进士。万历初任首辅，锐意革新，整顿吏治，行一条鞭法，增强边防，浚治黄淮。前后主政十年，勇于任事。卒谥文忠。　翰编：翰林院编修。

[6] 青州从事：指好酒。《世说新语·术解》："桓公有主簿善别酒，有酒辄令先尝，好者谓'青州从事'，恶者谓'平原督邮'。……"　溷：同"混"。

[7] 南缮郎：南京工部郎官。缮，缮部，工部的别称。

[8] 馍馍：北方有的地方对馒头的称呼。

[9] 刘懋：字养中，号渭溪，临潼人。万历进士，官至兵科给事中。毛羽健：字芝田，公安人。天启进士，崇祯初征授御史，曾极谏驿递之害。

[10] 刘掌科：即刘懋。　马头：马夫头目。

[11] 毛御史：即毛羽健。

[12] 公祖：明代士绅对知府以上地方官的尊称。　勘合：旧时加盖关防印信的文书凭证。此指可以使用驿站马匹的文书。　室：妻室。

【评析】

崇祯初年，御史毛羽健上疏极言驿站之弊，"兵部勘合有发出，无缴入。士绅递相假，一纸洗补数四。差役之威如虎，小民之命如丝"（《明史》卷二五八）。另一位叫刘懋的给事中也赞同此议，认为裁撤驿站可以为国家节省大量财政支出。节俭的崇祯皇帝立刻下令办理此事，《明史》所记其直接结果是"积困为苏"，缓解了当时朝廷财政困难的状况。受裁撤驿站影响最大的当属陕西，"秦晋土瘠，无田可耕，又其民饶膂力，贫无赖者，藉水陆舟车奔走自给，至是，无所得食。未几，秦中迭饥，斗米千钱，民不聊生，草根树皮剥削殆尽……又失驿站生计，所在溃兵煽之，遂相聚为盗，而全陕无宁土矣"（计六奇《明季北略》）。在因驿站裁撤而失业的流民当中，就有后来起事的李自成。于此文可见王思任的政治见识之高。

另,据传毛羽健上疏裁撤驿站,实因私下纳妾而遭正室河东狮吼,清初汪启淑《水曹清暇录》等笔记中有载,兹录如下:"明末御史毛羽健娶妾甚嬖,其妻忽乘传至,遣之不及,为妻所困。羽健恚极,迁怒驿递,因倡裁驿夫说。科臣刘懋,羽健亲也,附和成之。驿递一裁,游手千万人无所得食,乃相率为盗,闯贼从而招集,以致流毒中土,覆宗灭社。其祸实酿成于一妇人。"

复黄老师 [1]

号葵阳,檇李人[2]。

某至京,仍闻风蝉雨蚓,不过以辰玉为口实[3]。某对此辈言:尔等所争只讲文章耳,尔等以为富贵之家定无文章,某以文章当出自富贵也。相公之家,风水定妙,生子定聪明,父亲庭训定有异闻[4],抡师择友定有高品,架上定有异书,笔端定有别见,馆中人朝夕定有另外拟议。难道相公之子定该花脸草包乎?

【注释】

[1] 黄老师:黄洪宪,字懋中,号葵阳,秀水(今浙江嘉兴)人,隆庆元年浙江乡试第一,隆庆五年辛未科二甲第十三名进士,授翰林院编修。参修《大明会典》,书成,升右春坊右庶子兼侍读。官至少詹事。张居正二子张敬修与张懋修相继在会试中中式,史孟麟弹劾少詹事黄洪宪监试舞弊。奉旨出使朝鲜。有《朝鲜国记》《玉堂日抄》等。黄洪宪是王思任青年时代的老师。

[2] 檇李:浙江嘉兴县(今嘉兴市)的古称。

[3]辰玉：王衡，字辰玉，首辅王锡爵之子，万历二十九年（1601）进士，官编修，负才早卒。著有《缑山集》及《郁轮袍》等杂剧。

[4]庭训：《论语·季氏》记孔子立于庭，其子孔鲤趋而过之，孔子教以学《诗》《礼》。后因称父教为庭训。

【评析】

《明史·选举志》载：万历十六年（1588），右庶子黄洪宪主顺天乡试，取首辅王锡爵之子王衡为榜首。礼部郎中高桂论劾举人李鸿（大学士申时行之婿）等，并及王衡，认为对大臣之子应予覆试，以免有作弊之嫌疑。王锡爵大怒，具奏申辩，语过激。刑部主事饶伸复抗疏论之。帝因覆试所劾举人，仍以王衡为第一，未黜一人。王衡经此事后，在其父当政期间不复赴进士试，直到万历二十九年（1601）方以一甲第二（俗称榜眼）及第。

上黄老师[1]

隆恩寺无他奇[2]，独大会明堂有百馀丈，可玩月，门生曾雪卧其间者十日。径下有云深庵，曾以五月噉其樱桃，八月落其苹果。樱桃人噉后则百鸟俱来，就中有绿羽翠翎者，有白身朱咮者[3]，语皆侏僸映舌[4]，嘈杂清妙。苹果之香在于午夜，某曾早起嗅之，其逸品入神，谓之清香。清不同而香更异，老师不可不访之。

【注释】

[1]黄老师：见上文注[1]

[2]隆恩寺：在今北京石景山区。《帝京景物略》："（隆恩寺）金大定四年秦越公主建，名昊天寺。正统四年太监王振修之，改今名。"

[3] 咮（zhòu）：鸟嘴。

[4] 侏僑：异地难辨的语音。　映舌：原指说话如鸟叫，此即指鸟鸣声。

【评析】

写鸟鸣果香，笔致简净生动，亦可谓"逸品入神"。

复眉公

弟自认糠秕在前，而兄翁以为貂续，过矣。此公行北陆，下车先问大姓，非南阳之谓也[1]。闻搏击甚急，则吾民不堪，弟不无逝梁之咏[2]。又稍闻得糈即歌舞[3]，虽有气象，终是仓官胡子，猛而不威也。

【注释】

[1] 南阳：《汉书·陈咸传》："（陈咸）为南阳太守，所居以杀伐立威，豪猾吏及大姓犯法，辄论输府。"

[2] 逝梁之咏：《诗经·邶风·谷风》："毋逝我梁，毋发我笱。"写弃妇不能忘情夫家，要求新人不要动自己的东西。

[3] 糈：粮食，此指钱财。

【评析】

所议"此公"，未详何人，似是王思任的继任者，既贪且酷，故王思任有"逝梁之咏"。

复赵履吾

赵,贵州人,堂翁靳心鲁[1],尉氏人。

堂翁母九十三矣,既辑圭去[2],即不当来。来或迫于功令[3],总之为考满地耳[4]。昨火房中下诹进退[5],弟力主其自劾,或急急陈情,此真真为堂翁者,非以之博名也。官到尚书,年已七十,若棉花塞两耳,执杖泣归,荣乎,辱乎?疏稿已出弟手,即遣人去矣,君子爱人以德也。

【注释】

[1] 堂翁:堂官,指六部尚书。 靳心鲁:靳于中,字尔时,号心鲁,河南尉氏人,万历二十六年(1598)进士,官至南京工部尚书。

[2] 辑圭:指辞官。

[3] 功令:法令。

[4] 考满:考绩期满,任满。

[5] 火房:机构名。明清时六部郎官饮食休息之所。 诹:问询。

【评析】

为人计议荣辱,语气极恳切。

复何芝岳

来谕今日云间教授当庭参大宗伯矣[1],固尔。年翁亦曾学斗昆山牌乎[2],那曾见万万贯拿一万贯哉!

【注释】

[1] 云间:松江县(今属上海)的古称。教授:府学学官名。

[2] 昆山牌：一种游戏牌。

【评析】

　　昆山牌，即水浒牌，或称水浒纸牌、水浒叶子，是纸牌上印有水浒人物的一种游戏牌，据说起源于山东郓城县水堡村，一说起源于江苏昆山。据陆容《菽园杂记》记载，昆山的水浒牌花色有"钱、百、万、万贯"四门，前三门的序数牌为一到九；后一门改以十为区隔，为二十到一百，还有两张牌叫千万贯、万万贯。总共三十八种牌、三十八张。除钱、百这两门牌没画人物，其他两门牌二十张牌皆印有《宣和遗事》的宋江与部分三十六天罡，人名与后来《水浒传》一百零八将有出入。文章以昆山牌为喻，颖异生动。

答李伯襄[1]

　　灵谷松妙[2]，寺前涧亦可。约唐存忆同往则妙[3]，若吕豫石[4]，一脸旧选君气[5]，足未行而肚先走。李玄素两褉摇断玉鱼[6]，往来三山街[7]，邀喝人下马是其本等，山水之间着不得也。

【注释】

　　[1] 李伯襄：李孙宸，字伯襄，香山（今广东中山市）人。万历进士，为教习庶吉士，崇祯间终南京礼部尚书。
　　[2] 灵谷：指灵谷寺，在江苏南京东郊。
　　[3] 唐存忆：唐世济，字美承，号存忆，浙江乌程人，万历二十六年（1598）进士，授宁化知县，以廉卓，征为监察御史，历兵部右侍郎，累官至左都御史。
　　[4] 吕豫石：吕维祺，字介孺，号豫石，河南新安人。万历进士，擢吏部主事，升郎中，告归。崇祯间为南京兵部尚书。贼至不屈遇害，

谥忠节。

　　[5] 选君：指在吏部任职的人。
　　[6] 裾：衣服的下摆。　玉鱼：官员佩带的一种鱼形饰物。
　　[7] 三山街：南京的一条街道。

【评析】

　　寥寥数笔，刻画庸俗官吏形象，尖刻传神。

简赵履吾

　　秦淮河故是一长溷堂[1]，夫子庙前更挤杂[2]，包酒更嗅不得。不若往木末亭[3]，吃高座寺饼[4]，饮惠泉二升[5]，一鱼一肉，何等快活也！

【注释】

　　[1] 秦淮河：在江苏南京。旧时歌楼画舫环集于秦淮河两岸，为著名胜地。　溷堂：厕所。此指肮脏难闻。
　　[2] 夫子庙：在南京秦淮河北岸贡院街，是供奉和祭祀孔子的地方。
　　[3] 木末亭：在南京雨花台旁，取自屈原《九歌》"采薜荔兮水中，搴芙蓉兮木末"，谓亭亭秀出林木之上。
　　[4] 高座寺：在南京雨花台旁，始建于西晋永嘉年间，初名"甘露寺"。东晋初年，龟兹国沙门帛尸梨密多罗来南京传法，讲经说法时常坐在高处，被尊称为"高座道人"，因以"高座"为寺名。
　　[5] 惠泉：即惠山泉，在江苏无锡，号称天下第二泉。此指用惠山泉水酿成的酒。

【评析】

　　高座寺饼的历史可上溯至南齐。据《资治通鉴》记载：永明九年（491）正月丁卯日，皇帝下诏在太庙四时之祭，根据先祖生前不同口味安排祭品。其中，祭祀齐高帝的是肉脍、菹羹，昭皇后的是茶叶、粽子和炙鱼，而祭祀齐宣帝的正是起面饼和鸭肉羹。宋代赵崇绚《鸡肋》"古人嗜好"条记载："齐宣帝嗜起面饼、鸭臛。"北宋时户部尚书陶谷在《清异录》中将高座寺饼列为金陵美食"七妙"之一，并称赞说"起面饼以城南高座诸寺僧所供为胜""饼可映字"。明末四公子之一的方以智将高座寺饼改名"雪蒸饼"。他在《物理小识》中记载其制作过程："白下高座寺薄饼，乃熟汤和而烙不黄者，以沤兰卷之。"

与柳陈父[1]

徐老官至卿贰[2]，体亦尊矣，而每一拜客，必促膝低声，时时袖障其口，若惟恐触之者。此患得患失猥态也，而兄以为谦诚可法，弟不谓然。淮清桥下，叫街乞丐小花子实实饿了，何尝不谦，何尝不诚，而人法之不？

【注释】

[1] 柳陈父：柳应芳，字陈父，海门人，侨居金陵，崇祯时布衣，有《柳陈父集》。

[2] 卿贰：侍郎的别称。

【评析】

柳应芳是当时著名的苦吟诗人，其生平见钱谦益《列朝诗集小传》丁集下"柳山人应芳"条："应芳，字陈父，海门人，侨居金陵，住城南之杏花村，近瓦官寺，旧京最僻地也。为人和雅，美须髯，修容止，衡门两版，非力不食。往还惟曹能始、林茂之三四人，他无所诣。作诗不轻出语，每行街市，低头沉吟，悠悠忽忽，触人肩面，不自觉也。尝语人：作一律诗，必还魂数十番，方得意惬。其矜慎如此。无子，以其婿葬。有《柳陈父诗》四卷。广陵诗人，前辈有盛名，推陆无从，沿染七子流风，不克自拔。陈父名不及之，篇什亦寡，兴会清发，剪刻常言，自可使无从却步。此论实自余发之，而白下谈诗者无异议焉。"

回门人陆平格

询我三冬足用[1]，足下进矣。三冬足，则三季之不足可知。静者长，动者短，此太极之理也。即以读书一事言之，秋渐静，故神思清好；春渐动，则神思昏善[2]。夏则冬之对也，止有寅卯二时，无论读书，即一日做事只可一件。故聪明之人恶夏而爱冬。人身肾实则水升，百事可做；心虚则火旺，事多即烦。元亨利，不若一贞字[3]。《太玄》以直蒙酋分三季[4]，而以冥罔属冬，冬则占其二矣。罔者冬之发处，冥者冬之归处，即此意也。坡老与庞道士安常议论甚悉[5]，可寻看之。

【注释】

[1] 三冬足用：《汉书·东方朔传》载东方朔上书云："臣朔少失父母，长养兄嫂，年十三学书，三冬文史足用。"注云："贫子冬日乃得学书，言文史之事足可用也。"

[2] 昏善：昏迷软善。

[3] 元亨利贞：《周易》乾卦的四德。《易·乾》："乾，元亨利贞。"程颐《程氏易传》卷一："元亨利贞，谓之四德。元者，万物之始；亨者，万物之长；利者，万物之遂；贞者，万物之成。"

[4]《太玄》：《太玄经》，汉代扬雄模仿《周易》而作的一部著作。

[5] "坡老"句：苏轼《答庞安常》："端居静念，思五脏皆止一，

而肾独有二,盖万物之所终始,生之所出,死之所入也。故《太玄》'罔直蒙酋冥',罔为冬,直为春,蒙为夏,酋为秋,冥复为冬,则此理也。"坡老指苏轼,苏轼号东坡居士。

【评析】

此文答复门生,句句皆老师口吻,然其议论全出苏轼《答庞安常》,未免缺乏新意。

简米仲诏

越人嚼笋,闽人嚼蔗,渐老渐甜,不想奉崔魏诸公主何意见?就中少年新进甚多,今日银艾[1],明日就想犀玉[2],邀呵过棋盘街。尚书阁老是个孩子,难道有大半世做去?早早回家,有何意趣。打选官图者[3],不上五六掷,就到太师出局矣,忙些甚么?又做官如游山,一步一步上去,历过艰难,闪跌几次,方知荆棘何以刺人,危险何以惕人,幽奇何以快人,转折何以练人,渐渐登峰造极,方有受用。今一见山麓,就要飞至山顶,山顶之上又往那走?此皆不明之故也。

年兄终日太仆[4],决不转动,譬之山腰看人,从高跌下者,暴痛绝命,可怜可笑也。若弟又鲇鱼上竹竿[5],可笑之甚矣!偶发名言,不是妒口也。我两个老人家终有意思在。

【注释】

[1] 银艾:银印绿绶,绶用艾草染成绿色,故称艾。汉制,银艾是二千石以上官员所佩戴。

[2] 犀玉:腰带的装饰物。唐制,三品以上官员佩用。

[3] 选官图:即升官图,一种游戏。宋赵必𤩽《沁园春·归田作》:

"看做官来，只似儿时，掷选官图。"明朱国祯《涌幢小品·选官图》："今之选官图，唐人谓之骰子选格。"

[4] 太仆：太仆少卿。米仲诏崇祯初起用为太仆少卿，未再迁转，卒于官。

[5] 鲇鱼上竹竿：指仕进艰难。欧阳修《归田录》卷二："梅圣俞以诗知名，三十年终不得一馆职。晚年与修《唐书》，书成未奏而卒，士大夫莫不叹惜。其初受敕修《唐书》，语其妻刁氏曰：'吾之修书，可谓猢狲入布袋矣。'刁氏对曰：'君于仕宦，亦何异鲇鱼上竹竿耶！'"

【评析】

通篇不过是牢骚之语，但纯以白话行文，是其别具特色处。

与许伯伦论文

虱必车轮[1]，蚊必牛斗[2]，而后耳目之官各极其用。曾以此看小题[3]，一字之冷，通章热血，呼吸尽来，此真小题也。如仅以小儿之颖，挖空生语；头巾之学，饾饤杂张[4]；不则霸王叱咤，豪叫一番；苏秦纵横，演敷数带：虽玄黄炙轂[5]，纸动戈飞[6]，吾无赏焉。

【注释】

[1] 虱必车轮：《列子·汤问》："纪昌者，又学射于飞卫。……昌以氂悬虱于牖，南面而望之。旬日之间，浸大也；三年之后，如车轮焉。……射之，贯虱之心，而悬不绝。"此指视力超常。

[2] 蚊必牛斗：《世说新语·纰漏》："殷仲堪父病虚悸，闻床下有蚁动，谓是牛斗。"此指听力敏锐。

[3] 小题：明清科举考试时以"四书"文句命题为小题，以"五经"文句命题为大题。

[4] 饾饳：指堆砌重叠的词句。

[5] 玄黄：指富于文采。炙毂：指善于议论，滔滔不绝。语出《史记·荀卿列传》。

[6] 戈飞：指字迹飞舞。戈指书法中向右下的斜勾。

【评析】

明人对小题文字颇重视，以之比拟唐之诗、宋之词、元之曲。在现在看来，小题已经没有任何文学价值了。

复青寥上人

紫柏、憨山皆向上钳锤[1]，聪明大有力者。但一为夏日，一为冬日[2]，不若密藏月川，酌而用之。然以愚意评说，老佛原是慈悲，怒目者把门，低眉者上坐[3]。虽是谑语，亦觉有味耳。

【注释】

[1] 紫柏：明代僧人，俗姓沈，名真可，字达观，以号行。万历年间创刻方册《大藏经》，万历三十年（1602）因"妖书"案被诬，死于狱中。　憨山：明代僧人，俗姓蔡，名德清，字澄印，以号行。曾主持牢山（今崂山）海印寺。有《憨山梦游集》《憨山语录》传世。与紫柏、莲池、蕅益并称为明代"四大高僧"。　钳锤：冶工以钳夹赤热铁，以锤锻炼于铁床上，佛教借以喻师家接得僧众，使其成器。

[2] 夏日、冬日：《左传·文公七年》："鄷舒问于贾季曰：'赵衰、赵盾孰贤？'对曰：'赵衰，冬日之日也。赵盾，夏日之日也。'"杜预注："冬日可爱，夏日可畏。"

[3] "怒目"二句：指寺庙中金刚守门，佛菩萨上坐。

【评析】

谑庵善谑，以谑语入文，亦觉有味。

复秦朱明

一字三呼，还不止此，读《广选》则汉晋唐宋骚赋诔赞祭文诗铭等作叶韵者[1]，皆在舌杪间一转[2]，不可泥求之也[3]。切字法惟竺乾等韵不差[4]，然亦须有传授。至寻常半切，可以意会耳。秀才读书，知道半字，就已难得。但得大意，不求甚解，亦捷径法也。然此语不可为训，大抵神而明之，存乎其人。譬之"嗳哟"二字，卒然起者为惊声惜声，敛而伸之则为不然不肯之声，急暴大呼则为痛声，媚喁微謦则为儿女子快活之声，非一端可尽，只在唇吻间轻重缓急写出也。

【注释】

[1]《广选》：即《广文选》，明刘节编，八十二卷，增广《文选》篇目，其取舍颇为人所诟病。叶（xié）韵，诗韵术语。谓有些韵字如读本音，便与同诗其他韵脚不和，须改读某音，以协调声韵，故称。

[2] 舌杪：舌尖。

[3] 泥：拘泥。

[4] 切字法：指反切，汉语的一种传统注音方法，以二字相切合，取上一字的声母，与下一字的韵母和声调，拼合成一个字的音。 竺乾：古印度的别称。 等韵：一种研究汉语发音部位与发音方法的科学，受梵语的影响很大。

【评析】

论语音，以"嗳哟"二字为例，剖析明晰，既恰切，又生动。

简徐亮生

马阮尽草包[1],一摇鼓鏊卖官,一拿绰板唱曲子耳[2]。天下事去矣,足下可速归。

【注释】

[1] 马阮:指马士英和阮大铖。马士英,字瑶草,贵阳人。万历四十七年(1619)进士。崇祯时累官右佥都御史,坐事废,复起为兵部侍郎。李自成攻陷北京后,拥立福王于南京,任东阁大学士,进太保,专国政。与阮大铖相勾结,专事报复复社诸君子。清兵破南京后,逃往浙江,为其家丁缚献清军,被杀。阮大铖,字集之,号圆海、石巢、百子山樵,安徽怀宁人。万历四十四年(1616)进士。天启时任吏科都给事中,后以附魏忠贤,名列逆案,终崇祯一朝,废斥十七年。福王立,附马士英同领朝政,官至兵部尚书。清兵破金华,阮大铖乞降,旋又与马士英等密疏请唐王出关,已为内应,事泄知不免,投崖死。著有《燕子笺》《春灯谜》等传奇。

[2] 绰板:即拍板,打节拍的一种乐器。

【评析】

只用二句写马阮行事之特征,已可谓穷形尽相。

与翁文澜

鼎儿情淡如菊[1],乞吾师遂其力学,教之古艺,渠必夺帜中原,不可专勖烂时文也[2]。

【注释】

[1] 鼎儿:王思任之子,名鼎起。

[2] 勖：勉励。

【评析】

不专学时文，有见地。

与沈瑞生

吾兄，益友也[1]。予已改过，幸为录之。其晨外诗上，乞一批语。吾辈忠君爱国，岂在缙绅布衣哉！

【注释】

[1] 益友：于己有益之友。《论语·季氏》："益者三友，损者三友。"

【评析】

向朋友认错，语气坦诚。

付鼎儿

"《易》书只有太极，宋儒多添'无极'二字"。汝此言最得羲统[1]，非欧阳子信经废传之说相类[2]。汝又言羲画即初制之天、地、水、火、雷、风、山、泽八字也，知汝近日亦究《乾凿度》[3]。我看乾之初爻，潜即无首妙蕴[4]，大衍五十数，虚一不用为数之祖[5]，三百八十四爻[6]，潜于初而勿用者为爻之宗。汝可与翁师细参，晚刻来酌酒再谈。

又

性命不分两物，中和不分两念，戒惧慎独不分两功，未发与发不分两境，天地位万物育不分两事[7]。鼎儿可从此处体认太极也。

又

太极死圈，两仪板画[8]，焉知太极之不方，两仪之不竖耶？

【注释】

[1] 羲统：指《易经》的统绪。羲，伏羲，相传曾画八卦。此代指《易经》。

[2] 欧阳子：指欧阳修。欧阳修怀疑古代典籍的真实性，提出"信经废传"之说。

[3] 《乾凿度》：《易经》纬书之一，内容晦涩难解。

[4] "我看"二句：《易·乾》爻辞："初九，潜龙勿用。""用九，见群龙无首，吉。"

[5] "大衍"二句：《易·系辞》："大衍之数五十，其用四十有九。"大衍，指用大数以演卦。

[6] 三百八十四爻：《易经》共六十四卦，每卦六爻，凡三百八十四爻。

[7] "性命"数句：《中庸》："天命之谓性，率性之谓道，修道之谓教。道也者，不可须臾离也，可离非道也。是故君子戒慎乎其所不睹，恐惧乎其所不闻。莫见乎隐，莫显乎微，故君子慎其独也。喜怒哀乐之未发，谓之中；发而皆中节，谓之和。中也者，天下之大本也；

和也者，天下之达道也。致中和，天地位焉，万物育焉。"

[8] "太极"二句：《易·系辞》："是故易有太极，是生两仪。"两仪指天地。宋儒创太极图，为阴阳相抱之圆形，而以阴阳长方形代表两仪。

【评析】

虽是谈论理学，然文笔疏隽，依然是小品格调。

让马瑶草 [1]

阁下文采风流，才情义侠，职素钦慕。即当国破众疑之际，爰立今上，以定时局，以为古之郭汾阳 [2]，今之于少保也 [3]。然而一立之后，阁下气骄腹满，政本自由，兵权独握。从不讲战守之事，只知贪黩之谋，酒色逢君，门墙固党，以致人心解体，士气不扬。叛兵至则束手无策，强敌来而先期以走，致令乘舆播迁 [4]，社稷丘墟。阁下谋国至此，即喙长三尺，亦何以自解？

以职上计，莫若明水一盂 [5]，自刎以谢天下，则忠愤节义之士，尚尔相谅无他。若但求全首领，亦当立解枢权，授之才能清正大臣，以召英雄豪杰，呼号惕励，犹可幸望中兴。如或逍遥湖上，潦倒烟霞，仍效贾似道之故辙 [6]，千古笑齿，已经冷绝。再不然如伯嚭渡江 [7]，吾越乃报仇雪耻之国，非藏垢纳污之区也，职请先赴胥涛 [8]，乞素车白马 [9]，以拒阁下。上干洪怒，死不赎辜。阁下以国法处之，则当束身以候缇骑 [10]；私法处之，则当引领以待鉏麑 [11]。

【注释】

[1] 让：以词相责。 马瑶草：马士英字瑶草，参见《简徐亮生》注 [1]。

[2] 郭汾阳：即唐郭子仪，以平定安史之乱，被封为汾阳王。

[3] 于少保：即明于谦，"土木堡之变"后坚守北京，击退瓦剌军，论功加少保衔。

[4] 乘舆：皇帝所用的器物，此用以指代皇帝。

[5] 明水，古时祭祀所用的净水。

[6] 贾似道：南宋末权相。宋理宗端平初年，蒙古兵攻鄂州，贾似道纳币请和，而诡称用兵解围。之后常在西湖宴游，不治军备，导致了南宋的灭亡。

[7] 伯嚭：春秋时吴王夫差的太宰。从楚国渡江逃至吴国，弄权误国，导致吴国灭亡。

[8] 胥涛：指钱塘江涛。相传伍子胥死后为钱塘江潮神，故称。

[9] 素车白马：此指水神。《太平广记》卷二九一"伍子胥"条引《钱塘志》载伍子胥因屡谏吴王夫差而被赐死，临终对其子说将朝暮乘潮，以观吴之败。后钱塘江朝暮涨巨潮，"时有见子胥乘素车白马在潮头之中，因立庙以祀焉"。

[10] 缇骑：逮治犯人的官役，明代指锦衣卫。

[11] 鉏麑：春秋时前去刺杀晋国大夫赵盾的刺客，此泛指刺客。

【评析】

张岱《王谑庵先生传》载："甲申国变，弘光蒙尘，马士英称皇太后制，逃奔至浙，先生以书抵之曰：……书传，人大快之。"

李慈铭云：遂东行事固无甚异，然其风流倜傥，自是可观，与马士英书气宇峰举，犹堪想见。（张岱《有明越人三不朽图赞》批语）

周作人云：此文价值重在对事对人，若以文论本亦寻常，非谑庵之至者。（《夜读抄·文饭小品》）

游　记

游满井记[1]

　　京师渴处，得水便欢。安定门外五里有满井[2]，初春，士女云集，予与吴友张度往观之。一亭函井，其规五尺[3]，四洼而中满，故名。满之貌，泉突突起，如珠贯贯然，如蟹眼睜睜然，又如鱼沫吐吐然，藤翁草翳资其湿。

　　游人自中贵外贵以下[4]，巾者，帽者，担者，负者，席草而坐者，引颈勾肩履相错者，语言嘈杂。卖饮食者，邀诃好火烧[5]，好酒，好大饭，好果子。贵有贵供，贱有贱鬻。势者近，弱者远。霍家奴驱逐态甚焰[6]。有父子对酌，夫妇劝酬者；有高髻云鬟，觅鞋寻珥者；又有醉詈泼怒，生事祸人，而厥天陪乞者[7]。传闻昔年有妇即此坐蓐，各老妪解襦以帷者，万目睒睒，一握为笑。而予所目击，则有软不压驴，厥天扶掖而去者；又有脚子抽登复堕[8]，仰天丑露者；更有喇唬恣横，强取人衣物，或狎人妻女，又有从傍不平，斗殴血流，折伤至死者。一国狂惑。予与张友买酌苇盖之下，看尽把戏乃还。

【注释】

[1]满井：北京东北郊名胜。

[2]安定门：北京城门之一，在东北方向。

[3]规：圆周。

[4] 中贵：指宦官。　外贵：相对于"中贵"而言，指一般显贵官僚。

[5] 邀诃：即"吆喝"。　火烧：用面粉做成的一种食品。

[6] 霍家奴：汉代大将军霍光，声势煊赫，其家奴亦仗势欺人。后世遂以"霍家奴"指豪门权贵的家奴。

[7] 厥天：疑意同"厥角"，以额触地。

[8] 脚子：脚夫。登：凳。

【评析】

这篇文章描写初春时北京人游满井的市井风貌，没有多少美感，但很真实。用俗语描写市井，这是游记的另类写法。对此，周作人很欣赏，他说："自来纪风物者大都止于描写形状，差不多是谱录一类，不大有注意社会生活，讲到店头担上的情形者。《谑庵文饭小品》卷三《游满井记》中有这几句话：'卖饮食者，邀诃好火烧，好酒，好大饭，好果子。'很有破天荒的神气。《帝京景物略》及《陶庵梦忆》亦尚未能注意及此。"（《夜读抄·一岁货声》）在王思任之前，袁宏道有名篇《满井游记》，描写景色极为生动，王思任或许有"眼前有景道不得"之感，才转而另选视角吧。

游摄山记 [1]

天都太学郑于荥[2]，文且侠。予以南比部待考[3]，于荥数过握椠饮[4]。招同山人柳陈父、门生曹元甫、姻友俞际虞游栖霞，即摄山也。山有药草可摄生，得名。出玄武堤，四十五里，竭厉柯且倦[5]，郑供未至，旧子民采石秦、符二姓偶遭之[6]，亟以壶榼饷[7]，得其济矣。

谒佛后，访江总持碑[8]，不可得。看银杏二株，气势摩汉[9]，千馀年物也。殿亦伟丽，摩自鸣钟，香僧侈其事。陟千佛岭，而郑使至，得纵饮其上，醉甚，宿于方丈，际虞侣之。同起看月，正在殿题间[10]。明日取峰顶，由涧道入，杨少宰有岣嵝碑[11]，予年友范长白特为纪其事[12]。所谓天开岩者胜绝。饮珍珠泉，一步一喘，一喘一坐，而得中峰，高四百丈，关帝庵其上，一童锐耳[13]。四天云末，黑如豆粒者，吴、娄、松三江中之山耶[14]？有扇一方，对瓜步之石帆耶[15]？龙马奔腾，如阵排甲卸，而一凝然受拜者，其钟山耶[16]？庵僧固求楣帖，予已酣极，为之大书"千顷泓然常供佛，万山疲极为勤王"，投笔而起。

至寺，则郑使移尊襆于苍籙上人房矣[17]。其楼倚青玉之壁，松涛鸟弄[18]，流泉在其户下，胜不可言。陈父言秋闱租此者[19]，一日三金。予曰："三金而买一日，有此贱日哉？"元甫曰："吾将鬻身削发，住此间矣。"于荥曰："何至乃尔？"约异日再游，归。

【注释】

[1] 摄山：即栖霞山，在江苏南京市东北栖霞镇。

[2] 天都：京都。　太学：太学生。

[3] 南比部：指南京刑部。明代在南京亦设有六部，比部为刑部司官的通称。　考：考绩。

[4] 握槊：古代的一种博戏，"双陆"之一类。

[5] 竭蹷：力竭跌倒。　枵：空腹，饿。

[6] 采石：即采石矶，在安徽当涂县西北，此指当涂。王思任曾任当涂县令。

[7] 壶榼（kē）：盛饮食的器具。

[8] 江总持：江总，字总持，历仕梁、陈、隋三朝，陈时为陈后主所宠信，官至尚书令。在官不理政事，日与陈后主宴饮赋诗，时称"狎客"。江总碑，栖霞寺名胜，唐韦应物诗云："若到栖霞寺，先看江总碑。"南朝陈至德四年（586），由江总撰，李需书。行书，现存残石二片。

[9] 汉：霄汉。

[10] 题：头，顶端。

[11] 杨少宰：即杨时乔，字宜迁，号止庵，江西上饶人，嘉靖进士，万历中累官吏部左侍郎，为官清正。卒谥端洁。有《杨端洁集》。少宰即《周礼·天官》的小宰，明清时用以指称吏部侍郎。岣嵝碑：古篆体书，传为夏禹撰书，当是后人伪托。石原刻在湖南衡山云密峰，又名岣嵝峰。宋嘉定中何致手摹碑文刊之。原拓无传。明杨慎刻于安宁州。万历中杨时乔刻于江苏栖霞山天开岩。

[12] 范长白：范允临，字长倩，一字长白，号石公。松江华亭人，居吴县。万历二十三年（1595）进士，授南兵部主事，改工部，历郎中，以按察佥事提学云南，迁福建布政司参议。善书法，有《输寥馆集》。

[13] 童锐：光秃而尖锐。

[14] 吴、娄、松三江：太湖的三条支流，又名吴淞江。

[15] 瓜步：瓜步镇，在江苏六合县东南。石帆：石帆山，在瓜步镇。

[16] 钟山：即紫金山，在江苏南京东。

[17] 尊：酒樽。襆：包袱。

[18] 弄：奏乐。

[19] 秋闱：乡试。乡试例于八月举行，故称。闱指科举考试的考场。

【评析】

叙游踪简洁有致，杂以对话，从侧面表达对胜景的流连不舍，是其行文独特处。

再游灵谷寺看松记 [1]

予见松多矣，即无如灵谷。灵谷松如待试者，有老秃，有伛偻，有髯壮，有童子，有瘦长子，以千万计。高皇帝弓剑邻于钵杖[2]，百里内林薮，诏毋斧，故多老其天年。

予比部时[3]，与寅知数过[4]，月旦在天界之上[5]。予中废将四十年，复起缮部[6]，携友同儿往访之，则秃者尽，伛者枯，壮者老，童者壮，瘦者肥悍，已擎斗绣天矣。仍从第一禅门入，自愿以趾代舆，顾寒风袭袂，每怅不带奇温[7]。命儿择胜，得松呼涧笑、芳草萋萋处，布席具餐，弈者弈、握槊者握槊[8]，投琼者投琼[9]，把卷者把卷[10]，藏钩者藏钩[11]，胜事也。即此胜地，亦不语人，待解者认续。若八功阿耨水、迁志墓、无梁殿[12]，皆六朝烟草中旧迹，前人纪之已悉。至琵琶街，一响谷加砖耳，何所传灵！吾乡南明山[13]，踏之锵锵然[14]，堂堂然[15]，金之则金也[16]，革之则革也[17]，丝之则丝也[18]，人舌讵有定乎？右方丈望钟阜[19]，翠倩可怜，柏松桧竹，苔毛藓发[20]，俱可荫人，誓绝尘世。第孝陵鹿每窥僧饭[21]，不止日攘[22]，予默想欲合全鹿丸，只须此中胖和尚数体，命诸儿得借一间，受用不尽也。

【注释】

[1] 灵谷寺：在江苏南京市中山陵东，松木参天，一径通幽，古称"灵谷深松"，为金陵四十八景之一。

[2] 高皇帝：指明太祖朱元璋。 弓剑：传说黄帝骑龙升仙，小臣攀附欲上，致堕帝弓；又黄帝葬桥山，山崩，棺空，仅存剑、鞋。后以弓剑指皇帝的遗物或对皇帝的哀思。 钵仗：僧人所持钵盂和锡杖。这里意谓明孝陵（朱元璋陵墓）与灵谷寺相近。朱元璋未起事时曾为僧，此句亦暗指其事。

[3] 比部：指刑部司官。王思任曾任南京刑部主事。

[4] 寅知：同僚和相知者。

[5] 月旦：品评。

[6] 缮部：指工部营缮司。王思任曾任南京工部主事。

[7] 奇温：指绵絮。南朝刘宋时隐士朱百年"家素贫，母以冬月亡，衣并无絮，自此不衣绵帛。尝寒时就（孔）凯宿，衣悉袯布，饮酒醉眠。凯以卧具覆之，百年不觉也。既觉，引卧具去体，谓凯曰：'绵定奇温。'因流涕悲恸。凯亦为之伤感"。见《宋书》卷九十三。

[8] 握槊：古代的一种博戏，"双陆"之一类。

[9] 投琼：掷骰子。

[10] 把卷：持卷，看书。

[11] 藏钩：古代的一种游戏。相传汉昭帝母钩弋夫人少时手拳，入宫，汉武帝展其手，得一钩，后人乃作藏钩之戏。

[12] 八功阿耨水、迁志墓、无梁殿：皆灵谷寺名胜。

[13] 南明山：在浙江新昌县南。

[14] 鍧（hōng）鍧：象声词，钟鼓之声。

[15] 堂堂：即"镗镗"，鼓声。

[16] 金：八音之一，指钟声。

[17] 革：八音之一，指鼓声。

[18] 丝：八音之一，指琴瑟等弦乐器之声。

[19] 钟阜：指钟山，在灵谷寺西。

[20] 苔：一种草名。 藓：苔藓。

[21] 孝陵：明太祖朱元璋陵墓，在江苏南京东郊钟山南麓。

[22] 日攘：每日偷窃。攘，窃。

【评析】

题为"看松记"，而写松笔墨甚少，对其他景物议叙甚多，然而行文恣肆放诞，使人不觉其结构之偏枯。见孝陵鹿欲合全鹿丸，出以诨语，亦是谑庵本色。

三登燕子矶记 [1]

万历乙巳冬 [2]，同咨年友唐存忆招予 [3]，共谢在杭游燕矶 [4]。

出观音门入清江道院，少憩，由关帝祠右上水云亭，榜曰"天空海阔"，湛甘泉先生笔也[5]。数级而上肃帝[6]，则气吞江表矣。又上之为矶顶，其亭曰"俯江"。予与在杭饮弈，存忆以大觥觍劝负者[7]。

今崇祯癸酉[8]，在杭久化去，存忆为宪长[9]，而予仍复为小司空[10]。偶摄城垣，董修至此，例有官餐。予命之设于矶上，邂逅道院之塾师，拉其对饮，此人殊愦愦。每江帆一过，予引一巨觥祝其平安[11]，亦一乐也。

予解江州之节[12]，己卯游邗返[13]，经过其下，矶石齿齿[14]，一老渔向予言："二十年前，矶穴中有十丈者，百千丈至万丈者，水漫迷舟，一触即苦。今皆沙淤平善，不复虑也。"何以名燕子？曰："群石飞动，紫颔黑体如燕子然。"老渔岂欺我哉！复市鱼觅醴，至亭顶，同友生吴竟宇、田远度、阮周生或弈或投琼[15]，毫无官守之顾，得遂逍遥之情，较昔年之乐更倍。临别辞帝，似甚不能忘情者。帝曰：将子无死，尚复能来。

【注释】

[1]燕子矶：在江苏南京北郊观音门外，是岩山东北的一支。山石直立江上，三面临空，形似燕子展翅欲飞，因称燕子矶。

[2]万历乙巳：万历三十三年（1605）。

[3]同咨：明代指同时被荐举而授官者，因名列同一咨文，故称。　年友：指同年科举中第者。　唐存忆：唐世济，字美承，号存忆，浙江乌程人，万历二十六年（1598）进士，授宁化知县，以廉卓，征为监察御史，历兵部右侍郎，崇祯中官至左都御史。

[4]谢在杭：谢肇淛，字在杭，福建长乐人，万历二十年（1592）进士，任湖州推官，累迁工部郎中，广西左布政使，是当时著名文士。卒于天启四年（1624），年五十八。

[5]湛甘泉：湛若水，字元明，号甘泉，广东增城人。明弘治末

进士,历官南京兵部尚书。与王阳明相应和,学者称甘泉先生。卒谥文简。

[6] 肃:揖拜。 帝:指关帝。

[7] 兕觥:一种兽形酒器。

[8] 崇祯癸酉:崇祯六年(1633)。

[9] 宪长:中央监察机关的首长,明代指都察院的都御史。

[10] 小司空:官名,《周官》冬官之属,为司空的副贰。隋以后用以称工部侍郎或工部司官。

[11] 巨:巨觥,大杯。

[12] "予解"句:王思任曾任江州备兵使者,为人所攻讦,罢职。

[13] 己卯:崇祯十二年(1639)。 邗(hán):江苏扬州。

[14] 齿齿:排列如齿之状。

[15] 投琼:掷骰子。

【评析】

分记三次燕子矶之游,情境角度不同,而各极其致,写景抒情均极简净。

登龙山记[1]

万历癸卯九月九日[2],当涂令王思任棘闱题解事竣[3],还官,拉同广文新昌刘干正、泰州李廷芳、无锡浦蒙泰至龙山登高[4],寻孟嘉落帽处,记孙盛之雅嘲,喜参军之即答[5],述苏轼之补文[6],食茱萸长寿之饼[7],饮菊花去疾之酒。霞天有雁,返照澄江,新月空飞,千山呈媚。数千年后续桓、孟作披襟之乐,勒名崖下。

【注释】

[1] 龙山：在安徽当涂县东南。

[2] 万历癸卯：万历三十一年（1603）。

[3] 棘闱：科举考试的试院。

[4] 广文：指儒学教官。

[5] "寻孟"三句：《世说新语·识鉴》注引《孟嘉别传》："（孟嘉）后为征西桓温参军。九月九日温游龙山，参寮毕集。时佐史并着戎服，风吹嘉帽堕落。温戒左右勿言，以观其举止。嘉初不觉，良久如厕，命取还之。令孙盛作文嘲之，成，着嘉座。嘉即还答，四座嗟叹。"

[6] 苏轼补文：《世说新语》中未载孙盛、孟嘉的文章，后世亦不传，苏轼因此戏作《补龙山文》，见《东坡全集》卷一百。

[7] 茱萸：一种植物，其味香烈。古代风俗，九月九日重阳节佩戴茱萸，以祛邪避灾。

【评析】

此篇为崖下勒名，故寥寥数句，略记游踪。

旧游采石记[1]

予补令当涂，翰编孙淇澳邂逅称贺[2]，予曰："冲途牛马也[3]，何贺？"淇澳曰："贺年兄得采石。"言曾泛舟其下，长江于此清，明月于此正。异哉玄珠，象罔得之乎[4]！

比至，则镇有绅，拂尘于太白祠[5]。肃后[6]，心谓先生着宫锦袍，骑鲸捉月，翰编所羡拟者，此间哉。是时腊望[7]，霜空九天，练澄碧杳，渔火孤寒。予此来为先生洗明月也，而先已得采江之月。新令体严，从者不语，且别去。才服官而屯田使者至[8]，未几上江使者至矣[9]，未几督抚予宁至矣[10]，未几吏垣长至矣[11]，人人督邮[12]，时时负弩[13]，翰编贺我者耶？支吾四应讫，二三友生觞我于燃犀亭上，是温峤心动处也[14]。俯首一窥，惴惴僳僳，老鹘悲鸣，而予识采江之险。上之则冈矣，云常开平首登此[15]，战鼓轰接，开平大呼，从舟头一跃，透起二丈，予于此得采江之壮。又上之望东西二梁，若文君黛者，蛾眉亭也，而予于此受采江之秀。他日郁孤黄仪部庭筀至[16]，饮游憩于老松之下，清风徐徐，俱千百年物，一松一骅[17]，而予于此得采江之松。弱侯焦太史以丈洲之役[18]，劳我于牛渚之间，值明霞宝绮，秋水长天，倒映蛟龙之窟，煜煜然，而予于此得采江之霞。兵使者来，迎之不至，滂沱晦塞，几于县官无火，而予于此知采江之烟雨。某子甲争山争甽界争命[19]，公事信宿，辄向李先生对饮，明晨凭槛，一鱼跳掷，首尾卷然，银晃雪团，仇巡简勅渔且待价，庖子得之，生平鲜旨，而予于此得采江之鲥鱼。送直指出江[20]，暴风突起，惊涛拍岸，予寄命一箬舠[21]，直指以手麾谢，其所乘馀皇[22]，颠播亦失色。一物腾入予舟，匪鼋匪豕，匪鹿匪鲟，俨然渥洼驹也[23]。舟人胆碎，予且矫情镇之，侥幸至祠下，焚一楮别之[24]。而予得采江之骍马[25]。逾三十五年再起榷于湖[26]，事竣，返棹至矶下，则山皜松黑[27]，李思训辈画琼岛雪峰[28]，定不见此，而予于此得采江之雪。此又皆翰编之所不及见者也。

外史氏曰：尘之裹人久矣，有终身不见山水者，有终其身在山水而不见山水者。若予令姑孰至采石[29]，有一息之偷，即采石也。青莲先生捉月去是诨语[30]，然以不了之明月，偿有尽之幻躯，对头亦大矣。而予几十年得依先生于采石，孙翰编贺我，可贺也。

【注释】

[1] 采石：即采石矶，在安徽当涂县西北，牛渚山北突入长江中之矶，为长江最狭之处，形势险峻。

[2] 翰编：翰林院编修。 孙淇澳：孙慎行，字闻斯，号淇澳，江苏武进人。万历进士，擢礼部右侍郎，天启中官礼部尚书。操行高洁，为一时楷模。卒谥文介。

[3] 冲途：冲要之地。

[4] "异哉"二句：《庄子·天地》："黄帝游乎赤水之北，登乎昆仑之丘，而南望还归，遗其玄珠。使知索之而不得，使离朱索之而不得，使吃诟索之而不得也，乃使象罔，象罔得之。黄帝曰：'异哉！象罔乃可以得之乎？'"玄珠，指道的本体。象罔，虚拟人物，意为似有象而实无。谓无心，故能得玄珠。

[5] 太白祠：又名谪仙楼、青莲祠，为纪念李白而建。李白晚年寄寓当涂，相传游采石矶时乘醉赴江捉月而死。

[6] 肃：揖拜。

[7] 腊望：腊月望日，十二月十五日。

[8] 服官：上任。 屯田使者：官名。

[9] 上江使者：官名。上江指安徽。

[10] 督抚：总督和巡抚。 予宁：官员因父母去世而在家守丧。

[11] 吏垣长：吏部长官。垣，官署。

[12] 督邮：官名，郡守佐吏，掌督察纠举所领县违法之事，汉晋时设置。《晋书·陶潜传》："以（潜）为彭泽令。……郡遣督邮至县，吏白应束带见之。潜叹曰：'吾不能为五斗米折腰，拳拳事乡里小人！'"

[13] 负弩：身背弓矢迎接上级官员。《史记·司马相如列传》："蜀太守以下郊迎，县令负弩矢先驱。"

[14] "二三"二句：燃犀亭，采石矶名胜。传说晋温峤至采石矶，水底有音乐之声，水深不可测，人云下多怪物。温峤燃犀角照之，照见水族覆火，奇形异状。见南朝宋刘敬叔《异苑》。温峤，晋太原祁县人，字太真。元帝时为刘琨右司马，明帝时任侍中，转中书令，官至

骠骑大将军,死于苏峻之难。《晋书》有传。

[15] 常开平:常遇春,朱元璋大将,封鄂国公,死后追封开平王。曾从朱元璋攻采石矶。

[16] 郁孤:郁孤台,在江西赣县。　仪部:指礼部司官。　黄庭筀:不详。

[17] 斝(jiǎ):古代一种铜制酒器,圆口,三足。

[18] 弱侯焦太史:焦竑(1540—1620),字弱侯,号漪园,又号澹园。南京人。万历十七年(1589)状元,授翰林院修撰,晚明著名学者。太史是翰林院官员的别称。

[19] 甽(quǎn):古"畎"字,田沟。

[20] 直指:朝廷直接派往地方处理事务的官员,也称"直指使者"。

[21] 箸舠:竹船。箸,竹的一种。舠,刀形小船。

[22] 馀皇:船名。亦作"艅艎"。《左传·昭公十七年》:"楚师继之,大败吴师,获其乘舟馀皇。"

[23] 渥洼驹:《史记·乐书》:"又尝得神马渥洼水中。"渥洼,水名,在甘肃瓜州县。

[24] 楮:此指纸钱。

[25] 駮马:兽名。《山海经·北山经》:"(敦头之山)其中多駮马,牛尾而白身,一角,其音如呼。"

[26] 榷:主管专卖之事。　于湖:当涂县的古称。

[27] 皓(hào):洁白。

[28] 李思训:唐玄宗时著名画家,善画青绿山水。

[29] 姑孰:当涂县的古称。

[30] 青莲先生:指李白,李白号青莲居士。　诨语:诙谐有趣的话。

【评析】

游采石矶,历次会心者不同,故所得亦不同。此篇不具体写某次之游,而是写历次所得,由不同的片断构成采石矶的整体,手法颇为新颖独特。

上君山记[1]

山以春申君得名[2]

南龙尽于江阴,予疑君山所止。秉铎云间[3],以送试事,特往察之。下关不锁,去海洋洋,朝对沙驮,亦无情面,人子须知,讵郭璞哉[4]?会朱青浦惕庵、熊上海南石,醵具以游[5]。石老松长,风疏日美,天籁徐鸣。遥睇三山,可以绿翼飞至。相与寻泉试茗,随几布棋。吴中秀髦,红绮蕊簪,俱来探视。璧人有几?汗香粉落。予曰:我师汝者,可与共学。一揖即行,不通名氏,只剩梦思。

【注释】

[1]君山:在江苏江阴县北,突起平野,俯临长江,形势险要。又名瞰江山。

[2]春申君:战国楚人,名黄歇。楚考烈王以之为相,封春申君,赐淮北十二县,后改封于江东。相楚二十五年,有食客三千馀人,与孟尝君、平原君、信陵君并称为四公子。

[3]秉铎:做教官。 云间:上海松江县(今上海松江区)的古称。

[4]"朝对"四句:郭璞,字景纯,晋河东闻喜人,东晋初避乱至江南,以通卜筮之术著称。《晋书》本传载:"璞以母忧去职,卜葬地于暨阳(即后世之江阴),去水百步许。人以近水为言,璞曰:'当即为陆矣。'其后沙涨,去墓数十里皆为桑田。"

[5]醵(jù):凑集钱物。

【评析】

文笔轻灵,不见着力处。

游广陵诸胜记 [1]

曰梅花岭。阁以何逊胜 [2],逊又因少陵之咏胜 [3]。今官舍、官庖、官酒、官腔、官便已耳,吏皂庞杂,花不容开。朝言公事,有花不目。而予独赏其临池一帖,"鱼床侵岸水,鸟路入山烟",此王子安语也 [4],不俗。

曰邗沟 [5]。柳绿隋堤,风光漪媚,苇荇芊眠,亦自楚致,然而不可方舟 [6]。惟多垆店,煎鲚燔豕,甜浓恶酝,令人苦趣。而少妇翁不知其解,以我为生憎也。

曰蜀冈。不见蒙顶之茶 [7],亦不见冰雪之井,北邙蒿里 [8],政似小儿痘上加痘者 [9]。人生只合扬州死 [10],何不学仙冢累累 [11]?

曰迷楼 [12]。今作"鉴" [13],"鉴"固佳,即仍其"迷"亦自可。四宝帐虽以亡国 [14],然炀帝命名俱文妙,只不合作官家耳 [15]。

曰九曲池 [16]。已湮没,木兰水调,至今凄切,则不审当年主何意也?

曰司徒庙 [17]。清明日,翠鬟朱颜,香灯钟鼓,游人万集,筵箪祈卜 [18],至履错簪遗。以予目所睹,尽粉本也,扬州实无色。

曰法海寺。诸亡赖于此跌博 [19],放风鸢,或拳勇飞星,或兽妆鬼扮,以恐吓妇女。

曰大明寺。水品亚于南泠 [20],特袖吾乡日铸试之 [21],亦觉清逸而已。晏元献憩此得句 [22]"无可奈何花落去",若不能联,江都尉王琪傍侍 [23],应声曰:"似曾相识燕归来。"公即荐辟馆职 [24],遂跻侍从 [25],吾家有人。

曰平山堂 [26]。欧阳公所建者,看江南诸山殊远畅。适门人吴令则、孙登甫担具精腆,有二伎能太平曲,人弃我取,尽欢沾醉,燃松呼钥而启城闉[27],邗人亦有后至者[28]。

【注释】

[1] 广陵:今江苏扬州。

[2] 何逊:南朝梁人,字仲言。文章与刘孝绰齐名,世称"何刘"。官尚书水部郎。何逊在扬州时,廨宇有梅盛开,吟咏其下。后居洛阳,思梅不得,固请再往扬州。既至,适梅花盛发,大开东阁,延文士啸傲终日。

[3] "逊又"句:少陵指杜甫,杜甫号少陵野老。其《和裴迪登蜀州东亭送客逢早梅相忆见寄》诗云:"东阁官梅动诗兴,还如何逊在扬州。"

[4] 王子安:王勃,字子安,"初唐四杰"之一。

[5] 邗沟:联系长江和淮河的古运河,南起扬州以南的长江,北至淮安以北的淮河。

[6] 方舟:两船并排行进。

[7] 蒙顶:茶名,产四川雅安市名山区蒙山之峰顶,故名。其茶香气芳烈,唐宋以来即有名茶之称。

[8] 北邙:山名,在河南洛阳东北。汉魏以来,公卿贵族的葬地多在于此,后因以泛称墓地。 蒿里:山名,在泰山之南,为死人之葬地,后用以指代坟墓。

[9] 政:正。

[10] "人生"句:唐张祜《纵游淮南》:"十里长街市井连,月明桥上看神仙;人生只合扬州死,禅智山光好墓田。"

[11] "何不"句:《搜神记》载:辽东丁令威成仙后化鹤归乡,作人言:"有鸟有鸟丁令威,去家千年今始归,城郭如故人民非,何不学仙冢累累。"

[12] 迷楼:楼名。隋炀帝时,浙人项升进新宫图,帝令扬州依图起造,经年始成。回环四合,上下金碧,工巧弘丽,自古无有。人误入者终日不得出。帝顾左右曰:"使真仙游其中,亦当自迷也,可目之曰'迷楼'。"见《迷楼记》。

[13] 今作"鉴"：蜀冈东峦有观音寺，寺中存"鉴楼"一座，相传是隋炀帝迷楼的故址。

[14] 四宝帐：《大业拾遗记》："（炀帝）乃建迷楼，择下俚稚女居之，使衣轻罗单裳……，楼上张四宝帐，帐各异名：一名散春愁，二名醉忘归，三名夜酣香，四名延秋月。"

[15] 官家：对皇帝的称呼。

[16] 九曲池：隋炀帝欲幸江都，命乐人撰《水调》九曲，建木兰亭于池上，按节歌之，因名"九曲池"。

[17] 司徒庙：在扬州蜀冈，相传祀茅、许、祝、蒋、吴五神君，隋代封五位神君为司徒。

[18] 筳（tíng）篿（tuán）：古楚越间用灵草编结在断竹枝上以占卜的法术。屈原《离骚》："索藑茅以筳篿兮，命灵氛为余占之。"

[19] 亡赖：无赖。

[20] 南泠：即中泠泉，在金山之西，有天下第一泉之称。

[21] 日铸：日铸山，在浙江绍兴，以产茶著名，所产茶即名日铸茶。

[22] 晏元献：北宋晏殊，谥元献。

[23] 王琪：宋仁宗时人，字君玉，曾任江都主簿、馆阁校勘集贤校理，以礼部侍郎致仕。

[24] 馆职：宋时在史馆、集贤馆、昭文馆等处供职的官员都称为馆职。

[25] 侍从：宋代称翰林学士、给事中、六部尚书及侍郎为侍从。

[26] 平山堂：在瘦西湖畔蜀冈中峰上，大明寺西侧。是北宋庆历八年（1048）欧阳修任扬州太守时营建，于堂内南望江南远山，正与堂栏相平，故取名平山堂。

[27] 城闉（yīn）：城门。

[28] 邗：邗州，扬州的别称。

【评析】

在游记中写市井情状，是王思任为文的一个特点。此文写酒店，写仕女,写无赖,俨然一幅扬州市井图。

再上虎丘记[1]

西湖月上得眠,虎丘日斜方醉。此两家者,予之狎友也。天启丙寅四月十七日[2],宿其寺下。次日昧爽,舟人括漏,一行人俱起。予约友生盥栉,趁平旦之气,往寺礼佛。一苏不到[3],两阜无僧,偶至点头石上[4],信手一推,而石摇摇然。沈叔贤、陆务滋以手按之,则其指似麻麻辣辣者。银鹿王端大叫石动[5],遂止。再推之不可矣。叔贤吴人,云此常事。后询之本地士绅,见未曾有。而予原说了不异石意。叔贤好反驳,好为姑苏吐气,言北寺塔高于报恩[6]。务滋忤之,遂大怒。盛称真娘墓之妙[7],云真娘当日,色乃绝色,声乃绝声,技乃绝技。务滋又忤之曰:"兄闻之耶?见之耶?即何不言墓乃绝墓?"予曰:"真娘墓果绝,有千人盘在可知也[8]。"叔贤闷然,而一行人轰然。

【注释】

[1]虎丘:在江苏苏州阊门外。相传春秋晚期吴王夫差葬其父阖闾于此,葬后三日,有白虎踞其上,故名虎丘。

[2]天启丙寅:天启六年(1626)。

[3]一苏不到:指没有游客。苏轼喜游虎丘,罗大经《鹤林玉露》载:"阊丘公显致仕居吴,东坡过之,必流连信宿,尝言过姑苏不游虎丘,不谒阊丘,乃二欠事。"

[4]点头石:虎丘名胜。传说南朝梁僧竺道生,尝于虎丘寺讲《涅槃经》,人皆不信。后聚石为徒,宣讲至理,石皆点头。见《高僧传》卷七《竺道生传》。

[5] 银鹿：唐代颜岘家童名，事颜真卿终身，祸患不避。后用以指代仆人。

[6] 报恩：报恩寺塔，在南京报恩寺。

[7] 真娘墓：虎丘名胜。唐有吴妓真娘，时人比之苏小小。其墓在虎丘剑池之西。

[8] 千人盘：即千人石，又名千人坐，在虎丘剑池旁，据说可坐千人。

【评析】

沈叔贤与陆务滋之争辩，读之令人解颐。如此笔法，盖所谓以偏师取胜者，很能体现谑庵的风格。

游慧锡两山记 [1]

越人自北归，望见锡山，如见眷属，其飞青天半，久暍而得浆也[2]。然地下之浆，又慧泉首妙[3]。居人皆蒋姓，市泉酒独佳。有妇折阅[4]，意闲态远，予乐过之。买泥人，买纸鸡，买木虎，买兰陵面具[5]，买小刀戟，以贻儿辈。至其酒，出净磁，许先尝论值。予丏洌者清者，渠言燥点择奉，吃甜酒尚可做人乎？冤家，直得一死[6]。沈丘壑曰："若使文君当垆，置相如何地也[7]？"入寺礼佛后，挹泉而酌之。

同上慧巅，望太湖茫茫然，铜墨之影，亦在云凫霞雁之际。下则客肆具整，鱼鲜肉旨，此维扬、白下所不敢望者[8]。涵沃后[9]，探愚谷园[10]，已废。但其泉犹屧响，终不若秦园之石盘骨洁、老树丰稜也[11]。西上锡山，看城内万室鳞次，绣膏锦水，真吴会一福壤也[12]。浮图初建而孙鼎元出[13]，再修而华会榜兴[14]，则信乎有地脉哉。

归舟则人士联翩，笙歌弦索，如五色云中特闻琉璃霓羽，恍然叶法善挈三郎与玉环走月桥，看广陵灯事者[15]。不亦乐乎，不亦悦乎。

【注释】

[1] 慧山：又名惠山，在江苏无锡西。　锡山：惠山东峰脉断处突起的小峰。

[2] 暍（yē）：暑热。

[3] 慧泉：又名惠泉，在惠山第一峰白石坞下，唐陆羽评之为天下第二泉。

[4] 折阅：折价销售。

[5] 兰陵面具：北齐高长恭封兰陵王，勇武而貌美，临阵常戴面具对敌。此指各种面具。

[6] 直：通"值"。

[7] "若使"二句：《史记·司马相如列传》载，卓文君私奔司马相如后，生活穷困，二人在临邛开一酒店，卓文君当垆卖酒，司马相如着仆佣衣服洗涤器皿。

[8] 维扬：扬州。　白下：南京。

[9] 湎沃：指饮酒。

[10] 愚谷园：明代邹迪光（1550—1626，号愚谷）所建之园，在锡山和惠山之间，也称"邹园"。

[11] 秦园：即寄畅园，在惠山东麓，始创于嘉靖初南京兵部尚书秦金，亦称秦园。

[12] 吴会：秦汉时会稽郡郡治在吴县，郡县连称为吴会，在今苏州一带。

[13] 浮图：佛塔，此指佛寺。孙鼎元：孙继皋，字以德，号柏潭，无锡人。万历二年状元，除修撰，累迁礼部侍郎，改吏部，卒赠礼部尚书。鼎元即状元，古时称进士前三名为鼎甲。

[14]华会榜：华琪芳，无锡人，天启五年会试第一。会榜指会试第一名，俗称会元。

[15]"恍然"二句：《集异记》："明皇八月望夜，与叶法善同游月宫，还过潞州城，俯视城郭悄然，而月色如昼，法善因请上以玉笛奏曲，……奏既，复以金钱投城中而还。旬馀，潞州奏是夜有天乐临城，兼获金钱以进。"《杨太真外传》："罗公远天宝初侍玄宗，八月十五日夜宫中玩月，取一桂枝掷空中化为桥，至月宫，聆得霓裳羽衣曲，归而谱记之。"三郎是唐玄宗的小名。

【评析】

文章前半部分写买玩具，向妇人乞酒，曾为周作人所激赏（见周作人《夜读抄·文饭小品》）。后半部分写景则平平。

游北固山记 [1]

江南人北还，入京口[2]，即有家庆；出则茫茫交集。其兴亡逝水之感，每许困衡者知之[3]，而肝扬气往之人不与焉。则北固者，登临噫慨古今南北之所也。金焦胜绝[4]，终有涛心，北固枕铁瓮城[5]，如在茵几，而豆瞰诸山。予每读王湾诗"海日生残夜，江春入旧年[6]"，辄为此山悲壮半晌。

庚戌十月[7]，量移由拳[8]，买樱脯，走眺三山阁，刘伯纯适至，飞觥流览，不觉灯火照扬州矣。下上横斜，星斗俱醉，乃捉伯纯之臂，呵而问之："铜坑东卸[9]，京岘抽中[10]，何以撑突厥山[11]？改元甘露[12]，吴皓何以不固[13]？六化人何居[14]？行僧何往[15]？狮何狞[16]？岂僧繇辈之神物[17]，而为鬼风蚀尽？赞皇手柏[18]，何以干之？天监宝书[19]，何以漫之？胡石既狠，而骑之如羱,谋瞒何语[20]?寄奴何阒[21]?四十九枚鲈鱼何穴[22]?三十六峰研山安归[23]?苏仲恭之群木[24],何以今不颠据?褐衣黄狗,驾肩何出[25]?朱裳霜简,钟鸣何走[26]?仙人咫尺,一鹤可通,岂秦汉之君,而必当褰襦[27]。万年何德?何鱼作人语而免其咎[28]?张祜摹势,山河尽来,何徐凝恶诗而亦愕然得解[29]?"伯纯哑哑曰:"子无他,不过渫愤舒惫之套[30],吾安能变诈缝出天问而地答之也?"予亦哑哑,仿佛记有僧字慎独者,以白茗作供。而予复至披云轩,写旧时阿育王寺诗,畜之,此僧半室,以镜为江,古树老箐[31],撑持数万,得读书坐卧此中,即痿躄不下山足矣[32]。予兄自天氏曰:"子见山即痴去,随处舍身,亦伯纯所谓套也。"因命记之。同游者两侄,曰吉三,曰缄三。

【注释】

[1] 北固山:在江苏镇江北,三面临江。与金山、焦山合称三山。

[2] 京口:今江苏镇江。

[3] 困衡:即"困心衡虑",心意困苦,思虑阻塞。《孟子·告子下》:"困于心,衡于虑,而后作。"

[4] 金焦:金山和焦山,在江苏镇江长江中。

[5] 铁瓮城:即镇江子城,孙权所筑,取坚固如金城之义。

[6] 王湾:唐代诗人。"海日"二句,见其《次北固山下》。

[7] 庚戌:万历三十八年(1610)。

[8] 量移:此指迁职。 由拳:地名,在今浙江嘉兴西南。

[9] 铜坑:山名,在江苏吴县西南。《镇江府志·山川考》:"北固山在郡城一里郡治后,郡南有长山者,发自天目,屏风三茅,至铜坑东卸而来,势高延袤数里,……"

[10] 京岘:山名,在江苏镇江东五里。《镇江府志·山川考》:"京岘中抽而右折,为郡治。"

[11] 突厥山：指金山。北魏时突厥部族居于金山（今阿尔泰山），此处借指镇江金山。

[12] 甘露：三国吴末帝孙皓年号（265—266）。《三国志·吴书·三嗣主传》："夏四月，蒋陵言甘露降，于是改年大赦。"

[13] 吴皓：即三国吴末帝孙皓。暴虐无道，晋武帝咸宁六年晋师灭吴，孙皓降，送洛阳，封为归命侯。

[14] 六化人：指南朝梁著名画家张僧繇在甘露寺所画菩萨像。佛教谓神佛变形为人以化度众生者为化人。苏轼《游甘露寺》："僧繇六化人，霓衣挂冰纨。"

[15] 行僧：《丹徒县志》："鹤林寺杜鹃花，唐贞元年，有外国僧自天台钵盂中以药养根来种之，每春末开时，或窥见二女子来游花下，俗传花神也。"

[16] 狮：《北固山志》："甘露寺旧所藏陆探微画狮子一、菩萨二，以授寺僧。"陆探微，南朝宋时著名画家。

[17] 僧繇：即张僧繇。张鹫《朝野佥载》："润州兴国寺苦鸠鸽栖梁上，秽污尊容。张僧繇乃东壁上画一鹰，西壁上画一鹞，皆侧目向檐外看，自是鸠鸽等不复敢来。"

[18] 赞皇手柏：《丹徒县志》："李卫公手植柏，在甘露寺。"唐李德裕是赞皇（在今河北）人，封卫国公。

[19] 天监宝书：张邦基《墨庄漫录》："京口北固山有二大铁镬，梁天监中铸，盖有文可读。"天监是梁武帝萧衍年号。

[20] "狠石"三句：狠石，在北固山真武祠鞠场，"相传诸葛孔明坐其上与孙仲谋论曹公兵事"。（《方舆览胜》）曹操小字阿瞒。苏轼《游甘露寺》诗："狠石卧庭下，穹窿如伏羱。"羱，大角野羊。

[21] 寄奴：南朝宋开国皇帝刘裕小字寄奴，早年曾在京口讨桓玄。阓：市外门。

[22] 四十九枚鲈鱼：晋谢玄《与兄书》："居家大都无所为，止以垂纶为事，足以永日。北固山下大有鲈鱼，一手钓得四十九枚。"

[23] 三十六峰研山：《铁围山丛谈》卷六："江南李氏后主宝一研山，径长才逾尺，前耸三十六峰，皆大犹手指，左右则引两阜陂陀，

而中凿为砚。及江南国破,研山因流转数士人家,为米元章得。后米老之归丹阳也,念将卜宅,久弗就。而苏仲恭学士之弟者,才翁孙也,号称好事,有甘露寺下并江一古宅,多群木,盖唐晋人所居。时米老欲得宅,而苏觊得研山。于是王彦昭侍郎兄弟与登北固,共为之和会。苏、米竟相易。"

[24] 苏仲恭之群木:见上注。

[25] "褐衣"二句:《太平广记》卷三九五:"道士范可保,夏月独游浙西甘露寺。出殿后门,将登北轩,忽有人衣故褐衣,自其傍入,肩帔相拂。范素好洁,衣服新,心不悦。俄而牵一黄狗,又驾肩而出。范怒形于色。褐衣回顾张目,其光如电,范始畏惧。顷之,山下人至曰:'向山上霹雳取龙,不知之乎?'范固不闻也。"

[26] "朱裳"二句:《诗话总龟》卷四十八:"(五代吴王)收浙右之明年夏六月,月莹无云,长江如昼,甘露有僧持课,俄数百人自西轩上江亭,坐定,命列肴果取酌。僧思中夜必为幽灵,于窗隙伺之。东向一人,朱衣霜简,清瘦多髯,……(众吟诗)吟罢,东楼晨钟遽鸣,僧户轧然而启,忽尔而散。"

[27] "岂秦"二句:晋荀羡登北固山望海,云:"虽未睹三山,便自使人有凌云意,若秦汉之君,必当褰裳濡足。"见《世说新语·言语》。

[28] "万年"二句:《太平广记》卷四百六十九"水族六":"宋后废帝元徽三年,京口戍将刘万年夜巡于北固山西,见二男子,容止端丽,洁白如玉,遥呼万年谓曰:'君与今帝姓族近远?'万年曰:'望异姓同。'一人曰:'汝虽族异,恐祸来及。'万年曰:'吾有何过?'答曰:'去位,祸即不及。'万年见二人所言,益异之。万年谓二人:'深谢预闻,何用见酬?'万年欲请归镇,二人曰:'吾非世人,不食世物。'万年与语之次,化为鱼,飞入江去。万年翌日托疾,遂罢其位,后果如鱼所言。"(出《江表异同录》)

[29] "张祜"三句:张祜、徐凝,皆中唐诗人。《诗话总龟》卷三:"乐天(白居易)典杭日,江东学子奔杭取解。张祜自负诗名,而徐凝亦至,宴于郡中。乐天讽二子矛盾。祜曰:'仆宜为解首。'凝曰:'有

何佳句？'祜曰：'《甘露寺》诗曰："日月光先到，山河势尽来。"《金山寺》诗曰："树影中流见，钟声两岸闻。"'凝曰：'善则善矣，奈无野人《瀑布》诗曰："今古长如白练飞，一条界破青山色。"'祜愕然，一座尽倾。"徐凝所得意的《瀑布》诗，全名为《庐山瀑布》，苏轼认为是"恶诗"，并作诗评云："帝遣银河一派垂，古来惟有谪仙辞。飞流溅沫知多少，不为徐凝洗恶诗。"（见《诗话总龟》卷一八）

　　[30] 渫（xiè）：同"泄"。

　　[31] 箐（jīng）：细竹。

　　[32] 痿躄：腿脚麻痹，不能行动。

【评析】

　　游记以模山范水为正宗，此篇则出以侧锋，以抒发兴亡逝水之感为主，中间对北固山胜迹一一仿《天问》体呵问之，尤为奇倔。

游金山记[1]

　　万历丙申秋[2]，吴敦之李润[3]，予与徐季鸣道出京口[4]，敦之举金山之觞，一舸乘风，泠然而骤泊其下。钟声从紫涛中殷隐，迫山乃壮。佛宇僧寮，翚壁而籛[5]，如入大蜃之都[6]。乃相与礼空王三殿，觞于江天阁，醉于吞海亭，酣于留云之顶，而徘徊于金鳌、妙高之间[7]。雪卷长风，去天尺五，俯瞰嵯岈，不悦而慄。江中石曰鹘峰，曰善才，曰石排，曰郭璞墓，皆汹洄伏暗，鱼龙神怪之府也。《水经》第一泉名中泠[8]，正出墓下。僧苦求者，穴井以篡此[9]。不当欺李赞皇[10]，而况陆鸿渐乎[11]？景纯兵解以去[12]，事在姑孰[13]，安得墓此？读《三山记》，昔有异僧诛金山之根，下不得底，云茎渐孤细，如菌仰托，事俱不可知。惟是此山之味，气豁概雄，止印公坡老数年领取[14]，彼其虮虱龙象之眼[15]，视崩涛为大陆，碎虚空以一拳，衲不在戏，带不在输[16]，只宜时时叫袁绚歌"把酒问青天"耳[17]。山之大观，匪一览所茹。其岩洞云腥，茜密雨绿，彫径罨楼[18]，妙在檐葡深处。须布袍野侣，鸥没其中，旬日乃可。而一敦之引前，吏人得得，所谓翎毛山鸟怪矣。彼其之子，安会不下门牡[19]，坚匿其曲秘之胜耶？敦之曰："君且厌我而狎之，豆豉墨刻，明日尽君发付也。"因捉季鸣臂大笑，而以一舸望京口酹刘叔熙，为之歔欷者久之。诘朝，墨刻僧果至，尽售之。至广陵检阅约数千人，为之糊名易书，取五言不取七言，取律不取古，徒署名纸尾者不录，即诗美而咏江山者不录，咏江中之山矣，而称贷落星，影射孤屿者不录。以张祜冠之，得士几十几人，录其诗于后。后游者寻碑问碣，或其然予，不为苔藓所谩也。

　　唐张祜曰："一宿金山寺，微茫水国分。僧归夜船月，龙出晓堂云。塔影中流见，钟声两岸闻。"明沈周曰："过江如隔世，入寺不知山。"唐孙鲂曰："山载江心寺，鱼龙是四邻。过橹妨僧定，惊涛溅佛身。"唐李翱曰："天多剩得月，地少不生尘。"宋梅圣俞曰："山形无地接，寺界与波分。"宋熊茂叔曰："塔影波摇动，钟声潮拍回。"唐韩垂曰："盘根大江底，插影浮云间。"明丰坊曰："便风闻岸语，远树下烟航。"明李梦阳曰："蜃学楼台结，龙专颔洞游。"唐马戴曰："回首横孤岛，归僧渡水云。"明唐顺之曰："川光孤断石，井脉割寒江。折苇僧归渡，观潮客倚窗。"明黄玄曰："空云龙影度，海雨雁声来。"明丘濬曰："潮声杂钟磬，波影动楼台。"明邹佐卿曰："地坼星难判，江空天倒流。"明陈扮曰："孤鳌浮海日，万马渡潮风。"明施复曰："浪欲浮山去，天疑接水来。"明陈沂曰："僧向空中定，人从水上逢。悬灯动星月，传梵起鱼龙。"宋刘仪凤曰："众流将到海，万顷忽擎拳。"明来斯行曰："波涛回日夜，崖窟扰蛟龙。"明沈鲸曰："鱼龙谙梵语，鸥鹭识僧名。"明姚炯曰："岚翠波心滴，潮雷岛上闻。"明邬宪曰："日落千帆影，潮回两岸青。"明马一龙曰："江心无地脉，佛面有风波。"明江盈科曰："僧影龙应习，帆过鹤不疑。"明龚情曰："人喧江底树，墙度月中杯。"明汤宾尹曰："櫂歌愁动地，席石听眠龙。人语喧连岸，江行独涌峰。"明谢肇淛曰："龙归山寺雨，月落海门潮。水气中峰合，人烟两岸遥。"明张萱曰："海口霞明树，江心月渡僧。"题难孤肖，语尽传胎。张祜结句，允入打油钉铰[20]，然前六言可以鼻祖此山，而予极爱其"微茫"一语，声到界破，"过江如隔世"，恍惚敌之矣。请以质之高咏君子也。

【注释】

[1] 金山：在江苏镇江西北长江中。

[2] 万历丙申：万历二十四年（1596）。

[3] 吴敦之：吴化，字敦之，号曲萝生。湖北黄安县人。万历二十三年进士，授镇江府推官。　李：司李，州郡掌刑狱之官，明代指推官。此谓任推官。　润：润州，镇江的古称。

[4] 徐季鸣：徐如珂，字季鸣，江苏吴县人，万历进士，历官左通政，以忤魏忠贤而削籍。未几卒。

[5] 翚壁而筱：屋宇镶嵌在石壁上，像鸟飞一样。翚（huī）：鸟飞貌。筱：同"嵌"。

[6] 大蜃之都：即海市蜃楼。

[7] 金鳌、妙高：金山二峰名。

[8] 中泠：泉名，又名中泠，有天下第一泉之称。《金山志略》："扬子江心水号中泠泉，在金山寺旁郭璞墓下。"

[9] "僧苦"二句：《偃曝谈馀》："金山中泠泉．又曰龙井，《水经》

品为第一。旧尝于波险中汲，汲者患之。僧于山西北下穴一井以给游客，又不彻堂前一井，与今中泠相去不数十步，而水味迥劣。"

[10] "不当"句：《镇江府志》："李赞皇居廊庙日，有奉使京口者，托取中泠水。其人醉而忘之，泛舟至石头城方忆，乃汲江水，归京献之。李饮之，叹讶非常，曰：'京口水味有异于顷岁矣，此颇似石头城下水。'其人谢过不隐。"李赞皇，即李德裕。

[11] 陆鸿渐：唐陆羽，字鸿渐，著有《茶经》三卷。

[12] 景纯：郭璞字景纯，通阴阳卜筮之术。东晋初避地渡江，任王敦记室参军，以劝阻王敦谋反被杀。兵解：道家称死于刀剑为兵解。

[13] 姑孰：古城名，晋王敦曾镇守于此。在今安徽当涂。

[14] 印公：佛印，北宋名僧，曾住持金山寺，与苏轼过从甚密。坡老：指苏轼，苏轼号东坡居士。

[15] 虮虱龙象：谓视龙象为虮虱。

[16] "衲不"二句：《金山志略》："苏子瞻过润，留寺数日。一日，值佛印禅师挂牌，与弟子入室。子瞻至方丈见之，印云：'内翰何来，此间无坐处。'公曰：'暂借和尚四大作禅床。'印曰：'山僧有一问，若答得，便请坐；道不得，即输腰间玉带。'公欣然曰：'便请。'师曰：'山僧四大本空，五蕴非有，居士向甚处坐？'公不能答，遂留玉带。印却赠以云山衲衣。"

[17] "只宜"句：《丹徒县志》："歌者袁绹尝从东坡与客游金山，适中秋，天宇四垂，一碧无际，江流顷涌，月色如昼。遂共登金山妙高峰，命绹歌其《水调歌头》曰：'明月几时有，把酒问青天。'歌罢，公自起舞。"

[18] 罨（yǎn）：掩映。

[19] 门牡：锁门之键。

[20] "张祜"二句：张祜《金山寺》诗的末二句是"因悲在朝市，终日醉醺醺"。打油钉铰，指俚俗诗。唐代有张打油和胡钉铰二人，好作俚俗诗。

【评析】

此篇前半部泛泛记游，后半部抄录历代题诗，结构颇不协调，似是不经意之作。

游焦山记[1]

海山多仙人，润之山水[2]，紫阆之门楔也[3]，故令则登之，不觉有凌云之意[4]。子瞻埶厚金山，而兴言及焦，则以为不到怀惭，赋命穷薄[5]。由是观之，心不远者，地亦自偏耳[6]。

丙申[7]，予谒选北上[8]，老亲在舫，曾撮游之。仅一识面，偃蹇不亲。己酉[9]，以迁客翔京口[10]，五月既望，会司马莆田方伯文晤我[11]，买鲜蓄旨，约地友刘伯纯、陈从训俱[12]，从训暑不出，而痒痒鞅鞅[13]，徒以苏秦纵横[14]，不能愿待之。即乘长风往，一叶欹播[15]，与拜浪之鱼同出没也。至岸，入普济寺[16]，伯文色始定，而伯纯以为吾东家焦，殊不介绍。暑气既深，幽碧如浸，选绿雪轻风之下小饮之，各沾醉，眠僧几。澡罢，谒焦先生祠[17]，庶几所谓水清石白者。少微之星，两光独曜，而各以姓易山川[18]。然严先生犹或出或语[19]，先生三诏罔闻，一言不授[20]，蔡中郎玄默之赞[21]，"所谓伊人，宛在水中央"耶[22]？左行而得水晶庵，梧竹翠流，潭空若永昌之镜[23]。僧携中泠水[24]，燃竹石铛，沸顾渚饮我[25]。水或不禁刀画，然云乳濛濛，芝童清侍，听好鸟一回，何境界也！山如鳖伏，而裙带间妙有茸畴，各秃宫于藤萝之隙，且渔且耕，而又且畋。

巡麓右，迤入碧桃湾，则疏杨摇曳里许，青莎与朱华映染，半规山隐。扪攀而至吸江亭[26]，望海门瓜步[27]，都作龙腥[28]，点帆归鸟，千嶂彩飞，江淹咏"日暮崦嵫谷"者是矣[29]。乃从山背一探天吴[30]，历数亭而憩之。石笋斗潮，驯鹜不等，而湍险震荡，吾独羡其威纤百叠，愈取愈多。杖策归僧堂，梵鼓动矣。伯纯曰："大月已到，不宜闭饮。"问童子得樱笋银鲚，又得文雉，被跣而出，歌于诸山第一峰前。月精电激，江波碎为练玦[31]。我欲呼老鼋共语，而伯文谓山鬼愁予，伯纯愿两脯之，以作水陆供，便思驾长虹而通沃洲也[32]。相与轰饮呼卢[33]，集杜句得月者赎[34]。坐至子夜，而天风渐劲，澎湃汹然，江声入僧室矣。

质明，予先鸟起，领清芬之味，人各鼾鼾也。伯文搔首相詈："王郎即有山水馋，不须奔竞尔尔！"予不能辩也。寻会食[35]。探浮玉岩，一石横出，摩藓读昔人题石屏字。跻级登观音阁，修篁琪树，蔽翳雪光。更有竹阁两楹，买天半角，而金山斐叠其胸，此足当人主矣。又延踏而至一僧舍，竹益酣染，衣袂俱作云香。有巨石数十，堆堕涧中，讨《瘗鹤铭》[36]，已投江丈许，褰衣濡足，惘不可得。王辰玉昔曾判之[37]，以为断非逸少之笔[38]，大都高人韵士，惟恐人知，焉见瘗鹤之字，不出蜗牛之庐[39]，而必借美于换鹅之手耶[40]？伯文颔之，以韵语相挑。再遣舟从沙户市鱼，而弈于断岩悬蔓之半，徘徊瞻顾，有不知玉壶清宇，冷在何处者。

试以金焦评之：金以巧胜，焦以拙胜。金为贵公子，焦似淡道人。金宜游，焦宜隐。金宜月，焦宜雨。金宜小李将军[41]，焦则大米[42]。金宜神，焦宜佛。金乃夏日之日，而焦则冬日之日也[43]。伯纯立驳："子腹中丘壑，舌上阳秋[44]，谁为我金焦赂子左右足乎？"乃唤兕觥，大笑飞敌。至渔火初出，缓棹至馀皇[45]，以不尽之沥，中江而罄之。是夕月明如昼，微风不兴，水天一片，人语杳然，而城头漏三严矣。此"大江流日夜，客心悲未央"时也[46]。

【注释】

[1] 焦山：在江苏镇江东北，屹立江中，与金山对峙。

[2] 润：润州，即今江苏镇江。

[3] 紫阆：紫台阆苑，指仙人所居之处。

[4] "故令"二句：晋荀羡字令则，曾登北固山望海，云："虽未睹三山，便自使人有凌云意。若秦汉之君，必当褰裳濡足。"见《世说新语·言语》。

[5] "子瞻"四句：苏轼《自金山放船至焦山》："我来金山更留宿，而此不到心怀惭。同游尽返决独往，赋命穷薄轻江潭。"

[6] "心不"二句：陶渊明《饮酒》："结庐在人境，而无车马喧。问君何能尔，心远地自偏。"

[7] 丙申：万历二十四年（1596）。

[8] 谒选：去吏部等候选派。

[9] 己酉：万历三十七年（1609）。

[10] 京口：今江苏镇江。

[11] 司马：明代兵部尚书的别称。　莆田：地名，在今福建省。　方伯文：方承郁，字伯文，万历间曾任歙县令。

[12] 地友：当地之友。

[13] 痒痒鞅鞅：此指犹豫不爽快的样子。

[14] 苏秦纵横：苏秦是战国时纵横家，善于游说。此以指推托之辞甚多。

[15] 一叶：指小船。　欹播：颠簸。

[16] 普济寺：佛教胜地，始建于东汉兴平年间，宋名普济禅寺，元易名焦山寺，清康熙南巡时赐名定慧寺。

[17] 焦先生：指东汉末隐士焦光。焦山即以其隐居该地而得名。

[18] "少微"三句：少微星，一名处士星，后常用以喻指处士。两光独曜，指严光（字子陵）和焦光。焦山以焦光而得名，严子陵在富

春江垂钓处亦被后人称为严陵濑。

[19] "然严"句:《后汉书·逸民传》载严光曾受召至京师与光武帝刘秀等故人相见,并有所谈论。

[20] "先生"二句:《后汉书·逸民传》载汉光武帝召严光,使者三反而后至。焦光无被召事。《三国志·魏书·管宁传》注引《魏略》载太守贾穆过焦光之庐,与之语,焦光不应。《高士传》云焦光"见汉室衰,乃自绝不言"。

[21] "蔡中郎"句:东汉末蔡邕曾官中郎将,其《蔡中郎集》卷六《焦君赞》有"猗欤焦君,常此玄默"之句。

[22] "所谓"句:《诗经·秦风·蒹葭》:"所谓伊人,在水一方。溯回从之,道阻且长;溯游从之,宛在水中央。"

[23] 永昌:地名,在今云南保山,产镜。

[24] 中泠:中泠泉,在金山,号称天下第一泉。

[25] 顾渚:顾渚山。在浙江长兴县西北,产名茶。此用以代指好茶。

[26] 吸江亭:又名汲江亭,在焦山顶端。

[27] 海门:县名,属江苏扬州府。 瓜步:镇名,在江苏六合县(今南京市六合区)东南。

[28] 龙腥:墨的气味,此指墨痕。

[29] "江淹"句:江淹,南朝梁诗人,其《与陆东海焦山述怀》诗云:"日暮崦嵫谷,参差彩云重。"崦嵫,传说中日落之处。

[30] 天吴:水神。《山海经·海外东经》:"朝阳之谷,神曰天吴,是为水伯。"唐李贺《浩歌》:"南风吹山作平地,帝遣天吴移海水。"

[31] 练玦:白练似的半圆环。玦,开缺口的玉环。

[32] 沃洲:山名,在浙江新昌县东。

[33] 呼卢:指划拳行令。

[34] "集杜"句:集杜甫诗句中有"月"字者赎酒。

[35] 会食:相聚而食。

[36]《瘗鹤铭》:古碑刻,署华阳真逸撰、上皇山樵书,在江苏镇江焦山崖石上,笔法浑穆。关于其书者说法不一,有王羲之、陶弘景、

颜真卿诸说。

[37] 王辰玉：王衡，字辰玉，万历进士，官编修，负才早卒。著有《缑山集》及《郁轮袍》等杂剧。

[38] 逸少：王羲之，字逸少。

[39] 蜗牛之庐：指焦光，焦光曾作蜗牛庐而居。

[40] 换鹅之手：指王羲之。《晋书·王羲之传》："山阴有一道士，养好鹅，羲之往观焉，意甚悦，固求市之。道士云：'为写《道德经》，当举群相赠耳。'羲之欣然写毕，笼鹅而归，甚以为乐。"

[41] 小李将军：指唐左武卫大将军李思训之子李昭道，著名画家，善画青绿山水。

[42] 大米：指宋著名书画家米芾，其子米友仁亦善画，故世称其父子为大米、小米。米芾以善画泼墨山水著称。

[43] "金乃"二句：《左传·文公七年》："酆舒问于贾季曰：'赵衰、赵盾孰贤？'对曰：'赵衰，冬日之日也。赵盾，夏日之日也。'"杜预注："冬日可爱，夏日可畏。"

[44] 阳秋：春秋。孔子作《春秋》以寓褒贬，此用以指评论。

[45] 馀皇：船名。

[46] "大江流日夜"二句：南朝齐谢朓《夜发新林至京邑赠西府同僚》诗句。

【评析】

此篇记游踪甚详，焦山胜迹尽收笔下，人物之性情雅趣亦描摹欲活，堪称山水游记的典范之作。作者于京口三山中，似独钟爱焦山，故下笔传神，令北固、金山失色。

游齐山记 [1]

齐山在秋浦之东 [2]，侗而不愿 [3]。外视之，朴然木釜也，而腹中雕伶湾宛[4]，有令人叵测者。予数走秋浦，每忽易之。钱仲美守池[5]，王伯允李焉[6]，辄夸我而强之游。从大观楼发足，历千柳堤，不二三里而乐其下。曷为乎"齐"也？唐刺史齐映好此山也[7]；山曷以胜也？因杜牧之高咏而胜也[8]。山故多洞，而最奇者为潜虬。天根已绝[9]，忽有日来，不炉不扇，辟谷此间，与猿蝠共老，亦有静者之趣矣。至半岩洞，则泉带云香，幽生衣骨，一丘一壑，不须买隐[10]，而高明往来者，第以叹偿之而已矣。南亭已废，至翠薇亭，则千岚万顷，障列棋分。伯允命鼓吹闷子招洞中，从风引出，恍如隔世钧天[11]。数与仲美角谐[12]，然彼众我寡。记得醉中苦山行之顿，欲假仲美馀皇[13]，而又虞大江之险，仲美曰："子恐错毙乎，事止一次，不得改，正茹其毒矣。"轰笑而别，然此亦解语[14]，不欲泯之，并记于此。时万历辛丑之春也[15]。

【注释】

[1] 齐山：在安徽池州，有三十二洞窟、十三名岩、十一名泉，有"江南名山之胜"的称誉。

[2] 秋浦：贵池县（今池州市贵池区）的古称。

[3] 侗而不愿：幼稚而不朴实。侗，幼稚无知的样子。愿，朴实。语出《论语·泰伯》："子曰：'狂而不直，侗而不愿，悾悾而不信，吾不知之矣。'"

[4] 雕伶湾宛：形容精雕细琢，玲珑巧妙。

[5] 钱仲美：未详。守池：任池州知府。

[6] 王伯允：未详。李：即司李，明代对推官的称呼。

[7] 齐映：唐德宗时大臣，贞元年间曾任池州（即贵池）刺史。

[8] 杜牧之高咏：唐杜牧字牧之，其《九日齐山登高》诗云："江涵秋影雁初飞，与客携壶上翠微。尘世难逢开口笑，菊花须插满头归。"

[9] 天根：堪舆术语，这里指山势。

[10] 买隐：即归隐。《世说新语·排调》："支道林就深公买印山，深公答曰：'未闻巢由买山而隐。'"

[11] 钧天：天上的音乐。

[12] 角谐：比赛开玩笑。谐，谐谑。

[13] 馀皇：船名。

[14] 解语：妙语。

[15] 万历辛丑：万历二十九年（1601）。

【评析】

叙事写景，俱简净有致。文末记谐谑语，亦生动有趣。

游敬亭山记 [1]

"天际识归舟，云中辨江树[2]"，不道宣城[3]，不知言者之赏心也。姑孰据江之上游[4]，山魁而水怒，从青山讨宛[5]，则曲曲镜湾，吐云蒸媚，山水秀而清矣。曾过响潭，鸟语入流，两壁互答。望敬亭，绛雾浮嶒[6]，令我杳然生翼。而吏卒守之不得动，既束带竣谒事[7]，乃以青鞋走眺之[8]。

一径千绕，绿霞翳染，不知几千万竹树党结寒阴，使人骨面之血皆为酱碧[9]。而向之所谓鸟啼莺啭者，但有茫然，竟不知声在何处。厨人尾我，以一觞劳之留云阁上。至此，而又知"众鸟高飞尽，孤云独往还"造句之精也[10]。胱乎？白乎？归来乎？吾与尔凌丹梯以接天语也[11]。日暮景收，峰涛沸乱，饥猿出啼，予懔然不能止。

归卧舟中，梦登一大亭，有古柏一本，可五六人围，高百馀丈，世眼未睹，世想不及，峭崿斗突，逼嵌其中，榜曰"敬亭",又与予所游者异。嗟呼！昼夜相半,牛山短而蕉鹿长[12],回视霱空间,梦何在乎？游亦何在乎？又焉知予向者游之非梦,而梦之非游也？止可以壬寅四月记之尔[13]。

【注释】

[1] 敬亭山：在安徽宣城市宣州区北。

[2] "天际"二句：诗句出自谢朓《之宣城出新林浦向板桥》。

[3] 道：取道，经过。

[4] 姑孰：安徽当涂县的别称，以当地姑孰溪而得名。

[5] 青山：在当涂县东南三十里，谢朓曾筑室于此。

[6] 绛雾：红霞。雾，同"氛"，雾气。崟（yín）：山高峻貌。

[7] 谒事：指谒见上官之事。

[8] 青鞋：草鞋。

[9] 臃（yòng）：酗酒，此指映照、渝染。

[10] "众鸟"二句：李白《独坐敬亭山》诗句。

[11] 凌：登。丹梯：天梯。谢朓《游敬亭山》："要欲追奇趣,即此凌丹梯。"

[12] 牛山短而蕉鹿长：意谓寿短梦长。牛山：在山东淄博东。《晏子春秋·谏上》："景公游于牛山,北临其国城而流涕曰：'若何滂滂去此而死乎！'"蕉鹿：《列子·周穆王》："郑人有薪于野者,遇骇鹿,御而击之,毙之,恐人见之也,遽而藏诸隍（无水池）中,覆之以蕉,不胜其喜。俄而遗其所藏之处,遂以为梦焉。"

[13] 壬寅：万历三十年（1602）。

【评析】

陆云龙云：叙致琢句，直分宣城、青莲之席。(《皇明十六家小品》)

游九华山记 [1]

予令姑孰[2],岁谒监司于秋浦[3],每吟老杜"高山拥县青"[4],则愿调青阳一尉。至玩华亭,每恨不夕得长此亭足矣。壬寅六月,以课绩往[5],而兄大然、师漏仲容实来[6],乃订门人张仲濠、王中履共访九子山。

臂篆手镳,约从佽醴[7],出青邑九华庙十五里,至西洪岭。云物作噩,各有败意[8]。而大然力呼,以为即摛铁勿阻[9]。俄而霁矣,见枕月一峰,秀矫天左,云观弼之。自此但有莲花层叠,烟鬟乱堆,聚首而孴者,命为九子,馀不胜问也。五里,至石龙口,峭茜渐迫[10],怪体幻来。十里,至山西屯,则垂天之云倒立,阴阳失昏晓矣[11],乃饭于桥庵。过野梁下,有朱瑚石骨,席平三十丈,流泉一派,如雪霞舒走。急置酒上流,腹卧而咮接之[12]。吾家伯安先生赋九华"濑流舣而萦纡,遗石盘于涧道"者[13],岂乐此耶?去梁百步,望见悬瀑一通,马上人眉岸尽带栖贤三峡[14]。数里至涌泉亭,此云石中仙醴也[15]。数里至半霄亭,曩螺髻蟠纠,今弁兜汹武如此。行小仙桥,两涧孤绝。至碧霄亭,而九十九峰次第招我葛袂。过大仙桥,僧童以萧管互迎,空山细响,鸟梵鸣泉,殊不恶。至望江亭,雾中拖曳一练,畴昔舟中所极目碧霭者,我今嘘其间乎!入玄览亭,而江畠山翠[16],色媚含规,客有怪思矣[17]。左折而下,抵化城寺,肃佛后[18],简一竹楼凭之,似龛碧菡萏中一须者[19]。仲容方与中履丁丁然哄局道[20],仲濠以为如此好山不看,而担粪溷乃公为[21]?大然曰:"此二人者,亦九子坯也。"乃飞斝轰剧而宿[22]。

质明,谒太白祠,虎蹄新过如爪坏[23]。有胡僧以藤杖夜巡,虎来辄伏。礼地藏殿[24],随喜其塔[25]。老僧具云:至德初[26],王从新罗国卓锡于此[27]。以堪舆理察之[28]，此山独小，圆直中立，似万莩护包者。佛所藏，亦八风不袭，人子更须知矣。白堕之事，似若荒唐，然青泥可食，于传有之[29]。予幼游盱江从姑[30]，有米脂二穴，气每臭人。仙佛作戏，不可以腐断也。第舍利妙光，缘薄未觐[31]，差为阙事。乃东上神光岭，望金刚尖山若戴杵。东岩是金藏苦行处[32]，数转而得龙头石，一岩险挂，伯安手书《周经偈》在焉。岩下则为舍身岩，栗人肤股者也。南折而入一禅室，枯僧一人趺其中，啖五钗松而已。而所谓古仙、钵盂、云门、天台、绣壁、聚讲、内峰、外峰，皆以万藟卷扬[33]，共卫金藏之枢也。自此而往，猿居熊府，啼嗥幽暗，无樵迹矣。予胆如瓠[34]，足如萝，欲即穷之，会直指有檄[35]，山灵又将修妒，因各赋数诗趋还。

大都九华之胜，李供奉发明之矣[36]。山多作怪，学人物兽鸟之形，团结移换，朝锐夕方，遂令三百里之间，神目骇笑。然而身即其巅，俱疣附焰腾，诡谲易厌。昔人所谓可望而不可登者也。寒碧秋凝，集众美而得大意者，庶几五溪桥上乎？是役也，所怅未游者，九子寺、七布泉；所未见者，钵囊花、玉缨络；所见者，石斑鱼、南天竹；所闻者，虎啸、克丁当，所食者，竹簟、石芝；得携归示人者，仙掌羽、金地茶。

【注释】

[1] 九华山：在安徽池州青阳县西南。有九十九峰，而以天台、莲华、天柱、十王等九峰最为雄伟，故名九子山。唐李白游江汉，有"昔在九江上，遥望九华峰。天河挂绿水，绣出九芙蓉"诗句，从此更名九华山。

[2] 姑孰：即安徽当涂县，以临姑孰溪而得名。

[3] 监司：指按察司。

[4]"每吟"句：杜甫《行次盐亭县聊题四韵奉简严遂州蓬州两使君咨议诸昆季》："马首见盐亭，高山拥县青。云溪花淡淡，春郭水泠泠。……"

[5]壬寅：万历三十年（1602）。　课绩：考核治绩。

[6]漏仲容：名坦之，当时帖括名家，是王思任的老师。

[7]臂篆手镳：臂携官印，手执马辔。篆，印章多用篆文，故为官印的代称。镳，本意为马嚼子，此处代指缰绳。　约从侈醴：少带随从，多带美酒。约，少；侈，多；醴，酒。

[8]败意：扫兴。

[9]擿：同"掷"。

[10]茜：草色鲜明。

[11]阴阳失昏晓：杜甫《望岳》："造化钟神秀，阴阳割昏晓。"

[12]咮：鸟嘴。此指像鸟一样喝水。

[13]伯安先生：王守仁，字伯安，浙江馀姚人，明代大儒，世称阳明先生。尝作《九华赋》，"濑流觞而萦纡，遗石盘于涧道"是其中二句。

[14]栖贤三峡：指庐山栖贤谷三峡涧。

[15]醥（piǎo）：清酒。

[16]皛（xiǎo）：皎洁，光明。

[17]惓思：顾惜难舍之情。惓，同"睠"。

[18]肃：揖拜。

[19]翕：合，聚。　菡萏：荷花的别称。

[20]丁丁然：围棋落子声。　哄：争闹。　局道：棋盘线，此指下棋。

[21]涸：污秽，此作动词用。

[22]斝：一种铜制的酒器，圆口，三足。　轰剧：轰饮嬉戏。

[23]坼：裂开。

[24]地藏殿：即肉身宝殿，佛经载佛灭度后一千五百年，地藏王菩萨降生于新罗（朝鲜古国名，在朝鲜半岛南部）国主家，姓金，号乔觉。唐永徽四年至中国，后至九华山苦修，辟地藏王道场。九十九岁时坐化，肉身不坏。佛徒遂于南台（今神光岭，地藏成道处）建肉身

宝殿，殿中建七级宝塔供奉之。

[25] 随喜：佛教谓游览佛寺为随喜。

[26] 至德：唐肃宗年号，756—758年。

[27] 卓锡：僧人的居止。卓，植立；锡，锡杖。僧人出行多持锡杖，故称其居止为卓锡。

[28] 堪舆：风水。

[29] "白塘"四句：《宋高僧传》卷二十《唐池州九华山化城寺地藏传》载：新罗国之人仰地藏高风，"率以渡海相寻，其徒且多，无以资岁。（地）藏乃发石得土，其色青白，不磣如面，而供众食。……龙潭之侧有白塘硎，取之无尽"。

[30] 盱（xū）江：江名，流经江西广昌、南丰、南城三县。 从姑：山名，在江西南城县。

[31] 觏：遇见。

[32] 金藏：即金乔觉，参见注[24]。

[33] 纛（dào）：用毛羽装饰的旗幢。

[34] 瓠：葫芦。

[35] 直指：直指使者，朝廷直接派往地方处理事务的官员，犹钦差大臣。 檄：此指征召的公文。

[36] 李供奉：指李白。李白曾供奉翰林院。

【评析】

　　此篇是作者精心之作，文笔细密详尽，九华山之胜事胜景及游者留连忘返之乐，皆栩栩于纸上。文末"可望而不可登"之论，唯深于游者知之。

游丰乐醉翁亭记 [1]

　　一入清流关 [2]，人家有竹，树有青，食有鱼，鸣有鸲鹆 [3]，江南之意可掬也。是时辛丑觐还[4]，以为两亭馆我而宇之矣。有檄[5]，趣令视事[6]，风流一阻。癸卯入觐[7]，必游之。突骑而上丰乐亭，门生孙孝廉养冲氏亟觞之。看东坡书记，遒峻耸洁可爱。登保丰堂，谒五贤祠，然不如门额之豁。南下而探紫微泉，坐柏子潭上，高皇帝戎衣时[8]，以三矢祈雨而得之者也。王言赫赫，神物在渊，其泉星如，其石标如，此玄泽也。上醒心亭，读曾子固记[9]，望去古木层槎，有遂可讨，而予之意不欲傍及，乃步过薛老桥，上酿泉之槛，酌酿泉。寻入欧门，上醉翁亭。又游意在亭，经见梅亭，阅玻璃亭，而止于老梅亭，梅是东坡手植。予意两亭既胜，此外断不可亭。一官一亭，一亭一扁，然则何时而已？欲与欧公斗力耶？而或又作一解醒亭，以效翻驳之局，腐鄙可厌。还访智仙庵，欲进开化寺，放于琅琊，从者暮之，遂去。

予语养冲曰：山川之须眉，人朗之也，其姓字人贵之，运命人通之也。滁阳诸山，视吾家岩壑，不啻数坡垞耳[10]，有欧、苏二老足目其间，遂与海内争千古，岂非人哉？读永叔亭记[11]，白发太守与老稚辈欢游，几有灵台华胥之意[12]，是必有所以乐之而后能乐之也。先生谪夷陵时[13]，索《史记》，不得读，深恨谳辞之非[14]，则其所以守滁者，必不在陶然兀然之内也[15]。一进士左官[16]，定以为蓬舍[17]，其贤者诗酒于烟云水石之前，然叫骂怨咨耳热之后，终当介介。先生以馆阁暂麾[18]，淡然忘所处，若制其家圃然者，此其得失物我之际，襟度何似耶？且夫誉其民以丰乐，是见任官自立碑也[19]。州太守往来一秃[20]，是左道也。醉翁可亭乎？扁墨初干，而浮躁至矣[21]。先生岂不能正名方号，而顾乐之不嫌、醉之不忌也。其所为亭者，非盖非敛，故其所命亭者不嫌不忌耳。而崔文敏犹议及之[22]，以为不教民莳种，而导之饮。嗟呼！先生有知，岂不笑脱颐也哉？子瞻得其解，特书大书，明己为先生门下士，不可辞书。座主门生[23]，古心远矣。予与君其憬然存斯游也。

【注释】

[1] 丰乐亭：在安徽滁州西丰山北麓，宋欧阳修建，自为记，苏轼书刻石。醉翁亭：在安徽滁州西南，宋僧智仙建，欧阳修为滁州太守，尝饮宴于此。因欧阳修自号醉翁，故名亭为醉翁亭。欧阳修撰有《醉翁亭记》。

[2] 清流关：在安徽滁州西北清流山上，是江淮要冲。

[3] 鸲鹆：鸟名，俗称"八哥"。

[4] 辛丑：万历二十九年（1601）。

[5] 檄：公文。

[6] 趣：催促。

[7] 癸卯：万历三十一年（1603）。

[8] 高皇帝：指明太祖朱元璋。

[9] 曾子固：宋曾巩，字子固。其《元丰类稿》卷十七有《醒心亭记》。

[10] 垞（chá）：土丘。

[11] 永叔：欧阳修，字永叔。

[12] 灵台：周文王所建之台。　华胥：《列子·黄帝》："（黄帝）昼寝而梦，避于华胥氏之国……"后借以喻上古理想之国。

[13] 夷陵：在今湖北宜昌。

[14] 谳辞：议罪之辞。《宋史》卷三一九《欧阳修传》："方贬夷陵时，无以自遣，因取旧案反复观之，见其枉直乖错不可胜数，于是仰天叹曰：'以荒远小邑且如此，天下固可知。'自尔遇事不敢忽也。"

[15] 陶然兀然：酒醉狂傲的样子。

[16] 左官：降职。

[17] 蘧（qú）舍：旅舍。

[18] 馆阁：指在史馆、昭文馆、集贤院任职的大臣。欧阳修被贬滁州前任知制诰，是馆阁大臣。　麾：斥逐。

[19] 见任官：即现任官。

[20] 秃：指智仙和尚。

[21] 浮躁：指轻浮急躁的议论。

[22] 崔文敏：即明代崔铣，字子钟，河南安阳人。弘治十八年进士，授编修，忤刘瑾，出为南京吏部主事，瑾败，召为经筵讲官。嘉靖初任南京国子监祭酒，历南京礼部右侍郎，致仕卒，谥文敏。其学主程朱，斥王守仁为霸儒。

[23] 座主：进士称主考官为座主，及第后皆为座主之门生。欧阳修是苏轼进士试的主考官。

【评析】

此篇记游甚简略，而以议论胜。其议欧阳修生平，贵在无腐气，指摘一官一亭，亦切中景物之病。

东　山 [1]

出东关，得箬舟 [2]，雾初醒，旭上，望虞山一带，坦迤縡直，絮绵中埋数角黑幕，是米颠浓墨压山头时也 [3]。然不可使颠见，恐遂废其画。

亭午过蒿坝，江鱼入馔，两岸山各以浅深色媚行。伸脚一眠，小醉而梦，舟子突叫："看东山。"山麓巉石兽蹲，守江如拒，从谢公棹楔上蹬路，每数十武 [4]，长松绣天，涛声百沸。又壑中时有哀玉淙淙 [5]，草多远志 [6]，看洗屐池，一泓不竭，可当万里流也。池上数级，得蔷薇洞，文靖携妓常憩此 [7]。李供奉《忆东山》词"花开月落，几度谁家[8]"，何物少年轻薄。然致语大是晓语，可以唤起文靖，不必多憾。窈蔼曲折入国庆寺[9]，寺僧指点调马路，英风爽然。上西眺，西眺名韵甚，白天布曳，直入大海，浩然不疑。独琵琶一洲，宛作当年掩袂态。古今人岂甚相殊，那得不为情感？

东山辨见宋王铚记甚详[10]，吾以为山之所住，偶然四隅耳，何以喜东不喜南也？夫东山之借鼎久矣，足忌之而口详之，人遂视东山为南山。絜令家有从未面识，而辄谓其知情者乎？吾安能倒决曹江之水[11]，一为洗清两字冤也。山可矣，去其东而可矣。

【注释】

[1] 东山：在浙江上虞县西南。晋谢安早年隐居于此。山旁有洗屐池、蔷薇洞，相传是谢安携妓游宴之所。另有国庆寺、调马路、东西二眺亭等名胜，山西面有东山指石，山下江中的琵琶洲，皆见于古人吟咏。

[2] 箬舟：竹船。箬，竹之一种。

[3] 米颠：宋书画家米芾，因行为违世异俗，人称"米颠"。善于用墨点绘江南烟雨中之山色，自成一格。

[4] 武：步。

[5] 哀玉：形容水色凄清。

[6] 远志：草名。

[7] 文靖：谢安的谥号。

[8] "李供奉"句：李供奉，指李白，李白曾供奉翰林院。其《忆东山》诗云："不向东山久，蔷薇几度花。白云还自散，明月落谁家。"

[9] 窈蔼：深远貌。

[10] 王铚：字性之，南宋初人。

[11] 曹江：即曹娥江。

【评析】

陆云龙云：议论横生，乱山万叠。(《皇明十六家小品》)

剡　溪[1]

浮曹娥江上[2]，铁面横波[3]，终不快意。将至三界址[4]，江色狎人：渔火村灯，与白月相上下，沙明山静，犬吠声若豹，不自知身在板桐也[5]。昧爽，过清风岭[6]，是溪江交代处[7]，不及一唁贞魂[8]。山高岸束，斐绿叠丹，摇舟听鸟，杳小清绝，每奏一音，则千峦嗒答[9]。秋冬之际，想更难为怀[10]。不识吾家子猷，何故兴尽雪溪[11]？无妨子猷，然大不堪戴。文人薄行，往往借他人爽厉心脾，岂其可？过画图山[12]，是一兰苕盆景。自此万壑相招赴海，如群诸侯敲玉鸣琚。逼折久之，始得豁眼一放地步。山城崖立，晚市人稀，水口有壮台作砥柱[13]。力脱帻往登，凉风大饱。城南百丈桥，翼然虹饮，溪逗其下，电流雷语。移舟桥尾，向月碛枕漱取酣[14]，而舟子以为何不傍彼岸，方喃喃怪事我也。

【注释】

[1] 剡溪：在浙江嵊县，源出天台诸山，下流为曹娥江。

[2] 曹娥江：在浙江上虞。东汉时上虞人曹盱堕江而死，其女年十四，昼夜沿江号哭，寻父尸不得，遂投江而死。后人于江畔立曹娥庙，江由此得名。

[3] 铁面横波：形容波涛险恶。《上虞县志》称曹娥江："潮汐之险，亚于钱塘，坍沙陷溺，常为民患，谚云：铁面曹娥。"

[4] 三界：三界镇，在上虞县北，是上虞、会稽、嵊县三县交界处。

[5] 板桐：指船。

[6] 清风岭：在嵊县东北约三十里。

[7] 溪江交代处：指剡溪与曹娥江接流交汇之处。

[8] 贞魂：指宋末王烈妇。王烈妇是临海人，宋末为元将所掠，至清风岭，破指蘸血题诗崖壁，书毕投崖自尽。后人在清风岭立清风庙以纪念王氏。

[9] 啾（qíu）答：啾答。

[10]"秋冬"二句：《世说新语·言语》："王子敬曰：'从山阴道上行，山川自相映发，使人应接不暇。若秋冬之际，尤难为怀。'"

[11]"不识"二句：《世说新语·任诞》："王子猷居山阴，夜大雪，眠觉，……忽忆戴安道。时戴在剡，即便夜乘小船就之。经宿方至，造门不前而返。人问其故，王曰：'吾本乘兴而行，兴尽而返，何必见戴？'"

[12] 画图山：在嵊县仙岩镇东部的剡溪畔。

[13] 壮台：即文星台，在嵊县拱明门外。

[14] 碛：水中沙石。枕漱：枕石漱流，语出《世说新语·排调》。

【评析】

以简净之笔，写清幽之境，颇得郦道元《水经注》三昧。

南　明[1]

过剡溪十五里，青骡背上，望见二山[2]，追蠡之痕犹在[3]，而渊填之声隐然也[4]。生钟生鼓，岂在生山生水之前乎？从钟鼓山取溪入谷，是武库铁帽，堆围多多许。一岭凿百级入县，画中路矣。岭下方塘澄澈，苍松傲睨，大枫数十章，蓊以他树，万顷冷绿，人面俱失。入寺，礼石佛像[5]，端严福好，即耳长丈馀。齐永明中[6]，僧获见神异，发北山愚公愿[7]，三世僧此相始成。前有狻猊二石[8]，俯仰似悲，云是智者大师所蓄[9]，师寂后，一泣天、一号地而死。凡名胜之地，僧各奇一说，以灵其主人，将毋同耳。由僧寮仰视，四壁斩削，俱青瑕紫玉，老树毿毿[10]，倒尻横肋。壁中一罅[11]，有百尺松室之。前峰如白上危置一方石，是仙人博局[12]，五斛玉尘，不记何人负进也。予直走其颠，天风急，几吹堕，乃坐伏稍窥，崖绝万仞。急饬下，始大怖。寺左有二厂[13]，疑是蝮洞，虚愒入之[14]，阴风沁骨，湿碧浸寒，苔溺盈尺。雨甚，凡三宿寺中。每出寺门，望云飞多龙气，往来各峤[15]。熟看大枫树，若至深秋，便如万点硃砂，映发出土绣绿。小桥红寺，骑驴至此，或当醉心绝倒，亦直得号天泣地也。

【注释】

[1] 南明：南明山，在浙江新昌县西南。

[2] 二山：指钟山和鼓山。

[3] 追蠡：钟钮磨损将断。《孟子·尽心下》："高子曰：'禹之声，尚文王之声。'孟子曰：'何以言之？'曰：'以追蠡。'"

[4] 渊填：鼓声。

[5] 石佛像：南明山顶有大佛寺，内有弥勒石像，由六朝齐梁间三代僧人开凿。

[6] 永明：南齐武帝年号，483—493年。

[7] 北山愚公：《列子·汤问》寓言：北山愚公年近九十，因屋前太行、王屋二山阻碍出入，决心把山铲平。智叟笑其愚，愚公说：我死有子，子又有孙，代代不止，而山不加高，何若而不平？每日挖山不止。上帝为之感动，派夸娥氏二子把山背走。

[8] 狻猊：即狮子。

[9] 智者大师：陈、隋时高僧，天台宗创始人。俗姓陈，字德安，

十八岁出家，号智𫖮，陈太建七年（575）入天台山建草庵。隋开皇十一年（591）应晋王杨广之请到扬州为其授菩萨戒，从上受"智者"之号，世称"智者大师"。

[10] 毵（sān）毵：形容枝叶细密。

[11] 璺（wèn）：裂纹。

[12] 博局：棋局。

[13] 厂（hàn）：山崖石穴。

[14] 虚愒（hè）：虚声威胁。

[15] 峤（qiáo）：山岭。

【评析】

以人物活动为线索，贯串景物描写，叙议相生，笔致从容。

天　姥 [1]

从南明入台 [2]，山如剥笋根，又如旋螺顶，渐深遂渐上。过桃墅，溪鸣树舞，白云绿坳，略有人间。饭斑竹岭，酒家胡当垆艳甚 [3]，桃花流水，胡麻正香 [4]，不意老山之中有此嫩妇。过会墅，入太平庵看竹，俱汲桶大，碧骨雨寒，而毛叶离褷 [5]，不啻云凤之尾。使吾家林得百十本，逃帻去裈其下，自不来俗物败人意也。

行十里，望见天姥峰，大丹郁起，至则野佛无家，化为废地，荒烟迷草，断碣难扪。农僧见人辄缩，不识李太白为何物，安可在痴人前说梦乎？山是桐柏门户 [6]，所谓"半壁见海""空中闻鸡" [7]，疑意其颠。上至石扇洞天，青崖白鹿，葛洪丹丘 [8]，俱在明昧之际，不知供奉何以神往 [9]？天台如天姥者，仅当儿孙内一魁父[10]，焉能"势拔五岳掩赤城"耶？山灵有力，夤缘入供奉之梦，一梦而吟，一吟而天姥与天台遂争伯仲席。嗟呼，山哉！天哉！

【注释】

[1] 天姥：山名，在浙江新昌县东。

[2] 台：天台山。

[3] 酒家胡：卖酒女子。汉代辛延年《羽林郎》诗："昔有霍家奴，姓冯名子都，依倚将军势，调笑酒家胡。胡姬年十五，春日独当垆。……"

[4] "桃花"二句：此暗用刘阮入天台典故。刘义庆《幽明录》载：东汉永平年间，剡县人刘晨、阮肇入天台山采药迷路，于桃花流水之中见一杯，中有胡麻粒，遂沿溪寻去，遇二仙女，食以胡麻饭，并结为夫妇。半年后，刘、阮思乡而归，世间已历七代。

[5] 离褷：毛羽纷披之状。

[6] 桐柏：指桐柏山，在天台县西北，道家称为金庭洞天。

[7] "所谓"句：李白《梦游天姥吟留别》有"半壁见海日，空中闻天鸡"之句。下文"青崖白鹿""势拔五岳掩赤城"，俱其中诗句。

[8] 葛洪：晋代道教学者、炼丹家。相传新昌县有葛洪炼丹处。

[9] 供奉：李白曾为翰林院供奉，故称。

[10] 魁父：小土丘。

【评析】

一路行来，景致甚佳，至天姥峰，忽化为一片废地，文势跌宕。李白梦游，故纵笔不拘，谑庵实至其地，遂觉为诗人所弄，然亦怪不得太白。"老山嫩妇""逃帻去裤"之类，最能体现谑庵性情及其为文风格。

孤 屿[1]

九斗山之城北有江枕曰"孤屿[2]",谢康乐所朝夕也[3]。屿去城百楫[4],东西两山贯耳,海潭注其间,故于山名"孤屿",而于水又名"中川"。宋僧蜀清了为龙说法解脱之[5],土其官,而两山属。于是起江心寺,而孤屿反在隐隐隆隆之际。今人不言孤屿,但言江心寺。寺之左为文丞相祠[6],丞相曾航海求二王[7],至寺题诗壁间,八行黑泪,天地无光。今尸其貌[8],穿窿其语[9],以为江山重。前有浩然楼,拜先生罢,一登眺焉,而江山于是乎大且尊矣。右为卓侍郎祠[10]。侍郎永嘉人,死靖难节[11],月午天空,可伴文丞相叹语,故匹之。方丈中留高宗手书"清辉"二字[12],懦夫乃有力笔。山故东西塔相峙,而予翔西塔之颠,憩于澄鲜阁,望海山如铁城,层紫堆青,俱以头面卫中国。万里风来,点点从阆瀛中漉过[13],倾刻饱我衣袂。石帆月窦之间,俱鲔人之所出没欢呼[14]。海大鱼突起豫且之网[15],霜跌银跳,俄而益箸鲜矣,夫恶知非白龙之肉,海若敕琴高[16],一犒执事下邪?寺门榜曰"龙海珠林"。王季中饮予酒,令童子歌其尊人《八声甘州》词[17],真有大江东去浪淘千古气意。寺门前平白如砥,老松疏樾,图浓染碧,寒落杯中,吹台霞晚,望僧阁俱在竹云里。秃秃鹤放,一舸纵还,稳坐天上,眼花虽乱,绝无金鱼片浪之忧。正人来止,文人言集,酒人肠洽。然则水中之山,除讫蓬莱,抑孤屿也哉!

【注释】

[1] 孤屿:又名江心屿,在浙江永嘉。
[2] 九斗山:在浙江永嘉东。

[3] 谢康乐：即南朝宋诗人谢灵运，袭封康乐公，世称谢康乐。曾任永嘉太守。

[4] 百楫：此谓划桨百下的距离。

[5] "宋僧"句：清了，南宋初高僧，字真歇，西蜀左绵人，俗姓雍。自幼出家。宋绍兴七年（1137），任龙翔、兴庆寺住持，见两寺隔水相望，东西对峙，就亲率僧众篑土垒石，填塞两屿之间的湍急川流，使两岛连为一体，并在中川新基上兴建了中川寺。因在瓯江之中，俗称"江心寺"。为龙说法事，未详。

[6] 文丞相：指南宋末丞相文天祥。

[7] 二王：指益王赵昰、卫王赵昺。元军攻破临安后，宋大臣先后拥立二王为帝，抵抗元军。

[8] 尸：塑像。

[9] 穹窿：中间高而四周低，此指为文天祥所题诗立祠。

[10] 卓侍郎：即卓敬，明洪武二十一年（1388）进士，官户部侍郎。建文初密疏请徙燕王朱棣于南昌，事不行。朱棣即位，被捕下狱，不屈而死。

[11] 靖难：明建文帝用齐泰、黄子澄之谋，削夺诸藩，燕王朱棣反，指齐、黄为奸臣，起兵清君侧，号曰靖难。

[12] 高宗：指宋高宗赵构。建炎四年（1130），宋高宗避金兵至此，书"清辉""浴光"二榜。

[13] 阆瀛：阆苑和瀛洲，皆为仙山。

[14] 鮹（shāo）人：即"鲛人"，古代传说中鱼尾人身的海中生物。

[15] 豫且：古神话中渔者名。

[16] 海若：海神名。　琴高：仙人名，乘赤鲤。

[17] 王季中：永嘉人，其父王叔杲，有《玉介园稿》二十卷。参见《仙岩》注[23]。

【评析】

先叙登山所见古迹，次写至山顶下眺，文笔清峭，层次分明。江风海鱼，放鹤纵舸，写尽水中山之形胜。

华 盖[1]

海雨在四五月间，如妇人之怒，易构而难解；又如少年无行子，盟在耳门，须臾翻覆。予旅居鹿城外[2]，去华盖，鸟声相答，而遂无如此涔涔者何矣[3]。出门败格[4]，凡十馀举，不谓容成大玉之天，反忌勾漏令窥识[5]。予友庄使君实长此洞，言乘漏景，必觞予是间，杯入掌而滂沱建瓴下[6]。山不析眉目，久之得乍霁，遂牵舆取道蒙泉，上颠亭，看山海云物忙甚，似六国征调百万军骑，分路战祖龙者[7]。大江乃抽匣之剑，光采陆离，然时时闪暗推磨，万顷不定。正欲呼吸天风，而触肤薄射，元气团人，都无所见。仅有积谷山，恍惚中聊相慰藉耳。而所谓容成洞、春草池、谢岩、郭祠，俱从屐齿下失过。然华盖能妒予，不能禁予不看风雨之华盖也。乳柑若火齐时[8]，稻蟹膏流琥珀，吾当来住梦草堂，拄九节短筇[9]，日日踏华盖顶门，歌呼笑骂，醉则遗溲而去。吾之愤愤于兹山者，庶有象乎[10]。

【注释】

[1] 华盖：山名，在浙江永嘉东。即道书所谓第十八洞天"容成大玉之天"，相传黄帝时容成子修炼于此。

[2] 鹿城：在永嘉县南。

[3] 涔涔：久雨水多。

[4] 败格：谓受阻。

[5] 勾漏令：晋葛洪因勾漏县产丹砂，遂请为勾漏令。后人视葛洪为仙人，作者以之自喻。

[6] 建瓴：雨水从屋檐泻下。建，倾倒。瓴，盛水的陶瓶。

[7] 祖龙：指秦始皇。《史记·秦始皇本纪》载秦始皇三十六年（前211），有山鬼对秦使者说："今年祖龙死。"祖龙是始皇的隐语。

[8] 火齐：玫瑰珠色，此指成熟。

[9] 筇：竹名，可制手杖，此指竹杖。

[10] 彖（tuàn）：断定。

【评析】

陆云龙云：喻之搜奇，一至于此。

又云：想若幽岩，接之殊惊灵快。（《皇明十六家小品》）

仙　岩 [1]

泉石之奇，皆泉石之聪明强有力所自致者。泉不安于泉，跃而为瀑布。石梁曰 [2]："吾以之为惊河，吾以之为狎雷，而我其雄哉！"大龙湫曰 [3]："夫匡氏之子 [4]，九华之生 [5]，将起而角之，焉用此壁立为？夫不有空行而天吊者耶？"仙岩曰："是诬其祖矣，戴鼎盛以席垂成，胡不起家自奋发也。"

于是乎有仙岩之瀑，瀑不他借，赖从己腹中出，如千百火树，笑吐银花，突如其来，烟呼雪喊，鼓铁乱鎗 [6]。人相对，止见口张口翕，必欲相闻，则更语之，或帖面附耳。对瀑为泽润亭，予友王季中辄浮大白叫何如 [7]，捉予臂轰饮以敌之。而山人王硕卿，年家子吴聚伯、吴阀仲 [8]，俱侈其喉作笑语 [9]。而瀑以为侮予，遂盛气相加，腥风恶雨，扑人旋舞，且呼且逼，似不欲寓人一瞬者。予曰："子毋然，我劝尔杯酒，三伏月，还当着故绢衣，向君从容食白粥也。"季中语之曰："山阴道上人 [10]，其言咄咄，吾辈一日东道主。"于是雨渐撤而瀑怒稍戢 [11]。

入仙岩洞，观所谓梅雨潭者，飞沫溅流，此地必无晴日。一洞射风，口紧腹胀，予吻袖而下，偶为苔滑，一决其袖，而气吸不得呼,几为禁绝。老人病人,断不可作此观矣。傍洞壁出喷玉矶[12],忍睨之,则洄涡杳眩,万斛明珠拔山捣下也。急走上,而葛衫眼眼粟寒,须发根根,俱为雾云沁尽。

于是仍登亭愕想之:岩名仙,谓曾此有仙飞去。雪寒月冷,力量在八素之上[13]。方广以罗汉[14],此以仙,仙佛了不异人意矣。亭前一树茜甚[15],而不免为当户之兰[16],季中力敕僧即克之,青眼不妨顿白[17]。季中言振玉亭上有三皇井、黄帝池、雷潭、龙潭,更奇邃清远。而足不能诣目,雨又甚,愿以异日。相携择石齿,窥通玄洞。洞可达梅雨潭,望之窈窕,而为水所壮据。转翠微径,酌流觞亭。奔泉驿酒如浪,不可少待,不能胜,遂走憩莲亭,托远公以避难。亭下池可方亩,玉蕊胎含,万衣簇碧。放馥时,绣作瀑花之布,满山荷韵,不知是泉香花香也。卧象与狮子二峰,斗积翠之胜,仿佛琼岛。石磴曲屈,泉从屋上经过,屋下俱是云碓[18]。乱绿浓寒,竹松都无语处,反有怪榕十丈,寄岩而产,遂拜嘉树之封。此下为虎溪寺,有慧光塔、陈止斋祠[19],有虎溪桥。虎溪不在此[20],而宋安禅师曾骑虎此出入[21],故得名。有"溪山第一坊",是晦翁字[22]。寺境废而复起,永嘉王旸谷先生之力居多[23],先生即季中之父也。

外史氏曰:大罗山之南有二十六福地,其仙岩耶?王、谢能发明山水,先后永嘉,不少概见,何哉?吾闻之刘泾[24],仙鬼恶闻涕唾声[25],则力能秘吝之。不则沧桑未换,海若之所宫耳[26]。夫山水灵物也,其生长否泰各有时,褒姒之外有夷施,夷施之外复有飞燕[27],吾又恶知千载之下,仙岩之外,不以怅王、谢者而怅予也?

【注释】

[1] 仙岩：山名，在浙江瑞安市东北，大罗山南麓，道书以之为第二十六福地。

[2] 石梁：指石梁飞瀑，在天台山中方广寺。瀑布自长二丈、广一尺的石梁底向下喷坠，高数十丈，直泻深谷，声如雷鸣，为天台八景之一。

[3] 大龙湫：在雁荡山马鞍岭西，是著名的大瀑布，水自连云嶂飞泻而下，十分壮观，是雁荡风景三绝之一。

[4] 匡氏之子：指庐山香炉峰瀑布。李白《望庐山瀑布》："飞流直下三千尺，疑是银河落九天。"匡氏，即匡庐，庐山别称。

[5] 九华之生：指九华山瀑布。李白有"天河挂绿水，绣出九芙蓉"的诗句。

[6] 鎗：钟鼓相杂之声。

[7] 浮大白：满饮大杯酒。白，酒杯。

[8] 年家子：科举时代称同年登科者的后辈为年家子。

[9] 侈其喉：放开喉咙。

[10] 山阴道上人：《世说新语·言语》："王子敬曰：'从山阴道上行，山川自相映发，使人应接不暇。若秋冬之际，尤难为怀。'"王子敬即王献之。

[11] 戢：止息。

[12] 出喷玉矶：梅雨潭口两巨崖相倚，中开下空，砌石为矶，正面飞瀑名喷玉矶。

[13] 八素：道家称其至高的境界。南朝梁陶弘景《周氏冥通记》卷二："八素不为迥，九垓何足巍？"

[14] 方广：方广寺，在浙江天台山中。

[15] 茜：茂盛。

[16] 当户之兰：《典略》："曹操杀杨修，曰：'芳兰当门，不得不除。'"《蜀志》："先主杀张裕，诸葛亮救之，先主曰：'芳兰当门，不得不锄。'"

[17] "青眼"句：此言僧人态度由热情转冷淡。阮籍见凡俗人以白眼对之，见嵇康来访，对以青眼。见《晋书·阮籍传》。

[18] 云碓：云堆。

[19] 陈止斋：宋陈傅良，字君举，号止斋，浙江瑞安人。宋宁宗时累官至宝谟阁待制，曾读书于仙岩山中。

[20] 虎溪不在此：虎溪在庐山，因慧远法师送陶渊明、陆修静过溪而虎啸得名，故云。

[21] 安禅师：《瑞安县志》："宋僧遇安，初居永嘉瑞鹿上方，因阅《楞严经》，了其义。后住仙岩山，常乘虎出入。"

[22] 晦翁：朱熹号晦翁，尝游仙岩，于寺前石坊书"溪山第一"四字。

[23] 王旸谷：王叔杲（1517—1600），字阳德，号旸谷，福建布政使司左参议王澈次子。嘉靖四十一年（1562）中进士，授常州府靖江县知县。历官兵部车驾司主事、职方司员外郎、武选司郎中等。隆庆四年（1570），以部郎出守大名府。万历元年（1573），升湖广按察使司副使，整饬苏、松、常、镇兵备。有《玉介园稿》二十卷。

[24] 刘泾：北宋人，与王安石同时，作文务为奇诡语。

[25] "仙鬼"句：刘泾《石门洞记》："仙鬼各以为家，恶闻涕唾声，以人迹不至称庆。"

[26] 海若：海神。若，海神名，见《庄子·秋水》。

[27] 褒姒：周幽王宠妃。　夷施：即西施。　飞燕：赵飞燕，汉成帝皇后。

【评析】

陆云龙云：记如写生，直似山情水态，人之举动，毕具于吾前。又云：为山水作语，奇甚。（《皇明十六家小品》）

石 门[1]

去青田三十里，恶溪齿齿锯张[2]，舟斗缝中，辘轳上，浪大于马，稍得洄涡，看石门。碛明罗縠，箐棘密蒙[3]，玄熊啼号。猿鸟见人，反怪立不去。两壁铲峙，云气往来，讥呵甚悍。折数十步，二员山钟伏，而无悬蠡之顶[4]，童涧无衣[5]，村朴自守，有田家老瓦盆意[6]。从草畦中又折入数十武，望见天壁，百丈瀑布，悬空飞下，虽未敢与台、荡执圭争霸[7]，然亦是崛强赵佗[8]。壁脚潭玄暗不可狎，前一石柱起，而岩下厂旷，可盘桓二十人斜劣而上[9]。舟子缂夫，各置一石小洞上，各明其游，以危及潭根者为勇。此地虚清杳漠，道书称"玄鹤洞天"云。

予自观瀑以来，惊于天台，畏于荡，歌舞于仙源，而苦于石门。盖境物所遇，皆吾性情。此穷坞困源，无线通之地，有箭括之天，凶湍险洑[10]，烟绝人稀，赤筋白汗，邪许万端[11]，以至于此，亦何为者？谢康乐席父祖之资[12]，呼其童仆门生，探峻造幽，伐木开径，既登石门之顶，遂力营所住。其所云"乘日车、慰营魂"者[13]，以为是皆三万六千日中之日也。尔时吟中未及飞瀑，岂天故秘之邪？向使得有垂虹滚雪之观，则功役更当无已，其为累东瓯者不浅矣[14]。夫游之情在高旷，而游之理在自然，山川与性情一见而洽，斯彼我之趣通。可告来者，石门大苦境耳，蹴一丸泥封之，使隐君子长不知名，亦未为不可。吾不欲附和谢先生矣。

【注释】

[1] 石门：石门山，在浙江青田县西，两峰壁立，对峙如门，石洞幽深，飞瀑喷泻。道书以之为第三十洞天。

[2] 恶溪：又名好溪。《处州府志》："好溪，即东溪。因水怪，名恶溪。唐段成式为刺史，水怪潜去，改名好溪。"

[3] 箐（qìng）：山间竹林。

[4] 蠡：葫芦瓢。

[5] 童：光秃。

[6] 田家老瓦盆：杜甫《少年行》："莫笑田家老瓦盆，自从盛酒长儿孙。"

[7] 台、荡：天台山和雁荡山。

[8] 赵佗：秦真定人，秦二世时为南海龙川令。秦亡，自立为南越武王，汉高祖封之为南越王。吕后时自立为南越武帝。文帝立，去帝号称臣。

[9] 斜劣：侧身。

[10] 洑：水流回旋处。

[11] 邪许：劳动时众人一齐发出的呼声。《淮南子·道应》："今夫举大木者，前呼邪许，后亦应之，此举重劝力之歌也。"

[12] 谢康乐：谢灵运，南朝宋人，袭封康乐公。《处州府山川考》："刘宋永嘉太守谢灵运蹑屐来游，始开此洞（指石门洞）。"

[13] 乘日车慰营魂：谢灵运《石门新营所住四面高山回溪石濑茂林修竹》诗："庶待乘日车，得以慰营魂。"

[14] 东瓯：指浙江永嘉一带。

【评析】

史载谢灵运为永嘉太守，率门生童仆数百人，凿山而游，并在石门山建有别墅。王思任以"游之情在高旷，而游之理在自然"讥之，是颇有见地的。

小 洋 [1]

由恶溪登括苍[2]，舟行一尺，水皆汙也[3]。天为山欺，水求石放,至小洋而眼门一辟。吴闳仲送我,挈睿孺出船口[4],席坐引白[5],黄头郎以棹歌赠之[6],低头呼卢[7],俄而惊视,各大叫,始知颜色不在人间也。又不知天上某某名何色,姑以人间所有者仿佛图之。

落日含半规[8],如胭脂初从火出。溪西一带山,俱似鹦绿鸦背青,上有猩红云五千尺,开一大洞,逗出缥天[9],映水如绣铺赤玛瑙。日益窅[10],沙滩色如柔蓝解白[11],对岸沙则芦花月影,忽忽不可辨识,山俱老瓜皮色。又有七八片碎剪鹅毛霞,俱金黄锦荔,堆出两朵云,居然晶透葡萄紫也。又有夜岚数层斗起[12],如鱼肚白,穿入出炉银红中,金光煜煜不定[13]。盖是际天地山川,云霞日采,烘蒸郁衬,不知开此大染局作何制?意者妒海蜃[14],凌阿闪[15],一漏卿丽之华耶[16]?将亦谓舟中之子,既有荡胸决眦之解[17],尝试假尔以文章,使观其时变乎?何所遘之奇也[18]!

夫人间之色,仅得其五,五色互相用,衍至数十而止,焉有不可思议如此其错综幻变者?曩吾称名取类,亦自人间之物而色之耳。心未曾通,目未曾睹,不得不以所睹所通者,达之于口而告之于人。然所谓仿佛图之,又安能仿佛以图其万一也?嗟呼!不观天地之富,岂知人间之贫哉!

【注释】

[1]小洋:滩名,在浙江青田县。

[2]括苍:即小括苍山,在浙江丽水市。

[3]汙:不流动的水。此谓水流不畅,船行艰难。

[4]睿孺:钮睿孺,与王思任同游者,参见《纪游引》。

[5]引白:举杯饮酒。白,酒杯。

[6]黄头郎:船夫。 棹歌:船歌。

[7] 呼卢：古时一种赌博游戏，此指划拳。

[8] 半规：半圆。

[9] 缥（piǎo）：淡青色。

[10] 曶（hū）：昏暗。

[11] 僻白：淡白色。

[12] 岚：山上的云气。

[13] 煜煜：闪耀。

[14] 海蜃：海市蜃楼。

[15] 阿闪：闪电。

[16] 卿丽：卿云，五彩祥云。

[17] 荡胸决眦：杜甫《望岳》："荡胸生层云，决眦入归鸟。"

[18] 遘：遭遇。

【评析】

刘士鏻云：天淫怪丽。（《明文霱》）

陆云龙云：一片好云霞，非灵笔写出奇幻，何能尔尔？又云：开染局与蜃斗丽，天工也；逗枯管与天写色，人巧也。人巧是配天工。（《皇明十六家小品》）

钓　台 [1]

七八岁时，过钓台，听大人言子陵事，心私仪之。以幼，不许习险。前年到睦州 [2]，又值足中有鬼，且雨甚，不得上。今从台、荡归 [3]，以六月五日上钓台也。肃入先生祠 [4]，古柏阴风，夹江滴翠，气象整峻，有俯视云台之意 [5]。由客星亭右，迳二十馀折，上西台，亭曰"留鼎一丝"，复从龙脊上骑过东台，亭曰"垂竿百尺"。附东台一平屿，陡削畏眺；一石笋横起幽涧，塞仰恣傲，颇似先生手足。磴道中俱老松古木，风冷骨脾。此两台者，或当日振衣之所，空钩意钓，何必鲂鲤，吾不以沧桑泥高下也。亭中祠中，俱为时官匾尽，夫子陵之高，岂在一加帝腹[6]，及买菜求益数语乎[7]？人止一生，士各有志，说者谓帝不足与理[8]，此未曾梦见文叔[9]，何知子陵？子陵诚高矣，而必求其所以高在不仕，则蟠溪之竿[10]，将投灶下爨耶？尧让天下于许由[11]，许由不受。子陵薄官，许由薄皇帝，人不咏许由而但咏子陵者，则皇帝少而官多也。身每在官中，而言每在官外也。夫兰桂之味，以清口出之，则芳；以艾气出之[12]，则秽。呫呫子陵，生得七里明月之眠，死被万人同堂之哄，子陵苦矣。然则尽去其文乎？曰："山高水长，存范仲淹一额可也[13]。"

【注释】

[1] 钓台：在浙江桐庐县富春山，下为七里滩，有东西二台，各高数百丈，以东汉初严子陵在此垂钓而得名。

[2] 睦州：州名，辖境相当于今浙江桐庐、建德、淳安三县市。

[3] 台、荡：指天台山和雁荡山。

[4] 先生：指严子陵。

[5] 云台：汉宫中高台。汉明帝曾画中兴功臣三十二人之像于云台。

[6] 一加帝腹：《后汉书·逸民传》记载：严子陵与汉光武帝刘秀共卧，以足加帝腹上。明日，太史奏客星犯帝座甚急。帝笑曰："朕故人严子陵共卧耳。"

[7] 买菜求益：皇甫谧《高士传》记载：司徒侯霸是严子陵旧交，严子陵被召至京，侯霸遣使奉书，严子陵口授二句答之。使者嫌少，要求增益数语，严子陵曰："买菜乎？求益也。"

[8] 理：治理。

[9] 文叔：刘秀字文叔。

[10] 蟠溪：商朝末年姜子牙垂钓处。

[11] 许由：尧时隐士。

[12] 艾气；艾燻之气，指污秽之气。宋代龙衮《江南野录》："（韩熙载）性好谑浪，有投贽荒恶者，使妓炷艾燻之。俟来，嗅曰：'子之卷轴何多艾气也。'"

[13] "山高"二句：范仲淹《桐庐县严先生祠堂记》云："先生之风，山高水长。"

【评析】

前写景，后议论，论由景生，浑然一体。"人不咏许由而但咏子陵者，则皇帝少而官多也"，一语道破世人心理。

游五泄记 [1]

《水经注》是也，中二泄不可至。宋景濂独难四级[2]，盖从下溯上，又于二泄之中身试之矣。谢玄卿、刁景纯辈所游遇不可知[3]，若近日徐文长、袁中郎、陶周望俱未至三泄与四泄[4]。今次第言之：

从寺右走里许，先见者乃第五泄也，约三十丈，团盐万斛下，夹溪造云壁立，郦道元已貌得七八也[5]。过潭壁斗凸三丈许，履不可革，粘齧如蜓[6]，进生退死，雷霆不闻。初苦上，旋苦下，屏息如盗响铃。突见砰雪再来，此四泄也。同行孝廉范敬升先眠采玉河上[7]，予与文学陈奕倩、僧鲁逸、曹源续至[8]，各踞一壑，此时人在勃律天西[9]，望见蔡汉逸两试两落[10]，以为瓠肉[11]，绝想矣，良久勉上，半前半却，正盗响铃处也。幸而至，亦坐，坐奠，摇首半刻乃笑。而三泄坳隐在对山隈上，蛮强取之，石芒棘杪，着处寄命，阿奴欲忠一臂，忽口噤不悉说何事，昆阳围中你我不相顾也[12]。三泄态备出，倾者，滚者，飞者，跳者，煮者，突者，冲而过者，喧豗绣蹴[13]，其沫犹可涤肝。栖贤三峡非不妙[14]，那得骑而狎之？朱约之浮以大白[15]，此酒不宜劝人矣。仄輅右上，得用脚掌数丈，望见二泄，老蓑衣挂下短白须也。石腹腻泄，不知陟，力人先之，汲我以裹足布，再坠而引，若淫湿，断不能也。第一泄飞下，声怒，色怒，势怒，然无暇料理之，绝壁垂尺馀在外，失一跬[16]，千古不问矣。飞瀑雄吼，贯顶劈来，上有龙井，汹回万仞，以青竹及柴杖投之，有入无出，此酥魂栗魄府也。骇而上之，为刘龙子拜母处[17]，头颗印存，又上之，其家也。又上之，则地名紫阆，属富阳治[18]，殷殷鸡犬声出也。忽而平田广陌，眉锁顿开。如从十地拔出三天门，无复归理，特予人一条生路，奇绝。乃从响铁岭大步而下。

是游也，喜乐不偿畏惧，生人只堪一寄耳。吾意凿通县度[19]，亦不必五牛屎金[20]，千梁无柱。然而不乐为之者，僧欲险之，而山川亦欲阒之也[21]。虽然，险阒正尔佳，必欲几平褥善，即无过邯郸道也。[22]

【注释】

[1] 五泄：山名，在浙江诸暨市西，有瀑布从山巅泻下，凡五级，下汇为五泄溪。《水经注》卷四十《浙江水》："（泄）溪广数丈，中道有两高山夹溪，造云壁立，凡有五泄。……上泄悬二百馀丈，望若云垂。此是瀑布，土人号为泄也。"《浙江通志·山川》："（诸暨）县西五十里，《舆地志》：山峻而有五级，故以为名，刁约谓之小雁荡。"

[2] 宋景濂：宋濂，字景濂，号潜西，明浙江金华人。朱元璋起兵时被征，官至翰林学士。明代开国之典章制度，宋濂多参与制订。洪武十三年（1380）被贬置茂州，中途病卒。正德中追谥文宪。曾著

《游五泄山水志》。

[3] 谢玄卿：南朝齐人，相传曾以采药入五泄山深处，与仙人东华夫人相遇。　刁景纯：刁约，字景纯，宋仁宗时进士，曾知扬州府。

[4] 徐文长：徐渭，字文长，嘉靖、隆庆、万历间文士，万历二年（1574）曾游五泄，有《游五泄记》。　袁中郎：袁宏道，字中郎。　陶周望：陶望龄，字周望，万历间著名文人和学者。袁、陶二人于万历二十五年（1597）同游五泄，各撰有游记。

[5] 郦道元：《水经注》的作者，北魏时人。　貌：描摹。

[6] 齧：咬，啃。同"啮"。

[7] 孝廉：举人。

[8] 文学：指儒学教官。

[9] 勃律：唐代有大、小勃律，在西域。此指极远。

[10] 蔡汉逸：王思任友人。参见《蔡汉逸梅花诗序》。

[11] 瓠：葫芦。

[12] 昆阳：地名，在今河南许昌。新莽时，王莽军十万围刘秀等于昆阳城中，诸将不能相顾。刘秀后以三千人破敌，成为历史上著名的以弱胜强的战例。

[13] 豗（huī）：水相击声。李白《蜀道难》："飞湍瀑流争喧豗，砯崖转石万壑雷。"

[14] 栖贤三峡：指庐山栖贤谷三峡涧。

[15] 大白：大酒杯。

[16] 跬：步。

[17] 刘龙子拜母处：宋濂《游五泄山水志》："（第四潭）侧有晋刘龙子墓。相传龙子尝钓于潭，得骊珠，吞之，化龙飞去。后人为垒石作冢。或云龙子之母葬焉。世远不可辨。"

[18] 富阳：浙江富阳县（今杭州市富阳区）。

[19] 县度：即"悬度"，西域地名。《西域传》："悬度者，石山也。溪谷不通，以绳索相引而度。去阳关五千八百五十里。"

[20] 五牛屎金：传说秦惠王欲伐蜀而不识道路，于是造了五只石牛，把黄金放在石牛尾下，扬言石牛能屙金。蜀王信以为真，派五名

力士开山,把石牛拉回,开通了蜀道。后秦惠王即沿此道灭蜀。

[21] 阒:关闭。

[22] 邯郸道:唐沈既济《枕中记》言卢生与吕翁相遇于邯郸道中,吕翁授卢生一枕,卢生梦中历尽富贵,醒后旅店中黄粱饭尚未蒸熟。此指高枕而卧。

【评析】

极写登五泄山之险。宋濂《游五泄山水志》是静态描摹,此篇则以亲身感受为主,恐惧、欢喜种种心理随景色而转换,给人以身临其境之感。

游灵岩记[1]

域中有四大刹,灵岩居其一。以泰岱之屋乌也[2],乃希有佛化见道场。当谷口,有峰堡而立,就之猊蹲[3]。入谷三里许,一梁横跨,水淙淙出焉。北山但苦渴,得水便佳。寺古废,然材尽豫章[4],丽犹旧家面目。谒五华殿,中须弥[5]、南观音、北药师[6]、东释迦[7]、西阿弥[8],各庄严精好,云是晋像。殿右古柏则霜溜石根[9],与泰山松通寒接气矣。上千佛殿,鲁藩所布金钱也[10],万缗一绘耳。乃入禅室,绿竹漪漪,亦山之阿。从香积厨扪泉而上,谒后土夫人殿,俱雄兀。阶前看四山宫宇,费几许膏汗,而今尽不仁也。上达摩庵随喜,铁袈裟从山涌起[11],高四尺,袒其半,文似水田区,金耶?石耶?不可辨。或曰神通游戏,名山中往往有之。更上为曲水亭,石可几而流可觞,望江南耶?又上为甘露亭,佛座下一勺之多,旨而沁[12]。又上为抱灵亭,老壁千仞,云水毿稠[13],绝似五台秘魔崖[14]。欲访禅林、功德两洞，而路暝不可即，乃归宿。夜肃如秋，鱼剥鲸礧[15]，梦回峰泠。质明，礼辟支塔，佛图澄以之镇水者[16]，今渐殂落，愍道人救饥不暇矣[17]。入鲁班洞，门楗不启[18]，幻其事耳。而所谓通明窍者，亦牛首倒影之意[19]，惑愚儿，便笑也。王弇州谓其弟[20]：有泰山不可无灵岩。予固食指不静者[21]，即弃此寸脔可矣[22]。

是山开于汉，盛于晋唐，中兴于弘正[23]。碣碑卧立，乱如漏泽之标，见未曾有，而皆应付灵岩者。似此间不书一通，终少一段"某人来此"也。归途欲草一疏上之，不果，然犹记其略曰："愿乞陛下一专敕，使臣乘传走四天下[24]，得便宜行事。仍锡臣墨煤万斛，加以如月之斧，凡遇名胜之地有所题说者，间存其可，馀悉听臣劈抹，用冷泉浇之三日，一洗山川冤辱，以彰陛下好生之德。"

【注释】

[1] 灵岩：山名，在济南市长清区东南方山下、泰山西北麓。东晋时竺僧朗曾在此说法，后魏时梵僧法空禅师于此建道场，即灵岩寺，与天台国清寺、江陵玉泉寺、南京栖霞寺同称四大丛林。

[2] 泰岱：泰山。　屋乌："爱屋及乌"之省略。

[3] 狻：狻猊，即狮子。

[4] 豫章：木名，樟类。《淮南子·修务》："豫章之生也，七年而后知，故可以为棺舟。"

[5] 须弥：佛名，即须弥灯王。

[6] 药师：药师佛，全称"药师琉璃光如来"，亦称"大医王佛"。

[7] 释迦：即释迦牟尼，佛教创始人。

[8] 阿弥：即阿弥陀佛，又称"接引佛""无量寿佛"等。

[9] 霜溜：杜甫《古柏行》："霜皮溜雨四十围，黛色参天二千尺。"

[10] 鲁藩：鲁王。藩，藩王。

[11] 铁袈裟：灵岩寺胜迹。山石黑绣如铁，覆地如袈裟披摺之状。

[12] 旨：甘美。

[13] 毵（sān）：枝叶细密之貌。

[14] 秘魔崖：在五台山台怀镇西南约八十里维屏山，上有秘魔寺，因唐代秘魔和尚在此讲经说法而得名。

[15] 剥：敲打声。 硔（hōng）：水石相击声。

[16] 佛图澄：西晋、后赵时高僧，西域龟兹人，西晋怀帝永嘉四年到洛阳，后以方术得后赵石勒信任，劝石氏不屠杀百姓，并大力向民间传播佛教。

[17] 愍道人：即晋僧支愍度。《世说新语·假谲》："愍度道人始欲过江，与一伧道人为侣，谋曰：'用旧义在江东，恐不办得食。'便共立心无义。既而此道人不成渡，愍度果讲义积年。后有伧人来，先道人寄语云：'为我致意愍度，无义那可立？治此计，权救饥尔，无为遂负如来也。'"

[18] 楗：门闩。

[19] 牛首：牛首山，在南京南郊。

[20] 王弇州：即明王世贞，号弇州山人。其弟世懋，亦著名文士。

[21] 食指不静：《左传·宣公四年》："楚人献鼋于郑灵公，公子宋（字子公）与子家将见，子公之食指动，以示子家，曰：'他日我如此，必尝异味。'"

[22] 胾：肉块。

[23] 弘正：指明弘治（1488—1505）、正德（1506—1521）年间。

[24] 乘传：乘坐驿车。传，驿站的马车。

【评析】

文末草疏一段奇绝。到处涂抹"到此一游"之类，不止破坏古迹，而且侮辱山川。此为国人痼疾，于今为烈，冷泉浇之，必无济于事。

谒孔林阙里及孟庙记 [1]

地自生孔孟，而邹鲁之乡遂馥。朋友之义，千里登堂，予于先生何分也，而可有过门之憾耶 [2]？则既登泰山以望其气矣，从山麓东行二百里至曲阜，石俱骨走。渡泗水 [3]，忽数千顷蓊翳煖碟 [4]，至圣林耶？由辇路过洙水桥 [5]，有石人二，剑笏俨如，石麟虎四，华表二，肃拜享殿之下，观子贡所植楷 [6]，先为子思墓，左伯鱼 [7]，上则吾夫子之藏也 [8]。少昊氏虽墟于此 [9]，而奎娄之精 [10]，中和之脉 [11]，至仲尼而始会。泗水却流 [12]，黄玉提命 [13]，此事不可语痴人。第鸟巢荆棘 [14]，非有目者所章章乎？死生事大，圣贤更切于英雄，夫子常敬观人葬，即延陵坎子犹往观之 [15]。以此知向离食巽 [16]，环泗迎洙，人之葬圣人与？抑圣人之葬圣人也？吾见若堂者矣，而斩板封虆 [17]，不取侈泰，尚夫子之志乎哉？右三楹，题"子贡庐墓处 [18]"，妄意泰山将颓，夫子独语之子贡 [19]，而他日多学多能，谆谆然欲点红炉之雪 [20]，必身后事命子贡襄之。圣人亦有密教，不可得而闻耳。林木皆远方弟子手植，至不可知名。而孔氏累累，环壖垣之外 [21]，三千年不异处，尧舜无此盛美也。辞墓登楼，观峄山一点 [22]，正案东南，而颜母尼山 [23]，启圣颜林 [24]，俱在顾盼间。

从鲁圭门入观阙里，鲁两生引 [25]，由毓粹门，经金声门，诣大成殿瞻拜。圣容以文宣王冕毓，钟鼎尊严。壁有行教像，颜子随后者 [26]，是顾恺之画 [27]；小影像，按几而坐者，是吴道子画 [28]。恨不见司马朴所藏辋川笔 [29]，定别有一种文气道气也。殿之后，曰寝殿，曰圣迹殿。殿之前，曰杏坛，二字党怀英书 [30]。至中门，左有夫子手植桧，文阳纽，枯而不朽。米元章赞 [31]，殊可读。徘徊奎文阁下，天风穆泠，古柏森然，碑自蔡中郎、陈思王以下[32],不可胜扪。左为家庙、诗礼堂,古槐瑰石,不知几何岁月。右为启圣殿、金丝堂,则鲁共王坏壁处也[33],仿佛有人謦欬云[34]。乃从壁水出棂星门,而禽台釁圃,五父两观,值大火正酣[35],不能悉睹记。止从陋巷窥颜井[36],谒颜[37],规制礼乐,稍杀于夫子,而一婆夭人受此华报[38],斯亦好学之明效也。

次日,从稷门山,看郭外坦夷如楮。望舞雩台,过九龙山,忽忆李文正之句[39]:"一方烟火无庵观,三氏弦歌有子孙[40]。"真能话曲阜县者矣。日午抵邹,谒孟庙,古柏蔽芾[41],乐正子配焉[42]。东祠孟母,傍有小石像,是孟子跽而受教者,面稍肥,似带癯气[43]。庭前有元祐时所植四大槐[44]。或曰孟母梦泰山神乘云至峰而堕,乃生孟子。由是观之,孔孟之秀皆泰岱所钟者也。不三百里之内,而数圣比肩,复绝今古。

予出胎以来,仰止梦寐[45],又以一日于役,得慰所私,虚往实归,其视皓首牖下,汩没尘中者,得失幸否,相去何似耶?时万历丁巳六月念八日[46],纪此志荣。若夫赞述诗歌,则既游圣人之门矣,以让能者。

【注释】

[1]孔林:又名至圣林,孔子墓地,在山东曲阜市北二里。相传孔子弟子各以其故乡的树木植于孔子墓旁,有异种树百馀株。阙里:孔子故里,在山东曲阜。孟庙:在山东邹城市,为历代祭祀孟子之所。

[2]过门:指过门不入。

[3]泗水:水名,发源于山东泗水县,流经曲阜。

[4]翁翳瞹(ài)靆(dài):形容树木繁盛茂密。瞹靆,云气弥漫的样子。

[5]洙水:在曲阜泗水北。春秋时孔子授徒于洙泗之间。

[6]子贡:孔子弟子,姓端木,名赐,字子贡。　楷(jiē):木名,

即黄连木。

[7] 子思：孔子之孙，名伋。 伯鱼：孔子之子，名鲤。

[8] 藏：墓葬。

[9] 少昊氏：古帝名，黄帝之子。邑于穷桑，都于曲阜，号穷桑帝。

[10] 奎娄：奎星和娄星，主文章。

[11] 中和：指中庸之道。

[12] 泗水却流：王充《论衡》卷四："书传言孔子当泗水之葬，泗水为之却流。此言孔子之德能使水却，不湍其墓也。世人信之，是故儒者称论，皆言孔子之后当封，以泗水却流为证。如原省之，殆虚言也。"

[13] 黄玉提命：《孝经纬》："孔子七十二岁，语曾子著《孝经》。因著作既成，乃斋戒向北斗告备。忽有赤虹自天而下，化为黄玉刻文，先圣跪而受之。"

[14] 鸟巢荆棘：相传孔林中无禽鸟筑巢。《史记·孔子世家》集解引《皇览》云："孔子茔中不生荆棘及刺人草。"

[15] "夫子"二句：《礼记·檀弓下》："延陵季子适齐，于其反也，其长子死，葬于嬴博之间。孔子曰：'延陵季子，吴之习于礼者也。'往而观其葬焉。其坎深不至于泉，其高可隐也。"

[16] 离：八卦之一，代表正南方。 巽：八卦之一，代表东南方。

[17] 斩板：指筑坟。《礼记·檀弓上》："今一日而三斩板而已封，尚行夫子之志乎哉！"郑玄注："斩板，谓断其缩也。"孔颖达疏："筑坟之法，所安板侧于两边，而用绳约板令立，后复内土于板之上，中央筑之，令土与板平，则斩所约板绳断，而更置于见筑土上，又载土其中，三遍如此，其坟乃成。" 封鬣：封土如马鬣状，此指封土。

[18] 子贡庐墓处：《史记·孔子世家》："孔子葬鲁城北泗上，弟子皆服三年。……唯子贡庐于冢上，凡六年，然后去。"

[19] "妄意"二句：《史记·孔子世家》："孔子病，子贡请见。孔子方负杖逍遥于门，曰：'赐，汝来何其晚也？'孔子因叹，歌曰：'泰山坏乎！梁柱摧乎！哲人萎乎！'因以涕下，谓子贡曰：'天下无道久矣，莫能宗予。……'后七日卒。"

[20]点红炉之雪:红炉上着一点雪,立即融化。比喻一经点拨,立即悟解。

[21]壖(ruán)垣:宫外的短墙。

[22]峄山:在山东邹城市东南。

[23]颜母尼山:孔子之母名颜征在,祷于尼山而生孔子。

[24]启圣颜林:即梁公林,在曲阜县城东防山之北,孔子父母叔梁纥、颜征在合葬于此。元代封叔梁纥为启圣王。

[25]鲁两生:《史记·叔孙通列传》载叔孙通为汉高祖刘邦制订礼仪,到鲁地征召儒生三十馀人。鲁有两生不肯行,曰:"公所事者且十主,皆面谀以得亲贵。今天下初定,死者未葬,伤者未起,又欲起礼乐。礼乐所由起,积德百年而后可兴也。吾不忍为公所为。公所为不合古,吾不行。公往矣,无污我!"

[26]颜子:颜回,孔子弟子。

[27]顾恺之:东晋著名画家。

[28]吴道子:唐代著名画家。

[29]司马朴:宋夏县人,字文季。累迁兵部侍郎,随徽、钦二帝被金人掳去,卒于真定。 辋川笔:指唐王维之画,辋川是王维的别墅。

[30]党怀英:金世宗、章宗时人,居泰安。大定十年(1170)进士,官至翰林学士。

[31]米元章:米芾字元章,北宋著名书画家。

[32]蔡中郎:东汉蔡邕,累官至中郎将,世称蔡中郎。 陈思王:曹操之子曹植被封为陈王,谥号"思"。

[33]鲁共王:汉景帝子,初立为淮阳王,后徙于鲁。好治苑囿狗马,尝坏孔子故宅,以扩其宫室,于壁中得古文经传。

[34]謦(qǐng)咳:咳嗽,指谈笑。

[35]大火:指暑热。

[36]陋巷:《论语·雍也》载孔子称赞颜回:"贤哉,回也!一箪食,一瓢饮,在陋巷,人不堪其忧,回也不改其乐。"曲阜县颜庙附近有陋巷故址,有水井名"陋巷井"。

[37]颜:指颜庙,在曲阜城北陋巷街。

[38] 窭（jù）夭人：贫苦短命之人。窭，贫穷。
[39] 李文正：明代李东阳，谥文正，弘治、正德间大学士，文坛领袖。
[40]"一方"二句：李东阳《怀麓堂集》卷九十六《曲阜纪事》诗句。
[41] 蔽芾：茂盛的样子。
[42] 乐正子：乐正克，孟子弟子，仕于鲁。
[43] 瘿气：指颈部囊状肿瘤。
[44] 元祐：宋哲宗年号，1086—1093年。
[45] 仰止：《诗经·小雅·车舝》："高山仰止，景行行止。"《史记·孔子世家》引以赞美孔子："《诗》有之：'高山仰止，景行行止。'虽不能至，然心向往之。"
[46] 万历丁巳：万历四十五年（1617）。

【评析】

　　叙事简明清晰，极有层次，详于孔而略于孟，使结构显得颇为灵活，间或杂以议论，亦精洁而不虚泛，处处流露出作者的高山仰止之情。

游崿山记[1]

　　予游崿山，而知天下事不可以道傍忽也。盖予游崿山，而幻躯凡数化。泰山之石方，而崿山之石圆，山如累卵，大小亿万，以堆磊为奇巧，以穴洞为玲珑，以穿援为游览。赂一沙弥作导师[2]，至渡空舟，则无只马两人之路，假盖自荫[3]，而予化为隶[4]。伏热正毒，探梁祝泉，顶无冠，脊无缕，而予化为野人。入盘龙洞，观石钟丰下锐上，窦钻滑试，数怖数免，无足目正大人之事，而予化为偷[5]。上大通岩，臂引杖接，而予化为猿。扑仙人洞，外伏内昂，中俱白屎，而予化为蝠。引至拘龙洞，则以胸席石，覆卧而申之，上下受半尺，四方二尺，三折约十丈馀，其发者肩也，纵者腹也，头忧怖而手足废，趾略效焉，若不宁气，一视便堪闷绝，而予于此为守宫[6]。将至玉华顶，与仙人对博矣[7]，而壁峭二丈，下临万仞，望岱秀天齐[8]，四基葱郁，贤圣之窟宅，神洸洸也[9]，粘滞壁间，终不敢上，而予化为蜗。私念幽奇至绝，愈化愈下，何不骑大鹏，俯瞰齐州九点烟[10]？即吾家子晋鹤背上[11]，尽足鞚引翱视[12]，而托言蝶无所不栩[13]，蚁无所不慕，肝臂无所不托，英雄自欺矣，遂不克顶。遥知古来文士必无问顶者，至拘龙洞而投策叹返也。不亲历，人且欺我也。

是山也，其古迹之最著者，曰峄阳桐，尚槛其半；曰李斯碑，相传有之；曰纪子墓；曰圣贤遗像；曰颜子石。其古刹曰兴国寺、万寿宫、玉帝殿。其泉曰源头活水，曰莲花池，曰甘泉洞。其名石曰象牙，曰石鼓，曰龟石，不可枚举，人人得以意呼之。其大观曰南天门，此皆望而可得者也。

【注释】

[1] 峄山：一名邹峄山，在山东邹县东南。
[2] 沙弥：和尚。导师：向导。
[3] 假盖：借伞。
[4] 隶：仆役。
[5] 偷：偷儿。
[6] 守宫：俗称壁虎。
[7] 对博：对弈。
[8] 岱：指泰山。

[9] 洸(guāng)洸：勇武貌。

[10] "俯瞰"句：唐李贺《梦天》："遥望齐州九点烟，一泓海水杯中泻。"齐州，即中国。禹分中国为九州，故云"九点烟"。

[11] 子晋：即王子乔，字子晋，相传为周灵王太子，成仙，尝乘白鹤回乡。

[12] 鞚引：指驾鹤。鞚，马勒。引，把持。

[13] 栩：翻飞貌。《庄子·齐物论》："昔者庄周梦为蝴蝶，栩栩然蝴蝶也。"

【评析】

陆云龙云：眸之不接，笔之亦不真。有此历化之胆力，山灵自不能逃其笔底。（《皇明十六家小品》）

刘士𬭎云：变态百出，可称文妖。（《明文㯍》）

游子房山记[1]

乘传过彭城[2]，赇牧裁其绎力[3]，舟胶焉不得行。童仆恚甚，而予辄醉之酒，笑谓我子长也，陋当在此[4]。明日登子房山也，会同年汪廷尉至，共之山，祠子房。或曰：子房曾隐此。不甚崔[5]，然可以悉彭。彭，天下之中也，《禹贡》"惟土五色"[6]，威斗赋之[7]，其有中思乎？毋谓痴人心不大也。廷尉曰："汹汹而降者，悬水村也，被发丈夫，与齐俱入，与汨俱出，蹈有道乎[8]？"曰："道无所不有也。天下之大敢者，必起于大不敢。被发丈夫，师陆终氏之子也[9]。陆终氏之子，观井而覆之以轮，背树而犹绳絷之也[10]。子房之事，不成于仓海之沙中[11]，而成于黄石之圯下也[12]。试徘徊四顾，桓山之愚也[13]，泗水之诞也[14]，戏马台之纵也[15]，亚父之痴也[16]，皆不善于敢者也。雍门之弹也[17],陵母之刭也[18],迷刘村之走也[19],舞阳之排闼[20],而九里之歌也[21],皆善于不敢者也。"廷尉曰:"何知有敢不敢?得者为敢矣。"予舌拑而不能下。嗟呼!悲彭城,悲彭城,兴亡陈迹,可以叹尽乎?有有心人焉,东望而得剑台[22],则心许在前者也;西望而得燕子楼[23],则心许在后者也。请共到黄楼[24],告之大苏[25],亦足以为彭城概矣。

【注释】

[1]子房山:在徐州市铜山区城东,相传是汉张良吹箫破敌处。张良字子房,故名。

[2]乘传:乘坐驿车。传,驿站的马车。 彭城:徐州的古称。

[3]赇牧:受贿的知府。 缚:挽船的绳索。

[4]"笑谓"二句:《史记·太史公自序》言司马迁漫游时,"阸困播、薛、彭城"。子长,司马迁的字。

[5]崋(lǜ):高峻。

[6]《禹贡》:《尚书》篇名,载各地向天子进贡之物。徐州"厥田惟上中,厥赋中中,厥贡惟土五色"。

[7]威斗:汉王莽所作,以五色药石及铜铸成,仿北斗形,长二尺五寸。出入令司命负之,以立威厌胜众兵,故名。此指王莽。

[8]"汹汹"数句:悬水村在吕梁洪(今江苏徐州市铜山区东南)。《庄子·达生》:"孔子观于吕梁,悬水三十仞,流沫四十里,鼋鼍鱼鳖之所不能游也,见一丈夫游之,以为有苦而欲死者也,使弟子并流而拯之。数百步而出,被发行歌,而游于塘下。孔子从而问焉,曰:'吾以子为鬼,察子则人也。请问蹈水有道乎?'曰:'亡,吾无道。吾始乎故,长乎性,成乎命,与齐俱入,与汩偕出,从水之道而不为私焉,此吾所以蹈之也。'"齐,漩涡。汩,涌流。

[9]陆终氏之子:指彭祖,彭城有彭祖井、彭祖墓。《世本》:"陆终之子,其三曰籛,是为彭祖,下曰彭祖冢者,盖亦玄化之极。"

[10]"观井"二句:苏轼《东坡全集》卷六十六《代滕甫论西夏

书》:"俗言彭祖观井,自系大木之上,以车轮覆井,而后敢观。"

[11] "不成"句:《史记·留侯世家》:"(张)良尝学礼淮阳,东见仓海君,得力士,为铁椎重百二十斤。秦始皇东游,良与客狙击秦皇帝博浪沙中,误中副车。"

[12] "而成"句:《史记·留侯世家》:"良尝闲从容步游下邳圯上,有一老父,衣褐,至良所,直堕其履圯下,顾谓良曰:'孺子,下取履。'良愕然,欲殴之,为其老,强忍,下取履。父曰:'履我。'良业为取履,因长跪履之。"后老父授张良《太公兵法》,称:"读此则为王者师矣。后十年兴。十三年孺子见我济北,谷城山下黄石即我矣。"

[13] 桓山:在徐州市铜山区东北,以山下有春秋时宋司马桓魋之墓而得名。《史记·孔子世家》:"孔子去曹适宋,与弟子习礼大树下。宋司马桓魋欲杀孔子,拔其树。"苏轼《桓山记》:"仲尼,日月也,而魋以为可得而害也,……古之愚人也。"

[14] 泗水:水名,发源于山东泗水县,流经徐州沛县,经曲阜入淮。《史记·高祖本纪》载刘邦曾为泗水亭长,斩白蛇,有老妪哭云其子为白帝子,为赤帝子所杀。

[15] 戏马台:在徐州市铜山区南。项羽因山为台,以观戏马,故名。

[16] 亚父:范增,秦末居巢人,年七十,辅项羽霸诸侯,项羽尊之为亚父。屡劝项羽杀刘邦,项羽不听。后项羽中刘邦反间计,疑范增有二心。范增愤而离去,中途病卒。徐州市铜山区戏马台前有范增墓。

[17] 雍门:雍门周,战国齐人。曾以琴见孟尝君。孟尝君曰:"先生鼓琴亦能令文悲乎?"周引琴而鼓,于是孟尝君涕泣增哀,下而就之曰:"先生之鼓琴,令文立若破国亡邑之人也"。见刘向《说苑·善说》。

[18] 陵母:汉王陵之母。《汉书·王陵传》载王陵随刘邦击项羽,项羽取王陵之母置军中,欲招降王陵。王陵之母恐王陵有二心,遂自刭而死。王陵母墓在徐州市铜山区西南。

[19] 迷刘村:未详。

[20] 舞阳:汉樊哙,沛人,以功封舞阳侯。 排闼:撞开门。《史

记·樊哙传》:"高祖尝病甚,恶见人,卧禁中,诏户者无得入群臣。群臣绛、灌等莫敢入。十馀日,哙乃排闼直入,大臣随之。"徐州市铜山区有樊哙墓。

[21] 九里:九里山,在铜山县北,相传为刘邦、项羽交兵的战场。

[22] 剑台:徐州市铜山区东有汉高祖试剑石,剑台或即指此。

[23] 燕子楼:在徐州。唐贞元中,张建封镇徐州,筑楼以居家妓关盼盼。张死后,盼盼不嫁,居此楼十馀年。

[24] 黄楼:苏轼任徐州知州时所建,在徐州市铜山区东门之上。

[25] 大苏:指苏轼。

【评析】

此记不写子房山,而只写登子房山四望之感慨。兴亡陈迹,叹之未尽,而饾饤之迹彰彰难隐,亦是文章之病。

游历下诸胜记[1]

华不注、大明湖、趵突泉[2],济南之三誉也。东北山渡海谒岱[3],如雁阵点点,距翼戢止[4]。而华不注虎齿刺天,肥而锐,似帝青宝碧十分涂塑者[5]。予时侨居历山书院,幕僚程张二君以斗酒洎之漱玉亭上,观所谓趵突者。昔时剑标数尺,而今仅为抽节之蒲,诸童子浴,裸裼之,王屋之气[6],日短一日矣,泉也。且泉之左为于鳞先生白雪楼[7],已别有所属,何处吊中原吾党也,楼也。

且明日引镜,眉间黄起[8],则既抹马矣,尽辞上官之后,披襟独往历下亭子一看[9],菡萏千亩[10],流光溯空,芦中人谁与?若肯为我谱渔笛数弄,我不难赓桓伊也[11]。盈盈脉脉[12],

无以持赠，人亦谁可笑语？乃乞北门锁钥于某万户，倩睥睨为光明焉[13]。南山危矗如佛首者，历山耶[14]？舜所耕在濮，此何以历焉[15]？戴玄趾诗送我："平生少知己，恸哭鲍山边[16]。"东望有青蔚起者是矣。元张养浩《龙洞记》画凶刻险[17]，涕中带笑也。且寄语东南一片云，愿以他日。北望华不注，而逢丑父卒智在此间与[18]？安得从泺源赊一苇[19]，直酹华泉下也。

夫山水之理，必不可卤莽而得。济南名胜，尚称幽夥，一眺望间，而欲了上下千百年之事，此不过望屠门而食气者[20]，不可以饱骄人。虽然，疏笼之羽，义无反顾，而吾犹得翱翔成礼以去，虽不满腹，亦不虚归矣。一脔全鼎，蜜无中边，其韵一也。且食肉者，何必马肝而尽哉[21]？

【注释】

[1] 历下：山东历城县（今山东济南市历城区），明清时为济南府治。

[2] 华不注：山名，在今济南市东北。 大明湖：在今济南市北。明《一统志》："大明湖占府城三之一，弥漫无际，遥望华不注峰，若在水中。盖历下城绝胜处也。" 趵突泉：在今济南市中心区。三泉并列，相距约各三尺，水自地中涌出，状如车轮。

[3] 岱：指泰山。

[4] 距翼戢止：指鸟飞行时脚爪和翅膀收敛起来的样子。距，爪。戢止，收敛的样子。

[5] 帝青宝碧：即青碧色。帝青宝碧是佛经中对青碧色宝珠的称呼，此借指青碧色。

[6] 王屋：山名，在山西阳城、垣曲两县间，道书以之为天下第一洞天，世传为轩辕访道处。

[7] 于鳞先生：李攀龙，字于鳞，山东历城人，嘉靖后期文坛领袖，"后七子"之一。 白雪楼：李攀龙所筑读书楼。

[8] 眉间黄起：古相书上说，如果额上眉间有黄气，主人有喜事，黄气如带，是公卿之相。

[9] 历下亭：在大明湖中小岛上。

[10] 菡萏：荷花的别称。

[11] 赓：用乐曲相酬答。　桓伊：字叔夏，小字野王，东晋人。善音乐，为江左第一。得蔡邕柯亭笛，常自吹之。《晋书》有传。

[12] 盈盈脉脉：《古诗十九首》："盈盈一水间，脉脉不得语。"

[13] 睥睨：城墙上锯齿形的短墙。

[14] 历山：又名舜耕山，传说帝舜曾耕稼于此。

[15] "舜所"二句：《史记·五帝本纪》："舜耕历山。"注云："濮州雷泽县有历山舜井。"

[16] 鲍山：在历城县东，下有鲍城，为春秋时齐鲍叔牙采邑，山上有叔牙台。

[17] 张养浩：字希孟，历城人，元代中期名臣，累官监察御史、翰林直学士、礼部尚书，卒谥文忠。有《归田类稿》等诗文集。　龙洞：山名，在济南历城区东南，以山有龙洞得名。《归田类稿》中有《游龙洞记》一文，写持火炬探龙洞的惊险情状。

[18] 逢丑父：春秋齐顷公大夫。齐晋鞌之战，齐军败，逢丑父驾战车与齐顷公绕华不注山而走，在将到华泉（华不注山下之泉）时车撞到树上，被晋军追及。逢丑父与顷公换位，冒充顷公，令顷公到华泉取水，顷公得以逃脱。见《左传·成公二年》。

[19] 泺源：指趵突泉。趵突泉是古泺水的发源地。　一苇：指一叶扁舟。

[20] 望屠门而食气：犹"过屠门而大嚼"，指心中企慕而不能得到，姑且用想象聊以自慰。

[21] 马肝：古人以为马肝有毒，食之杀人。《史记·儒林列传》："于是景帝曰：'食肉不食马肝，不为不知味；言学者无言汤武受命，不为愚。'"

【评析】

　　文中所记济南名胜，皆登漱玉亭、历下亭眺望所见，并未亲临。文章以抒情胜，通篇皆抒发登临四望所引发之感慨，于游记中别具一格。

游龟峰山记[1]

　　过河口，瞥见一方青，谲甚，头脑作怪，此何山也？舟人曰："弋阳之龟峰也。"心异之。庐游还至贵溪[2]，借舆力，同陆务滋必往之。而舆人极蠢极拗，峰在越而燕其辕[3]，走田塍沟洫，如战吕布灯团团旋旋[4]。走不出十里，予苦督之以峰为的而进，断乎不可，只索听之。尚离峰十里，而暝且雨，又有虎，患甚。向民家借宿，尽不内[5]。不得已重价构松火，以三鼓至山寺。老僧未寝，神其说曰："三日前伽蓝界梦[6]，有大贵人到，可作饭相候。"予馁甚，劳甚，利之曰："我正大贵人也。"果有饭一甑[7]，不时而具，盖江右俱早禾蒸熟以备早餐者。应梦大吉，就官舍孰眠[8]。

　　次早谒佛后，看所谓三十二峰者，老僧指点此为玉亭峰，此为天柱峰，此为云屏峰，此为紫芝峰，此为圭壁峰，此为双剑峰，此为展旗峰，此为朝帽峰，此为狮子峰，此为鼋鼍峰，此为石仓峰，此为虾蟆峰，此为罗汉峰，此为象牙峰，此为鹰嘴峰，而其中之最高者曰龟峰。数不尽合，亦不尽肖。务滋乡语予："此秃大似法聪数罗汉者[9]。"予亦依稀颔之而已。

　　有洞谽谺[10]，入窥其内，凡四转，凉风淅淅，然不可久，而予虚喝一声，则谷中应我者四。陆友尽探之，而予大呼之曰

"陆务滋",则应之"陆务滋",少顷"陆务滋",又需之"陆务滋"[11]",又需之"陆务滋",声渐微而渐远,然字字清越。予题之曰"四声谷"。游竟,出其寺里许,一象把山左,鼻垂垂然,目睨睨然;一虎把山右,则蹲踞似伏气者[12]。此地只堪神佛,只可一游。二十五里至弋甚速,极悔从贵溪发足也。署弋者为信州端别驾[13],为予刻"四声谷"于其洞。又二十年,予弟万祚长弋[14],而刻予一绝于其《志》[15]。

【注释】

[1] 龟峰山:在江西弋阳县南,又名圭峰,有三十二峰。

[2] 庐:庐山。 贵溪:江西贵溪县。

[3] "峰在"句:峰在越地而车往燕地走,即"南辕北辙"之意。

[4] 战吕布灯:即走马灯。旧俗元宵节时,以纸剪为人马之形,粘于纸轮之下四周,轮下有杆,能活动自如。点烛,烛焰驱杆转动,人马随之而转,往来不停,如同《三国演义》中之三英战吕布,故称。

[5] 内:同"纳"。

[6] 伽蓝:梵语"僧伽蓝摩"的略称,意译为僧院,此指僧院的守护神。

[7] 甑:煮饭的瓦器。

[8] 孰:同"熟"。

[9] 法聪数罗汉:法聪是《西厢记》中普救寺法本长老的弟子,张生游普救寺,由法聪引导,唱词中有"数了罗汉"之句。

[10] 谽(hān)谺(xiā):山谷空旷的样子。

[11] 需:等侍。

[12] 伏气:屏气,抑制呼吸。

[13] 署:任职,指代理县令。 信州:江西上饶。 别驾:官名,州刺史的佐吏。

[14] 长:任县长。

[15] 一绝:一首绝句诗。 志:县志。

【评析】

龟峰似无可记，此文先记至龟峰过程，次记老僧数三十二峰，再记四声谷之回声，共三个片断，虽皆生动有趣，但终未写龟峰神貌，用笔略显偏枯。

经过玄潭记 [1]

既辞陇洲[2]，欲展吾师刘文节公之墓[3]，晋卿父子挈舟携饭导之[4]。过潭登崇元观，上雪浪阁，则千峰旗笔青入天表，江水卷花，至此化为静玉。吕翁曾此借眠[5]，题诗壁上："寒裳懒步寻真宿，清景一宵吟不足。月在寒潭风在松，何必洞天三十六？"此等境界亦非凡肉所分。又曰："墨潭冲下四十里为石牛潭，石牛之下为玄潭。"又曰："潭有蛟龙苦客舟，许旌阳以法降之[6]，冶铁为柱以镇，居人建玄坛观祀之，即今观也。"

看罗念庵先生读书阁[7]，有道言留示后学，晋卿幼亦读书其中。先后状元，固为奇事，而念庵弃一官如脱屣。晋卿亦每欲禅隐，则或其后身亦不可知。山东一老羽[8]，饼之则饼，酒肉之则酒肉，口中侏侏[9]，第言其逃兵戈之苦。予曰：焉知非我辈榜样耶？

舟行十里而至师墓，芦花之龙[10]，云锦作案，此犹催官地耳。闻令祖太师曾活万人，维天锡祉[11]，佳城尚多[12]，更晋卿三世不宰杀，刘氏之福正未艾耳。

【注释】

[1] 玄潭：在江西吉水县。

[2] 陇洲：位于吉水境内的赣江下游。

[3] 刘文节公：刘应秋，江西吉水人，字士和。万历十一年（1583）进士第三，授翰林院编修，迁南京国子监司业，累官国子监祭酒。负才气，好议论，为权贵所忌，出任外职，后辞疾归。卒谥文节。

[4] 晋卿：刘同升，字晋卿，刘应秋之子。崇祯十年（1637）状元，授翰林院修撰，出为福建按察使知事。南京被清兵攻陷后，力图兴复，唐王授以兵部左侍郎，巡抚南赣，以劳瘁卒。谥文忠。

[5] 吕翁：指吕洞宾，传说中"八仙"之一。

[6] 许旌阳：许逊，字敬之，东晋汝南人，家南昌。学道于吴猛，尽传其秘。后举孝廉，曾为旌阳县（今湖北枝江市北）令。因晋皇室纷争，弃官东归。周行江湖诸郡，除灭毒虫怪物。宋时封为"神功妙济真君"，世称许真君，亦称许旌阳。

[7] 罗念庵：罗洪先，字达夫，号念庵，江西吉水人。嘉靖八年（1529）状元，授翰林院修撰，告归。好王守仁之学，甘于淡泊。隆庆初卒，谥文庄。

[8] 羽：道士。

[9] 侏侏：此指小声嘟囔。

[10] 芦花之龙：风水术语，即"芦花枭龙"，谓墓地前山像芦花收紧后由颈项伸出枝脚，一粗一细，而合为一。在这样的地方下葬，主后代出状元、探花。

[11] 锡祉：赐予福祉。

[12] 佳城：墓地。

【评析】

写经过玄潭之所见，文笔简洁。

重游麻源三谷记 [1]

华子冈第三谷前有石岩观大士[2]，予额发奉老母顶礼其间，笺曰[3]："儿成名，当再至。"母勖之[4]，每饭不忘也。予幸一第[5]，而宦辙尼江右[6]，强视时[7]，又还初服[8]，无由以报母。母弃予三十年所，先大夫复即世[9]，因得修再至之命。初至盱江[10]，恍惚华表之鹤[11]，城郭是也，太平桥是也，举目生人，旅馆不内[12]。会兵使者杨公觐光、郡司李吴公麟征夜出相慰劳[13]，于是乎得安身立命也。

质明，具瓣香[14]，倩导人敬诣，如谢康乐且申独往之意[15]。桑池鸡柴，云声渐杳，顾问仆夫，郢书燕对[16]，予不能耐之。至一麓礚，磷磷泚泚[17]，俄而银浪雪球，涡旋车舞，同仙瀑之笑呼[18]，异恶溪之喊诈[19]，是所称麻源第三谷者耶？径转有坊曰"华子仙源"，而明德先生题"云梯""石窦"于丹壁之上[20]，从此入灵谷岩。予幼时来观，大士像在岩中，今殿矣，亭矣。四十年积想而始获投体于兹地也，悲夫！向与母同来，而今不能再也。见大士如见故人之母也，故人之母依然庄严，而予母在三界中[21]，不知所存亡何寄也？大士现女人说法，慈悲救度，亦何难一低眉垂手，一接予苦仁旧好之母也。予入盱无识面者，识予面者止大士，以为儿来何暮也？予曰：母久死矣，今儿独来也。悲夫！不能不潸然于人命之倏忽，而托寓此生皆茫茫梦梦者矣。再卜笺，复得前之繇[22]，似吾有诗儿当续此愿。余此生或不再至矣，乃黯黯辞去。

闻红泉石磴，相隔仅里许，而蠡力生面叩之不灵，亦匿不以告，又山志不得即见，无论华、谢之胜无从因想[23]，即执友左奉常之高躅[24]，俱履底失之，岂不有馀憾哉！虽然，归而有以复吾母也，虽一偿万漏可也。

【注释】

[1] 麻源三谷：在江西南城县西。

[2] 华子冈：在江西南城县西，世传汉初甪里先生弟子华子期得仙于此。 观大士：即观世音菩萨。

[3] 筊（jiǎo）：通"珓"，占卜的用具，用竹、木或蚌壳制成，掷空中落地，视其俯仰以定吉凶。

[4] 勖：勉励。

[5] 第：进士及第。

[6] 宦辙：做官所到之处。 尼：通"泥"，拘限于。 江右：江西，指九江一带，距南城甚远。

[7] 强视：即强仕。《礼记·曲礼》："四十曰强而仕。"谓男子年四十，智虑气力皆强盛，可以出仕。后以强仕为四十岁之代称。

[8] 还初服：指退职闲居。屈原《离骚》："退将复修吾初服。"谓辞去官职，重新穿上入仕前的衣服。

[9] 先大夫：对已去世的父亲的称谓。 即世：去世。

[10] 盱江：江名，源自江西广昌，流经南城，下游分数支入赣江和鄱阳湖。此指南城。

[11] 华表之鹤：传说汉代辽东人丁令威，学道成仙，化鹤归来。《续搜神记》云："辽东城门有华表柱，忽有一鹤集，徘徊空中，言曰：'有鸟有鸟丁令威，去家千岁今来归，城郭如故人民非。何不学仙去，空伴冢累累。'遂上冲天。"

[12] 内：同"纳"。

[13] 兵使者：备兵使者，官名。 杨觐光：号百芝，山东招远人，万历三十五年（1607）进士，授行人，转礼、兵二部，历任江西兵备固原副使，陕西左、右布政使，南京太仆寺卿、通政使。 司李：官名，又作"司理"，明时指州郡推官。 吴麟征：江苏海盐人，字圣生，

号磊斋，天启进士，崇祯中任御史，累官太常少卿。李自成围北京，吴麟征守西直门，募勇士出城作战，多斩获。城破，自缢死。福王时谥忠节。

[14] 瓣香：拈香一瓣，表示对他人的敬仰，称瓣香。

[15] 谢康乐：南朝宋诗人谢灵运，袭封康乐公，世称谢康乐。其《入华子冈是麻源第三谷》诗有句云："且申独往意，乘月弄潺湲。恒充俄顷用，岂为古今然。"

[16] 郢书燕对：此指问此而答彼。用"郢书燕说"之典。《韩非子·外储说左上》："郢人有遗燕相国书者，夜书，火不明，因谓持烛者曰：'举烛。'而误书'举烛'。举烛，非书意也。燕相受书而说之曰：'举烛者，尚明也，尚明也者，举贤而任之。'燕相白王，王大悦，国以治。治则治矣，非书意也。今世学者，多似此类。"

[17] 磷磷：水石明净之状。　泚泚：水清澈之状。

[18] 仙瀑：指浙江瑞安县的仙岩瀑布。

[19] 恶溪：又名好溪，在浙江青田县。

[20] 明德先生：明代季本，字明德，号彭山，会稽人，王守仁弟子。正德进士，累迁长沙知府。著述丰富。

[21] 三界：佛教用语。佛教把生死轮转的人世间分为三界，即欲界、色界、无色界。

[22] 繇：占卜的卦辞。

[23] 华、谢：指华子期、谢灵运。

[24] 左奉常：左宗郢，字景贤，号心源。江西南城人，万历十七年（1589）进士，官至太常寺少卿，著有《麻姑山志》。奉常，太常寺卿的别称。　高躅：高尚的行迹。

【评析】

　　此文虽为游记，实以抒情胜。触景感怀，思念亡母之情油然而生，抒情十分沉挚。

过梅岭记 [1]

岭何以梅也？越王子分姓梅氏，避秦往南海，其从臣梅销至岭家焉 [2]，而筑城浈水上 [3]，奉王居之。此乡人谓之梅岭，非梅花之谓也。销归吴芮时 [4]，留其将庚胜隶番君者守之 [5]。此乡人又谓之庚岭，亦非大庾之谓也。而《白氏六贴》言大庾岭多梅 [6]，南枝既落，北枝始开，即长江天之所以限南北云。张无垢至岭绝不见一梅 [7]，英江李官之女，感其事而手植三十树，一段佳话 [8]。宋嘉祐中 [9]，揭曰梅关 [10]，至今尚有十馀树。

寺曰挂角，以清远飞来寺龙鬼移至 [11]，而挂一殿角于此。六祖得衣钵南行 [12]，惠明追至此 [13]，祖掷衣钵石上，举之不得动。既而渴甚，祖以杖点石，遂涌清泉，所谓卓锡者也。其侧有云封寺，有张曲江祠 [14]，开凿横浦 [15]，其功甚伟。从北上岭，则斗削拔天，人不苦而马骡甚苦。迤逦而上，喘急，每数百步一憩。未至岭三里，曰钟鼓岩，其礜乳下或击或考 [16]，皆有声。偶漏景井裂 [17]，一旦豁然。至岭，则大庾尉周懋泰修乡好 [18]，以中火沃湎之 [19]。而余恋岭寻梅，想韵女之胜，读其诗，足欲下而心不前也。

【注释】

[1] 梅岭：即大庾岭，在江西大庾县南，是江西、广东二省的交界处。

[2] 梅销：秦汉之际益阳人，秦鄱阳令吴芮之将。项羽立吴芮为衡山王，封梅销十万户为列侯。

[3] 浈水：广东北江的上游，源出大庾岭，西南流经始兴县，至曲江县与武水汇合，称北江。

[4] 吴芮：秦鄱阳人，曾任鄱阳令，号鄱君。秦末随诸侯入关灭秦，

项羽封之为衡山王,汉高祖徙封之为长沙王。

[5] 庾胜:汉初人,曾与南越作战,筑城守梅岭。 番君,即鄱君,指吴芮。

[6]《白氏六贴》:类书名,又名《白氏经史事类六贴》,三十卷,唐白居易撰。采摘古代书籍中成语、典故,分类编排,体例与《北堂书抄》大略相同。

[7] 张无垢:南宋张九成,字子韶,号无垢居士,又号横浦居士,钱塘人。宋高宗时状元,官礼部侍郎。以与秦桧不合,谪居南安军十四年。秦桧死后,起知温州,辞归,卒。其学说混杂儒佛两家之说,称横浦学派。

[8] "英江"三句:《南安志》:"大庾岭上有寺,有妇人题云:'妾幼侍父任英州司寇,既代归,以大庾岭有梅岭之名而无梅,遂植三十株于道旁。'既又题诗于壁间云:'英江今日掌刑回,上得梅山不见梅。辍俸买将三十本,清香留与雪中开。'"英江,即广东英德府。李官,即司李,宋时指各州的司寇参军。

[9] 嘉祐:宋仁宗年号,1056—1063 年。

[10] 揭:题额。嘉祐八年,广东转运使蔡抗与其弟蔡挺立关于大庾岭上,署曰梅关,以分江西、广东之界。

[11] "以清"句:广东清远县有飞来寺,亦称峡山古寺,为南朝梁武帝时僧人贞俊、瑞霭创建。传说轩辕黄帝的两个庶子太禺和仲阳化为神人,将安徽舒城上元延祚寺在一个风雨之夜飞来此处,故名飞来寺。

[12] 六祖:即禅宗六祖慧能,638—713 年在世,师事五祖弘忍禅师,承受衣钵。弘忍死后,慧能住广东韶州曹溪广果寺,倡"顿悟"说,成为禅宗的南宗。

[13] 惠明:与慧能同为弘忍门下弟子。慧能得到弘忍的衣钵后,惧同门谋害,携衣钵南行,惠明与众僧在后追赶。见《坛经》。

[14] 张曲江:即唐张九龄,广东曲江人,唐玄宗时曾任中书令,为李林甫所忌而罢相。曾开凿大庾岭路。

[15] 横浦:水名,在广东南雄市西,源出大庾岭,南流经始兴县

西，汇入北江。

[16] 礐（què）乳：石钟乳。礐，大石多的山。

[17] 景：同"影"，日光。

[18] 乡好：同乡之谊。

[19] 中火：中午饭。　沃澨：饮食。

【评析】

叙梅岭得名之由及经过梅岭所见古迹，文笔简洁。

梅岭松路记

过岭南下，有观音岩者，蒙茸不及探[1]。然山如积翠，台阁一，平坡千馀丈，其土赪而净[2]。有松十数树，欠申擎舞，如四皓、八公、七贤、九老辈散发披襟[3]，聚作清风高话者。自此涧涛银乱，壑草丹迷，路在山骨，崎岖侧走，不可方轨。或十步一松，或五步一松，或崖或岸，皆秦汉时物。虬龙不足比其态，彝鼎不足比其古。肢肱拏攫，鳞甲苍沉，又有寿藤凤薜，倒映清流。而骡马鱼贯，贩负行憩，各有关荆蜀道之意[4]。生平足目，大快于此。

【注释】

[1] 蒙茸：草木茂密蓬松的样子。

[2] 赪（chēng）：红。

[3] 四皓：即"商山四皓"，汉初商山的四个隐士，须眉皆白，故称四皓。　八公：汉淮南王的八个门客，奉淮南王之诏作《淮南子》。魏晋时将八公附会为神仙。　七贤：即"竹林七贤"，魏晋之际，阮籍、嵇康、山涛、向秀、阮咸、王戎、刘伶七人，常宴集于竹林之下，时

人称为竹林七贤。　九老：即"香山九老",唐白居易于会昌五年在洛阳香山与当地耆宿聚会宴饮,共九人,称九老,亦称香山九老。

[4] 关荆：关仝和荆浩,五代时著名山水画家,擅长画北方雄奇山水。荆浩有《蜀山图》,关仝有《关山行旅图》等。

【评析】

宋元祐年间(1086—1094)重修大庾岭驿路,蔡挺命夹道植松,是为梅岭松路之由来。此文描写古松,用笔简略,而意态甚足。

游清远禺峡飞来寺记[1]

予游五羊[2],取道英德[3],万山燥荡,雄傲狂诳,不相得。至禺峡而水忽泓聚,山忽秀,望之则廉贞聚讲[4],水火通明矣。亟问榜人[5],云此飞来寺也。发书考之,始得其颠末。是时二月雨甚,风驶湍悍,不及泊,一回首而舟已出峡矣。

清远朱惟四,峡主也,以五月入省,介黎美周缔交[6],始得其疏略。快哉！二禺之秦镜也[7]。惟四父子叔侄高隐,俱更韵,世表此峡,不惜累千金以续灵运之欢[8]。八月,予东还过清远,惟四踊跃,笑眉如画,挐一舠趣予入峡[9]。

见坊焉,题"十九福地",见堂焉,题"涵碧",予友李伯襄大宗伯所书也[10]。入圆通殿,礼大士竣[11],右之,登期云馆,随喜大雄殿[12],罗汉相甚古。稍下之,踏钓鲤台,陟振衣亭,已有千仞之势。一松百尺,虬舞翼然,而其本烁于火,则恶秃谋攻之[13],乃见梦于钱吉老者也[14]。石齿踽踽[15],见达摩石,曾一跃此[16]。寻御风台,历阮俞径,竹不多而缟袿若凤尾[17],帝子采之合律处也。稍上为栎社[18],绿风古阴,毛孔俱香。而数本年长于石，石反化为树，或石穿树而孕，或树穿石而姻，理不可晓。一石危突，予友何龙友坐此呼舟人。龙友瓠肥[19]，恐足不佞胆[20]，三步亦喘，而能济胜[21]，岂近日有异相生肉翅耶？下此为琴心阁，宏厂藻丽，张制抚之所建也。"琴心"，取四山响应义。龙友颜其堂曰"流云奏玉"，意殊佳，而予欲省之为"奏云堂"。高凉李日辅拍手击节[22]，余曰："相公乃金华殿上语，我终是酸馅口耳。"

听水堂左为飞泉涧，淙淙然从笕邮出[23]。予令健儿入悬崖上流处，截数蠡沃之[24]。同行友陆德先以梅姜分剂，泽气太凉，或腹痛。教人想杀惠泉[25]。惟四循涧导之，攀藤历碧[26]，数折而得漱流石，是其尊人少贞先生许身处。泉之飞也，初则绥绥然如湿雪，稍进，砰砰然雄雨之呼矣，再进，而盎倾盆覆，人语不相闻。惟四曰："未也。"扶摇而上，则至水帘台，瀑悬数织，皆番毡，即溅沫犹堪珠箔。惟四置石几石坐其间，人迹不到，鹿猿因而有之。碧苔绣草，此中当无伏到。掬泉一洗，老眼倍明。上有十九峰书院，已被山都拆圮[27]。有卧仙岩，高仅两尺，对瀑可同面壁。余谓友人胡我植："此坐为君而设。"戏其短也。复倚杖歌呼，陟坡老淙碧轩，上茗台，经瑶林而还寺。取左蹬，由定心泉上帝子祠，二帝子面如满月，翩游至此，合律道成，白日仙去。其从行二臣曰初曰武者，分神于二禺，衣冠拱卫者，是耶，非耶？过此则拾丹梯而上，尽为松径。曰嘉会亭者，沈参军之所构也。稍上为松关，为半云亭，孙梅崃令君以之憩游者。又上为云萝道，又为苍雪崖，交藤古木，蔽昏日月，更老榕包石，如筋络肉缠绵不了。石上一树，柯条共枕，疑吾家仲先与潘章偕殁，从罗浮移葬于此[28]，为之辗然[29]。再上曰云巢，曾季狂作柳叶篆甚古。傍为芝林，萧玄圃得十二紫芝处也。

再上则飞来古寺矣。梁普通中二神化居士[30]，诣龙舒延祚寺[31]，请贞俊禅师曰："吾欲建一道场，延师于中宿上游[32]，师许之乎？"俊许诺。中夜雷雨大作，质明开户，则殿宇森列，金相嵬然，视之在山峡矣。师乃说偈曰："此殿飞来，何不飞去？"空中应曰："动不如静。"师还方丈，则香花幢盖，天厨仙馔，悉神运鬼输至矣。近年，僧不戒郁攸[33]，一夕飞去。制府张公以惟四言复构之。千百年之松三本，桄榔树一本，苍郁绣天。董其事者亦欲攻而有之，惟四苦争之得免。惟四开山之功不可殚述，而予独谓此一事当坐首功。同行友少斋，守山老僧出茗润喝[34]，既而肴榼至，酒行不让。僧乞一联，则应之曰："山今留寺住，人亦我飞来。"相与看其来脉，则过峡不啻蜂腰，龙既穿障，而巽笔一枝特秀，惜明堂稍逼[35]，异日法林灯续，当有文字知识在此演教。又去数百武，见狮石怪异，曾化老僧会跋陀罗三藏[36]。惟四作诗讨其一吼，亦殊快。自此以上，有五色榴花，邝湛若所谓不可知也[37]。望归猿洞甚峻，不及登。而吾难其迷处为人，悟处还畜，色根血爱，裂断斩绝，亦人非人之铮铮者矣。和光洞更高，安昌期隐其中，留诗仙去。惟四云势逼斗魁，虽有石床丹灶，而老木翳暗，棘刺跋扈，不容趾。曾及其洞户，值风霆大作。或者恐高人窥其伎俩乎？亦且姑置之，且与擿杖顶踵，接承而下。

明月中江，偶值宋大将军轰炮者三，万山环答。大将军以连山之役，期剪灭之方后会。而余邀同行诸友烹泉分果，各酾斗酒。游弈将军陈玄虚，守御使严奕甫俱联至，豪饮于凝碧湾上，歌呼谑浪，互为掎阵[38]。觉金锁之犀，涎涡欲起；浴滩之鹤，飞舞前来。榍涧渐香，浮花红动，此亦萍阁之仙都，盍簪之清榜矣。而况恰当中秋，凉飙荐爽，予其有游祚者耶！

外史氏曰：予所游者北禺耳，至南禺溟涬之七十二峰，犹然目寄也。朱惟四窭士[39]，划类破家，动数百人，搜剔殆尽。天工惜斧，奏妒者有山都，兹草木荒塞矣。惟四之髀日长[40]，气亦再鼓无振之者，奈何哉？独其名氏峰岩水石，雅趣稳顿，可永而有也。既永而有，即不尽探峰岩，不尽临水石亦可也。

【注释】

[1] 清远：广东清远市。　禺峡：在广东清远市北，又名飞来峡。　飞来寺：亦称峡山古寺，在禺峡后。相传黄帝的两个庶子太禺和仲阳化为神人，将安徽舒城上元延祚寺在一个风雨之夜飞来此处，故名。

[2] 五羊：广州的别称。

[3] 英德：广东英德市。

[4] 廉贞：北斗第五星，风水术认为此星属于五行中的水、火。聚讲：风水术中指群山环侍拱卫，以显主山尊贵。

[5] 榜人：船夫。

[6] 黎美周：黎遂球，字美周，番禺人。崇祯时举人，诗文甚有名。甲申之变后，出任唐王兵部职方司主事，提督广东兵赴援赣州，城破，死节，谥忠愍。

[7] 秦镜：传说秦宫有方镜，表里有明，能照见人肠胃五脏、人心邪正。见《西京杂记》。

[8] 灵运：谢灵运，南朝宋人，喜邀游山水，晚年曾被流徙广州。

[9] 拏：驾。　舠：刀形小船。　趣：催促。

[10] 李伯襄：李孙宸，字伯襄，广东香山县人。万历进士，崇祯间终南京礼部尚书。　大宗伯：礼部尚书的别称。

[11] 大士：菩萨。

[12] 随喜：指游览佛寺。

[13] 秃：和尚。

[14] 见梦于钱吉老：洪迈《夷坚志》卷十七《峡山松》："广州清远县之东峡山寺，山川盘纡，林木茂盛，有古飞来殿。殿西南十步许，大松傍崖而生，婆娑偃盖。大观元年十月，南昌人皇城使钱师愈，罢广府兵官北还，舣舟寺下。从者斧松根，取脂照夜。明年，殿直钱吉老，自广如连州。过寺，梦一叟鬓须皤然，面有愁色，曰：'吾居此三百年，不幸值公之宗人，不能戢从者，至斧吾膝以代烛，使我至今血流。公能为白方丈老师，出毫发力补治，庶几盲风发作，无动摇之患。得终天年，为赐大矣。'吉老问其姓氏及所居。曰：'吾非圆首方足，乃植物中含灵性者，飞来之西南，即所处也。幸无忘！'吉老觉，疑其松也。以神异彰灼，须寺启关，将入告。时晓钟未鸣，复甘寝。至明，则舟人解缆已数里。怅然不能忘。过浛光，以语令建安彭铢。政和二年，铢解官如广府，过寺，即以吉老言访之。果见巨松去根盈尺，皮肤伤剥，膏液流注不止。盖七年矣。乃白主僧和土以补之，围大竹护其外。"

[15] 踽踽：孤独的样子。

[16] 趺：趺坐，盘腿而坐。

[17] 缡褷（lí shī）：即"离褷"，草木初生的样子。

[18] 栎社：神社旁的栎树。

[19] 瓠肥：喻胖而壮。　瓠，葫芦。

[20] 佞：迎合。

[21] 济胜：指游览胜地。

[22] 高凉：地名，在今广东阳江市。　李日辅：字元卿，南昌人。万历中举于乡，任成都推官，崇祯间擢南京御史，调广东布政使照磨，归隐西山香城寺。

[23] 笕（jiǎn）：引水的长竹管。

[24] 蠡：瓢。　沃：饮。

[25] 惠泉：即惠山泉，在江苏无锡，号称天下第二泉。

[26] 礐（què）：大石多的山。

[27] 山都：兽名，即狒狒。《尔雅·释兽》郭璞注："其状如人，面长，唇黑，身有毛，反踵，见人则笑。交广及南康郡山中亦有此物，

大者长丈许,俗呼之曰山都。" 圮:倒。

[28]"疑吾"二句:《太平广记》卷三八九《潘章》:"潘章少有美容仪,时人竞慕之。楚国王仲先闻其美名,故来求为友。章许之,因愿同学。一见相爱,情若夫妇,便同衾共枕,交好无已。后同死,而家人哀之,因合葬于罗浮山。冢上忽生一树,柯条枝叶无不相抱。时人异之,号为'共枕树'。" 罗浮:山名,在广东省惠州市博罗县境。

[29]辗然:笑的样子。

[30]普通:南朝梁武帝年号,520—527年。

[31]龙舒:山名,在安徽舒城县西南。

[32]中宿:清远县(今广东清远市)的别称。

[33]郁攸:火气,此指火。

[34]喝(yē):暑热。

[35]"相与"数句:来脉、蜂腰、龙、巽笔、明堂,皆风水术语,此处不一一辨析。

[36]狮石:《太平寰宇记》卷一五七:"狮子石在县东中宿硖内北山顶上,形如狮子,头身尾足耳宛然。古老相传曰:昔有僧居其石而无泉,感老人指泉。今则有玉泉寺。"化老僧会跋陀罗三藏事,未详。

[37]邝湛若:邝露,字湛若,广东南海人。明末曾历游粤西吴越。唐王在福州,仕为中书舍人。永历帝时奉使还广州,清兵来攻,城破而死。

[38]捋阵:划拳。

[39]窭士:贫士。

[40]髀:大腿。《三国志·蜀先主传》注引《九州春秋》:"(刘备)尝于(刘)表坐起至厕,见髀里肉生,慨然流涕。还坐,表怪问备,备曰:'吾常身不离鞍,髀肉皆消。今不复骑,髀里肉生。日月若驰,老将至矣,而功业不建,是以悲耳。'"

【评析】

此文记事详尽,于山川景物、古今名胜,俱以工笔刻画,而游者之神态心理,亦纤纤可见。叙事写景,俱臻妙境。

杂　记

唐封公笑碧亭记

河伯见海若归[1]，三月不庭[2]，醉淫稍定，乃挈其龙鳖图书表纳命稽首，毋敢再援畔。溪翁、湖长闻之，转相效也。仙游唐先生之汪[3]，哑哑然笑曰："彼稷稷者何为耶[4]？伯首之，而且奚适也？适倏乎？适忽乎？适浑沌乎[5]？是不胜其帝，而臣之不任其疲也。且夫帝何常？溪臣湖，湖臣河，河臣海，海又臣碧[6]，碧亢焉大处，而我视之，苍苍者其正色耶？其远而不可至极者耶？夫碧之视我，亦若是已矣[7]。吾恶知广大精微之不递相为君也？穷大者必归，则且碧臣海，海臣河，河臣湖，湖臣溪，而溪且臣我，我犹南面而不释然。吾猥伯而局局，乃广伯而哑哑也。"唐先生曰："子毋太岸[8]，吾且亭处子，娱之以竹花，清之以木石，荡之以舟楫，侣之以榭台，吾又与子递相为帝。"则解之曰："唐先生与汪，德相若，议论相敌也，非君臣也，友之而已矣。"

【注释】

[1]"河伯"句：《庄子·秋水》："秋水时至，百川灌河，泾流之大，两涘渚崖之间不辨牛马。于是焉河伯欣然自喜，以天下之美为尽在己。顺流而东行，至于北海，东面而视，不见水端。于是焉河伯始旋其面目，望洋向若而叹曰：'……吾长见笑于大方之家。'"　若，海神名。

[2] 庭：朝见。

[3] 仙游：地名，明代属福建福州府。　汪：水池。

[4] 稯（zōng）稯：聚集在一起的样子。《庄子·则阳》："孔子之楚，舍于蚁丘之浆，其邻有夫妻臣妾登极者，子路曰：'是稯稯何为者邪？'"

[5] "适倏"三句：《庄子·应帝王》："南海之帝为倏，北海之帝为忽，中央之帝为浑沌。"

[6] 碧：碧空。

[7] "苍苍"四句：《庄子·逍遥游》："天之苍苍，其正色耶？其远而无所至极耶？其视下也，亦若是则已矣。"

[8] 岸：傲岸。

【评析】

立意与行文皆仿《庄子》，颇得《庄子》之神韵。

江州兵署秃影庵记

浔阳兵府[1]，开匡庐左股下[2]，构不精整，而邃复散处，得褊性之趣，又多林木竹鸟，野鹿叫啼。遣眷属还，空闻疑闻[3]，乃肩正序[4]，移西塾兀处[5]。一友陆生伴话，一僮庖，一僮掌籍，一僮司衾服燥湿。日放衙一次，公事无多，烧烛习静。有头陀出壁上[6]，其圆中规，童然可爱[7]，以谑庵为动止。索之良久，即谑庵也。陆生笑曰："僧赞僧耳，可知先生之前世矣。"

谑庵曰："又恶知后世之僧不先生是耶？现在，过去，未来，俱无所住，子以为僧即是佛乎？一剃发，佛矣，若能解佛否？佛以慈悲众生为法者也，僧则奉佛之法，以慈悲众生者也。佛犹君也，僧犹官也。朝即寺也，衙门即庵也。寺歧出曰庵，朝歧出曰衙门，此中大好修行，古人岂谬我哉？予愧不能奉吾君，以慈悲众生，居心不净，时有牵衣之累[8]。回忆金闺弱冠时[9]，不减任育长之影[10]，颜如白凤，发则玄蛇，矢心立愿，普度一世，登之仁寿，如长眉螺髻，而后愉乐。岂遂知蹉跎摩顶[11]，一至如此！文采无观，事功不立，空作巾蕑之杵，样是葫芦之画，犹言发短心长也。生老眨过，岂不欺且哀哉？"

陆生曰："先生之出处，我知之矣，欺则无有，哀亦何庸？姑以欢喜种子补此大千缺陷。吾家士龙善笑[12]，临水栾栾[13]，照见衰经[14]，一笑而堕，堕起复笑。先生之秃，得无是乎！"谑庵曰："可以解嘲，谨受笑。"乃题所居室曰"秃影庵"，而为之记。时崇祯乙亥三月立夏之夜[15]。陆生名士慎，会稽人[16]，务观裔也[17]。

【注释】

[1] 浔阳：江西九江的别称，九江亦称江州。王思任曾任九江备兵使者。

[2] 匡庐：庐山。

[3] 阒（qù）：寂静。

[4] 正序：此指正堂。序，两厢之房。

[5] 兀：高。

[6] 头陀：僧人。

[7] 童然：光秃秃的样子。

[8] 牵衣之累：指儿女之累。

[9] 金闺弱冠时：指年轻中进士时。金闺，即金马门，汉武帝时东方朔等著名文士一度待诏金马门。

[10] 任育长之影：唐代任瞻，字育长，少有令名，神情可爱，时人谓育长影也好。

[11] 摩顶：指头发损少。

[12] 士龙：西晋陆云，字士龙。

[13] 栾栾：身体瘦弱的样子。

[14] 衰绖：丧服。

[15] 崇祯乙亥：崇祯八年（1635）。

[16] 会稽：今浙江绍兴。

[17] 务观：宋诗人陆游，字务观。

【评析】

王夫之《薑斋诗话》云："以乐景写哀，以哀景写乐，一倍增其哀乐。"此篇把时光蹉跎而事功不立之无限哀感以笑出之，而读来却皆是苦笑。

通明亭初记

去吾庐之东十武而近[1]，有隙地半宫，枕桥带堞，对南山秦望屏如[2]，望秦几如[3]，飞鸟准之绳也。会稽、山阴、暨阳诸山，千叠万矗，俱褒袖而朝[4]。众水绕会，更镜潭光来蜿蜒，碧波秀软，游鱼听人。又地有灌木柚梧，翠羽穿弄，鸡鸣桑颠，静入太古。王子乐之。于是临流相度，积石为丘，构亭其上。亭成，而榜之曰"通明"。客曰："何居乎其通明也？得毋谓巽齐离见[5]，木交火禅，取《易》之义，与形家合乎[6]？"

王子曰："义矣，而未该也[7]。天地万物有生之后，俱各章章[8]，而与我不相通，则穆忞隐闵[9]，暗汤晦墨[10]，而还其混沌[11]。即以人我论，莫明于人矣，然而不通之不明也。吾昔游京都庙市，遭五方之冠盖[12]，其官爵姓氏，须眉某某，亦既无可冒蔽者矣，第肩摩踵接，略不揖拱。入深山，见似人者而喜，相与招呼款恋，一顷刻而得其家室之事。非野人之灵捷于冠盖也，通与不通之故也。今夫山川孕灵，固在血肉之先，其傲兀之气，即相对而不肯下。始吾游于此地，岩壑位置非不分明，觉与吾话言不洽，酬应无序，徘徊四望，各涣散底滞而不相蒙。自有此亭以通之，于是乎有君臣宾主之分，于是乎有朝迎环卫之情，于是乎有贡陈酬赠之礼，于是乎有翔舞踊跃之节，于是乎有韵流响应之声，于是乎有纳牖排闼之好[13]。由此而进之，朝烟夕霭，凉风美月，四气之和，百昌之媚，莫不以各正者保合于此。其为通也，不已畅乎！而子亦知兔和寺之蜂乎[14]？其室于茧窗也，一雾縠之隔耳[15]，触首无策，股肢疲顿，却而复前，心诚求之而不得其明也。一针破决，飞出空怳，计其快绝，必甚于呓人得叫者。吾之所谓通，亦犹是矣。"

客曰："子心通而言不昧，似矣。吾闻之，山藏水洄，奚明之足贵？介石塞渊[16]，而又何定取于通？不如虚其环中，以待无穷[17]。"请以此益新亭之记。

【注释】

[1] 武：半步。古时以六尺为步，半步为武。
[2] 秦望：秦望山，在浙江绍兴东南。
[3] 望秦：绍兴山名，与秦望山非一山，相距颇远。
[4] 褒袖：谓宽衣大袖。
[5] 巽、离：八卦中的两个卦名，在五行中巽属木，离属火。
[6] 形家：指看地形的风水家。
[7] 该：详备。
[8] 章章：鲜明昭著。
[9] 穆忞隐闵：无形迹的样子。《淮南子·原道》："穆忞隐闵，纯德独存。"注："穆忞、隐闵，皆无形之类也。"

[10] 暗汩晦墨：潜藏不显。汩，深藏。

[11] 混沌：天地未开辟以前的元气状态。

[12] 冠盖：礼帽和车盖，官员所用，借指官员和名流。

[13] 纳牖：《易·坎》："樽酒簋贰，用缶，纳约自牖，终无咎。"谓酒食皆由窗间出入。此指山水景色映入窗来。　排闼：王安石《书湖阴先生壁》："一水护田将绿绕，两山排闼送青来。"

[14] 兔和寺：北宋王禹偁《记蜂》："商於兔和寺多蜂。"商於在今陕西商洛一带。

[15] 雾縠：像雾一样的轻纱。

[16] 介石：《易·豫》："介于石，不终日，贞吉。"介，夹。　塞渊：《诗经·邶风·燕燕》："仲氏任只，其心塞渊。"塞，实；渊，深。

[17] "不如"二句：《庄子·齐物论》："枢始得其环中，以应无穷。"环中，喻空虚超脱之境。

【评析】

以主客问答体阐明"通明"之义，文气纡徐似欧阳修。

通明亭再记

通明亭成而爱憎毁誉至。爱我者曰："水甘谷苦，石活金死，不宙肥孙子，而作无益至此。"其憎者曰："何成不亏，何端不欹，日月颇驶，予与褐之父睨之[1]。"而毁者则曰："三败来归[2]，浚膏作堆[3]，刺人突兀，犹不知四十九年之非。"誉者曰："鳌蜂笔起，呼龙截水，代有灵文，事出《玉髓》[4]。"

王子闻之，曰：嘻嘻！此皆不通不明之故也。憎亦何冤？毁亦何仇？君能求我，君亦自求。爱我以利，誉我福者，福兮利兮，人乎天也。今夫爱憎毁誉，意虽分而情则合，不过为亭而起也。使吾不有此亭，则爱憎毁誉何自而至？昔者伧父居此[5]，豕其宫而益之以溷，爱誉不至矣，而憎毁亦不至，岂伧父邀独宽之典哉？人相忘之也。人能忘伧父，而不能忘谑庵，是爱憎毁誉又不为亭起，而为亭主人起也。虽然，亭为山水而设，人游其下者，不言山水而言亭；又不言亭，止言亭之主人。亭主人不知也，亭不知也，山水也不知也。劳攘较计，谁受，谁想，谁行，谁识，是爱憎毁誉不起于亭，亦不起于亭之主人，而起于其不通不明之心，不亦惑而可哀乎？稽山有樵叟，卖薪归，辄徘徊不去，问其故，曰："此见成地[6]，予每欲夕此一乐。"非人非我，不即不离，其通人也哉！其明人也哉！

【注释】

[1]褐之父：指贫贱之人。褐，粗麻短衣，泛指贫苦人的衣服。《左传·哀公十三年》："旨酒一盛兮，余与褐之父睨之。"

[2]三败：作者曾三任知县，三遭黜落，故云。张岱《有明越人三不朽图赞》记王思任"三仕令尹，乃遭三黜"。

[3]浚：榨取。 膏：膏泽，指钱财。

[4]《玉髓》：《玉髓真经》，古代风水学著作，宋张洞玄撰。

[5]伧父：粗鄙之夫。

[6]见成：即"现成"。

【评析】

陆云龙云：可以解嘲，可以息忌，可以胥人于通明之地。(《皇明十六家小品》)

媚樵亭记

　　始余之构通明亭也，有樵至止，悦焉，数相过，自许也。吾亦悦其一二高话，从千仞冈来，悦其有蓬鬓而无蓬心[1]，悦其戟手交股[2]，坐我于栗陆柏皇之上[3]。亭成矣，而樵不来，并道不出此，樵亦奇怪矣哉！意者天遇而人求之，日凿浑沌之窍[4]，朝看麋鹿之群，樵不能我忘，而遂忘我耶？我知之矣：始余之构通明亭也，木石与居已耳，而且追琢之，丹艧之[5]，标榜有加焉，樵以为饰且陋，宜其揶我而不来也。樵乎！而且来，此亦何与尔我事？夫所谓追琢丹艧者，吾以之祀白榆者也，白榆亦而家之所欲种者也。今吾简楒㭉[6]，判槎枒[7]，诛茅编蒯以亭尔[8]，而来仍戟手交股也。吾询尔，山无虎乎？桂无蠹乎？松无有辱封号者乎[9]？溪云白乎？泉月清乎？换鱼沽酒，醉几参矣？夕阳牛笛，听几阕矣？樵乎！毋以苏秦纵横也[10]。谚有之：知性者可与同居。蔡宜藻[11]，鸥宜笑，爰居宜远钟鼓[12]。还子亭之朴，而相迟相望，今而后柴也其来乎？然而稽山篱落地，仪图之绝无知者，又不欲留姓字，樵乎，何人哉？

　　或曰：此古石户云隐之流[13]，博大真人也，偶来游戏，觉子眉睫间有猜，则入山惟恐不深矣，焚索之而不可得矣[14]。有是哉！王子瞪目咍叹，窅然若有丧焉久之，曰：吾失矣，吾失之矣。夫樵，仙人也。

【注释】

　　[1] 蓬心：喻心灵茅塞不通。《庄子·逍遥游》："夫子犹有蓬之心也夫。"

　　[2] 戟手：用中指和食指指点，其形如戟。

[3] 栗陆柏皇：栗陆和柏皇都是传说中的古帝名。此指代上古淳朴之世。

[4] "日凿"句：《庄子·应帝王》："南海之帝为倏，北海之帝为忽，中央之帝为浑沌，……倏与忽谋报浑沌之德，曰：'人皆有七窍，以视听食息，此独无有，尝试凿之。'日凿一窍，七日而浑沌死。"

[5] 丹腰：红色油漆，此用如动词。

[6] 楉柮：树疙瘩。

[7] 槎枒：错杂不齐的枝条。

[8] 诛：割。 蒯：草名，茎可编织。

[9] "松无"句：秦始皇封禅泰山遇雨，休于松下，因封其树为五大夫。见《史记·秦始皇本纪》。

[10] 苏秦：战国时纵横家。

[11] 蔡：野草。

[12] "爰居"句：《庄子·至乐》："昔者海鸟止于鲁郊，鲁侯御而觞之于庙，奏九韶以为乐，具太牢以为膳。鸟乃眩视忧悲，不敢食一脔，不敢饮一杯，三日而死。"成玄英疏："昔有海鸟，名曰爰居，形容极大，头高八尺，避风而至，止鲁东郊。"

[13] 石户：《庄子·让王》："舜以天下让其友石户之农，石户之农……以舜之德为未至也，于是夫负妻戴，携子以入于海，终身不反也。" 云隐：未详。

[14] 焚索：《左传·僖公二十四年》载：介之推隐居深山中，晋文公焚山迫其出，不出而死。

【评析】

陆云龙云：轻扬妍丽，晚风沓来，红紫冉冉而结绮。(《皇明十六家小品》)

醮竹轩记

妻不可与坐，子不可与谐[1]，则客妙；饭呆肴俗，茶限水卑，则酒妙；花不常富，松不易寿，富不换清，寿且先韵，则竹妙。三者缺一不可。然而客无竹意，客可无；酒无竹色，酒可去。既有竹在，则可友可醉，而客与酒自不难立至。谑庵先生常北游，客、酒甚具，苦无竹，则觅竹家抒啸咏，不亦以箎管几片之类[2]，发会稽五云之想[3]。既艾将耆矣[4]，复广文松海[5]，至舍，感翟酺之言[6]，修厥宇，越三日种竹，竹遂成。又作轩以对之，颜之曰"醮竹"[7]。醮曰："招朋引类成吾党，生子添孙愿此君[8]。"未有酒也，则补之曰："坐上客常满，尊中酒不空[9]。"先生于此凡五日而醉三参。未几，移国子去[10]，喟竹者曰："菉竹猗猗，瞻彼淇澳[11]。子跣而麂，孰靴而肉。"喟轩者曰："板屋板屋，乱我心曲[12]。昔师行矣，毁其薪木。"更有喟者："精镠及百[13]，粗欢三月，无此大镮[14]，或亦小拙。"

先生曰不然，言即及利，亦孔之丑[15]。何人何我，何暂何久，山中之七日，抵世上之千年；寓公之三月，即山中之七日。今夫传舍其官者[16]，必且真视其我。凶于而国，哀于而家，不可训也。吾恶知后贤之不与我同好也？吾又恶知后贤未来之好，不准前贤现在之好也？即不与我同好，爆此竹以御魃[17]，薪此轩以代魃[18]。要亦复为马通溺粪之场[19]，土还其土已尔。而先生且三月不知肉味矣[20]，二三子第时时载酒竹下以报平安，当必有干霄翎凤之气，大吐东南之美者[21]。吾不啻醮竹，而且为后贤醮二三子也。

【注释】

[1] 谐：谐谑。

[2] 筵：扇。

[3] 会稽五云：浙江绍兴有会稽山、五云溪。

[4] 艾：五十岁。　耆：六十岁。

[5] 广文：指任儒学教官。　松海：即松江，在今上海。

[6] 翟酺：东汉洛阳人，字子超，汉安帝时为尚书，出为酒泉太守，顺帝时迁将作大匠。曾上言修缮太学，以诱进后学。《后汉书》有传。

[7] 颜：题额。　醮：酌酒而祭。

[8] 此君：指竹。

[9] "坐上"二句：《后汉书·孔融传》："宾客日盈其门，常叹曰：'坐上客常满，尊中酒不空，吾无忧矣。'"

[10] 国子：国子监。

[11] "菉竹"二句：《诗经·卫风·淇奥》："瞻彼淇奥，绿竹猗猗。"菉，通"绿"。

[12] "板屋"二句：《诗经·秦风·小戎》："在其板屋，乱我心曲。"

[13] 精镠（liú）：精金，纯金。

[14] 锾：圆形中间有孔之物，此指钱。

[15] 亦孔之丑：《诗经·小雅·十月之交》："十月之交，朔月辛卯。日有食之，亦孔之丑。"孔，甚；丑，恶。

[16] 传舍：驿舍，供行人休息住宿的处所。此处用如动词。

[17] 魑：山林之怪。

[18] 魃：旱鬼。

[19] 马通：马粪。

[20] 三月不知肉味：《论语·述而》："子在齐闻《韶》，三月不知肉味，曰：'不图为乐之至于斯也。'"

[21] 东南之美：《尔雅》："东南之美者，有会稽之竹箭焉。"竹箭即箭竹。

【评析】

晋王子猷暂寄人空宅住,便令种竹,云:"何可一日无此君!"王思任暂居官,亦种竹起轩,风雅之致,千古相通。暂与久是相对的概念,二人皆可谓于电光石火之中体味出永恒者。

二还亭记

见此茫茫,百端交集。予每畏渡西陵[1],辄恍然于至治之世也,邻国相望,鸡狗之声相闻,民老死不相往来,岂不美而信哉。悲夫!夫使甘其食,美其服,安其居,乐其俗,重死而不远徙,虽有舟车,洵无所乘矣。然而不能也。老子推本之论,不曰"小国寡民"乎?民稠则欲不足,欲不足则争,争之不得则骛[2]。骛之思,必起于贤智者。

越固贤智之乡,而称喜骛又善骛者也。骛必极于四方,而京师尤甚,得其意者什三,失者什七。予每归西陵,见驿亭即喜。又见去者什七,而还者什三也。什三之中,旅榇约分其一[3],予爽然伤之[4],以为此皆知骛而不知还者也。极名号煊赫,金珠捆载[5],然无语而还,还亦何乐?又况结绳刍束,委之长年[6],如缚败豕者哉。

今夫富贵生死之说,不出于圣贤豪杰之口,谓悬弧以后[7],皆行志之日也。至课其底里,果不为富贵,果不欲生否?圣贤豪杰,非人情乎?祖宗墓庐,有不望之而色喜者乎?以此想之,不必倦知还,穷返本也。孔子之归欤[8],陶令之来兮[9],亦不过常人之情也,托之乎吾党之狂简,亲戚之情话也[10]。善乎,陶周望之记滕氏义庄也[11],以为采山渔水,力耕而约食,越虽小郡，犹足以老。意以为从甘美起念，则何厌之与有？第衣之食之而已，犹可以生居于越也。

镇海楼之外[12]，沙埂空阔，予欲置二还亭其上，一曰锦还[13]，一曰生还。凡稍得富贵，随其力之所及，以不负虚往者，憩锦还亭以劳之；即不得富贵，而犹能奉身以还，见其祖宗之墓庐者，则生还亭犹可憩也。憩归人，因以勉去人。顾名思义，或一裁其无涯之欲，使其少得焉而止，亦犹夫太史之志也[14]。予力不能亭而姑为记，以待夫能亭者，将毋有勒言者乎？

【注释】

[1] 西陵：西陵湖，在浙江杭州市萧山区西。

[2] 骛：追求，强求。

[3] 旅榇：客死者的灵柩。

[4] 奭然：悲伤的样子。

[5] 稇载：捆载，满载。

[6] 长年：船工。

[7] 悬弧：古时生男，于门左挂弓一张。此指出生。

[8] "孔子"句：《论语·公冶长》："子在陈曰：'归欤！归欤！吾党之小子狂简，斐然成章，不知所以裁之。'"

[9] "陶令"句：陶渊明不堪官场束缚，弃彭泽令而归，作《归去来兮辞》。

[10] "亲戚"句：《归去来兮辞》有"悦亲戚之情话"之句。

[11] 陶周望：陶望龄，字周望，号石篑、歇庵，会稽人。万历十七年（1589）会试第一，授翰林编修，官至国子祭酒。

[12] 镇海楼：在浙江杭州西湖东南之吴山东麓。

[13] 锦还：取"衣锦还乡"之意。

[14] 太史：指陶望龄。陶望龄任翰林院编修，明代谓翰林院官员为太史。

【评析】

陆云龙云：越之好弩，不能为讳也。记此志警，岂直为越人哉？奈何钟鸣漏尽，行者之不息也！（《皇明十六家小品》）

四瑟亭记

先垅之右，有支坡陀[1]，八松迎涧，清风穆如。余心函之，属土人金氏，不可问。日久，金氏鑢斧睨其下[2]，适值余来憩，命鼎儿解橐以赎[3]，一松一金。几薪尽矣，而侥幸得完其舞鹤擎虬之体，快哉！因割其垅少许，价翔不较，而余建亭其上，颜曰"四瑟"[4]，鸟音、松韵、涧响、溪声也。联曰"山能人语，樵亦仙风"，又曰"寻松看鹤眠丹灶，燃竹烹溪饭白云"，皆此亭之实录云。山行者于此息肩，于此荫暍[5]，于此避雨，又或于此傍居人逃虎，俱无所不可。而予之会心处，终在八松，风花雪月亦无所不宜。余老矣，乐行其志耳，何必平泉金谷之为胜哉[6]。

【注释】

[1] 坡陀：不平坦。
[2] 鑢：通"锯"。
[3] 鼎儿：即作者之子王鼎起。
[4] 颜：题额。
[5] 暍：暑热。
[6] 平泉：平泉庄，唐李德裕别墅，在洛阳。　金谷：金谷园，晋石崇之园，在洛阳。

【评析】

人生贵在适意，有松有亭，鱼鸟亲人，会心处不必在远。文笔清逸简净，亦如松风涧响。

重修庐山白鹤观记

庐山五老峰前有白鹤观，道士刘混成骑鹤飞升处也[1]。唐高宗敕建此观，而宋学士苏子瞻常独游此，观棋有诗[2]。天启乙丑夏[3]，山阴王思任来游，携其友沈三贤、陆士慎，徘徊于观之前后，掬池臼之水，烹云雾之茶，摘蔬造饭，薄饮追凉，相与歌呼乐甚。然而欷歔感叹者继之，盖不胜今昔之俯仰焉。栋宇颓危，门槛不设，饥猪扰案，鸟鼠碎檐，虽长松历涧，依然瑟响，而蒿荆篱豆，迷阳岑莫，亡聊赖甚矣。观主人李元丹乞留一言，以为兴复之藉，而任适在浔阳[4]，为题白鹤观说以贻。星子令陈巽言倡其事[5]，郡孝廉陶孔志为纠首以成之。崇祯壬申[6]，任复为起部，视榷鸠兹[7]，而元丹复来，出孝廉手札征记。嗟呼！废兴之故，盖有数存，观不得刘道士不创也，不得苏学士不名也。而予与元丹之意，不得陈使君、陶孝廉等不复也。星渚瘠涩，虽未必能焕隆章灼，而亦称稍稍恢葺矣。然而元丹目尚冲然，腹犹未甚果然也，则请有以广之。

丹知白鹤之说乎？夫鹤者，九皋之骐骥，性必处阴，行必步斗，非仙人之友，则仙人之仆也。不则其分身而托焉者，不则其相齐州而寄焉也。费祎之楼也[8]，介象之庙也[9]，茅盈之帐也[10]，丁令威之华表也[11]，郑弘之射的也[12]，浮丘之青田也[13]，王乔之缑岭[14]，而广成子之石穴也[15]，皆鹤也，皆寄也。道士偶一乘之，遂遗云气，入层霄，视伛偻五老之鹹项[16]，不啻一迹爪其间，岂复知小儿辈复有土木事乎？子瞻聪明绝世，了元以为大愚[17]，即骖鸾驾鹤，为不死人，犹属最下一乘。赤壁之游，自谓登仙羽化，而缟衣玄裳者笑谓其乐非真乐[18]。夫何知阖户昼寝之时，谁与棋者？非道士与羽客戏为君子军于流水古松之间，以嬲髯苏也耶[19]？噫嘻！子瞻诚大愚矣。然而子瞻不愚，"胜固欣然，败亦可喜[20]"，胜不过三世诸佛，败不过九天仙子，诸佛仙子与我何有哉！且夫天地之间，有情者俱妄，无情者乃真，是故莫寿于古松流水，而道士与羽客皆短。日长境静，恍惚古初，不闻人声，但闻落子，非禅非玄，髯得之矣。如必从道士起见，则庐山亦匡续以后之名[21]，未有续时，此山何所命名？而竟无人来往居处其下与？过而不留，住应无所，此为深于乐山者也。元丹能诗，可与言者，以此记归之。

【注释】

[1] 刘混成：唐代道士。元虞集《白鹤观记》："刘混成者，名玄和，其先彭城人。……居白鹤，久之，留其弟子何子玉守舍，自入五峰石室，种木瓜为食，炼丹成，年八十六，别其弟子，泛舟而逝。举棺将窆，空无有矣。人或从之祈祷，往往有奇应者。"

[2] 观棋有诗：苏轼《东坡全集》卷二十四《观棋》诗序云："予不解棋，尝独游庐山白鹤观，观中人皆阖户昼寝，独闻棋声于古松流水之间，意欣然喜之。……"

[3] 天启乙丑：天启五年（1625）。

[4] 浔阳：今江西九江。

[5] 星子：星子县，明属江西南康府。

[6] 崇祯壬申：崇祯五年（1632）。

[7] 起部：官署名。晋武帝置起部郎。南北朝时，宋、齐、梁、陈有起部尚书，掌管宗庙宫室的建造事宜，事毕即行撤销。北齐起部亦

掌工造。隋以后改称工部。后用以代称工部。王思任曾任南京工部主事。　视榷：主管专卖之事。　鸠兹：古地名，在今安徽芜湖。

[8] 费祎之楼：费祎，三国蜀人。相传死后成仙，驾黄鹤憩于黄鹤楼。见《太平寰宇记》卷一一二。

[9] 介象之庙：介象，三国吴人。《神仙传》："介象死，吴先帝思之，以象所住屋为庙，时时往祭之。有白鹤来集坐上也。"

[10] 茅盈之帐：茅盈，汉代人，隐居句曲山中修道，该山因被称为茅山。《神仙传》："茅君在帐中与人言语，其出入，或发人马，或化为白鹤。"

[11] 丁令威之华表：传说汉代辽东人丁令威，学道成仙，化鹤归来。《续搜神记》云："辽东城门有华表柱，忽有一鹤集，徘徊空中，言曰：'有鸟有鸟丁令威，去家千岁今来归，城郭如故人民非。何不学仙去，空伴冢累累。'遂上冲天。"

[12] 郑弘之射的：《后汉书·郑弘传》注引孔灵符《会稽记》："射的山南有白鹤山，此鹤为仙人取箭。汉太尉郑弘尝采薪，得一遗箭，顷有人觅，弘还之。问何所欲。弘识其神人也，曰：'常患若耶溪载薪为难，愿旦南风，暮北风。'后果然。"

[13] 浮丘：即浮丘公，古仙人，著有《相鹤经》。　青田：山名，在浙江青田县。《永嘉郡记》："有沐溪野，去青田九里，中有双白鹤，年年生子，长大便去，只恒馀父母一只耳，精白可爱，多云神仙所养。浮丘公《相鹤经》云青田之鹤。"

[14] 王乔之缑岭：《列仙传》："王子乔者，周灵王太子晋也。好吹笙，作凤凰鸣。游伊洛之间，道士浮丘公接以上嵩高山三十馀年。后求之于山上，见桓良曰：'告我家，七月七日待我于缑氏山巅。'至时，果乘白鹤驻山头，望之不得到，举手谢时人，数日而去。"

[15] 广成子之石穴：广成子，传说黄帝时人。《墨客挥犀》曰："崆峒山，广成子修道所，绝壁有石穴，谓之早鹤祠。"

[16] 五老：五老峰。　缄：脸。

[17] 了元：宋代僧人，朝廷赐号佛印禅师，是苏轼方外知交。

[18] "赤壁"三句：苏轼游赤壁，作前后二赋，《前赤壁赋》有"飘

飘乎如遗世独立,羽化而登仙"之句;《后赤壁赋》有"适有孤鹤,横江东来,翅如车轮,玄裳缟衣"之句。

[19] 嬲:戏弄。

[20] "胜固"二句:苏轼《观棋》中诗句。

[21] 匡续:即匡裕。南朝释慧远《庐山记》云:"有匡裕先生者,出自殷周之际,……受道于仙人,共游此山,遂托室崖岫,即岩成馆,故时人谓其所止为神仙之庐,因以名山焉。"

【评析】

白鹤观以刘混成骑鹤飞升而得名,以苏东坡《观棋》诗而有名,此文关合二事,檃括《观棋》诗而成文。行文疏放,气势通贯,用典虽多,皆与文意相融汇。叙事议论,俱臻妙境。

林工宰观瓢记

太山乔岳[1],分星犯汉,其亢雄危杰之势,不知几千万里。东邻逸士,得一枯癭瘦矶[2],涤刷其尘,而灵朗其窽[3],有峰有岌[4],有麓有岗,有郁有纡,有层有隐。设身游之,即十鸿八骏,追章亥之影[5],不能遍也,此犹其似者也。赤鱼之在盆沼,吻呴尾翔[6],自谓海孰与我大,非诚傲悍,虽海亦何所用之?吾非鱼,而故知鱼也。万物之生,强半以天铸像,人得之而为头颅,物得之而为果蓏,是故瓢可以容,亦可以覆,工宰之观,所自昉哉[7]。若然,则天之为瓢也旧矣。胡不以其灵霞为囊,日月为子,雨露为浆,而仅录一果蓏之壳,又复果蓏之中作伪果蓏,毋乃愈观而愈蒙耶[8]?

工宰曰:"子之说诚然,然有子之观,有我之观。子之观,观天一瓢也;我之观,观瓢一天也。吾所谓见垣而穴革者也,吾不愿东邻逸士而愿鱼之居。"则又进工宰一义:"许由以手饮,人遗之瓢,乃操饮。饮罢,登瓢于树[9],历历风言[10]。由谓烦扰,破而去之。既曰瓢,又曰观瓢,又曰观瓢记,工宰多事极矣,瓢之有亡可也。"

【注释】

[1] 太山:即泰山。 乔岳:高山。

[2] 枯瘿瘦矶:谓奇木怪石。瘿:木瘤。矶:水边石。

[3] 窽:窍。

[4] 嶭(niè)岌(jí):山高峻的样子。

[5] 章亥:大章和竖亥,传说中善走的人。

[6] 昫(xū):吐气。

[7] 昉(fǎng):开始。

[8] 蒙:不明。

[9] 登:挂。

[10] 风言:在风中发出响声。

【评析】

行文得《庄子》之神,玲珑剔透。结尾宕开一层,尤有韵致。

引

萍社诗选引

萍社者,鸟鸣之变也。曷为乎鸟鸣之变也?鸟以求而萍以合也。萍可合不可散乎?曰:合散何常,随散随合,付之无心焉尔。媚草之粘瞩也[1],瑞蒲之腊根也[2],石发之牵带也[3],皆族于水而不能无挂碍者也。惟萍则资化倘来,鳞被漠尔。菱花背日,欲共友其无炎;蒹露为霜,愿独师其虚白。萍之义有取尔也。社中诸君子,皆东西南北之人,亦玄释墨兵之士,语必清真,调皆香洁。色或泽于苔华,味更甘乎蘩藻。从兹鸠合[4],散为四小海,而聚则一大萍。始称萍有实,而萍之旨乃大畅。以此满余常、圣月两诗长之志,或亦不甚谬乎!

【注释】

[1] 媚草:鹤子草的别名,花色浅紫,当夏开,南方人称为媚草。采之晒干,以代面靥,形如飞鹤状。

[2] 瑞蒲:蒲草。

[3] 石发:生于水边石上的苔藻。

[4] 鸠合:聚合。

【评析】

紧扣"萍"字,充分阐发"萍社"命名之旨。

清课诗引

　　清者，天之所争也。痴云昏雾，暴雨终风[1]，有以阂之，则其心不快。每见秋澄碧落，境界愈高，天心愈杳，愈觉矜喜。乃知最上之物，天自取之。其中于人也，为佛为仙，为圣贤豪杰。人世有五福而清不与[2]，清又天之所最吝也。金玉满堂，持筹钻核[3]，肥羔美酒，垂腹便便，日作醯鸡裈虱、瓮鲊圊蛆[4]，犹方乐此不疲，求增不减。此其故得地气之最下，不须争夺，人各有焉。

　　吾友吕骞叔，生于相国之家，老于晋人之座，帖括不灵[5]，糠秕咄散[6]，偶一章甫[7]，寻即抽身。片室晤言，自觅清处，以为菟裘蝉瑟之计[8]。著有课诗各草，俱从清字起见。课若塾师之董弟子，诗则老僧之作偈言也。所费不多，工夫无几。何门不可曳长裾[9]，一物足以释西伯[10]。此其胸中洒淅，禀受芬香，故能遂其清也。茅山岭白云可自怡悦[11]，而骞叔欲以婆心悲切，击磬赠人，恐一时无有受主。至王先生，则领却二三件矣。感谢，感谢。

【注释】

　　[1]终风：大风。

　　[2]五福：古人所认为的五种幸福。《尚书·洪范》："五福：一曰寿，二曰富，三曰康宁，四曰攸好德，五曰考终命。"

　　[3]持筹钻核：晋代王戎富有财产，常与夫人持筹（计算用的工具）计算钱财。有好李子，出售时恐怕别人得到种子，便钻透李核。见《世说新语·俭啬》。

　　[4]醯鸡：瓮中的小飞虫。　裈虱：裤裆里的虱子。　鲊：腌鱼、糟鱼之类。　圊：厕所。

[5] 帖括：科举应试的文章。

[6] 糠粃：喻细碎无价值的事物。

[7] 章甫：古时行礼的冠服，此指做官。

[8] 菟裘：告老隐退的居处。

[9] "何门"句：《汉书·邹阳传》："饰固陋之心，则何王之门不可曳长裾乎？"谓可到任何权贵门下做食客。

[10] "一物"句：西伯，指周文王。周文王被殷纣王囚禁，其臣下献珍宝求情，纣王见珍宝大悦，说："此一物足以释西伯，况其多乎！"遂释放周文王。见《史记·周本纪》。

[11] "茅山"句：梁陶弘景隐居茅山，人称"山中宰相"，其《诏问山中何所有赋诗以答》云："山中何所有，岭上多白云，只可自怡悦，不堪持赠君。"

【评析】

从"清"字生发，文笔洒落。

陈学士尺牍引

尺牍者，代言之书也。而言为心声，对人言必自对我言始。凡可以对我言，即无不可以对人言。但对我言以神，对人言以笔。神有疚，尚可回也，笔有疚，不可追也。凡尺牍之道，不可上君父，而惟以与朋友。其例有三：有期期乞乞[1]，舌短心长，不能言而言之以尺牍者；有忐忐昧昧[2]，暧违匆遽，不得言而言之以尺牍者；又有几几格格[3]，意锐面难，不可以言言而言之以尺牍者。凡尺牍之道，明白正大，婉曲详尽，达之而已矣。凡尺牍之道，妙于郑子家及子产[4]，捷于鲁仲连[5]，畅于苏、李[6]，韵于二王[7]，快于坡、谷[8]；而所不取者，陈琳、阮瑀辈之役使[9],简文、昭明、何逊、徐陵辈之粉藻[10],子云、子厚辈之作意艰深[11],细味之如嚼蜡。凡尺牍之道,忌用隐事,一时不解则失机;忌用宽事,一字不帖则贻笑。勿谓赫蹏数语[12],不足矜也[13]。

余读陈学士《南宫集》[14],自大对以至讲筵,自奏请以至题复,莫不悃悃侃侃[15],戛金石而铸鼎钟。至其《秋痕》尺牍,与人者告之忠,道之善,情愫肝胆,张若灰箕,事势时宜,洞如火镜。所谓无不可对我言,即无不可对人言者。此大人君子之笔也。其他著述,则犹河汉而无极。吾姑以尺牍之道言尺牍,则有陈学士之《秋痕》在。

【注释】

[1] 期期乞乞:形容口吃。

[2] 忞忞昧昧:蒙昧不明的样子。

[3] 几几格格:象声词,犹"支支吾吾"。

[4] 子家:春秋郑国大夫。　子产:春秋郑国大夫,郑简公时执政,历定、献、声公三朝。子家和子产皆善于辞令。

[5] 鲁仲连:战国末齐人,喜为人排难解纷。《史记·鲁仲连列传》载齐国田单攻聊城,岁馀不下,鲁仲连遂作书射入城中劝燕将投降,燕将见书后自杀。

[6] 苏李:苏武和李陵。苏武回国后,与李陵有书信来往。

[7] 二王:王羲之和王献之。二王传世法帖,尺牍为多。

[8] 坡谷:苏轼(号东坡)和黄庭坚(号山谷)。

[9] 陈琳:东汉广陵射阳人,字孔璋。初为何进主簿,后归袁绍,曾为袁绍作檄文,数曹操罪状。袁绍败后归曹操。与曹丕、曹植友善,有书信往还。　阮瑀:三国魏尉氏人,字元瑜,为曹操司空军谋祭酒,军国书檄多出其手。

[10] 简文:梁简文帝萧纲。　昭明:梁昭明太子萧统。　何逊:梁

东海剡人，官至尚书水部郎，诗文与阴铿、刘孝绰齐名。　徐陵：南朝陈东海剡人，仕梁为通直散骑常侍，入陈官至尚书，诗文与庾信齐名。

[11] 子云：扬雄字子云。　子厚：柳宗元字子厚。

[12] 赫蹏：西汉末年流行的一种小幅薄纸。此指信纸。

[13] 矜：重视。

[14] 陈学士：陈子壮，字集生，号秋涛，谥文忠。广东南海人，万历四十七年（1619）进士第三，授翰林编修，崇祯中官至礼部右侍郎。南明弘光时为礼部尚书、桂王东阁大学士兼兵部尚书，起兵攻广州，兵败，不屈死。有《南宫集》十五卷。

[15] 悃悃：诚恳的样子。

【评析】

对尺牍文体特色，论述极详尽。

诸君馀北枝草引

予在由拳[1]，所识拔士俱衮衮台省[2]，自谓射覆可抵季主[3]，而独于君馀不验。是时君馀绮鬓[4]，汗血驹也。既予踬起[5]，再领茸城之铎[6]，君馀又以文见，格律整严，思沉学老，可以隽矣[7]，又复不验。君馀曰："当王先生许可而不可，则非战之罪也[8]。吾何爱一进贤冠[9]？"遂弃去帖括[10]。雅意千秋，悉其甲赋[11]，攻诗而诗妙，自命为《北枝草》。北枝者，庾岭之梅[12]，南枝开尽北枝开也。余登庾岭，绝不见有梅在，止南宗寺傍一二枝，是一解女所植者[13]。然岭分南北，梅界岭上，自当分暖寒。犹之雪屋，向南者先澌，理亦然耳。

诗之为道，出于宗庙明堂者[14]，恒不如其里人巷口。何者？春夏困人，秋冬警士。盛唐如王昌龄、李太白等，诗才非不轩举[15]，而一种清寒独诣之意，则子美而外宁有郊、岛矣[16]。君不见平泉、金谷之妆乎[17]？花锦万开，富豪贵盛，不过艳阳一目耳。至于冰魂月魄，澹逸无求，暗韵幽香，孤芳独赏，则那得出我梅花之上？梅有诗意，故君馀借之为郘鼎[18]。北枝之梅更有诗意，故君馀腹之为玄珠[19]。石取瘦不取肥，鹤贵饥不贵饱。知此二语，可以读君馀之诗矣。

【注释】

[1] 由拳：浙江嘉兴县（今浙江嘉兴市）的古称。

[2] 衮衮台省：杜甫《醉时歌》："诸公衮衮登台省，广文先生官独冷。"衮衮，相继不绝。台省，唐时尚书省称中台，门下省称东台，中书省称西台，统称台省。

[3] "自谓"句：射覆，猜测隐藏覆盖之物，古时一种类似占卜的游戏。季主，即司马季主，西汉初人，曾游学长安，卖卜于东市。此句谓自以为对所识拔士人的仕途料得很准。

[4] 绮鬓：指年轻。

[5] 踬起：指被黜免后重新起用。踬，跌倒，挫折。

[6] 茸城：松江（今属上海）的别名。 铎：即司铎，指儒学教官。

[7] 隽：得隽，指及第。

[8] 非战之罪：《史记·项羽本纪》载项羽被刘邦围困，对左右说："吾起兵至今八岁矣，身七十馀战，所当者破，所击者服，未尝败北，遂霸有天下。然今卒困于此，此天之亡我，非战之罪也。"此指不是文章不好。

[9] 进贤冠：古时官员所戴的礼帽。

[10] 帖括：科举应试之文。

[11] 甲赋：唐代人称应试之赋为甲赋。

[12] 庾岭：大庾岭，在江西、广东交界处。

[13] 解女：聪明解事的女子。参见《过梅岭记》注[8]。

[14] 明堂：古代帝王宣明政教、举行大典的地方。

[15] 轩举：高扬。

[16] 子美：杜甫的字。 郊岛：指孟郊和贾岛，中唐苦吟诗人，世称"郊寒岛瘦"。

[17] 平泉：平泉庄，唐李德裕别墅，在洛阳。 金谷：金谷园，晋石崇别墅，在洛阳。

[18] 郜鼎：《春秋·桓公二年》："夏四月，取郜大鼎于宋。"郜是春秋初姬姓小国，在今山东成武县东南，为宋所灭。鼎是当时一个国家重要的礼器。

[19] 玄珠：《庄子·天地》："黄帝游乎赤水之北，登乎昆仑之丘，而南望还归，遗其玄珠。"以玄珠喻道的本体。

【评析】

北枝指梅，故文中以梅喻诸君馀之诗。梅澹逸清寒，正类寒士之诗。

呆道人笛吹引

呆道人为谁，虎林张平仲先生也[1]。先生少我四岁，同官国子[2]，善欢喜，善谐谑，其直如矢，其温如玉，其目如电，其胸腹如夏屋渠渠[3]，骤对之则愁眉化作远山[4]，棘肠可以虹驾[5]。刺江州者六年[6]，节度贵阳十年[7]，所在清真爱惠，民思之至泣下。访余草堂，酒酣耳热，出一卷见教，题曰《笛吹》，读之则诗也。意神澹远，骨态鲜妍，味是《太玄》[8]，画则倪、米[9]，绝无时咏扭捏玄晦之苦。譬之天有泄云，山有飞水，自然境界，匪夷所思者[10]。有是哉，笛之吹乎！

顾道人叙笛，抑抑然以牧竖自位[11]，而王子少之[12]，曰：

技遂至此乎？丝出于竹，竹生于肉[13]。人心一块肉也，所以万灵千动者，为有窍耳。有窍则有声，有声则有律。凤叫昆溪者失传，龙吟羌水者不见[14]。自伶伦制笛[15]，以至丘仲、桓伊、许云封、孙处秀辈[16]，各极其致，或吹回黍谷[17]，或吹落梅花[18]，或中宵走胡骑[19]，或愁杀路傍儿[20]，或喷薄而开两崖[21]，或震裂而滚千石[22]，或见车马之隐辚[23]，或谱广寒之清越[24]，岂不器中形道[25]？而总之不如牧竖之吹牛背。前村夕阳西下，荷蓑荷笠，第五桥边划尔一声[26]，天耳为之碧落[27]；无端几弄，剪鹤可以破秋[28]。此子规之最先一血[29]，婴儿之堕地初啼也。不闻蒙氏之言笛乎[30]，人籁不如地，地籁不如天也[31]。不闻老氏亦言笛乎[32]，有欲以观其窍，无欲以观其妙也[33]。伶伦诸公，皆窍也，而牧竖则进乎妙矣。一凿一窍，混沌将死[34]。呆道人参究至此哉！王子曰：余读其自叙，如曼倩之自责[35]，乃自誉也。道人乖极，那得呆！

【注释】

[1] 虎林：又称武林，山名，在杭州西，因以代称杭州。 张平仲：张懋谦，字君平，一字平仲，万历举人，崇祯初知江西九江府事，进贵州按察副使，备兵贵阳，有政声。崇祯四年（1631）弃官归，卒于家。

[2] 国子：国子监。

[3] 夏屋：大屋。渠渠：深广的样子。《诗经·秦风·权舆》："于我乎夏屋渠渠。"

[4] 远山：远山眉，原指美女的眉样，此指愁眉解开之状。

[5] 棘肠：谓心情郁闷。 虹架：喻情怀愉悦。

[6] 刺：任刺史，此指知府。 江州：今江西九江。

[7] 节度贵阳：谓掌贵阳军事。

[8]《太玄》：西汉末扬雄仿《周易》作《太玄经》。

[9] 倪：倪瓒，元代著名画家。 米：米芾，宋代著名画家。

[10] 匪夷所思：谓非常人所能料及。匪，同"非"；夷，常。《周易·涣》："涣有丘，匪夷所思。"

[11] 抑抑然：谦抑的样子。 牧竖：牧童。 自位：自处，自比。

[12] 王子：作者自称。 少之：谓道人太看轻自己。

[13] 肉：指人的歌声。《晋书·孟嘉传》："丝不如竹，竹不如肉。"

[14] "凤叫"二句：陈旸《乐书》："昔黄帝使伶伦采竹于嶰谷以为律，斩竹于昆溪以为笛。或吹之，以作凤鸣；或法之，以作龙吟。"昆溪，昆仑山之溪。羌水：《汉书·地理志》："羌水出塞外，南至阴平入白水。"《风俗通义》引马融《笛赋》曰："近世双笛从羌起，羌人伐竹未及已，龙鸣水中不见已。"

[15] 伶伦：黄帝时乐师。

[16] 丘仲：汉武帝时乐工，善制笛。 桓伊：字叔夏，小字野王。东晋人，善音乐，为江左第一。得蔡邕柯亭笛，常自吹之。《晋书》有传。 许云封：唐乐工，善吹笛。少时从外祖李謩习笛，每一曲成，謩必抚背赏叹。贞元初，诗人韦应物出为和州牧，夜泊灵璧驿，忽闻云封笛声，嗟叹久之。见《甘泽谣》。 孙处秀：陈旸《乐书》云："（唐）明皇时，乐人孙处秀，善吹笛，好作犯声，时人因为新意而效之，因有犯调。"

[17] 黍谷：王充《论衡·寒温篇》："燕有寒谷，不生五谷，邹衍吹律，寒谷可种。燕人种黍其中，号曰黍谷。"

[18] 吹落梅花：李白《与史郎中饮听黄鹤楼上吹笛》："一为迁客去长沙，西望长安不到家。黄鹤楼中吹玉笛，江城五月落梅花。"

[19] 中宵走胡骑：相传李陵为匈奴单于所围，夜半使郭超吹笛，声多悲惨，单于流涕解围而去。见《娜嬛记》。

[20] 愁杀路傍儿：《乐纂》："梁朝歌云：'快马不须鞭，拗折杨柳枝。下马吹横笛，愁杀路傍儿。'"

[21] 喷薄：谓笛声播扬。开两崖：《春渚纪闻》引苏轼诗云："一声吹裂翠崖冈。"苏轼自注："昔有善笛者，能为穿云裂石之声。"

[22] 震裂：《乐府杂录》载李謩流落镜湖，月夜遇一老父，李謩以

笛授之。老父始奏一声，镜湖波浪摇动，数叠之后，笛遂从中震裂。

[23] 隐辚：车马杂沓声。《太平广记》卷四〇三："汉高祖初入咸阳宫，周行府库，金玉珍宝，不可称言，其所惊异者，有……玉笛长二尺三寸，六孔，吹之则见车马山林隐辚相攻，吹息亦不复见。铭曰昭华之管。"

[24] 广寒：月宫。唐玄宗尝游月宫，诸仙合奏清乐，流亮清越，盖玉笛之音。见《太平广记》卷二〇四。

[25] 器中形道：指在笛声中体现出"道"。器，此指笛。

[26] 第五桥：在唐代风景区韦曲（今西安市长安区）之西。杜甫《题郑十八著作虔》："第五桥东流恨水，皇陂岸北结愁亭。"

[27] 天耳：《三国志·蜀志·秦宓传》："'天有耳乎？'宓曰：'天处高而听卑。……若其无耳，何以听之？'" 碧落：本指苍天，此谓从天而落。

[28] "剪鹤"句：《风土记》："鹤鸣戒露。此鸟性警，至八月白露降，流于草上，滴滴有声，因即高鸣相警，移徙所宿处，虑有变害也。"

[29] 子规：鸟名，即杜鹃，鸣声凄厉。相传为蜀帝杜宇所化，所啼皆血。

[30] 蒙氏：指庄子。庄子是宋国蒙人，故称。

[31] "人籁"二句：《庄子·齐物论》："女（汝）闻人籁而未闻地籁，女闻地籁而未闻天籁夫。"人籁，箫管之声；地籁，风吹孔窍之声；天籁，自然之声。

[32] 老氏：指老子。

[33] "有欲"二句：《老子》："故常无欲以观其妙，有欲以观其徼。"徼，即窍。

[34] "日凿"二句：《庄子·应帝王》："南海之帝曰儵，北海之帝曰忽，中央之帝曰浑沌。……儵与忽谋报浑沌之德，曰：'人皆有七窍，以视听食息，此独无有，尝试凿之。'日凿一窍，七日而浑沌死。"浑沌，即混沌。

[35] 曼倩：东方朔，字曼倩，汉武帝时人。尝作《答客难》，以位

卑自喻。

【评析】

行文酣畅淋漓，直似一篇《笛赋》。由牧竖之笛翻出妙合自然之意，誉人于无形，极腾挪变幻之致。

吴越集小引

有腐学究泥亲在不游之说[1]，惟局促老膝下，办菽水耳[2]。宁解"不远有方"四字，明开弧矢志士之途[3]。盖近则寝食可闻，游而有方，则晨昏可达，亦达孝之一端也。

豫公归省慈萱[4]，以便棹数过三吴，尚怅怅以倚闾负歉[5]。余慰之：山川文物，三吴为最，及水陆错珍可以函致称觞，而名笔名诗扬亲攸藉，无论甘棠蔽芾[6]，攀援羑憩者[7]，咸归本于众人之母。即云栖以北[8]，金、焦以南[9]，踵出大士[10]，参宗承教，归报太君奉佛，甚知必嘿然禅悦[11]，豫公胡怅怅为？余当请于太君以共慰豫公也。

【注释】

[1] 泥：拘泥。 亲在不游：《论语·里仁》："父母在，不远游，游必有方。"

[2] 菽水：豆和水，指普通饮食。《礼记·檀弓下》："子路曰：'伤哉！贫也！生无以为养，死无以为礼也。'孔子曰：'啜菽饮水尽其欢，斯之谓孝。'"

[3] 弧矢：弓和箭。古代国君世子生，以桑弧蓬矢射天地四方，期其有志于远大。后因以"弧矢"喻生男孩。亦指男子当从小立大志。《礼记·内则》："国君世子生……射人以桑弧蓬矢六，射天地四方。"

[4] 慈萱：慈母。

[5] 倚闾：指老母倚门盼望游子归来。

[6] 甘棠蔽芾：《诗经·召南·甘棠》："蔽芾甘棠，勿剪勿伐。"甘棠，树名；蔽芾，幼小的样子。相传周武王时，召伯巡行南国，曾憩甘棠树下，后人思其德，而作《甘棠》诗。

[7] 羡憩：歇息。

[8] 云栖：地名，在浙江杭州五云山之西的山坞中。"云栖竹径"为西湖十八景之一。

[9] 金焦：金山和焦山，在江苏镇江。

[10] 大士：菩萨。

[11] 嗎（xiān）然：笑的样子。 禅悦：参悟禅理而内心怡悦。

【评析】

慰人思母之情，立意平平。

海崛杂咏小引

余尝谓心司火，其味苦，声亦自苦发之，有杜之苦[1]，斯有李之甘耳[2]。豫公屡遭坎壈[3]，泛洋泊岛，此亦夜郎之太白[4]，夔州之少陵也[5]。性愈辣，口愈苍。传宫刻羽，大抵甘从苦得。但高处沿海多商舍，鸥夷而访剡子[6]，一登孔望[7]，虞夏沧桑眉睫间事，蛮触又奚足之[8]？盖其目空千古，胆压九州，欢喜之种，烦恼夙除，不仅邀准提之庇也[9]。惜存将母[10]，不克结庐其上，遂使云台鸡犬天半傲人[11]。余向神往海崛，读豫公杂咏，御风泠泠[12]，安得假曩者豫公之筏，渡我迷津，以登彼岸，而踵夷尚之踪[13]，以怡老也耶？

【注释】

[1] 杜：杜甫。

[2] 李：李白。

[3] 坎壈（lǎn）：坎坷。

[4] 夜郎：唐代郡名，在今贵州桐梓及正安西部地区。李白曾因入永王李璘幕府而被流放夜郎。　太白：李白字太白。

[5] 夔州：今四川奉节县一带。杜甫晚年在西南漂泊，由夔州出蜀，病死湘江舟上。　少陵：杜甫号少陵野老。

[6] 鸱夷：即鸱夷子皮，春秋越国范蠡灭吴后归隐江湖，号鸱夷子皮，经商致富。　剡子：春秋时期郯国国君，少昊氏后裔，博学，孔子年轻时曾向其问学。

[7] 孔望：孔望山，位于今江苏连云港市海州古城城东，锦屏山东北麓，传说孔子曾登此山而望东海，并在此向剡子请教官职制度方面的学问。

[8] 蛮触：《庄子·则阳》："有国于蜗之左角者，曰触氏；有国于蜗之右角者，曰蛮氏。时相与争地而战，伏尸数万。"

[9] 准提：菩萨名，为密宗莲华部六观音之一，三目十八臂，主破众生惑业。

[10] 将母：指须奉养的母亲。

[11] 云台鸡犬：即云中鸡犬。相传汉淮南王刘安得道，举家升天，鸡犬食仙药，亦成仙飞升，鸡鸣天上，犬吠云中。见王充《论衡·道虚》及葛洪《神仙传》。

[12] 御风泠泠：《庄子·逍遥游》："列子御风而行，泠然善也。"

[13] 夷尚：即范蠡和吕尚。

【评析】

飘洋泛海为不得已之苦事，故作者以出世为仙为辞宽慰之。

止诗集小引

余尝自选避园稿曰"拟存"[1],未敢以存自信也。矧今者迹熄诗亡[2],而操觚家藻缛滥觞[3],谁为础砥?敏一是以有《止诗》之集。止矣何诗?说在尼父之解艮言贲也[4],言圣经定后之虑同旨也。夫既谓"不见其人"而犹必"行其庭"者[5],即行即止,思但不出位耳[6]。岂枯寂之冥其虑哉?既谓"文明以止"而必极化成于天下者[7],无处不行,即无处不止,人文莫贲于是。若兀坐一室以语,止且陋,奚能文?乃今而知以止喻,不若以非止喻止之为得也。虑起于定,虑始精深。行遍天之下,一庭也,行遍庭,一皆也。静静宁容歧之?行行且止,以待采风者[8],即余"拟存"意也。敏一悟本宗门[9],试问舟泛镜波,月移花影,为无所住而生之心乎[10]?抑常住之心乎?请作止观以教我[11]。

【注释】

[1] 拟存:王思任有诗集《避园拟存》。

[2] 迹熄诗亡:《孟子·离娄下》:"王者之迹熄而诗亡,诗亡然后《春秋》作。"

[3] 操觚家:指作诗文的人。觚,木简,引申为书翰。

[4] 尼父:指孔子,孔子字仲尼。艮、贲:皆《周易》卦名。相传孔子曾作《系辞》等解释《周易》。

[5] "夫既"句:《易·艮》卦辞:"行其庭,不见其人。"

[6] 思不出位:《易·艮》象辞:"君子思不出其位。"

[7] "既谓"句:《易·贲》象辞:"文明以止,人文也。……观乎人文,以化成天下。"

[8] 采风:搜集民间诗歌,以观风俗,知得失。

[9] 宗门:指禅宗。

[10]"为无"句：《金刚经》："应无所住而生其心。"住，佛教谓执着于物。

[11]止观：佛教修行方法。止，入静；观，观想。

【评析】

引《易经》论"止"，有头巾气。

纪游引[1]

台荡之胜[2]，入怀者廿年，入梦者几夜。顷子侄辈向累稍谢[3]，偶读驾部张肃之《台游草》[4]，遂投袂而起，屐及于窒皇，装及于寝门之外[5]，舟及于五云之浒，敕一书记、一童子、一庖、一管办、二粗力人，行矣。会邻友钮睿孺来船，一言即解冠横卧，予壮其无隔宿之谋、牵衣之态也，共行之。检笥中得同年秦观察一邮符[6]，少借官德，从娥江发[7]，经台瓯[8]，访括苍[9]，历婺睦[10]，顺流钱塘而下，如探牛斗毕，浩浩乎元空坐汉槎还也[11]。盖玄畅于游者凡两月。

予尝谓官游不咏，士游不服，富游不都[12]，穷游不泽，老游不前，稚游不解，哄游不思，孤游不语，托游不荣，便游不敬，忙游不慊[13]，套游不情，挂游不乐，势游不甘，买游不远，赊游不偿，燥游不别，趁游不我，帮游不目，苦游不继，肤游不赏，限游不道，浪游不律。而予之所谓游，则酌衷于数者之间，避所忌而趋所吉，释其回而增其美，游道如海，庶几乎蠡测之矣。至于鸟性之悦山光，人心之空潭影[14]，此即彼我共在，不相告语者。今之为此告语，亦不过山川之形似，登涉之次第云耳。嗟呼，游何容易也，而亦何容易告语人也！

【注释】

[1]纪游引：作者所作游记集《游唤》的引言，参见《游唤序》注[1]。

[2]台荡：指天台山和雁荡山。

[3]向累：指儿女婚嫁之事。《后汉书·向长传》："建武中，男女娶嫁既毕，敕断家事勿相关，当如我死也。于是遂肆意与同好北海禽庆俱游五岳名山，竟不知所终。"

[4]驾部：官署名，明代指车驾司。 张肃之：未详。

[5]"遂投"三句：语见《左传·宣公十四年》："楚子闻之，投袂而起，屦及于窒皇，剑及于寝门之外。"窒皇，寝门立柱。

[6]邮符：使用驿馆的官符。

[7]娥江：即曹娥江，在浙江上虞。

[8]台瓯：台州和温州。瓯，温州的别称。

[9]括苍：括苍山，在浙江东南部。

[10]婺：婺州，即今浙江金华。 睦：睦州，包括今浙江桐庐、建德、淳安三县市。

[11]"如探"二句：神话传说天河与海相通，汉代有人曾乘槎到天河，遇牵牛织女，回来后问严君平，严说：某年月日有客星犯牵牛宿。正是此人到达天河之时。见晋张华《博物志》。

[12]都：优美。

[13]慊：满足。

[14]"至于"二句：唐代常建《题破山寺后禅院》："山光悦鸟性，潭影空人心。"

【评析】

陆云龙云：游是趣事，人尝俗之，固宜有此指示。

又云：游境俗人得之自俗，雅人得之自雅，至游之告语亦然，出之雅笔舌，自堪动宗五岳想也。（《皇明十六家小品》）

弈律自引[1]

律之作也，以绳强也，而予之作律，以绳弱也。曷为乎余之作律不绳强而绳弱也？曰：性道弱而智力出，智力弱而争赖出。凡天下之强有力能为争赖者，皆其中弱耳。弱不肯退安而又借强以文其弱，于是逊于心者拗于手，昧于肠者辩于舌，一局之中不胜哄焉。情通之不可，理解之不可，则不得不齐之以法，用萧相国之遗规[2]，以乞灵于高皇帝之《大诰》[3]，使其有所畏而不得动。夫一教愚子戏而致烦赫赫王威董监其上，今吾于人也，亦大不得已矣。或曰：子之律弈是已，但凝脂束湿[4]，毋乃虞网罟之乱乎[5]？曰：诚有之。人止一死，死止一病，《素问》款条[6]，何其设也？张众胆者握秦镜[7]，逃百魅者图禹钟[8]，吾是以宁详毋略也。或曰：今天下强者少而弱者多，恶其害已，则将不利于吾子。嗟乎！刑书一铸，孰杀子产[9]？吾待之矣，而是子产亦何便容易得杀也！

【注释】

[1]《弈律》：王思任为处罚围棋犯规者所制定的刑律，有笞、杖、徒、流、徙五刑，条目甚详，盖游戏之作。

[2]萧相国：指萧何。汉代建国后，萧何负责制定律令。

[3]高皇帝：指明太祖朱元璋。《大诰》：朱元璋于洪武十八年（1385）发布的刑法条例汇编，共三编，亦称《大明律诰》。

[4]凝脂：喻法律的严密像凝冻的油脂一样全无间隙。汉桓宽《盐铁论·刑德》："昔秦法繁于秋荼，而网密于凝脂。" 束湿：捆束湿物，喻官吏对下属的严酷急切。《汉书·宁成传》："为人上，操下急如束湿。"

[5]网罟：网的通称，此喻法网。

[6]《素问》：古医书，也是现存最早的中医理论著作，相传为黄帝所作。

[7] 秦镜：传说秦宫有方镜，广四尺，高五尺九寸，表里有明。人直来照之，影则倒见；以手扪心而来，则见肠胃五脏；人有疾病，掩心而照，即知病之所在；人有邪心，照之见胆张心动。见《西京杂记》卷三。后用以称颂断案清明的官吏。

[8] 禹钟：即禹鼎。传说夏禹以九州之金铸鼎，上铸万物，使民知何物为善，何物为恶。

[9] "刑书"二句：子产是春秋时郑国大夫，从郑简公时执政，历定、献、声公三朝，曾率先将刑书铸于鼎上公布于国。见《左传·昭公六年》。

【评析】

王思任酷爱围棋，但爱到为之制定刑律的程度，还是有些匪夷所思。庄子因天下事不可以庄语，故发为荒唐之言、悠谬之辞，王思任是否也是如此？围棋是游戏，游戏需要游戏规则，对不遵守游戏规则者要加以法律约束。《弈律》虽小，其旨大矣。

序

淇园图序

天下山水有如人相,眉巉目凹,蜀得其险;骨大肉张,秦得其壮;首昂须戟,楚得其雄;意清态远,吴得其媚;貌古格幻,闽得其奇;骨采衣妍,滇粤得其丽。然而韶秀冲停,和静娟好,则越得其佳。故吾越谓之佳山水。居郡中者有八,而蕺最宠绝[1],众妙绕环,似百千万名姝抱云笙月鼓一簇太真者[2]。佳至蕺,观止矣!蕺腹有招提[3],是吾家逸少宅[4],而肩顶间为相国吕文安祠[5],诵《古柏行》祠下[6],低徊不忍去矣。文安孙美箭氏,羹墙之暇[7],剃芜扩隙,构园读书,图之,而命名曰"淇园",逊予叙。叙曰:

凡功名富贵,有不难满圆人意者,而惟山水之缘,定多缺陷。生长平原,一望天尽,鸠石寻丘[8],穴沟借潴[9],回思本来面目,则不快。远者百里,近者数十里,一时命驾,三日聚粮,至则轮饥蹄渴,酒涩肴枯,不须兴尽,先懊初心,则不快。诸人游饮之趣,吝于日而侈于夜,侨于外而便于家,夕阳将下,众志渐苦,点检招摇,城闉杂沓[10],有如市罢归来,则不快。家在山中,四围裋束[11],听鬼愁风,因虎逃月,则不快。而峨峨兮登天,而沉沉兮入渊,天青日白,洞疑虚惕[12],时有性命之念,则不快。山水宜人,市居荒落,修琴买药,引胜呼豪,则不快。隅守角全,捉襟露肘,地利人和,或尔限之,用是巨灵不神[13],桑田易老,则不快。土木水石,投胎夺命,财力可通,而惟老树寿藤,天功难鬻,一暴十寒,三移九绝,则不快。凡此数者,皆势之所不能争,智之所不能斡,而道德之所不能感化,文章之所不能增美者也。有福存焉。淇园胎而得越,生而得蕺,长而得旺于相国祠边。枕负大海,襟带三江。湖山溪壑之所飞回,云霞日月之所跳荡。以榻为马,而穷峦惊峭,竟日赏心;以几代舟,而渔笛菱歌,随风入耳。长松老桧,鬣怒鳞森,而匪阴宫古墓之忌;午夜明河,单往长卧,而无非类若人之呵。夕梵晨钟,听下方则诸品静矣;青烟红火,俯万户则独觉生矣。当斯时也,书史对宛委而成箓[14],盘盂热丹脂而胜鼎,邛竹乘云气而拟龙,妻子偕鹿门而当友[15],鸡犬吞玕实而成仙[16],此讵非美箭氏之福耶!吾越中居者仰屋,行者辩途,有身处山而目不见山者,有目见山而心不见山者。美箭跃然作百尺楼想,而日供其身于丹峰翠霭之上,则既得福而又能用福,美箭氏之福也滋大矣,则虽易淇园为福地可也。

或曰,命名"淇园",盖托于有斐之义[17]。予谓竹之义从个,淇园有万个,而后谓之漪漪,美箭广四筵而无阑入[18],以其所谓福者切磋友生,斐孰章焉?如是则子猷能径诣而啸者,淇园中又何可一日少此君也[19]!

【注释】

[1] 蕺:蕺山,在浙江绍兴卧龙山东北三里。

[2] 太真:仙女名,杨贵妃亦号太真。

[3] 招提:寺院。

[4] 逸少:王羲之字逸少。其宅在蕺山,后舍为戒珠寺。

[5] 吕文安：即吕本，字汝立，浙江馀姚人，明嘉靖间累官太子太保、文渊阁大学士，卒谥文安。

[6]《古柏行》：杜甫诗，咏诸葛亮庙前古柏。

[7] 羹墙：指对死者的思慕。《后汉书·李固传》："昔尧殂之后，舜仰慕三年，坐则见尧于墙，食则睹尧于羹。"

[8] 鸠：聚集。

[9] 潴：水停积处，池塘之类。

[10] 闉：城曲重门。

[11] 裈：同"裈"，有裆的裤。

[12] 洞疑虚喝：即"恫疑虚喝"，因惶恐而虚声恐吓。

[13] 巨灵：古代传说中擘开华山的河神。

[14] 宛委：传说中的山名。《吴越春秋》卷六注云："在会稽县东南十五里，一名玉笥山。"传说禹登宛委山得金简玉字之书，因以借喻书文之珍贵难得。

[15] 鹿门：鹿门山，在湖北襄阳。汉末庞德公携妻子登鹿门山，采药未返。

[16] 玕实：竹实，竹子所结的子实，形似小麦。玕，琅玕，竹的美称。

[17] 有斐：《诗经·卫风·淇奥》："瞻彼淇奥，绿竹猗猗。有匪君子，如切如磋，如琢如磨。""匪"，通"斐"，有文采貌。

[18] 阑入：擅入。

[19] 此君：指竹。《世说新语·任诞》："王子猷暂寄人空宅住，便令种竹。或问：'暂住何烦尔？'王啸咏良久，直指竹曰：'何可一日无此君？'"

【评析】

刘士鏻云：语语惊异，坠碎昆仑玉琖。又云：列缺为鞭，望舒为御，风马星槎，吟啸上清之客。(《明文霱》)

世说新语序 [1]

　　读《史记》之后，或难为《汉书》；读《汉书》之后，且不可看他史。今古风流，惟有晋代。至读其正史，板质冗木，如工作《瀛州学士图》，面面肥皙，虽略具老少，而神情意态，十八人不甚分别。

　　前宋刘义庆撰《世说新语》，甭罗晋事[2]，而映带汉魏间十数人。门户自开，科条另定，其中顿置不安，征传未的，吾不能为之讳。然而小摘短拈，冷提忙点，每奏一语，几欲起王、谢、桓、刘诸人之骨[3]，一一呵活眼前，而毫无追憾者。又说中本一俗语，经之即文；本一浅语，经之即蓄；本一嫩语，经之即辣。盖其牙室利灵，笔颠老秀，得晋人之意于言前，而因得晋人之言于舌外，此小史中之徐夫人也[4]。嗣后孝标勔注[5]，时或以《经》配《左》[6]，而博赡有功；须溪贡评[7]，亦或以郭解《庄》[8]，而雅韵独妙。义庆之事，于此乎毕矣。

　　自弇州伯仲补批以来[9]，欲极玄畅，而续尾渐长，效颦渐失，《新语》遂不能自主。海阳张远文氏得善本于江陵陈元植家[10]，悉发辰翁之隐，黜陟诸公，拣披各语，注但取其疏惑，评则赏其传神，义庆几绝而复寿者，远文之力也。远文又精删何氏之补[11]，别具一帙，使其堂庑具在，而《新语》之事，又于此乎毕矣。

　　嗟乎！兰苕翡翠，虽不似碧海之鲲鲸[12]，然而明脂大肉，食三日定当厌去，若见珍错小品，则啖之惟恐其不继也。此书泥沙既尽，清味自悠，日以之佐《史》《汉》炙可也。

【注释】

[1]《世说新语》：南朝宋刘义庆撰，内容按类分为德行、言语、政事、文学等三十六门，主要记述东汉末年至东晋年间名士文人的言行风貌，文字简洁而有文采，对后代小说和笔记文学有较大影响。

[2] 尚：专，专门。

[3] 王、谢、桓、刘：晋代最著名的四个世家大族，此处用以指代晋时名士。

[4] 徐夫人：战国赵人，姓徐，名夫人，有锋利匕首，为燕太子丹求得，以与荆轲，遣其赴秦刺秦王。见《战国策·燕策三》《史记·刺客列传》。

[5] 孝标：刘孝标，南朝梁人，曾为《世说新语》作注。 劻：同"匡"。

[6]《经》：指《春秋》。《左》：《左传》。

[7] 须溪：宋末刘辰翁，号须溪，曾评《世说新语》。

[8] 郭：郭象，晋人，曾注《庄子》。《庄》：《庄子》。

[9] 弇州伯仲：指明代王世贞、王世懋兄弟。王世贞号弇州山人。

[10] 张远文、陈元植：未详。

[11] 何氏：何良俊，字元朗，号柘湖，华亭（今上海松江）人。嘉靖贡生，荐授南京翰林院孔目，仕途失意，遂隐居著述。撰有《何氏语林》三十卷，其义例门目，全以刘义庆《世说新语》为蓝本，而杂采宋、齐以后事迹续之。

[12]"兰苕"二句：杜甫《戏为六绝句》："或看翡翠兰苕上，未掣鲸鱼碧海中。"谓兰苕翡翠之清丽明秀，不如碧海鲸鱼之气势雄浑。

【评析】

陆云龙云：《世说》一书，几令死吻复活，亦令闷胸欲开。化俗为文，转浅为蓄，文嫩为辣。刘郎苦心妙手，功烈可铭千古。(《皇明十六家小品》)

名园咏序

　　忽然而有我，忽然而呼我，于亿万千字之中，执认一二，梦寐不讹，所谓名也。随其心之所及，买天缝地，挝水邀山[1]，相之以动潜，旺之以馆榭，主人以为己有，而狂士瞿瞿于柳樊之外[2]，则所谓园也。盖常试言之，善园者以名，善名者以意。其意在，则董仲舒之蔬圃也[3]，袁广汉之北山也[4]，王摩诘之辋川廿景[5]，杜少陵之空庭独树也[6]，皆园也，无以异也。不得者，且为荡丘，为聚血，为哄市，为棘圊，为斜阳荒草、狐嗥蛇啸之区，乌乎园？

　　余足走四天下，不甚修，而所窥略得其大意。大约埃壒中之园渴[7]，其独擅者在花；硗确中之园粗[8]，其借秀者在木；菰芦中之园平[9]，其取蒨者在竹与水[10]。而禽石珍瑶，胫飞毡裹，为力之所共者，不与焉。

　　越故海镜浮山，天光下采，人称游冶，家尽楼台，乃自然不营之圃。向吾释褐归[11]，侨居人园，仅有二，城以钮给谏，郊以张司马。二十年来，园乃相望，各赋一名，自相雄长，尽山川云物之美，兼南北产育之致，如十八路诸侯，斗宝潼关，人人眉竖。入山阴道者，如观周家东序，目神倦讫，相约来朝，不意应接不暇，复谓尔尔，亦海内千古之盛矣。

　　吾友刘迅侯，解人也。袖中有沧海，笔下无尘气。所居一丈之室，卷石兴云[12]，老鼎泣魅，宿帖奇书，病琴瘦鹤，种种韵绝。兴则一棹挂壶，无人径往。辟疆濠濮靡不熟[13]，风花雪月靡不过。有奖无讥，逢慨助慷。每于名胜会心处，辄为之偿数语。或镂楮肖形[14]，或食肋留味[15]，或击节于腰膂之冲，或赏神于牡黄之外[16]。于是乎名园不但为主人有，而尽为迅侯有其有，迅侯毋亦息壤间之大盗也欤哉[17]！

余力不能园，而园之意已备，上自云烟，下及圃溷，皆有成竹于胸中矣，特未及解衣泼墨耳。五楹水阁，青亦不了，残夜月明，天际甚远，迅侯咏不之及，何耶？是犹规规于瓦埴中也[18]。以此讨迅侯，其何以春秋对乎？

【注释】

[1] 挏：击。

[2] 瞿瞿：惊视貌。《诗经·齐风·东方未明》："折柳樊圃，狂夫瞿瞿。"

[3] 董仲舒：西汉广川人，治《春秋公羊传》，景帝时为博士，下帷讲读，三年不窥园。武帝时为江都相、胶西王相。告病家居，朝廷每有大事，常遣使就其家谘问。生平讲学著书推尊儒术，抑黜百家。著有《春秋繁露》等书。

[4] 袁广汉：汉代人。《三辅黄图》："茂陵富民袁广汉于北山下筑园，积沙为洲屿，激水为波涛，致江鸥海鹤，孕雏产彀，延漫林池。"

[5] 王摩诘：唐诗人王维字摩诘。辋川：水名，在陕西蓝田县南。王维晚年得宋之问辋川蓝田别墅，日吟咏其间，并绘有《辋川图》。

[6] 杜少陵：杜甫号少陵野老。空庭独树：杜甫《秦州杂诗二十首》之十一有"老树空庭得"诗句，《草堂即事》中有"独树老夫家"诗句。

[7] 埃壒（ài）：尘土。

[8] 硗确：土地坚硬贫瘠。

[9] 菰芦：茭白和芦苇，此处指多产菰芦的水泽之地。

[10] 蒨：秀美。

[11] 释褐：谓脱去布衣，换着官服，即做官之意。此指进士及第。

[12] 卷石：如拳大之石。《礼记·中庸》："今夫山，一卷石之多，及其广大，草木生之。"

[13] 辟疆：晋代顾辟疆的名园，故址在今江苏苏州市吴中区、相城

区一带。　濠濮：《庄子》载庄子曾与惠施游于濠梁之上，又曾垂钓于濮水。后以指高士闲居之所。《世说新语·言语》："简文入华林园，顾谓左右曰：'会心处不必在远，翳然林水，便自有濠濮间想也。觉鸟兽禽鱼，自来亲人。'"

[14] 镂楮肖形：《韩非子·喻老》："宋人有为其君以象为楮叶者，三年而成。丰杀茎柯，毫芒繁泽，乱之楮叶之中而不可别也。"

[15] 食肋：曹操攻汉中，不能胜，意欲还军。时来请令，即出令曰"鸡肋"。杨修便自严装。人问之，曰："夫鸡肋，弃之如可惜，食之无所得，以比汉中，知王欲还也。"见《三国志·武帝纪》注引《九州春秋》。

[16] 牝黄：《列子·说符》载秦穆公使九方皋求千里马，九方皋得之，还报曰牝而黄，公使人取之，则牡而骊（黑）。后以之指以貌取神。

[17] 息壤：传说中能自己生长的土壤。此指土地。

[18] 规规：拘泥。　瓦埴：把细黏土制成瓦器。

【评析】

陆云龙云：其气蓬勃，其笔铦锐，其想奇幻，对之亦如山阴道上，应接不暇，有赞赏已耳。（《皇明十六家小品》）

闲居百咏序

对开美之人[1]，天下无苦诗；读开美之诗，天下无苦人。诗从思起，思以品上。古今能乐其苦者，惟渊明与观复[2]。两先生俱有"靖"名，其行住坐卧之会，莫非陶情怡性之真，故其诗淡而实腴，近而实邈，每奏一篇，恍然见羲皇而嚼冰雪[3]，品高者韵自胜也。

开美笔耕自给,常不逢年,萧然环堵[4],残书数卷,一妾执爨[5],一子力勤,瓶无储粟,而意若万钟[6]。其神气之所啸傲,大约在云兴霞蔚、图嶂镜波之内。盆蓄渊明之菊无其园,庭植观复之梅无其皋。闲居有百咏,无字不笑,无字不欢,中多以酒为适,则开美浮自誉饰者。开美酒不能一蠡[7],而亦无所得酒,酒何可许开美也。然开美一日无酒,则老饕涎出,间之友人所乞酒,一沾便醉,戟手歌乌乌[8],则虽以酒还开美也,而亦可。

予为开美题像,在方朔、司马之际[9];今为开美题诗,在渊明、观复之间。开美必受之。海内或知吾两人不妄取与也。

【注释】

[1] 开美:祝渊,字开美,浙江海宁人,崇祯举人,师事刘宗周,杭州被清兵攻破后自缢死。

[2] 渊明:即晋陶渊明,喜酒爱菊,谥靖节。 观复:即宋林逋,字君复,隐居西湖孤山,终身不娶,号"梅妻鹤子",谥和靖。"观复"疑君复之误。

[3] 羲皇:伏羲氏,此指上古淳朴之世。

[4] 环堵:四围土墙。陶渊明《五柳先生传》:"环堵萧然,不蔽风日。"

[5] 执爨:烧火做饭。

[6] 万钟:指优厚的俸禄。钟,古容量单位,受六斛四斗。

[7] 蠡:瓢。

[8] 戟手:用食指和中指指点,其形如戟。

[9] 方朔:即东方朔,汉武帝时文士,性格诙谐滑稽。 司马:即司马相如,汉武帝时著名文士。

【评析】

陆云龙云:泠然有孤致。(《皇明十六家小品》)

屠田叔笑词序[1]

古之笑出于一，后之笑出于二，二生三，三生四，自此以后，齿不胜冷也。王子曰：笑亦多术矣，然真于孩，乐于壮，而苦于老。海上憨先生者老矣，历尽寒暑，勘破玄黄[2]，举人间世一切虾蟆傀儡、马牛魑魅、抢攘忙迫之态，用醉眼一缝，尽行囊括。日居月诸，堆堆积积，不觉胸中五岳坟起，欲叹则气短，欲骂则恶声有限，欲哭则为其近于妇人，于是破涕为笑。极笑之变，各赋一词，而以之囊天下之苦事。上穷碧落，下索黄泉，旁通八极，由佛圣至优旃[3]，从唇吻至肠胃，三雅四俗，两真一假，回回演戏；绦龙打狗，张公吃酒，夹糟带清。顿令虾蟆肚瘪，傀儡线断，马牛筋解，魑魅影逃。而憨老胸次，亦复云去天空，但有欢喜种子，不知更有苦矣。此之谓可以怨，可以群[4]，此之谓真诗。若曰打起黄莺儿，摔开皱眉事，憨老笑了一生，近又得龙耳长进。笑矣，奚其词也！

【注释】

[1]屠田叔：屠本畯，字田叔，自号憨先生，浙江鄞县人，以荫历太常典簿、辰州知府。

[2]玄黄：天地。《易·坤》："天玄而地黄。"

[3]优旃：秦国优人（扮演杂戏的人），侏儒，善于用笑言讽谏。秦始皇欲扩大苑囿，秦二世欲用漆涂城，都因优旃讽谏而止。见《史记·滑稽列传》。

[4]"此之"二句：《论语·阳货》："诗可以兴，可以观，可以群，可以怨。"

【评析】

陆云龙云：题与文争奇。（《皇明十六家小品》）

《静志居诗话》：田叔好诙谐，诗多不拘格律，晚节归田，爱客益甚，盐豉蒜果，觞客必尽欢。守辰州日，禁民杀牛。有唐生膵言家贫，畜一牛，不幸死，请鬻其肉。田叔度其伪也，判以俸钱买牛葬之。牵至，乃生牛，因命小吏饭之。及解官，衣深衣，骑马出门，州父老泣相送，牵牛随其后。时人为作《辰阳留犊图》。年既老，好学不倦。或曰："先生老矣，奚自苦为？"答曰："吾于书，饥以当食，渴以当饮，欠伸以当枕席，愁寂以当鼓吹，未尝苦也。"因自称"憨先生"，亦曰"幽叟"。起生圹于甬上，撰状及表。年八十馀乃卒。至今甬东言风流儒雅，辄首及之。

徐伯鹰天目游诗纪序

尝欲佞吾目，每岁见一绝代丽人，每月见一种异书，每日见几处山水，逢阿堵举却[1]，遇纱帽则逃入深竹，如此则目著吾面，不辱也。

徐伯鹰铁脊万丈，突中时魔，大蠹出镇[2]，短后削归[3]，绝无矜拂之意。每至我草亭，谈谐索酒，玄对会稽千万峰[4]，辄半晌痴去。无何，伯鹰出走，两月不晤。忽从天目言旋[5]，以纪绘其像，以诗绣其神。吾读之，若瀑落冰壶，若霞飞鹤背；若半夜招提[6]，妙香清梵，梦魂犹冷；若坐我于老岩古壁之下，嚼梅蕊，嗅雪兰，时有山鸟赠舌；又若松风溪月，谡谡溶溶也[7]。伯鹰曰："色易衰，书易倦。无致无妒[8]，世间惟山水。吾偶思天目，即抽胫诣之，以雨濛故，仅放只眼。"嗟乎！造物何常，人心不足。使当日生人之初，增设四眼，尽如苍颉[9]，犹以为未供其观也；使人人而皆只眼，与玉垒分面称孤[10]，则亦相安无越思矣。伯鹰曰："然，吾第欲还我双眼。所愿一眼如天,一眼如海。"问曰:"何须恁底睁大?"曰:"不但看山水,亦看伊也。"

【注释】

[1] 阿堵:指钱。《世说新语·规箴》:"王夷甫雅尚玄远,常嫉其妇贪浊,口未尝言'钱'字。妇欲试之,令婢以钱绕床,不得行。夷甫晨起,见钱阁行,呼婢曰:'举却阿堵物。'"

[2] 大纛:军中大旗。

[3] 短后:后幅较短之衣,便于动作。

[4] 玄对:东晋人好玄谈,谓面对山水而思玄理为玄对山水。《何氏语林》卷十六:"孙兴公云:'庾太尉雅好所托,常在尘埃之外。虽柔心应世,蠖屈其迹,而方寸湛然,固以玄对山水。'"

[5] 天目:天目山,在浙江临安市西北。

[6] 招提:寺院。

[7] 谡谡溶溶:指风清月明。谡谡,风声。溶溶,水流貌,喻月色。

[8] 殴(yì):厌倦。

[9] 苍颉:传说中创造汉字的人,有四只眼睛。

[10] 玉垄:指鼻,道家语。

【评析】

陆云龙云:读尽异书,看尽好山水,原昔贤深愿,然谁是司马子长?真所云千古只眼矣。(《皇明十六家小品》)

萍吟草序

声出于心乎?心之司属火,则其味苦。怨女劳夫,有一声之逸,忽不知其何以动,遽可传宫刻羽;而文人学士,毕世摹之不肖、追之不前也。故三百篇只"风"为诗,其"雅"与

"颂",大抵愉悦之辞耳。即愉悦之辞,而有悠然之味者,亦必寄苦于甘者多也。诗莫名于李、杜,而李常逊杜者,李甘而杜苦也。便以两人论,李之神在夜郎而始厚[1],杜之法出夔州而益高[2],此有目者所共睹也。

醉李许仲子广颡于思[3],博古说剑,意不可一世。举业不成,游侠不就,既苦贫,又苦病,又苦无知己,数从马博士苜蓿斋头[4],饮辄醉,醉则吟,久之成帙,吾每口其佳句,曰"病留诗骨瘦,老入客情狂",则何必减孟襄阳[5];曰"三径菊松承露酿,一蓑烟雨武陵舟",则何必减岑嘉州[6];曰"寄兴王孙休勒马,游蜂衔过碧窗纱",则何必减王江宁[7];曰"牛马安时论,荣枯付局棋",则何必减高仲武[8]。此不但其鸾文豹气,吐织一时,而所历之境,姜老而辛,桂深则蠹,有馀思也。博士登著作之坛,提海内牛耳[9],既为仲子苏、鲍[10],其然吾言乎哉!

【注释】

[1] "李之"句:李白在安史之乱中,曾为永王李璘幕僚,受牵连而被流放夜郎。

[2] "杜之"句:杜甫晚年穷困,出夔州,病死湘江舟中。

[3] 醉李:古地名,即槜李,在今浙江嘉兴西南。 广颡:宽额。 于思:胡须多。语出《左传·宣公二年》。

[4] 马博士:未详。苜蓿斋:指儒生的寒舍。苜蓿,一种西域产的植物,可作马的饲料,亦可食。

[5] 孟襄阳:唐诗人孟浩然,襄阳人。

[6] 岑嘉州:唐诗人岑参,官至嘉州刺史。

[7] 王江宁:唐诗人王昌龄,曾任江宁丞。

[8] 高仲武:唐诗人,曾选《中兴间气集》,收肃宗、代宗朝钱起等二十六人之诗。

[9] 提牛耳：即执牛耳，盟会时主盟者。

[10] 苏、鲍：指苏武和鲍叔牙。苏武与李陵唱和，鲍叔牙是管仲知己。此处泛指知音。

【评析】

陆云龙云：超超着韵自远。(《皇明十六家小品》)

澹宁斋诗序

王子曰：吾曾受琴于畸人[1]，恍然知诗之所出，与桐氏为胞友也[2]。有躁人在坐，迫而琴之，其声必察，其意必无留馀，而况操之者乎？夫诗亦诚然矣。

三百篇之什，寄托感叹，非无砰激而确厉焉者，然味之，则铿然和平不尽也，其心以有之也。继其统者曰《骚》。《骚》怨乎？然其思独，其情谆，呼媒吁佩[3]，肠转而言胶[4]，是和平之善变者也。嗣后有楚声曲，《梁父吟》其一也。卧龙耕陇亩[5]，尝乐为之。何居乎？取二桃杀三士也[6]。夫三士者，岂不亦人中英英称翘首，惟是功之一念，横困其中，则力排南山，文统地纪，无为贵用矣。彼攘攘斗構，浼焉汩富贵之波者，何可语此！吾读万使君之诗，履衷检圣，引洁姱修，觉境空界静之时，寒月益心，秋云吐口，亦不知人世上何者为游尘，何者为匿垢，宜其声之冲以远也。既生楚中，郢雪雄风[7]，铜鞮赤壁[8]，梦渚鹤楼之胜[9]，荡濯其神明。又筮令得沃洲天姥之区[10]，民淳事少，吏静鸟喧，玄览不穷，丹砂有骨，日与二三博士明经，岸帻挥麈[11]，汲溪访竹，一咏一觞，各言所志，真亦大雅之符而清人之福矣。虽然，使君岂百里才[12]，蛰伏折腰，天所以老其矫矫之势,即风云月露,亦不足竟使君用。唯是道心所炼,得之泊静者为多,则今日之南明[13],当以昔时之陇亩[14],未为不可,宜使君自以"澹宁"命其诗矣[15]。

嗟乎!"澹宁"二字,不易识也。卧龙一生,领受惟此,故虽自比管乐而伯仲伊吕[16],乃其文章声教,经事综物,无不确然可传。而陈寿辈犹病其文采不艳[17],何耶?千载而下,知其解者,有万使君诗在。王子曰:"吾因诗而知使君必能琴,请往从学之。"

【注释】

[1] 畸人:奇人。

[2] 桐氏:指琴。琴用桐木制成。

[3] 呼媒吁佩:《离骚》:"吾令鸩为媒兮,鸩告予以不好。"又"扈江离与薛芷兮,纫秋兰以为佩。"

[4] 胶:言辞委婉有致。

[5] 卧龙:诸葛亮。《三国志·诸葛亮传》:"亮躬耕陇亩,好为《梁父吟》。"

[6] 二桃杀三士:传说春秋齐景公时,有三勇士,恃功骄傲。晏婴劝景公除去三人,于是设计让景公送去两个桃子,要他们论功大小领取桃子。三人互不相让,争论起来,先后自杀。见《晏子春秋·谏下二》。诸葛亮《梁父吟》:"一朝被谗言,二桃杀三士。"

[7] 郢雪:即阳春白雪。宋玉《对楚王问》云有客歌于郢中,至《阳春》《白雪》,城中依声相和者仅数十人。 雄风:宋玉《风赋》以清泠舒适之风为楚王之雄风。

[8] 铜鞮:曲名。李白《襄阳歌》:"襄阳小儿齐拍手,拦街争唱《白铜鞮》。"

[9] 梦渚:云梦泽和牛渚。鹤楼:黄鹤楼。皆楚地名胜。

[10] 筮令:任县令之官。古人任官之前先卜筮,称"筮仕"。 沃洲:山名,在浙江新昌县东,晋高僧支遁曾居于此。 天姥:山名,

在浙江新昌县东。李白有《梦游天姥吟留别》咏之。

[11] 岸帻：推起头巾，露出前额，形容衣着简率不拘。帻，头巾。挥麈：晋人清谈时每挥动麈尾，后人因称谈论为挥麈。麈尾，拂尘。

[12] 百里才：治理方圆百里之才，指任县令。

[13] 南明：山名，在浙江新昌县南。

[14] 陇亩：指诸葛亮隐居时躬耕陇亩。

[15] 澹宁：用诸葛亮《诫子书》中"非澹泊无以明志，非宁静无以致远"语义。

[16] 自比管乐：《三国志·诸葛亮传》载诸葛亮"每自比于管仲、乐毅。" 伯仲伊吕：杜甫《咏怀古迹》之五咏诸葛亮："伯仲之间见伊吕，指挥若定失萧曹。"伊吕，指伊尹、吕尚。

[17] 陈寿：《三国志》的作者。《三国志·诸葛亮传》载陈寿《上诸葛亮集表》云："或怪亮文彩不艳，而过于丁宁周至。臣愚以为咎繇大贤也，周公圣人也，考之《尚书》，咎繇之谟略而雅，周公之诰烦而悉。何则？咎繇与舜、禹共谈，周公与群下矢誓故也。亮所与言，尽众人凡士，故其文指不得及远也。然其声教遗言，皆经事综物，公诚之心，形于文墨，足以知其人之意理，而有补于当世。"则陈寿是为诸葛亮辩护，而非讥刺。

【评析】

为澹宁斋诗作序，文章亦澹泊宁静，不似平日故弄险怪。

倪翼元宦游诗序

会心之时，目不能出，舌不能苞[1]，偶举其神似者，作韵自咏，此以为诗矣。诗以言己者也，而今之诗则以言人也。自历下登坛[2]，欲拟议以成其变化，于是开叔敖抵掌之门[3]。莫苦于今之为诗者，曰如何而汉魏，如何而六朝，如何而唐宋；古也,今也,盛也,晚也[4]。皆拟也,人之诗也,与己何与?李太白一步崔颢语,即不甚为七言[5],杜子美竟不作四言诗[6],亦各任其性情之所近,无乐乎为今诗而已。

同年倪翼元,紫岸颀伟,坦疏光洞,于贵贱生死之交,俱以古道自处,而又绩学湛思[7],经纬扶舆[8],综核名物,无不得其要领。宦游闽越,经吴、楚、燕、齐、秦、蜀之郊,探奇吊古,感怀即事,兴至而吟,得律为五言七言者若干首。予竟读之,真如天竽万响,帝乐醉悬,又如匡瀑飞空[9],武夷杳曲,钱、刘、岑、孟之间[10],而又不以钱、刘、岑、孟著,皆翼元所自为诗也。翼元胸次常喜,绝不因一官起伏,是以其诗和平正大,开爽精灵。陈无己反"诗能穷人"之说曰"诗能达人"[11],然则以诗相翼元,不但天衢亨阔[12],而名在后世者,亦宏远甚矣。

【注释】

[1] 苞:同"包",说尽。

[2] 历下:指明代"后七子"领袖李攀龙。李攀龙是山东历城人,历城又称历下。李攀龙,字于鳞,号沧溟,嘉靖二十三年(1544)进士。其文学主张继承了李梦阳、何景明等前七子"文必秦汉,诗必盛唐"的遗说,其作品则以摹拟秦汉盛唐为能事。

[3] 叔敖抵掌:楚相孙叔敖死,优孟装扮成孙叔敖与楚王抵掌而谈,楚王误以为孙叔敖复生。见《史记·滑稽列传》。抵掌:击掌,谈论酣畅时的动作。这里用优孟扮成孙叔敖以指后七子派模仿古人作品。

[4] 古:古体诗。 今:今体诗。 盛:盛唐。 晚:晚唐。

[5] "李太白"二句:崔颢作《黄鹤楼》诗,李白大为叹赏,后仿之作《登金陵凤凰台》诗。

[6] 杜子美:杜甫,字子美。

[7] 绩学:治学。 湛思:深思。

[8] 扶舆:旋转。

[9] 匡：匡庐，庐山。

[10] 钱、刘、岑、孟：指唐代诗人钱起、刘长卿、岑参、孟浩然。

[11] 陈无己：北宋诗人陈师道，字无己。 诗能穷人：欧阳修《梅圣俞墓志铭》："世谓诗人少达而多穷，盖非诗能穷人，殆穷者而后工也。"诗能达人：陈师道《王平甫文集后序》："欧阳永叔谓梅圣俞曰：世谓诗能穷人，非诗之穷，穷则工也。……则诗能达人矣，未见其穷也。"

[12] 天衢：天路，比喻通显之地。

【评析】

陆云龙云：法须用我，热不因人，方是作诗手。即所云偷意偷格，不又为达者所笑乎？以言人也，一语嘲尽世搦管者。(《皇明十六家小品》)

南明纪游序

司马子长善游[1]，天未启其聪，不晓作记。记自柳子厚开[2]。其言郁塞，山川似借之而苦，吾何取焉？苏长公之疏畅[3]，王履道之幽深[4]，王元美之萧雅[5]，李于鳞之生险[6]，袁中郎之俏隽[7]，始各尽记之妙，而千古之游，乃在目前。

南明吕大来，快士也，居南明而游南明，譬之写东邻对户之照[8]，熟察其意思所在，已非一年一日。酌墨呼酒，生描而活绘之，遂使山川自笑，草木狂舞。又得其鼗衮鼎彝[9]，为之布置，近水楼台，儿孙拂膝，亦南明所生之地，与大来朝夕俱近也。幸也大来，将持此记，以示旧令尹万柱下史[10]，史且将曰："吾之并州山水[11]，不得携来，止有梦寐一道，而子乃收之袖中。庐山是故人，请延南明还我几上。"大来徒作一邮使矣。

【注释】

[1] 司马子长：汉司马迁，字子长。

[2] 柳子厚：唐柳宗元，字子厚，其《永州八记》是文学史上最早的山水游记。

[3] 苏长公：指宋苏轼。

[4] 王履道：宋王安中，字履道。

[5] 王元美：明王世贞，字元美。

[6] 李于鳞：明李攀龙，字于鳞。

[7] 袁中郎：明袁宏道，字中郎。

[8] 写东邻对户之照：写照即写真，画人物肖像。

[9] 黻衮：古代礼服。鼎彝：古代礼器。

[10] 柱下史：周秦官名，相当于后世的御史，此指御史。

[11] 并州：在今山西太原一带。

【评析】

虚拟万御史之言，文势奇幻。

苎萝山稿序

曩孝立名噪越中，予不得其面，门人沈逸少数为予言，是文长之后一人[1]，庶几晤言在泄云飞水之际也[2]。不意孝立被白玉楼夺去[3]。今年其长公亢侯出遗稿见示[4]，叙之以仲醇[5]，复申之以道之[6]，而孝立之须眉具有生色。天寒雪甚，煨芋酌鲁[7]，竟读其所为稿者[8]，则何其纵横佚宕、奥衍冲邃之多也[9]！世无仙才，不得不逃之于鬼；世多庸才，不得不托之于圣。孝立骨有九还之采[10]，腹如五色之丝[11]，咏古题今，考文征事，悉根于气识之玄正，盖飘飘乎其欲仙，而洞洞乎其将圣也。试以向伧父劣生[12],果能凌驾一篇而缩归一语否?使孝立再得俯首十年,老其雄魄于纯鸡伏雉之后,则臣弇奴历[13],媵嫁眉山[14],俱未可知。而惜乎天欲秘之,徒使黄泉绣碧已矣[15]。是稿也,以苎萝山得名[16],苎萝山岂独出佳人哉!

【注释】

[1] 文长:徐渭,字文长,号天池,又号青藤山人,山阴(今浙江绍兴)人,明嘉靖后期至万历年间著名文士。

[2] 晤言:见面谈话。

[3] 白玉楼:传说唐诗人李贺将死时,有绯衣人驾赤龙来招,曰:"帝成白玉楼,立召君为记,天上差乐,不苦也。"少顷,贺气绝。见李商隐《李贺小传》。后世遂称文人之死为被白玉楼召去。

[4] 长公:即长子。

[5] 叙:即序。 仲醇:陈继儒,字仲醇,晚明著名文士。

[6] 道之:姓名不详。

[7] 鲁:薄酒。《庄子·胠箧》:"鲁酒薄而邯郸围。"

[8] 竟:尽。

[9] 纵横:奔放不拘。 佚宕:同"跌宕"。舒缓悠闲。 奥衍:高深曲畅。 冲邃:冲淡深邃。

[10] 九还:指九转金丹。

[11] 五色丝:喻文章华美。

[12] 伧父:粗鄙之夫。

[13] 弇:指明王世贞,弇州山人是其号。 历:指明李攀龙,山东历城人。

[14] 媵嫁眉山:谓以苏轼为妾侍。眉山,指苏轼。苏轼是四川眉山人。

[15] 黄泉绣碧:指负奇才而死。黄泉,阴间。

[16] 苎萝山:在今浙江诸暨市南,相传为西施的出生地。

【评析】

陆云龙云：泠然韵短，令人思长。(《皇明十六家小品》)

落花诗序

诗三百[1]，皆性也[2]，而后之儒增塑一字，曰诗以道性情，不知情即性之所出也。性之初于食色原近。告子曰："食色，性也[3]。"其理甚直，而子舆氏出而讼之[4]，遂令覆盆千载[5]。此人世间一大冤狱也。国风好色而不淫[6]，若非魁三百篇者乎？未得《关雎》[7]，不胜其哀哀之旨。向使不必得之，又得之即不寿，参差其语，文王将默默已耶？"宁不知倾城与倾国，佳人难再得"[9]，武帝雄风大略，开口称善，五脏俱见。至姗姗来迟，叹与烛荧惚恍[9]，而读者先已心伤矣。此皆性之所呼也。若必建鼓而别之曰[10]：文王德也，武帝色也。武帝诚已具服，而文王独非人性也哉？何以知"窈窕"之必训"幽闲"也[11]？何以知"佳侠"之不为"樛木"也[12]？是伯鸾必见赏而奉倩必见诛也[13]。甚矣，宋先生之拘也[14]！

客从燕中来[15]，出戴大圆《落花诗》六十首相示[16]，乃其刻烛而和友生者[17]。宛妙悲挚，杂之苏杜[18]，一时难问须眉。门人喻安煃、王巍测之曰："使君如蕃秀之向朱明[19]，何以霜落水收乃乐！"予笑而不应。徐开之，诗中云心澹荡，石火世尘，岂在一蜗角[20]。使君自有妇，不胜其回风无处之感也[21]，故以吟代其涕耳。使君昔令我会稽[22]，腹廉而骨傲，惟单弱者爱之。夫惟单弱者爱之，自不应得美官。是与予同病，予向者知其人与其官,而不知其能诗,彼必以我为非人也。

【注释】

[1] 诗三百:指《诗经》。《诗经》收诗三百零五首,故称。

[2] 性:人性。

[3] 告子:战国时人,与孟子同时,主张性无善恶。见《孟子·告子》。

[4] 子舆氏:指孟子。孟子名轲,字子舆。主张性善说,曾与告子相辩难,见《孟子·告子》。

[5] 覆盆:覆置的盆。《抱朴子·辩问》:"日月有所不照,圣人有所不知……是责三光不照覆盆之内也。"后用以喻黑暗笼罩,沉冤莫白。

[6] 国风好色而不淫:语见《史记·屈原贾生列传》。

[7] 《关雎》:《诗经》首篇,旧说谓歌颂周文王后妃之德。

[8] "宁不知"二句:《汉书·外戚传》载李延年歌:"北方有佳人,绝世而独立,一顾倾人城,再顾倾人国。宁不知倾城与倾国,佳人难再得。"汉武帝极为叹赏。

[9] "至姗"二句:《汉书·孝武李夫人传》载:汉武帝李夫人既死,帝命方士招其魂,于烛光下恍若有见,帝因感伤作赋,有"是耶非耶?立而望之,偏何姗姗其来迟"语。

[10] 建鼓:古时召集或发号令用的鼓。

[11] 窈窕:《诗经·周南·关雎》:"窈窕淑女,君子好逑。""窈窕",朱熹《诗集传》注云:"幽闲之意。"

[12] 佳侠:美女。《汉书·孝武李夫人传》:"佳侠函光,陨朱荣兮。" 樛木:向下弯曲的树木。《诗经·周南·樛木》:"南有樛木,葛藟荒之。"

[13] 伯鸾:梁鸿,字伯鸾,东汉人,与妻孟光传举案齐眉佳话。 奉倩:荀粲,字奉倩,三国魏人。娶曹洪女,相恩爱,妻病亡,痛悼不已,岁馀亦亡,时年二十九。

[14] 宋先生:指道学先生。宋儒多讲道学,故称。

[15] 燕:今北京。

[16] 戴大圆：生平不详。
[17] 刻烛：作诗刻烛计时。　友生：朋友。
[18] 苏杜：指苏轼和杜甫。
[19] 蕃秀：农历三月。　朱明：夏季。
[20] 蜗角：蜗牛角，喻极细小的境地。
[21] 回风：旋风。屈原《九章·悲回风》："悲回风之摇蕙兮，心冤结而内伤。"此处指戴大圆悼念亡妻之感。
[22] 会稽：今浙江绍兴。

【评析】

文中抨击孟子、讥嘲宋儒，足见作者之胆识。诗以道性情，戴大圆悼亡诗即真性情之流露，故作者极赞之。

齐群玉去越吟序

谓齐使君曰：君之去越也，君知之乎？君赤子也，更复长者。风流文采，疏肠白意[1]，欲以清静宜民耳，篷篌戚施之间[2]，君不善也。天下忌才忌异久矣，古来文士，定无亨官之理[3]，岂尽属蜗宫哉[4]？人久处君于刀砧[5]，犹飨其尊俎而不自知[6]，此君之所以为长者，而又赤子也。长者赤子，人以此少君[7]，而臣独谓君多。六月之息[8]，三宿而行[9]，越既重去君，君又复重去越，亦必皆以赤子长者谅君之无他也。夫砥石可以攻玉，浮云黯蔽，一洗而天根乃见[10]，臣愿君之勿恝也[11]。君不闻吴中之觥政乎[12]？近日吴中觥政苛，不用理，亦既温温守度矣，监录事大觥一至，便当默尽，稍敧唇，又一觥，佐史至矣。然则君之此行，正默饮之日也，愿以所吟毋出示人也。

【注释】

[1] 疏肠白意：谓胸臆豁达。

[2] 籧（qú）篨（chú）：指身有残疾不能俯视的人。戚施：驼背不能仰视之人。后皆用以指谄佞献媚之徒。《文选·李康〈运命论〉》："凡希世苟合之士，蘧蒢戚施之人，俛仰尊贵之颜，逶迤势利之间。"

[3] 亨官：官运亨通。

[4] 蝎宫：即摩羯宫，星宿名，十二宫之一。星命学家认为，身、命居此宫者，常多磨难。

[5] "人久"句：即"人为刀俎，我为鱼肉"之意，语见《史记·项羽本纪》。

[6] 飨：享有，享受。尊俎：盛酒肉的器皿。

[7] 少：轻视。

[8] 六月之息：《庄子·逍遥游》："去以六月息者也。"息，风。

[9] 三宿而行：谓恋恋不舍。三宿，留宿三日。《孟子·公孙丑下》载孟子离开齐国，"三宿而后出昼（地名）"。

[10] 天根：星宿名，此指青天。

[11] 怼：怨恨。

[12] 觞政：酒令。

【评析】

陆云龙云：如泣如诉，有刹那不平之鸣，齐守不堪读也。（《皇明十六家小品》）

醉吟近草序

沃土之民谑，瘠土之民忍。谑者，不过身体口腹之有馀也。从身体口腹起见，而忍者已在心性之间矣。吾乡姚人处瘠土[1]，即簪笏奕望[2]，身体口腹常不足。游学走三吴[3]，三吴有馀者，每谑之，常不为吴语，作姚语，而实暗庇其心性，十七为师，十三友也[4]。三吴人不论其师其友，而但论其土之瘠。吾还以此谑三吴人。吴语与姚语何雅俗也？霜降水落，衡门硕存[5]，正欲与鸥朋谈鬼妄事[6]，吴鸣球，姚人也，以太仓秀才至[7]，师乎友乎不及论，心危之而心更兀之。意揶揄风浪，还顾钱塘[8]，岂有白马素车，作吴观怒色者耶[9]？已而《醉吟近草》从袖中光怪出，和平倩秀，韵格洒然，其气冲，其界远，其神物主宰之中静。人曾言："'明月松间照，清泉石上流[10]'，亦有甚托寄，而脍炙至此？"予解之曰："字字紧款。姑言松间石上，月宜松，泉宜石。古人信口处，犹胜后人撚髭万万许[11]。"鸣球草中如此等句，何止翠羽沙金哉！醉吟者，旧香山所署[12]，鸣球绝不避忌。喜相如便号相如[13]，又焉知古人之不同我也？眉公书来[14]，欲广鸣球于奇绝险绝快绝之际。姚江入海[15]，三江亦入海[16]。请掣鲸鲵[17]，观其趋赴可矣。

【注释】

[1] 姚：指浙江馀姚。

[2] 簪笏：古代臣僚奏事，执笏簪笔，称簪笏。此用以指代做官者。奕望：世家大族。

[3] 三吴：指苏州。

[4] 十七：十分之七。 十三：十分之三。

[5] 衡门：横木为门，喻房屋简陋，后借指隐者所居。 硕存：仅存。

[6] 鸥朋：隐者。

[7] 太仓：今江苏太仓市。

[8] 钱塘：指钱塘江。

[9] 白马素车：喻钱塘江潮。吴观：《史记·伍子胥列传》载：吴王夫差赐伍子胥死，伍子胥告其舍人曰："抉吾眼悬吴东门之上，以观越寇之灭吴也。"

[10] "明月"二句：唐王维《山居秋暝》中诗句。

[11] 撚髭：唐卢延逊《苦吟》诗："吟安一个字，撚断数茎须。"

[12] 香山：唐白居易号香山居士。曾仿陶渊明《五柳先生传》，作《醉吟先生传》以自况。

[13] 喜相如便号相如：汉司马相如慕蔺相如之为人，遂更名相如。见《史记·司马相如列传》。

[14] 眉公：指陈继儒。陈继儒，字仲醇，号眉公，明万历间人，隐居不仕，与董其昌齐名，为一时文人学士所推重。

[15] 姚江：在浙江馀姚南。

[16] 三江：指吴江、娄江、松江，在吴地。

[17] 请掣鲸鲵：杜甫《戏为六绝句》："或看翡翠兰苕上，未掣鲸鱼碧海中。"此喻阔大雄伟之境界。

【评析】

王思任非三吴人而善谑，为姚江人作序，文中颇有戏谑意。谑而不至于虐，亦颇增文章之趣。

盛灵飞源往集序

诗文在可解不可解之间。盛灵飞曰："与其解之，宁不解之；不解之口，而解之心；不解之世人之心，而解之自我之心。"此棘嫉湍愤之言也，然而持之有故。日所见之字，如黑子之著面，酒肉簿账耳。溯之虫篆鸟形之初，其醇漓悬绝矣。姑无他引，尺牍在《十七帖》中[1]，有不通其义者。春秋时名氏，黑肩、渥浊、杵臼、鞠居、魏犨、馺葭之属，岂漫无所据而终其身冒之？古人之书，今人不尽目。秦灰犹出[2]，漆简难传，少所见，多所怪也。字既如此，义亦当然。灵飞搦管时，刻空绘幻，踏峻剡幽，似谓点画形象，一落今人手眼，便当呕吐三日。孤芳自赏，笑骂由他，此亦艺林之瓠胆也矣[3]。"源往"命集，尚谦谦居述之庑下，从此悟前贤不薄后生。今之视昔，亦犹后之视今。使世人能解之而不能解之，居然作者复起，永绍来兹，亦不负眉公先生开聋哑法门意也[4]。

【注释】

[1]《十七帖》：王羲之所书信札，因起首有"十七日"，故称。是著名法帖。

[2] 秦灰：指秦始皇焚书坑儒时所焚毁之书。

[3] 瓠胆：胆如葫芦大。瓠，葫芦。

[4] 眉公先生：指陈继儒。

【评析】

盛灵飞之言甚偏激，而王思任独赏之。王思任为文好用僻典怪字，文势险峭，与盛灵飞可谓同气相求。

三春九夏社咏序

予发燥时[1]，从玉山程孟孺所，晤李惟寅先生[2]，得读其诗；后又从刘百世所，晤李汝藩先生[3]，得读其诗。今发种种矣[4]，又得晤玄素先生于白下[5]，而得读其三春九夏之社咏。予何幸与高阳之裔多所遇也[6]。玄素以侯封，世镇南国，长江组练，霜月并明，萑苻雁卧[7]，无丸可探[8]，而得以其暇为轻裘横槊之举[9]，流芬著案[10]，叶徵赓商[11]，亦大似邺下公子[12]，集应刘诸名士高会一时矣[13]。将惟陇西最盛[14]，而诗至少卿、太白[15]，又谁敢与争衡者？是不独将有种[16]，而诗亦有种也。"离离山上苗，荫此百尺条，地势使之然，由来非一朝[17]。"左太冲其有感于斯乎[18]？

【注释】

[1] 发燥时：指幼小时。

[2] 李惟寅：李言恭，字惟寅，号青莲居士，盱眙（今属江苏）人。万历三年（1575）袭爵临淮侯、守备南京。好学能诗，有《贝叶斋稿》传世。

[3] 李汝藩：李宗城，盱眙人。大臣李言恭子，字葵岳，号汝藩。少以文学知名，万历中倭犯朝鲜，兵部尚书石星荐宗城为都督金事，充正使，指挥杨方亨为副使，拟封丰臣秀吉为日本王，使罢兵，至朝鲜釜山，倭来益众，为之胆怯，变服逃归，下狱论戍。

[4] 种种：形容头发脱落变短。

[5] 李玄素：李弘济，字允中，号玄素，天启三年（1623）袭封临淮侯，崇祯十四年（1641）遣赴南京代祭，卒于途中，年三十有四。　白下：南京。

[6] 高阳之裔：屈原《离骚》："帝高阳之苗裔兮，朕皇考曰伯庸。"高阳，颛顼氏，五帝之一。

[7] 萑苻雁卧：喻天下太平，盗贼不起。萑苻：水泽名。《左传·昭公二十年》："郑国多盗，取人于萑苻之泽。"

[8] 无丸可探：亦喻盗贼不起。《汉书·尹赏传》："长安中奸猾浸多，闾里少年，群辈杀吏，受赇报仇，相与探丸为弹，得赤丸者斫武吏，得黑丸者斫文吏，白者主治丧。"

[9] 轻裘：《晋书·羊祜传》："在军常轻裘缓带，身不被甲。"此喻武将雍容闲适的风度。　横槊：曹操在军中，常横槊赋诗。《旧唐书·

杜甫传》："曹氏父子鞍马间为文，往往横槊赋诗。"

[10] 寀：通"采"，文采。

[11] 叶（xié）徵（zhǐ）赓商：指协和声韵。叶，叶韵。赓，赓韵，依照别人诗词的用韵做诗词。徵、商，是古代五音中的两个音阶。

[12] 邺下公子：指曹植。

[13] 应刘：指应玚、刘桢，汉末建安七子中的二人。

[14] 将：将领，将军。　陇西：指李姓。陇西是李姓的郡望。

[15] 少卿：汉李陵，字少卿，相传曾与苏武相唱和。　太白：李白，字太白。

[16] 将有种：《史记·陈涉世家》："王侯将相，宁有种乎？"

[17] "离离"四句：见左思《咏史》。

[18] 左太冲：晋左思，字太冲，临淄人。曾作《三都赋》，一时洛阳纸贵。

【评析】

本文是为临淮侯李弘济而作。临淮侯始封于明初功臣李文忠，李言慕、李宗城及李弘济皆世袭其爵。文中用李姓典故，以切合人物身份，文末引左思诗句，似有暗讽之意。

唐诗纪事序 [1]

一代之言，皆一代之精神所出，其精神不专，则言不传。汉之策，晋之玄，唐之诗，宋之学，元之曲，明之小题 [2]，皆必传之言也。唐诗更为功令之首 [3]，上以此取士，下以此立名，故其精神独注，祖孙父子兄弟朋友，自相模范切磋，宜其言之独工矣。然诗非他也，即三百篇之薪火也 [4]。善作诗者，必起于知诗；善知诗者，必起于知人。峄山夫子曰 [5]："诵其诗，读其书，不知其人，可乎[6]？"故其读《小弁》《云汉》等诗[7]，俱因人以知其事，而意志逆之言外。所以《孟子》之文，疏爽而条畅，善于形容比事，即言不声偶，未尝不诗也。

宋临邛计有功[8]，宦车生耳[9]，胜游已遍，自谓老矣，无所用心，取唐诗姓氏一千一百五十馀家，胪列其人[10]，悉传其事，使后之读诗者恍然如见三百年中之须眉媺恶[11]，此亦唐诗中之轩镜禹图矣[12]。海虞毛子晋[13]，博雅君子，无古不探者，复以有功所纪，较其讹似[14]，而精整付之雕几[15]。夫前人精神所寄，后贤皆肯继其志而续章之[16]，则今人不见古人，焉得此恨与哉！

【注释】

[1]《唐诗纪事》：宋计有功撰，八十一卷，收一千一百五十家，对诗人名篇、本事、世系、爵里等记载颇详。

[2] 小题：明清科举考试以"五经"文命题曰大题，以"四书"文命题曰小题。清戴名世《甲戌房书小题文序》："制义之有大题小题也，自明之盛时已有之，而小题尤号为难工。"

[3] 功令：法律、命令，此指取士的律令。

[4] 三百篇：指《诗经》。　薪火："薪尽火传"之省略，谓精神传延无尽。参见《刘雪湖梅谱序》注[2]。

[5] 峄山夫子：指孟子。孟子是邹人，峄山亦在邹，故称。

[6] "诵其诗"数句：见《孟子·万章下》。

[7]《小弁》：《诗经·小雅》中的一篇。　《云汉》：《诗经·大雅》中的一篇。

[8] 临邛：在今四川邛崃县。

[9] 宦车生耳：谓官高。车耳指车的屏障，用以遮蔽车厢，官高则车设屏蔽。《太平御览》卷四九六引汉应劭《汉官仪》："里语云：'仕宦不止车生耳。'"

[10] 胪列：序列。

[11] 嫩（měi）：同"美"。

[12] 轩镜：轩辕镜。此指明察之镜。　禹图：指《禹贡》，地理之书。

[13] 海虞：今江苏常熟。　毛子晋：毛晋，字子晋，常熟人。广泛搜罗宋元善本图书，家有汲古阁，传刻古书，流布天下，在明末以博雅好事名一时。

[14] 较：校勘。

[15] 雕几：器物上雕刻出的凸凹线状花纹，此指印刷的雕板。

[16] 章：同"彰"。

【评析】

此篇是为毛晋汲古阁刻《唐诗纪事》所作之序。文章以读诗须知人立论，以切合《唐诗纪事》之体裁，语言畅达，结撰巧妙。

潜园小草序

予昔跨蹇令茂陵[1]，入关未几[2]，忽扇乌，天半大青，方突惊，知是削成也[3]。莲掌秀矗，玉盆鬼擎[4]，移换万态，令我一顾一绝。山自雪峰奔峨眉，而至太华，高占五岳之霸。故秦之血气独强，其心智亦最悍，《车邻》《驷骥》以下可咏也[5]。民部韩二水架上见诗一集[6]，题曰《秦声》，读未数联，公然有招八州而朝同列之气。问谁撰拟？民部笑曰："秦人之弟，实为此言。"予不觉其心逊口前，如食哀梨[7]，惟恐其遽尽也。既而天孺上公车[8]，取道白门过我[9]，癯然骨约似不胜五铢衣者[10]，而又和雅冲抑，若静云春暧之及。匿其所为《秦声》，而以《潜园小草》见质[11]。岂有少于秦乎[12]？秦自李、杜、右丞，迄崆峒、浚谷诸君子[13]，创天掘地，立祖标宗，天下莫敢衡视，此已事之较著者也。天孺用峻灵之资，发玄探之想，语心宣心，声能破界，奇纵娟妍，法矱老恪[14]。具有椽大之笔，而犹退居小草，则将来之诣造当何极矣！龙德用九[15]，其在重渊也[16]，闻有戛钵之韵，即是其吟。龙性好吟，吟成乃飞去[17]。然则潜园之潜也，伏强而力大。天孺尺木之飞，在旦夕乎？

【注释】

[1] 蹇：驴。茂陵：古县名，在今陕西兴平县。

[2] 关：指潼关。

[3] 削成：指华山。《西岳记》："太华之山，削成而四方，其高五千仞，其广一里。"

[4] "莲掌"二句：莲掌、玉盆，指华山莲花峰和玉女峰。

[5] 《车邻》《驷驖》：均为《诗经·秦风》篇名。

[6] 民部：即户部。

[7] 哀梨：即"哀家之梨。"《世说新语·轻诋》注言秣陵哀家产好梨，大如升，入口消释。后以比喻文章爽利流畅。

[8] 上公车：指举人赴京应试。

[9] 白门：南朝宋都城建康城西门。后遂以之指代南京。

[10] 五铢衣：极轻之衣，相传为神仙所穿。

[11] 质：就教，请评定。

[12] 少：不足。

[13] 李：李白。 杜：杜甫。 右丞：王维，曾官尚书右丞。 崆峒：即空同子，明李梦阳之号。 浚谷：明赵时春，号浚谷，嘉靖时状元，历官翰林编修、御史、山西巡抚。有《浚谷集》。

[14] 法矱（huò）：法度。

[15] 龙德用九：《周易·乾卦》言龙之德，其筮用九："用九，见群龙无首，吉。"

[16] 重渊：用《周易·乾卦》"初九，潜龙勿用"意。

[17] 飞去：用《周易·乾卦》"九五，飞龙在天"意。

【评析】

叙事生动有韵致，以秦地山川人物相比拟，命意新奇不俗。

王大苏先生诗草序

董玄宰先辈与予论画[1]，有生动之气者便好，不必人鸟，一水口山头，不生不动，便不须着眼。予谓此说可以论诗。盖生动者，自然之妙也。孩儿出壳，声笑宛怡，若塑罗汉，穷工极巧，究竟土坯木梗耳。唐人之诗，韵流趣盎，亦只开口自然。莫强于今日之诗，玄深白浅，法度文章，何如捏作，要不过恶墨汁之图傅也。

行人王大苏[2]，使过浔阳[3]，望其眉额，即有诗意。少饮敝衙，尽笼华子冈麻源谷之云[4]，撒为碧唾。无论其他，即数十茎须飘松拂柳，有百尺为形、千尺为势之气。所著有《蓬草》《斗草》《梁苑草》《雪江草》《近草》，皆自诗自序，序则简率高真，韵致遒上。句容族少宰夐明过我[5]，一手之而不忍掷。再观其诗，灏英爽发，如食哀梨[6]，如腾骏坡，如听鸣泉，丝肉渐近[7]，辋川在是矣[8]。因言吾家宗宝代愈生奇，请以白马丹鸡，结宗社于三千里之内。少宰曰："然。请大行先蔽扶疏[9]，以执牛耳[10]，何似？"

【注释】

[1] 董玄宰：董其昌，字玄宰，号香光。万历十七年（1589）进士，累官至南京礼部尚书，是明代最著名的书画家。

[2] 行人：官名。明代设行人司，掌传旨、册封等事。

[3] 浔阳：今江西九江。

[4] 华子冈麻源谷：在江西南城县。参见《重游麻源三谷记》注[1]、[2]。

[5] 句容：今江苏句容县。 少宰：明清时称吏部侍郎为少宰。

[6] 哀梨：哀家之梨。

[7] 丝肉渐近：丝，丝竹，音乐；肉，歌声。《世说新语·识鉴》注引《孟嘉别传》："（桓温）又问（孟嘉）：'听伎丝不如竹，竹不如肉，何也？'答曰：'渐近自然。'"

[8] 辋川：唐王维有辋川别墅，此指代王维之诗。

[9] 大行：即行人。 扶疏：枝叶繁茂。

[10] 执牛耳：谓任主持盟会之人。

【评析】

董其昌论画之言，可以论诗，亦可以论文。此文虽为应酬文字，而语言爽利畅达，又引对话作结，极尽腾挪之致，确有生动之气。

梁山人梅花诗序

贵人公子，贮金屋而醉兰膏，翘然自以为得矣，而天壤间有一种踽踽之冷士[1]，视之一哄也[2]。颜回甘其巷[3]，原宪甘其堵[4]，於陵仲子甘其井[5]，侯生甘其门[6]，而汉阴丈人甘其瓮[7]。或老其须，或鸡其皮，或槎枒其骨，或支离其体，或拥肿其躯，或偃仰其卧立。彼皆欲自放其天于幽清介独之地，一或尘处，即以为大溷耳。是故桂可得而宫也，莲可得而沼也，菊可得而家也，牡丹、芍药可得而幕也，兰芷、辛夷之属可得而盆之盎之也。惟梅花不可入富贵之堂，而富贵之人往往欲窃附其韵，强册之以春魁，媚名之以琼玉，虚祟之以盐鼎。彼以为大辱，奈何哉使我擎跽连拳于粉墙香埒之下[8]，供人耳目玩也！不得已，宁惟是道院僧篱寄一枝耳。

古今爱梅者不少，咏梅者亦多，然品既不同，言亦自别，杜甫以来可问也。毗陵梁以宁[9]，既文既博，亦玄亦史，闭肩苔寒，深岩坐老，作梅咏八十一首，以合九九之数，韵则步高季迪太史[10]。吾未见以宁，而咏其咏，则字字梅花，咀冰嚼雪，庶几暗香疏影[11]，忽到窗前矣。或曰：以宁胡不自为韵，而韵以太史为？是不然。梅何尝不官？予为工部[12]，梅之属也。官则何常，但欲其有梅心、有梅骨而已矣。昨冬在都门，于庙门聘取一本，置之斋头。宫詹何龙友过我[13]，唶而且贺曰："幸未拗福禄字。"予侮之曰："独不有寿阳妆邪[14]？"请以此作梅韵参。以宁必且曰："子首鼠两端，卷梅诗掷还我可矣。"

【注释】

[1] 踽踽：孤独的样子。

[2] 唙（xuè）：吹气。《庄子·则阳》："吹剑首者，唙而已矣。"吹剑头小环发出微响，比喻微不足道。

[3] 颜回：孔子弟子。《论语·雍也》："贤哉，回也。在陋巷，人不堪其忧，回也不改其乐。"

[4] 原宪：孔子弟子，极贫穷。《庄子·让王》："原宪居鲁，环堵之室，茨以生草，蓬户不完……"

[5] 於陵仲子：战国齐人。楚王欲以为相，不就，与妻逃去。为人灌园。《孟子·滕文公下》："匡章曰：'陈仲子岂不诚廉士哉？居於陵，三日不食，耳无闻，目无见也。井上有李，螬食实者过半矣，匍匐将往食之，三咽，然后耳有闻，目有见。'"螬，蛴螬虫。

[6] 侯生：侯嬴，战国魏人，为大梁夷门监者，信陵君门客。见《史记·魏公子列传》。

[7] 汉阴丈人:《庄子·天地》言子贡经过汉阴,见一丈人抱瓮灌田,子贡劝其用桔槔,丈人云:"有机械者必有机事,有机事者必有机心,……吾非不知,羞而不为也。"

[8] 擎跽连拳:谓行拜跪之礼。《庄子·人间世》:"擎跽曲拳,人臣之礼也。人皆为之,吾敢不为邪!"成玄英疏:"擎手跽足,磬折曲躬,俯仰拜伏者,人臣之礼也。" 埒:矮墙。

[9] 毗陵:今江苏武进。

[10] 高季迪:高启,字季迪,元末隐居松江,明洪武初,召修《元史》,为编修。后被朱元璋以文字狱腰斩。

[11] 暗香疏影:宋林逋《山园小梅》:"疏影横斜水清浅,暗香浮动月黄昏。"

[12] 工部:王思任曾为工部主事。

[13] 宫詹:即太子詹事。

[14] 寿阳妆:《太平御览》卷三十引《杂五行书》:"宋武帝女寿阳公主人日卧于含章殿檐下,梅花落公主额上,成五出花,拂之不去。皇后留之,看得几时。经三日,洗之乃落。宫女奇其异,竞效之,今梅花妆是也。"

【评析】

首段论梅花之清介,酣畅淋漓;次叙梁以宁梅诗,以对话为文,生动有韵致。

刘雪湖梅谱序

天下有必传之心,无必传之人,何也?心可以入万世,而人必不肯出百年。试摆列一世之人摘看之,心卑者逐无涯,高者命不朽,谁不凿七窍而开四灵[1]?至百年之外,其人与心,俱血俱土也。有荧然一点,如火之传薪者[2],无几也。不知莫大于圣，直精神任之；莫远于鬼，直思虑通之。天下未有至焉者，而心为至。有至心，斯天下有至人也。心不至则人不传，则天下无不传之人，而多有不传之心也。

山阴刘雪湖[3]，少时见王元章画梅而悦之[4]，至忘寝食学之。成，遂负笈买履，走名山幽壑，遍访梅花之奇，尽得其情态。无日不吟，无日不画，遂不知老之将至。始焉以元章画，继焉以梅画，迄于今从心所欲，或以雪湖画，或不以雪湖画。腕脱神飞，墨停三日，而淋漓之气不止。曾有广文严某[5]，泛舟展视其图，值花蝶翩来，依依数里许。又曾画倪中丞之壁，越半载，蜂食其华殆尽[6]。化则还天，诚能动物，一之至也。雪湖尝告人曰："画梅以韵格胜。"夫韵在声后，格在局先。善歌善弈者，可知而不可解，即可解而又不可知，雪湖直以梅知之，而以画解之。此其心之独至，千载而下有必传者也。著《梅谱》，凡再四刻，俱为好事者携去。性既孤高，而家贫不能再刻，无以应问奇者。予偶还里中，访雪湖山房，则鹤鬓鲐背[7]，两瞳孔如碧照而神甚王[8]。方高卧梅轩之下，犹在杜机冥契间也[9]。出旧稿示予，予为刻之于姑孰官邸[10]。其诗卷稍为次第，馀悉仍之，以昭厥志。人共谓雪湖得梅之趣，而吾独谓雪湖得梅之苦；人徒欲传雪湖之画，而吾独欲传雪湖之心。傥从此有如其歌弈之悟，以至心而心传焉，则是《梅谱》乃导师也。

【注释】

[1] 凿七窍：《庄子·应帝王》："南海之帝曰倏，北海之帝曰忽，中央之帝曰浑沌。……倏与忽谋报浑沌之德，曰：'人皆有七窍，以视听食息，此独无有，尝试凿之。'日凿一窍，七日而浑沌死。" 四灵：指灵性。

[2] 火之传薪：《庄子·养生主》："指穷于为薪，而火传也。"言薪有穷而火传延无尽。后常以喻人形体有尽而精神长存。

[3] 山阴：今浙江绍兴。 刘雪湖：刘世儒，字继相，号雪湖。

[4] 王元章：王冕，字元章，号煮石山农、梅花屋主。元末明初人，善画梅。

[5] 广文：指儒学教官。

[6] 华：同"花"。

[7] 鹤鬟鲐背：谓白发驼背。鬟，圆环形发髻。鲐背，即"台背"，驼背。

[8] 王：同"旺"。

[9] 杜机：谓闭塞生机，恬淡。《庄子·应帝王》："是殆见吾杜德机也。"成玄英疏："杜，塞也；机，动也。至德之机，开而不发，示其凝淡。" 冥契：谓心与自然相合。

[10] 姑孰：安徽当涂县的别称。作者曾任当涂县令。

【评析】

此文描写刘雪湖的形象性格及其画技，俱生动传神。

礴园诗稿序

犹忆水楼残月，清之剥芰呼雏也[1]。其言曰："诗道裂于袁二[2]，而袁二之沈光，如虎睛贝采，自不可遏。"予戏谓之曰："袁二疑王大中于鳞之毒[3]，今二且将赘毒中子[4]。"清之曰："何必赘？其鸩在碗[5]，吾当一吸而尽。"间尝口写其游山诗一二首相示，予未尝不谓哀梨火枣[6]，快我冷脾。亡何，清之死，乃有《礴园稿》出，仅分许帙耳。山阳哀笛[7]，字字玉凄。盖清之从柴桑受孕[8]，而以强项畸世，遂夺修眉长爪之相[9]，又时或匿影于太瘦生之门[10]，故其摹境喝事，如矢破的。鲜隽之中，不乏苍辣，良足致也。清之呕心举子业，大精善，屡乙不第。皇天性妒，止令绣云黄土，封其文字于名山大川，咄咄怪事。吾家僧绰、昙首、珉、俭、甫、濛[11]，俱有高才，同此惋叹。问天，天乎喜妒才，更喜妒王氏，何以具解耶？然彼数先生，皆未满四十，而清之几半百，又子苞孙角，毵毵歧苦[12]，正尔方张。再视辋川[13]，清之且坐天上。若尘溷中苦无滋味，袁二尝祝死亦妙事，不愿久生，清之同调，果吸其鸩。安得巧风吹活，立起清之，拍掌一轩渠也乎[14]？

【注释】

[1] 呼雉：犹"呼卢"。卢和雉是古代樗蒲戏中两种贵采之名。

[2] 袁二：指袁宏道。袁宏道排行第二。

[3] 王大：指王世贞。王世贞排行第一。　于鳞：李攀龙，字于鳞。王世贞和李攀龙是明后期文坛的领袖。袁宏道《叙姜陆二公同适稿》："元美不中于鳞之毒，所就当不止此。"元美是王世贞的字。

[4] 赉：赐予。

[5] 鸩：指毒酒。相传鸩鸟之羽有剧毒，以之浸酒，饮之立死。

[6] 火枣：传说中的仙枣，食之能羽化飞行。梁陶弘景《真诰》二："玉醴金浆，交梨火枣，此则腾飞之药，不比于金丹也。"

[7] 山阳哀笛：向秀与嵇康、吕安友善，嵇、吕被司马昭所杀。向秀经过其山阳故居，闻邻人笛声，感怀亡友，作《思旧赋》。见《晋书·向秀传》。

[8] 柴桑：指陶渊明。陶渊明是柴桑人。

[9] 修眉长爪：唐李贺长相修眉长爪，因苦吟二十七岁即去世。

[10] 太瘦生：指杜甫。李白《戏赠杜甫》："饭颗山头逢杜甫，头戴笠子日卓午。借问别来太瘦生，总为从前作诗苦。"

[11] 王僧绰：南朝宋人，元嘉中累迁侍中，因事被杀，追谥愍。王昙首：王僧绰父，曾任侍中、太子詹事。　王珉：东晋人，有才艺，

善行书。　　王俭：王僧绰子，南朝齐时任尚书左仆射。　　王甫：三国时蜀汉人，任绵竹令，随刘备征吴，战败遇害。　　王濛：东晋人，美姿容，善书画，初辟司徒掾，终左长史。

[12] 毰毸（péi sāi）：羽毛张开的样子。

[13] 辋川：指王维。王维有别墅在辋川，妻亡不再娶，三十年孤居一室。

[14] 轩渠：喜悦笑乐的样子。

【评析】

此文是为亡友王清之诗稿所作的序，刻画王清之的形象非常生动。于追忆往事之中，寓悼念嗟叹之情，感情极为深挚。

水署闲吟序

夏阳镇，南北腰膂之妙地[1]。自北而南者，苦大陆之溲渤[2]，于此得舟、得鱼、得笋、得南酒；自南而北者，定天堑之惊魂，于此得岸、得驴、得菇、得北面。治河使者兼收而并蓄之，无外吏擎跽之卑[3]，无巡方疑怨之苦[4]，不耐之客，不必逾垣，所欢之交，但移寸步，归则闭门读书饮弈。虽南面王之乐，何以易此？然而不乐也。土汉不足以当甲兵，楼雉不足以成睥睨[5]。一蚁穿堤，问使者；万莲借米，问使者；漕舟呆滞，问使者；官舟否塞，问使者；客舟御掠，问使者；榷舟涩减，问使者。则当年乐而近时不乐也。至南屏赵使君[6]，能以不乐为乐。能以不乐为乐者何？盖先天下之忧而忧，故后天下之乐而乐也。读《河上纪略》，不乐甚矣。有《河上纪略》，而后得有《水署闲吟》，所谓能转不乐为乐者也。使君诗豪隽疏飘，遒逸峭上，大都张公之枣，大谷之梨[7]，如入口风甘。吾亦工部也，不须用何逊、杜陵为佐[8]。既有南屏使君，又有载晨为之子，而钱大年为之倩[9]，此一吟也，乐哉吟矣。

【注释】

[1] 夏阳镇：疑即夏镇，在江苏沛县东北四十里新河西岸。明万历间筑夏镇城，移沽头分司驻此。

[2] 溲渤：即牛溲马勃，两种药物，后用以喻微贱之物。

[3] 擎跽：谓行拜跪之礼。《庄子·人间世》："擎跽曲拳，人臣之礼也。"

[4] 巡方：中央派往地方巡查的官员。

[5] 楼雉：城楼与城堞，亦泛指城墙。　睥睨：城墙上的矮墙。

[6] 南屏：山名，在浙江杭州西南。　赵使君：未详。

[7] "大都"二句：晋潘岳《闲居赋》："张公大谷之梨。"唐刘良注："洛阳有张公居大谷，有夏梨，海内唯此一树。"

[8] "吾亦"二句：工部，王思任曾任工部主事。何逊：南朝梁时著名诗人，曾任水部（工部四司之一）郎。杜陵，即杜甫，曾任工部员外郎。

[9] 倩：女婿。

【评析】

从乐与不乐着笔，又以后天下之乐而乐暗颂之，立意宛曲。

钟山献序 [1]

三百篇多妇人女子[1]，卉木杨柳、黄鸟草虫，无不播之诗歌，以为得性情之正。汉魏以后，秦嘉封缄以赠偶[2]，苏蕙织锦以寄夫[3]，咏絮标灵于朗秀[4]，颂椒著慧于才诚[5]，至明而称绝响矣。若杨文宪夫人雁羽滇池[6]，离怀酸楚，玉台妆镜间，指不多偻[7]。近吴越中，稍有名媛篇什行者，人宝如昭华琬[8]，能使闺阁声名，驾藁砧而上之[9]。

茅止生氏以征辟入史局[10]，寻从戎，提数万师塞上，以及明珠薏苡[11]，行吟闽海，则其内子宛叔，长绣短咏，楼上陌头[12]，无不若吹羌篴、度胡拍而制寒衣[13]。止生题而行之，以为原本三百篇，而神情欲仙，殆阿母池畔而玉皇案前物邪[14]？夫苎萝一女子[15]，才调无闻，千载下犹能与后妃分庭，现灵于牛丞相[16]，岂非神物不朽，婺星一点常明哉[17]！钟山之阳[18]，烛龙衔照[19]，瑶溪赤岸，皆灵境也。而宛叔实产于建业之钟山[20]，经所称女子献者[21]，以为杨氏前身，何愧焉？

【注释】

[1]《钟山献》：杨宛诗集，四卷。杨宛，字宛叔，明末金陵秦淮名妓。十六岁归茅元仪为妾。能诗词，善书画，其草书尤为人所称道。

[2] 秦嘉：东汉陇西人，字士会。《玉台新咏》有秦嘉《赠妇诗》三首，其妻徐淑答诗一首，叙夫妇惜别互誓忠诚之情。

[3] 苏蕙：魏晋才女，前秦武功人，字若兰，年十六，嫁秦州刺史窦滔。后窦滔为安南将军，赴襄阳镇守，携宠妾同行，与苏蕙断绝音信。苏蕙织五彩锦作《回文璇玑图诗》赠窦滔。诗八百馀言，纵横反复，皆成章句，文词凄婉。窦滔为之感动，因复好如初。见《晋书·列女传》。

[4] 咏絮：晋谢安侄女谢道韫，聪明有才。天骤雪，谢安曰："白雪纷纷何所似？"兄子谢朗曰："撒盐空中差可拟。"道韫曰："未若柳絮因风起。"见《世说新语·言语》。

[5] 颂椒：《晋书·列女传·刘臻妻陈氏》："刘臻妻陈氏者，亦聪辨能属文，尝正旦献《椒花颂》，其辞曰……"

[6] 杨文宪夫人：明杨慎之妻黄氏。杨慎，字用修，号升庵，正德

六年（1511）状元。嘉靖初以议大礼谪戍云南。天启中追谥文宪。黄氏于杨慎谪戍中曾两寄诗词与之，读者伤之。　雁羽：指书信。

[7] 偻（lǚ）：屈，弯曲。

[8] 昭华：美玉名。　琬：圭玉。

[9] 藁砧：指丈夫。《玉台新咏》卷十《古绝句四首》之一："藁砧今何在，山上复有山，何当大刀头，破镜飞上天。"宋许顗《彦周诗话》："藁砧何在，言夫也……"

[10] 茅止生：茅元仪，字止生，号石民，浙江归安（今浙江吴兴）人。崇祯年间佐孙承宗军务，历官副总兵，守觉华岛，旋以兵哗遣戍漳浦。边事急，请募死士勤王，为奸臣所忌，悲愤纵酒而卒。

[11] 明珠薏苡：《后汉书·马援传》："初，援在交趾，常饵薏苡实，用能轻身省欲，以胜瘴气。南方薏苡实大，援欲以为种，军还，载之一车。时人以为南土珍怪，权贵皆望之。援时方有宠，故莫以闻。及卒后，有上书谮之者，以为前所载还，皆明珠文犀。……"此处用以指茅止生遭谤蒙冤。

[12] 楼上陌头：唐王昌龄《闺怨》："闺中少妇不知愁，春日凝妆上翠楼。忽见陌头杨柳色，悔教夫婿觅封侯。"

[13] 羌篴：即羌笛。　胡拍：即《胡笳十八拍》，东汉末蔡文姬所作。

[14] 阿母：指西王母。

[15] 苎萝：苎萝山，在浙江诸暨市南，相传是西施的出生地，此代指西施。

[16] "千载"二句：未详。疑出唐韦瓘传奇《周秦行纪》。该传奇写唐穆宗时丞相牛僧孺年轻时落第还乡，途中入汉薄太后庙，与历代后妃相会赋诗。然其中无西施，恐为作者误记。

[17] 婺星：婺女星，二十八宿之一。西施所在的越地，属于婺女星之分野。

[18] 钟山：在江苏南京。

[19] 烛龙：神名。《山海经·大荒北经》："西北海之外，赤水之北，有章尾山，有神人面蛇身而赤，直目正乘，其瞑乃晦，其视乃明，……是烛九阴，是谓烛龙。"

[20] 建业：即南京。

[21] 女子献：《山海经》卷十七："有钟山者，有女子衣青衣，名曰赤水女子献。"

【评析】

杨宛是明末才女，她与茅元仪的一段姻缘也很为后人所称道。女诗人不世出，皆山川灵秀之气所钟。此文博引才女典故比拟称颂之，雅洁蕴藉，行文得体。

杨宛最后的结局并不好，钱谦益《列朝诗集》有杨宛完整的小传，兹移录如下：

> 杨宛，字宛叔，金陵名妓也。能诗，有丽句。善草书。归苕上茅止生。止生重其才，以殊礼遇之。宛多外遇，心叛止生。止生以豪杰自命，知之而弗禁。止生殁，国戚田弘遇奉诏进香普陀，还京道白门，谋取宛而篡其赀。宛欲背茅氏他适，以为国戚可假道也，尽橐装奔焉。戚以老婢子畜之，俾教其幼女。戚死，复谋奔刘东平。将行而城陷，乃为丐妇装，间行还金陵，盗杀之于野。宛与草衣道人为女兄弟。道人屡规切之，宛不能从。道人皎洁如青莲花，亭亭出尘，而宛终堕落淤泥，为人所姗笑，不亦伤乎！

李大生诗集序

五色之中，惟蔚蓝最秀。从色从骨出者，秀而不远；从神出者，愈逊愈深[1]。极一粝笨之山[2]，迫视之，礊砢黄杂也[3]，若置之地表，数百里气霁，笔插旗张，则潼关半暗，齐鲁青未了矣[4]。以此思天，天何以秀绝至此，便令有心人痴去。漆园吏卧于北窗[5]，忽一咍[6]，悟"天之苍苍，其正色邪？其远而无所至极邪[7]？"盖山之骨不可凭，则山之色不可定。天有骨乎？天又有色乎？色既有正，谁为闰偏？"远而无所至极"一语是矣。吾从苍苍处起想，则名之曰秀，但濡其少许[8]，在女西子[9]，在男卫玠[10]，在禽曰鹤，在花曰兰，在植曰竹，在果曰苹，在蔬曰笋，在味曰天花、曰江瑶柱[11]，而在文章中曰诗。诗之神何在？则又不在远而在近。其骨其色，即近即远，有夸父之所浩叹、章亥之所弗追者矣[12]。余尝言作诗如写照，一见而呼之曰此某某，果某某也，诗在是矣。若复烦巡谛环视[13]，尚复有此人邪？

如皋李大生氏[14]，生而颀岸，英妍美好，双耳风行，一如削玉之骏。看花马上[15]，微髭未吐，御堤一带，丽人笑指。若个扬州，少李行卷一出[16]，市哄槛破。人但知大生文早于第[17]，而不知大生诗早于文。爰自殻音哕哕[18]，便喜韵言。宿慧既通，前身词客。诗家最苦七言，沾手即难，多凶少吉，往日堆凑成瘢，近日假玄实弱，而大生为之，趣盎味流，不啻镜花盐水。至其五言之清娇，乐府之古澹，绝句之飘骚，汉唐兼用，元宋亦来，而总之一字曰秀。盖不在声律，不在字文、不在学问，不在资颖，而自有万丈碧落之意。揽结飞盈，使我神快。大生犹喃喃历下[19]，何中原双髦之足雄也！大生有太翁，封吏部，教子未为文而先为诗；有兄道生，一为诗而不愿为文。此秀之所从出。蔚蓝有种，惟白榆知之耳。花萼联珠，安能仿佛其父子兄弟之万一乎？

【注释】

[1] 逖（tì）：远。
[2] 粝笨：粗笨。
[3] 礌（lěi）砢（luǒ）：石块累积。
[4] "齐鲁"句：杜甫《望岳》："岱宗夫如何？齐鲁青未了。"

[5] 漆园吏：指庄子。庄子曾为漆园吏。

[6] 咍（hāi）：笑。

[7] "天之"三句：语出《庄子·逍遥游》。

[8] 濡：沾染。

[9] 西子：即西施。

[10] 卫玠：晋安邑人，字叔宝。风姿秀异，有玉人之称。官至太子洗马。为避乱移家建业。人闻其貌美，所至围观如堵。《晋书》有传。

[11] 天花：天花菌，一种珍稀菇菌，味道鲜美。 江瑶柱：江瑶是一种贝类，其肉柱味鲜美，名江瑶柱，是海味珍品。

[12] 夸父：古神话中人物，与太阳竞走，口渴而死。见《山海经·海外北经》。 章亥：大章和竖亥，古代传说中善走的人。

[13] 谛：细察。

[14] 如皋：今江苏如皋。 李大生：李之椿，字大生，如皋人。天启二年（1622）进士，除行人，迁吏部主事，历官尚宝司卿。有《指树园集》。

[15] "看花"二句：谓很年轻时就中进士。唐孟郊《登科后》诗："春风得意马蹄疾，一日看尽长安花。"

[16] 行卷：明代书坊刻举人中式之作，以供人揣摩，称行卷。

[17] 第：科举及第。

[18] 縠（kòu）音：小鸟刚出壳时的叫声。 哕（huì）哕：象声词。

[19] 历下：指明李攀龙。李攀龙是山东历城人，历城又名历下，故称。

【评析】

此篇以"秀"为中心，写蔚蓝色，进而至天之苍苍，引申至人与物所钟之秀气，最后落实于李大生之诗，行文极汪洋恣肆之致。

郑逸少诗文序

三十年前，予郎白下[1]，得读逸少文，以为逸少承明金马著作之廷矣[2]。今予又郎白下，而逸少依然一逢掖也[3]。嗟呼！逸少岂揣摩之未工乎？逸少曰："唯之与阿，相去几何[4]？吾子亦既工于揣摩矣，而颜驷如故也[5]。有门户时，子不知出；有党时，子不知植；有中立之名时，而子不见收。吾子亦居然一逸少矣，以为工乎否也？"余曰：不然。我辈之钝，正我辈之所以为工也。水花时卉，何如老桧毵毵[6]？文章节义，皆准山岳江河之气，是不大郁，则不大摅。吾官不如人，而年尚在；子功名不如人，而文仍在。昨所读时文古文，并五七言近体，俱妙探河星之窟，奇搴鼎物之雄，神规先正，字必惊人。以《易》道论之，屈信龙蠖[7]，必无埋没精光之理。朱买臣曰："再待我二年而后嫁，人言五十当富贵[8]。"近矣，近矣。

【注释】

[1] 郎：任郎官。汉代称中郎、侍郎、郎中为郎官，唐以来指郎中和员外郎。　白下：南京。

[2] 承明：即承明庐，汉承明殿旁屋，供大臣值宿。　金马：即金马门，汉武帝时建，东方朔等文士皆待诏于此。

[3] 逢掖：儒者所穿宽袖之服，此指未做官之士人。

[4] "唯之"二句：唯、阿皆应诺声，喻差别不大，语见《老子》。

[5] 颜驷：《文选》中张衡《思玄赋》注引《汉武故事》："颜驷，不知何许人，汉文帝时为郎，至武帝，尝辇过郎署，见驷龙眉皓发，上问曰：'叟何时为郎，何其老也！'答曰：'臣文帝时为郎，文帝好文而臣好武；至景帝好美而臣貌丑；陛下即位，好少而臣已老。是以三世不遇，故老于郎署。'上感其言，擢拜会稽都尉。"

[6] 毵（sān）毵：枝叶细密的样子。

[7] 屈信龙蠖：《易·系辞》："尺蠖之屈，以求信也，龙蛇之蛰，以存身也。"信，同"伸"。

[8] 朱买臣：汉武帝时人，曾任会稽太守。贫贱时其妻要求离异，后朱买臣贵，其妻羞悔而死。《汉书》本传载朱买臣谓其妻曰："我年五十当富贵，今已四十馀矣。汝苦日久，待我富贵报汝功。"

【评析】

借郑逸少的一段话，抒发了作者牢落不平的感慨，宽慰郑逸少，也是自我宽慰。文章结构颇似韩愈《进学解》。文中提到"门户""党"及"中立"，是与万历后期至崇祯时的政局相关的。

邹五从听石草序

肉气灵活，俱从窍出。窍之最急者曰声，而不审聪明睿知，以聪为兄乎？声者，天之所爱吝也，昆虫得其一二，鸟兽或三四焉，而人得其亿万，圣贤得其不可思议者，以为群声之主，脱口落墨即中律度。一部四书，圣贤无声之声尽传如此。世儒苦功令[1]，割声为题，又认题为字，但能视题，不能听题，此所以无高文也。

蠡口邹五从[2]，未壮取高魁。予旅居庐阜之下，怀刺见投，一接见之，玉缨竹采，豪电陆离。徐对之，温温抑抑，几坐我于玄风朗月之表。意气默可，不介言深。出文字一帙见示，抟奇抉妙，沥神攻髓。岂当日生长邹鲁，亲聆謦咳[3]，有宿世通乎？何其声之相似也，不可思议！得此一谱，遂开人世思议之路。吾不知五从之耳，何以锦洞至此！蠡口石钟山，被坡老拈出[4]，非风非水，非石非空，乃尽鲸钟凤管之妙。五从篱落间物，或者有得于斯乎？稿未属名，题"听石草"以归之。

【注释】

[1] 功令：法令，此指科举考试的律令。

[2] 蠡口：彭蠡之口，指江西鄱阳县。

[3] 謦（qǐng）咳：本指咳嗽，引申为谈笑。

[4] 坡老：指苏轼，苏轼号东坡居士，故称。苏轼曾作有《石钟山记》。

【评析】

写"声"即是写"听"，切合题旨。

许玉史近义草序[1]

文而曰体，文从体出也，自破首以下[2]，皆体也。体莫正于人，而人不易正，则相与欹而遁之，遁而远之也。国初之文，传人之貌；成弘以至隆万[3]，则由貌而神矣。万历之末，俱学传人之影，至于今传影不得，则起而传人之梦，岂惟传人之梦，乃传奇肱乳目之梦也[4]。浸假而身长千里，为不饮不食之烛阴[5]，究竟归于予混沌[6]，眉目不施，手足不设，而犹以为未极。此非作者之罪，乃赏之者之罪也。

何幸有玉史先生，毅然独出，还其胎而正其体，由梦而收之于影，由影而活之以神，由神而肖之以貌。取法王唐[7]，寄裁田邓[8]，鼓吹郝李[9]。大言名理，小言笑哑，具从窍灵生动，以至相好端严，靡不可模可范。此其才不欲为鬼魅，而以人统觉世者，真孔真孟在是矣。文章之苦，豫章齐鲁更甚，而近日三吴亦中其魔。凡事天下效苏人，独此道苏人不安其自。守溪先生尚在[10]，玉史到关，明日先遣太牢祀之[11]。

【注释】

[1] 许玉史：许豸，字玉史，福建侯官人，崇祯进士，官至浙江提学副使。

[2] 破首：文章开头。文章起首几句点破题目，称破题，亦即文章开头。

[3] 成弘：成化（1465—1487）、弘治（1488—1505）。 隆万：隆庆（1567—1572）、万历（1573—1620）。

[4] 奇肱：神话国名。《山海经·海外西经》："奇肱之国，……其人一臂三目。" 乳目：以乳为目。《山海经·海外西经》："刑天与帝争神，帝断其首，葬之常羊之山，乃以乳为目，以脐为口，操干戚以舞。"

[5] 烛阴：《山海经·海外北经》："钟山之神，名曰烛阴，视为昼，瞑为夜，吹为冬，呼为夏。"

[6] 混沌：即"浑沌"，中央之帝，无七窍。见《庄子·应帝王》。

[7] 王：王鏊，字济之，号守溪，学者称震泽先生，江苏吴县人。成化十一年（1475）进士第三。授编修，弘治时历侍讲学士，充讲官，擢吏部右侍郎，正德初进户部尚书、文渊阁大学士。是明代时文大家。 唐：唐顺之，字应德，号荆川，江苏武进人。嘉靖八年（1529）会试第一。历官右金都御史、凤阳巡抚。是明代著名散文家，也是时文大家。

[8] 田邓：田，未详。邓，邓以赞，字汝德，号定宇，隆庆五年（1571）进士。

[9] 郝李：郝，郝敬，字仲舆，号楚望。万历十七年（1589）进士，累迁户科给事中，因弹劾阉党和权臣，被贬为宜兴县丞，移知江阴，弃官而归，闭门著书。李，李光缙，字宗谦，号衷一。万历十三年（1585）乡试第一。

[10] 守溪先生：即王鏊。

[11] 太牢：祭祀时并用牛、羊、豕三牲叫太牢。

【评析】

明代李贽、袁宏道及王思任都对时文评价甚高,甚至认为可以与唐诗、宋词、元曲并传于后世,他们没有看到这种应试文字的非文学本质,这或许是时代所限吧。本文论明末时文之弊,今人不读明人八股,其言论是否切中要害,实不可知。

醉白旅草序

混沌之界[1],原有一大缝在,五色之目,但见雾雨冒昧,须臾闷热迷人也。名医针地,阔若车轮,若只从肉骨刺去,则痛而不痒矣。今之为文,何以异此。槜李支小白[2],赋高孤冷,识具灵合,读未曾有之书,见未曾有之人,游未曾有之山水,吐欱旧新[3],铸陶玄妙,能于圣人七窍中取其最先发声之孔。始为筝笛,渐发黄钟[4],尽之则雷鸣海沸。他不具论,所为《醉白旅草》仅数言耳,粲粲落落,离离昭昭,帝何以帝,王何以王,公何以公,相何以相,顿使烦悉略雅之景,冕旒动而绅笏端。相与危言正色,喜少畏多,若尺幅上开几生面者。所谓从缝界中探出神活也,如此者方谓之善读书。若徒强记,令女儿抄出,不过一缮写之工也,而奥义无所发明,轮扁不从旁糟粕之也乎[5]?

【注释】

[1] 混沌:宇宙开辟前的元气状态。
[2] 槜李:地名,又作"醉李",在今浙江嘉兴。
[3] 欱(hé):吸。
[4] 黄钟:古乐十二律之一,声调最洪大响亮。

[5] 轮扁：《庄子·天道》："（齐）桓公读书于堂上，轮扁斲轮于堂下，释椎凿而上，问桓公曰：'敢问公之所读者，何言邪？'公曰：'圣人之言也。'曰：'圣人在乎？'公曰：'已死矣。'曰：'然则君之所读者，古人之糟粕已夫。'"

【评析】

《醉白旅草》也是时文集，作者泛泛誉之，然立意新奇，笔致灵动，极尽腾挪之能事。

庐青草序

山乃形乎？曰：非形也，气也。从天飞下，不从地上也。何以知之？山远则青，是父气之分堕矣。余从江上，过马人峰，历紫牛矶，望见庐阜[1]，青入天表，横亘出蓝之蔚[2]。盖华国分野，吴楚居平，故山川之气，钟于天者更青。而青气之酥醒精凿[3]，则又钟为文章秀特之士，以故江州数百里大有可人[4]。予曾见其人，并阅其帖括之义[5]，因思庐岳即一篇大好文字，请启座以听：

头脑东洪[6]，撑汉不畏[7]，有如五老之崛傲自雄者乎[8]？千百人群，椎鲁突兀[9]，然一见李公子便自不同[10]，有如金轮峰之幕里称王者乎？玉关金锁，走雪留声，有如栖贤三峡之幽英洌爽者乎[11]？火藻炼娲[12]，木槎犯斗[13]，又若骈拇非指[14]，石浪花纲[15]，有如九奇峰之错愕不伦者乎？不飞则已，飞则冲天，世有大鹏，万翼剪废，有如汉阳峰之障空玉举者乎？酌斟元气，独让壶公[16]，有如含鄱岭之囊括万顷者乎？梦外灵境，仙亦赆来，有如月宫山相思涧看三叠之瀑，倚九叠之屏乎？一道明河，青山界破，下走玉渊，草根皆笑，有如开先潭上之凄隽近人、拔足可狎者乎？剑关戟壁，秋冬之际，锦丹纷绮，复有响泉诉过万年松骨，有如上大林水口之妙缋阆风者乎[17]？漆垛皱云，珊瑚濯霰，洪涛大海、荡浴楼帆，有如石门铁船之怪魄险精骇我心目者乎[18]？哀梨火枣，留液融淬，但一沾唇，腋风习习，有如谷帘泉之遁甘幽淡者乎？凡此皆文字之至妙者，而总其说曰青。青乃生物之府，物得青则意俱勃勃矣。诸友生之文，奇正偏全，各极其致，予不遑家印而户合之，然拈出数则以听其自契。夫庐惟青极，故曾战五岳肥胜而还。诸友生得其一体出以战天下，必有青眼人为知己[19]，且谓予言不谬。题曰"庐青草"，而以数语弁之。

【注释】

[1] 庐阜：庐山。

[2] 出蓝：指青色。《荀子·劝学》："青出于蓝而胜于蓝。"

[3] 酥醍精凿：喻精粹。酥醍，作乳酪时，上一重凝者为酥，酥上加油者为醍。精凿，精米。

[4] 江州：江西九江。　可人：可爱的人，称心如意的人。

[5] 帖括：科举应试的文章。

[6] 东洪：即"冬烘"，糊涂，迂腐。

[7] 撑汉：撑拒，抗拒。

[8] 五老：庐山五老峰。

[9] 椎鲁：鲁钝。

[10] 李公子：指唐太宗李世民。相传隋末虬髯客有建立帝业之志，到太原见到李世民后方知已有真命天子。见唐杜光庭《虬髯客传》。

[11] 栖贤三峡：指庐山栖贤谷三峡涧。

[12] 火藻：服饰上的火焰和水藻之形。　炼娲：谓女娲炼以补天之石。

[13] 木槎犯斗：古代传说天河与海相通，有人乘木槎至牛斗星座，回来后问严君平，严君平说："某年月日，有客星犯牵牛宿。"见晋张华《博物志》。

[14] 骈拇：《庄子·骈拇》："骈拇枝指，出乎性哉，而侈于德。"成玄英疏："骈，合也，大也，谓足大拇指与第二指相连合为一指也。" 非指：《庄子·齐物论》："以指喻指之非指，不若以非指喻指之非指也。"

[15] 花纲：即花石纲。宋徽宗于东京造寿山艮岳，从南方搜罗奇花异石，输送京城，人称"花石纲"。

[16] 壶公：仙人名。东汉费长房曾为市掾，市中有老翁卖药，悬一壶于座，市罢，跳入壶内。费长房在楼上见到，知是仙人，即随之学道。见《后汉书·费长房传》。

[17] 缋：通"绘"，绘画。 阆风：仙人所居之山，指仙境。

[18] 駴："骇"的古字。

[19] 青眼人：阮籍不拘礼教，能为青白眼，见凡俗之士，以白眼对之。嵇康携琴酒来访，阮籍大悦，对以青眼。见《晋书·阮籍传》。

【评析】

《谑庵文饭小品》本文眉批："徐耳猷曰：似王安道《华山记》，又似汤义仍花神判子，一派澎湃成荡，令我输心。富有之谓大业，不其然乎？"

小题怡赠自序

有塾师教小儿作对"月圆"，一儿曰"星满"，一儿曰"风扁"。风何以扁？曰："看缝。"师大笑。是儿茁发听鹿[1]，弱冠探花[2]，为学士。"星满"者寿衿耳[3]。宣和爱画[4]，题传殿宫："暗尘随马去，明月逐人来。"无当意者。一士人上奏，画一少年一老人并辔走，少年仰顾，老者鞭指其影，袍袖饱风前鼓，此马尾鬣蹄意俱拂往，恍笃速有声而不可止也。称旨，赉西锦二匹[5]。王实甫《草桥惊梦》以孙飞虎白马将军相厮逐[6]，不明不了，妙甚。此从漆园蝴蝶蜕来[7]。予在云间[8]，见一优儿作莺入梦[9]，着淡红衫，掉两臂，浓粉涂朱，挂一鸦帕，似出棺之尸，此描魂沥魄手也。吴儿斗纸叶[10]，取极上桌；王积薪论棋[11]，全在冷绰侵剪；秦青之歌[12]，音穷而韵方转。凡此皆文诀也。孔孟语言，无有小处，大题小做，小题大做，题外生文，题中归命，一部缩入一章，一章缩入一句，知是者吾与之论文矣。但大题可以逃败[13]，乡愿居之[14]；小题可以见才，狂狷居之[15]。守溪、荆川、昆湖、鹤滩、鹿门、思泉诸老常乐为之[16]，皆从狂狷诣中行者也。嗣后岳阳、侪鹤、海若、鹿巢、西铭、衷一、楚望、宾王诸君子互出旗鼓[17]，各极狂狷之致。

而醉李黄葵阳先生延漏仲容名师教其幼履素[18]，复征余伴之，大集新旧之藏，颁之教而示之的，以为能小题即能大题矣。履素家学异资，文心藻秀，而予则朝气崛蛮，多所杜撰。然每奏一篇，先生辄呼叫"可儿，可儿"。他日名世，犹记虎豹犀象作出，长安喧沸，正孙策提刀十三岁也[19]。幸第后以《松氅集》行海内。寻有《及幼草》，有《庠言》，有《示儿》，有《改儿》诸稿，皆予所自怡者。兹老矣，俱合刻之。念陶隐居事[20]，岭上白云，人所共见。私我庭户，亦觉不悦不怡，则还我自怡，即以赠我，亦未为晚，不然前辈成己成物之心何居乎？叙《小题怡赠》之意如此。

【注释】

[1] 苕发：指少年时。听鹿：参加鹿鸣宴，指中举人。科举制度，

于乡试放榜次日，宴请新科举人和内外帘官等，歌《诗经》中《鹿鸣》篇，称"鹿鸣宴"。

[2] 探花：进士一甲第三名。

[3] 寿衿：老秀才。

[4] 宣和：宋徽宗的年号，此处借指宋徽宗。

[5] 赍：赏赐。

[6]《草桥惊梦》：《西厢记》最后一折（明代人认为《西厢记》第五本是关汉卿续作，故以《草桥惊梦》为最后一折）。 孙飞虎、白马将军：皆《西厢记》中人物。

[7] 漆园：指庄子，庄子曾为漆园吏。 蝴蝶：《庄子·齐物论》："昔者庄周梦为胡蝶，栩栩然胡蝶也，自喻适志与，不知周也。俄然觉，则蘧蘧然周也。不知周之梦为胡蝶欤？胡蝶之梦为周欤？"胡蝶，即蝴蝶。

[8] 云间：松江县（今上海市松江区）的古称。

[9] 优儿：优伶，戏曲演员。 莺入梦：指《西厢记·草桥惊梦》中崔莺莺入张生之梦。

[10] 纸叶：纸牌。

[11] 王积薪：唐玄宗时棋待诏。传说王积薪曾夜宿山中孤姥之家，闻姥与儿妇对弈，次日相询，妇授以攻守之法，从此王积薪棋艺大增，高出世人。

[12] 秦青：古代善歌者，歌声"声振林木，响遏行云"，见《列子·汤问》。

[13] 大题：明清科举考试以"五经"文命题曰大题，以"四书"文命题曰小题。清戴名世《甲戌房书小题文序》："制义之有大题小题也，自明之盛时已有之，而小题尤号为难工。"

[14] 乡愿：老实谨慎，不分是非之人。《论语·阳货》："乡愿，德之贼也。"

[15] 狂狷：偏激之人。《论语·子路》："不得中行而与之，必也狂狷乎？狂者进取，狷者有所不为也。"

[16] 守溪：王鏊，字济之，号守溪，学者称震泽先生，江苏吴县

人。成化十一年（1475）进士第三。授编修，弘治时历侍讲学士，充讲官，擢吏部右侍郎，正德初进户部尚书、文渊阁大学士。　荆川：唐顺之，号荆川，江苏武进人，嘉靖八年（1529）会试第一，授兵部主事，后因事夺职为民，入宜兴山中，读书十馀年。因率师抗倭，以功升右佥都御史，巡抚淮扬，卒于舟中。有《荆川先生文集》。　昆湖：瞿景淳，字师道，号昆湖，江苏常熟人，嘉靖二十三年（1544）会试第一，殿试第二，授编修。清介自持，累官礼部左侍郎，兼翰林院学士，总校《永乐大典》，卒谥文懿。　鹤滩：钱福，字与谦，号鹤滩，松江华亭人，弘治三年（1490）状元，授翰林修撰。诗文藻丽敏妙，有《鹤滩集》。　鹿门：茅坤，字顺甫，号鹿门，归安人。嘉靖十七年（1538）进士，官至大名兵备副使。善古文，所选《唐宋八大家文抄》行于世。　思泉：胡有信，字成之，号思泉，隆庆进士，授顺德知县。

[17]岳阳：钱樻，字岳阳，会稽人，举进士，以文章名，万历中知袁州，后督学江西。　侪鹤：赵南星，字梦白，号侪鹤，高邑（今河北元氏）人。万历二年（1574）进士，历户部主事，吏部考功、文选员外郎。天启三年（1623），任吏部尚书，被宦官魏忠贤排斥，削籍戍代州至卒。赵南星是明末东林党重要人物。　海若：汤显祖号海若。　西铭：张溥，字乾度，一字天如，号西铭。崇祯四年（1631）进士，选庶吉士。与同乡张采齐名，合称"娄东二张"。是复社领袖。　衷一：李光缙，字宗谦，号衷一。万历十三年（1585）乡试第一。　楚望：郝敬，字仲舆，号楚望。万历十七年（1589）进士，累迁户科给事中，因弹劾阉党和权臣，被贬为宜兴县丞，移知江阴，弃官而归，闭门著书。　宾王：查应光，字宾王，万历举人，有《丽崎轩词》。

[18]醉李：浙江嘉兴。　黄葵阳：黄洪宪，号葵阳，王思任的老师。　漏仲容：名坦之，是当时帖括名家。

[19]孙策：三国吴孙权之兄。

[20]陶隐居：陶弘景，字通明，南朝时丹阳秣陵人。初为齐诸王侍读，后隐居于句容句曲山，自号华阳隐居。因佐萧衍夺齐帝位，建立梁朝，参预机密，时称山中宰相。曾有《诏问山中何所有赋诗以答》

云:"山中何所有,岭上多白云。只可自怡悦,不堪持赠君。"

【评析】

此篇是王思任为自己的时文集所作之序。因是自己年轻时的文章,甘苦自知,故此文叙事议论真切生动,与作者大量应酬序文中的泛泛而谈不同。

王鼎起识语:"家大人一生苦心,尝曰独得之技,善观者于此序求转《法华》,亦未必不领其妙也。儿鼎起识。"

青溪儒童小试序

青溪令季考秀才之日[1],即季考儒童[2]。曷为乎儒童有季考也?曰附于秀才之考而有季也。曷为乎附于秀才之考而有季也?曰季考为正考地也。孤寒者于无紧要之中遇主于巷,而高明之家欲其子之齐语,引而置之庄岳之间也[3]。群英毕至,少长咸集,约二千三百有奇。

于是青溪令出理题试儒,出枯题试童,出一理一枯之题以试可儒可童者,而儒童之技具奏。凤彩下射,虎气腾上,不守父师成说而独写灵心者,首拔之。红霞照玉,月香秋生,未赐天厨之珍,而亦不食人间烟火,次拔之。笔下有文,胸中有字,五官匀称,六辐辏停[4],是苦心用意之客也,再拔之。而或丈瑕尺瑜,小疴大腐[5],目下未必超超,将来或当了了[6],终拔之。于是青溪令又为之点圈涂改,取其最隽者如干篇,附录于秀才之后。觉青溪秀才之文固好,而儒童之文又好甚也。或曰毛羽不丰满者,不可以高飞,岂其父兄不如子弟?予曰不然,美妇逊女[7],良玉逊璞[8],盖自古记之矣。

【注释】

[1] 青溪：县名，今浙江淳安县。　季考：明清科举制度，秀才有月课和季考。

[2] 儒童：明清科举制度，为了取得参加正式科举考试的资格，先要参加童试，参加童试的人称为儒生或童生，考取后即为秀才。

[3] "而高"二句：《孟子·滕文公下》："孟子谓戴不胜曰：'……有楚大夫于此，欲其子之齐语也，则使齐人傅诸？使楚人傅诸？'曰：'使齐人傅之。'曰：'一齐人傅之，众楚人咻之，虽日挞而求其齐也，不可得矣；引而置之庄岳之间数年，虽日挞而求其楚，亦不可得矣。'"庄岳，齐国都城临淄的街里名。

[4] 辐：车辐。　辏停：集中匀称。

[5] 脔：切成块状的肉。　腐：腐肉。

[6] 了了：聪明伶俐。《世说新语·言语》："小时了了，大未必佳。"

[7] 女：少女。

[8] 璞：未经雕琢加工的玉。

【评析】

作者选拔儒童的标准极通达，足以使儒童们的性灵不至为八股文所汩没。文章轻快，有"得天下英才而教育之"的愉悦。

另，第一段的设问句是仿《公羊传》。

麈谈序

可惜此子虽不满而实与之。

司马汉章，会稽才士也，为人塞而自通，其豪意在足，其禅意在眉，其文意在垂眼欹吻之间。既为清白吏子孙，日进鲑菜二簋[1]，势不能多欲。而升合精神[2]，即有欲亦不能追欲。以故他无所事事，第下上古今书籍，迫其思路于帖括中[3]。乙卯浙试七篇[4]，如峨山雪半，以"知仁"破有"下袭水土"之语[5]，不及格。而观者传为艾子[6]，予与钱仲美不之罪也。人面有海目方可视江河，彼且为池沼以囿我，而遽波立其上，焉在其不骇而去哉！

今汉章游晋陵[7]，时示我文，灵杳孤诣，心花绽鲜。譬之强璧生珠，入手月动，然犹恐其矜而夜行[8]。何者？人骇之心俱起于己有矜念。昔王麻奴持悲栗访尉迟青，曲终汗洽其背，尉迟领颐而已，曰："何必高般涉调也？试一平气持之，蕤宾铁自当从芰荷间出[9]。"请以此质之晋陵诸君子。

【注释】

[1] 鲑（xié）菜：鱼菜。《南齐书·庾杲之传》："清贫自业，食惟有韭菹、瀹韭、生韭杂菜。或戏之曰：'谁谓庾郎贫，食鲑常有二十七种。'言三九也。"韭与九谐音。　簋（guǐ）：古代祭祀宴享时盛黍稷的器皿。

[2] 升合：比喻数量很小。

[3] 帖括：科举应试的文章。

[4] 乙卯：万历四十三年（1615）。

[5] 破：破题，八股文开头的文字。

[6] 艾子：苏轼有笑话集《艾子杂说》，其中艾子的言行甚为可笑。

[7] 晋陵：县名，今江苏常州市武进区。

[8] 矜：自负。

[9]"昔王麻奴"数句：唐段安节著《乐府杂录·觱栗》载："大龟兹国乐也，亦曰悲栗。德宗朝有尉迟青，官至将军。时青州有王麻奴者，善此伎，河北推为第一手。恃其艺，倨傲自负，戎帅外莫敢轻易请者。从事台拜入京，临岐把酒，请吹一曲相送，麻奴偃蹇，大以为不可。从事怒曰：'汝艺亦不足称，殊不知上国有尉迟将军，冠绝古今。'麻奴怒曰：'某此艺海内岂有及者也，今即往彼，定其优劣。'不

数月到京,访尉迟青所居在常乐坊,乃侧近就居,日夕加意吹之。尉迟每经其门,如不闻。麻奴不平,乃求谒见,阍者不纳,厚赂之,即引见青。青即席地令座。因于高般涉调中吹勒部羝曲。曲终,汗洽其背,尉迟颔颐而已。谓曰:'何必高般涉调也。'即自取银字管于平般涉调吹之。麻奴涕泣愧谢曰:'边鄙微人,偶学此艺,实谓无敌,今日忝闻天乐,方悟前非。'乃碎乐器,自是不复言音律也。"般涉调,乐调名。蕤宾,古乐十二律之一。

【评析】

王思任为人作序,动辄以李杜韩柳相许,极口夸诩。此篇于司马汉章则多所调侃,看来其人文章确实无可称道。

诗三四房选序

阅文如听味,浓恶枯苦,阙罪惟均。菜在肉边则菜胜,肉有菜意则肉佳。虽云舌端三昧,而物理应自如此。至于文章,何独不然?正欲与子侄等商兑、颐卦[1],而友生以诗若而房丐选。一切醯酱桂姜[2],皮毛髓汁,俱命玄水汰尽[3],第赏其先天之味,最清最厚者,养脾悦口而止。夫义所同嗜,下箸便知,固不必杯盘珍谪,走马取天花[4],而苦酒试龙鲊也。海内荀勖、苻朗[5],近出师旷之上[6],我为段丞相老婢而可乎[7]。

【注释】

[1] 兑、颐:《周易》中的两个卦名。
[2] 醯(xī):醋。
[3] 玄水:清水。
[4] 天花:一种菌类,味道鲜美。

[5] 荀勖：西晋人，官至中书监。精通音律。尝在晋武帝座上食笋进饭，谓在坐人曰："此是劳薪炊也。"坐者未之信，密遣问之，实用故车脚。见《世说新语·术解》。　苻朗：前秦苻坚从兄，淝水之战后降晋。善识味。见《世说新语·排调》注引《秦书》。

[6] 师旷：春秋晋国乐师。《隋书·王劭传》："昔师旷食饭，云是劳薪所爨。晋平公使视之，果然车辋。"

[7] 段丞相老婢：《清异录》卷下："段文昌丞相尤精馔事，第中庖所榜曰'炼珍堂'，在途号'行珍馆'。家有老婢，掌修膏之法，指授女仆。"段文昌是唐穆宗时丞相。

【评析】

文虽平平，然肉菜之喻颇佳。

小题锐序

越中舆地绛阙[1]，直通阆风[2]，灵碧日来，生气愈出。予每以一日之长，不辞形秽，往往题于珠玉之前。亦既倦涩，久作铁门限矣[3]，而门人沈尔汇、唐伯文辈以所刻《小题锐》征言。或曰："此毛遂之锥[4]，刘章之剑[5]，孙策之矛[6]，太史慈之槊[7]，少年场锷不留人耳[8]。"是不然，文章之祖必本于火，火之精欺日藻天，而其体则锐。分焰重英，不可向迩，文之至也。山川效之，得锐者胜，则有鼎湖拔空[9]，华不注兜卓[10]，桂林千笋，匡庐五老[11]，诸巨罗剪峰[12]，一望而刺瞳警骨矣。苍颉书成[13]，鬼神夜哭，中山兔长[14]，咄咄逼人，是笔者火之子而锐之先也。文章不取锐，将钝汉是可儿耶[15]？虽然，针有青莲[16]，板床有魏收[17]，悉从钝得锐。磨淬之极，天颖自标。不则棘猴之颅[18]，将何作削？狂虿之尻[19]，但有一螫已耳，而又奚取于进之速也。诸君文具在，锦肱秋眼，一鹄万矢，所向无前，而中坚后劲俱妙能夹持之。海内行行且当避其作鼓之气，而吾独服其不一于锐者如此。

【注释】

[1] 舆地：地，大地。　绛阙：宫殿的门阙。

[2] 阆风：仙山名，指仙境。

[3] 铁门限：隋智永禅师是王羲之后人，住吴兴永福寺，书法为一时推重，求书者如市，所居门限被踏破，乃以铁裹之，人称铁门限。见唐李绰《尚书故实》。

[4] 毛遂之锥：毛遂是战国赵平原君的门客，曾自荐随平原君去楚国，以锥处囊中，颖脱而出自喻。见《史记·平原君虞卿列传》。

[5] 刘章之剑：刘章汉初封朱虚侯，尝入侍吕后宴饮，吕后令其以军法行酒，"有诸吕一人醉，亡酒，章追，拔剑斩之而还，报曰：'有亡酒一人，臣谨行法斩之。'太后左右皆大惊"。见《史记·齐悼惠王世家》。

[6] 孙策：汉末孙坚长子，孙权之兄。

[7] 太史慈：孙策部将。

[8] 锷：刀剑的锋刃。

[9] 鼎湖：《史记·封禅书》：" 黄帝铸鼎于荆山下，鼎成，乘龙上仙，后人因名其处曰鼎湖。"在今河南灵宝县南荆山之下。

[10] 华不注：山名，在山东济南。

[11] 匡庐五老：庐山五老峰。

[12] 诺巨罗：即诺讵那，西域僧人，或曰其俗姓罗。东晋永和年间，诺讵那率弟子三百人居雁荡山，后于大龙湫观瀑坐化，遂为雁荡山开山始祖。

[13] 苍颉：传说中创造汉字的人。《淮南子·本经训》："昔者苍颉作书，而天雨粟，鬼神哭。"

[14] 中山兔：指毛笔。中山，战国时国名，在河北定州市一带，以产笔著名。兔，兔毛可做笔毫，用以指笔。

[15] 可儿：可爱的人。

[16] 钎有青莲：青莲是李白的号。传说李白少时，读书眉州象耳山，未成弃去。过小溪，见一老姬磨铁杵，问之，曰欲做针。李白感其意，因还卒业。

[17] 板床有魏收：《北齐书·魏收传》："收好习骑射，欲以武艺自达。荥阳郑伯调之曰：'魏郎弄戟多少？'收惭，遂折节读书。夏月坐板床，随树阴讽诵。积年，床板为之锐减，而精力不辍。"

[18] 棘猴：战国宋有人请为燕王在棘刺尖上做母猴。后觉其虚妄，乃杀之。见《韩非子·外储说左上》。

[19] 虿：蝎子一类的毒虫。

【评析】

从"锐"字生发，转至由钝而至锐，寓有对门人的劝勉训导之意。

来香社草序

李广之军苦不能射[1]，屏居南山下[2]，抟沙为左贤王[3]，置五十步，以黄肩拟之。三日得其腹，十日得其目，一月而得其喉。得腹者共饮食，得目者貂，得喉者与金。则与之矢十金，俄而贤王之喉矢无集地矣。金愈进，步愈舒。右北平之役[4]，虏以此逃去。人知志一可以动气，而不知气一可以静志。志至于静，则思无二。格灵有专门，天下至巧至妙之事，皆气以先之也。

近吾越中举子业称极盛，而来香社诸君又最，人握奇篇。曾篝灯竟读之，如听云璈[5]，如挈火浣[6]，如遇宝青雄贝，理必窍凿，言恐口先，何英人之勃勃也？夫气之所住，在纸纸立，在字字飞，此自诸君馀勇，而抑知故将军之所以射乎[7]？没石之技起于射虎[8]，射虎之技起于贯虱[9]。视虎犹虱，则无全物；视虱犹虎，则无空物。志气交竞之时，不可以先后论也。射有似乎，君子其将然我也耶？

【注释】

[1]李广：汉陇西成纪人，善骑射，文帝时击匈奴有功，为武骑常侍，武帝时为右北平太守，匈奴不敢犯境，号曰"飞将军"。

[2]屏居：隐居。

[3]抟：团。　左贤王：匈奴贵官封号。

[4]右北平：郡名，在今河北东北部。李广在汉武帝元狩四年以四千骑在右北平外击退匈奴左贤王之军四万骑。见《史记·李将军列传》。

[5]云璈：古乐器名。

[6]火浣：即"火浣布"，石绵织成的布。

[7]故将军：指李广。李广在蓝田闲居，夜归霸陵亭，霸陵尉醉，呵止李广，李广的从骑说："故李将军。"霸陵尉说："今将军尚不得夜行，何乃故也！"见《史记·李将军列传》。

[8]没石之技：《史记·李将军列传》："广出猎，见草中石，以为虎而射之，中石没镞，视之，石也。因复更射之，终不能复入石矣。"

[9]贯虱：《列子·汤问》："纪昌者，又学射于飞卫。……昌以氂悬虱于牖，南面而望之，旬日之间，浸大也，三年之后，如车轮焉。……射之，贯虱之心，而悬不绝。"

【评析】

以射技喻作文章，颇有新意。

自怡篇序

文莫妙于天，天之文何在？曰：其灵在空，其健在转，其骨在青，其精在日，其韵在雪与月，其采在霞，其叫号狂怪在风雷，而其变幻诡戾、惚恍合离不可想测处则在云。是故诸象形声，俱有定轨；而惟云流今古，曾无同局。兵家言韩云如布，宋云如车，秦云如行人，蜀云仓囷，齐云乃绛衣。此神其变之说，而以常惑之者也，乃所以幻之也。但云有真体，观云有术，必观其心。黄盖金翘，赤雕五色，虽烂焉卿吉[1]，吾觉其阿闪而躁[2]。惟是白云之兴，春容淡漠[3]，其行浩浩，其留圉圉[4]，肤寸而合[5]，不崇朝而遍天下，荀氏所称友风子雨，托地而游[6]，故足多也。是将无心出岫[7]，育群生以还六气[8]，岂仅仅岭头供人把玩哉？巽之以此名其篇[9]，盖寓迹于冲而意实不可一世云尔[10]。虽然，此大物也，持赠与人亦大不易。有缙云氏起[11]，则文命之候，当令入房。如其不然，宁暂攫之笼中[12]，毋遽贡于艮岳也[13]。

【注释】

[1]卿吉：五彩祥云。
[2]阿闪：闪耀。
[3]春容：雍容畅达。
[4]圉圉：不舒展的样子。
[5]肤寸：古以一指宽为一寸，四指为肤。此喻微小。
[6]"荀氏"二句：荀子《云赋》："托地而游宇，友风而子雨，冬日作寒，夏日作暑，广大精神，请归之云。"
[7]无心出岫：陶渊明《归去来辞》："云无心而出岫，鸟倦飞而知还。"岫，山洞。

[8] 六气：天地四时之气。

[9] 巽之：颜文选，字巽之，宣城人，万历进士。由江夏知县擢户部给事中，因请建储而被谪，卒。

[10] 冲：冲淡。

[11] 缙云氏：黄帝时官名。夏官为缙云氏，掌军政。

[12] 搴（qiān）：采取，拔取。

[13] 艮岳：宋徽宗在东京城所建土山，曾为此而令各地进贡奇花异石，号"花石纲"。

【评析】

梁陶弘景隐居句曲山，曾有诗答齐高帝云："山中何所有？岭上多白云。只可自怡悦，不堪持赠君。"此文全从此诗生发。

著坛搜逸序

先时主司命一题，了了高悬，如灯谜待举子打破，取青钱去。逾时试官借举子文温题目，侦听物价，真正方高下也。迨今日则一揣摩，一求索，两人相取如摸盲，绊则怒，撞则笑而已。予为童子时，读先正文[1]，俱确不可易。即如君臣一题，瞿昆湖、金星桥、王荆石各正性命[2]，决不那借[3]。看其破题，元必高于魁[4]，魁必高于诸进士。而当日场中，原以破题定甲乙，帖括名次具在[5]，可复而按也。

盖尝论之：抡文如选色[6]，其面在破[7]，其颈在承[8]，其肩胸在起[9]，其腰肢在股段[10]，其足在结束[11]，其大体在长短纤肥、神态艳媚、若远若近、是耶非耶之间。而总之以面为主，面不佳，百佳费解也。岂有不能破而能文者乎？虽然，面难办也，亦大不易识。贫鳏躁士，得粉即欢[12]，见夷光乱发之际[13]，便有决骤唐突之意。此惟真能好色者，方可以别色也。如第惊誓肉一首，三十六宫、平康北里[14]，无不可销魂者，岂知"绝代有佳人，幽居在空谷"乎[15]？吾因张亦寓兄弟之搜逸[16]，而一及之。亦寓曰："函之久矣，被谑老一口道破，怪哉！"

【注释】

[1] 先正：前代贤臣。

[2] 瞿昆湖：瞿景淳，字师道，号昆湖，江苏常熟人。嘉靖中举会试第一，殿试第二。累官礼部左侍郎，兼翰林院学士，总校《永乐大典》，修《嘉靖实录》。卒谥文懿。　金星桥：金达，字德孚，号星桥，江西浮梁人。嘉靖三十五年（1566）会试第一，殿试第三，授翰林院编修，有《星桥集》。　王荆石：王锡爵，字元驭，号荆石。嘉靖四十一年（1562）会试第一、殿试第二。授翰林院编修，累迁至祭酒、侍讲学士、礼部右侍郎等职。万历十二年（1584）拜礼部尚书兼文渊阁大学士，参与机务。万历二十一年（1593），入阁为首辅。

[3] 那借：挪借。

[4] 元：状元。　魁：进士第一甲，此指榜眼、探花。

[5] 帖括：科举应试之文。此指八股文。

[6] 抡：选择。　色：女色。

[7] 破：破题。

[8] 承：承题。

[9] 起：起讲。

[10] 股段：指八股文中的中股、后股。

[11] 结束：指八股文中的末股。

[12] 粉：指女子。

[13] 夷光：即西施。

[14] 三十六宫、平康北里：皆指妓院。

[15] "绝代"二句：见杜甫《佳人》诗。

[16] 张亦寓：张弢，字亦寓，生平不详。

【评析】

以女色喻文章,虽不庄重,却生动新奇。谑庵文胆如瓠,言行放诞,向不以庄重为意,此篇充分体现出其文章风格。

《谑庵文饭小品》本文眉批:"项水心曰:'论文论色,不作二参。才难色难,不其然乎!'"

尺木堂稿序

巽倩占解头十日[1],忽屈易,主司不怿,辄多其房额一人示酬补[2]。如此重巽倩,然而巽倩不以此重。巽倩试必首其偶[3],其偶必心服,而是秋牍出,偏师直捣,人人讶巽倩非平日,巽倩不以此轻。巽倩未入棘[4],曛就予呼卢雄饮,自言持三日粮[5],必破赵方会食[6]。既而牍成即示予,卜魁解若券取,然得失互见。而予亦不以此轻巽倩重巽倩,则为之语曰:"他人之文,吾爱之;巽倩之文,吾畏之。"则又尝戏拟之曰:"貌美骨妍,发可以鉴,而无奈其悍且妒也。举关穴革,射石没羽[7],力至矣,而无奈其鞅鞅跋扈何也[8]。嘶风划电,腾跳万丈之岖,如驰金埒[9],而无奈其善蹄人也。"

巽倩家贫任侠,出则落落不羁,归则爇苦膏一盏[10],向钟定鸡鸣之际,或抄或读,俱系大书。尝与予谈历下弇锹[11],定欲裁成之为一家言。此其举踔阔厉,不得已俯首博士业也[12]。天下之人,得气者可以处大事;天下之文,得气者可以取大名。江淮湖海非不浩汗,然而由地中行,至黄河则从天而下,堆滚瞑眩,冲啮横来,不知纪极,则气实先之。吾不畏江淮湖海而独畏黄河,以此。巽倩之文不其然乎?世更有乘槎客[13],能遇之者，其以予言谶也。

【注释】

[1] 巽倩：马权奇，字巽倩，浙江绍兴人。崇祯四年（1631）进士，官工部主事，司琉璃厂。因得罪太监下狱，羁管邸舍三年。事白归里，读书不辍，后避兵播迁死。　解头：解元，乡试第一名。

[2] 房额：科举考试时，同考官分房阅卷，各有名额。

[3] 偶：同辈。

[4] 棘：即棘闱，科举考试的试院。

[5] 持三日粮：《史记·项羽本纪》："项羽乃悉引兵渡河，皆沉船，破釜甑，烧庐舍，持三日粮，以示士卒必死，无一还心。"

[6] "必破"句：《史记·淮阴侯列传》写韩信击赵军，令士卒用些早点，曰："今日破赵会食。"会食，相聚而食。

[7] 射石没羽：见《来香社草序》注[8]。

[8] 鞅鞅：意不满貌。

[9] 金埒（liè）：《世说新语·汰侈》："于时人多地贵，（王）济好马射，买地作埒，编钱匝地竟埒。时人号曰'金埒'。"借指豪侈的骑射场。埒，界垣。

[10] 蠡：瓢。

[11] 历下：指李攀龙。　弇：指王世贞。　鈜（hóng）：指汪道昆。道昆，字伯玉，号太函，歙县（今属安徽）人。嘉靖二十六年（1547）进士。诗文宗前、后七子，为"后五子"之一。因其家在歙县山中，故时人以"鈜中"指代之。鈜，深沟大谷。

[12] 博士业：指科举文字。

[13] 乘槎客：见《庐青草序》注[13]。

【评析】

篇首忆旧事，写出马权奇之性情，继以美女、名将、千里马喻其文之优劣互见，然后转写其处境，复以黄河誉之。文章层次井然，生动而形象。

倪鸿宝制艺序[1]

宇宙，大穴也。大穴之中，皆千孔万窍之所据。灵洞环通，愈上愈有，第著血心一粟，则窒绊而不可解。有两高才，善用玄行之路：居陋巷者曰钻[2]，其法以急而破实；居阙里者曰贯[3]，其法以缓而串虚。一凡道德性命，功业文章，具从此出。吾尝以此相人，高高下下，视其自所谓孔窍者以为高下而已。

古虞倪玉汝，脱胎之后即欲腾翻大穴，每喜湛思，钻贯互用。上穷碧落，下索黄泉，一语之间，而神马思车已周万里。束发隽贤书[4]，待诏金门不报[5]，归缩其身，拟极虫豸之态，蠕之股也，飞之翅也，蠢动之眉而蒸湿之尻也，具画一玉汝。以此自戏，即以此认真。俄而顶光一发，鹏云龙海，狮雪象山，形至玉汝而了不可得。其人甚平，其思甚怪，吾每度其肠，必有九疑转面[6]、三峡倒流之景。度其肺肝，如五岳真形，紫莲花盖仰。度其容纳传度之官，必另开一蕊宫林屋[7]，笙箫缥缈。而度其心肾之交，则火藻焰天，玄池浴日[8]，不敢迫视者也。是当扼明通之管，以干办人所不济、济所不先之事。三不朽惟所用之[9]，其孔窍自别耳。人或以我侫玉汝，且莫读其歌诗古文辞，试出时义以视之，有不愕然灵动、眨眼一思者乎！岂谓玉汝得一第而遂侫之也？

【注释】

[1]倪鸿宝：倪元璐，字玉汝，号鸿宝，浙江上虞人。天启二年（1622）进士，授编修，崇祯初累迁国子祭酒，为温体仁所忌，落职。起兵部侍郎，以母老固辞。俄闻京师有警，遂北上陈制敌之策，超拜户部尚书。李自成陷北京，自缢死，谥文正。倪元璐是明末著名书画家，善行草及山水竹石。

[2] 居陋巷者：指颜回。《论语·雍也》："贤哉，回也！一箪食，一瓢饮，在陋巷，人不堪其忧，回也不改其乐。"钻：《论语·子罕》："颜渊喟然叹曰：'仰之弥高，钻之弥深；瞻之在前，忽焉在后。夫子循循然善诱人。'"

[3] 居阙里者：指孔子。阙里是孔子的故里。贯：《论语·里仁》："子曰：'参乎！吾道一以贯之。'曾子曰：'唯。'子出。门人问曰：'何谓也？'曾子曰：'夫子之道，忠恕而已矣。'"

[4] 隽贤书：指乡试中式。

[5] "待诏"句：指会试不中。金门，即金马门，汉武帝时建，东方朔等文士皆待诏于此。

[6] 九疑：山名，一作"九嶷"，在湖南宁远县南，相传是舜的葬地。

[7] 蕊宫：道家传说天上上清宫有蕊珠宫，神仙所居。林屋：山洞名，在苏州市吴中区洞庭西山。周回四百里，名左神幽墟之天，道家列为十大洞天之九。

[8] 玄池：即咸池。《淮南子·天文》："日出于旸谷，浴于咸池。"

[9] 三不朽：指立德、立功、立言。《左传·襄公二十四年》："太上有立德，其次有立功，其次有立言。虽久不废，此之谓不朽。"

【评析】

倪元璐是明末著名书画家，亦以文章知名，文风险怪，与王思任同一家数。王思任此文对其极尽形容，可谓得其神貌。

《谑庵文饭小品》本文眉批："黄石斋曰：'奇想突拔，如金轮峰不可思议，玉汝一生知己。'"

地理玄珠序

《葬经》[1]，福书也，而孝书也。孝书之作必昉于泄颖之代[2]，是聪明豪杰不忍鬼其亲,而欲以人还之者也。今夫神也,圣也,仙也,佛也,皆鬼也,以为形既去而神在也。《葬经》曰:"神不可知,吾知有气而已矣。"以神圣仙佛还其亲,不若以人还其亲。天地不死,赖有气在,中处为人,失气则死,得气则生。失气则死而死矣,得气则不生而仍生。万物归于土、生于土者,在土为气,在地为理,气之所在,理即宫焉。葬乘生气,一言而蔽地理矣。说者谓青囊秘授起自黄初平[3],而郭景纯述之[4]。自是以后,《玄澍》《赤霆》《金函》《画策》《平砂》《玉髓》《撼龙》《赋雪》之辈[5],各有疏笺,而地理之书纷如聚讼矣。

慈水费翁[6],年或长矣。宿世地仙,一生参契。凡昆仑之子孙,半识其面;是名家之父祖,若探其棺。口之所冲,眼之所醉,意象之所拟规,梦魂之所谱会,无非此理,无非此气也。乃尽发诸子之藏,成为一家之言,名曰《地理玄珠》。异哉,象罔乃能得之矣乎[7]?翁更精于阳宅吉凶,射覆应口如环[8],若割肉生之,不穷于响。而修救补葺,一门一户,可急民用,则筠松道人之手[9],妙施而不费者也。翁与人子言,辄依于孝,大约先以水蚁为惧,而福应始后之,此其旨得大体,所谓"形而上者之谓道"矣[10]。慈水乃孝子之乡,而又有见梅翁以锡其类,则是书与慈水共流,吞吐海江可也。而宁使蛟龙独私之已哉!

【注释】

[1]《葬经》:即《葬书》,传为晋郭璞撰,一卷。后世方技之家增益为二十篇,宋蔡元定删为十二篇,存八篇。元吴澄删削为内篇、外篇、杂篇。该书主要阐述墓穴吉凶、葬地风水等,后世堪舆家尊之为《葬经》。

[2]昉:始。 沘颡之代:《孟子·滕文公上》:"盖上世尝有不葬其亲者,其亲死,则举而委之于壑。他日过之,狐狸食之,蝇蚋姑嘬之。

其颡有泚,睨而不视。"

[3]青囊秘授:指堪舆之术。堪舆术士有《青囊经》,前有托名郭璞之序。 黄初平:传说中仙人,东汉人,居丹溪,十五岁从道士至金华山石洞中修道,历四十馀年。见葛洪《神仙传》。

[4]郭景纯:郭璞,字景纯,晋河东闻喜人。好经术,擅辞赋,博洽多闻,通阴阳历算卜筮之术。曾为王敦记室参军,因劝阻王敦起兵,被杀。

[5]"玄澍"句:皆堪舆学著作,全名分别为《玄澍经》《赤霆经》《金函经》《画策图》《平砂玉尺经》《玉髓真经》《撼龙经》《雪心赋》。

[6]慈水:即浙江慈溪市。

[7]"象罔"句:《庄子·天地》:"黄帝游乎赤水之北,登乎昆仑之丘,而南望还归,遗其玄珠。使知索之而不得,使离朱索之而不得,使吃诟索之而不得也。乃使象罔,象罔得之。黄帝曰:'异哉!象罔乃能得之乎?'"象罔,虚拟人物,意为有象而实无,以无心,故能独得玄珠。

[8]射覆:猜测覆盖之物,是古代一种类似占卜的游戏。

[9]筠松道人:杨筠松,名益,字叔茂,号筠松,窦州(今属山东)人。唐僖宗朝国师,官至金紫光禄大夫,是唐朝著名风水学家。著有《撼龙经》等风水著作。

[10]形而上者之谓道:语出《易经·系辞》。

【评析】

序风水之书,不言堪舆之理,而以孝归结之,立论甚高,然合于人情。其论点全由孟子之言引申而出,儒者固不同于术士。

贾太傅新书序[1]

汉兴,有孔门一人,以颜子之才,而出之以孟子之气,曰星其胸，江河其口，称古今秀才之祖，洛阳贾太傅也。自"治安""仁义"之说出[2]，而太傅之品骨以定。吾读其书，计其年事，无论百函并发，日所不给，即世故国情，古今终始，亦岂一弱冠小生卒卒可办？想其人必有宿命之通，必有夺窍之相[3]，必有哀乐过人、笑啼自若之僻，必有高趾疾行、长揖上坐之傲。初离蓬蘽[4]，即为天下第一吴公所赏识[5]，入朝即望见天子。登山行路，不知其难，叫阍谒鬼，未审其苦。诸老先生对议俱出其下[6]，又不历所谓老圆宿猾诈雌故钝之巧。此大受君子也[7]。得以此，失亦以此矣。

绛灌诸公[8]，马气未除，虎心自上，眈视一匹雏，哓哓喋喋，不曰改正朔，则曰定官名，能拱让而安之否？阳武丞相方亦讲法律[9]，重簿书期会，不省大故为何等[10]。不惟此也，文帝，天之所笃也，是时干戈扰攘久，帝大旨欲以缓静治天下。匈奴、南越至亡状也，吴王、张武至不法也，而帝以木鸡处之[11]，射猎自娱之外，一切毋动为大，托之乎爱黄老耳[12]。由是观之，太傅纷更之说，帝一谦让，而蓄憎已多矣。帝先不用贾生矣，不待诸公之毁也。帝又怜才甚，而思一把臂，贾生且前来，又不喜其咄咄，故以鬼神抵塞，使住其口，而不暇他有所关说[13]。帝之于太傅，在悦与不悦之间矣。帝不用太傅，太傅亦不能用帝。此子瞻所云立谈之间，为人痛哭，不讲于优游浸渍者也[14]。优游浸渍，讵可以训？而独不闻"孙以出之，信以成之"哉[15]？功名之心灰，死生之念起，太傅以为屈子犹可以他图[16]，而吾则有立槁耳。吊湘赋鵩[17]，至于不忧不疑[18]，而太傅之心无可奈何矣。悲夫！太傅有王佐之略，而使其相孺子以死也。

当时著述，龙门不尽见[19]，而孟坚所云五十八篇[20]，何郴州以为散轶居多[21]。予尤疑其有赝附者，如五饵三表之类[22]，太傅或另有旨，不如是之戏也。吾友孟子安能读大书[23]，绝爱太傅，以为西京首出之文[24]，不可不为统合，又为之分类而比栉之，神纲髓目，毫无遗议，虫鱼豕亥[25]，一时畅然，使海内得观贾子全书。所谓洛阳纸贵，亦太傅之桓谭矣[26]。

【注释】

[1] 贾太傅：贾谊，汉初洛阳人。以年少能通诸家书，汉文帝召为博士，超迁太中大夫。议改正朔、易服色、制法度、兴礼乐，又数上疏言政事，为周勃、灌婴等大臣所忌，出为长沙王太傅，迁梁怀王太傅而卒，年三十三。世称贾太傅，又称贾生。 新书：贾谊撰，《汉书·艺文志》著录为五十八篇，今本逸其三篇。

[2] 治安：指贾谊《治安策》，文中陈述时弊及使国家长治久安的方略。 仁义：指贾谊《过秦论》中指出秦朝灭亡的原因为"仁义不施，而攻守之势异也"的论断。

[3] 夺窍之相：未详。

[4] 蓬蔂：草名，此喻在民间，未仕。

[5] 天下第一吴公：《汉书·贾谊传》："（贾谊）年十八，以能诵诗书属文称于郡中。河南守吴公闻其秀材，召置门下，甚幸爱。文帝初立，闻河南守吴公治平为天下第一，……征以为廷尉。廷尉乃言谊年少，颇通诸家之书。文帝召以为博士。"

[6] "诸老"句：《汉书·贾谊传》："每诏令议下，诸老先生未能言，谊尽为之对，人人各如其意所出，诸生于是以为能。"

[7] 大受：承担重任。《论语·卫灵公》："君子不可小知，而可大受也。"朱熹集注："受，彼所受也。盖君子于细事未必可观，而材德足以任重。"

[8] 绛灌：指绛侯周勃和灌婴。

[9] 阳武丞相：指东阳武侯张相如，时为丞相。

[10] "重簿"二句：贾谊《治安策》："大臣特以簿书不报，期会之间，以为大故。至于俗流失、世坏败，因恬而不知怪。"大故，大事。

[11] "匈奴"三句：《史记·孝文本纪》："南越王尉佗自立为武帝，

然上召贵尉佗兄弟，以德报之，佗遂去帝称臣。与匈奴和亲，匈奴背约入盗，然令边备守，不发兵深入，恶烦苦百姓。吴王诈病不朝，就赐几杖。……群臣如张武等受赂遗金钱，觉，上乃发御府金钱赐之，以愧其心，弗下吏。"　木鸡：指修养深淳，以镇定取胜。典出《庄子·达生》。

[12] 黄老：指道家学说。道家以黄帝、老子为祖，故称。

[13] "帝又"数句：《汉书·贾谊传》载贾谊谪为长沙王太傅后，汉文帝思念贾谊，召之，坐宣室，问以鬼神之事。至夜半，文帝前席。

[14] "此子"三句：苏轼《贾谊论》："为贾生者，上得其君，下得其大臣，如绛灌之属，优游浸渍，而深交之，使天子不疑，大臣不忌，然后举天下而唯吾之所欲为，不过十年，可以得志。安有立谈之间，而遽为人痛哭哉？"痛哭：贾谊《治安策》："臣窃惟事势，可为痛哭者一，可为流涕者二，可为长太息者六。"

[15] 孙以出之，信以成之：语见《论语·卫灵公》。孙，同"逊"。

[16] 屈子：屈原。贾谊经过湘水，作有《吊屈原赋》。

[17] 赋鹏：贾谊在长沙，有鹏鸟（猫头鹰）飞入舍中，乃作《鹏鸟赋》。

[18] 不忧不疑：《鹏鸟赋》末句云："德人无累，知命不忧。细故芥蒂，何足以疑！"

[19] 龙门：指司马迁。《史记·太史公自序》："迁生于龙门，耕牧河山之阳。"龙门即陕西韩城县龙门山。

[20] 孟坚：班固，字孟坚。其《汉书·艺文志》中著录贾谊《新书》五十八篇。

[21] 何郴州：何孟春，字子之，号燕泉，郴州人。弘治六年（1493）进士，授兵部主事。后出理陕西马政。正德初，出为河南参政，不久擢右副都御史，巡抚云南。世宗即位，迁吏部侍郎，代署部事。因"大礼议"调南京工部左侍郎。嘉靖六年（1527）二月致仕。嘉靖十六年卒于家，年六十三。有《贾太傅新书注》十卷。

[22] 五饵三表：《汉书·贾谊传》："施五饵三表以系单于。"颜师古注："贾谊书谓爱人之状，好人之技，仁道也；信为大操，常义也；爱

好有实，已诺可期，十死一生，彼将必至。此三表也。赐之盛服车乘以坏其目；赐之盛食珍味以坏其口；赐之音乐妇人以坏其耳；赐之高堂邃宇府库奴婢以坏其腹；于来降者，上以召幸之，相娱乐，亲酌而手食之，以坏其心。此五饵也。"

[23] 孟子安：孟称尧，字子安，会稽（今浙江绍兴）人。明末戏剧家孟称舜之兄。

[24] 西京：西汉都城长安，在东汉都城洛阳之西，后人因称长安为西京，亦用以指代西汉。

[25] 虫鱼豕亥：指注释校勘。《尔雅》有《释虫》《释鱼》等篇，此指注释。"豕"与"亥"形近易误，此指校勘。典出《吕氏春秋·察传》。

[26] 桓谭：东汉初著名学者。《汉书·扬雄传》："严尤闻雄死，谓桓谭曰：'子常称扬雄书，岂能传于后世乎？'谭曰：'必传，顾君与谭不及见也。'"此处用以指代知音。

【评析】

此篇论贾谊，大都从苏轼《贾谊论》生发，至云贾谊之论先为文帝所憎，乃其独到之见。文章奔逸疏畅，气势甚盛。

惹云小集序

草木中有竹，人之仙也，鸟之鹤也，自胎龀以至于秃[1]，其情沈影魄即无有不妙者。梳风则冷，筛月则幽，扑雪则韵，笼雨则闲，此天文之妙也；绿光万顷，湘浦辋川[2]，朱昼老秋，禊亭酒谷[3]，此地理之妙也；宜吾庐，宜禅室，宜翠袖倚暮[4]，宜纹枰落子之迟，宜丁丁出坞，宜青眼人箕踞[5]，或不通姓名来讽啸[6]，此人事之妙也。而所不乐者，书南山之判[7]，塞瓠子之口[8]，作金姑之声[9]，规润僧之漆[10]。又如近日主肉鼓吹[11]，伴伪筤筅[12]，刳心沥汁，记面涂油。更苦甚者，削茹行药，刻粉留题。又有明正先生，一所诣颂，便来借资，曰清、曰直、曰虚、曰节等事，而竹无可诉免矣。

汜人吴尔常[13]，萧疏逸澹，访我钓碣，以所为《惹云草》相教。赤焰正攻，峨冰忽救，情沈影魄之间，人与言俱妙。仙耶？鹤耶？而尔常爱竹，竹亦爱尔常。竹中人二个，一顾幼陶，一支小白，皆高士，东南之箭也[14]。夫物我嗜好，必无二观。一日之内，不作云想，则尘肉肥重。坐对此君[15]，自有飘骚欲上之意，尔常题之为"惹云"者也。若曰层霄龙化，只听惊雷，此诣颂借资之又下者，尔常不欲与之把臂矣。

【注释】

[1] 龀（chèn）：童幼。

[2] 辋川：唐代王维的别墅。

[3] 禊亭：指兰亭。　酒谷：指金谷园。

[4] 翠袖倚暮：杜甫《佳人》："天寒翠袖薄，日暮倚修竹。"

[5] 青眼人：指阮籍，"竹林七贤"之一，性孤傲，见俗人对以白眼，见嵇康则以青眼相对。　箕踞：伸开两腿而坐，指不拘礼法。

[6] "或不"句：《世说新语·简傲》："王子猷尝行过吴中，见一士大夫家极有好竹。主已知子猷当往，乃洒扫施设，在听事坐相待。王肩舆径造竹下，讽啸良久。主已失望，犹冀还当通。遂直欲出门。主人大不堪，便令左右闭门，不听出。王更以此赏主人，乃留坐尽欢而去。"

[7] 书南山之判：《新唐书·李密传》："隋时李密移檄郡县，数炀帝十罪曰：'罄南山之竹，书罪无穷；决东海之波，流恶难尽。'"《旧唐书·李元纮传》："南山可移，判不可摇也。"此处综合二事。

[8] 塞瓠子之口：《史记·河渠书》："天子使汲仁、郭昌发卒数万人塞瓠子决，……是时东郡烧草，以故薪柴少，而下淇园之竹以为楗。"

瓠子，地名，在河南濮阳县南，汉武帝时黄河于此决口。

[9] 金仆姑：金仆姑，箭名。《左传·庄公十一年》："乘丘之役，公以金仆姑射南宫长万。"杜预注："金仆姑，矢名。"

[10] 规润僧之漆：《桂苑丛谈》："太尉朱崖公（即李德裕）两出镇于浙右。前任罢日，游甘露寺，因访别于老僧院啜茗。既终，将欲辞去，公曰：'昔有客遗筇竹杖一条，聊与师赠别。'亟令求之，须臾而至。其杖虽竹而方，所持向上，节眼须牙四面对出，天生可爱。别后不数岁，再领朱方（吴地），复因到院，问前时拄杖何在。曰：'至今宝之。'公请出观之，则老僧规圆而漆之矣。嗟叹弥日，自此不复目其僧矣。"规，圆。润，润州，即甘露寺所在之镇江。

[11] 肉鼓吹：五代蜀李匡远凶暴苛刻，一日不行刑，则惨然不乐。闻笞挞之声，曰："此吾一部肉鼓吹。"见《类说》二七。

[12] 筤筅（láng xiǎn）：用大毛竹制成的掩护士兵前进的器具。戚继光所创。

[13] 汜：地名，在今河南荥阳。

[14] 东南之箭：《尔雅》："东南之美者，有会稽之竹箭焉。"竹箭即箭竹。

[15] 此君：指竹。

【评析】

陆云龙云：是竹之雅俗苦乐谱，瓶花诸谱输其简。（《皇明十六家小品》）

王实甫西厢序

诗三百而蔽之以思[1]，何也？思起于心，而心不能出，夫其有所愤悱焉[2]，有所感叹焉，有所呻吟焉，而各随其思之到欠以为声之工拙，故曰思则得之。《国风》精于思者也，忽一语焉，创之曰窈窕[3]。窈何解也？窕何解也？闻之乎？见之乎？抑有所本乎？嗣后屈原得之曰要眇[4]，宋玉得之曰嫣然[5]，武帝得之曰遗世[6]，太史公得之曰放诞[7]，渊明得之曰闲情[8]，太白得之曰掷心卖眼[9]，少陵得之曰意远态浓[10]，而思路如岷舫渐滥矣[11]。

西厢谱元微之事[12]，凡数本[13]，俱可观，而王实甫独登峰造极。凡曲皆生首[14]，而厢独首郑及莺[15]，以为有天姥之教[16]，而后发涂山之歌、诲子夜之造也[17]。不从老阴少阴生耦[18]，则无以起奇也。儿女之情，千曲万曲，非厌袭可呕，即戾幻不情[19]，间有文章综错，不过山异海肴，断不能出粱肉之上，盖味至粱肉，所谓无以尚之，是造物者设味之极思也。此书何以异此？思起于佛殿[20]，终于草桥[21]；既至草桥，亦可罢得而无已之求，实甫实有以侈之。然观其词章，变化高妙，入圣通神，上至九天，下至九渊，而终不出其位。或者实甫身有此事，而借微之以极其思，未可知也。虽然，思之既得，而又不如其未得。就欢而后，赖有梦思。善读西厢者，把臂入林，只当以酒浇之，跃起三尺曰：天壤之间，乃有实甫！

【注释】

[1]"诗三百"句：《论语·为政》："诗三百，一言以蔽之，曰：思无邪。"

[2]愤悱：忧思郁结。

[3]窈窕：《诗经·周南·关雎》："窈窕淑女，君子好逑。"

[4]要眇：美好貌。屈原《九歌·湘君》："美要眇兮宜修，沛吾乘兮桂舟。"

[5]嫣然：美好貌。宋玉《登徒子好色赋》："嫣然一笑，惑阳城，迷下蔡。"

[6]遗世：即"绝世"，冠绝当代。《汉书·孝武李夫人传》："（李

延年侍上（汉武帝）起舞，歌曰：'北方有佳人，绝世而独立。'"

[7] 放诞：纵放不羁。《西京杂记》："文君姣好……十七而寡，为人放诞风流，故悦长卿（司马相如）之才而越礼焉。"按《史记》记卓文君事，然未有"放诞"之词。

[8] 闲情：陶渊明作有《闲情赋》。

[9] 掷心卖眼：李白《越女词》之二："卖眼掷春心，折花调行客。"

[10] 意远态浓：杜甫《丽人行》："态浓意远淑且真，肌理细腻骨肉匀。"

[11] 岷觞渐滥：比喻思路如江河一样渐渐拓广。《荀子·子道》："昔者江出于岷山，其始出也，其源可以滥觞。"后以"滥觞"指事物之起源。

[12] 元微之：唐元稹，字微之。元稹作《会真记》，为后世西厢故事所本。学者考证，《会真记》中张生即元稹，乃其亲历之事。

[13] 数本：指金董解元《西厢记诸宫调》、元王实甫《西厢记》、明陆天池及李日华《南西厢》等。

[14] 生首：以张生为首先出场之人物。

[15] 郑：郑恒，崔莺莺幼时所许嫁者。 莺：崔莺莺。

[16] 天姥：指老夫人。

[17] 涂山之歌：相传夏禹三十未娶，在涂山遇九尾白狐，涂山之人作歌，禹因娶涂山女。此指《西厢记》中"听琴"的情节。 子夜之造：指《西厢记》中崔莺莺夜间到张生处幽会。

[18] 老阴少阴：指老妇少女，即老夫人和崔莺莺。 耦：通"偶"。

[19] 不情：不合情理。

[20] 起于佛殿：指张生和崔莺莺在佛殿相逢。

[21] 终于草桥：指张生和崔莺莺被迫分别后，张生在草桥梦中与崔莺莺相会（按明人以为《西厢记》以《草桥惊梦》为结束，其第五本大团圆结局为关汉卿所续）。

【评析】

对《西厢记》这样通俗的戏曲作品给予极高的评价，是其见识卓越处。文笔跳荡超逸，体现了作者奔放恣肆的文风。

十错认春灯谜记序[1]

临川清远道人自泥天灶[2]，取日膏月汁，烘烤五色之霞，绝不肯俯齐州抡烟片点[3]，于是"四梦"熟而脍炙四天之下，四天之下遂竞与传其薪而乞其火，递相梦梦，凌夷至胡柴白棍窜塞眯哭其中[4]，竟不以影质溺，则亦大可咍矣[5]。

道人去廿馀年，而皖有眉隐山樵出，蚤慧蚤髦复蚤贵，肺肝锦洞，灵识犀通，奥简遍探，大书独括，曾以文魁发燥，表压会场，奉使极旗亭邮道之踪，补衮盖山龙谷藻之美，著作建明，别有颠尾。时命偶谬，丁遇人疴，触忌遭訾[6]，渭泾倒置[7]。遂放意归田，白眼寄傲[8]，只于桃花扇影之下顾曲辨挝[9]。一日，拍案大叫，以为天下事有何经正，万车载鬼[10]，悉黎丘耳[11]。乃不谱旧闻，妄舒臆舌，划雷晴里，布架空中，甫阅月而《春灯谜记》就，亦不减击钵之敏矣[12]。中有"十错认"，自君臣父子兄弟夫妇朋友，以至伦物上下，无不认也，无不错也。文笋斗缝，巧轴转关，石破天来，峰穷境出。拟事既以赡贴，集唐若出前缘[13]。为予监优两夕[14]，千人万人，俱大欢喜。或痴其神，或悸其魄，或颤其首，或迸其泪。真有此学官之儿，真有此安抚之女，夺舍离魂，飞头易面，亦可谓偃师般倕之最狡极侩者矣[15]。然予断之，两言而止：天下无可认真，而惟情可认真；天下无有当错，而惟文章不可不错。情可认真，此相如、孟光之所以一打而中也[16]；文章不可不错，则山樵花笔之所以参伍而缩也。"作《易》者其有忧心乎[17]？"山樵之铸错也，续道人之残梦也。梦严出世，错宽出世，至梦与错交行于世，以为世固当然，而天下事岂可问哉！

【注释】

[1]《十错认春灯谜记》：明阮大铖撰。阮大铖，字集之，号圆海，一号石巢，又号百子山樵、眉隐山樵，安徽怀宁人。万历四十四年（1616）进士，天启时任吏科都给事中，后以附魏忠贤，名列逆案，终崇祯一朝，废斥十七年。福王立，附马士英同领朝政，官至兵部尚书，专事报复复社君子。清兵渡江，投降，旋又欲为唐王内应，事泄投崖死，年六十。阮大铖人品为人所唾弃，但在戏曲创作上颇有成就。《十错认春灯谜记》是其代表作之一，剧写宇文彦兄弟与韦影娘姐妹遇合至成婚事。因以宇文彦与韦影娘元宵夜巧遇，共猜灯谜为线索，故名《春灯谜》；中经十次错认始成夫妇，故又称《十错认》。剧作于崇祯时，其意欲东林党人怜己之错而恕之。

[2]临川清远道人：明代戏曲作家汤显祖，号清远道人，江西临川人。所作《紫钗记》《牡丹亭》《南柯记》《邯郸记》，世称"临川四梦"，是戏曲作品中的不朽之作。

[3]"绝不"句：唐李贺《梦天》："遥望齐州九点烟，一泓海水杯中泻。"

[4]凌夷：由盛到衰。

[5]哈：嗤笑。

[6]愆（qiān）：古"愆"字，罪过，过失。

[7]渭泾倒置：谓清浊颠倒。阮大铖因是魏忠贤"阉党"中人，为东林、复社诸君子所不齿。王思任在此为其不平，乃一时意气之言。

[8]白眼寄傲：阮籍能为青白眼，见俗人以白眼相对，嵇康来访，则以青眼相视。见《晋书·阮籍传》。

[9]桃花扇：歌扇。宋晏几道《鹧鸪天》词："舞低杨柳楼心月，歌尽桃花扇底风。" 顾曲辨挝：指精研音乐。 挝：敲击。

[10]万车载鬼：《易·睽》："见豕负涂，载鬼一车。"

[11]黎丘：《吕氏春秋·疑似》言：黎丘有鬼，喜效人子弟之状以惑人。一丈人醉，遇此鬼效其子之状于途，归而诘其子，其子辩无其事。他日路遇其子，误为鬼，拔剑而杀之。

[12]击钵：《南史·王僧孺传》载：齐竟陵王萧子良召集文士作

诗，萧文琰、丘令楷等以击铜钵限时，响声停则诗成。后用以形容文思敏捷。

[13] 集唐：明清传奇中每出的下场诗多集唐人诗句，称为"集唐"。

[14] 优：优伶，演员。

[15] 偃师：周穆王时的巧匠，制木人，能歌善舞。见《列子·汤问》。　般：公输般，即鲁班，春秋时巧匠。　倕：尧时巧匠。

[16] 相如：司马相如。　孟光：东汉梁鸿之妻。

[17] "作《易》"句：见《易·系辞》。

【评析】

阮大铖是明代汤显祖之后最有才气的戏曲作家，然而有才无行，堕落为阉党，成为士林败类。王思任此文因爱其才而为之辩解，言词偏颇，实属不当。王思任的个性属于狂狷一类，此文甘冒世人之大不韪，即体现了这种个性，与其在《脚板赞》中自称"不曾入东林、魏党之门，乞食墙间，沽名井上"的态度是一致的。

批点玉茗堂牡丹亭词叙[1]

火可画，风不可描；冰可镂，空不可斡[2]。盖神君气母[3]，别有追似之手，庸工不与耳。古今高才，莫高于《易》。易者，象也；象也者，像也。其次则五经递广之。此外能言其所像，人亦不多。左丘明、宋玉、蒙庄、司马子长、陶渊明、老杜、大苏、罗贯中、王实甫[4]，我明王元美、徐文长、汤若士而已[5]。

若士时文既绝，古文词、诗歌、尺牍，玄贵浩鲜，妙处夥颐[6]。然禀胎江右，开乳六朝，颓糟粉肉，响屟板袙之意，时或有之。至其传奇，灵动散活尖酸，史因子用，元以古行，笔笔风来，层层空到。即若士自谓："一生四梦，得意处惟在《牡丹》。"情深一叙[7]，读未三行，人已魂销肌栗。而安顿出字[8]，亦自确妙不易。其款置数人，笑者真笑，笑即有声；啼者真啼，啼即有泪；叹者真叹，叹即有气。杜丽娘之妖也[9]，柳梦梅之痴也[10]，老夫人之软也[11]，杜安抚之古执也[12]，陈最良之雾也[13]，春香之贼牢也[14]，无不从筋节窍髓以探其七情生动之微也。杜丽娘隽过言鸟，触似羚羊，月可沉，天可瘦，泉台可瞑，獠牙判发可狎而处，而梅柳二字，一灵咬住，必不肯使劫灰烧失。柳生见鬼见神，痛叫顽纸，满心满意，只要插花。老夫人瞀是血描，肠邻断草，拾得珠还，蔗不陪檗。杜安抚摇头山屹，强笑河清，一味做官，半言难入。陈教授满口塾书，一身襫气[15]，小要便益，大经险怪。春香眨眼即知，锥心必尽，亦文亦史，亦败亦成。如此等人，皆若士玄空中增减枛塑，而以毫锋吹气生活之者也。

然此犹若士之形似也。而其立言神指，《邯郸》，仙也；《南柯》，佛也；《紫钗》，侠也；《牡丹亭》，情也。若士以为情不可以论理，死不足以尽情。百千情事，一死而止，则情莫有深于阿丽者矣。况其感应相与，得《易》之"咸"，从一而终，得《易》之"恒"，则不第情之深，而又为情之至正者。今有形一接而即殉夫以死，骨香名永，用表千秋，安在其无知之性，不本于一时之情也？则杜丽娘之情，正所同也，而深所独也。宜乎若士有取尔也。至其文冶丹融，词珠露合，古今雅俗，泚笔皆佳。沛公殆天授[16]，非人力乎？若夫绰影布桥，食肉带刺，冷哨打世，边鼓挝人，不痛不痒处，皆文人空四海、坟五岳习气所在，不足为若士病也。

往见吾乡文长批其卷首曰[17]："此牛有万夫之禀。"虽为妒语，大觉俯心。而若士曾语卢氏李恒峤云：《四声猿》乃词场飞将[18]，辄为之唱演数通。安得生致文长，自拔其舌！"其相引重如此。予不知音律，第粗以文义测之，虽不能如周公瑾[19]，而犹不至如马子侯[20]，僭加评校，以复两张新汤之请，便即交付一语。若士见改窜牡丹亭词者，失笑一绝："醉汉琼筵风味殊，通仙铁笛海云孤。总饶割就时人景，却愧王维旧雪图。"持此作偈，乞韦驮尊者永镇此亭[21]。天下之宝，当为天下护之也。

【注释】

[1]玉茗堂：汤显祖所居堂名。汤显祖（1550—1616），字义仍，号若士，又号海若，自号清远道人，江西临川人。万历十一年（1583）进士，官礼部主事。因弹劾首辅申时行，贬为雷州徐闻典史，后调浙江遂昌知县，以忤权贵落职。居乡里二十年，病卒。其戏曲创作有《牡丹亭》《邯郸记》《南柯记》《紫钗记》，世称"临川四梦"或"玉茗堂四种"。

[2]斡：旋转。

[3]神君：神灵。 气母：元气的本原。《庄子·大宗师》："夫道，有情有信，无为无形……狶韦氏得之，以挈天地；伏羲氏得之，以袭气母。"

[4]蒙庄：庄子。庄子是宋国蒙地人。 司马子长：司马迁，字子长。 老杜：杜甫。 大苏：苏轼。

[5]王元美：王世贞，字元美。 徐文长：徐渭，字文长。

[6]夥颐：此为很多之意。《史记·陈涉世家》："见殿屋帷帐，客曰：'夥颐！涉之为王沈沈者。'"

[7]情深一叙：指汤显祖《牡丹亭题词》。

[8]出：戏曲中的一回，称为"出"。

[9]杜丽娘：《牡丹亭》中女主角。在梦中与书生柳梦梅幽会，醒后相思而死，然一灵不忘柳梦梅，得以复生，与柳梦梅得谐婚姻。

[10]柳梦梅：《牡丹亭》中男主角。

[11]老夫人：杜丽娘之母。

[12]杜安抚：杜丽娘之父。

[13] 陈最良：杜丽娘的塾师。

[14] 春香：杜丽娘的丫鬟。

[15] 襒：即襏襒，愚蠢不懂事理。

[16] 沛公殆天授：此句是《史记·留侯世家》中张良的话。

[17] 文长：徐渭的字。

[18]《四声猿》：徐渭所作杂剧。

[19] 周公瑾：周瑜字公瑾，精于音乐，即使在酒醉之后，乐曲有误，必能觉知，觉知后回顾奏乐者，故时人谣曰："曲有误，周郎顾。"见《三国志·吴书·周瑜传》。

[20] 马子侯：《广博物志》卷三十三："汉桓帝时有马子侯者，为人颇痴，自谓晓音律。黄门乐人更相嗤诮，子侯不知，名《陌上桑》，反言《凤将雏》，辄摇头欣喜，多赐左右钱帛，无复惭色。"

[21] 韦驮尊者：佛教护法神名。

【评析】

王思任自称"不解音律"，于戏曲之道或有未谙。此文极口称赞《牡丹亭》，但总觉流于虚泛，未中款窍。欲理解《牡丹亭》的深刻内涵，还须读汤显祖《牡丹亭题词》。

蔡汉逸梅花诗序

花事多矣，惟梅花见天地之心。何也？似谓五行为体，一阳禀气，人但知其魁于春首，而不知其父在子先。盖天地之心，从坚凝寒冱之中发而为和，绚烂乃早。故太羹玄酒[1]，惟冻土所唼，而富贵淫软之夫，不许著一梦也。

固陵蔡汉逸称独行高品[2]，家贫力学，灭火更炊，踽踽凉凉，自食其力，而所抄读亦几遍邺架[3]。呼其同咏之友作"枫社",又从吴江冷落处想至孤山,乃于岁暮罄瓶、雪床缩铁之际,织梅花诗三十首,备极楚致。予冯唐起部[4],再镇浔阳[5],泊舟牛渚之下[6],汉逸学袁宏朗诵其作[7]。予听之,以为此心咏,非诗咏也。观大士密秘在色声香味触法[8],梅得此诗而梅心始露焉,得不谓之心咏?时李青莲在采石座上[9],清风白月,共闻此言,古今人不甚相远,咸曰正尔是。

【注释】

[1] 太羹:上古祭祀时用的肉汁,不加五味调和。 玄酒:上古祭祀用的水。

[2] 固陵:在浙江杭州市萧山区。

[3] 邺架:唐李泌父李承休,藏书二万馀卷,戒子孙书不许出门,有来求读者,别院供馔。见《邺侯家传》。李泌封邺侯。后用"邺架"称人之藏书。

[4] 冯唐起部:谓晚岁任职工部。冯唐,汉代人,文帝时为中郎署长,景帝时免职,武帝初举贤良,已九十馀岁,不能复为官。起部,工部的别称。

[5] 浔阳:江西九江。王思任曾任九江备兵使者。

[6] 牛渚:山名,在安徽当涂县西北,其山脚突入长江部分,名采石矶。

[7] 袁宏:东晋人,字彦伯,小字虎。《世说新语·文学》注引《续晋阳秋》:"虎少有逸才,文章绝丽,曾为《咏史诗》,是其风情所寄。少孤而贫,以运租为业。镇西谢尚,时镇牛渚,乘秋佳风月,率尔与左右微服泛江。会虎在运租船中讽咏,声既清会,辞文藻拔,非尚所曾闻,遂往听之,乃遣问讯。答曰:'是袁临汝郎诵诗,即其咏史之作也。'尚佳其率有胜致,即遣邀迎,谈话申旦。自此名誉日茂。"

[8] 观大士:即观音菩萨。 色声香味触法:佛教术语,由眼耳鼻舌身意而产生的六种嗜欲,合称"六尘"。

[9] 李青莲:李白号青莲居士,相传曾在采石矶因酒醉入江捉月而死。

【评析】

行文疏朗俊逸，结尾引李白共语，想象奇绝。

语石居序

前世好僧，因一念堕落，罚宰官；前世好官，因一念堕落，罚作和尚。岂不对待也乎[1]？彭泽县观音阁长老法迦[2]，前世好官也。所著《心经解》，痛快直截，乃以《孟子》解《论语》，不以郭子解庄生也[3]。所作《语石居诗》，大有禅凡权实之趣[4]。

予昔泊舟虎丘山下，凤起，唤友人陆务滋、沈叔贤、书记刘文僮、王端，于将曙时走千人坐上，一苏不到，观其朝气。至点头石[5]，偶推之，三动。四人惊惑，而吾不欲以语人，恐人不诚我。不知人亦石耳，比之于石，犹其顽者。生公说法，千百大众无点头者，石出补点，何足怪也？由此类推，人不堪语，而寒山一片石堪语，可以皮相之乎？吾愿迦公将诗作偈，时对孤阜，救此沦胥，一切哀苦，永无屯难。凡尔风雷龙鬼，江内骈马鱼猪[6]，虾军鳖史，悉来受记，使此诗为结想密教[7]，与准提等[8]，大放便事也[9]。仍乞迦公谢却僧官，使前生今世，算子清楚[10]，更又大放便事。迦公得无受想一笑哉？

【注释】

[1] 对待：对等。

[2] 彭泽县：江西九江市下辖县，位于江西省最北部。

[3] "不以"句：晋郭象窃取向秀之义注《庄子》，传于世。所注以当时流行之玄学解释《庄子》，学者认为不尽符庄子原意。

[4] 权实：佛法有权、实二教，权教为凡夫小乘说法，义取权宜；

实教为大乘菩萨说法，显示真要。隋僧智颉《止观》三下："五明权实者，权是权谋，暂用还废；实是实录，究竟旨归。"

[5] 点头石：虎丘名胜。传说南朝梁僧竺道生（又称"生公"）尝于苏州虎丘寺讲《涅槃经》，人皆不信；后聚石为徒，宣讲至理，石皆点头。见《高僧传》卷七。

[6] 驿马：一种兽，牛尾白身，一角。见《山海经·北山经》。

[7] 结想：念念不忘，反复思念。　密教：大乘佛教后起的一派，唐开元间传入中国。该教仪轨严格复杂，须由上师秘密传授，才能修行。

[8] 准提：佛教菩萨名，密宗列为莲华部六观音之一，其法相作三目十八臂。

[9] 放便事：即方便事。

[10] 算子：计算，盘算。

【评析】

推点头石动一段，可与《再上虎丘记》参看。文中用佛教典故为诗僧作序，自然妥帖，既切合人物身分，又可见作者才力。

东坡养生集序

盈天地间皆生也，蠕动者生，夭乔者亦生[1]，众生之生，与蠕动夭乔者等，盖生而不知其生也。知其生者，首之圣贤，次之豪杰，以为生者短，而不生者长也。是故鸡鸣日出，即料理此生，常恐一失其宝，则不可复得。西昙、东孔、柱下、漆园[2]，以至龙门、栗里、少陵、太白[3]，皆孜孜汲汲，同讲此生者也。

坡老出世，灵夺无前之窍，眼空不坏之轮，散为百东坡，作儒，作仙，作佛，作名臣，作迁客，作游侠，作骚人画师，作文章风流谐谑滑稽之韵士；聚为一东坡，则刻刻作生计耳。无论其参悟济度，功贯三才[4]，解脱明通，道包万有，即最纤之事，饮有饮法，食有食法，睡有睡法，行游消遣有行游消遣之法。土宜调适，不燥不濡；火候守中，亦文亦武。尊其生而养之者，老髯亦无所不用其极矣。是故有嬉笑而无怒骂，有感慨而无哀伤，有疏旷而无逼窄，有把柄而无震荡，有顺受而无逆施。烧猪熟烂，剔齿亦佳；柱杖随投，曳脚俱妙。所谓无入而不自得者也，此之谓能养生。

白下王武工甘贫高寄[5]，博古清真，心碗琉璃，神车碧落，喜读公书，而抡其趣旨者为十二卷，总之曰《养生集》，以行于世。意欲使井观澒处之辈，蠲破其昏，而省省其无涯之欲，皆以有生之一日，乞公少许为乐，不至与蠕动争夕，夭乔论年。此亦老婆心切，有当于坡公者也，不但仁者见之之谓仁，智者见之之谓智也。

【注释】

[1] 夭乔：即"夭矫"，纵恣自如的样子。
[2] 西昙：指释迦牟尼，释迦牟尼姓瞿昙。 东孔：指孔子。 柱下：指老子，老子曾任柱下史。 漆园：指庄子，庄子曾为漆园吏。
[3] 龙门：指司马迁，司马迁生于龙门。 栗里：指陶渊明，陶渊明曾居于栗里。 少陵：指杜甫，杜甫号少陵野老。 太白：李白字太白。
[4] 三才：指天、地、人。
[5] 白下：今江苏南京。

【评析】

从唯圣贤豪杰知养生，阐发至东坡之能养生，立论甚高。文笔雅洁疏落，读之如哀梨火枣，爽人心脾。

知希子诗集序

此晋陵巢必大前辈之诗也[1],称"知希"者,先生自署也。

神庙戊子秋[2],京闱榜放[3],太仓王辰玉领解[4],华亭董玄宰占魁[5],而必大先生以《戴记》夺锦[6]。都人士甚喧得士之盛,而更喧先生为青麟火玉,以婴儿中大科,则尔时先生总角[7],未亲迎也[8]。先生秀目朱吻,状貌小怯,骨见衣表,在张留侯、沈隐侯之间[9]。然天与夙慧,赋鹅咏凤,冲口成章。与予盟社,称两岁之长。拈弄帖括后[10],即赓互韵语[11]。都人士窃笑之,以为少年辈何为是蘦蘦者[12]。而尉氏阮太冲、中牟张林宗见而悦之[13],独谓两生旗鼓正锐,中原七子,未知鹿谁得也[14]。

既而予幸第去[15],先生终吝公车[16]。犹忆庚戌九月[17],分手春明门[18],惨悢不怿,杯酒哽咽,遂成车过腹痛之兆[19]。嗟呼!玉树寻枯,彩云易荡,天乎忌才,犹忌盖代之才,少年贫夭,不特一渊、宪也[20]。山阳笛冷[21],梦寐故人,犹在屋梁落月[22]。而今且以受姓之故,累其家口。天乎忌才,忌之尽毒,则不解其故矣。犹幸胤存[23],公甫能读父书,苕颖藻竖,博赡英流。仳离之后[24],依姊敬亭[25],乃简先生遗集,问言于不佞,则为之序曰:

古人之诗皆情以生文,先题而后诗也;今日之诗则文不符情,有诗而后补之题也。近日诗坏于钟、袁[26],更坏于馆体[27]。托之乎琢炼,而实非彀声[28];自命曰高玄,而终归嚼蜡:此皆求新求异之过也。如先生诗,感叹则悲,敷荣则盛,趣盎爽逸,讽寄微欹,古可置之汉魏[29],律则驾以历元[30]。沧溟所谓"拟议以成变化"者[31],先生有焉。先生意不可一世,每成篇后,止以示余,示后即秘之以付名山[32],垂三十年而兹集始出。其自署曰"知希子",言其不易知也。知希则我贵矣,而终以王生知之,王生弁之[33]。得非寒、拾有缘[34],视生死存亡为幻泡,则知先生者,任一人而足矣。

【注释】

[1] 晋陵：江苏常州。 巢必大：巢士洪,字必大,常州人,万历十六年(1588)举人,号知希子。

[2] 神庙：指明神宗朱翊钧,年号万历。 戊子：万历十六年(1588)。

[3] 京闱：指顺天府(北京所在地)乡试。闱,科举考场。

[4] 太仓：江苏太仓市。 王辰玉：王衡,字辰玉,万历二十九年(1601)进士第二,官编修,负才早卒。 解：解元。

[5] 华亭：松江县(今属上海)。 董玄宰：董其昌,字玄宰,号香光。万历十七年(1589)进士,累官至南京礼部尚书,卒谥文敏。是明代著名书画家。 魁：经魁。明代科举有以五经取士之法,每经各取一名为首,名为经魁。

[6]《戴记》：指《礼记》。汉代戴圣删《礼记》为四十九篇,人称《小戴礼记》,即通行本《礼记》。

[7] 总角：古时男女未成年时束发为两髻,形状如角,故称总角。

[8] 亲迎：指结婚。

[9] 张留侯：汉代张良封留侯。《史记·留侯世家》记张良"状貌如妇人好女"。 沈隐侯：南朝沈约谥隐侯。《梁书·沈约传》："百日数旬,革带常应移孔;以手握臂,率计月小半分。"指多病消瘦。

[10] 帖括：科举应试之文。

[11] 赓互：互相唱和。

[12] 薨薨：象声词。

[13] 尉氏：县名,明清属河南开封府。 阮太冲：阮汉闻,字太冲,浙人,居京师,徙家开封。李自成围开封,阮汉闻组织军民守城,重创李自成军。城破被俘,大骂而死,年七十馀。 中牟：河南中牟县。 张林宗：张民表,字林宗,万历十九年(1591)举人。任侠好客,富于藏书。李自成围开封,黄河水灌城,张民表溺水而死,年

七十三。

[14] 中原七子：指以李攀龙为首的"后七子"。 鹿：《史记·淮阴侯列传》："秦失其鹿，天下共逐之，于是高材急足者先得焉。"

[15] 第：进士及第。

[16] 公车：举人入京赴进士试。

[17] 庚戌：万历三十八年（1610）。

[18] 春明门：唐代首都长安东面有三门，中名春明门，后用以指京都。

[19] 车过腹痛：《三国志·魏武帝纪》建安七年注引《褒赏令》曹操祀桥玄："又承从容约誓之言，殂逝之后，路有经由，不以斗酒只鸡过相沃酹，车过三步，腹痛勿怪。"

[20] 渊宪：指孔子的弟子颜渊和原宪，二人都极为贫寒，颜渊且早夭。

[21] 山阳笛：魏晋之间向秀与嵇康、吕安友善，二人被司马昭所杀害。向秀经其山阳旧居，闻邻人笛声，感怀亡友，于是作《思旧赋》。见《晋书·向秀传》。后因以"山阳笛"为怀念故友之典。

[22] 屋梁落月：杜甫《梦李白》："落月满屋梁，犹疑照颜色。"

[23] 胤：后嗣。

[24] 仳离：离别。

[25] 敬亭：敬亭山，在安徽宣城市北，此指宣城。

[26] 钟袁：指钟惺和袁宏道。

[27] 馆体：馆阁体。

[28] 㝅（kòu）声：新雏孵出时的叫声。㝅，幼鸟。

[29] 古：古风，古体诗。

[30] 律：律诗。 历元：大历和开元。大历是唐代宗的年号，其时诗坛有李益等"大历十才子"。开元是唐玄宗的年号，其时王维、李白、杜甫等大诗人均活跃于诗坛。

[31] 沧溟：李攀龙号沧溟，与王世贞等七人号称明代"后七子"。拟议以成变化：语出《易·系辞》，李攀龙在其《沧溟集·古乐府序》中用来作为自己的创作主张。

[32] 名山：司马迁作《史记》，《自序》谓自成一家之言，"藏之名山，副在京师，俟后世圣人君子"。

[33] 弁：序。

[34] 寒拾：唐诗僧寒山和拾得。寒山大历中隐居天台翠屏山，喜为诗，与国清寺僧拾得友善而齐名。

【评析】

巢必大在万历十六年即中举，其同榜王衡、董其昌皆享大名，而他至万历三十八年仍未能考中进士，郁郁而死。文中所说"受姓之故"，今亦无可考察。名位不彰，遂使事迹湮没无闻，这也是无可奈何的事。

本文追忆往事，感怀逝者，字里行间流露出对亡友深挚的感情，是王思任的佳作之一。文中讥评当代诗病为"求新求异之过"，其实这恰恰是王思任自己诗文的缺陷所在。认识自己是很难的。

本书蒙演序

始予行《及幼草》，略益海内小子弟毫末，自谓腐儒在塾，亦不愧人家茶饭者也。然余昔所幼，幼吾犹子辈[1]，兹年已半百，而吾幼才可九龄，五四三岁耳。一日耕钓之馀，鲁酒斜阳[2]，箕踞搔首[3]。而吾幼扰背膝跳梁跌荡，不知何所闻得，忽请予讲故事。予抚其顶曰："乳窍未醒，天于何壳？地于何葆？果饼祭孔圣人未罢，各怀袖飞走，讲求竹马风鸢、关刀吕戟，汝事毕矣，何事之故也？"其黠者曰："阿爹想亦讲来，我何便不可讲？讲，讲，吾欲啼。"予愕然不能拄其口也。

静言思之，蒙以养正，亦教之孝弟而已矣。大凡儿子不患其不聪明，而患其不仁厚。仁厚之意自父母起，此其生来正脉，易知易从之本也。因检古名人以孝著者若干则，绘为图以歆之[4]，而又仿直解之意，粗注其下，以晓譬之。孝必取孺，孝而不孺者，姑置之；孝必征事，孺而无征者，姑置之；孝必集祥，孺矣征矣，而或值双讳之类[5]，亦且姑置之。或权宜其年岁，或变通其语言，或删略其前后，或浅淡其文义，要以讲一孝子，必不失一孝子之神。神既相通，字亦渐记。使吾幼易知易从，而又公之海内之子弟，以共知共从之。题曰《本书蒙演》，亦犹行《及幼》之道也。

【注释】

[1] 犹子：侄子。

[2] 鲁酒：薄酒。

[3] 箕踞：伸开两腿而坐，是一种不拘礼法的行为。

[4] 歆：喜爱。

[5] 双讳：指为尊者讳，为贤者讳。

【评析】

篇中写小儿求讲故事一段，极为生动有趣，古文中罕见。所云"儿子不患其不聪明，而患其不仁厚"，极是。至于以孝子故事教儿童，犹是腐儒之见。

集唐诗序

君臣曰交，朋友曰交，而夫妇居室，则兼有之。其视手致身也，俨于朝典；其切偲丽泽也[1]，若共窗鸡[2]。此其道甚大，而衾帷之节末矣。情在我辈[3]，其言不公；睹貌相悦[4]，其言不正。吾不能为伪学不情之谈，亦不能持娶妻必貌之语。然而有貌有情，反以为尤物可憎乎？

醉李沈虎臣先生[5]，才士也，笔动风生，唾飞珠落，侠肠绕千丈之虹，勇气呵百尺之练。细君厶侍公年久[6]，□以巾栉，同于待月；实以砚墨，比之他山。鸳瓦忽飘，鸾钗生涩，而先生一恸几绝，三年不言。忽遣适步归，酒酣耳热，取架上唐诗，集为结肠之篇，以写画眉之恨[7]。韵成天若，义会神来，泪翻赠妇悼亡之淫，心撮开元大历之血[8]，投袂而起，万虫哀叫，若恨通幽无术，召魄不灵者，一时痴去。有友唁之："天下岂少美妇人哉？"先生曰："美者自美，吾不知其美也。此妇穷交不鄙遗我，吾未渴而浆至，未饥而餐至，未寒暑而裘葛至，未记诵而书篇竹简至，先得我心之同然，次补我身之未备。我有得意事，不可人语而语之；我有失意事，不可我语而可代我语之。如是者友之云乎？臣之云乎？不必及其貌矣。"此友谢之曰："如是则子诗集唐亦可，集宋亦可，可以群，可以怨矣[9]。"乃言之王子，王子曰：此其诗近道，更近人情，吾橅以叙之[10]。

【注释】

[1] 切偲：切磋勉励。　丽泽：朋友之间讲习切磋。《易·兑》："丽泽兑，君子以朋友讲习。"

[2] 窗鸡：《艺文类聚》卷九一《幽明录》："晋兖州刺史沛国宋处宗尝买得一长鸣鸡，爱养甚至，恒笼著窗间，鸡遂作人语，与处宗谈论，极有言智，终日不辍。"

[3] 情在我辈：《世说新语·伤逝》："王戎丧儿万子，山简往省之，王悲不自胜。简曰：'孩抱中物，何至于此？'王曰：'圣人忘情，最下不及情；情之所钟，正在我辈。'简服其言，更为之恸。"

[4] 睹貌相悦：《战国策·齐策三》："孟尝君舍人有与君夫人相爱者。或以问孟尝君曰：'为君舍人而内与夫人相爱，亦甚不义矣，君其杀之。'君曰：'睹貌而相悦者，人之情也，其掯之勿言也。'"

[5] 醉李：浙江嘉兴。　沈虎臣：沈德符，字景倩，一字虎臣，万历举人，撰有《万历野获编》。

[6] 细君：古时诸侯之妻称小君，也称细君，后为妻的通称。　厶：通"某"。

[7] 画眉：《汉书·张敞传》记京兆尹张敞为妻画眉。后用画眉喻恩爱夫妻。

[8] 开元：唐玄宗年号。　大历：唐代宗年号。玄宗、代宗时代是唐诗最盛时期。

[9] "可以"二句：《论语·阳货》："诗可以兴，可以观，可以群，可以怨。"

[10] 橅：通"摹"。

【评析】

文中叙写沈德符对亡妻的深挚感情，读之令人感动。古人悼亡，鼓盆而歌者有之，如沈德符一般一往情深者少。"情之所钟，正在我辈"，可为沈德符道。

蓬蒿园诗集序

天上有才，人皆迫欲得之；人间有才，天亦迫欲得之。天之势力，远在人上。敢靳而不与乎？"但愿生儿愚且鲁，无灾无难到公卿[1]。"此子瞻谱棘子成之言也[2]。一日庭侍，老泉戏问[3]："汝与我孰愈？"子瞻失色曰："大人何为此言？轼何敢望！"老泉笑曰："弗如也，子之儿不我若。"向使苏迈、苏过各登一品之尊[4]，共享百年之寿，子瞻讵不快甚？然而跨不及灶，徒望烟楼[5]，子瞻之快，当不如老泉之快也。

海盐吴秋圃先生[6]，龙文鹤骨，孤矫千寻。云间兄弟[7]，埙篪迭吹[8]；眉山父子[9]，箕裘益锦[10]。长公接侯[11]，出胎咏凤，弱冠骑鳌，帖括力馀，又著有《蓬蒿园集》。舍子建之华[12]，守仲蔚之约[13]。览其颜园[14]，已自超趯。而所为古诗近体，耕骚佃选[15]，醉历钬元[16]。乐则标脱靴捧砚之锋[17]，苦则参长爪修眉之戒[18]。此开明案前[19]，持橐代玉皇飞青雪之唾、供紫霞之管者，小遗不谨，罚堕人世，累之万日，复又召还。沐浴五浊[20]，清归八素[21]，所谓筋斗一翻，阿含不再者也[22]。父不得而子，秋圃可以释然；友不得而朋，诸兄慎无怛化[23]。且夫石火电光，彭颜共貉[24]，高文奇字，钟鼎盘螭，接侯之所蜕者，不过一囊之血耳。析骨还父，析肉还母，遨游于太清云气间，朝朝暮暮，有此集在，接侯未曾死也。

【注释】

[1] "但愿"二句：苏轼《洗儿》诗句。

[2] 棘子成：春秋卫国大夫。《论语·颜渊》："棘子成曰：'君子质而已矣，何以文为？'"

[3] 老泉：苏轼之父苏洵号老泉。

[4] 苏迈、苏过：苏轼的长子和第三子。

[5] "跨不"二句：谓子不如父。苏轼《东坡全集》卷七十五《答陈季常书》："在定日作《松醪赋》一首，今写寄择（陈季常之子）等，庶以发后生妙思，着鞭一跃，当撞破烟楼也。长子迈作吏颇有父风，二子作诗骚殊胜，咄咄皆有跨灶之兴。"灶上有釜，故以"跨灶"喻子过于父。意谓儿子胜过父亲，如跨灶时撞破烟楼（烟囱）。此处反其意而用之。

[6] 海盐：浙江海盐县。

[7] 云间兄弟：指西晋陆机、陆云兄弟，二陆是云间（今上海松江区）人。

[8] 埙篪：两种古乐器。《诗经·小雅·何人斯》："伯氏吹埙，仲氏

吹篪。"埙、篪声能相和，后用以比喻兄弟亲睦。

[9] 眉山父子：指苏洵、苏轼父子。苏氏是四川眉山县人。

[10] 箕裘：谓子承父业。《礼记·学记》："良冶之子，必学为裘；良弓之子，必学为箕。"

[11] 长公：长子。

[12] 子建：三国魏曹植字子建。

[13] 仲蔚：张仲蔚，东汉人。《高士传》："张仲蔚者，平陵人也。隐身不仕，善属文，好诗赋。常居穷素，所处蓬蒿没人。"

[14] 颜：题额。

[15] 骚：指《离骚》。 选：指《文选》。

[16] 历：大历，唐代宗年号。 元：开元，唐玄宗年号。玄宗、代宗时是唐诗高峰期。

[17] 脱靴捧砚：李白曾乘醉令高力士脱靴、杨贵妃捧砚。见《新唐书·文艺传》。

[18] 长爪修眉：唐诗人李贺相貌长爪修眉，以苦吟早夭。

[19] 开明：传说中古帝名。

[20] 五浊：佛教谓尘世中烦恼痛苦炽盛，充满五种浑浊不净，即劫浊、见浊、烦恼浊、众生浊和命浊。

[21] 八素：道家称其至高的境界。南朝梁陶弘景《周氏冥通记》卷二："八素不为迥，九垓何足巍？"

[22] 阿含：即阿那含，佛教中圣者名，断尽欲界烦恼，未来当生于色界无色界，不再生欲界。

[23] 怛化：《庄子·大宗师》："俄而子来有病，喘喘然将死，其妻子环而泣之。子犁往问之，曰：'叱！避，无怛化。'"意谓不要惊动垂死之人。后因以"怛化"指死亡。

[24] 彭颜共貉：意谓寿夭无别。彭，彭祖，寿八百岁；颜，颜渊，早夭。貉，"一丘之貉"之省。

【评析】

李商隐《李贺小传》云天帝造白玉楼成，召李贺作记，李贺遂仙去。此文仿其意,慰死者于泉下,亦慰生者于尘世。立意造语,均巧妙得体。

李道生五游草序

何以谓之高人?高在数千万仞之上,其最者,蹑星斗,餐霞气,竦身入云中。不得已而思其次,逊乎天之高,而取地之高,以尊其七尺跳梁之始,曰黄帝,方明昌寓佐之[1]。其后为穆天子[2],至卢敖辈[3],不过壤虫已耳。严夫子志九州[4],而向平创起五岳[5],谢灵运制屐[6],宗少文画图[7],孙苏门山啸[8],其人皆欲翘视八荒,尘秽下土。所高不同,厥揆一也。

如皋李道生[9],吾之畏友,其文似孟子、漆园、洛阳年少与龙门太史令[10]。其诗在夔州伯仲间[11],削嶻伏狞,不喜拾人唾花一抹。孝友是其性生,廉介亦为本等。世家中贫子,饱学内肤生,芒鞋靸沓,乱发骚萧,逢着便吃,到处为家,一僮一仆,可行可止。有好书靡不购,有好友靡不交,有好句靡不勒,有好园靡不径入,有好花石靡不赏,有好名姬妙季靡不得其欢心。卑田可狎,玉皇可陪[12],子瞻可笑,安石可嗔[13],吾尝欲定何等以相道生,道生遁至百变而不受相,吾遂无以穷之。《五游草》乃其游之大者,四岳皆躬[14],而华岳以意。然吾读王安道、李于鳞、袁中郎等记[15],似足与目、心与口犹在道学先生欺慊之间[16],反不若孙兴公描写数语[17],天台华顶为之点头,道生以意游者如此,则其躬者为直心白意更可知矣。

吾尝掬惠泉洗双脚板[18],侂之曰:"曾踏万峰之头,不走权门一步。福难消受,祸亦不来。"今之山水辱于□□,苦于跋扈，杂于窜逃。吾等结想，不必强作高人，但作卑人，买山而隐[19]，七尺地尽有受用，岂必以尸为兵解哉[20]？五大名家，业已把臂敦化矣。吾处咫尺金堂石室，其十里锦雾，一嗅皆香，可一棹而取者。恨吾贫，不能出十万钱为友朋赠一庐耳。

【注释】

[1] 方明昌㝢：《庄子·徐无鬼》："黄帝将见大槐乎具茨之山，方明为御，昌㝢参乘。"

[2] 穆天子：即周穆王。《穆天子传》言周穆王乘八骏西行见西王母。

[3] 卢敖：秦时燕人，秦始皇召为博士，使求神仙，卢敖亡而不返。

[4] 严夫子：严忌，西汉会稽吴人。本姓庄，史家避汉明帝（刘庄）讳改为严。善辞赋，与邹阳、枚乘同为梁孝王上客，人称严夫子。

[5] 向平：即向子平，东汉朝歌人。光武帝建武中，子女婚嫁已毕，遂不问家事，出游名山大川，不知所终。

[6] 谢灵运：南朝宋人，曾任永嘉太守，因不得意，便肆意遨游山水。尝制明齿木屐，上山去其前齿，下山去其后齿，人称"谢公屐"。

[7] 宗少文：宗炳，字少文，南朝宋南阳人。隐居不仕，好游山水，工书法绘画。晚年老病，将所历山水绘于室中，曰："老疾俱至，名山恐难遍睹，惟当澄怀观道，卧以游之。"

[8] 孙苏门：孙登，晋代汲郡共（今河南辉县）人。无家室，在苏门山掘土窟以居。夏则编草为裳，冬则披发自覆，人与之语，不应。《晋书·阮籍传》："籍尝于苏门山遇孙登，与商略终古及栖神导气之术，登皆不应，籍因长啸而退。至半岭，闻有声若鸾凤之音，响乎岩谷，乃登之啸也。"

[9] 如皋：江苏如皋市。

[10] 漆园：指庄子，庄子曾为漆园吏。　洛阳年少：指汉代贾谊。贾谊是洛阳人，年少为文帝所重用。　龙门太史令：指司马迁。《史记·太史公自序》："迁生于龙门，耕牧河山之阳。"龙门即陕西韩城龙门山。

[11] 夔州：指杜甫。杜甫晚年漂泊到夔州后，诗艺达到了最高峰。

[12] "卑田"二句：卑田院，也称"悲田园"，收容乞丐的养济院。宋人高文虎《蓼花洲闲录》中说："苏子瞻泛爱天下士，无贤不肖欢如也。尝言：'自上可以陪玉皇大帝，下可以陪悲田园乞儿。'"

[13] 安石：东晋谢安，字安石。

[14] 躬：指亲身游览。

[15] 王安道：王履，字安道，江苏昆山人。工诗文，善绘画，曾游华山，作图四十幅，奇秀绝伦，另有华山游记数篇。明初卒。李于鳞：李攀龙字于鳞，有《太华山记》。 袁中郎：袁宏道字中郎，有《华山记》。

[16] 欺慊：欺骗，嫌疑。

[17] 孙兴公：东晋孙绰字兴公，曾作《天台山赋》。

[18] 惠泉：即惠山泉，在江苏无锡，号称天下第二泉。

[19] 买山而隐：《世说新语·排调》："支道林因人就深公买印山，深公答曰：'未闻巢由买山而隐。'"

[20] 兵解：道家称学道的人死于兵刃为兵解，意谓借兵刃解脱躯体而成仙。

【评析】

写李道生的行事及个性，颇生动。行文疏朗条畅。

李贺诗解序

有明霞秀月之赏，则必有崩云涌雪之惊；有练川楮陆之平[1]，则必有雁荡龙门之怪[2]；有典谟训诰之正[3]，则必有竹坟石鼓之奇[4]；有《论语》《孟子》之显，则必有墨兵蒙宼之幻[5]。穷则定至于变，通则适反其常，此不易之理也。然而变起于智者，又通于智者。三百篇[6]，诗之大常也，一变之而骚[7]，再变之而赋[8]，再变之而选[9]，再变之而乐府，而歌行，又变之而律[10]，而其究也，亦不出三百篇之范围。唐以律取士，犹今日之时文也。人守其韵，世工其体，几于一管之吹。李贺以僻性高才，拗肠盱眼[11]，跳梁其间。其最称笔砚知者，镜深绎隐之韩愈，而所极臧隶视者[12]，明经中第之元祯也[13]。

贺既唾空一世，世亦以贺为蛇魅牛妖，不欲尽掩其才，而借父名以锢之[14]。盖不待涸中之投[15]，而贺之傲忽毒人，将姓氏不容人间世矣。贺既孤愤不遇，而所为呕心之语日益高渺，寓今托古，比物征事，大约言悠悠之辈，何至相嚇乃尔[16]！人命至促，好景尽虚，故以其哀激之思，必作涩晦之调，喜用鬼字、泣字、死字、血字，如此之类，幽冷溪刻，法当夭乏，敖陶孙考之为食露盘也[17]。顾其冥心千古，涉目万书，嘿空绣阁，掷地绝尘，时而蛮吟，时而鹦鹉语，时而作霜鹤唳，时而花肉媚眉，时而冰车铁马，时而宝鼎熇云[18]，时而碧磷划电，阿闪片时[19]，不容方物。其可解者，抱独知之契，其不可解者，甘遁世之闷。即杜牧之接踵最密[20]，犹以为殊不能知也。

扬雄之言曰[21]："子云之后，自有子云。"贺死八百年，而山阴有徐渭者，嗜奇如错[22]，能以叔敖为贺[23]，而亦能以侯芭解贺[24]，然喉间尚咯咯而神未王也[25]。又三十年而曾益出[26]，立贺于旁，推心代口，一一诘之，而一一通之。通其浑沌[27]，如取浴室之风，日凿一窍；通其梦乱，如蚌灰渐发，从本至条，颖颖见顶；通其乖隔，如舌人辩语[28]，九译响应，一说兰阇，而无不笑悦[29]；通其艰险，如危桥耐雪，又如五丁蛮铲蜀嶂[30]，乞天一线，惠人以猿鸟之路；通其利病，如仓公切脉[31]，低徊久之，肺何以浮而肝何以沉；通其谜隐，有山鞠穷乎[32]，曰有，而令壶蛆、老柏涂，不能苦方朔也[33]；通其玄古，则岣嵝之碑倒读[34]，而赤文之龟堕甲矣。盖益灵机刃豁，博记茧抽，八面互观，三长竞用，以蔬视菖蒲[35]，以衫处火浣[36]，神不为贺欺，而才欲出贺上。惟其有之，是以似之，惟其似之，是以通之。即使贺见此书，亦必哑然大笑，自谓深谷之逃影。今而后，诗可以怨者，其变尽出，贺亦了不异人意矣。涔涔之头，得楚太子涩然一汗[37]，而中心痒痒，麻姑为我数抑搔也[38]，真古今痛快事哉！一时纸贵，请自隗始[39]。益字谦，亦越之山阴人。

【注释】

[1] 练：白练。楮：一种树，皮可造纸。此处用以形容陆地平坦。

[2] 雁荡：雁荡山，在浙江乐清市。 龙门：龙门山，在陕西韩城县与山西河津市之间。

[3] 典谟训诰：指《尚书》中的《尧典》《大禹谟》《汤诰》《伊训》诸篇。

[4] 竹坟：晋太康二年，汲郡一个名叫不准的人盗发魏襄王墓（或言安釐王冢），得竹书数十车。 石鼓：唐初在天兴三畤原出土十块鼓形石，上刻籀文四言诗，相传为周宣王时所制。

[5] 墨兵：《墨子·公输般》记墨子与公输般比试攻城的兵器而获胜。 蒙寇：蒙指庄子，庄子是蒙地人；寇指列御寇。《庄子·逍遥游》："列子御风而行，泠然善也。"

[6] 三百篇：指《诗经》。

[7] 骚：《离骚》，此指骚体诗。

[8] 赋：汉代大赋。

[9] 选：指《昭明文选》中所收诗歌。

[10] 律：律诗，指近体诗。

[11] 盰（gàn）：张目。

[12] 臧隶：仆役。

[13] 明经：唐代取士有明经、进士二科，明经为人所轻视。 元稹：即元稹，李贺同时代诗人，以明经制策入仕。

[14]"而借"句：李贺父名"晋肃"，妒忌李贺者言"晋"与"进"同音，故李贺应避父讳而不得举进士，李贺因此而未能参加进士考试。

[15]溷中之投：《徐氏笔精》卷六："《东观馀论》云：李藩尝辑李贺诗歌，所得甚富，闻贺有表兄，与贺笔砚之旧，因示之。其人甚喜，且请借阅。久之不还，李公屡索，乃曰：'素恶贺傲，常思报之，遗文已投溷中久矣。'"

[16]相嚇：《庄子·秋水》："夫鹓鶵，发于南海而飞于北海，非梧桐不止，非练实不食，非醴泉不饮。于是鸱得腐鼠，鹓鶵过之，仰而视之曰：'嚇！'"

[17]敖陶孙：字器之，号臞庵，福清人。南宋韩侂胄用事，朱熹被贬，敖陶孙时游太学，以诗送之；赵汝愚死贬所，以诗哭之。韩侂胄怒捕之，变姓名亡命得免。后登进士，终温陵通判。 杨慎《丹铅录》卷十："敖陶孙器之评诗曰：'……李长吉如武帝食露盘，无补多欲。'"

[18]熇（kǎo）：通"烤"。

[19]阿闪：指闪电闪耀。

[20]杜牧：唐诗人，与李贺友善。

[21]扬雄：字子云，西汉末著名文士。

[22]错：海错，海中珍味。

[23]叔敖：孙叔敖，战国楚国令尹，死后其子贫，优孟穿其衣冠、模仿其行为，与楚王交谈，楚王为其所动，赏赐孙叔敖之子。此指模仿。

[24]侯芭：汉代扬雄的弟子，扬雄死后，为之起坟，守心丧三年。

[25]王：旺。

[26]曾益：明代浙江山阴人，字子谦。

[27]浑沌：参见《刘雪湖梅谱序》注[1]。

[28]舌人：译人。

[29]"一说"二句：《世说新语·政事》："王丞相拜扬州，宾客数百人，并加沾接，人人有悦色，唯有临海一客姓任及数胡人为未洽。公因便还到过任边，云：'君出，临海便无复人。'任大喜悦，因过胡人前，弹指云：'兰阇，兰阇。'群胡同笑，四坐并欢。"兰阇，梵语"王"

的意思，转为尊美他人的敬称。

[30] 五丁：战国秦惠王时蜀国的五个力士，开辟了由秦通蜀的道路。

[31] 仓公：汉初名医。

[32] 山鞠穷：一种药，可治风湿。《左传·宣公十二年》："叔展曰：'有麦麹乎？'曰：'无。''有山鞠穷乎？'曰：'无。'"

[33] "而令"二句：《汉书·东方朔传》载东方朔与郭舍人竞猜隐语。"（郭舍人）即妄为谐语曰：'令壶龃，老柏涂，伊优亚，狋吽牙。何谓也？朔曰：'令者，命也。壶者，所以盛也。龃者，齿不正也。老者，人所敬也。柏者，鬼之廷也。涂者，渐洳径也。伊优亚者，辞未定也。狋吽牙者，两犬争也。'"

[34] 岣嵝碑：也称"禹碑"，后人附会为夏禹治水时所刻，在衡山。凡七十七字，似缪篆，又似符篆。

[35] 菖蒲：草名，生于水边，有香气，根入药。

[36] 火浣：火浣布，即石棉布。

[37] "楚太子"句：汉枚乘《七发》："楚太子涩然汗出，霍然病已。"涩然，出汗的样子。

[38] 麻姑：传说中女仙。《神仙传》言东汉桓帝时，仙人王方平降于蔡经家，召麻姑至。蔡经见麻姑手指纤细如鸟爪，自念："背大痒时，得此爪以爬背，当佳。"

[39] 请自隗始：《战国策·燕策一》载燕昭王厚币招贤者，郭隗对燕昭王说："今王诚欲致士，先从隗始；隗且见事，况贤于隗者乎？岂远千里哉？"

【评析】

王思任奇丽险僻的诗文风格颇受李贺的影响，此文为李贺诗作序，于这种风格更是发挥得淋漓尽致，僻典拗句，层出不穷，而又一气流转，豁然贯通，与《徐文长逸稿序》一样，充分代表了王思任的文风。

徐文长逸稿序 [1]

文章之托生，与人无异，有从天而下者，有从星辰岳渎而降者，有仙佛度世者，有神道转轮者，有龙鬼精怪投胎吐气者。天之文大而近，星辰岳渎之文奥而尊，仙佛之文旨而导，神道之文肃而准，龙鬼精怪之文奇而幻。吾以五经窥之，《易》如天，《书》如星辰岳渎，《诗》《礼》如仙佛，《春秋》如神道。而龙鬼精怪之文，跳梁侁侁[2]，每见于诸子百家。盖此数族，实出一冶，虽带乾坤之驳气[3]，而原夺乾坤之间气[4]，正未易材也。三代以前不可考[5]，吾于短长时寻屈原[6]，寻列御寇[7]；于汉唐下寻王袁[8]，寻扬子云[9]，寻维摩诘[10]，寻李贺，寻韩柳[11]，寻王荆公[12]；于明寻孙太初、桑民怿、卢次楩、王稚钦、天池山人徐渭[13]。

渭之才，更刁悍尖湍，欲据诸公之项而锥其颡。口无旧唾，不少讥呵，目不再览，每多眐放[14]。又性癖洁，阴瘠，不爱钱，贫即鬻自所书画，得饮食便止，终不蓄馀钱。不惧死，甚至感愤狂易，槊耳锤囊，终不死。不喜富贵人，纵飨以上宾，出其死狱，终以对贵人为苦，辄逃去，与不如公荣者饮即快[15]。卒然遭之，科头戟手[16]，鸥眠其几，豕接其盆，老贼呼其名字，饮更大快。一有当意，即衰童、遢妓、屠贩、田伧[17]，操腥熟一盛，螺蟹一提，敲门乞火，叫拍要挟，征诗是诗，征文得文，征字得字。见激韵险目，走笔千言，气如风雨之集。虽有时荣不择茅，金常夹砾，而百琲之珠[18]，连贯沓来，无畏之石，针坚立破。英雄气大，未有敢当文长之横者也。文长意空一世，宁使作我，莫可人知，绝不欲有枕中之授[19]，亦不乐有名山之封[20]，故所著作，随付随佚。

袁中朗从陶周望架上得其《阙篇》等集[21]，一夜狂走，惊呼拜跪，业已梓播人间[22]。而张文恭父子雅与文长游好[23]，闻见既多，笔札饶办。其孙宗子箕裘博雅[24]，又广搜之，得逸稿，分类如干卷。读其文，似厌薄五侯之鲭[25]，独存蔬笋之味。又如着短后之衣[26]，缒险一路，杀讫而罢。读其诗，点法、倒法、脱法、藏法，漉趣织神，每在人意中，攮脆争可，巧进口头，必不能出者，而文长一语喝下，题事了然。读其四六[27]，在黛眉淡骨之间。读其隐字、对偶诸技，以天成者佳，以人胜者逊，通方言者佳，以越语者逊。总之，灵异立成，爪发皆蠢，予断以龙鬼精怪之文，起文长而署之，应以牍受，为我楚舞，饮八斗而醉二参也。

是集也，经予雠阅者什三[28]，予有搏虎之思[29]，止录其神光威洏[30]，欲严文长以爱文长。而宗子有存羊之意[31]，不遗其皮毛齿角，欲仍文长以还文长。谋不同而道自合，海内愿沽者众，其必有以处兹玉也矣。

【注释】

[1] 徐文长：即徐渭。
[2] 跳梁：跳跃。 侁侁：众多的样子。
[3] 驳气：驳杂不纯之气。
[4] 间气：《春秋演孔图》："正气为帝，间气为臣。"古谓帝王臣民各受五行之气以生，正气各主一气，而间气不主一气。
[5] 三代：指夏、商、周三代。
[6] 短长：指战国。战国时纵横游说之术又称短长术。
[7] 列御寇：战国时郑人，相传著有《列子》一书。

[8] 王裒：晋营陵人，字伟元，博学多能。父为司马昭所杀，终身不西向坐，示不臣晋。隐居教书，征辟皆不就。洛阳陷落，亲族皆移居江东，王裒恋乡土不去，为贼所害。

[9] 扬子云：西汉末扬雄，字子云。

[10] 维摩诘：唐代王维，字摩诘。

[11] 韩柳：韩愈和柳宗元。

[12] 王荆公：王安石封荆国公。

[13] 孙太初：孙一元，字太初。曾辞家入太白山，因自号太白山人。善为诗，携铁笛遍游名胜。正德间居浙江乌程，与刘麟、龙霓等结社唱和，称"苕溪五隐"。　桑民怿：桑悦，字民怿，江苏常熟人，成化举人，迁柳州府通判，丁外艰归，遂不出，为人怪妄，敢为大言以欺人。　卢次楩：卢柟，字次楩，一字少楩，濬县人。以赀为国学生，博闻强记，以骚赋著名。负才忤县令，县令诬以杀人，榜掠论死。陆光祖代为县令，为之平反。后遍游吴越之间，落魄病酒而卒。　王稚钦：王廷陈，字稚钦，黄冈人。正德进士，选翰林庶吉士。因谏武宗南巡，被黜知裕州，失职放废，削秩归。闲居二十年，嗜酒狎妓，狂放不羁。　天池山人：徐渭的号。

[14] 盱放：疏略放达。

[15] 不如公荣者：《世说新语·任诞》："刘公荣与人饮酒，杂秽非类。人或讥之，答曰：'胜公荣者，不可不与饮；不如公荣者，亦不可不与饮；是公荣辈者，又不可不与饮。'故终日共饮而醉。"

[16] 科头：不戴帽子。　戟手：用食指和中指指点，形如戟。

[17] 田佁：种田的奴仆。佁，奴隶。

[18] 琲（bèi）：贯珠。

[19] 枕中之授：指秘不示人。《汉书·刘向传》："上（宣帝）复兴神仙方术之事，而淮南有枕中《鸿宝》《苑秘书》。书言神仙使鬼物为金之术，及邹衍重道延命方，世人莫见。"颜师古注："《鸿宝》《苑秘书》，并道术篇名。藏在枕中，言常存录之不漏泄也。"

[20] 名山之封：指文章传于后世。《史记·太史公自序》："藏之名山，副在京师，俟后世圣人君子。"

[21] 袁中郎：袁宏道字中郎。　陶周望：陶望龄字周望，会稽人，万历十七年（1589）进士第三，授翰林编修，官至国子祭酒。

[22] 梓播：指刻板印刷。

[23] 张文恭：张元忭，浙江山阴人，隆庆进士，官至翰林侍读，卒谥文恭。

[24] 宗子：张岱，字宗子。　箕裘：谓继承祖业。《礼记·学记》："良冶之子，必学为裘；良弓之子，必学为箕。"

[25] 五侯鲭：《西京杂记》卷二："娄护丰辩，传食五侯间，各得其欢心，竞致奇膳，护乃合以为鲭，世称五侯鲭，以为奇味焉。"五侯，即汉成帝同日所封母舅王谭、王商、王立、王根、王逢时五人。鲭，鱼和肉合烹成的食物。

[26] 短后之衣：衣服的后幅较短，便于活动。多指戎服。

[27] 四六：骈体文。

[28] 雠：校勘。

[29] 搏虎之思：指知止之心。《孟子·尽心下》："晋人有冯妇者，善搏虎，卒为善。士则之。野有众逐虎。虎负嵎，莫之敢撄。望见冯妇，趋而迎之，冯妇攘臂下车。众皆悦之，其为士者笑之。"赵岐注："其士之党笑其不知止也。"

[30] 沛：汁。

[31] 存羊：《论语·八佾》："子贡欲去告朔之饩羊，子曰：'赐也，尔爱其羊，我爱其礼。'"谓存羊以保留古礼，不忍心其废弛。

【评析】

徐渭是明代艺坛的奇才，人奇事亦奇。他以布衣入胡宗宪幕，深得胡宗宪赏识，胡宗宪失势后发狂，自虐杀妻。《明史》本传载："渭知兵，好奇计，宗宪擒徐海，诱王直，皆预其谋。借宗宪势，颇横。及宗宪下狱，渭惧祸，遂发狂，引巨锥剚耳，深数寸，又以椎碎肾囊，皆不死。已，又击杀继妻，论死系狱，里人张元忭力救得免。乃游金陵，抵宣、辽，纵观诸边阨塞，善李成梁诸子。入京师，主元忭。元忭导以礼法，渭不能从，久之怒而去。后元忭卒，白衣往吊，抚棺恸哭，不告姓名去。"这些在本文中都被提及，可以对看。

徐渭文集在万历中叶已经湮没不彰，万历二十五年（1597）袁宏道游越，在山阴陶望龄家发现其部分诗文，大力揄扬，并怂恿当地官员刻板印行，徐渭之名遂大显于世。袁宏道并作有《徐文长传》，叙其事甚悉，兹录之如下以资参考：

> 余一夕坐陶太史楼，随意抽架上书，得《阙编》诗一帙，恶楮毛书，烟煤败黑，微有字形。稍就灯间读之，读未数首，不觉惊跃，急呼周望："《阙编》何人作者？今邪古邪？"周望曰："此余乡徐文长先生书也。"两人跃起，灯影下读复叫，叫复读，童仆睡者皆惊起。盖不佞生三十年，而始知海内有文长先生。噫，是何相识之晚也！因以所闻于越人者，略为次第，为《徐文长传》。
>
> 徐渭，字文长，为山阴诸生，声名籍甚。薛公蕙校越时，奇其才，有国士之目。然数奇，屡试辄蹶。中丞胡公宗宪闻之，客诸幕。文长每见，则葛衣乌巾，纵谈天下事，胡公大喜。是时，公督数边兵，威振东南，介胄之士，膝语蛇行，不敢举头，而文长以部下一诸生傲之，议者方之刘真长、杜少陵云。会得白鹿，属文长作表。表上，永陵喜。公以是益奇之，一切疏记，皆出其手。文长自负才略，好奇计，谈兵多中，视一世士无可当意者，然竟不偶。文长既已不得志于有司，遂乃放浪曲糵，恣情山水。走齐鲁燕赵之地，穷览朔漠。其所见山奔海立、沙起云行、风鸣树偃、幽谷大都、人物鱼鸟，一切可惊可愕之状，一一皆达之于诗。其胸中又有勃然不可磨灭之气，英雄失路、托足无门之悲，故其为诗，如嗔如笑，如水鸣峡，如种出土，如寡妇之夜哭、羁人之寒起。虽其体格时有卑者，然匠心独出，有王者气，非彼巾帼而事人者所敢望也。文有卓识，气沉而法严，不以模拟损才，不以议论伤格，韩、曾之流亚也。文长既雅不与时调合，当时所谓骚坛主盟者，文长皆叱而奴之，故其名不出于越，悲夫！喜作书，笔意奔放如其诗，苍劲中姿媚跃出，欧阳公所谓"妖韶女老，自有馀态"者也。间以其馀，旁溢为花鸟，皆超逸有致。卒以疑

杀其继室，下狱论死。张太史元汴力解，乃得出。晚年愤益深，伴狂益甚，显者至门，或拒不纳。时携钱至酒肆，呼下隶与饮。或自持斧击破其头，血流被面，头骨皆折，揉之有声。或以利锥锥其两耳，深入寸馀，竟不得死。周望言："晚岁诗文益奇。无刻本，集藏于家。"余同年有官越者，托以抄录，今未至。余所见者，《徐文长集》《阙编》二种而已。然文长竟以不得志于时，抱愤而卒。

石公曰：先生数奇不已，遂为狂疾；狂疾不已，遂为圄圉。古今文人，牢骚困苦，未有若先生者也。虽然，胡公间世豪杰，永陵英主，幕中礼数异等，是胡公知有先生矣；表上，人主悦，是人主知有先生矣。独身未贵耳。先生诗文崛起，一扫近代芜秽之习，百世而下，自有定论，胡为不遇哉？梅客生尝寄余书曰："文长，吾老友。病奇于人，人奇于诗。"余谓文长无之而不奇者也，无之而不奇，斯无之而不奇也，悲夫！

王思任此文是为张岱所辑《徐文长逸稿》所作的序，张岱后来曾言及此事："文长之文前有《三集》，司簸扬之任者则陶石篑、谢宛委，宛委漫作芟除，留七漏三。后有《逸稿》，操淘汰之权者则家大父、王谑庵，谑庵狠加删削，在十去八。余年才十七，少不更事，因搜罗之艰，方欲夸多斗靡，不肯轻弃。故谑庵序曰：'予有搏虎之思，止录其神光威沛，欲严文长以爱文长；宗子有存羊之意，不遗其皮毛齿角，欲仍文长以还文长。'此言深中余病，使当时用谑庵之言，并前三集句栉字沐，既事簸扬，复加淘汰，俾成全璧，以示后人，洵属美举。乃小子何知，悉取文长称觞诔墓之文，不分妍丑，尽付剞劂。盖余初意实欲尽发文长之长，而不知反揭文长之短。事后思之，悔无及矣。"（息耕堂抄本《徐文长佚草》卷首）保留全集还是精选佳作是一个艰难的选择，但在今天看来，前者应该更有意义，因为它呈现的是古人不加修饰的本来面目。

游唤序[1]

天地定位，山泽通气[2]，事毕矣，而又必生人，以充塞往来其间。则人也者，大天、大地、大山、大水之所托以恒不朽者也。人有两目，不第谓其昼视日，夜视月也；又赋之两足，亦不第欲其走街衢田陌，上长安道已也。瓦一压而人之识低，城一规而人之魄狭。天之下三山六水，土处一焉。一土之中，蠕蠕攘动，以尽其疆场，是恶能破蜂之房而出蚁之穴耶！

台荡诸山[3]，乃吾乡几案间物，今年始得看尽。归以语人，疑信相半，彼其眼足，在胸中自立一隔扇耳。司马子长聪明绝世，犹曰无昆仑[4]。刘梦得初见太华，以为奇尽，后识九子，而悔其言之失[5]。贤者如此，是安可以责蠕蠕攘动之百姓乎？夫天地之精华，未生贤者，先生山水。故其造名山大川也，英思巧韵，不知费几炉冶，而但为野仙山鬼蛟龙虎豹之所啸据，或不平而争之，非樵牧则缁黄耳[6]。而所谓贤者，方如儿女子守闺阃，不敢空阔一步。是蜂蚁也，尚不若鱼鸟，不几于负天地之生而羞山川之好耶！病老将至，秉烛犹迟[7]。郄诜言山行一度，洗尽五年尘土肠胃[8]。吾欲七千由旬中[9]，贤者共识其大，无被尘土竟埋其眼足也，作《游唤》。

【注释】

[1]《游唤》：王思任所作游记集。万历三十八年（1610），王思任出游浙东天台山、雁荡山一带，作此集。本书所收《东山》至《小洋》诸篇，均出自该集。

[2]"天地"二句：语出《周易·说卦》。

[3]台荡：天台山和雁荡山。

[4]"司马"二句：司马迁字子长，其《史记·大宛列传》云："《禹

本纪》言:'河出昆仑,昆仑其高二千五百馀里,日月所相避隐为光明也,其上有醴泉、瑶池。'今自张骞使大夏之后也,穷河源,恶睹本纪所谓昆仑者乎?"

[5]"刘梦得"数句:唐诗人刘禹锡,字梦得,其《九华山歌》序云:"昔予仰太华,以为此外无奇;爱女几荆山,以为此外无秀。及今年见九华,始悼前言之容易也。"九子,即九华山。

[6]缁黄:指和尚和道士。

[7]秉烛:《古诗十九首》:"生年不满百,常怀千岁忧。昼短苦夜长,何不秉烛游?"

[8]郤诜:西晋人,字广基。泰始中以贤良对策上第,累迁雍州刺史。《古今事文类聚》前集卷十四:"郤诜数月山行,喜闻樵语牧唱,洗尽五年尘土肠胃,欣然登崖临水,久之而去。"

[9]由旬:古代印度计长度的单位,指军行一日的行程,或言四十里,或言三十里,或言十六里。

【评析】

陆云龙云:山以人名,目因山廓,游固不可少。第无子长,山亦不能效之灵耳。若先生诸记,大有造于山矣。(《皇明十六家小品》)

律陶序[1]

少贫,攻举业,居长安肥锦之冲[2],解腹探肠,缕缕浓热。忽从友人所见靖节先生集[3],持向西山松风下读之,寒胎凤契,不觉雪洽冰欢。嗣后觍颜三仕为令,颇遭呵骂。归作蠹鱼[4],检先生集,童子赞叹,朱墨犹丹,又不觉血潮之湃于首也。老坡高节万仞[5],文章不许人傍只字,犹时时抄写《归去来辞》。盖先生齿颊之馀,不第芬清可剔,其朝闻夕死之悟[6],言言圣谛,可以澹生，可以飨日，可以解劳，可以驱怖。了得此一大事，乃贯顶海音，不容思议，故足述也。

予既日述先生诗，园居之暇，偶尔咏事，或有追思，戏以先生诗作律，而即以律律先生律者，先生之所攒眉也，而见此律，则必当眉开十丈，笑谓是子也善盗。若大坡以为尔恒此文葆何难，则有答：譬之弈棋，得先手者便高。如髯翁五言十首，炙《归去辞》为文胜[7]，亦又何难矣，老坡又将佞我乎哉？

【注释】

[1]《律陶》：王思任诗集之一，皆五律，集陶渊明诗句。
[2]长安：代指京都，即北京。
[3]靖节先生：陶渊明的谥号。
[4]蠹鱼：蛀食书籍的虫，此指埋头读书。
[5]老坡：即苏轼，苏轼号东坡居士。
[6]朝闻夕死：《论语·里仁》："朝闻道，夕死可矣。"
[7]"如髯"二句：苏轼有《归去来集字》十首，俱五言，集《归去来辞》中字为之。髯翁指苏轼，苏轼多髯。

【评析】

《律陶》是王思任的一部诗集，集陶渊明诗句而为五律，极具巧思，与苏轼的《归去来集字》属同一类型。本序亦引苏轼为陪衬，自许颇高。

茵花馆诗序

惟明者信，惟清者贵，此相因之理也。月之易欢也，秋之易感也，皆其心之清明而无以饰之为也。饰欢者不愉，饰感者不惨，无论疑信，即笑哭之中，贵贱远矣。渊明一葛巾，其所为诗，冲口而出，不须修斧裁幅，而坡老以为极腴极绮，自曹、刘、鲍、谢、李、杜诸人，尽出其下[1]。坡老作诗一生，未尝有所专拟，独至渊明诗，一字一句，皆可以手扪得，而拟之和之，不啻如云璈帝鼓然[2]，即卯君亦谓乃兄《咏陶》之后[3]，诗学大进。是不惟好其诗也，洵好其人也哉！信之则贵之矣。

里中祝金阳先生，岸洁矜奋，古正不阿，通颖博闻，目镂心入，杯酒之间，偶及一事，则颠末异同，姓名乡里，具无谬误，盖应奉、陆绩之流也[4]。曾令名邑，典大州，稍不当意，掀髯而归。清风两袖，永日一卷，借竹于邻，席花于榭，弈啸自适，绝不口家人生业。暇则短咏长吟，不拘体，不泥法，不蹈古，不逐今，以自发其性情之蕴，而成其为金阳先生之诗，然而格韵稜嶒，神机疏洒，自然有建安大历之致[5]。其才本高，而学识又足以济之，三长不独兼史也[6]。然余之所以心严先生者，更谓其识在人外。渊明令浔阳，一掷五斗米[7]，终身腰竖。东坡在颖州，读《元载传》以八百斛胡椒壑躯抵鹊，益叹栗里之高，而作诗以美之[8]。先生前令浔阳，继知颖州，何所符之巧也！然渊明之诗，晦翁犹谓其带性负气[9]，而杜老亦谑其子挂怀抱[10]。先生出处和平，遨游都雅，杂之俗生后辈之伍，绝无凌厉矫亢之心。每溷乃公，数鲜出酒[11]，陆贾兄弟、太丘父子不言[12]，而孝弟仁让之风，穆然销人鄙吝。是先生之胸襟，尘情客气[13]，毫无沾染，更有高于柴桑者[14]，宜其声之亮以清也。先生诗出，自有能贵先生而信先生者，至于和之、拟之，仆之沉沦，正苦望而血恶[15]，而岂其和之、拟之之人也耶！

【注释】

[1]"而坡"三句：苏轼与其弟苏辙书："吾于诗人，无所甚好，独好渊明之诗。渊明作诗不多，然其诗质而实绮，癯而实腴，自曹、刘、鲍、谢、李、杜诸人，皆莫及也。"见《东坡续集》卷三。

[2]云璈：乐器名。《汉武帝内传》："上元夫人自弹云林之璈，鸣弦骇调，清音灵朗，玄风四发。" 帝鼓：指天帝之乐。

[3]卯君：指苏辙，苏辙生于己卯年，故称。

[4]应奉：东汉汝南南顿人，字世叔。博闻强记。累官武陵太守，延熹中为司隶校尉，党锢之祸起，借病辞官。 陆绩：三国吴吴郡人，字公纪。博学多识。官至郁林太守。

[5]建安：汉献帝年号，196—220年。当时诗坛有曹操、曹丕、曹植父子及"建安七子"，后世以"建安风骨"概括这一时期的诗风。 大历：唐代宗年号，766—779年，当时诗坛有李益等"大历十才子"。

[6]三长：唐代史学家刘知几认为写历史必须具备三长，即才、学、识。

[7]"一掷"句：《宋书·陶潜传》载，陶渊明任彭泽县令，督邮到县巡视，渊明说："我不能为五斗米折腰向乡里小儿。"遂弃官去。

[8]"东坡"数句：《东坡全集》卷十九《欧阳叔弼见访诵渊明事叹其绝识叔弼既去感慨不已而赋此诗》："渊明求县令，本缘食不足。束带向督邮，小屈未为辱。翻然赋归去，岂不念穷独。重以五斗米，折腰营口腹。云何元相国，万钟不满欲。胡椒铢两多，安用八百斛。以此杀其身，何啻抵鹊玉。往者不可悔，吾其反自烛。"元载，唐代宗时为宰相，赐死，籍其家，胡椒有八百斛。抵鹊，《盐铁论》云"南越以孔雀珥门户，昆山之旁以玉抵鸟鹊"。栗里，陶渊明所居之地，此指陶渊明。

[9]晦翁：朱熹号晦翁。《朱子语类》卷一四〇："陶却是有力，但语健而意闲。隐者多是带性负气之人为之，陶欲有为而不能者也，又好名。"

[10]"而杜"句：杜甫《遣兴五首》："陶潜避俗翁，未必能达道。观其著诗集，颇亦恨枯槁。达生岂是足，默识盖不早。有子贤与愚，

何其挂怀抱。"

[11]"每溷"二句:《史记·郦生陆贾列传》:"陆生常安车驷马,从歌舞鼓琴瑟侍者十人,宝剑直百金,谓其子曰:'与汝约:过汝,汝给吾人马酒食,极欲,十日而更。所死家,得宝剑车骑侍从者。一岁中往来过他客,率不过再三过,数见不鲜。无久溷公为也。'"溷:同"恩",厌烦。

[12]陆贾:汉初辩士,事见《史记·郦生陆贾列传》。陆贾父子事见上注。 太丘:东汉陈寔,桓帝时任太丘长。以平正闻名乡里。其子陈纪、陈谌,并有高名。

[13]客气:谓言行虚矫,并非出自真诚。

[14]柴桑:指陶渊明,柴桑是陶渊明故里。

[15]恧(nù):惭愧。

【评析】

陆云龙云:绮思隽舌,每一披读,则神钦意远。(《皇明十六家小品》)

纪修苍浦园序

感慈祖父,不如感韵祖父,谷贻尚已[1],然分内事也。广书册,华宅田,忍侠节仁,遗黄金数簏,虑子孙单蒙饿穷耳。夫子孙亦天之所生者,自有口,有目,有禄,有缘,何必当单蒙穷饿也?是故黄金可得,宅田可买,书册可购,朝弋朝获,暮弋暮获,子孙之所能自致者,不甚感祖父也。山水秀妙,区地扼胜,没在伧右[2],心欲有之,则恚曰:祖父不力得区地矣。见山水矣,桐梓拱把,竹树枯癞,俟阴之多,人寿几何,则恚曰:祖父不力如此。而能于代纪之前,心诚求之,使子孙低徊其下，再三欷叹，以为安得老吾老，一觞酬之，此真韵祖父也，而其慈也为甚大。予游赏园林半天下，弇州名甚[3]，云间费甚[4]，布置总佳，我心不快；独快者，永嘉之阳湖，锡山之愚谷，次宁濑水之彭园耳。岂非以其天工世物，愈古愈妙，创不如守，有非人力之所顿雄者耶？

光州刘襄子过我而言曰[5]："予天之中人也，不腆敝壤，处在光黄，界吴邻楚，雨馀山黛如抹，有径一隅，幽菁而邃，山名五龙，长淮带之，苍松老桧数千章，竹万个，花称是，藤萝蛇绾，汀蓼石发，钱菌云芝，都不记岁月，庶几袁北山之江鸥海鹤孕产其间也[6]。王父夕郎[7]，锄而屋之，大父伯仲，又克为之荷薪，佚老者以欢，讲业者以奋，颜之曰'苍浦'，亦既闻于汝南矣[8]。先君子弃藐孤茕，墓槚之役，风雨不吊，入我户庭，既得宁，而后奉遗帚一粪除之也。用是疏潴扶颓，诛茅剪棘，增崇辟隘，或结远公[9]，或摹张绪[10]，或闭子猷[11]，或临摩诘[12]，或一局疏帘，或双柑巧语[13]，或丸药翻书，或扶筇蜡屐。有舟鸂如，有蹇驳如[14]，有酒渑如，有歌管如，庶几哉二三大夫奕世以来之素也！"

王子曰：予闻之长公[15]，汝南风气适宜，鱼米可俯而拾，常有终焉之意。以今所闻，天下之美在中，天中之美又在于苍浦。水光接汉，木气蔽云，赤汗交下，神游身处，百孔千毛，如风布雪。予当从襄子去，愿署扫叶使，安用此数峰青哉！而襄子犹哓哓山阴道上也。文饶之嘱不具论[16]，论其贤者。习数行应制[17]，得意为一高官，守京涸若檀国[18]，还田里稍息，不胜梦寐，托言忧天悯人矣，即日对鸟鱼，不似其车尘骤渤之乐也[19]。或者求问生端，侵扩无已，园日涉而趣少，门屡饰而关多。更有前人之作未工，后主定者为是，松恶其多号[20]，兰怒其当户[21]，祖父力而置诸原，子孙鄙而膏诸斧。由此言之，祖父之求子孙，甚于子孙之求祖父，与其求子孙之贤，不若更求子孙之韵也。襄子还矣，寄语苍浦，既有故园，复有乔木，又有世臣，是刘氏之祖父子孙，代相韵以有成也。昔孙兴公图赋天台[22]，终觉不似，请以是言不为记而为记之，引以俟海内之韵合者，襄子肯诸？

【注释】

[1] 谷诒：《诗经·鲁颂·有駜》："君子有谷，诒（同"贻"）孙子。于胥乐兮。"

[2] 伧：粗鄙之夫。

[3] 弇州：明王世贞号弇州山人，曾在江苏太仓县隆福寺筑弇山园。

[4] 云间：松江县（今上海市松江区）的古称。园名未详。

[5] 光州：古地名，春秋弦、黄、蒋三国地，战国并于楚。在今河南潢川县。

[6] 袁北山：指袁广汉，汉代人。《三辅黄图》："茂陵富民袁广汉于北山下筑园，积沙为洲屿，激水为波涛，致江鸥海鹤，孕雏产彀，延漫林池。"

[7] 王父：祖父。　夕郎：黄门侍郎或给事中的别称。

[8] 汝南：地名，古属豫州，豫州为九州之中，汝南又居豫州之中，故有"天中"之称。即今河南汝南县一带。

[9] 远公：指东晋高僧慧远。曾在庐山与刘遗民等人结"莲社"修行净土。

[10] 张绪：南朝齐时人，字思曼。清简寡欲，风姿清雅，官至国子祭酒。齐武帝植蜀柳于灵和殿前，尝曰："此柳风流可爱，似张绪当年。"

[11] 子猷：东晋王徽之字子猷。《世说新语·简傲》："王子猷尝行过吴中，见一士大夫家极有好竹。主已知子猷当往，乃洒扫施设，在听事坐相待。王肩舆径造竹下，讽啸良久。主已失望，犹冀还当通。

遂直欲出门。主人大不堪，便令左右闭门，不听出。王更以此赏主人，乃留坐尽欢而去。"

[12] 摩诘：唐王维，字摩诘，是著名诗人及书画家。

[13] 双柑：指黄鹂。唐冯贽《云仙杂录》卷二："戴颙春携双柑斗酒，人问何之，曰：'往听黄鹂声。此俗耳针砭，诗肠鼓吹，君知之乎？'"

[14] 蹇：驴。　驳如：毛色相杂的样子。

[15] 长公：指苏轼。苏轼排行居长，故称。

[16] 文饶：唐李德裕，字文饶。所嘱，未详。

[17] 应制：应皇帝之命而作的诗文，此指制艺（科举文字）。

[18] 檀国：檀罗国。唐李公佐《南柯太守传》记淳于棼梦入槐安国，尚公主，任南柯郡太守，与檀罗国交战而败。醒后寻梦中踪迹，方知槐安国与檀罗国为其宅旁槐树与檀树下之蚁穴。

[19] 车尘骡渤：指官场车马奔波。

[20] "松恶"句：秦始皇封禅泰山遇雨，避于松下，因封其松为五大夫。

[21] "兰怒"句：《典略》载曹操杀杨修，曰："芳兰当门，不得不除。"

[22] 孙兴公：东晋孙绰，字兴公，曾作《天台山赋》。

【评析】

刘士鏻云：祖父贻子孙以园，不如贻子孙以德；子孙报祖父以韵，不如报祖父以贤。然其立言则致矣。（《明文霱》）。

江汉文章图序

玄黄分[1]，仪品出，有姓名曰文章者，操持世之权。于是乎仲尼读《易》，至"贲"而为之瞿然[2]，解之曰："文明以止，人文也。观乎人文，以化成天下[3]。"文而系之以人，化成而系之以天下，笃于论文矣。文之大祖，傥亦推仲尼乎！而其所以求文者，雕绘八极，黻藻重玄，未尝寄片吻也。孔文子好学下问[4]，即命之曰"文"，公叔文子与家隶同官[5]，又即命之曰"文"。仲尼，文之祖也，而论文止于此。学者以为仲尼之文如此其明且恕也，而不知其洵严且深也。不满不耻，一念之雅厚耳，而盈宇宙有此念否？文莫大于得人，一念雅厚，则天下之陋，可缘是而饰，故曰仲尼笃于论文也。仲尼不得以其权即化成，而乃敛其斐然者于吾党[6]，吾党之文成，而仲尼之文乃大。门人不喻，以有若之气象当之，曾氏子怫然曰："而何以有若之文文夫子也？夫子之文，皜皜者是江汉所濯也[7]。"今夫江汉亦海也，然而江汉学海者也，抑又善下，善学善下，文孰章焉？岷嶓之波，开神润化，莫先于此。滥觞一源，分驰九道，经过三澨[8]，回礄二别[9]，吞日昏云，勿浼其质，稽天飞云，不污所私，圣人以此洗心者也。至洁之归，名为大素，故曰"皜皜乎不可尚"也。而"贡"之蕴悉于白贲[10]，人文以止矣。

　　黄州周使君来参知吾浙，实以学使者借迁。使君生于江汉之湄，轩颡豁腹，殚意直心，其瑶光宝蕴，不啻吐贝含珠，然绝不为碕岸谲波之行[11]，以求饰于士；而士俱游于恬冲靖貃之圃[12]，精白相承[13]，亦不敢以饰贡。故使君得一文，如聆帝乐，得一士，如抱国球，咏赏之不足，而继以舞蹈，甄拔之不足，而继以葆护，愈容愈广，愈狎愈安。此其纳涓受滴之衷，绝无纤染可以留滞者，浩气独行，隐然江汉浮天际矣。今天子当阳[14]，离明正午[15]，使君执玉领虎拜之班，是将用南国之纪，朝宗于海，以人事君，以文华国，其于化成天下，不既大乎！命之曰"江汉文章"，不虚耳。如徒以寸管尺幅，求使君于藻绘中，则荃芷之骚，鹦鹉之赋，黄鹤之咏，使君之贲于海内者久矣。使君所取士首，其登贤书几尽[16]。而山阴张子、暨阳骆子，为此图册，以少效知己之感，此尤南国秀硕被化之最先者也。

【注释】

[1] 玄黄：天地。

[2] 贲：《周易》卦名。

[3] "文明"四句：见《周易·象辞》。

[4] 孔文子：春秋卫国大夫孔圉，谥文子。《论语·公冶长》："子贡问曰：'孔文子何以谓之文也？'子曰：'敏而好学，不耻下问，是以谓之文也。'"

[5] 公叔文子：春秋卫国大夫公孙拔。《论语·宪问》："公叔文子之臣大夫僎，与文子同升诸公。子闻之曰：'可以为文矣。'"谓公叔文子荐其家臣僎与己同进为公朝之臣。

[6] "而乃"句：《论语·公冶长》："子在陈曰：'归与！归与！吾党之小子狂简，斐然成章，不知所以裁之。'"

[7] "门人"数句：《孟子·滕文公上》："他日，子夏、子张、子游以有若似圣人，欲以所事孔子事之，强曾子。曾子曰：'不可。江汉以濯之，秋阳以暴之，皜皜乎不可尚已。'"

[8] 三澨：水名，在湖北省境内，流入汉水。《尚书·禹贡》："过三澨，至于大别。"

[9] 二别：指大别山和小别山。

[10] 白贲：《周易·贲·上九》："白贲，无咎。"

[11] 碕岸：弯曲的河岸，此喻不磊落的行为。

[12] 貃：清静。

[13] 精白：洁白，纯洁。

[14] 当阳：天子南面向明而治。

[15] 离明：《周易·象辞·离》："明以丽乎正，乃化成天下。"

[16] 登贤书：指乡试中式。

【评析】

　　此文通篇引经书语为文，虽纡徐典雅，然性灵亦汩没其中，颇似宋元老儒之作，与晚明文风殊不相类。

作求录序

　　《作求录》者，刻剡丞王子之所集也。王子之先有《世德录》矣，而复刻《作求》者何？曰：犹之乎录世德也。盖予近日睹一二骈语，云山林逸士长往有僻肠，即其父兄不能夺；朝中大老先世有隐德，即其子孙不得知，吾甚韪之。木之有华也，华之有实也，英英累累，自以为翘翘也，而不知其根荄之培于岁月[1]，含于土膏，资于霜露，厄于牛羊，如此乎其厚且艰也。凡天下之人，相求则相助，而惟子孙之于父祖，不相求而相忘者也。故祖宗之所以积功累仁，子孙未必能知。贻以田畴，或斥之而为园囿；植以橡庐，或碍之而更风水；授以诗书，或束之而饲蠹鱼[2]。奢极则狂，狂极则罔，饱坐懵行，甚至不能名其先世。又其甚者，典坊鬻碣，将告身数通[3]，易一顿醉耳。呜呼！是子孙宁渠少目前耶？

　　吾王氏肇于汉，盛于晋，赓于宋，入明而有上高田北之王[4]，自侍御公以至太守，凡数传，而衣冠礼乐之盛甲天下，代有闻人，不可殚述。故王子所为录者，先之以王言[5]，次之以世系，又次之以名文，又次之以诗、歌、赞、赠之类，俾子孙知君恩高厚，国典辉煌，仕者俱方正清白，虽在金穴[6]，如处廉泉隐者[7]，恬退谨愿，居然有万石君风[8]；而阃以内[9]，关雎和雅[10]，庭阶之下，俱兰玉森森也[11]。美哉！详而备矣。山阴外史曰："此非独作其子孙之知也,实欲作其子孙之求也。子孙之求无他,惟是孝思一念,可以假天。则是录也,其嗣服之渐[12],而受祐之初耶[13]?"王子丞于剡,仅食剡溪雪耳;而予且邀河润之泽[14]。又其生也,与王子同谱,故不辞其请,而为之序者如此。

【注释】

[1] 荄(gāi):草根。

[2] 蠹鱼:一种蛀食书籍的虫。

[3] 告身:委任官职的文凭。

[4] "入明"句:未详所指。上高在今江西省。

[5] 王言:帝王的诏敕。

[6] 金穴:藏金之窟,喻富豪之家。

[7] 廉泉:在江西赣州。相传南朝宋元嘉中,一夕暴雨,忽涌地成泉。当时郡守有廉名,因名廉泉。

[8] 万石君:西汉石奋及其四子皆官至二千石,景帝号石奋为万石君,以为官谨慎著称。

[9] 闺:闺房。

[10] 关雎:旧说《诗经·关雎》称颂后妃之德,此以指妇女美德。

[11] "庭阶"二句:《世说新语·言语》:"谢太傅(安)问诸子侄:'子弟亦何预人事,而正欲使其佳?'诸人莫有言者。车骑(谢玄)答曰:'譬如芝兰玉树,欲使其生于阶庭耳。'"

[12] 嗣服:继承先人的事业。服,事。

[13] 受祐:接受福祐,祐,福。

[14] 河润之泽:谓恩泽及人,如河水之滋润土地。《庄子·列御寇》:"河润九里,泽及三族。"

【评析】

立意虽平平,而行文雍容和雅,得文章之正。

吴隐君药园图序

　　天下莫尊于无名之璞，玉次之，瑚琏为下[1]，岂非以其离己渐远之故耶？唐虞三代时，高人多不语，人亦无从而语之，洗耳投渊皆非其至[2]，惟世必不知、死必不悔者足以当之。吾乡州山有唐隐君子吴公翥知其解[3]，怀宝药园，僖宗朝屡诏不起。是时神州磁迸，视节度如儿奴，靖陵血雨[4]，地哭天愁，先生何难以大手一接绯衣[5]？而顾付之漠漠，若秦越人不相视。盖谓唐之有天下，纲领不正，秽语孔多。蕫廉氏之马在龙门，王无功已择于醉乡之先矣[6]；即里中前辈，镜湖一曲，不足赎梯墙出首之耻[7]；而公绪之偏师，何必借校书郎重[8]？至领史馆，屡为令狐峘詈侮[9]，是犹可以辱隐逸之科也耶？士各有志，生各有时，唐之时非先生所欲生之时，而顾谓其欲得官哉！是始托之冷风白月，漱石枕流，以老其天年，即子孙有不愿与知者。今之为此图以高先生者，不过子孙之知先生云尔。锡号文简，先生以为浑闲事，不可以号先生也。

【注释】

　　[1]瑚琏：古代祭祀时盛粟稷的器皿。
　　[2]洗耳：皇甫谧《高士传》载尧让天下于许由，许由不受逃去；又召许由为九州长，许由不欲闻之，洗耳于颍水之滨。　投渊：《庄子·让王》："舜以天下让其友北人无择。北人无择曰：'异哉！后之为人也，居于畎亩之中，而游尧之门。不若是而已，又欲以其辱行漫我。吾羞见之。'因自投清泠之渊。"
　　[3]吴翥：唐山阴人，隐居不仕，有盛名。宣宗时观察府召以署吏，不应。帅高其概，言之于朝，赐号文简先生。
　　[4]靖陵：唐僖宗陵名，此代指僖宗。

[5] 绯衣：红色官服，唐代四、五品官所服。

[6] "蜚廉"二句：《新唐书·隐逸传·王绩》载王绩（字无功，绛州龙门人）唐初待诏门下省，终日饮酒，人称"斗酒学士"。曾作文自喻云："子闻蜚廉氏之马乎？一者朱鬣白毳，龙络凤忆，骤驰如舞，终日不释辔而以热死。一者重头昂尾，驼颈貉膝，蹑齾善蹶，弃诸野，终年而肥。"

[7] "即里"二句：《新唐书·隐逸传·贺知章》载贺知章于唐玄宗时任集贤院学士，迁太子右庶子，充侍读。"申王薨，诏选挽郎，而知章取舍不平，庭子喧诉不能止，知章梯墙出首以决事，人皆靳之，坐徙工部。"天宝初，贺知章请还乡为道士，诏许之。又请道观周围数顷湖为放生池，有诏赐镜湖剡川一曲。

[8] "而公"二句：唐秦系字公绪，越州会稽人。天宝末，避乱剡溪。张建封闻系之不可致，请就加校书郎。与刘长卿相善，以诗相赠答。权德舆曰："长卿自以为五言长城，系用偏师攻之，虽老益壮。"见《新唐书·隐逸传·秦系》。

[9] "至领"二句：唐孔述睿，越州山阴人，唐德宗时曾任秘书少监，兼右庶子，复为史馆修撰。性格谦退沉默，与令狐峘同职，峘数诋侮，卒不与较，时称长者。见《新唐书·隐逸传·孔述睿》。

【评析】

文章简洁遒劲，为隐逸之士张目，气盛而言宜。

墨苑序

古人左图右书，未尝以书废图也。书主义，图主象，象则形模备，轨式彰，按而索之，其故可求，披而玩之，其感易入，故义所不能详与所不能发者，且将借径于图矣。后之学者，习偷而乐简，曰："吾惟取足于义理之学。"则有并训诂声韵胥失之者，何有于图？是以谭玄课寂，钩深致远，未始不历历可听；而诘以器法之详，时代之变，有舌挢而不得下。正如绘土喜图鬼神，恶图牛马，非牛马轶于鬼神，则骋虚易而稽实难也。

新安程典客幼博[1]，乃能邃精于古，而寓图于所制之墨。其图括两仪[2]，汇万象，捃集经史，扬扢珍奇[3]。宇内博雅君子，凡交欢幼博者，鸿章短制，共从而赞述之，因付雕几以行，名曰《墨苑》。而品类名物之伙，恢奇谲诡之观，于是乎大备，则亦浏览家所不废也。揆诸左图右书之故，吾将礼失而求诸野乎？客曰："不然，墨者，晦也，晦则宜如无名之朴，以希象帝之先[4]；而藻之缋之，几于尽人官之巧，则溺其质之谓何也？"王子曰："唯唯否否。夫墨缘文效采，文缘墨扬葩，两者交相用，而复交相贲[5]，则何至交相瘝乎[6]？《诗》有之：'金玉其相，追琢其章[7]。'彼所恶于文者，质先监耳。幼博既匪孳孳什一于墨[8]，吾固尝怪其减值以售。而取烟合剂之妙，巧心独运，成法不能拘，而边见益不能测，即光比漆，锋比截，幼博视之，又奚逊焉？幼博盖俾夫人磨墨者，濡染助椽笔之光华；墨磨人者[9]，玩弄当简编之该洽，文质之间已彬彬矣。而第闻子墨之族，有名白者，呈材则垩，著物则黝[10]，于幼博螺量九枚中[11]，庚可益而苑之乎[12]？"客矍然曰："幼博冥搜之馀，岂不辩此？所不此辩，亦惟是集蓼以来[13]，为学日益，为道日损[14]，老氏所云'知白而守黑'者也[15]。"嗟夫！幼博进于技，且进于道矣。谁为输攻者乎？幼博之墨守[16]，可无假丸泥，而之图也，直其游艺之一斑尔。

【注释】

[1]新安：徽州的古称，治所在安徽休宁县。程幼博：程大约，字

幼博，一字君房，休宁人。是制墨名家。典客：官名，掌管郊庙祭祀和朝觐的赞礼事务。

[2] 两仪：天地。

[3] 扬扢：显扬。

[4] 象帝之先：《老子》："吾不知谁之子，象帝之先。"谓道在天帝之前，先天地而生。

[5] 贲：装饰。

[6] 痝：病，害。

[7] "金玉"二句：《诗经·大雅·棫朴》："追琢其章，金玉其相。"追琢，雕琢。相，质。

[8] 什一：指商人追求获得成本十分之一的利润。

[9] 墨磨人：《苏轼文集》卷七十："石昌言蓄李廷珪墨，不许人磨。或戏之曰：'子不磨墨，墨将磨子。'今昌言墓木拱矣，墨固无恙，可为好事者之戒。"

[10] "有名"三句：《天中记》："近黟歙间有人造白墨，色如银，迨研讫，即与常墨无异，未知所制之法。"

[11] 螺量：螺和量都是墨的量词。《北户录》："墨为螺、为量、为丸、为枚。"

[12] 庚：通"更"。

[13] 集蓼：谓遭遇苦难。《诗经·周颂·小毖》："未堪家多难，予又集于蓼。"毛传："我又集于蓼，言辛苦也。"

[14] "为学"句：《老子》："为学日益，为道日损。损之又损，以至于无为。"

[15] "老氏"句：《老子》："知其白，守其黑，为天下式。"

[16] 输攻墨守：公输般为楚造云梯，将以攻宋。墨子闻之，乃为守宋之具。至楚，与公输般演攻守之战于楚王前。公输般九设攻城之机变，墨子九距之。见《墨子·公输》。

【评析】

万历年间，徽州所制之墨闻名天下，程大约（万历年间在世）则是墨工中最知名者,被誉为李廷珪后第一人。其制墨,不受陈法约束,博取众家之长,讲究配方、用料、墨模,首创超漆烟墨制法。得意之作有:"玄元灵气""寥天一""重光'"妙品""贝多""芎泽""百于榴""青玉案""合欢芳"等,坚而有光,黝而能润,舐笔不胶,入纸不晕。作《程氏墨苑》十二卷,由丁云鹏等绘图,黄应泰、黄麟等手刻,徽州滋兰堂套色印刷,是一部杰出的墨法集要和版画珍品,被郑振铎称为版画之国宝。与罗小华、方于鲁、邵格之并称为明代制墨四大名家,曾自言:"我墨百年后可化黄金。"董其昌在《程氏墨苑序》中亦言:"百年之后无君房,而有君房之墨;千年之后无君房之墨,而有君房之名。"著有《幼博集》。

王思任此文绾合墨与图之典故揄扬之,巧于为文。

啜墨阁近稿序

锐头通臂、趫捷精猛之将,提生人市战,其胜气飞呼,足以撼栗万马。然是等猢子[1],代或数出,其战也,得失相半,而失每不偿得。至于沉雄耄宿,虎目耽耽,进有惧而退有规,一矢一镞都无妄费,古今惟王翦、赵充国[2],法老而用博,称名将第一。盖其神识高厚,不在机力间争锷骁也。曩见可《鸠兹集》出[3],甬东之海,血翻碧掣,食其皮者,咸缩额而胜之,予独以为鱋翠[4],以为彫胡[5],愈饱之而愈旨。文章之道,敷则可涂,饰则可洗,同则可裁,直则可尽,晦则可怨,自北地以来[6],名人轰起,执此绳之,吾俱不能无褊心焉。文章,公事也,亦我事也,我有寸心,安能承奉众口哉!见可苞采玄黄[7],象穷科斗[8],天下国家之故,山川万物之情,禅玄儒墨之贯,尽宣摄于弱毫,而点画布置,正大确然,不肯狥人,亦不乐为异,往往于峰回境转时，饮石没羽，柏毻藤狞，令人不知所以攀拔，而但晓其一段苍劲之景。譬之秋悲春醉，人自中之，而一时未喻也。吾与见可同师门，少见可年岁，不谙严事，不宜戏见可。无论其腹笥便便，千古自贮，即其豁鼻卷须，戟如猘插，亦时时有老骥伏枥之意。见可翱翔中外，节钺之望，赫然勇被。蕈风收拾[9]，构一长阁，东眺大溟，用仇池事[10]，颜之曰"啜墨"，日吟啸其中。续有著作，仍以此名篇，将无谓舌眼玄行，墨雌善下，我且为丹穴圣姝，自茹之而自衍之耶？若曰当今之世，为乌鲗者什九[11]，为鞠通者什一[12]，欲作吐鱼[13]，请从蠹始[14]，吾不难效班氏之嚼喷[15]，而愿矢翟子之放踵云尔[16]。此见可之明癖，见可亦以教冲也。吾秋尽欲卧见可阁上，啖海错百种，谈兵说艺呼觥，十日为期。藜火烟寒，见可饶能自办；若金壶汁尽，其刳心沥血者[17]，必王郎也夫！

【注释】

[1] 猘（zhì）子：喻年少勇猛的人。《三国志·孙策传》注引《吴历》："曹公（操）闻策平定江南，意甚难之，常呼：'猘儿难与争锋也。'"

[2] 王翦：秦名将，事秦始皇，平赵，定燕，灭楚。 赵充国：汉武帝时名将，曾破匈奴，平西羌。

[3] 见可：王恒，字见可，松江人，善摹古画，董其昌深许之，徙居杭州以终。

[4] 鱻翠：《吕氏春秋·孝行览·本味》："肉之美者，猩猩之唇，獾獾之炙，隽鱻之翠……"鱻，"燕"字之讹。

[5] 彤胡：菰米。

[6] 北地：指李梦阳。李梦阳是甘肃庆阳人，庆阳汉代属北地郡，故称。

[7] 玄黄：天地。

[8] 科斗：即蝌蚪文，古代篆书的一种。

[9] 莼风：《晋书·张翰传》载张翰在京为官，"因见秋风起，乃思吴中菰菜、莼羹、鲈鱼脍，曰：'人生贵得适志，何能羁宦数千里以要名爵乎！'遂命驾而归"。

[10] 仇池事：苏轼《仇池笔记·看茶啜墨》："真松煤远烟，自有龙麝气，世之嗜者如滕达道、苏浩然、吕行甫，暇日晴暖，研墨水数合，弄笔之馀，乃啜饮之。……"

[11] 乌鲗：乌贼鱼，此指乌鲗墨，即乌贼分泌的液汁，其黑如墨，以之书写，逾年自消。

[12] 鞠通：虫名，琴中绿色蛀虫，喜食枯桐与古墨。

[13] 吐鱼：葛洪《神仙传》："葛玄见卖大鱼，谓曰：'暂烦此鱼往河伯处。'鱼主曰：'鱼已死。'玄曰：'无苦。'乃丹书纸内口中，投水。有顷鱼化，腾跃上岸，吐墨书，青色如木叶而去。"

[14] 蠹：蠹鱼，一种喜食书籍的昆虫。

[15] 班氏嚼喷：葛洪《神仙传》："班孟者，不知何许人。……又能吞墨，舒纸著前，嚼墨喷之，皆成文字，满纸各有意义。"后用以称善为文者。

[16] 矢：通"誓"。 翟子：指墨翟，即墨家学派创始人墨子。 放踵："摩顶放踵"之省，谓从头到脚都磨伤。《孟子·尽心上》："墨子兼爱，摩顶放踵利天下，为之。"

[17] "若金"二句：王嘉《拾遗记》："周灵王时，浮提之国献神通善书者二人，出肘间金壶四寸，上有五龙之检，封以青泥，壶中有墨汁如淳漆，洒地及石，皆成篆隶科斗之字。佐老子撰《道德经》，汁尽，二人剞心沥血以代墨。"

【评析】

陆云龙云：谈文处，直是熟知斯文痛痒人。(《皇明十六家小品》)

吕恒吉诗序

始恒吉辱过予，其神气章体，凡数变而不可物。初示之以洛下伧[1]，于思而椎[2]，舌謇趾涩，无奇也。既示之以山东儒生，礼乐醇缓，博袖翩翩举矣。既示之以静女，目不淫，耳不骛。则醉之以酒，恒吉不霸扬，亦不恼，抵察其汪洋之度，任头落帽[3]，伸足量屦[4]，俱无不可也。侠而烈乎？仙而飘乎？僧而淡乎？庄而老师，狎而年少乎？予竟无以相恒吉。已读其《芥赋》，苦味文情，津津溢溢，涎喷老饕之颊，遂使九畹泽兰、三峰玉版[5]、二十七种鲑菜[6]，俱无下箸处，何言肉食？恒吉父为抱关[7]，薄游南北，尝著书剑厕牏之末[8]，又感怀知己，万里炙絮[9]，以故得乘间访名山胜迹，所著有闽、粤、燕、蜀游等诗。而花政居则天姥为垣[10]，沃洲为槿[11]，其家山厅事之所容与也。花曷有为政也？盖古今来皆事花者，而治花自恒吉始。恒吉之治花也，以时为官，以地为吏，以水为胥隶，以盍缶锄镰为卤簿，以雨风月露为牧，以朝夕为期会，以呵护剪除为赏罚，以歌舞臭茹为报成。裳裳心写，我觏有章[12]，于是缉其长吟短咏之篇，尽笼之于三槛方亩之室。盖吾读恒吉之诗，而始能相之，恒吉殆诗人也。今天下人能诗矣，而诗不能人，一切悲愉兴比，征事广韵，变化拟议，匪不呕心，但生来未具诗骨，冲口便忤，无诗也。恒吉逸肠隽舌，湛思雄才，无体不规，无书不讨，音节高亮，结撰精严，寄情常远，落纸便佳。又揽撷宇内，怪怪奇奇，千须万萼，宝青大碧之秀，归来玄悟，聊与草木同参，而托之花以自政也。惟其有之，是以似之也[13]。若曰河阳上苑[14]，此佞人举业事，恒吉更有之，而不欲其似，一闻此言，亟洗耳水帘清泠之上矣。故予直以诗安其人，以人安其居也。

【注释】

[1] 伧:粗鄙之人。南朝时南方人对北方人的蔑称。

[2] 于思:胡须多的样子。 椎:朴实。

[3] 任头落帽:此用孟嘉落帽之典,参见《登龙山记》注[5]。

[4] 伸足量履:《史记·留侯世家》:"(张)良尝闲从客步游下邳圯上,有一老父,衣褐,至良所,直堕其履圯下,顾谓良曰:'孺子,下取履!'良愕然,欲殴之,为其老,强忍,下取履。父曰:'履我!'良业为取履,因长跪履之。父以足受,笑而去。"

[5] 玉版:竹笋的别名。

[6] 鮓菜:吴人对鱼菜的总称。《南齐书·庾杲之传》:"清贫自业,食惟有韭葅、瀹韭、生韭杂菜。或戏之曰:'谁谓庾郎贫,食鮓常有二十七种。'言三九也。"韭与九谐音。

[7] 抱关:抱关吏,即守门人。

[8] 厕腧:贴身内衣。《汉书·石奋传》载石建年老,亲为其父浣洗"中裙厕腧"。中裙,贴身之下裳;厕腧,"近身之小衫"(颜师古注)。

[9] 炙絮:指祭奠亡友。《后汉书·徐穉传》注:"穉诸公所辟皆不就,有死丧负笈赴吊。常于家豫(预)炙鸡一只,以一两绵絮渍酒中曝干以裹鸡,径到所起冢隧外,以水渍绵使有酒气,斗米饭,白茅为藉,以鸡置前,酹酒毕,留谒则去,不见丧主。"

[10] 天姥:山名,在浙江新昌县东。

[11] 沃洲:山名,在浙江新昌县东。 槿:木槿花。

[12] "裳裳"二句:《诗经·小雅·裳裳者华》:"裳裳者华,其叶湑兮。我觏之子,我心写兮。我心写兮,是以有誉处兮。裳裳者华,芸其黄矣。我觏之子,维其有章矣。维其有章矣,是以有庆矣。……"

[13] "惟其"二句:《诗经·小雅·裳裳者华》末章诗句。

[14] 河阳:晋潘岳曾任河阳县令,满县栽花,后遂为咏花之词,或喻地方之美或地方官善于治理。庾信《枯树赋》:"建章三月火,黄河万里槎。若非金谷满园树,即是河阳一县花。"上苑:皇家苑囿,此指

琼林苑，宋代皇帝赐宴新科进士之处。

【评析】

不知吕恒吉为何等人，以诗相之，始知其为诗人，行文颇得抑扬顿挫之妙。

杨泠然秀野堂集序

夜郎有顾丈夫杨泠然出[1]，骤起如眉山[2]，青突万丈，一时箐魋瘴母[3]，化为藜火瑞霞。领解后[4]，遂提旗鼓，下荆湘，入燕赵，取巍科如掇。往来吴会，与二三拳劲角中原，横不可制。其所谓玄飞孤诣，磊仄冲通之旨，大半寄之于吟。有《问梅》《射虎》《避暑》《听泉》《尘香》《泽畔》等诗，而总题之曰《秀野堂集》。王子读而快之，曰：神龙不冶处[5]，老鹤不庭居，其心自大，匪身之所能域也。争十丈之天，不如扩一尺之地；争万里之境，不如扩一黍之心。善哉泠然之堂秀而野乎！今夫野之义，对都而言之者也。嗜欲之所丛，人车之所哄，一线枢机，百孔垢敝之所戾止，村莫甚焉，而反谓之都。岂有舒卷天云，纵横草木，布置川岳，呼遣鸟鱼，反不得蒙都之号？则野也者，天地间之大史也，此惟大文之人，能领略而噉飨之。是故善同者得之则亨，善谋者适之则获，善礼乐者用之则进，善游者乘之则入于百昌之无极[6]。无论野之功用被广而收多，即人眼不及郊牧者，能逃其身不处于圹埌乎？一日不得野趣，则人心一日不文。端木氏之晳也[7]，不如子夏之癯[8]；蔡德珪之青石[9]，不如仲蔚之堵[10]；五侯之鲭[11]，不如庾郎之贫菜[12]；朱弦牙板，肉好广奏[13]，不如秦缶之呜呜[14]。未有野而不秀者也。泠然以石隐之身，楼居之性，偶来千应，但取四虚，能调苦为甘，又铺夷平险，踪迹所及，湘雨湖风，燕灯灞雪，无弗游也。贫家有竹，好事家有石，或花来异国，或琴蓄异时，即过从而赏之。大节名乡，可儿侠里，旗亭狗马，丸剑丘墟，每每咨嗟凭吊，或歌或哭，以尽其莫测之变。韵僧奇客、贤豪长者之交，无不厚；鸟道蛇盘、猿啸虎嗥之窟，但欲搜剔洪濛，不惜以其珠为弹。苦家山逼窄，常欲收拾九有于袖中[15]；苦功名暂偶，常欲盟结千秋于世外。是以其为诗，无不平之鸣，而多自然之籁，大抵清贵落字，高古决格，华亮取响，岑、孟、钱、刘之伦也[16]。予尝论《诗》，《颂》不若《雅》，《雅》不若《风》，盖廊庙必庄严，田野多散逸。与廊庙近者文也，与田野近者诗也。泠然蒙气尽除，天空独语，《秀野集》意或在斯乎！石林中大苏[17]，正尔逼人咄咄，必以我为未窥其藩，何野之能说也乎哉！

【注释】

[1] 夜郎：地名，在今贵州遵义一带。

[2] 眉山：指苏轼，苏轼是四川眉山县人。

[3] 箐：细竹丛。　魈：山魈。　瘴母：瘴气。

[4] 领解：乡试得中，成为举人。

[5] 冶：同"野"。

[6] 百昌之无极：《庄子·在宥》："今夫百昌，皆生于土，而反于土，故余将去女（汝），入无穷之门，以游无极之野。"百昌，指百物昌盛。

[7] 端木氏：端木赐，字子贡，孔子弟子，能言善辩，善经商，家累千金。

[8] 子夏：孔子弟子。

[9] 蔡德珪：蔡瑁，字德珪。汉末襄阳人，刘表为荆州刺史，延为谋主，累官镇南大将军军师。谗害刘表长子刘琦，刘表死后劝刘琮降曹操，为时论所贱。 青石：《襄阳耆旧传》："蔡瑁字德珪，性豪自喜，少为魏武所亲。瑁家在蔡洲上，屋宇甚好，四墙皆以青石结角，婢妾数百人，别业四五十处。"

[10] 仲蔚：张仲蔚，东汉人。《高士传》："张仲蔚者，平陵人也。隐身不仕，善属文，好诗赋。常居穷素，所处蓬蒿没人。闭门养性，不治荣名。"

[11] 五侯之鲭：见《徐文长逸稿序》注[25]。

[12] 庾郎之贫菜：见《吕恒吉诗序》注[6]。

[13] 肉好：声音洪润悦耳。

[14] 秦缶呜呜：李斯《谏逐客书》："夫击瓮叩缶，弹筝搏髀，而歌呼呜呜快耳目者，真秦之声也。"缶，瓦罐。

[15] 九有：九州。

[16] 岑、孟、钱、刘：指唐代诗人岑参、孟浩然、钱起、刘长卿。

[17] 石林中大苏：未详。或即《王大苏先生诗草序》中之王大苏。

【评析】

文集名《秀野堂集》，遂从"野"字生发，兼及"秀"字，亦序文之常套。第议论纵横恣肆，可见作者之笔力。

何韦长读史机略序

兵者，活人之用也。天地之外，惟人为死活。兵者，恶人之死，而欲死之以活人者也。能求活于死之中，则可以活人，而常使之不死。谈兵者莫精于道家，其言曰："人久于机，万物皆出于机，入于机[1]。"死活之根，惟机为最肖。一言而兵在是矣。人第羡夫水之活也，而不知天下莫死于水。水在天上则活，水由地中行则不活。在天上者,尧不能制之,行地中者,禹蓄之若鸡豚,而辘弄之如盆盎。孙子曰:"善战者,因其势而利导之。"其有水思乎?然未悟禹之治水实昉于庖牺之治兵也[2]。《易》曰:"地中有水,师[3]。"地中有水,可以畜众矣[4],不言众而言师,何也?师者,死也,规矩之谓也,犹俗所谓死规矩云尔。天下有活规矩乎?规矩也,而又有死者乎?死不至而活不深,文王解之以为贞,周公解之以为律,孔子解之以为正[5],是又皆决然隤然精于言机者也。顾机之体险,百千万亿兆,皆一人操之,而操之之时,仅一瞬,故又曰"机在目"。此其自死自活、方死方活之微,正不在变化无方,而在一定不易之际,譬之圣惠方神,弈谱有断,不可以增减后先者。高灵国手,宁知之而不用,无待用之而不及知,又况乎巧避习门而思有通路也耶?今日犬磔未艹[6],凫溪屡见[7],贼臣坑卒,惨于锐头,将吏操戈,泣惟栗股,皆以为兵者国之大事,其神其活,如风云龙物之不可知,且当拱栝以俟能者。

黄冈何韦长曰[8]:不然,将不必其三头六臂也,战不必其燧象霾熊也[9],传不必其谷神玄女也[10],策不必其《素书》《金版》也[11],而助亦不必其功曹与丁甲也[12]。前人作车,后人效辙,廿一史皆兵也,即皆师也。其吉而无咎者,皆律也。无所谓奇,无所谓异也。即有所谓奇,有所谓异,总之不出乎正与贞,而机尽之乎律也。其战守胜败,主客虚实,动静迟速,种种对待之语,皆在死活之内,而其所谓活者,又即皆在死板之中。六脉偾盆[13],满盘昏聩,旁人观之,不知何以妙救,而扁鹊单治一经[14],仙姥唤醒一著[15],则人人生起,亦犹是方谱之书也,正谓诸君不察耳。岳鹏举以为运用之妙[16],存乎一心,然其大小水陆之战,无不规摹古人,诗歌雄俊,非不识字者,金牌一哭，虽亦天乎，吾以为君命不受之律[17]，鹏举犹活动其间，犹之乎华容道上讲《春秋》不死也[18]。故失机者即为失律，而讲律者不可不讲机也。

韦长蔚文奥探，突起眉山，行将著作承明[19]，以垂三不朽[20]。而是编之出，苦心一班，不但行师，兼可筹国，所云"机不在庙廷，则在草泽，不在中国，则在夷裔"，此万世钟鼎文也。乃托于坡公读史一过止求一义之法，但曰《读史机略》，而言不至兵，谩也乎？谦也乎？

【注释】

[1]"人久"三句：语出《庄子·至乐》。

[2]庖栖：即伏羲，相传他始画八卦。

[3]"地中"二句：语出《易经》"师"卦象辞。

[4]畜：同"蓄"。

[5]"文王"三句：相传伏羲始画八卦，周文王重之为六十四卦并作卦辞，周公作象辞，孔子作彖辞等。"贞""律""正"分别见"师"卦的卦辞、象辞和彖辞。

[6]犬磔：《风俗通义·祀典》："《月令》：'九门磔禳，以毕春气。'盖天子之城，十有二门，东方三门，生气之门也，不欲使死物见于生门，故独于九门杀犬磔禳。"此指中国四方的异族。

[7]鳧徯：神话中鸟名，出现主有兵灾。《山海经·西山经》："（鹿台之山）有鸟焉，其状如雄鸡而人面，名曰鳧徯，其鸣自叫也，见则有兵。"

[8]黄冈：今湖北黄冈市。

[9]燧象：燃火炬系于象尾，使冲入敌阵的战术。见《左传·定公四年》。 霾熊：未详。

[10]谷神玄女：指神人。相传黄帝战蚩尤，天遣玄女下授兵符，乃得胜。

[11]《素书》：古兵书名，相传为黄石公撰。《金版》：古兵书名。

[12] 功曹丁甲：指日值功曹和六丁六甲，皆道教中神名。

[13] 偾盆：即偾张，兴奋。

[14] 扁鹊：春秋时名医。《史记·扁鹊仓公列传》载虢太子因血脉之疾暴蹶而死，适扁鹊经过，以针石治其三阳五会处之经络，使之复生。

[15] "仙姥"句：唐玄宗时围棋国手王积薪宿山中孤姥家，姥略授以攻守之法，积薪棋艺遂无敌于天下。见《集异记》。

[16] 岳鹏举：岳飞，字鹏举。

[17] 君命不受：《孙子兵法·九变》："将在军，君命有所不受。"

[18] "犹之"句：此用《三国演义》第五十回关羽在华容道义释曹操事。曹操对关羽说："大丈夫以信义为重，将军深明《春秋》，岂不知庾公之斯追子濯孺子之事乎？"

[19] 承明：承明庐，汉承明殿旁屋，侍臣值宿之处。后以入承明庐指入朝为官。

[20] 三不朽：指立德、立功、立言。《左传·襄公二十四年》："太上有立德，其次有立功，其次有立言。虽久不废，此之谓不朽。"

【评析】

秀才谈兵，虽议论横生，终觉如赵括之流，未切于用。

黄评事阆斋吟稿序[1]

予与履素同函席，两髫覆额也。予犷點，履素雅弱，饶沉挚。饼栗相啖，衣履相错，书籍相把，著作相赛。文则褒博互雍，武则拳踝立动。犹记两相蹦挟，一不胜予，亟呼其力来助，予目射之：而不自归命，子无窘所矣。履素恐蹈公气，一笑而罢。是时履素喜读《史》《汉》，方驾手右丞、工部诗[2]，唔唔呓呓，予笑之曰："家鸡不养打野鸭。"履素还酬之曰："铁牛背上着蚊虫。"言无庸尔着喙也。三十六年来，风烟分隔，予一官如薤，削诛以至于尽，久老鉴湖钓碣[3]；而履素才以棘寺起家[4]，舟车南北，边腹间关，悉以其忧天悯人，思亲报主，屈折感难，维衰起敝之念，发为《阆斋吟稿》寄予。迫视之，毛骨采毸[5]，暖喉笙煖[6]，玉引仙官，而香栩梅叟也。陈思王颂友[7]，颜彦先赠妇[8]，谢灵运游山，王右军种果[9]，不足以出其欢也。失初岁之乳，割中道之携，吊不归之鹤，哀再至之鸿，如身处茕茕，问天不答，不足以出其苦也。轩辕先生气丝立顶[10]，万发铁直，楚重瞳冰纹裂眦[11]，千人目废，斩衣嚼齿[12]，折槛触旒[13]，不足以出其愤也。然而忠厚和平之旨，又每每溢于眉外。盖履素大忠大孝，大节大情，经济学问，郁湻半生[14]，而得一第，当事者不即置之解徽别利之场[15]，而仅仅以名格随牒，虽云龙雾豹，呵角惜斑，不自跃冶，而吁天欹海[16]，铺霖走魅，其精光威瀋有不可一日忍者矣。葵阳先生在长安时[17]，经筵下马[18]，鱼装未投[19]，即昵就予两儿，索日课。中丞履常公曾书数行字好[20]，先生喜动颜色曰："大郎写欧，已有八九，子可效之。"若使硕宽堂上[21]，载睹是篇，先生当何如解颐也耶？予言往事，以贻履素，将复泫然呜咽不能已也。

【注释】

[1] 黄评事：黄承昊，字履素，号阆斋。浙江秀水人。万历进士。历官福建海防按察司副使，以平海寇功，调广东按察使，致仕归。

[2] 右丞：指王维，王维官至尚书右丞。　工部：指杜甫，杜甫曾任工部员外郎。

[3] 鉴湖：在浙江绍兴市西南。

[4] 棘寺：大理寺的别称。

[5] 采毵：羽毛张开的样子。

[6] 笙煖：指对笙簧加热，使音质清亮。周密《齐东野语·笙炭》："自十月旦至二月终，日给焙笙炭五十斤，用绵熏笼，藉笙于上，复以四和香熏之，盖笙簧必用高丽铜为之，靤以绿蜡，簧煖则字正而声清越，故必用焙而后可。"

[7] 陈思王：三国魏曹植封陈王，死后谥号"思"，故后世称其为"陈思王"。 颂友：曹植有《离友》诗，记他与友人夏侯威的离别之情。

[8] 颜彦先赠妇：晋陆机有《为颜彦先赠妇》诗，中有"隆思辞心曲，沉欢滞不起"之句。颜彦先，一作顾彦先，名荣，吴人，为尚书郎。

[9] 王右军种果：王羲之《十七帖》："吾颇喜种果，今在田里，惟以此为事。"王羲之官至右军将军，世称王右军。

[10] 轩辕先生：轩辕集，唐宣宗时道士。《古今事文类聚》引《大中遗事》："轩辕先生居罗浮山，宣宗召禁中问道术。能散发箕踞，用气攻其发，条条如铁线直。"

[11] 楚重瞳：指项羽，《史记·项羽本纪》载项羽重瞳。

[12] 斩衣：战国豫让是智伯门客，赵襄子灭智伯，豫让为替智伯报仇，多次行刺赵襄子均未能得手，后请求斩赵襄子之衣，襄子义之，与之衣，豫让拔剑斩衣，然后自杀。见《战国策·赵策一》。嚼齿：《旧唐书·忠义传·张巡》："及城陷，尹子奇谓巡曰：'闻君每战眦裂，嚼齿皆碎，何至此耶？'"

[13] 折槛：汉槐里令朱云朝见汉成帝时，请赐剑以斩佞臣安昌侯张禹。成帝大怒，命将朱云拉下斩首。朱云攀殿槛，抗声不止，槛为之折。经大臣劝解，得免。见《汉书·朱云传》。 触旍：未详。

[14] 郁浡：郁结壅塞。

[15] 徽：绳索，束缚。

[16] 欹：吸。

[17] 葵阳先生：黄洪宪，号葵阳，黄承昊之父，王思任年轻时的老师。

[18] 经筵：皇帝为研读经史而特设的御前讲席，由侍读学士轮流入

侍讲读。

[19] 鱼装：官服，鱼指高级官员的金鱼佩。

[20] 履常：黄承元字履常，黄承昊之兄，历官副都御史，巡抚福建。

[21] 硕宽堂：黄洪宪堂名，其后黄氏一直沿用至清初。

【评析】

黄承昊是王思任老师黄洪宪（号葵阳）之子，自幼相交，感情深挚。文中回忆往事，情动于中，真切生动。

五一庵志叙

入其乡，望其桌楔[1]，有大科时显，则执鞭厮养卒有胜色矣。何者？有之以为重也。凡人莫不矜其所生，圣贤豪杰，尤其矜之所借者也。是故邹鲁之乡人，得乔木之荫，而舜山禹穴，鼎湖丹井[2]，作书者争之不已也，不但争其所寄迹，总之欲以圣贤豪杰重其土，而以自重其所生也。

六合有伯观孙氏[3]，诛茆为庵，置板位焉，如作重之意，祀专诸[4]，祀达摩[5]，祀张果老[6]，祀王无功[7]，祀米仲诏[8]，颜之曰"五一"。何居乎其五而一之也？时世今古也，相貌夷夏也，品格又各风马牛也，倏以一堂，同其香火，如猥杂家止欲趁其醴盎肴俎，牵客拢席，通名白贯，亦得逾时，而可以一之乎哉？一者何也？曰：有六合以一之也。五先生非生于六合，则寄迹于六合者也。其人各有颠末在别乘[9]。第言专诸，棠邑人，刺王僚时，白虹气亘[10]；一祖渡江处，贝叶佛齿犹在长芦寺[11]；张老骑驴入王屋，然曾灌园于此[12]；王无功不忍己之独醒，丞六合而悬俸国门，逃于酒去；米仲诏文妖艺怪，令棠日每饭不饱，坐客数十人，一夕想西子湖，臂篆杂鱼估[13]，隔宿而至：皆六合之奇事奇人也。伯观以为仙邪，佛邪，剑耶，酒耶，风流文侠耶，一也，而吾犹欲执最初独合之意，证而通之。凡形声色味，分天地之数，后虽俱相济，未有不相见认者；独混沌为帝造人面之始[14]，其诡也特甚。耳、目、口、鼻、眉，不相见认，而相为济，吾欲以是稍摹五先生：一语杀人，遇物即啖，专诸似口；息气通神，独尊嵩岳，达摩可作鼻观；白蝠在赵州桥上，高耸两肩，一有闻召，立捏死生[15]，颇近李耳；人取无用，位置独高，不可无二，不可少一，王无功似眉；而灵豁如机，咩啾看世[16]，瞩人洞物，米仲诏可以当目矣。是五者，道不相谋，孰离奇泮涣于是[17]？然而清英粉效，玄窍互行，神庭不滓，风尘大宅，共嘘阳气，五而一也，伯观所以一之也。虽然，五根自妙，不有精明之府，何以聚之？将无蠢眉、肉眼、污耳、齆鼻[18]、食岑之口[19]，亦足收于赤泽耶[20]？是能一矣，而后能五之。故吾未见伯观之面，而已知其面不同于我面矣。此庵曰"五一"可，即命之曰"一五"亦可，即径易之为"六合"亦无不可。六合之外，吾无以论伯观已。

【注释】

[1] 桌楔：立柱，此指牌坊。

[2] 鼎湖：黄帝飞升处。　　丹井：晋葛洪炼丹之井。

[3] 六合：即今江苏南京市六合区。

[4] 专诸：春秋时吴国棠邑人（今江苏南京市六合区北）。吴公子光（阖闾）阴谋刺杀吴王僚而自立，得专诸，设宴请僚。专诸置匕首于鱼腹中，乘进献时刺杀僚。专诸亦当场为僚左右所杀。公子光遂自立为王。

[5] 达摩：禅宗初祖，于梁普通元年（520）入华，梁武帝迎至金陵。后渡江往魏，止嵩山少林寺，面壁九年而化。

[6] 张果老：唐代人，隐中条山。武后召之，即佯死，尸体腐烂，后有人复见其居恒州山中。玄宗屡召之，问神仙之事，擢银青光禄大夫，号"通玄先生"。道教附会为八仙之一。

[7] 王无功：王绩，字无功，号东皋子，唐绛州龙门人。隋大业中举孝廉，授扬州六合县丞，以非性所好，解职归乡里。有《东皋子集》。

[8] 米仲诏：米万钟，字仲诏、子愿，号友石、湛园、文石居士、勺海亭长、海淀渔长、研山山长、石隐庵居士。关中（今陕西）人，居燕京（今北京），米芾后裔，明末著名书画家。万历二十三年（1595）进士，先后任永宁、铜梁、六合县令，仕至太仆少卿、江西按察使。性好石，人谓无米芾之颠而有其癖。行草得米芾家法，与董其昌齐名，时有南董北米之誉。

[9] 乘：史书。

[10] 白虹气亘：《战国策·魏策》："夫专诸之刺王僚也，彗星袭月；聂政之刺韩傀也，白虹贯日。"

[11] 长芦寺：在南京市六合区。

[12] "张老"二句：《续玄怪录·张老》云：张老是扬州六合县灌园叟，以五百缗娶同邑韦恕女。韦家厌其贫，张老遂与妻骑驴而去。后其妻兄于王屋山访得之，始知张老为仙人。

[13] 篆：官印。　鱼估：鱼贩子。

[14] 混沌：即浑沌。参见《刘雪湖梅谱序》注[1]。

[15] "白蝠"数句：白蝠指张果老。唐李冗《独异志》："明皇朝有张果老先生，不知岁数，出于邢州。帝迎入内，敬礼甚至，问无不知。一旦有道士叶静能，亦多知解。帝问果老何人，曰：'此混沌初分白蝠蝠精。'"赵州桥，相传张果老在赵州桥上倒骑驴。捏，捏造，伪造。

[16] 咩䫝：乜斜。

[17] 泮涣：融解，分散。

[18] 齆：鼻塞。

[19] 食岑：《吴越春秋》载越王勾践曾尝吴王夫差之粪，遂病口臭，

范蠡乃令左右皆食岑草以乱其气。岑草即蕺菜，茎叶可食，有腥味，故又名鱼腥草。

[20] 赤泽：指面孔。《云笈七签》卷十一："面为云宅，一名尺宅，以眉目鼻口之所居，故为宅也。《洞神经》曰：面为尺宅，字或作赤泽。"

【评析】

孙氏祀五人甚奇，文中博引五人之奇事以发明其奇举，读之奇幻并至。

颂节录序

可以死，可以无死，英雄豪杰自知之也。英雄豪杰一死不足了其事，则可以无死；其事已了而死至，则可以死。孰为英雄豪杰？孝子也，忠臣也，节妇也，一也。使必以一死为责，则死而死矣，何济人世事？股可常刲乎？何以医久病之亲？肝可多纳乎？何以感不痛之主？一为未亡人，而遽投缳拒饮，不顾馁人之鬼，斩人之胤者，儿女子一时情至之事也。远途负重，毕世茹荼[1]，彼不耐也，英雄豪杰知之而不为也。历阳马太母[2]，以阳继杨，归月塘文学，年方蓓而文学死[3]，太母抱杨之二子哭于庙，抱己之一子二女哭于堂。是时，大官之后，忽焉中落，瞰室恒于斯，生戎恒于斯也。太母曰："憯矣，吾死则一子二女子亦死，即不尔，无人视芦寒[4]，前二子亦死。即天不尽祸马氏，留数人视息，不绳祖武，不读父书，即不死而亦死。吾一身为马氏之母，为马氏之父，为马氏之师，为马氏中兴之主，为马氏稽核之督，为马氏御侮之臣，为马氏奔走之仆，不独马氏妻也。"不独为马氏妻也者，而后可以不死，而后五十年之中，庠其前子[5]，饩其子[6]，又衍而蕃大其子之子。于是腾仲乙卯来乡校辞太母，恍然一快，默自语曰：祖武父书，将在此辈，不独是儿姣慧也。臣心已完，臣力已竭，可以报月塘地下，两杨相见矣。而后乃潸然送之也，而后可以死。至于《柏舟》之间[7]，王言炳赫[8]，黄鹄之吊[9]，名公琰琬[10]。腾仲跃然于前，绳绳未艾，而茁茁甫萌也。太母以为极不足侈事，吾家世贞节，何借于此亿万子孙？但愿为福将，不愿为勇将，但愿为良臣，不愿为忠臣也，而后知太母真英雄也，而后知真英雄死方不死也。

【注释】

[1] 荼：苦菜。
[2] 历阳：今安徽和县。
[3] 蒨：草茂盛的样子，此指年轻。
[4] 芦寒：《太平御览》卷八一九引《孝子传》："闵子骞幼时为后母所苦，冬月以芦花衣之以代絮。其父后知之，欲出后母，子骞跪曰：'母在一子单，母去三子寒。'父遂止。"
[5] 庠：学校，此指入学。
[6] 饩：食饩。明清时生员考试优等，官给饩廪（米六斗）。
[7] 《柏舟》：即《诗经·卫风·柏舟》。小序谓卫国世子共伯早死，父母欲迫其妻共姜改嫁，共姜作诗以自誓。
[8] 王言：帝王的诏敕。此指受旌表。
[9] 黄鹄：刘向《列女传·鲁寡陶婴》载陶婴少寡，不再嫁，"作歌明己之不更二也，其歌曰：'悲黄鹄之早寡兮七年不双，鹓颈独宿兮不与众同。'"
[10] 琰琬：美玉，以喻诗文。

【评析】

陆云龙云：高奇隽烈，文具英雄之气。（《皇明十六家小品》）
刘士镳云：夭冶通倪，想见东阿跳丸舞蔗时。（《明文霱》）

江深父五一草序

栗里先生解绶还[1],据其孤辣之性,松菊正好,何以赏五柳而宅之也[2]?意谓吾实有腰,宁使之披风拂水,鸣蝉听锻[3],且日亭午得三眠耳。深父刺武冈[4],日食资水一盂[5],李官求玉不可[6],心不乐与同污,亟谢病去,大吏强尼之[7],不得归。筑圃一亩,池一方,而植一柳其上,以傲栗里先生之五。栗里后游城郭,犹尔一羡华轩,而深父约面禁趾,绝不晤一俗子,亦不知东邻西苑为谁氏,视门外六桥,不啻章台尘陌之聚。此深父先生之柳,虽分根于栗里,而其寒清飘洒之致,更濯濯可喜也。栗里作诗,至澹至绮;而深父独谢其绮而摹其澹,以为天下之和平简易无如诗,更无如柳者。又因柳以通诗,则虽谓之深父先生之柳别开一枝眼,亦何不足以抗栗里之腰也哉?而犹命之曰"五一"者,景栗里而少取之,谦词也。其人不亡,则其诗存,其诗存,则其柳不坠。工部有云"老树空庭得"[8],又云"独树老夫家"[9],千载而下,知此语可与言诗,可与测深父之诗也矣。

【注释】

[1] 栗里先生:指陶渊明,陶渊明曾居于栗里。

[2] 五柳:陶渊明《五柳先生传》:"先生不知何许人也,亦不详其姓字,宅边有五柳树,因以为号焉。"

[3] 听锻:《世说新语·简傲》注引《文士传》:"(嵇)康性绝巧,能锻铁,家有盛柳树,乃激水以圜之,夏天甚清凉,恒居其下傲戏,乃身自锻。"

[4] 武冈:今湖南武冈市。

[5] 资水:水名,流出武冈市,流入洞庭湖。

[6] 李官：司法官，明代指推官。

[7] 尼：阻止。

[8] 工部：指杜甫。 老树空庭得：杜甫《秦州杂诗二十首》之十一中诗句。

[9] 独树老夫家：杜甫《草堂即事》中诗句。

【评析】

陆云龙云：以柳映带者凡三，便娟婀娜，春日三眠。(《皇明十六家小品》)

朱宗远定寻堂稿序

盖宗远之言曰："吾于诗，怨明，怨七子[1]，尤怨历下[2]。其所奉为符玺丹药者，'拟议以成其变化'一语耳[3]，吾闻之不乐也。造物者既以我为人矣，舌自有声，手自有笔，心自有想，何以拟之议之为？而必欲相率相呼以为拟议之人，彼为人拟议者，宁渠曾仿某子甲耶？今夫太极，死圈也，两仪，板画也，吾恶知太极之不方乎？而两仪之不竖乎？矩不谓之规，纵不谓之横也。甫何为而圣[4]？白何为而仙[5]？维何为而禅[6]？贺何为而鬼[7]？吾于天地山水、鸟鱼草木，情欲变态，道理微茫之故，觉非我不能想之、声之、笔之，觉我所想之、声之、笔之者，皆天地万物等，自有心，有舌，有手，而适以我出之者也。人有短我者，不过谓我诗近词，巧伤雅，艰刻孤瘠，难为和者，而我知之不顾也。要以玄黄一判[8]，即存此一门气意，自我作祖亦可，无佛称尊亦可，吾不以我之心思手舌为酬赠赘媚之具，诗中绝不及一人。请以语王子。"王子曰："不酬赠赘媚人，吾偶步之;然而吾之诗拟存也[9]。一读《定寻堂》语,吾且面目灰垢,手足桎塞,孔窍呆塞,滋味澹拙,穷年作仆,历世表臣而已矣。吾且当焚笔冢砚,破所灾木[10],以事宗远,宗远得毋犹颦蹙我哉!"

【注释】

[1] 七子:指明代前七子和后七子,是明代的主流文学流派,主张模拟先秦两汉之文、汉魏盛唐之诗。

[2] 历下:指李攀龙。李攀龙是山东历城人。

[3] 拟议以成其变化:语出《易·系辞》,李攀龙在其《沧溟集·古乐府序》中用以作为自己的创作主张。

[4] 甫:杜甫。

[5] 白:李白。

[6] 维:王维。

[7] 贺:李贺。

[8] 玄黄:天地。

[9] 拟存:作者有诗集名《避园拟存》。

[10] 灾木:古人谓刻书制版为灾梨枣,此以木指书版。

【评析】

陆云龙云:以宗远言作序,然果能作是言也,亦无烦人序矣。(《皇明十六家小品》)

雪炤堂四子樵序

故人之子十年不见矣,一日遭之于数十步之外,呼之辄应,其须发已非,其骨肉已换,然而其父之神宛而肖也。不从宛然处图之,虽终日对徐君之美不似[1],觌面想阙氏之画不泣也[2]。

传圣贤之神者，亦若是而已矣。明兴以举业取士，风檐寸晷之中，各伸一幅，或貌其合体，或出其一支，或工密于白描，或聊略于点缀，或敷饰于青黄，但无失其神者，都在所取。故今之为举业家者，皆学传神者也。圣贤之神，一落于言语，已去其二三，再落于文字，又去其七八，所剩者无几矣。使非平时面壁，落月照梁[3]，积思虔祷，恍惚遇之，而欲于风檐寸晷之中，仓卒呼得，如造车之人半面[4]，此非鬼神通之，安能常诡获哉[5]！余尝刻《四书》古注，久之，觉宋人高于汉人，又久之，觉明人更在宋人之上。鹄的所在，神往赴之，不可诬也。近日维扬王圣俞作翼注[6]，明白正大，颇为紫阳功臣[7]。而举业家有狂怪嵬矞者，视为浅淡，乃割裂语意，深求拗驳，文字一破，即与本题为难，以此为高，则又黜徐君而弁阏氏者也，纰误后学不浅。固陵蔡乃亶作《四子樵》[8]，以发其蒙而振其瞶。自汉唐以来，一字一句，有肖圣真者，必采英撷楚，以还厥神，始不但益举业，而且翊道统，可谓一元文明之会，应中兴甲子之期矣。

【注释】

　　[1] 徐君：即城北徐公，战国时齐国的美男子。见《战国策·齐策一》。

　　[2] 阏氏：汉代匈奴单于妻妾的称号。

　　[3] 落月照梁：杜甫《梦李白》："落月满屋梁，犹疑照颜色。"

　　[4] 造车半面：《后汉书·应奉传》李贤注引谢承《后汉书》："造车匠于内开扇出半面视奉，奉即委去。后数十年于路见车匠，识而呼之。"

　　[5] 诡获：古代礼法规定打猎时不得横射禽兽，横射而得者称为诡获。

[6] 王圣俞：字纳谏，号观涛，扬州人，晚明学者，有《四书翼注》《苏长公小品》。

[7] 紫阳：朱熹，因曾主讲于紫阳书院，故称。

[8] 固陵：古地名，在今河南淮阳县。

【评析】

明代科举考试要求士子代圣贤立言，此文予以讥评，见解颇为通达。文章起首之比喻，极恰切生动。

张退如膺荐奖序

呼我以餐，我即食之，呼我以名，我亦应之，此所谓受也。受者，其餐其名，皆我之所原得，而特假人以呼我者也。无故而缋我以千金之璧，我有骇而走耳；无故而诏我以圣贤神佛之名，曾敢承当之否？余每阅奏牍，其荐一望[1]，誉一贤，非此贤此望之谓也，皆麟凤金玉岳渎星斗之谓也，不则三代伊周[2]，而汉时龚卓[3]，日交腾于赫蹄者也[4]，皆所谓千金之璧、圣贤神佛，与我无与者也。

广文官既冷[5]，而又越在山椒中[6]，介子推不言禄，言禄亦不及[7]，顾安所得荐奖之自？而荐奖之，乃退如信友之后，因之获上。浙故有三台使，而交相荐之奖之。其所为牍，质而褒，旨而确，与之者不谄，受之者不怍，似皆呼名受餐之语，而非若前所称金玉圣贤稟曰枝浮之语也。古人缣欲自杼，灶欲自燃，凡以出于我者为是，则虽谓退如之广文，善自为荐、自为奖也，亦奚不可？吾向从张梦泽观察所读退如文，玄赜超凝，如游灏气；醉惊睍恍，如之帝所[8]。及晤其仪范，约不胜衣，而壑俯谷容，几无窥其涯底，此道性中龙象也[9]。一以为青田之券书，一以为青阳之甲鼎[10]，赞广文则可，而可以赞退如之广文乎哉？退如家在天中[11]，于时为午，而今铎响南明[12]，益发离文之秀，乃兹一官，名贤之所传寄，而大业之所蕴蓄也。安得日借宝毡一片，与退如扬扢不朽也[11]？吾不如新昌人士远矣。

【注释】

    [1] 望：有声望的人。

    [2] 伊周：指伊尹和周公。

    [3] 龚卓：龚遂和卓茂，汉代著名循吏，皆有能声。

    [4] 赫蹄：西汉末流行的一种小幅薄纸，此指荐书。

    [5] 广文：指儒学教官，一向被视为冷官。

    [6] 山椒：山陵。

    [7] "介子推"二句：介子推，也作"介之推"，春秋晋人，曾随晋公子重耳流亡列国。重耳返国即位，是为晋文公，赏赐随从流亡者，"介之推不言禄，禄亦弗及"（《左传·僖公二十四年》）。

    [8] 帝所：天帝所居之处。《史记·赵世家》："赵简子疾，五日不知人。……居二日半，简子寤，语大夫曰：'我之帝所甚乐，与百神游于钧天，广乐九奏万舞，不类三代之乐，其声动人心。'"

    [9] 龙象：佛教语，对罗汉中修行勇猛最大力者的称呼。

    [10] "一以"二句：未详。

    [11] 天中：指汝南县。汝南古属豫州，豫州为九州之中，汝南又居豫州之中，故有"天中"之称。即今河南汝南县一带。

    [12] 铎：木铎，喻宣扬教化。《论语·八佾》："天下之无道也久矣，天将以夫子为木铎。"

    [13] 扬扢：显扬。

【评析】

    篇首设喻巧妙，使通篇灵动欲活。

蒨园近草序

　　学道之人，参云宿水，苦行万千，求师化度，何益于事？有一寸仙骨，易得处耳。诗之有胎也，犹仙之有骨也。聪明学问，诗之所必借也，然聪明一点，学问一句，则诗亟呕之誉之，三尸狡乱[1]，脑血漏淫[2]，强作大还之药[3]，即其丹幸成，且为察霆所碎[4]。又其下者，比拟声口，揣附时代，此又举笔画回道人者[5]，须颊肥好，叩之不应也。诗之胎在《国风》，唐人如长卿、太白、岑嘉州等[6]，俱生而有之，此后皆寄貑祝蜾者矣[7]。吾骤阅戴工部诗，以为三人之后一人。既而薄游豫章[8]，其子初士又以其诗若文见示，则又所谓戴工部之后一人也。英风火气，咄咄藻焰，岂请遽高作者？然而神吻意象，澹荡灵逸，无一首无诗酒间戏语。吾家大令与右军匹楷[9]，认为兄弟，其行草书，则真父子也。初士之时义，与工部兄弟也，而诗则父子也。初士犹不谓然，诗从胎出，弈棋瓜葛，且让工部一先。初士大笑，从此家鸡得凤皇也矣[10]。

【注释】

　　[1] 三尸：道家认为人体内有三个作祟的神，叫三尸，每逢庚申之日，向天帝诉说人的过恶。

　　[2] 漏淫：漏泄。

　　[3] 大还之药：即大还丹。道教炼丹术，以九转丹再炼，化为还丹，宣称服之可白日飞升。

　　[4] 察霆：明察的雷霆。

　　[5] 回道人：吕洞宾自称回道人，"回"字两个"口"，可拆为"吕"字。

　　[6] 长卿：刘长卿。　太白：李白。　岑嘉州：岑参。

[7] 寄豭：寄放在别家传种的公猪。　祝螟：相传螟虫无子，取螺蛉之子，祝之七昼夜，则化为己子。

[8] 豫章：江西南昌的古称。

[9] 大令：指王献之，王羲之第七子。幼时从王羲之学书，楷书《笔阵图》几可与父乱真。行草变父风，创上下相连之一笔书。累官至中书令，族弟王珉代中书令，亦能书，世称王献之为大令，王珉为小令。　右军：指王羲之，王羲之官至右军将军。

[10] 家鸡：晋庾翼书法初与王羲之齐名，后来王书盛行，庾翼不服气，在给友人的信中有"小儿辈厌家鸡，爱野雉"之语。见《晋中兴书》卷七《颍川庾录》。

【评析】

陆云龙云：直是天人，色想俱超人世。(《皇明十六家小品》)

雪香庵诗集序

芳谷使君袖天台归铃阁纪游诗，并出几十语耳，遂觉赤城之霞[1]，蒸为五色，石梁之瀑[2]，泻于长江，琼台双阙之锦[3]，天钟鼓鸣，而群仙往来笑咳在云气，一时字丹纸贵，愿倾使君之储，使君不能秘也，于是雪香庵之诗集出。庵寄千柳中，而颜则以唐人"三月飘絮"语，不负此庵矣。读庵中诗，想庵中事，大都天地山川人物典故之幻，互举之则来，偏执之则阻。其来也，来于鲜墨，不来于枯管。《诗》三百，赋者少而兴者多，兴者少而比者多，盖《诗》本于《易》，须拟之议之，而成其变化，安得以七子调掩于鳞之论诗乎[4]？自谢家女形絮为雪[5]，使君谱一"香"字，遂攘之为己有。柳本地缀也，忽作天想，雪偶目喻也，又作鼻观，文章家割神取气，亦何所不至！然使君禀才自异，灵洞其胸，电岩其目，曾吐弥成之石[6]，更梦江令之花[7]，故所冲口疾书，滔滔霍霍。吾即举柳事形至其诗：庾山蘁谷[8]，庞潭柽河[9]，不足以尽其该博；王恭春月[10]，张绪当年[11]，不足以偿其韵姿；翠盖云团，玉干风搭[12]，不足以标其丽隽；折圃束蒲[13]，依依嘻嘻[14]，不足以出其感叹；目瞖溺蝉[15]，肘生观化[16]，不足以当其游戏；彭泽署衔[17]，激水听锻[18]，不足以肖其孤上；朱衣舐露[19]，汉苑眠人[20]，不足以示其谲奇。殆有异眼别肠，亭亭自命者，较之西堂春草[21]、吴江枫落[22]，未知赏识谁属后先也。使君守我大越，即托寄鞅掌[23]，而云梢鸟背之意，时时跃然。一访咫园，为我题驱来山而去，似袍笏巾车间，具多韶洒，其性情玄逸，趣在言外，故能诗也。昔人读"空翠湿衣""月明生渚"之句，辄云得天趣，问："何以识其天趣？"曰："能知萧何所以奇韩信，则天趣可解[24]。"如此，可以味雪香庵之诗矣。

【注释】

[1] 赤城：山名，在浙江天台县北，是去天台山必经之处。

[2] 石梁：天台山著名瀑布。

[3] 琼台双阙：天台山名胜。

[4] 七子：指明代前后七子。　于鳞：李攀龙，字于鳞，后七子领袖。李攀龙在其《沧溟集·古乐府序》中引《易·系辞》"拟议以成其变化"来作为自己的创作主张。

[5] "自谢"句：晋谢安侄女谢道蕴，聪明有才。天骤雪，谢安曰："白雪纷纷何所似？"兄子谢朗曰："撒盐空中差可拟。"道蕴曰："未若柳絮因风起。"见《世说新语·言语》。

[6] "曾吐"句：《西京杂记》："五鹿充宗受学于弥成子。弥成子少时，常有人遇己，授以文石，大如鸡卵，成子吞之，遂大明悟，为天下通儒。成子后病，吐出此石，授充宗，充宗复吞，又为明学。"

[7]"更梦"句：《太平御览》卷六〇五引《齐书》曰："江淹尝宿于冶亭，梦一丈夫自称郭璞，谓淹曰：'吾有笔在卿处多年，可以见还。'淹乃探怀中，得五色笔一，以授之。尔后为诗绝无美句，时人谓之才尽。"按，梦笔生花是李白事，此误。

[8]庨（guī）山：山名。《山海经·中山经》："（缟羝山）又西十里曰庨山。" 藿（guàn）谷：《山海经·中山经》："庨山之西有谷焉，名曰藿谷，其木多柳。"

[9]旄：《尔雅》："旄，泽柳。" 柽：《尔雅》："柽，河柳。"

[10]王恭春月：《世说新语·容止》："有人叹王恭形茂者，云：濯濯如春月柳。'"

[11]张绪当年：《南史·张绪传》："绪吐纳风流……刘俊之为益州，献蜀柳数株，枝条甚长，状若丝缕。时旧宫芳林苑始成，武帝以植于太昌灵和殿前，常赏玩咨嗟，曰：'此杨柳风流可爱，似张绪当年时。'"

[12]玉干风搭：《古今事文类聚续集》卷五徐仲雅《宫词》："内人晓起怯春寒，轻揭珠帘看牡丹。一把柳丝收不得，和风搭在玉阑干。"

[13]折圃：《诗经·齐风·东方未明》："折柳樊圃，狂夫瞿瞿。" 束蒲：《三齐略记》："台城东南有蒲台，高八尺，始皇所顿处，在台下萦马。至今蒲上犹萦，似水杨而堪为箭。"

[14]依依：《诗经·小雅·采薇》："昔我往矣，杨柳依依。" 嘒嘒：《诗经·小雅·小弁》："菀彼柳斯，鸣蜩嘒嘒。"

[15]目翳溺蝉：《晋书·顾恺之传》："（顾恺之）尤信小术，以为求之必得。桓玄尝以一柳叶绐之曰：'此蝉所翳叶也，取以自蔽，人不见己。'恺之喜，引叶自蔽，玄就溺焉。恺之信其不见己也，甚以珍之。"

[16]肘生观化：《庄子·至乐》："支离叔与滑介叔观于冥伯之丘，昆仑之墟，黄帝之所休，俄而柳生其左肘。"

[17]彭泽署衔：彭泽指陶渊明，陶渊明曾任彭泽令。其《五柳先生传》谓"宅边有五柳树，因以自号焉"。

[18]激水听锻：《晋书·嵇康传》："嵇康性绝巧，而好锻。宅中有一柳树，甚茂，乃激水围之，每夏月居其下以锻。"

[19] 朱衣舐露：《孔氏志怪》："会稽盛逸，尝晨兴，路未有行人，见门内柳树上有一人，长二尺，衣朱衣，冠冕，俯以舌舐树叶上露。良久，忽见逸，神意如惊遽，即隐不见。"

[20] 汉苑眠人：《三辅故事》："汉苑中有柳状如人形，号曰人柳，一日三眠三起。"

[21] 西堂春草：指谢灵运《登池上楼》中"池塘生春草，园柳变鸣禽"之句。钟嵘《诗品》卷二："《谢氏家录》云：康乐每对惠连，辄得佳语。后在永嘉西堂，思诗竟日不就，寤寐间忽见惠连，即成'池塘生春草'。故常云'此语有神助，非吾语也'。"

[22] 吴江枫落：初唐崔信明恃才蹇亢，尝自矜其文。时有扬州录事参军荥阳郑世翼，亦骛倨忤物，遇信明于江中，谓曰："闻君有'枫落吴江冷'之句，仍愿见其馀。"信明欣然多出旧制。郑览未终，曰："所见不逮所闻！"投卷于水中，引舟而去。见《旧唐书》卷一九〇。李白亦有"枫落吴江雪，纷纷入酒杯"诗句。

[23] 鞅掌：烦劳。

[24] "昔人"数句：释惠洪《冷斋夜话》卷四："吾弟超然喜论诗，其为人纯至有风味。尝曰：'王维摩诘《山中》诗曰："溪清白石出，天寒红叶稀。山路元无雨，空翠湿人衣。"舒王《百家夜休》曰："相看不忍发，惨淡暮潮平。欲别更携手，月明洲渚生。"此皆得于天趣。'予问之曰：'句法固佳，然何以识其天趣？'超然曰：'能言萧何所以识韩信，则天趣可言。'予竟不能诘。叹曰：'微超然，谁知之？'"

【评析】

陆云龙云：合《惹云草》读之，觉花竹扶苏，横胸刺眼，文与可之成竹非奇，谢道蕴之咏雪非丽。(《皇明十六家小品》)

颜茂齐集序

珠玉有价，卿相有品级；至文字之尊，无级可寻，而无价可问。有一篇之贵,有一句之贵,有一字之贵。当其贵之时,馨香可以达天,高峻可以踹岳,隽异可以破鸿濛,纵肆亡状,可以折贤圣之腰,而下英雄之泪。然亦前胎宿世,贵者自贵耳。尝有人诗文见饷,且令标之赏之,拣金砾也,摘翠毛也,嚼其中边之密蜡也,字画形象,猥冗可憎。而予于此道,分别太甚,一不相得,如得血刃之仇,急求老杜洗诗眼,急求大苏洗文眼,穷斋兀兀,持此两诀而已。

慈水颜茂齐[1],贵人也,生平不相识,突遗我《读书佳山水歌》,秀婉哀清,金丝响动。已而阅其《雪履酬》,已而阅其《闽粤诸纪咏》,已而尽阅其文、赋、启、牍等诸体,具囷裁也。兰泼其口[2],晶雕其肺,斗肥其胆,镜通其识,尺幅之中,高华丽采,英杰翘峙,富不浓恶,贫不俭酸,居然一癯衣贵公子耳。茂齐不得志于场屋,喜为山水游,凡一石之隽,一壑之灵,皆以笔底收之。所至倒屣[3],而欲自热童子之灶[4];逢人惊座,而每不烦安邑之肝[5]。更可师者:文人轻诋,茂齐性喜誉人;介人易忤[6],茂齐性喜合人;才人矜满,茂齐性喜受人。时而杞忧危涕,时而谐怪倾绝,意其自处在苏杜之间。来如静云,吾爱之,去如迟月,吾思之,始终谓其气骨之贵也。唐有仆射[7],狎出天街卑田院[8],乞儿睨之曰:"吾耳目不损,彼口鼻不加也。"姑布子卿敊其唇曰[9]:"位置少异耳。"嗟呼!贵贱之在文字,岂特位置已哉!

【注释】

[1] 慈水:指浙江慈溪县。
[2] 泼(fā):疏浚。
[3] 倒屣:指主人热情迎客,急迫间把鞋穿倒。

[4]"而欲"句：汉梁鸿字伯鸾。少孤，诣太学受业。常独坐止，不与人同食。邻舍先炊已，呼伯鸾趁热釜炊，伯鸾曰："童子鸿不因人热者也。"灭灶更燃之。见《东观汉记·梁鸿传》。

[5]"而每"句：《后汉书·周燮黄宪等传》："太原闵仲叔者，世称节士……客居安邑，老病家贫，不能得肉，日买猪肝一片，屠者或不肯与。安邑令闻，敕吏常给焉。仲叔怪而问之，知，乃叹曰：'闵仲叔岂以口腹累安邑邪？'遂去，客沛。"

[6]介人：孤傲之人。

[7]仆射：官名。唐代有左、右仆射，任宰相之职。

[8]天街：京城中的街道。　卑田院：即养济院，收容乞丐的地方。

[9]姑布子卿：春秋时赵国相士，姓姑布，名子卿，曾给孔子和赵襄子看过相。

【评析】

陆云龙云：如朝霞倏忽异色，如曲涧瞬息异声，正令人双眸碌碌，或幻或新而已。(《皇明十六家小品》)

李太虚大椿堂集序

姚江讲知[1]，盱江讲明[2]，将毋同？曰：微有异。儿生先首，而体从之，一辞混沌，见光则渐喜，喜者其知，而见者其明也。《大学》顶门出此一字[3]，而以天为大。凡欲天之下者，皆从此受新受亮。顾其力不大于躁动，而大于静止，是故电之智不如星，星之智不如月，月之智不如日，而日之智不如天。予于此少有参焉，骤晤豫章李太虚先生[4]，首挈此语以相证也。先生缴恒山胙土之节[5]，暂尔锦旋[6]，过芜上[7]，昵就予，为班荆谈[8]，因命河朔之饮[9]。每饮而予醉三参，每谈而予纷宛窅然者七日。为予言宙合古今之故，言死生性命之微，言治乱循环之理，言山水南北之异，言文章失得之繇，莫不镜觉机敏，珠圆晶透，使我并坐而不知其膝之欲前。吾观其为人，似乎眼有冷缝，耳有惊雷，舌有奔泉，肺有林屋，肠有辘轳，腹有对簿，而总之其心有天光发彩之妙。所著乐府，高清古逸，如独鹘之凌霄；所著近体，恢洪展肆，如大鲸之掣海；所著放歌，奔腾跳艾，如神骏之下坡；所著试牍，典确真式，如老农之谈穑；所著疏章，恳款迫至，如良医之发圭：此有用之文也。身在木天[10]，不忘其本，乃以"大椿"名集，此即天明之最初处。偶一解颐语，虽谑而庄，虽迂而急，言："胡儿脱壳习弓刀，我人出胎学举业。人知弓刀可以杀人，而不知举业可以杀虏，何也？弓刀血气也，举业心知也，肯炼心气之灵，自制血气之蠢。大城若干，小邑如许，备虏者陟，杀虏者封，日以虏为事，虏不足虑矣。奈何来俱蝟缩，去则燕嘻，穷年竟日，以八股三场、五花四考[11]，软媚人之筋骨，而耗劳人之神潘为？"此其言皆铿鎗确凿，救时急着，揆路不遥[12]，太平有日矣。先生两握文衡，名魁大元俱出其门下。而每见操觚缝掖辈[13]，倾盖即如故人，即童子以数艺来谒，皆为之悉意点撺，钩分针绶，只字不遗。春风入座，接引娓娓，此真婆心恺切，若欲天下即在此时共明，方为愉快。先生状貌，颀然翘秀，每立谈时，疏眉剔竖，挡胸撑脚，轰笑喧然。然而渊凝岳奠，神气俱静。明从止出，其明乃大。异日孔堂，不知谁等？而吾以黮昧劣庸之品，得附于明证先生之末，故乐为序其大集如此。

【注释】

[1] 姚江：即明王守仁，因是浙江馀姚人，故称。其学说主张以心

为本体，提倡"良知良能""致知格物"，反对朱熹的"外心以求理"，创"心学"一派，世称姚江学派。

[2] 旴江：罗汝芳，字惟德，号近溪。江西南城人，南城有旴江，故称。罗汝芳是明中后期泰州学派的代表人物。

[3]"大学"句：指《大学》首句："大学之道，在明明德。"

[4] 李太虚：李明睿，字太虚，江西南昌人。天启二年（1622）进士，选翰林院庶吉士，任左中允。崇祯十七年（1644），劝崇祯帝弃北京南迁，不从。顺治初为礼部侍郎，未几，以事去官。卒年八十有七。

[5] 缴节：指出使返回。　胙土：帝王以土地赐封功臣，以酬其勋劳。

[6] 锦旋：衣锦还乡。

[7] 芜：芜湖，在安徽。

[8] 班荆：铺荆于地而坐。

[9] 河朔之饮：曹丕《典论》："大驾都许，使光禄大夫刘松北镇袁绍军，与绍子弟日共宴饮，常以三伏之际，昼夜酣饮，极醉，至于无知。云以避一时之暑，故河朔有避暑饮。"后用以指酣饮。

[10] 木天：指翰林院。

[11] 五花四考：明代考核京外官员政绩时用"五花册"，让督抚以四格注考。

[12] 揆：宰相。

[13] 操觚：执简，指作文章。　缝掖：宽袖单衣，儒生所服，代指儒生。

【评析】

李明睿是所谓理学名臣，其言以八股杀房，未免臆想，然其批评八股之弊，亦有见地。王思任对其人称誉过当，难脱为达官作序之虚套。文中叠用排比句，一气贯通，气势甚盛。

冒伯麐诗序 [1]

伯麐长予近十岁，万历中邂逅何景曜家，一见莫逆。已而数过太冲阮氏杯堂[2]，论文甚欢。适伯麐着一绿缊袍[3]，容仪不整，疏步高谈笑，自谓貌侵[4]，不当得功名。予谓蔡泽亦可儿[5]。伯麐曰："以口舌自求相印，犹之妾妇耳。"是时伯麐为忌家所中，削去秀才，不屑也。既予幸一第，三为令，一领云司[6]，伯麐未尝过而问焉。有筒便[7]，数行相思已耳。今年伯麐死，病革时，挈全诗付其犹子[8]，如太白嘱阳冰事[9]，且要之必以山阴王季重序我。嗟呼！生死交情，一至此邪！近日后生狂亡赖轻骂王元美[10]，不知先生是坡公后身，肯引进后辈，却不轻许后辈。先生言诗，生平心折者三人：一为俞仲蔚[11]，一为胡元瑞[12]，一即伯麐。仲蔚五言，已入圣域；元瑞比拟错综，诗有唐骨，似乎法老于才；伯麐自汉魏至宋元，皆食其蜜而遗其滓。其所为诗，如海云独鹤，古洞鸣泉，突口闲来，致多于韵。卢次楩赋奥而诗不成[13]，谢茂秦诗佳而人未品[14]。伯麐守穷饿，一博山炉自供[15]，异书数卷，朝夕玄对[16]，所至灭灶辞肝[17]，不知天地间何者美好。骨傲而不肆，意狷而不僻。间或酒酣耳热，高咏闲情，托思好色，点缀水盐，隐映镜月，亦借此以豪其吟咏，阮籍卧邻女傍[18]，实无意也。伯麐人与诗并是峨眉巘崿[19]，有明传高士，伯麐定当首据一席矣。嗟呼！峨冠大肉，其湮于荒草残碣者何限！生前有诗，死后不堪瓿覆[20]，视伯麐所得孰多？人患自不能传耳，不患贫与贱也。

【注释】

[1] 冒伯麐：冒愈昌，字伯麐，如皋（今属江苏）人。诸生，万历

间在世。曾以避仇浪迹吴、楚，游王世贞、吴国伦之门。有诗集《绿蕉馆》《珠泉》《幽居》等二十馀种。万历末年，抨击七子派者日众，冒氏则坚持七子门户不变。生平见《列朝诗集小传》丁集。

[2] 太冲阮氏：见《知希子诗集序》注[13]。

[3] 缊袍：以乱麻衬于其中的袍子，贫者所服。

[4] 貌侵：容貌丑陋。

[5] 蔡泽：战国燕人，相貌丑陋，游说秦昭王而为秦相，号纲成君。

[6] 云司：指朝廷掌握司法的官。王思任曾任袁州推官。

[7] 筒便：邮筒之便。

[8] 犹子：侄子。

[9] "如太"句：李白晚年往依族叔当涂令李阳冰，并嘱李阳冰为己整理文集。

[10] 亡赖：无赖。 王元美：王世贞，字元美。

[11] 俞仲蔚：俞允文，字仲蔚，昆山人。与王世贞友善，为嘉靖"广五子"之一。有《俞仲蔚集》。

[12] 胡元瑞：胡应麟，字元瑞，浙江兰溪人。万历四年（1576）举人。能诗，受知于王世贞。著有《少室山房笔丛》《诗薮》《类稿》等。

[13] 卢次楩：见《徐文长逸稿序》注[13]。

[14] 谢茂秦：谢榛，字茂秦，山东临清人，号四溟山人。李攀龙、王世贞等结社燕市，谢榛以布衣为之长，时称"五子"。

[15] 博山炉：古香炉名。因炉盖上的造型似传闻中的海中名山博山而得名。

[16] 玄对：谓相对而有玄思。

[17] 灭灶辞肝：见《颜茂齐集序》注[4][5]。

[18] "阮籍"句：《世说新语·任诞》："阮公邻家妇有美色，当垆沽酒。阮与王安丰常从妇饮酒，阮醉，便眠其妇侧。夫始殊疑之，伺察，终无他意。"

[19] 巀嶭（jié niè）：山名。一名嵯峨山，又名慈峨山。在今陕西省泾阳、三原、淳化三县交界处。传说黄帝曾铸鼎于此。

[20] 瓴覆：即覆瓴，盖酱罐。《汉书·扬雄传》载扬雄撰《太玄》

《法言》,刘歆谓之曰:"吾恐后人用覆酱瓿也。"

【评析】

怀念亡友,笔致凄清。文虽短,而冒伯麐神貌性情,俱跃然可见。

方澹斋诗序

《五经》皆言性情,而诗独以趣胜。其所言在水月镜花之间,常使人可思而不可解。吾尝谓太白终在少陵之上,即其寄托游仙泳女,一再读之,飘淫恍惚,而别离短促之景具是矣。吾友方汝善,诗胎也,以镇伯守陪京,家赤贫,旌旄旧秃,干戚冷然[1],而部伍整肃,无敢不禀于度。入其堂,卤簿森如也[2]。此外环花拥竹,调鹤雠书[3],驿惠泉[4],煮顾渚[5]。曾醉我以兰,又醉我以桂。予偶于役鸠兹[6],而汝善诗来讥征劝讽,朋友折赠劳劳亭上曾无此也[7]。汝善诗岂敢遽谓夺开元大历之座[8],然其发思必渺,寄韵以冲,胜句佳联,每以不思不勉得之。吾家右丞有云[9]:"夙世命词客[10]。"凡为诗者,必借今生撚须[11],探讨回肠,所得无几也。太白一生服谢语"大江流日夜,客心悲未央"[12],此两言者,亦有甚浓致,而气象混茫,非江非客,诗胎读之,便如隔世事。汝善澹斋近日所获,岂什百倍于此?吾展读其箧[13],酒酣耳热,而江上数峰青也[14]。

【注释】

[1] 干戚:盾与斧,此指仪仗。
[2] 卤簿:仪仗队。
[3] 雠:校雠,校勘。

[4] 惠泉：惠山泉，在江苏无锡，号称天下第二泉。

[5] 顾渚：名茶，产于浙江长兴县顾渚山。

[6] 鸠兹：安徽芜湖市的古称。

[7] 折赠：折柳送别。 劳劳亭：又名临沧观，三国吴筑，在劳劳山上，是古时送别的场所，旧址在今江苏南京西南。

[8] 开元大历：见《知希子诗集序》注[30]。

[9] 右丞：指王维。王维官至尚书右丞，故称。

[10] "夙世"句：王维《偶然作六首》其六："宿世谬词客，前身应画师。"

[11] 撚须：指苦吟。唐卢延逊《苦吟》："吟安一个字，撚断数茎须。"

[12] "大江"二句：南朝齐谢朓《夜发新林至京邑赠西府同僚》中诗句。

[13] 筵：扇子，也指行书。

[14] 江上数峰青：钱起《省试湘灵鼓瑟》："曲终人不见，江上数峰青。"

【评析】

论诗深中窍要。以"诗胎"誉人，极巧妙。

心月轩稿序 [1]

始吾家阿咸以楼船将军驻粤海[2]，曾共寅侯获夷铳[3]，每言辇上君子多矣[4]，即无如寅侯胆智具足，且其诗文，字字皆丹，不止珠琲百贯也[5]。今年过邘[6]，逢逢欸乃[7]，交臂而去之。不意寅侯未能忘我，且言我与公安竟陵不同衣饭[8]，而各自饱暖，予何敢当寅侯知己也！寅侯函其《心月轩稿》示教，予烧二尺烛，爇筒引觥，一目一口，觉两腋风谡谡如从松下来。辄谓诗文一窍，决非今生撮办：有心及之，而舌不能及；有舌及之，而手不能及；有手及之，而学问考订不能及。大约底滞蹇昧之人，去此道远，而朗圆英爽之辈，入此道近。寅侯落笔，墨蕊皆香，庐山三叠[9]，峰铁万仞，五泄龙居[10]，雪银雄走。吾快读一过，生平乐处，哀梨火枣[11]，无有此脆也。寅侯关于邘浦[12]，而余亦适复关于芜阴，钀研代端[13]，土灰作墨，日言阿堵[14]，时握算豆[15]，觉措大眉宇渐变白衣儿贾[16]，而来心月一照，盎然掬水，冷沁一时，乃知令尹喜自是真人[17]，不在老子下也。

【注释】

[1]心月轩稿：邓士亮诗文集。邓士亮，字寅侯，蒲圻县（今湖北赤壁市）人。万历十九年（1591）举人，万历三十二年（1604）进士。初任彝陵州学正，再任四川绵州学正，升广东肇庆府推官。后经考核，任宗人府经历，升南京户部广东司员外，旋擢户部浙江司郎中，出任四川马湖府知府。后留川任川南道尹，任职一年，卒于任上。

[2]王咸：未详。

[3]夷铳：即红夷大炮。邓士亮担任广州府推官的时候，"有红夷（荷兰）船、澳夷（葡萄牙）船肆掠海防，公（邓士亮）多方守御。适贼船遭飓风沉没阳江海口，公寻觅善水者捞探，方知船沉深水，架有大炮，随浸沙泥。捐俸雇募夫匠，设计车绞，获取大炮三十六门。总督胡公运解至京。又绞获大红铜炮两门，储肇庆府军器局中。随行差二炮至京，永镇边封"。见嘉庆《蒲圻县志》。

[4]辇上：指京师。

[5]琲（bèi）：贯珠，珠十贯为一琲。

[6]邘：扬州。

[7]逢逢：象声词，形容鼓声。　欸乃：象声词。形容摇橹声或棹歌声。

[8]公安：指公安派，明末以公安人袁宗道、袁宏道、袁中道兄弟为代表的文学流派，反对拟古，提倡独抒性灵。　竟陵：指竟陵派，

明末以竟陵人钟惺、谭元春为代表的文学流派,风格幽深孤峭。

[9]庐山三叠:庐山三叠泉,由五老峰北崖口,悬注大磐石上,共有三级。附近有铁臂峰,岩石呈黑赤色。

[10]五泄:山名,在浙江诸暨市,有五级瀑布飞泻,气势雄壮。相传曾有人于此化龙飞去,有龙潭、龙井等遗迹。

[11]哀梨火枣:见《礐园诗稿序》注[6]。

[12]关:指设关专卖。

[13]镴:铅与锡的合金。 端:端砚。

[14]阿堵:阿堵物,指钱。

[15]算豆:记算度量之具。豆,古量器名。

[16]措大:指贫寒的读书人。 贾:商贾。

[17]令尹喜:周昭王时人,曾任函谷关令。《史记·老子韩非列传》载老子西出函谷关,"关令尹喜曰:'子将隐矣,强为我著书。'"老子遂作《道德经》五千言。后道教将其尊为无上真人。

【评析】

《心月轩稿》的作者邓士亮最值得记载的事迹是发现和打捞红夷大炮。据邓士亮在《心月轩稿》中所记,当时共捞起红夷大炮三十六门,解京二十四门。数年后又在广东沿海捞起两门炮。再根据明廷官方记录,实到北京二十二门,其中一部分继续运到宁远。这是当时最先进的炮。在1626年的宁远大战中,袁崇焕主要依靠十二门红夷大炮而获得大捷。

本文精洁畅达,字字亦如贯珠。"与公安、竟陵不同衣饭,而各自饱暖",可视为作者自许。

云霞馆游草序

予垂老为关吏,日在芜江上,负弩作鹭侯[1],意殊刺促悒悒[2]。俄来赭圻长甘大崧[3],谬顾曰:"王先生海内姓氏人也,愿一交臂。"予骤接之,如玉峰隐映,恍然在赤城琼阙之间。其人白皙,广上而髯下,霏唾若香雾。已读其《寓草》,又读其《山房近秋》,抑何瞳昽昭华[4],漱芳沥液之多也!大崧为诸生,常冠军,夺蝥而舞[5],几入彀[6],而以数奇蹇抑[7],不得中,譬之李广每当封侯,辄失道[8]。乃走名山大川,上罗浮[9],探禹穴[10],遨游齐鲁燕赵之墟,揽奇吊古,以其一腔坷壈屑骚磊落之气,发而为声诗,飞骞绝迹,高视中原吾党如尘溷然。故其格品孤峻,音节唳清,骏发踔厉,穿天心而出月胁,駸駸乎攘大历建安之座矣[11]。或谓大崧屈首就五斗[12],春谷喉冲地[13],簿书鞅掌[14],何暇拈韵事?不知韵事何常,但得韵人,自饶千古。陵阳多胜迹[15],工山漳水,削翠拖蓝,太白之酒坊[16],笑语未断,明远之旅寓[17],鳞猎如新。大崧胸盘丘壑,笔吐烟云,江花陶柳[18],正凫舄仙仙之始[19],半闲亭上,得句应多,当与《游草》竞鸣。鱼筒不远[20],托清弋而时时广我。则所谓邀天之幸,予日望之矣。

【注释】

[1] 负弩:见《旧游采石记》注[13]。

[2] 刺促:忙迫,劳碌不休。

[3] 赭圻:岭名,在安徽繁昌县北,此即指繁昌县。 长:县令。 甘大崧,生平未详。

[4] 瞳昽:太阳初出由暗而明的样子。

[5] 蝥:蝥弧,春秋时郑伯之旗。《左传·隐公十一年》:"颍考叔取郑伯之旗蝥弧以先登。"

[6] 入彀:指科举中式。《唐摭言》:"(唐太宗)私幸端门,见新进士缀行而出,喜曰:'天下英雄入吾彀中矣。'"

[7] 数奇：命运乖舛。

[8] "譬之"二句：汉代名将李广因命运不好，始终不能封侯。元狩四年（前119年），李广随大将军卫青击匈奴，因迷失道路，未能与大军及时会师，愤而自杀。见《史记·李将军列传》。

[9] 罗浮：山名，在广东省惠州市博罗县境。

[10] 禹穴：在浙江绍兴会稽山，传说为夏禹葬地。

[11] 大历建安：见《茵花馆诗序》注 [5]。

[12] 五斗：即五斗米，指低级官吏微薄的薪俸。《宋书·陶潜传》载，陶渊明任彭泽令，督邮到县巡视，陶说："我不能为五斗米折腰向乡里小儿。"

[13] 春谷：安徽繁昌县的古称。

[14] 鞅掌：烦劳。

[15] 陵阳：汉代县名，故址在安徽青阳县南。

[16] 太白：李白，字太白。

[17] 明远：南朝宋诗人鲍照，字明远。

[18] 江花：《太平御览》卷六〇五引《齐书》载，江淹梦中见有人自称郭璞，向其索笔，江淹从怀中取出一五色笔还之，从此作诗无好句。（按，李白有梦笔生花事，恐作者误记。）　陶柳：指陶渊明宅畔之柳，见陶渊明《五柳先生传》。

[19] 凫舄：《后汉书·方术列传·王乔传》："王乔者，河东人也，显宗世为邺令。乔有神术，每月朔望，常自县诣台朝。帝怪其来数而不见车骑，密令太史伺望之。言其临至，辄有双凫从东南飞来。于是候凫至，举罗张之，但得一只舄焉。"后以此典指与县令有关的事。

[20] 鱼筒：邮筒。

【评析】

应酬之文，语言甚工，而立意平平。

孙念劬吏部文集序[1]

共一官也，含鸡戴鵔[2]，予之以计吏题才之署，则骨是金镠[3]，姿称冰玉，王锷仰天，呵气便数丈矣。此其故何也？门既茧封，谒如鬼探，呼殿传街，冒询干进者[4]，以手推为善物，而言渐蚁密也。虽有冲人[5]，不能不峙其目于眉上，不能不冡其腹于颔前也。且言吏治，而暇文章！

崇祯庚午[6]，岁暮雪飘，国子先生拥襆僦舍[7]，炉存似红，有客寂止，愿一交臂，出乃孙吏部念劬氏也。予隔世人，实未知吏部函予已久，且悉甚，辄谓予曰："不佞多病，不喜官，今兹了局事，非予好，得见子，则此来不负，予行且归。"不喜官，予何以得函于吏部，而久且悉，悉且诚至此？送登骑一人，揽辔一人，呵一小吏持刺，此为吏部乎哉？予答之谒，而吏部且寅出，予盟之酒，而吏部未午来，吏部凡数面予，予仅一书簿，何称施之不平也？未几，以诗若词及诸体遗予。予读之叹曰：昔者吾友王圣俞言[8]："文章进则谦，文章至则盛。"谦，吏部之谓也。予少为轻薄言：人当自揣其分量，有《大诰》在[9]，毋作非为。而忌者目摄，然而予言终不薄也。土梗绣乎[10]？残膏馥乎？补袖而舞乎？未卵而求时夜乎[11]？蝉叶翳其目，而曰人莫我窥乎[12]？驱市人而战乎[13]？假玄假淡，以为自然之白描，有心之浅墨乎？此其人天未与之，而人亦未尝白与也。吏部赋质，夺万人之座，又苦心读书，摹古涤今，不知攒眉撚髭者几何年岁矣[14]。于是博收研入，因趣流声，大小疾徐高下，不觉其钟之应叩而响之答桴也[15]。所为诗，如沉雄老将札柳屯田[16]，不惊不躁，又如邓林深郁[17]，括苍寒杳[18]，不可一望而尽。韵则大历之前[19]，格取夔州以后[20]。而所谓乐府，古质玄眇，语不多而意厚，顿使献吉于鳞有尹邢瑜亮之感[21]。至其小词婉妙，置之稼轩少游辈[22]，谁复分睨睆喉舌[23]？恒山以南，卢次楩骑霆叱斗[24]，然其所传，止《幽鞠赋》，虽旨闯骚坛，而花笔亦尽在是，则何如吏部之武库东序[25]，富美百射，淫神而炙胃也？予鹿鹿出长安[26]，望芦沟浐淖[27]，便如镜湖台瀑上[28]，垂老复作冯唐[29]，喜南都山水清丽，再欲一歌华表[30]。而阅邸报[31]，吏部果即请休沐去。交臂而即诚言如此，大英雄也。自位峨眉积雪，骨坚眼冷，下视培塿万绿[32]，不啻煮搅一汗釜中，从此约精返照，以自究其明正远悠之事，增一语不如减一语，愿以此语为赫蹄而且致赠[33]，念劬且何以复我？

【注释】

[1] 孙念劬：孙昌龄，字念劬，河北宁晋人。天启进士，官吏部主事。入清官至左副都御史。

[2] 鸡：指鸡舌香，即丁香。汉代郎官口含鸡舌香，欲其奏事对答，气味芬芳。鹖：鹖鴠，有文彩的赤雉。此指鹖鴠冠，用鹖鴠羽装饰之冠。《史记·佞幸列传》："故孝惠时，郎、侍中皆冠鹖鴠，贝带。"

[3] 镠：紫磨金。

[4] 诟：同"诟"，耻辱。

[5] 冲人：年幼的人，多为帝王自谦之词，此指皇帝。

[6] 崇祯庚午：崇祯三年（1630）。

[7] 国子先生：指国子监的学官，如祭酒、助教等。作者曾任国子助教。

[8] 王圣俞：字纳谏，号观涛，扬州人，晚明学者，有《四书翼注》《苏长公小品》。

[9]《大诰》：朱元璋于洪武十八年（1385）发布的刑法条例汇编，共三编，亦称《大明律诰》。

[10] 土梗：泥塑偶象。亦以喻轻贱无用。

[11] 时夜：司夜，指鸡。《庄子·齐物论》："见卵而求时夜。"

[12] "蝉叶"二句：《晋书·顾恺之传》："（顾恺之）尤信小术，以为求之必得。桓玄尝以一柳叶绐之曰：'此蝉所翳叶也，取以自蔽，人不见己。'恺之喜，引叶自蔽，玄就溺焉。恺之信其不见己也，甚以珍之。"

[13] 驱市人而战：《史记·淮阴侯列传》："驱市人而战之，其势非置之死地，使人人自为战，今予之生地，皆走，宁尚可得而用之乎？"

[14] 攒眉撚髭：苦吟的神态。

[15] 枹：鼓槌。

[16] 柳：细柳营，汉文帝时名将周亚夫的军营。

[17] 邓林：神话中的树林。

[18] 括苍：山名，在浙江东南部。

[19] 大历之前：指盛唐。大历是唐代宗的年号。

[20] 夔州以后：指杜甫晚年流落到夔州以后的诗作，这一时期是杜甫诗歌艺术的顶峰。

[21] 献吉：李梦阳，字献吉，明"前七子"领袖。 于鳞：李攀龙字于鳞，明"后七子"领袖。 尹邢：汉武帝同时宠幸尹夫人与邢夫人，不使二人相见。尹夫人向武帝请求见邢夫人，相见后尹夫人低头而泣，自痛不如。见《史记·外戚世家》。 瑜亮：周瑜和诸葛亮。《三国演义》第五十七回："（周瑜）仰天长叹曰：'既生瑜，何生亮！'"

[22] 稼轩：辛弃疾，号稼轩。 少游：秦观字少游。

[23] 睍（xiàn）睆（huǎn）：鸟色美好或鸣声清圆。

[24] 卢次楩：见《徐文长逸稿序》注 [13]。

[25] 武库：储藏武器的仓库。后用以称人富有才识，干练多能。 东序：古代宫室的东厢房，为藏图书、秘籍之所。

[26] 鹿鹿：车轮转动声，引申谓奔走于道途。 长安：代指京城。

[27] 芦沟：即北京西南的永定河。 浑淖：水和泥相混的样子。

[28] 镜湖：即鉴湖，在浙江绍兴。 台瀑：天台山瀑布。

[29] 冯唐：汉初人。汉文帝时任中郎署长，景帝时免官。武帝时冯唐已九十馀岁。又被举荐为贤良，但已不能为官了。见《史记·张释之冯唐列传》。

[30] 歌华表：见《重游麻源三谷记》注[11]。
[31] 邸报：朝廷官报。
[32] 培塿：小土丘。
[33] 赫蹏：西汉末年流行的一种小幅薄纸，此指信笺。

【评析】

第一段写掌握考核大权的吏部官员的神气，很传神。

文章先叙与孙昌龄交往始末，继而极赞其诗文。二人似无深交，而作者作如许长文称颂之，颇不可解。孙昌龄休沐去，作者即称之为"大英雄"，不知入清后孙氏复出为官，又当以何相称？

姚永言游笥序[1]

秀灏所结，山水与文人共持之。山灵欲函文人，其言曰："吾不昵就子，而来饱子醉子足矣。"文人曰："而贾也，我商也，我一见子，即挟子而行，当刲子之貌，摘子之神，夺子之趣，贩鬻于好事卧游之辈[2]，而且奈我之不律何？"于是邗史姚永言约醉李曹允大为吴越之游[3]，置游笥，笥者，函之之谓也。游始于西湖，而西湖遂从永言归邗水。予昔手西湖之图，按西湖之志，欲据而有之，而所谓水光山妙，权实即离，常跳掷于图志之外，崛强而不肯俛首。今读永言诗，曰石石点[4]，曰泉泉涌，曰洞洞谽[5]，曰岩岩立，如羊之听鞭，而钱之就串者，何笥之能收拾无馀也！永言夙世开明，天都苗种，望其眉宇，皆湿云苍翠。而虹肠绕剑，木气灰空，又于感怀吊古，飞升禅悦之间，大有领会。故其所为题咏，玄冲冷入，宜其笥之口哆而腹枵矣[6]。一渡钱塘，金庭雪窦[7]，智师、诺巨罗之奇[8]，坐千青万青，而遽人以事促永言暂还[9]。山灵谓此史大不耐事，向吾示之以笋箨耳[10]，便饶舌至此，尝试与之再来，而今未可也。

【注释】

[1] 姚永言：姚思孝，字永言，江都人。崇祯元年（1628）进士，改庶吉士。授户科给事中，历兵、工二科，谪江西布政司照磨，稍迁南国子助教，升南太仆寺丞，转光禄少卿，再转大理少卿。

[2] 卧游：谓欣赏山水画以代游览。《宋书·宗炳传》："有疾还江陵，叹曰：'老疾俱至，名山恐难遍睹，唯当澄怀观道，卧以游之。'凡所游履，皆图之于室。"

[3] 邗：扬州。　史：指翰林院官员，姚思孝是翰林院庶吉士，故称。　醉李：浙江嘉兴。　曹允大：曹勋，字允大，号峨雪，晚号东干钓叟。天启元年（1621）举人，崇祯元年（1628）会试第一，廷试时因得罪丞相，被置于二甲，由庶吉士历官翰林学士、礼部右侍郎。

[4] 石点：石点头，参见《再上虎丘记》注[4]。

[5] 谽：即"谽谺"，山谷空阔貌。

[6] 哆（duō）：张口的样子。

[7] 金庭：山名，道家以为福地，相传在浙江会稽东海际之桐柏山中。　雪窦：山名，在浙江奉化。

[8] 智师：即智者大师，法名智顗，陈、隋时僧人，居天台山，是佛教天台宗的创始人。　诺巨罗：即诺讵那，西域僧人，或曰其俗姓罗。东晋永和年间，诺讵那率弟子三百人居雁荡山，后于大龙湫观瀑坐化，遂以雁荡山开山始祖。

[9] 遽人：驿卒。

[10] 笋箨：竹笋外面的皮。

【评析】

姚思孝是崇祯时东林党人，身任谏官，抨击阉党馀孽甚力。曹勋也是东林党的支持者。

本文以拟人手法写山灵，文势奇幻。

猿声集序

"巴东三峡猿鸣悲","猿鸣三声泪沾衣",此若谷先生托为猿声者也[1]。先生中人痾雾毒,谪五溪[2],几邻瓮鲊,而今得龙跃凤鸣于圣人之世,哀定思哀,而声始出。以予审之,先生心空界远,腓饱眼甘[3],度摩天之岭,过屏锦之山,入玉华之洞,其往也聚粮,其归也如负宝,无所谓慄慄恂惧[4],如哀肠之欲断也。然而哀亦有之,哀灵修之窘步也[5],哀落英之冉冉也,哀群蛾之狂扑也;不则,其吊汨沙而思铜柱也[6];不则,其些国殇[7],谱成苦,叹鸡占箐伏之民为罗施犵狫所鱼肉也[8]。顾先生之哀也,终不敌其喜,遇石钟而涛鞫[9],上庾楼而月静[10],泛赤壁而鹤横,挝鹦鹉之鼓,举岳阳之杯,听湘灵之瑟,吞云梦之烟,续桃源之榜,攀绿萝之丝,咏陶而陶,和苏而苏,拟杜而杜,似乎笑口舒眉,笔飞楮动,一往欢然,不必其予环之日也[11],又恶在其为哀也?然而青袍芒屩[12],荷戈百舍,割妻子友朋之聚,而入夜郎魑魅之群[13],则虽欲弗哀,又焉得而弗哀?语不云乎:"诗穷则工,人穷则韵。"则先生之哀,正所以成先生之喜也。汤义仍演卢生[14],若只边功河功,出将入相,亦何多味趣?今之了无灾难,食羔帐暖,唱和于金门紫闼之上者,岂少若而人?然其言山言水,不几于鹅鹜喧杂,乱我心曲也乎哉!猿声闻,而集乃著矣。

【注释】

[1] 若谷先生:徐良彦,字季良,号若谷,江西新建人。万历二十六年(1598)进士,任婺源、溧水知县,擢河南道御史,以年例出为福州参议,转山东按察副使,入任尚宝少卿,大理寺丞,以金都

御史巡抚宣府。天启中，因阉党崔呈秀疏劾，谪戍五溪。崇祯初赦还，召拜南京大理寺卿，升南京工部侍郎。著有《猿声集》等。

[2] 五溪：指湖南西、贵州东一带，该地有雄溪等五条溪水。

[3] 腓：胫骨后的肌肉，即小腿肚。

[4] 恂惧：惊惧。

[5] 灵修：喻君王。屈原《离骚》："指九天以为正兮，夫唯灵修之故也。"

[6] 汨沙：指屈原，屈原在汨罗江怀沙自沉。 铜柱：《后汉书·马援传》李贤注引《广州记》："援到交趾，立铜柱，为汉之极界也。"

[7] 些国殇：为国殇招魂。些，《楚辞·招魂》中的语尾助词。

[8] 鸡占箐伏之民：指蛮夷之民。《史记·武帝本纪》载古越人用鸡占卜。箐，细竹。罗施：罗罗和施浪，西南少数民族名。 犵狫：西南少数民族名。

[9] 石钟：石钟山。

[10] 庾楼：庾公楼，在江西九江，因晋庾亮为江荆豫州刺史时登南楼赏月而得名。

[11] 予环：即"赐环"。旧时放逐之臣，遇赦召还谓"赐环"。《荀子·大略》杨倞注："古者臣有罪待放于境，三年不敢去，与之环则还，与之玦则绝，皆所以见意也。"

[12] 屩：用麻、草做的鞋。

[13] 夜郎：古地名，在今贵州遵义一带。

[14] 汤义仍：汤显祖，字义仍。卢生：汤显祖剧作《邯郸梦》中的主角。

【评析】

从"哀""喜"二字立论，层层翻转深入，曲折杳缈。

深柳斋三集序

　　说者谓今日无诗,非无诗也,夫人而有诗也,夫人而有诗,皆人其人之诗,而无其诗也。今日主上未遑于诗学,此下自公卿至童子羽衲,即无有不言诗者。岂惟言诗,帙矣,刻矣,播矣,传矣,进则为帚[1],而谒则为贽也。然而望之无诗也,何也?色不易倩,自以为倩者,未尝印其影也。有假灵之派,有假刻之派,有假澹之派,有词赋之派,有道学之派,近日又有时文之派。无"以""焉""之""所"则不新,无经句书语则不巧,此其赋质命胎,原无此道,万不得已,左屈右支,以诧于众,各号曰诗,而诗之道于此乎大苦。

　　豫章徐若谷先生,峨冠岳岳,正气雄文,隽复千古,偶以所为诗见示,且冲其志,谦其词,若谓王生可以商兑者。及读其《深柳斋三集》,无高不洁,无古不妍,无范不围,无情不尽,有才而不用才之一路,有资而不用资之一分,有学而不用学之一字,似于线灰丝迹之中,独舒隔石绦龙之手,又于热顶杀喉之际,忽投返精夺舍之香。吾极爱其五言古,此少陵摹十九首而纵横之者也[2]。吾又爱其五言律,此岑、刘、王、孟所衣冠也[3]。吾又爱其七言近体,则北地、信阳、历下、弇州所窘步而输心者也[4]。大都法老笔苍,工深力厚,纷披洒淅,泼墨具有诗意,可谓盖代之能手矣。江馀刘大司马过客署,言及先生:"吾东家丘也[5],实未尝诗,想在夜郎之后[6],大作伎俩。"予笑曰:"此老柳生于肘矣[7],其连拱九成,图寸高尺,盖不知几岁月也。"江馀曰:"鹦鹉语方知,予向也三眠而三起[8],今当与之争席矣。"

【注释】

[1] 彗：古时见贵人拥彗扫除。《扬雄·解嘲》："或拥彗彗而先驱。"

[2] 十九首：指《古诗十九首》，《文选》中所收东汉无名氏五言古诗，风格平淡自然。

[3] 岑、刘、王、孟：指盛唐诗人岑参、刘长卿、王维、孟浩然。

[4] 北地：李梦阳，甘肃庆阳（汉代属北地郡）人。 信阳：何景明，河南信阳人。李梦阳和何景明是明代"前七子"的领袖。 历下：李攀龙，山东历城人。 弇州：王世贞号弇州山人。李攀龙和王世贞是明代"后七子"的领袖。

[5] 东家丘：传说孔子的西邻不知孔子之才学，称孔子为东家丘。后用为不识人之典故。

[6] 夜郎之后：指李白流放夜郎之后。

[7] 柳生于肘：《庄子·至乐》："俄而柳生其左肘。"柳，"瘤"的假借字。

[8] 三眠三起：《三辅故事》："汉苑中有柳状如人形，号曰人柳，一日三眠三起。"

【评析】

以今日之诗非诗，反衬徐若谷（即上篇所言徐良彦）之诗为真诗，又以刘大司马欲与之争席暗誉之，极跌宕之致。

残草序

水廷尉小集，有客岿至，虎视玉山，一坐掩映。问谁何氏？乃治粟将军李如初也。明日以所著《残草》投示，滔滔旷旷之致，多丁惨恻湫潦[1]。其感怀、托赠、赋物、纪游，别有生面老手，以发其沉雄牢顿，又何竟病之多奇也！将自吉甫、郤縠[2]，以儒文起家，延至投壶啸咏[3]，销干戈于俎豆之间；而武穆先生《满江》一词[4]，血水飞立，几欲踹扁贺兰[5]；张睢阳杀妾掘鼠之际[6]，战苦云深，壮吟愤律[7]，戛戛乎出金石之表。此皆气不止而声随之，如初胸中吞八九而贮百万，手莲华之剑，射月如钩。吾欲其肘斗大印，横行匈奴中，标柱勒铭以归，方赴柏梁之会[8]，则此草为橄凯之首，未可自位于残也。

【注释】

[1]湫漻：清寂。

[2]吉甫：尹吉甫，周宣王时重臣。宣王中兴时，曾率师北伐狁狁至太原。相传作有《诗经·大雅》中《崧高》《烝民》《韩奕》《江汉》等篇。　郤縠：春秋晋文公大夫。晋文公作三军，谋元帅，赵衰因郤縠"说（悦）礼乐而敦诗书"，推荐其为中军将。

[3]投壶：古人宴会时的游戏，以箭投壶中，中多者为胜。《后汉书·祭遵传》："遵为将军，取士皆用儒术，对酒设乐，必雅歌投壶。"

[4]武穆先生：指岳飞，岳飞谥武穆。《满江》：指岳飞《满江红·怒发冲冠》词。

[5]踹扁贺兰：岳飞《满江红》："驾长车踏破贺兰山缺。"

[6]张睢阳：指唐代张巡。安史乱起，张巡兴兵进讨，至睢阳，被困，与太守许远固守数月，救兵不至，食尽，张巡杀爱妾飨士卒，部卒罗雀掘鼠以食。城陷，张巡、许远俱遇难。

[7]"战苦"二句：张巡在围城中作《闻笛》诗，有"营开边月近，战苦阵云深"之句。

[8]柏梁之会：相传汉武帝于元封三年（前114）在柏梁台上会集群臣，赋七言诗，人各一句。

【评析】

博引儒将之典，既切合李如初身份，又寓勉之誉之之意。

偶居集序

　　妍花媚叶，灼灼盈盈，小在胆瓶，大寄雕榭，非不可以怜目也，亡何瞬过萎干，不足以当一帚。至耄耄古柏，拗铁溜铜，气意苍凝，手脚槎放，朴至之极，真标弈然，风为之裁，月为之华，久特闻于古上，其托根者异耳。学人腹馅烂帖括二千篇，逢年糊氏，腼为己有，技尽矣，即一玑牖羽吟，不知从何处磨缉。此非父师之罪也，误在功令，长老子孙，不敢破非常之原耳。然而豪杰之士，陆梁跳跌[1]，耻一字不出于己，命一笔欲高于人，读今人未见之书，行古人未到之路，渊蠖其心，木鸡其守，灵鼍其舌，崛虎其睛，于是命古而古，命今而今，命文而文，命什而什，潇瀿莽滔[2]，播腾鼓銮，而后为合喙鸣。呜喙合，则山阴钟百里使君之《偶居集》是也[3]。

　　大凡读书之人，生于鼎盛则虚，生于困贫则实，不幸少利则浅，幸而晚达则深。酒肉昏神，绮罗软骨，谈弈废时，佚游短知，故富不如贫。敲砖蚤掷[4]，手不触书，誉笑沓来，是我即妙，恶趣日浓，磨光不透，故少不如晚。更人家有缺陷之事，或以孝哀，或以忠激，或以节苦，道理切磋，心性动忍，此又疢疾玉成笃爱豪杰之处[5]，不可不感天公。使君十岁而孤，五十而后贵，耳界冷，精神提束，阅世皆系灵文，代觚不仅售字[6]，而独喜欧、韩、大苏诸公，所谓知博守约，辞赝取真，霜落乃见天根[7]，好色无如淡扫[8]，其言进，其心远也。吾尝诵少陵《古柏行》：“云来气接巫峡长，月出寒通雪山白。”"扶持自是神明力，正直元因造化功。"恍然见百木之长。以此读《偶居集》，为之一快。

【注释】

[1] 陆梁：跳跃貌。

[2] 瀇瀁：即"汪洋"。

[3] 钟百里：钟震阳，字百里，宣城人。崇祯四年（1631）进士，知山阴县。

[4] 敲砖：敲门砖。 蚤：同"早"。

[5] 疢疾：久病，此指灾患。

[6] 代觚：代笔。觚，书简。

[7] 天根：氐宿星别名。《国语·周语中》："天根见而水涸。"

[8] 淡扫：唐张祜《集灵台》："虢国夫人承主恩，平明骑马入宫门。却嫌脂粉污颜色，淡扫蛾眉朝至尊。"

【评析】

通篇用对比法，花叶对古柏，俗士对豪杰，富对贫，少对晚；而论前者不如后者，皆深谙世事人情之言。

阆斋诗稿序

予缮起部园复壮[1]，颜其堂曰"醉衣"，而联有"若论诗人还我部"之句。晋陵杨升芝给谏，戏欲分之，即"何不还拾遗"[2]，一时白下递为佳语[3]。既而给谏以其《阆斋稿》见教，揭函一射，万丈焰芒，真拾遗也。杜乃三百篇后一人，国朝以似续而争其座位者，不啻数十氏，乃拿州以为孙华容得其肉[4]，谢东郡得其貌[5]，王华州得其一支[6]，而郑闽州得其骨[7]，唯李北郡具体而微[8]。予自笑得其撰，而翻覆吟咏给谏之诗，则得其性者也。杜自言为佳句耽癖[9]，其实邻于癖而不居，老更凌云[10]，江河万古[11]，癖乎否也？掣鲸驭虎[12]，方驾屈宋[13]，癖乎否也？别裁伪体，转益多师[14]，癖乎否也？夫诗与文不同，文有累言之而不尽者，诗则一字之落，声到界破；文有一言之而即尽者，诗则一声之转，语去境存。共题一江山，共咏一花鸟，共写一怀抱，共赠一友人，有我言之而不妙，伊冲口而即工，此尚可于言语文字中求之乎？则所谓性之也。杜本性生，而晚律益细[15]，所以夐隻无前，自负必果，亦自知其性之高绝，无待后人尊之耳。今给谏诗，提青结水，汰味洗空，先之以新异，继之以渊恬，终之以奥噩。读其《述怀》，可以对付《遣闷》；读其《秋归》，可以对付《吹笛》；读其《灵洞纪游》，可以对付《滟滪》《草堂》；读其《诅魃》《快雨》《荐墓黄河》诸作，可以对付《秦州》《玉华宫》《石柜阁》；读其《鸟语》，可以对付《垂老别》；读其《悼亡》，可以对付《八哀》；读其《蚤朝元日》，可以对付《退朝口号》。盖剜灵凿秀之手，惟自不同，惟其有之，是以似之。昆仑之上，有开明之府，其圃之门，四照不夜，是名曰"阆"，给谏而且斋之，遂又诗之，或谓此耳。

【注释】

[1] 起部：工部。

[2] 拾遗：官名，掌供奉讽谏。

[3] 白下：南京。

[4] 弇州：王世贞号弇州山人。　孙华容：孙宜，字仲可，一字仲子，号洞庭渔人，湖南华容人。嘉靖七年（1528）举人，长于文，著述甚富。

[5] 谢东郡：谢榛，字茂秦，号四溟山人，山东临清人。嘉靖间，挟诗卷游京师，与李攀龙、王世贞等结诗社，为"后七子"之一，后为李攀龙排斥，削名"七子"之外，客游诸藩王间，以布衣终其身。其诗以律句绝句见长，功力深厚，句响字稳，著有《四溟集》《四溟诗话》。

[6] 王华州：王维桢，陕西华州人，嘉靖十四年（1535）进士，选庶吉士，累官南京国子祭酒，死于地震。为文好司马迁，为诗好杜甫。

[7] 郑闽州：郑善夫，字继之，号少谷，福建闽县人，弘治十八年（1505）进士，授户部主事，辞归。嘉靖初起南吏部郎中，便道游武夷，风雪绝粮，得病死。其诗力摹杜甫，有《少谷山人集》。

[8] 李北郡：指李梦阳，李梦阳是甘肃庆阳人，汉时属北地郡，故称。

[9] 为佳句耽癖：杜甫《江上值水如海势聊短述》："为人性癖耽佳句，语不惊人死不休。"

[10] 老更凌云：杜甫《戏为六绝句》其一："庾信文章老更成，凌云健笔意纵横。"

[11] 江河万古：杜甫《戏为六绝句》其二："尔曹身与名俱灭，不废江河万古流。"

[12] 掣鲸驭虎：杜甫《戏为六绝句》其四："或看翡翠兰苕上，未掣鲸鱼碧海中。"其三："龙文虎脊皆君驭，历块过都见尔曹。"

[13] 方驾屈宋：杜甫《戏为六绝句》其五："窃攀屈宋宜方驾，恐与齐梁作后尘。"

[14] "别裁"二句：杜甫《戏为六绝句》其六："别裁伪体亲风雅，转益多师是汝师。"

[15] 晚律益细：杜甫《遣闷戏呈路十九曹长》："晚节渐于诗律细，谁家数去酒杯宽。"

【评析】

杜甫在唐肃宗朝曾任左拾遗，在唐代宗时又曾为检校工部员外郎，文章开头所云"佳语"，即以杜甫官职为言。以雅谑入文，增添无限韵致。后文以杨升庵之诗比杜诗，全由此生发，然誉之未免过当。

文中所引王世贞之语见《艺苑卮言》卷六："国朝习杜者凡数家，华容孙宜得杜肉，东郡谢榛得杜貌，华州王维桢得杜一支，闽州郑善夫得杜骨，然就其所得，亦近似耳。唯梦阳具体而微。"

何龙友先生诗集序[1]

　　三王之祭，先河而后海[2]。说者谓天汉之源，长水一位，是故其貌武而心毅；而吾独谓其气不可迫犯。想蒲昌初注[3]，金蛇倒潢[4]，一泻于徒骇马颊之后[5]，谁敢得而泅泳之？岂惟论河，凡系神物，俱先气至。松柏有松柏之气，钟鼎有钟鼎之气，游人赏士，一见而魄为所夺，不自知也。吾欲以此观香山何龙友先生之诗。龙友瓠肥龟腹，休休几几[6]，其行如坐，其笑如春，其爱人敬人如不足，其饮如裴弘泰，自杯勺至觥船不谢[7]。吾未曾见古人，骤交龙友，一揖即知是韩、富、欧阳之相[8]。余以老郑虔出都[9]，辄唤韩月峰醉于报国寺松下[10]，纳数诗汗筏上而别。质明，过涿鹿读之[11]，几欲帛裂骡脊，因思白沟漙水[12]，犹欲搏触蓟恒[13]，矧四渎之精[14]，流驶竹箭，一曲千里者乎？近日操管家谭诗，奉鈇于法裁[15]，削棘于品格，梦诡于澹玄，刀圭于韵字[16]，闪倏逃寄，无可奈何，而诗道遂大苦。至龙友，为之截断众流，独行浩气，无畏无疑。观其浑茫吐欲[17]，大口洪言，夔州晚节[18]，虽自予以雄，直欲掣翻碧海[19]，恐探气评源，未易先龙友而祭也。王弇州谓天地之灵秀，迫于海欲尽，而乃为岭南饶奇宏丽，罗浮增江之胜[20]，空青丹砂[21]，文犀瑰象，沉水之香，媚川之玑[22]，雕饰天下，而近融其液为诗文，而得所谓孙蕡五、梁公实、黎惟敬其人[23]。以予所知交，则韩高邮、张民部，亦涓涓波绮，宛在水中矣。近与宗伯李伯襄朝夕白门[24]，往来唱和，辄北望龙友，有一苇之思[25]，然亦欲以滔滔南纪、开神润化者敌龙友，且以伯襄先之，而任也从而其后也。

【注释】

[1] 何龙友：何吾驺，字龙友，号象冈，初字瑞虎，晚号闲足道人。香山（今广东中山）人。万历四十七年（1619）进士，选庶吉士。崇祯元年（1628）升左春坊，充经筵讲官，历少詹事兼侍读学士。崇祯五年擢礼部右侍郎，六年升礼部尚书，为首辅，因议事被罢官。弘光时召任首辅，至清兵入闽，弃官返乡。著述甚丰，诗文笃实渊雅，为时人所重。

[2] "三王"二句：《礼记·学记》："三王之祭川也，皆先河而后海，或源也，或委也，此之谓务本。"

[3] 蒲昌：蒲昌海，即罗布泊。

[4] 潢：潢河，即今辽宁省西拉木伦河。

[5] 徒骇：古代九河之一，大约在今河北交河一带。 马颊：古代九河之一，约在今河北东光、交河一带。

[6] 休休：形容宽容，气魄大。《尚书·秦誓》："其心休休焉，其如有容。"几几：安重貌。

[7] "其饮"二句：《太平广记》卷二三三《裴弘泰》："唐裴均之镇襄州，裴弘泰为郑滑馆驿巡官，充聘于汉南。遇大宴，为宾司所漏。及设会，均令走屈郑滑裴巡官。弘泰奔至，均不悦。责曰：'君何来之后，大涉不敬。酌后至酒，已投乱筹。'弘泰谢曰：'都不见客司报宴，非敢慢也。叔父舍罪，请在座银器，尽斟酒满之。器随饮以赐弘泰，可乎？'合座壮之，均亦许焉。弘泰次第揭座上小爵，以至觥船。凡饮皆竭。随饮讫，即置于怀，须臾盈满。筵中有银海，受一斗以上，其内酒亦满。弘泰以手捧而饮，饮讫，目吏人，将海覆地，以足踏之，卷抱而出，即索马归驿。均以弘泰纳饮器稍多，色不怪。午后宴散，均又思弘泰之饮，必为酒过度所伤，忧之。迨暮，令人视饮后所为。使者见弘泰戴纱帽，于汉阴驿厅箕踞而坐，召匠秤得器物，计二百馀两。均不觉大笑。明日再饮，回车日，赠遗甚厚。"

[8] 韩：韩琦。富：富弼。韩、富二人是宋仁宗时宰相。 欧阳：欧阳修。

[9] 郑虔：唐玄宗时人，曾任国子监广文馆博士。此以之指代国子

监教官。

[10] 韩月峰：韩上桂，字孟郁，号月峰，广东番禺人，万历举人，曾任国子监丞，转永平通判。

[11] 涿鹿：今河北涿鹿县。

[12] 白沟：河名，在河北定兴县南。　滹水：即滹沱河，源出山西繁峙县，东流入河北平原，至天津汇入北运河入海。

[13] 蓟恒：指蓟州和恒山。

[14] 四渎：指长江、淮河、黄河、济水。

[15] 拱（gǒng）：把双手拷在一起，形如拱手。　釱（dì）：古代脚铐类刑具，用以钳足趾。

[16] 刀圭：古时量取药物的用具。

[17] 欻：吸。

[18] 夔州晚节：杜甫晚年流落到夔州以后，诗艺达到了顶峰。

[19] 掣翻碧海：杜甫《戏为六绝句》其四："或看翡翠兰苕上，未掣鲸鱼碧海中。"

[20] 罗浮：山名，在广东惠州市博罗县境，道教列为第七洞天。　增江：源出广东龙门县东北，流至增城县为增江，南流注入东江。

[21] 空青：空青石，孔雀石的一种，产于川、赣、广等地，随铜矿生成，球形，中空，翠绿色。

[22] 媚川：即媚川都。五代南汉刘鋹据岭南，在海门镇募兵二千人，专以采珠为事，号媚川都。

[23] 孙蕡五：即孙蕡，广东顺德人，博学工诗文，洪武中被召为翰林典籍，与修《洪武正韵》。有《西庵集》。　梁公实：梁有誉，字公实，广东顺德人。嘉靖进士，"后七子"之一，有《比部集》。　黎惟敬：黎民表，字惟敬，广东从化人。嘉靖举人，授翰林孔目。万历中官至河南布政使参议，致仕。有《北游稿》等。

[24] 宗伯：指礼部尚书。　李伯襄：李孙宸，字伯襄，香山（今广东中山）人。万历进士，为教习庶吉士，崇祯间终南京礼部尚书。白门：江苏南京的别称。

[25] 一苇之思：指渡江相见之思。一苇，代指小船。《诗经·卫风·

河广》:"谁谓河广,一苇杭(航)之。"

【评析】

何吾驺是岭南人,故以岭南风物博喻何氏诗文,并以今人反衬之。立意不奇,而文字甚奇。

文中所引王世贞评岭南诗人语见王世贞《弇州四部稿》卷六十六《瑶石山人诗稿序》:"天地之灵秀,迫于海欲尽,而乃为岭南。岭南之东,最为饶奇宏丽,有罗浮增江之胜,空青丹砂,文犀瑰象,沉水之香,媚川之玑,雕饰天下。而于文词,顾独寥寥寡称,何也?岂所谓灵秀者,偏有所寄于物,而遂漓于人耶?……盖余晚而得所谓孙蕡五先生集者,既读,稍异之,以为其人语不尽中程,亦时时操元音,然丽而有隽致。既又从西曹得尚书郎梁公实诗,则又异之,以为庶几太康、开元之风,惜不幸蚤死。而最后得今尚书职方郎黎惟敬诗,则益又异之。"

袁临侯先生诗序[1]

饮之趣有酒,声之趣有诗,此二氏者,不同族而同祖。何以明其然也?茹毛饮血,不安其饱而思醉;飞土逐肉[2],不安其响而作歌,于是薪火递传,青冰层出[3],酒之属若而品,诗之属若而类,遂至巧历不能算,而总之自趣昉也[4]。人不能酒,其诗未必畅。太白酒胜于诗,故诗有酒气;少陵诗不忘酒,故酒入诗神。吾以此冷趣看世,五年前忽又小草走长安[5],雪夜晤大行袁道临侯[6],目如岩电,筋节矫束,居然金翅秋鹏也。曼倩玩世[7],笑言哑哑,善戏谑兮。呼予痛饮,予九攻之,而能九守,乃三战之,而自三北,予乃目摄临侯。而临侯为御史,予入国子,马上执鞭,辄拢辔调笑,移时乃去,长安道上莫测也。临侯劲大珰不法[8]，又规秉人取忌，借闱事镌秩[9]，行行重行行，孑处白下[10]。而予又郎缮部[11]，移檄茸其舍，且职掌讨予所主何事也？予曰："司空见惯浑闲事[12]。"则予之金，临侯不怿，则又解之曰："行人子羽修饰之[13]。"闻者绝倒。一日临侯袖诗一帙过而教我，予惊焉，愧焉，悔焉，笑焉，以为人且包我，而不我知也。弇州论诗，曰才，曰格，曰法，曰品，而吾独曰一趣可以尽诗。近日为诗者，强则峭峻谿刻，弱则浅托淡玄，诊之不灵也，嚼之无味也，按之非显也。而临侯遇境撼心，感怀发语，往往以激吐真至之情，归于雅含和厚之旨，不斧凿而工，不橐籥而化[14]，动以天机，鸣以天籁，此其趣胜也。古之善饮者淳于髡[15]，其次陶元亮[16]，又其次苏子瞻，饮多亦趣，饮少亦趣，即不饮亦趣。若必由觚斝至盆盎，至船[17]，豕接牛喘，眠井底而埋钟下[18]，酒又何趣乎？吾见临侯之酒，遇敌知难，半逃于谐，而谓其有饮之趣。至其诗，新彩异光，不尚比拟，另有遗世荡蒙、积凉望远之意，则趣真足以尽临侯之诗，而并可以尽临侯之人矣。

【注释】

[1] 袁临侯：袁继咸，字季通，号临侯，湖北宜春人。天启五年（1625）进士，授行人。累官兵部右侍郎，兼右佥都御史。左梦庚降清，执袁北去，不屈被杀。

[2] 飞土逐肉：射弹驱逐禽兽。《吴越春秋》卷五："故歌曰：'断竹续竹，飞土逐肉。'"

[3] 青冰：《荀子·劝学》："青，取之于蓝，而青于蓝；冰，水为之，而寒于水。"

[4] 昉：始。

[5] 小草：指出山做官。《世说新语·排调》："此甚易解，处则为远

志，出则为小草。"

[6] 大行：官名，即大行人，掌传旨、册封等事。

[7] 曼倩：西汉东方朔，字曼倩。

[8] 珰：指太监。

[9] 闱事：科举考试之事。《明史·袁继咸传》："崇祯三年，擢御史，监临会试，坐纵怀挟举子，谪南京行人司副。" 镌秩：削职。

[10] 白下：南京。

[11] 缮部：工部。

[12] "司空"句：唐刘禹锡诗句。司空在明清指代工部，故云。

[13] "行人"句：语出《论语·宪问》。子羽，春秋郑大夫，与子产同时。袁继咸时任行人司副，故以此相谑。

[14] 橐籥：古代冶炼用以鼓风吹火的装备，犹今之风箱。此指冶炼。

[15] 淳于髡：战国齐人，以博学、滑稽、善辩著称，曾以隐语讽谏齐威王罢长夜之饮。见《史记·滑稽列传》。

[16] 陶元亮：陶渊明，字元亮。

[17] 至船：《吴志》："郑泉字文渊，性嗜酒，常曰：'愿得美酒满五斛船，以四时肥甘置两头，反覆以饮之。'"

[18] 眠井底：杜甫《饮中八仙歌》："知章骑马似乘船，眼花落井水底眠。" 埋钟下：据《搜神记》卷九记载，西晋贾充伐吴时，梦入冥府，遭司马氏先祖斥责其祸国乱家，"终当使系嗣死于钟虡之间，大子毙于金酒之中，小子困于枯木之下"。后来在西晋八王之乱时，赵王司马伦在贾充之女、晋惠帝皇后贾南风废杀太子司马遹之后，发兵收捕贾皇后及其党羽，贾皇后的外甥贾谧（即韩谧，过继为贾充之孙，改姓贾）死于钟下，贾皇后被迫饮金屑酒而亡。

【评析】

以"趣"概括袁继咸之诗，又以酒衬托之，中间杂以趣事，文章恣肆汪洋，盖亦深得为文之趣者。

天隐子遗稿序[1]

自弇州挟历下鞭驭盱衡[2],海内后先才子,俱上赘贡,而所不能致者,会稽徐文长[3]、临川汤若士[4],其乡则严毅之先生云。然弇州心仪先生,不过望[5]。有素封某子甲,函盛币乞弇州碑,不可得,得先生状,乃跃然许之,以此知其不过望,而心仪甚也。先生家洞庭之浒,不知城阓显何字,自署"天隐子",言其隐以天也。既席祖遗,不问家人产,兀坐一室,矢作蠹鱼,走古书竹素间。自苍颉所孕生之字,无不雠也,无不狎也,以故胸藏万卷,落笔雨风,飞行玄贯,不可测御。赋压《三都》[6],诗高大历[7],有所触吟,皆得其情境而止。即其赠述生死之文,甘言不溢一字,真所称布帛粱肉,丰玉饥谷,非近日剽饰之儒所可望万一也。而吾窃欲仪图先生,慧心藻笔,似得湖山之助居多。观其邃窈幽沉、无景可迹,是灵威丈人所探林屋狭圻之天也[8]。而其斗壁之势,鏖战鼓匼[9],是石公踞齿与崩浪相呼击也[10]。锐笔插空,俯凌突绝,是缥缈之瞰莫釐诸峰也[11]。魄张气浩,万顷浑茫,是具区之霁秋一碧也[12]。至其煌英辉丽,绣簇锦生,则火齐丹珠[13],绿苞翠羽,映蔽花山绮里之地也[14]。大都天授清通,书缘浓结,既无蝇头蜗角之分,又无尘杂诤嚣之溷,是以思路云翔,墨池秀远,得遂其千秋自命,造物私之,独隐乎哉!天既隐先生,先生亦欲自隐,凡有著作,即语名山。至先生子仲仁,稍稍出枕中之宝[15],为之编次较整,而厥孙汝茂、汝泰,乃授之雕几,以公海宇,而先生之全豹乃出。若使神宗时蚤见此书,弇州之驾,岂能先毅之而驱哉!是可以序先生矣。

【注释】

[1] 天隐子：严果，字毅之，号天隐子。江苏吴江人。嘉靖时布衣。

[2] 弇州：王世贞。 历下：李攀龙。 盱衡：扬眉举目。

[3] 徐文长：徐渭，字文长。

[4] 汤若士：汤显祖，号若士。

[5] 望：赞誉。

[6]《三都》：《三都赋》，晋左思作，赋出而豪贵之家竞相传写，一时洛阳纸贵。

[7] 大历：唐代宗年号，其时诗坛有李益等"大历十才子"。

[8] "是灵"句：《洞庭山记》"昔阖闾（春秋时吴王）使灵威丈人寻洞，秉烛昼夜而行，继七十日，不穷而返"。洞即林屋洞，在苏州市吴中区洞庭西山，道教以之为第九洞天。

[9] 匼（kē）：匝，围绕。

[10] 石公：太湖中山名。

[11] 缥缈：缥缈峰，太湖洞庭西山主峰。 莫釐诸峰：在太湖洞庭西山，相传隋莫釐将军居之，故名。

[12] 具区：太湖的别名。

[13] 火齐：玫瑰珠，一种宝石。

[14] 花山：在南京市高淳区东南。 绮里：绮里季，汉初隐士，"商山四皓"之一。此指隐士。

[15] 枕中之宝：指秘藏之书。参见《徐文长逸稿序》注[19]。

【评析】

以其人里居之山川风物喻其人之诗文，是王思任故技，此则以吴江风物喻严果之文，虽是常套，笔致犹自奇崛。

郁冈诗自选序

弹琴者在甲肉弦徽之会[1]，而声自出，然问之甲肉弦徽，无声也。诗之为道，大类于此。情境所触，语言文字不足以尽之，而尽之于一二韵语。第语在韵先，韵从触发，诗乃佳耳。古邗郑超宗[2]，负凌天之翼，空视海下，其为沸崩者，不啻蚊响。又能读异书，发异想，交异人，踏山浮水，游都历国，皆欲取其精英，以供藻笔。所为今文古文，具称盖代，而其诗复涤空孤诣，容与澹涵。不乐人选而自选，意谓我与我周旋久，宁作我也[3]。不知诗者不选我既苦，选我又更苦，超宗待天下人，亦大不优矣。试以此说示姚永言[4]，有共相哑哑者哉！

【注释】

[1] 甲：弹琴时套在手指的假指甲。徽：系琴弦的绳。

[2] 古邗：指扬州。

[3] "意谓"二句：《世说新语·品藻》："桓公（玄）少与殷侯（浩）齐名，常有竞心。桓问殷：'卿何如我？'殷云：'我与我周旋久，宁作我。'"

[4] 姚永言：姚思孝，字永言，江苏扬州人，崇祯进士，官兵科给事中。

【评析】

文短语洁。以弹琴喻诗，亦妙。

贺仲来诗集序

余谭诗垂四十年，见风气日殊，在昔操觚著咏，祖初盛而宗嘉隆[1]，如大官牢醴[2]，飨者属餍，不失汉威仪；近则南风不竞，家玉川而户长江[3]，尖纤浅露，鹄形菜色，黄口易以登坛[4]，枵腹倖而藏拙。盖年来习俗漓薄，菑芬并至[5]，识者有文运之嗟，匪曰无关于小技也。一日，丹阳贺仲来文学过余[6]，出其游览诸体，如《冶城》《西泠》《三湘》《八桂》《吊古》《纪胜》，觉肘后飘飘仙举，岳述则《郊祀》《房中》之嫡派[7]，惆怅则江州《长恨》之优孟[8]，君盖融液汉魏初盛，而清真峭邃，时出心性语，则又踞晚唐而近操南音者之所艳喜也。留曹无甚事[9]，谒接惫时，读此如服清凉剂，又若以身游洞庭君山间，水波叶脱[10]，雁声渔火时云。君家世不乏贤，彦先以儒宗[11]，国宝以闲雅[12]，四明狂客以辞不停笔[13]。当代更盛。仲来以儒业修古，不坠厥绪，将来维持气运，不独矜五字长城也[14]。吾老矣，后生可畏，惟仲来可与言诗，而岂徒哉！

【注释】

[1] 初盛：初唐和盛唐。　嘉隆：嘉靖和隆庆，这一阶段"后七子"主盟文坛。

[2] 大官：汉少府属官有大官令、大官丞，掌管饮食。　牢：指牛羊猪三牲。　醴：美酒。

[3] 玉川：唐卢仝，号玉川子，范阳人。　长江：唐贾岛，曾任长江主簿，范阳人。

[4] 黄口：黄口小儿。

[5] 菑：同"灾"。　芬：纷乱。

[6] 丹阳：今江苏镇江。　文学：指儒学教官。

[7]《郊祀》：《郊祀歌》。汉武帝定郊祀之礼，立乐府，命李延年为协律都尉，作《郊祀歌》，共十九章。　《房中》：《房中乐》。《汉书·礼乐志》："周有《房中乐》，至秦名曰《寿人》。……高祖乐楚声，故《房中乐》楚声也。孝惠二年，使乐府令夏侯宽备其箫管，更名曰

《安世乐》。"《乐府诗集·郊庙歌辞》有《安世房中歌》。

[8] 江州：指白居易，白居易曾任江州司马。《长恨》：《长恨歌》，白居易作。　优孟：春秋楚国优人，曾装扮为已故令尹孙叔敖与楚王谈论，楚王以为孙叔敖复生。

[9] 曹：官署。

[10] 水波叶脱：屈原《九歌·湘夫人》："袅袅兮秋风，洞庭波兮木叶下。"

[11] 彦先：贺循，字彦先，晋代人。善属文，博览群籍，尤精礼传。举秀才，历阳羡、武康令，荐补太子舍人。晋元帝以之为军谘祭酒。建武初拜太常，为当世儒宗，卒谥穆。

[12] 国宝：贺琛，字国宝，南朝梁人，梁武帝时历官尚书左丞、通直散骑常侍，并参礼仪事，郊庙诸仪，多所创定。

[13] 四明狂客：唐贺知章，号四明狂客。

[14] 五字长城：指五言诗。唐刘长卿擅长五言诗，自以为"五言长城"。

【评析】

古人认为文章关乎气运，王思任对当代之诗屡表不满，故以维持气运之言赠贺仲来。文中虽多过誉之处，但体现了长辈对后生的殷殷劝勉之意。

马讷斋诗稿序

马侍御之令吾山阴也[1]，昔人所谓日啖升米，不饮酒，以治行高第；入西台[2]，敢言直慨，一时震凛班行；持斧西蜀，歼巨魁，功在景钟[3]。亡何以它误累，及归历阳[4]，逍遥诗酒间，哀其游宦所至，览胜酬答，得诗如干卷，但以《讷斋稿》行，盖公所自号也。夫有道之世，昌言危言，即寓褒诛于词章，无所忌讳。公之以"讷"名集，其深之乎藏用也。余尝以古相拟：其沉深闳奥似扬雄；其为朝廷出谠论[5]，定大计，如周昌[6]；其贞忠见谅于主上，更建奇功，尚未能大用，亦似文章令天子叹不同时而困踬孤愤之韩非[7]；其为诗也，温裕清和，得风雅之旨，大似陶元亮[8]。谪居以来，不以放逐自懊，感慨牢骚，所咏多山川风月，匡时恋主之致，又屈宋辈所不能仿佛其旷怀也[9]。夫古今迁客逐臣，气少和平，长沙吊古者[10]，贻诮于术疏[11]，耳热呜呜者[12]，招尤于怨望[13]。公神游天际，胸括物外，星斗昭回，天空不滓，雷破柱而不惊，水虚舟而任触，一觞一咏，脱略跌宕，洋洋盛世之音，岂升沉枯菀之足撄其襟邪[14]？今苫块支床[15]，攀柏废莪[16]，未遑预勖勷事[17]。天子一日思忠孝骨鲠之臣，追锋脂辖，侍从赓歌，与天下同忧乐，以诗编为《无逸》[18]，为《豳风》[19]，为《卷阿》[20]，余不敢复拟以其伦也。

【注释】

[1] 马侍御：马如蛟，字腾仲，号讷斋，和州（今安徽和县）人。天启二年（1622）进士。授浙江山阴知县，崇祯初征授御史，劾罢魏忠贤党徐绍吉、张讷。后罢官家居，死于流寇。侍御，明代监察御史的别称。

[2] 西台：指御史台。

[3] 景钟：《国语·晋语七》："其勋铭于景钟。"后因以景钟为褒功的典故。

[4] 历阳：县名，今安徽和县。

[5] 谠论：正直之论。

[6] 周昌：汉高祖时御史大夫，口吃，刚直敢言。刘邦欲废太子，周昌曾强谏之。

[7] "亦似"句：《史记·老子韩非列传》："人或传其书至秦。秦王见《孤愤》《五蠹》之书，曰：'嗟乎，寡人得见此人与之游，死不恨

矣！'李斯曰：'此韩非所著书也。'秦因急攻韩。"（按，天子叹不同时为汉武帝与司马相如之事，此盖连类而及。）

[8] 陶元亮：陶渊明，字元亮。

[9] 屈宋：屈原和宋玉。

[10] 长沙吊古者：指汉代贾谊。贾谊曾为长沙王太傅，作有《吊屈原赋》。

[11] "贻诮"句：指苏轼《贾谊论》中"贾生志大而量小，才有馀而识不足"等议论。

[12] 耳热呜呜者：指汉代杨恽。杨恽被黜家居，作《报孙会宗书》，中云："家本秦也，能为秦声；妇赵女也，雅善鼓瑟。奴婢歌者数人，酒后耳热，仰天拊缶而呼乌乌，其诗曰：'田彼南山，荒秽不治，种一顷豆，落而为萁。人生行乐耳，须富贵何时！'"

[13] "招尤"句：杨恽因傲慢为人所告讦，廷尉得其《报孙会宗书》，汉宣帝见而恶之，将杨恽处以斩刑。事见《汉书》本传。

[14] 枯菀：枯荣。菀，茂盛貌。

[15] 苫块："寝苫枕块"的略称，古人居父母之丧，以草垫为席，土块为枕。 支床：《史记·龟策列传》："南方老人用龟支床足，行二十馀年，老人死，移床，龟尚生不死。"

[16] 攀柏废筑：三国魏末王仪为司马昭所杀，其子王裒筑庐墓侧，早晚在墓前拜跪，攀柏树悲号，眼泪着树，树为之枯。每读《诗经·蓼莪》，至"哀哀父母，生我劬劳"，辄痛哭不止，门人为之废《蓼莪》而不讲。见《晋书·孝友传·王裒》。

[17] 劻勤：辅佐。

[18] 《无逸》：《尚书·周书》中的一篇，周公所作，诫成王勿耽于安逸享乐。

[19] 《豳风》：《诗经》"国风"之一，共七篇。

[20] 《卷阿》：《诗经》"大雅"中的一篇，召康伯所作，告诫成王"求贤用吉士"。

【评析】

《明史》卷二九二：马如蛟，字腾仲，和州人。天启二年进士。授浙江山阴知县，有清操。崇祯元年征授御史，劾罢魏忠贤党徐绍吉、张讷。出按四川，蜀中奸民悉以他人田产投势家，如蛟列上十事，永革其弊。还朝，监武会试。武举董姓者，以技勇闻于帝，及入试，文不中程，被黜。帝怒，黜考官，如蛟亦落职。八年，论平邦彦功，复故官，以父忧未赴。流贼至，如蛟倾赀募士，佐弘业（黎弘业，和州知州）固守。麾壮士出击，两战皆捷。贼将奔，会风雪大作，不辨人色，守者皆溃，贼遂入城。如蛟急下令，能击贼者，予百金，须臾得百馀人。巷战，贼多伤，力屈，遂战死。兄盐运司判官如虬、诸生如虹及家属十四人皆死。事闻，赠太仆少卿，官一子。

季叔房诗序 [1]

今天下之诗，出进贤冠者什六 [2]，出山中野衲者什三，而侧注先生处其一 [3]。然侧注先生实无诗也，衡宇不扬，精魄不聚，足趾不广，帖括横其胸中，口喃喃未暇，能以时气发古心否？予将老矣，复于役芜关，季叔房褒袖廷见，出一帙代雉 [4]，正在箕会头屑 [5]，颔之不省，叔房踏步而去，意谓关使者浪得名，大伧父耳。亡何，雪片如掌，烧烛引鲁 [6]，视其帙未三行，急迹之，则将束装渡江矣。余于是三顿首谢过，缔盟去。适豫章宫允李太虚过我 [7]，问日下异人 [8]，则以叔房对。太虚又急逆之，聘归，尽以其龙沙鹜阁，瀑布云屏，金轮铁峡，粘天截汉之胜，饷赠叔房，而叔房之诗道益大进。未几，予又领江州节镇，太虚、叔房数相过，过则下榻弥月。叔房饮如裴弘泰、于定国 [9]，至多多许，则益详整可爱，乃市螺蟹斗酒索予序序曰：

自古言诗人者，诗从人出也，果其人而诗也，即久申笑噫，韵趣溢流；果其人不诗，即拈断枯须，沥干心汁，非不声偶五七，而土鼓不响，蜡渣何味？叔房胎赋，翘夺万夫，笔采鹥鸟之毛[10]，墨服橐琶之胆[11]，学得风母之杖[12]，灵彻归终之知[13]，不独诗高大历[14]，而所戏为小词软曲，虽美成、山谷、苏大、秦少[15]，亦当解颐逊首。我明秀才卢次楩、谢茂秦[16]，恐不能屈叔房于槃匜之坐矣[17]。叔房更饶为古文词，而八股一途，皆以钟鼎绿烟，埋泉断剑，不款不识，不孚不理，创意为之。异日弋获，必不容在木天[18]，然木天中著一叔房，庶禄阁火青，才有光焰，得无怡然不屑乎！所著近稿具在，海内横目者有人，以予为阿私所好，则请罚黄龙一双[19]，以代饕餮螺蟹之过，而岂其然乎？

【注释】

[1] 季叔房：季孟莲，字叔房，无为（今属安徽）人，有《月当楼词》一卷。

[2] 进贤冠：古代官员所戴的礼帽，此指官员。

[3] 侧注先生：指俗儒。侧注，冠名。《史记·郦生陆贾列传》："使者对曰：'状貌类大儒，衣儒衣，冠侧注。'"

[4] 雉：古时士与士相见时以雉为贽，后以指拜访、相见时持赠的礼品。

[5] 箕会头屑：指收取赋税。箕会，以箕收取。头屑，指各种杂税。

[6] 鲁：薄酒。

[7] 豫章：江西南昌。 宫允：官名，即太子中允，是太子属官。 李太虚：见《李太虚大椿堂集序》注[4]。

[8] 日下：目前，目下。

[9] 裴弘泰：见《何龙友先生诗集序》注[7]。 于定国：汉宣帝时

廷尉，秉公执法。后为丞相，封西平侯。《汉书》本传："定国食酒至数石不乱，冬月治请谳，饮酒益精明。"

[10]翳鸟：一种有五彩羽毛的鸟。《山海经·海内经》："有五彩之鸟，飞蔽一乡，名曰翳鸟。"

[11]橐琵（féi）：神话传说中的鸟名。《山海经·西山经》："（瀚次山）有鸟焉，其状如枭，人面而一足，曰橐琵，冬见夏蛰，服之不畏雷。"

[12]风母：传说中的神兽名。《太平御览》卷九〇八引《南州异物志》："风母兽，一名平猴，状如猴，无毛，赤目，若行逢人，便叩头，状如惧罪自乞，人若挝打之，惬然死地，无复气息，小得风吹，须臾能起。"

[13]归终：神兽名。《太平御览》卷九〇八引《淮南万毕术》："归终知来，猩猩知往。"

[14]大历：唐代宗年号，时诗坛有"大历十才子"。

[15]美成：周邦彦，字美成。 山谷：黄庭坚，号山谷。 苏大：指苏轼。 秦少：秦观字少游。

[16]卢次楩：见《徐文长逸稿序》注[13]。 谢茂秦：谢榛，字茂秦，嘉靖时"后七子"之一。

[17]槃匜（yí）：盥洗用具，注水用匜，承水用槃。

[18]木天：指翰林院。

[19]黄龙一双：黄铜铸成的龙，以为盟约信物。《后汉书·南蛮西南夷传》载秦昭王时，巴蜀一带有白虎为害。昭王重金厚爵募能杀虎者。巴郡阆中夷人射杀白虎。以其夷人，不欲加封，乃刻石为盟。……盟曰："秦犯夷，输黄龙一双；夷犯秦，输清酒一钟。"

【评析】

先叙交往始末，次赞其诗才天赋，前者是后者的铺垫，文章层次井然。

吴诚先句香斋诗序

余纳江州之节归，田园芜而猿鹤笑，每想竹风梧月，手一篇，逸我以老，顾姓氏杂投，筐匦稠浊，避客如逃雨，然安得素心人相与晨夕邪？诚先自墨离来[1]，以年谊辱过。甫望眉宇，而折其紫芝韵远，莫名其器也。子侄辈不揣，采菱雪藕[2]，饮之小斋。余半途击之，脱巾席地，稍仿家兰亭故事[3]。酒酣，以其《句香斋诗稿》示教。今之为诗者，寄豭祝螟[4]，非不薰修极力，而俗肠艾气[5]，出胎可憎。至读诚先片语，便觉栴檀婆律[6]，犹不敢望天霞月露之鲜贵，自上有阳羡书生[7]，则香丸女子敛袂退矣[8]。虽然，诗以声教者也，既作无声之诗，又肯从香结撰，于耳何薄？于鼻何亲？观大士说法，一切皆无情。诚先下一转语曰："黄蘗道人也[9]，得木樨之力。"则兹集也，大国之芬伊始也。余向欲筑一馆，颜曰"山香"，就时当以此诗置之水沉板上，听句与山斗，亦大乐事矣。诚先何时再过我？

【注释】

[1]墨离：地名，唐代设墨离军，在玉门关西一千里。

[2]雪：洗。

[3]兰亭故事：指王羲之于永和九年（353）暮春与谢安等人在兰亭修禊之事。此指王羲之《兰亭序》中"引以为流觞曲水，列坐其次，虽无丝竹管弦之盛，一觞一咏，亦足以畅叙幽情"诸句的意境。

[4]寄豭：寄放在别家传种的公猪。 祝螟：相传螟虫无子，取桑虫之子祝之七日而化为己子。见《埤雅》。

[5]艾气：宋代龙衮《江南野录》："（韩熙载）性好谑浪，有投贽荒恶者，使妓炷艾燻之。俟来，嗅曰：'子之卷轴何多艾气也？'"艾，音近呆。后用为嘲人文字粗恶之典。

[6] 栴檀：香木名，即檀香。　婆律：香名，即龙脑香，又名冰片。

[7] 阳羡书生：南朝梁志怪小说《续齐谐记》中记阳羡一书生从口中吐出一女子，女子乘书生醉卧，又吐出一男子。书生醒，与女子入帷共卧。男子复又吐出一女子，相与饮宴。后又依次纳于阳羡书生口中。

[8] 香丸女子：唐初有一女子以香丸助一书生杀恶少年，见《香乘》卷二十八《香丸志》。

[9] 黄檗道人：即黄檗禅师。唐断际禅师希运，幼于福州黄檗山出家，后参江西百丈山怀海禅师而得道，人称黄檗禅师。

【评析】

阳羡书生事见《续齐谐记》，《太平广记》卷二八四亦有收录：

东晋阳羡许彦于绥安山行，遇一书生，年十七八，卧路侧，云脚痛，求寄彦鹅笼中。彦以为戏言，书生便入笼。笼亦不更广，书生亦不更小。宛然与双鹅并坐，鹅亦不惊。彦负笼而去，都不觉重。前息树下，书生乃出笼。谓彦曰："欲为君薄设。"彦曰："甚善。"乃于口中吐一铜盘奁子，奁子中具诸馔殽，海陆珍羞方丈，其器皿皆是铜物，气味芳美，世所罕见。酒数行，乃谓彦曰："向将一妇人自随，今欲暂要之。"彦曰："甚善。"又于口中吐出一女子，年可十五六，衣服绮丽，容貌绝伦，共坐宴。俄而书生醉卧。此女谓彦曰："虽与书生结妻，而实怀外心，向亦窃将一男子同来，书生既眠，暂唤之，愿君勿言。"彦曰："甚善。"女人于口中吐出一男子，年可二十三四，亦颖悟可爱，仍与彦叙寒温。书生卧欲觉，女子吐一锦行幛，书生仍留女子共卧。男子谓彦曰："此女子虽有情，心亦不尽，向复窃将女人同行，今欲暂见之，愿君勿泄言。"彦曰："善。"男子又于口中吐一女子，年二十许，共宴酌。戏调甚久，闻书生动声，男曰："二人眠已觉。"因取所吐女子，还内口中。须臾，书生处女子乃出，谓彦曰："书生欲起。"更吞向男子，独对彦坐。书生然后谓彦曰："暂眠遂久，居独坐，当恼悒耶。日已晚,便与君别。"还复吞此女子,诸铜器悉内口中。留大铜盘,可广二尺馀。与彦别曰:"无以藉君,与君相忆也。"大元中,彦为兰台令史,以盘饷侍中张散,散看其题,云是汉永平三年所作也。

香丸女子事见《香乘》卷二十八《香丸志》:

贞观时,有书生幼时贫贱,每为人侮害,虽极悲愤,而无由泄其怨。一日,闲步经观音里,有一妇人,姿甚美,与生眷顾。侍儿负一革囊至,曰:"主母所命也。"启视,则人头数颗,颜色未变,乃向侮害生者也。生惊,欲避去。侍儿曰:"郎君请无惊,必不相累。主母亦素仇诸恶少年,欲假手于郎君。"生愧谢弗能。妇人命侍儿进一香丸,曰:"不劳君举腕。君第扫净室,夜坐焚此香于炉,香烟所至,君急随之,即得志矣。有所获,须将纳于革囊归。勿畏也。"生如旨焚香,随烟而往,初不觉有墙壁碍。行处皆有光,亦不类暗夜。每至一处,烟袅袅绕恶少年颈,三绕而头自落。或独宿一室,或妻子共床寝,或初就枕,侍儿执巾若麈尾如意,围绕未敢退,悉不觉不知。生悉以头纳革囊中,若梦中所为,殊无畏意。于是烟复袅袅而旋,生复随之而返。到家,未三鼓也。烟甫收,火已寒矣。探之,其香变成金色,圆若弹,倏然飞去,铿铿有声。生恐м复须此物,正惶急间,侍儿不由门户,忽尔在前。生告曰:"香丸飞去。"侍儿曰:"得之久矣。主母传语郎君,此畏关也,此关一破,无不可为。姑了天下事,共作神仙也。"后生与妇俱徙去,不知所之。

越游草序

西爨阮霞屿吏部[1],木容箐中斗玚花里之白凤也[2]。天以此人降中和之山[3]，开百濮之运[4]，少年上第，筮仕李婆州[5]，妙言香字，落纸尽烟云。有《越游草》行世，眉公叙之[6]，引觥中自失语曰[7]："幼学困经术，壮仕困程书，老则自废。"此谓官下无诗。然而不然，霞屿何尝不时？文何尝不絜？令即遽除，他日何尝不可读书？豫章生七昼夜便欲参天[8]，曹公射猎不忘把卷[9]，禀赋有异，则方圆并用，挥弦数鸿[10]，何所不应？吏部骞帷露冕，一行折狱叙流，一行品骘沈谢同异[11]，而以其劲力冲心，发为短长歌咏，其瑰谲珍错，如双龙洞之晶气[12]，万象斗宝；其邃讨穷诛，如朝真之诘曲不了[13]，大胜隔凡；其妙活解颐，如石浪之输江叠海[14]；其狡幻疑眩处，如叱羊乱触[15]，驾鹿耘田[16]；其琼藻丽敷，如华盖之绿青乳滴，老蝠傞舞[17]；其神巧之种生，如松须虎草，每合一丹，可免五岳洪水之患。然而犹未得形至其诗若文，必欲形至，吏部芙蓉峰而已矣[18]。金华山尽万片鸦飞，独耸蓉峰秀矜端俨，正居群幕下，如狐偃、颠颉、赵衰等，拥一重耳[19]，虽饥渴蓬累之间，不衫不履，自有晋公子在。盖天下惟清真独贵，望而得之，所谓千人亦见，万人亦见也。霞屿方握铨管为山巨源[20]，以人事君，后拂袖辞鳌蛛[21]，历三洲十岛，走千百由旬[22]，以还其麟车鹤背之本色[23]，将所得于游者益洪畅，而此固游之前驱也。是越以使君重，越何光采甚哉！

【注释】

[1]西爨：古部族名，有东西二爨，在今云南境。阮霞屿：阮元声，号霞屿，崇祯元年（1628）进士，马龙州（今云南马龙县）人，官金华府推官，升吏部稽勋司员外郎。编有《南诏野史》一卷、《金华诗粹》十二卷。

[2] 木容箐：山名，在马龙州东南六十里，下有木容箐溪。　玚花：即玉蕊花，一名山矾。

[3] 中和山：在云南曲靖市马龙区西南。

[4] 百濮：古代西南部族名，爨人即属古百濮之族。

[5] 李：任推官。李即司李，各州主管狱讼之官。明时以司李为推官之雅称。　婺州：今浙江金华。

[6] 眉公：陈继儒号眉公。

[7] 鿃（hóng）中：指汪道昆。参见《尺木堂稿序》注[11]。

[8] 豫章：木名，樟类。

[9] 曹公：曹操。

[10] 挥弦数鸿：嵇康《送秀才从军》："目送归鸿，手挥五弦。"

[11] 品骘：品评，评定。　沈谢：沈约和谢灵运。

[12] 双龙洞：在浙江金华之金华山，是道教第三十六洞天。

[13] 朝真：朝真洞，在双龙洞附近。

[14] 石浪：金华景观之一，相传是仙人黄初平叱羊处。

[15] 叱羊：东晋黄初平，金华人，自幼家贫牧羊，十五岁时被一道士引至金华山石室中修炼。四十年后，其兄寻访至山，问羊何在，答云："在山东。"兄往视，但见白石，不见羊。初平曰："羊在耳，兄自不见。"初平乃往叱羊："羊起！"于是白石皆起，成羊数万头。见晋葛洪《神仙传》。

[16] 驾鹿耘田：传说金华山有玉女驱鹿耕田。《徐霞客游记·浙游日记》："石上即为鹿田寺，寺以玉女驱鹿耕田得名。殿前有石形似者，名驯鹿石。"

[17] 傞（suō）舞：醉舞。

[18] 芙蓉峰：又名潜岳，俗称尖峰山，在金华北。《方舆纪要》谓其"孤山突起，秀若芙蓉"，故名。

[19] "如狐"二句：春秋晋公子重耳因被谗流亡列国，后返国即位，即晋文公。狐偃、颠颉、赵衰等皆随其流亡之从臣。

[20] 握铨管：指任吏部之职。　山巨源：山涛，字巨源，"竹林七贤"之一。三国魏时任尚书吏部郎，入晋为吏部尚书十馀年，甄拔人

物，各为品题，人称山公启事。

[21] 鳌蚨：金鳌玉蚨，桥名，在北京北海和中海之间，东西向。东西两端立两坊，西坊题"金鳌"，东坊题"玉蚨"。此处指代京师。

[22] 由旬：古印度量度单位，指军行一日的行程，有六十里、四十里、十六里诸说。

[23] 麟车鹤背：得道修仙者所骑坐。

【评析】

阮元声曾任金华府推官，故本文撷拾金华典故以推许其诗文，虽落窠臼，然文气朗畅，是应酬文字中之佼佼者。

董苏白蕉园诗集序

太白诗仙，少陵诗圣，定评乎？曰：文近圣，诗近仙，两人皆诗人，皆仙也。何以知之？两人题咏，俱有遗生破死之念，但太白少而仙，少陵老而仙；太白快而仙，少陵苦而仙；太白飞扬缥缈玉台天阙而仙，少陵秉简步虚洞府五岳而仙。诗之眉目千万，人所共见者，岂能饬为之说？大方伯董炼庵名噪三十年[1]，不识其面，以予从大夫之后，于役星渚[2]，数与走匡庐三峡谷鸣布瀑之间[3]，班荆衎饮[4]，予常坐其元气中，霭然可即。无论坦衷真至，一望而亲，一亲而厚，即其眉衡骨法，压朴彝古，大有苍精入梦，丹髓贯筋之意。予醉而戏之，谓解子之犀鏧[5]，释子之鹤采[6]，头上著一点箨冠[7]，谁谓非稷丘鲍靓之似哉[8]？炼庵笑曰："固也，吾每眠食不忘游仙，吾家去此山，宿春而到[9]，且夕结茅于九叠云屏之际矣。"乃出其诗草数十种见教，洪之忧天悯世，细之称物导情，出太白者什一，出少陵者十九。夔州之律，晚年更细[10]，饭颗之容，劳馀太损[11]，盖公之质颖无前，而又仰拾俯取，左方右圆，卷不释手，记必镌心，既以江汉濯其胎神，复以岳渎纵其耳目，蚕沐敬亭之云[12]，寻饮武夷之水，燕矶牛首[13]，胜拾篮舆，虎齿黄箱[14]，奇探画揖，日观雷首[15]，峻入玄裾，以至浮梅炎雪之乡，云关玉垒之峤，圣灯鬼弹之国，鼻饮竹孕之邦，莫不叱驭冷风，浇浆酹土，宜其诗多异想，笔有天工者矣。公有雄文，尚留阆阁[16]，吟亦多物，而总之集曰"蕉园"。予既触时忌，刺促以归[17]，而公方大用，以奉潘版，不屑出，楚山越水，相忆实多。曾许为公叙诗，因冗病久稽，不敢造次，亦于蕉尾斋中辄举数语，以附于残心拔翠之义，不知能有当于公否也？

【注释】

[1] 大方伯：地方行政长官，明代指布政使。　董炼庵：未详。

[2] 星渚：指江西九江。

[3] 匡庐三峡：指庐山三峡涧。

[4] 班荆：铺荆于地而坐。　衎（kàn）：快乐。

[5] 犀鞶：即犀带，以犀牛角为饰的腰带，高官所服用。

[6] 鹤采：指绘有仙鹤的官服。

[7] 箨冠：用竹笋皮制成的帽子。

[8] 稷丘：稷丘圣，汉刘向《列仙传》中仙人，汉武帝时人。鲍靓：传说晋葛洪岳父，东海人，字太玄，学兼内外，有神术，曾为南海太守。

[9] 宿舂：《庄子·逍遥游》："适百里者，宿舂粮。"谓出发的前一夜须捣米备粮。此指百里的距离。

[10] "夔州"二句：杜甫晚年流落到夔州以后的诗作，是其诗歌艺术的顶峰。杜甫《遣闷戏呈路十九曹长》："晚节渐于诗律细，谁家数去酒杯宽。"

[11]"饭颗"二句：李白《戏赠杜甫》："饭颗山头逢杜甫，头戴笠子日卓午。借问别来太瘦生，总为从前作诗苦。"

[12] 蚤：同"早"。

[13] 燕矶：燕子矶，在江苏南京北。 牛首：牛首山，在江苏南京城外。

[14] 虎齿：山名，在湖南常德市武陵区。 黄箱：山名，在湖南郴州、宜章交界处。

[15] 日观：日观峰，在泰山。 雷首：雷首山，在山西永济县南。

[16] 閟阁：古代宫禁中藏书之所。

[17] 刺促：惶恐不安。

【评析】

此篇从"仙"字立论，李、杜皆仙，董炼庵之诗出于李、杜，论李、杜乃为誉董炼庵铺垫，文思甚巧。

胡青莲檀雪斋序

胡直卿先生大集至[1]，而余方刈获，遂为之言曰：得时之稻，茎葆长桐，穗如骥尾[2]，称之重，食之息也。明兴，按宋瓠之后[3]，青蒿无色[4]，于是北地起[5]，而历下翼之[6]，汉官复睹矣。至弇䄎执盟[7]，书俱克栋，然其内亦多食糠而肥，于是刘子威、农丈人辈[8]，又欲以珧玉海丹夺五谷之位[9]，而时人未之许也。诗文至今日，则荆棘缠交，马通灾木[10]，家飨一帚[11]，人尽五沙[12]，而其道乃大恶，此亦不以溺自照矣。直卿胎清赋警，才绝万人，其文力强上，不啻举海神之胫，而抉羊侃之指也[13]。更把卷惜阴，雒讹盈架[14]，天上赤绿之文，人间虫鸟之字，无不刻目即成，呼来驱役。以故有所吟著，必湛入三玄，纮恢八极，众体备工，新裁独富。摘欢洽之灵根，发钝迟之敬窍。凡有声音，剪其百舌；一腾楮墨，便许千秋。试睹其全篇，莫不波输风立、岳战石飞。斯亦学海之长鲸，艺林之乳虎，横视而霸吞者矣。而说者谓直卿奇奥之处，涩步时多，聱牙亦见。不知艰深之忌，忌其词也，非忌其旨也。道虽易简，独不曰费而隐邪[15]？今之君子，一领侧注[16]，父妨刻而祖贤书[17]，此外气坟凿度[18]，视为何物？间或逢年，木天惟衣钵之课[19]，花衔苦押簿之劳[20]。虽其授受世承，而亦质品所限。自吾目中所寓，闽楚尚有几人，然求其削进棘猴[21]、广通驳象[22]，字若鲜花之发露，思同静竹之参云，如我直卿者，岂遂肯以鼓旗多让哉？今上留神文史，方陋傅粉大家[23]，日令君山待诏[24]，而愿与相如同时[25]。当云物甚美之会，直卿含香侍侧[26]，何可不自斐然？倘以此集献乙夜之观[27]，是必有移馔夺袍、金莲归院之宠[28]，以食力田之报，予且拭目以颂之，不必俟扬雄之后，再一扬雄而后知之，世有此万斛稻粱之罄斯也哉[29]？真卿谦矣。

【注释】

[1] 胡直卿：胡敬辰，字直卿，浙江馀姚人，天启二年（1622）进士，官至光禄寺录事。有《檀雪斋集》。

[2] "得时"三句：《亢仓子·农道》："得时之稻，茎葆长穊，穗如马尾。"穊（tōng），禾茎节间中空之处。

[3] 觚：法。

[4] 青蘦（líng）：花名，叶似地黄，紫花如柰，花实似甘草。其根结子，如豆而青，肉白而甘美。

[5] 北地：指李梦阳。李梦阳是甘肃庆阳人，庆阳汉时属北地郡，故称。

[6] 历下：指李攀龙。李攀龙是山东历城人。

[7] 弇：指王世贞。 祇：指汪道昆。参见《尺木堂稿序》注[11]。

[8] 刘子威：刘凤，字子威，江苏长洲人，嘉靖进士，官至河南按察司佥事。家富藏书，勤学博记。有《子威集》。 农丈人：余寅，字君房，晚年改字僧杲，号农丈人。万历进士，官至太常寺少卿。有《农丈人文集》。

[9] 珧玉：蜃壳。

[10] 马通：马粪。 灾木：古人谓雕板印刷为梨枣诸木之灾。

[11] 家饩一寻：即"家有敝帚，享之千金"。

[12] 五沙：细碎的土壤。《管子·地员》："剽土之次曰五沙。五沙之状，粟焉如屑尘厉。"尹知章注："言其地粟碎，故若屑尘之厉。厉，踊起也。"

[13] 羊侃：南朝梁人。《梁书·羊侃传》载："侃少有雄勇，膂力绝人，所用弓有十馀石。尝于兖州尧庙踏壁直上，至五寻，横行得七迹。泗桥有数石人，长八尺，大十围，侃执以相击，悉皆破碎。"

[14] 雠讹：校勘。

[15] 费而隐：广大而又精微。语本《礼记·中庸》："君子之道费而隐。"

[16] 侧注：冠名。《史记·郦生陆贾列传》："使者对曰：'状貌类大儒，衣儒衣，冠侧注。'"此指儒冠。

[17] "父妨"句：谓以八股文为师法。妨刻，即坊刻，坊间所刻八股文选本。贤书，举贤荐能之书，后称乡试中式为登贤书。

[18] 气坟：上古典籍"三坟"之一。《小学绀珠》："宋张商英得古《三坟》于比阳民家：山坟《连山》、气坟《归藏》、形坟《乾坤》。" 凿度：指《乾坤凿度》，《易经》纬书之一，内容荒诞，文字晦涩。

[19] 木天：指翰林院。

[20] 花衔：名衔的草书签名，即花押。

[21] 棘猴：战国宋有人请为燕王在棘刺尖上刻母猴。后燕王觉其虚妄，乃杀之。见《韩非子·外储说左上》。此以喻文思精巧。

[22] 驳象：《管子·小问》："桓公乘马，虎见之而伏。问管仲曰：

'……其故何也？'管仲对曰：'意者君乘驳马而洀桓，迎日而驰乎？'公曰：'然。'管仲对曰：'此驳象也。驳食虎豹，故虎疑焉。'"洀桓，盘桓。驳，传说中一种食虎豹的兽，似虎而略小。

[23] 傅粉：三国魏何晏面色白皙，人疑其傅粉。

[24] 君山：东汉桓谭，字君山，光武帝时官至议郎。著有《新论》二十九篇。

[25] 相如：指司马相如。

[26] 含香：汉代郎官含鸡舌香奏事，取其口气芬芳。

[27] 乙夜：夜间二更时分。

[28] 移馔夺袍：指李白受唐明皇宠遇之事。王世贞《艺苑卮言》卷八："青莲起自布素，入为供奉，龙舟移馔，兽锦夺袍，见于杜诗。"宋之问亦有夺袍事，"武后游洛南龙门，诏从臣赋诗，左史东方虬诗先成，后赐锦袍，之问俄顷献，后览之嗟赏，更夺袍以赐"。（见《新唐书·文艺传》） 金莲归院：《新唐书·令狐绹传》："（绹）夜对禁中，烛尽，帝以乘舆、金莲华炬送还，院吏望见，以为天子来。"后用以形容天子对臣子的特殊礼遇。或谓送苏轼、王珪亦有金莲归院之事。金莲，金饰莲花形灯炬。

[29] 鹥（yù）斯：鸟名，即雅乌，又名卑居、鸭鹎。《诗经·小雅·小弁》："弁彼鹥斯，归飞提提。"

【评析】

此文饾饤典故，泛誉时人，用之胡敬辰可，用之他人亦可。文中称胡敬辰文以艰涩为人所讥，而此文亦有此病。

涌山阁诗文集序

任城王曹彰[1]，能负太庙万斤钟，而顿白象之鼻于地不敢动。南梁羊侃[2]，执泗州十石人，长八尺许，对击之俱碎，又能直上壁七步，横蹋之，得五迹。此皆力之不可解者也。世界中自有神力，总之曰风轮，鸟以之走，鳌以之戴，牺以之经[3]，仙佛以之超世，而文人才子以之为言语妙天下。

柴桑文灯岩使君[4]，天授明通，高眉剔振，而又付之以无畏之力，雄删强抉，苦尽万书。曩予访九叠云屏，耳噪其氏，常迹之，不可得。既予领江州之节，巡徼登陴，望去石林堂一座，紫风翠簇，双剑倚出空表。而使君甫魁马长安[5]，止见其飞行公牍，以为此虎于文者，未易才也。已而李醉李[6]，予且称邻氓，叨河润[7]，遣犹子登三谒贺[8]，而涌山阁之集至。山以"涌"名者，匡阜走江如涛[9]，至此阁一涌，不亲履其地不知也。观其著述，多所评驳，古狱为之反平，老巢因而发覆，可惊可怖，可信可从，不必踏万仞之巅，而自有霞思天想、人路莫攀者。诸游记，则安道腐肝[10]，于麟呿舌[11]，石公捧心[12]，而沟瞀之王郎[13]，第有见之狂走已也。至读其声偶，言言清上，理孚瑟若[14]，皆垒山丹水之膏[15]；味韵悠修，又桂蠹梨酴之爽[16]；险奇幻出，极铁雨竹王之怪；曲行幽冷，馨盘羊穴鸟之劳。咄咄精光，不可迫视者矣。使君读书古庐山寺，千峰争霸，竟日云喧，气色高寒，人虫两绝，以故得低其心气，研攻静讨于竹素版碑，古人相对不语，而语之中多所悟发也。予昔浪游，谬谓此山水无色界，正堪参坐半世，而使君生有清福，已先家之，且欲以之为泛宅也[17]。将军河曾未拈出，予极爱其青坡白石，泉如鹅擘，徘徊久之不忍去；而使君遂谓三叠犹在尹邢[18]。予极谓天池嚼蜡，俗秃恼人，而使君意复如是。春秋自主，诛赏不乱，此其其有大识者哉！夫大识者，大力之母也，今而后予不敢以窥牖之明，谓天下尽无手眼，游山谈艺二大事，将北面灯岩文使君矣。

【注释】

[1] 曹彰：曹操之子，字子文。魏文帝曹丕代汉自立，封之为任城王。

[2] 羊侃：见《胡青莲檀雪斋序》注[13]。

[3] 牺：牺皇，即羲皇，伏羲氏。

[4] 柴桑：古县名，在今江西九江西南。　文灯岩：文德翼，字用昭，德化（今江西九江）人。崇祯七年（1634）进士，授嘉兴推官，明亡后隐居山中。著有《雅似堂文集》十卷，诗集三卷，及《宋史存》《佣吹录》《读庄小言》等。

[5] 魁马长安：指在京师科举及第。

[6] 李：指出任推官。李，司李，各州司法官。　醉李：浙江嘉兴的古称。

[7] 河润：恩泽。《庄子·列御寇》："河润九里，泽及三族。"

[8] 犹子：侄子。

[9] 匡阜：即匡山，庐山的别称。

[10] 安道：王履，字安道，江苏昆山人。工诗文，善绘画，曾游华山，作图四十幅，奇秀绝伦，另有华山游记数篇。明初卒。

[11] 于鳞：李攀龙字于鳞，有《太华山记》。

[12] 石公：袁宏道号石公，其游记最有名。

[13] 沟瞀：愚昧无知。　王郎：作者自称。

[14] 孚：诚信。　瑟若：洁净鲜明。

[15] 峚（mì）山：山名。《山海经·西山经》："峚山，其上多丹木，员叶而赤茎，黄华而赤实，其味如饴，食之不饥。"

[16] 桂蠹：寄生在桂树上的虫。《汉书·赵佗传》："谨北面因使者献……桂蠹一器。"注："此虫食桂，故味辛，而渍之以蜜食之也。"　梨酳：用梨酿的美酒。酳，美酒名。

[17] 泛宅：随水漂浮之宅。

[18] 三叠：指庐山三叠泉。　尹邢：汉武帝同时宠幸尹夫人与邢夫

人,不使二人相见。后尹夫人请求武帝,得见邢夫人,自感不如。

【评析】

此文叙交游始末,简洁生动,而赞人诗文,大都泛泛之言,堕入应酬文字窠臼。

夏叔夏先生文集序

诗以穷工,书因愁著,定论乎?曰:非也。文章有欢喜一途,惟快士能取之。宋玉、蒙庄、司马子长、陶元亮、子美、子瞻、吾家实甫,皆快士也。其所落笔,山水腾花,烟霞划笑,即甚涕苦愤叹之中,必有调谐偺舞之意[1],盖天禀原空,则尘粘自脱,即能解,快人不可多得矣。天都夏叔夏[2],快士之后身也,毓灵于黄海[3],降体于长淮,游学于钱塘,作秀于荆表,而授徒于石门慈利之塾。胸吞云梦[4],荡日月之两丸;脚踏天门[5],看楚吴之万动。贫无他好,正好读书。其读书也,衣被寒窗,灰中藏火,昼抄夜较,废箸操锥,一如宁越[6],人休不休,人卧不卧,以故惠氏之车[7],李氏之架[8],陆氏之巢[9],任氏之苑[10],孟氏之窟[11],俱积于叔夏一贫如洗之居。平生气节孤峻,眼界纵横,坚忍饥寒,不求不忮[12]。自试谒外,不走翟公之门[13];自学俸外,不受胡奴之米[14]。自师事张西铭、贺对扬两先生外[15],不题安石之版[16],不让茂弘之道[17]。能饮能弈,能谑能歌,所著有《日出言》《忘忧草》《仍台集》《岵云集》《仍园诗略》《易安居楚游诗》,皆遣兴漫吟,毫无勉饬,表笺志赠,具见清真。洁则淡月鸣蝉,和则春波浴鹭,诗口文心,不取钩棘，而自然有戛玉枞金、编珠贯贝、开眉鼓腹、阔步扬衡之致，所谓著体之衣，葛裘便适，家常之饭，蔬笋皆香，不须求足而自足者也。教子义方[18]，不尚文字[19]，一以槐堂为卷取[20]，一以眉山为钵授[21]，而长公遂褎然先鸣[22]，李我大越[23]，为斯文盟主，亟扫铃阁，以迎杖履，先生犹逡巡白岳不屑就也。夫欢喜种子，在文章家为亨机，亨不止于昌后；在养生家为活机，活不止于寿身，谑庵于此中得少领趣。何时面先生，再请明证，一商确未了乎哉？

【注释】

[1] 傞（suō）舞：醉舞。

[2] 天都：帝王的都城，此指京城。　夏叔夏：名夏大瘄，其馀未详。

[3] 毓：同"育"。

[4] 云梦：云梦泽，古楚地大泽。

[5] 天门：天门山，在湖北天门市西。

[6] 宁越：战国中牟人，勤学，自谓："人将休，吾将不敢休；人将卧，吾将不敢卧。"苦学十五年而为周威王师。

[7] 惠氏之车：《庄子·天下》："惠施多方，其书五车。"惠施，战国名家代表人物。

[8] 李氏之架：唐代李泌之父李承休藏书二万馀卷，悬牙签插于架上，告诫子孙不得出借，有人上门求读，可在别院供给饭食。

[9] 陆氏之巢：南宋著名诗人陆游酷爱读书，藏书甚多，因名其斋曰"书巢"，陆游《渭南文集·书巢记》："吾室之内，或栖于椟，或陈于前，或枕籍于床，俯仰四顾，无非书者。吾饮食起居，疾痛呻吟，悲忧愤叹，未尝不与书俱。宾客不至，妻子不觌，而风雨雷雹之变，有不知也。间有意欲起，而乱书围之，如积槁枝，或至不得行，则辄自笑曰：'此非吾所谓巢者耶？'乃引客就观之。客始不能入，既入又不能出，乃亦大笑曰：'信乎其似巢也。'"

[10] 任氏之苑：南朝著名文学家任昉藏书极多，有"书苑"之称。

[11] 孟氏之窟：宋叶廷珪《海录碎事》卷十八："孟景翌字辅明，刻励嗜学，行辄载书随，所坐之处不过容膝，四面卷轴盈满，时人谓之'书窟'。"

[12] 忮：嫉恨。

[13] 翟公之门：《史记·汲郑列传》："始翟公为廷尉，宾客填门。及废，门外可设雀罗。翟公复为廷尉，宾客欲往，翟公乃大署其门曰：'一死一生，乃知交情；一贫一富，乃知交态；一贵一贱，交情乃见。'"

[14] 胡奴之米：《世说新语·方正》："王修龄尝在东山，甚贫乏，陶胡奴为乌程令，送一船米遗之，却不肯取，直答语：'王修龄若饥，自当就谢仁祖索食，不须陶胡奴米。'"

[15] 张西铭：张溥，字天如，号西铭。江苏太仓人。崇祯四年（1631）进士，选庶吉士。与同乡张采齐名，合称"娄东二张"。是复社领袖。　贺对扬：贺逢圣，字克繇，一字对扬。江夏（今湖北武汉）人。万历四十四年（1616）进士第二，授翰林编修。天启间为洗马，拂魏忠贤旨，削籍。崇祯初复官。崇祯九年（1636），以礼部尚书兼东阁大学士，入阁参政。十一年，致仕，十四年，再入阁，次年告归。张献忠攻陷武昌，投湖死。

[16] "不题"句：晋谢安，字安石，《世说新语·方正》："太极殿始成，王子敬（献之）时为谢公长史，谢送版使王题之。王有不平色，语信云：'可掷诸门外。'"

[17] "不让"句：晋王导字茂弘。《世说新语·方正》："江仆射（彪）年少，王丞相呼与共棋。王手尝不如两道许，而欲敌道戏，试以观之。江不即下。王曰：'君何以不行？'江曰：'恐不得尔。'王徐举首曰：'此年少非唯围棋见胜。'"

[18] 义方：做人的正道。《左传·隐公三年》："石碏谏曰：'臣闻爱子教之以义方，弗纳于邪。'"

[19] 耑：同"专"。

[20] 槐堂：南宋陆象山，辟槐堂讲学。此指陆王心学。

[21] 眉山：指苏轼，苏轼是眉山人。
[22] 长公：此指长子。
[23] 李：任州郡司法官，即推官。

【评析】

　　提出文章有欢喜一途，确为有得之见。通篇疏隽峭拔，用排比句使文气直贯而下，可谓"快士"之文。

祝氏事偶序

　　由旬广在四天之下[1]，至古今益寥廓，更不相及。人仅七尺，生年不满百，大都视比比，少所见多所怪也。仲尼兄事子产，赵衰辅让胥臣[2]，圣贤重读书，何有我等？予昔发未燥，有志为征事之学[3]，极服吾友阮孺乎，通籍后[4]，服吾师黄昭素、前辈焦弱侯[5]，皆不减张华、荀勖、裴子野之博[6]。既而中废里居，得从吾师胡仲玉交好祝元美先生。先生亮节高风，拔尘岸立，其于学也，藏焉收焉，游焉息焉，便便其腹，坐若洪钟，小叩之小应，大叩之大应。予每过之，辄有吾家王俭之愧[7]，然而位不偿名，寿不符德，人皆惜之。生平作述，甚号夥颐[8]，而遗书有《祝氏事偶》十四卷。"事偶"而题之以"祝氏"者，意谓此一家之言也。夫偶之为言同也，天下事有故同，有误同，有似同，有小同，大同，终同，将毋同，而总之俱有对待，则命之曰偶。先生披阅之馀，精神所寄，岂以此斗美炫多乎？盖比拟有强记之功，读书有诱入之路，持之有故，则核之必详，即订讹较碍，不至问具敖而冒三豕[9]，斯亦教育承学之慈母导师也矣。昔汉武扩献书之劝，一时阙下书积丘山。宣帝立白虎观，召问《五经》同异，博士弟子云集雷鸣，各摅所得，甚至河内女子，亦来上书。今天子崇奖实学，剖格求贤，使先生少假须臾，以观德化，当必以安车玄币征[10]，晋鸾坡而拥皋比[11]，截蒲流麦之英[12]，辨磬识镎之辈[13]，俱出其门，而取中秘大典一畅演之，更且竟所未竟矣。奈何鼓吹休明，天不慭遗一老也[14]？虽然，其书存，则其人存，先生兰玉出林如笋[15]，异时《事偶》归入皇家，祝氏不得擅为己有，易名之事[16]，俱未可知也。

【注释】

[1] 由旬：古代印度计长度的单位，军行一日的行程，有四十里、三十里、十六里诸说。

[2] 赵衰：春秋晋文公大夫。　胥臣：春秋晋大夫，字季子，官司空，又称司空季子，曾从晋文公出奔。

[3] 征事：征求典故。

[4] 通籍：指初作官。意谓朝中已有了名籍。

[5] 黄昭素：黄辉，字昭素，一字平倩，南充人。幼颖异，博极群书。年十五举乡试第一，登万历十七年（1589）进士，授编修，官终少詹事。　焦弱侯：焦竑，字弱侯，号澹园。江宁人。万历十七年（1589）状元，官翰林修撰。负重名，性刚直，以忤执政而削职归，遂不出。著作极富。

[6] 张华：字茂先，晋范阳方城人，官至司空。博学多闻，当时推为第一。为赵王伦所杀。著有《博物志》。　荀勖：字公曾，晋颍阴人。官侍中，封济北郡公。为人慎密，博学明识。　裴子野：字几原，南朝梁武帝时为著作郎，迁员外郎，累官中书侍郎、鸿胪卿。

[7] 王俭：字仲宝，南朝宋明帝时历官秘书丞，撰《七志》。

[8] 夥颐：感叹词，此为"多"义。

[9] 问具敖：《国语·晋语》："范献子聘于鲁，问具山、敖山，鲁人以其乡对。献子曰：'不为具敖乎？'对曰：'先君献武之讳也。'献子归，

遍戒所知曰：'人不可以不学，吾适鲁，而名其二讳，为笑焉，唯不学也。'" 冒三豕：《吕氏春秋·察传》："子夏之晋，过卫，有读史记者曰：'晋师三豕涉河。'子夏曰：'非也，是己亥也。夫己与三相近，豕与亥相似。'至于晋而问之，则曰晋师己亥涉河也。"

[10] 安车：可以坐乘的小车。古车立乘，此为坐乘，故称安车。征召有重望的人，往往赐乘安车。　玄币：黑色的币帛，帝王聘请贤士时用为贽礼。

[11] 鸾坡：翰林院的别称。　皋比：虎皮坐席，常用以指学师的座席。

[12] 截蒲：截取蒲叶写字。《汉书·路温舒传》："父为里监门，使温舒牧羊，温舒取泽中蒲，截以为牒，编用写书。"　流麦：《后汉书·逸民传·高凤》："少为书生，家以农亩为业，而专精诵读，昼夜不息。妻尝之田，曝麦于庭，令凤护鸡。时天暴雨，而凤持竿诵经，不觉潦水流麦。妻还怪问，凤方悟之。"

[13] 辨磬：《论语·宪问》："子击磬于卫，有荷蒉而过孔氏之门者，曰：'有心哉！击磬乎！'既而曰："鄙哉！硁硁乎！莫己知也，斯已而已矣。深则厉，浅则揭。'"　识錞（chún）：《周书·斛斯征传》："乐有錞于者，近代绝无此器，或有自蜀得之，皆莫之识。征见之曰：'此錞于也。'众弗之信。征遂依干宝《周礼注》，以芒筒拊之，其声极振。众乃叹服。"

[14] 慭（yìn）遗：愿意留下，常用为哀悼老臣之词。《左传·哀公十六年》："夏四月己丑，孔丘卒。公诔之曰：'旻天不吊，不慭遗一老，俾屏余一人以在位。'"

[15] 兰玉：《世说新语·言语》："谢太傅（安）问诸子侄：'子弟亦何预人事，而正欲使其佳？'诸人莫有言者。车骑（谢玄）答曰：'譬如芝兰玉树，欲使其生于阶庭耳。'"后用兰玉称誉别人优秀的子弟。

[16] 易名之事：指朝廷加赐谥号之事。

【评析】

《四库全书总目》卷一三八《祝氏事偶》提要：

《祝氏事偶》十五卷（浙江巡抚采进本），明祝彦撰。彦字元美，山阴人。万历癸酉举人。其书取史传所载古今事迹之相同者，仿《世说新语》门目，分条征引，以类相从。旧目所不赅者，复分天、地、人三部以隶其后。自序称因见余寅《同姓名录》而作，盖彼以名同，而此以事同，义相仿而例则各殊。大致与后来方中德《古事比约略》相似，而不及其精密。每条后间缀评语，词意儇薄，弥为画蛇之足。

林木道诗集序

味有厚薄，非段成式之所知也[1]。天下之至味莫厚于水，而酒茗次之，酒多一粒，茗多一柯耳。谭诗亦然，向尝谓子瞻绝万夫之禀，不甘拟杜，而常欲敌杜，至以杜诗絜之[2]，子瞻舌本，几砸已完[3]，而少陵之津，方滥觞而未艾也。此非人之所能为也，天也。解杜者有百家，竟不得其真；攻杜者有百家，竟不得其似，则亦姑且俟之。而孝廉林东方氏崛起仔肩[4]，以杜为事，胆府决撑，口门爽阔，心如灵照之珠，笔乃胡旋之槊，感怀即事，赠景投人，若崩若兴，若幻若住，《浣花》《草阁》，韵有馀幽，《白帝》《盐城》，律俱入老，而东方氏方绮岁锐途，光力过扶桑一丈，使从兹成其变化，则过都历块[5]，少陵前贤之畏，更有疑也[6]。夫水一耳，陆鸿渐能知中泠[7]，王荆公能知三峡[8]，而不知滋穴之水，名曰神瀵，兰椒逊臭，醍醐辞甘[9]，此惟博于水者能深于水。读东方氏之诗，而以味求之，是果能饮杜者哉！

【注释】

[1] 段成式：唐代临淄人，字柯古，官至太常少卿。著有《酉阳杂俎》，其中卷八记饮食五味。

[2] 絜：度量。

[3] 砸：即"咂"。

[4] 仔肩：担任，负责。

[5] 过都历块：谓良马越过都邑如历片土。杜甫《戏为六绝句》其三："龙文虎脊皆君驭，历块过都见尔曹。"

[6] "少陵"二句：杜甫《戏为六绝句》其一："今人嗤点流传赋，不觉前贤畏后生。"其六："未及前贤更勿疑，递相祖述复先谁。"

[7] 陆鸿渐：唐陆羽，字鸿渐，著有《茶经》三篇。 中泠：中泠泉，在江苏镇江金山之西长江中，又名南零泉，陆羽评之为天下第七，刘伯刍评之为天下第一。

[8] 王荆公：王安石封荆国公。王安石知三峡水是俗典，出自冯梦龙《警世通言》中的《王安石三难苏学士》。

[9] "而不"四句：《列子·汤问》："当（终北）国之中有山，山名壶领，状若甔甄，顶有口，状若员环，名曰滋穴，有水涌出，名曰神瀵，臭过兰椒，味过醪醴。"臭，气味。

【评析】

陆羽辨中泠泉水事见唐张又新《煎茶水记》：

代宗朝李季卿刺湖州，至维扬，逢陆处士鸿渐。李素熟陆名，有倾盖之欢，因之赴郡至扬子驿，将食，李曰："陆君善于茶，盖天下闻名矣，况扬子南零水又殊绝。今日二妙千载一遇，何旷之乎？"命军士谨信者挈瓶操舟，深诣南零。陆利器以俟之。俄水至，陆以杓扬其水曰："江则江矣，非南零者，似临岸之水。"使曰："某棹舟深入，见者累百，敢虚绐乎？"陆不言。既而倾诸盆，至半，陆遽止之，又以杓扬之曰："自此南零者矣。"使蹶然大骇，驰下曰："某自南零赍至岸，舟荡覆半，惧其尠，挹岸水增之。处

士之鉴，神鉴也，其敢隐焉！"李与宾从数十人皆大骇愕。（文中南零即中泠）

铨史纪名序

三代以前，吏治无所悬绝，即汉、唐、宋来，以小吏起家作三公者，比比有之。高皇帝任官之初[1]，犹行古道。而近日明经取士，非举业不抡[2]，非科甲不贵，妄一少年，突取青紫，临政视事，不知絜令为何物[3]，以故怀刷舞文者[4]，得关其请，而吏治乃大坏。南北铨曹[5]，制度惟一，第北炎南泠，有识之士，不欲以身名之皎皎，就浊世之溷溷，常乐南而鄙北，何者？利不争趋，则害不蒙冒，与其攫利，何若成名？此南曹掾史之初念，即有足嘉者矣。今天子破格求贤，虚衷询事，日者一掾上书求免觐，即不难报可，一男子伏阙称旨，而薇垣画省之席[6]，即尊显之矣。倘诸掾史奉法循理，冰竞虁运，积小臣而为大臣，焉知不三公如古初也？维扬张某，鸠兹陈某[7]，皆名家子，读书学剑，绰有凌云之赋，而抑其志于数马循墙[8]，讲读律令，此欲有实用之品也。所纪同事之名，编年详地，垂之永永，倘能盛德大业，寿辉此纪，其视成均勒石[9]，又何以异哉？

【注释】

[1] 高皇帝：指明太祖朱元璋。

[2] 抡：选拔。

[3] 絜令：著于板籍之律令。

[4] 怀刷：谓君上馈以巾帨等物品，指亲近获宠。《韩非子·内储说下》："靖郭君相齐，与故人久语，则故人富，怀左右刷，则左右重。久语、

怀刷，小资也，犹以成富，况于吏势乎？" 舞文：曲引法律条文作弊。

[5] 铨曹：主管选拔官员的部门。此指吏部的文选司、考功司。

[6] 薇垣：紫薇垣，星座名，古以喻中书省。 画省：尚书省的别称。

[7] 鸠兹：安徽芜湖的古称。

[8] 数马：《史记·万石张叔列传》："万石君少子庆为太仆，御出，上问车中几马，庆以策数马毕，举手曰：'六马。'"后以喻为官谨慎。 循墙：《左传·昭公七年》："故其鼎铭云：一命而偻，再命而伛，三命而俯，循墙而走。"表示恭慎。

[9] 成均：上古的大学。

【评析】

此文论科举取士之弊，颇有见地。又中言明代有识之士多乐南而鄙北，亦可供治史者参考。文章风格平实，在王思任之文中洵不多见。

高故下诗集序

白能丝，可读诗[1]，诗不特不易工，犹不易读也。诗出布衣者，取韵什九。少读冒伯麐诗[2]，喜其隽冷独上；既读柳陈父诗[3]，喜其优孟唐人，翩翩可爱；既读葛震甫诗[4]，喜其朗涤空圆，以为布衣止此。而垂老得读高故下之诗，始憬然叹予瞳之狭，而予心之沟瞀不洪也[5]。诗者，韵之道也，两大之中，韵莫韵于山水，五伦之内，韵莫韵于朋友。故下诞长武林[6]，海门天目荡其两丸，灵岫明湖快其千古，而又禀绝人之资，负盖代之学，吐气卷绡，抉指入壁。家既赤贫，遭亦多难，而喜种梅调鹤，喜挥剑抚弦，喜征歌买笑，喜访戴留髡[7]，喜神仙佛事，而最喜交读书之人，与之素心朝夕。所游荆襄吴粤，唱和皆名宿。故其为诗，法老而格峭，一有拈合，妥丽泓晶，如珠林积雪，玉涧飞流，而旷远澹兀，不可一世，则海上之寒山，云边之夜火，别自有孤清处也。诗有声口，一开即得，若复苏援塑捏如何而诗[8]，则诗之韵已去久矣。吾以此得定故下之诗，谓其韵在诗前耳。故下原山阴，携诗胎西渡，而予向来不知，若以梼杌讨予[9]，又何辞于故下哉？

【注释】

[1]"白能"二句：《艺文类聚》卷五十五："《物理论》曰：里语：'白能丝，可读诗。'"按杨泉《物理论》作："语云：'能理乱丝，乃可读诗。'"《艺文类聚》所引有误。

[2]冒伯麐：见《冒伯麐诗序》注[1]。

[3]柳陈父：柳应芳，字陈父，海门人，侨居金陵，崇祯时布衣，有《柳陈父集》。

[4]葛震甫：葛一龙，字震甫，吴县（今苏州市吴中区和相城区）人。曾官云南布政司理问。卒于崇祯十三年（1640），年七十四。

[5]沟瞀：愚昧无知。

[6]武林：杭州的别称。

[7]访戴：见《剡溪》注[10]。 留髡：《史记·滑稽列传》载淳于髡对齐威王说："日暮酒阑，合尊促坐，男女同席，履舄交错，杯盘狼藉，堂上烛灭，主人留髡而送客，罗襦襟解，微闻芗泽。当此之时，髡心最欢，能饮一石。"

[8]苏援：探索分析。

[9]梼杌：《左传·文公十八年》："颛顼氏有不才子，不可教训，不知话言，告之则顽，舍之则嚚，傲很明德，以乱天常，天下之民谓之梼杌。"

【评析】

高故下生平未详。晚明布衣诗人甚多,文中谓布衣之诗以韵胜,准确揭示了晚明布衣诗人创作的特点。

卯辰合辙序

客谓王生曰:"《壬子合辙》出,而子之身危为怪的。"王生曰:"何谓也?"曰:"凡人之为文,皆其自选于心而出者也。人自选而不子选,则怪。又皆选于名人要人而收者也,人选之而子不选,则怪。选矣而子不赞,则怪。赞矣而不甚赞,则又怪。"王生曰:"何怪之多也? 我陈人也[1],客为我忠且辩,谨谢教。虽然,客亦闻广陵来之眩人乎[2]? 吞刀浴火,造果生花,无所不有。见之者莫不怪甚,然而疑之者十五,悦之者十九也。客以为校王生之选者,以王生重乎? 以之轻乎? 重者知之矣,不宜怪。轻则大笑之,不必怪。且夫一日之长短在手,千古之是非在心。孔子者,天下人大家之孔子也。以大家之孔子,质之大家之言孔子者,则怪者自怪,吾不知其怪也。"客曰:"子言可破怪,然吾终谓其怪也。"

【注释】

[1] 陈人:犹老朽。《庄子·寓言》:"人而无以先人,无人道也;人而无人道,是之谓陈人。"郭象注:"陈久之人。"

[2] 眩人:表演幻术的人。

【评析】

陆云龙云:拈一"怪"字播弄,亦如吞刀吐火之可悦。(《皇明十六家小品》)

甬东越社序

人生我明，时文一道，亦终身之大恩大仇也。十四篇得价，小而卓鲁[1]，大而伊周[2]，碑铭钟鼎，于是乎出。即伧言之，一生吃着不尽，未为不诚，讵不恩也欤哉？不得价，则穷年厮守，寒暑昼夜不离，如夫妇，又若金蚕蛊[3]，人面疮，一受其缠[4]，痛痒滞淫，牢不可解。其仇也更甚于恩。统料天下人，三年之内，承恩者千馀，不得而仇者几千万，不得而仇以终身者则万万计。大冤小业，盲天怨人，宇宙间郁气，塞如雾黄，何其憾也！虽然，雾黄而不毒，毒在噤齿刺肮放榜后数日耳。闲居征逐，冶丽招摇，烧烛会盟，棋酒谐谑，率奏一篇，敷圈演颂，朱碧互宣，易名标可，其视传心翊运之旨[5]，不啻博戏然。玩之云乎，而岂仇之也？善仇者惟敌是求，务克之而后已。吾乡先辈，长颈乌喙[6]，古今第一仇手也，读《越绝》诸书[7]，握冰抱火[8]，劘胆忍粪[9]，此犹其可假之气。至于奴我臣，臣无靦血；媵我配，配无违言。兵潜于中，貌甘于表，醉卧吴儿衣带水上，长夜不寐。此深于仇者也。若夫盗城吞炭[10]，授首献图[11]，歔欷悔泣，庸竖子耳，无益乃公事，徒自苦。今日闭户自封者，皆此类矣，而况其伈伈泄泄昔乎[12]？

甬上君子廿四人，皆天海之灵，储为鳌柱者。其为文也，斥谀汰浮，抑竞遣躁，剡必仆姑[13]，淬必干将[14]。要以讨玄攻髓，径取中坚大纛为是，其约法之命曰：伟哉东海，霸气未销；联以是呕心枯髯者，为尝卧欹题；越社廿四人者，可当六千君子也。其所言者霸也，而吾特以仇疏之，是犹说《春秋》者，《公》《穀》以下[15]，人百其味，而胡氏欲概之以大复仇一语[16]，谓于时事更切云尔。李姬伯、简仲[17]，故昵余，请以兹言飨之罗云堂上，知必有谓谑庵能发人覆者矣。

【注释】

[1] 卓鲁：东汉卓茂、鲁恭，二人以循吏见称。此指任循吏。

[2] 伊周：伊尹和周公。此指任贤臣。

[3] 金蚕蛊：相传产于苗疆的一种蛊毒。《虚谷闲抄》："此所谓金蚕蛊也，能入人腹中，残啮肠胃，复完然而出。"

[4] 缧：绳索，此指束缚。

[5] 传心：指传圣贤之心。　翊运：护卫国运。

[6] 长颈乌喙：指春秋越王勾践，勾践长相长颈尖嘴。《史记·越王勾践世家》："越王为人长颈乌喙，可与共患难，不可与共乐。"

[7] 《越绝》诸书：指东汉袁康所撰《越绝书》及赵晔所撰《吴越春秋》，内容都是叙述春秋末年吴越争霸的史实，融入了许多民间传说。

[8] 握冰抱火：《吴越春秋》："越王念复吴仇，目卧则攻之以蓼，足寒则渍之以水，冬常抱冰，夏还握火。"

[9] 劝胆：即尝胆。《吴越春秋》："（勾践）悬胆于户，出入尝之，不绝于口。"　忍粪：《吴越春秋》载，吴灭越，勾践入臣于吴。吴王夫差病，勾践用范蠡计，入宫问疾尝粪。吴王大喜，遂赦勾践归国。

[10] 盗城：未详。　吞炭：战国时赵襄子攻杀智伯，智伯门客豫让欲为智伯报仇，恐为人识，乃漆身为厉，吞炭为哑，改变形貌，伺机刺赵襄子，未成。见《史记·刺客列传》。

[11] 授首献图：战国燕荆轲取秦叛将樊於期之首与督亢之地图献秦王，欲乘间刺之，事未成。见《史记·刺客列传》。

[12] 侁侁：众多的样子。　泄泄：弛缓的样子。

[13] 剡：剡注，古代射法之一，此指射箭。　仆姑：金仆姑，矢名。《左传·庄公十一年》："乘丘之役，公以金仆姑射南宫长万。"

[14] 干将：古宝剑名。相传春秋时吴人干将与妻莫邪善铸剑，铸有二剑，锋利无比，一名干将，一名莫邪，献给吴王阖闾。

[15] 《公》《穀》：指《公羊传》和《穀梁传》，都是解释《春秋》

的书，成书于战国时代。

[16] 胡氏：指胡安国，南宋初大儒，著有《春秋传》。

[17] 李姬伯：李文纯，字一之，一字姬伯，号耕石老人，学者称戒庵先生。生于万历二十七年（1599），年十二，能尽读先人所藏书，兼治诗古文词，与弟李简仲并有名。然数试不第，遂与弟起小斋数间，名曰耕石堂，遍莳花竹，日读书其中。甲申之乱后，弃诸生，萧然世外。康熙十九年（1680）卒，享年八十二岁。

【评析】

陆云龙云：必报仇，有死无二，持必死之心，何事不可作？直是玩耳。叙中言言镂人肝胆，胜乌喙寝门之呼。（《皇明十六家小品》）

童罍耻四糊斋稿叙

友人徐耳犹过我，偶儿子作虎跳，耳犹抚其顶曰："他日文士。"予曰："何言之不豫也？吾儿正不欲其文，即文亦不令其时矣。"耳犹哑哑。余曰："子试看几年内，必有一日尽斥举子业不用，负吴陶汤许之才者[1]，定当饿杀。"耳犹以为诞。壬子北墨到[2]，见二名卷，初亦眩其光怪，细检之，电丝珠迸，龙宫绡人泪也[3]。未几以苴轧被劾[4]。曹瞒借行斛头，一刀断讫尔[5]。于是罍耻喊巫咸不应[6]，杀袁盎不能[7]，南走越，北走胡，酸风赤汗，往来孤寄，糊其口不暇给，时时拈弄簪履，以为富家子弟赘。嗟乎罍耻！此不用文之时也。瑟能强王乎[8]？射必封侯乎[9]？刺绣文不如倚市门[10]，犯奸作科常鼎食，取大元亦不甚呵问。罍耻腹中边形兵事，洞火画图，何不投锥起舞[11]，作一番长枪大剑伎俩，而犹然顾堕甑也欤哉[12]？人糊其心矣，罍耻遂不能糊其口。即异时青天眼放,日烹一大牢以雪之[13],而发种种[14],而齿已豁矣,且奈何?

【注释】

[1] 吴陶汤许:吴默、陶望龄、汤显祖、许獬,晚明的制义名家。

[2] 壬子:万历四十年(1612)。 北墨:指顺天府(即北京)乡试后刻印的试卷。

[3] 绡人泪:张华《博物志》:"鲛人从水出,寓人家,积日卖绡。将去,从主人索一器,泣而成珠满盘,以与主人。"此以喻文章如珠玉。

[4] 茁轧:沈括《梦溪笔谈·人事一》载,欧阳修主试,举子刘几好为怪险之语,其文曰:"天地轧,万物茁,圣人发。"欧阳修斥之。后以谓文词怪异生涩。

[5] "曹瞒"二句:《三国演义》中写曹操军缺粮,曹操令粮官王垕用小斛放粮,又借其头以平众怒。

[6] 巫咸:古神巫名,殷中宗时人。

[7] 袁盎:汉初人,字丝。文帝时为吴王相,景帝平吴楚七国之乱后,为楚王相,病免家居,为梁王刺客所杀。

[8] "瑟能"句:未详。

[9] "射必"句:《史记·李将军列传》载李广善骑射,屡败匈奴,但命运不好,始终不得封侯。

[10] "刺绣"句:《史记·货殖列传》:"夫用贫求富,农不如工,工不如商,刺绣文不如倚市门,此言末业,贫者之资也。"

[11] 投锥:投笔。锥,毛锥,指笔。《后汉书·班超传》:"超家贫,尝为官佣书以供养。久劳苦。尝辍业投笔叹曰:'大丈夫无他志略,犹当效傅介子、张骞立功西域,以取封侯。安能久事笔研间乎?'后立功西域,封定远侯。" 起舞:即"闻鸡起舞",典出《晋书·祖逖传》,后用以形容怀有壮志,思图奋发。

[12] 顾堕甑:《后汉书·郭太(泰)传》后附孟敏逸事:"(敏)客居太原,荷甑堕地,不顾而去。郭林宗见而问其意,对曰:'甑已破矣,

视之何益?'"

[13] 大牢：即太牢，宴会或祭祀时所用牛、羊、猪三牲，后专指牛。 雪：洗。

[14] 种种：指头发脱落变短。

【评析】

陆云龙云：凄凄乎悲风自天，有才不得遇，遇而复不遇，如此雌黄无定何！曇耻读之，更甚《琵琶行》也。(《皇明十六家小品》)

朱宗远时义叙

文眼不高，则境界浅熟；文胆不瓠[1]，则落笔疑缩；文记不强，则证佐驱使不来听令。今文古文一也，而今文更难，今文至今日又更大难。予释褐时[2]，止为孔孟代口，而近且以孔孟借面，岂惟借面，甚至蒙冒而呼之。风会使然。然高才霸气，仗义执言，终有尊王之旨，吾不敢尽非焉。

云间朱宗远[3]，异人也。能认之无，即有臣师畔塾、跋扈陆梁之意[4]。既而梦舌吐鸟，刳心沥汁，禹碑石鼓、漆简竹书[5]，俱诠识百回，妙有通悟。独行海上，喜日月跳丸，惬其豪魄，顾沙岸崩携，尽作篆籀之笔，归而著作，穷变夺工，用牛鬼蛇神以选其麟毛凤采，从铣溪虬户顾至于汲冢至皇坟[6]。大力岳起，峥峥自快。即使扬雄、李贺遇之，愿退三舍，不则秦武王与孟说试鼎，一举而脉绝矣[7]。其时义若干首，论文数则，皆极天地万物之故；而经史笺注所不逮者，宗远遂以一言补出千古。吾不能窥其奥渺，但觉双瞳碌碌，或幻或新而已。海内解人将出，姑请质之，以发否塞。

【注释】

[1] 瓠：葫芦，喻胆大。

[2] 释褐：指进士及第。

[3] 云间：松江县（今上海松江区）的古称。　朱宗远：朱灏，字宗远，华亭（今上海松江）人。崇祯间几社文士之一，以保举授延平府通判。知画理，工诗，有自题秋山叠嶂图。清才满天下，后侍晋王，卒于海外，人以忠义所结称之。见《松江诗征》。

[4] 陆梁：跳跃貌。

[5] 禹碑：见《李贺诗解序》注[34]。　石鼓竹书：见《李贺诗解序》注[4]。　漆简：用漆书写的竹简。《后汉书·杜林传》："林前于西州得漆书古文《尚书》一卷，常宝爱之。"

[6] 铣溪虬户：《唐诗纪事》卷九："（徐）彦伯为文多变易求新，以凤阁为鹓阁，龙门为虬户，金谷为铣溪，玉山为琼岳，竹马为篠骖，月兔为魄兔，进士效之，谓之涩体。"　汲冢：见上"竹书"注。　皇坟：三皇时代的典籍。

[7] "不则"二句：《史记·秦本纪》："武王有力好戏，力士任鄙、乌获、孟说皆至大官。王与孟说举鼎，绝膑。八月，武王死。"膑，一作"脉"。

【评析】

陆云龙云：先生文眼文胆文记，已具于汤若士序中，此亦自道其万一。（《皇明十六家小品》）

金谷生家藏稿序

堪舆禄命、医道相法，人百其口，自有一定之理，然至今日而理竟遁。闪怪者必发，冲煞者可决也。能用乌头、附子者效[1]，而虎吻猿睛、穷奇偏削者，乃大贵人也。理亦有屈伸互帝之日，不尽气运为尔。始予射人脿，十中其九，至丙辰以后[2]，二三矣，昨子丑之年[3]，遂不射半人。予自笑刻舟求剑，犹痴心讲理讲法，误天下苍生不小。亟谢绝此道，以俟解人。乃姻友金谷生寄示南宫魁卷[4]，及笥中所秘稿如干首，则又推案叹愧，自谓读书未深，看理未到。如此文翻玄剔癖，汰尽世肠，独根灏气，天之一源，从空河汉，俯视地流山挂，犹然倚傍而行也。似吾等幸获之年，皮毛齿角，聊供材用，胆魄态意，仅尔敷涂，若于神髓抽铸之中，毫无气力。设老驽不少步[5]，岂复有骧首日耶[6]？而犹得言今文之非理耶？虽然，谷生理而理也，非所谓非理而理也。千里马凡马并走，千里马步，凡马驰，驰者百里喘绝，步千里不汗落，分数自不同耳。然则用奇取杀，匕险封怪，要其理亦自正。而谷生之光施今日，亦甚功矣。

【注释】

[1] 乌头、附子：两种中药，有毒。

[2] 丙辰：万历四十四年（1616）。

[3] 子丑之年：指天启四年（甲子，1624）、五年（乙丑，1625）。

[4] 金谷生：金兰，字谷生，会稽人。天启中知婺源县。 南宫：指礼部。进士考试于礼部举行。

[5] 驽：劣马。

[6] 骧首：昂首。

【评析】

陆云龙云：任你千蹊百径，跳不一理，越理则怪尔，安得云奇。（皇明十六家小品》）

钟百楼先生窗稿序

嘉隆间[1]，古虞有钟百楼先生，以言语妙天下。时艺家拜其化点，咸谓得日精火魄之丹。既而鸡苓豕壅，递相为帝[2]，而先生之文，遂封之名山，求之人间世，几漫漶散逸而不可得。先生有文孙曰常夫，出其枕中所遗大小题稿[3]，为之刳劂一新[4]，而征言于不佞。

夫时文至今日盛矣，然实不如古人。古人典，今人杜[5]；古人厚，今人偷[6]；古人工，今人驾[7]；古人画人物犬马，今人画山水鬼魅；古人如李龙眠白描[8]，毛发不苟，今人如米元章泼云沓树[9]，徒取墨气，又如张平山写野仙判子[10]，非不生动，而无可对考。先生之文一再行，亦救痼之药也。常夫曰："念不及此。岂不知赵武王为胡服[11]，意气正锐，式以伏羲之木叶[12]，绳以黄帝之冠裳[13]，迂阔襁褓[14]，徒取厌闷。惟是手泽犹存，心血所寄，吾特焕而存之，诏我钟氏子孙世勿替也。先生其锡类之，以永不匮[15]。"予曰："天下事亦何常？庚戌岁[16]，予听谪入都，一堂之中，进贤冠俱寸矮作唐帽[17]，而予独仍尺许。汤嘉宾、赵哲臣戏语之曰[18]：'那得办此古器？'予应之曰：'高之征下，下之征高，吾冠最先，可谓时极。'两兄辄笑曰：'辩。'由是观之，百楼先生之父，正斯文大雅之始也。"

【注释】

[1]嘉隆：指嘉靖、隆庆年间。

[2]"既而"二句：《庄子·徐无鬼》："桔梗也，鸡壅也，豕零也，是时为帝者也。"鸡壅即芡实，豕零即猪苓，俱药名。王先谦《庄子集解》云："药有君臣，此数者，视时所宜，迭相为君。"

[3] 大小题：科举时代以"五经"文命题曰大题，以"四书"文命题曰小题。

[4] 剞劂：刻刀，后用以泛称书籍雕板。

[5] 杜：杜撰。

[6] 偷：浇薄，不厚道。

[7] 驾：驾说，指赞述古人之言。

[8] 李龙眠：李公麟，宋舒州舒城人，字伯时，熙宁三年（1070）进士，官至朝奉郎。晚年隐居龙眠山，因号龙眠居士。擅长书画，尤工山水佛像。作画多不设色，用白描，称为宋画第一。

[9] 米元章：宋代著名书画家米芾，字元章，善画泼墨山水。

[10] 张平山：张路，字天驰，号平山，明大梁人，诸生，工画山水花鸟。 野仙判子：未详。

[11] 赵武王：即战国赵武灵王，为便于作战，改中原服装为胡服，改车战为骑射。

[12] 木叶：指以树叶为衣。

[13] 黄帝之冠裳：相传黄帝始制冠裳。

[14] 襁褓：喻不晓事理。

[15] "先生"二句：《诗·大雅·既醉》："孝子不匮，永锡尔类。"朱熹集传："类，善也。……孝子之孝诚而不竭，则宜永锡尔以善矣。"锡，同"赐"。

[16] 庚戌：万历三十八年（1610）。

[17] 进贤冠：古时官员所戴的礼帽。

[18] 汤嘉宾：汤宾尹，字嘉宾，号睡庵，别号霍林，安徽宣州人。万历二十三年（1595）榜眼，授翰林院编修。万历三十四年迁右春坊右中允，三十六年为左春坊左谕德，三十八年会试为同考官，后进南京国子监祭酒。 赵哲臣：赵用光，字哲臣，山西河津人。万历二十三年（1295）进士，官至詹事府少詹，掌翰林院事，兼侍读学士。有《苍雪轩集》二十卷。

【评析】

　　陆云龙云：昔日之古，亦今日之新，无端之环，唯世所转，先生早已卜之矣。(《皇明十六家小品》)

题 跋

题圣教序帖[1]

《圣教》《兰亭》[2]，一画一直皆为法祖。或退藏作楷，或舒扩题颜[3]，皆有把柄，所谓"无小无大，从公于迈"也[4]。但《圣教》不若《兰亭》，何以故？修禊一时酒兴，伸纸直书，秀逸爽亮，直是学士大夫风韵。若怀仁所集，未免隔子影孙，饾饤凑泊[5]，至肩寒肘束，虽清带寡，终有和尚气耳。又其中不成字者甚多，如"凝"字、"林"字、"译"字等，定不出换鹅手也[6]。

【注释】

[1]《圣教》：全名《大唐三藏圣教序》，唐太宗李世民作，叙玄奘法师至印度求取佛经及在中土翻译传播之事。唐高宗咸亨三年（672），弘福寺僧怀仁集晋王羲之字，书《圣教序》，刻石立碑。王羲之书法后世存者无几，此帖因保存王羲之字甚多，遂为后世所宝重。

[2]《兰亭》：即《兰亭序》，王羲之所书著名法帖。晋穆帝永和九年（353），王羲之同谢安等四十一人会于会稽山阴之兰亭，修袚禊之礼，诸人赋诗，羲之作序。后世称此序为行书第一。后为唐太宗所得，传唐太宗死时以真迹殉葬，世所传为唐冯承素、褚遂良等摹本。

[3] 题颜：题额。

[4] 无小无大，从公于迈：《诗经·鲁颂·泮水》诗句。

[5] 饾饤：堆积。 凑泊：凑合。《圣教序》中有的字王羲之书法中没有，怀仁以其他字的偏旁相聚而成。

[6] 换鹅手：指王羲之。《晋书·王羲之传》："山阴有一道士，养好鹅，羲之往观焉，意甚悦，固求市之。道士云：'为写《道德经》，当举群相赠耳。'羲之欣然写毕，笼鹅而归，甚以为乐。"

【评析】

所论《兰亭》《圣教》优劣甚当，然亦是前人已有之论。怀仁集王书，固未欲与《兰亭》争锋，王思任所言，似过于严苛。

题徐文长花竹手卷[1]

天池开口旃檀[2]，落笔锦玉。其牛衣雪卧时[3]，无所得酒，则写生数种换之。后之叔敖[4]，俱借为活计。此还是捉刀人狡侩[5]，犹《兰亭》定武本第一次也[6]。

【注释】

[1] 徐文长：徐渭，字文长，号天池生，又号青藤道人，明嘉靖、万历间著名文士，善画写意花卉，亦善草书。

[2] 旃檀：即檀香。

[3] 牛衣雪卧：《汉书·王章传》："初，（王）章为诸生学长安，独与妻居。章疾病，无被，卧牛衣中，与妻诀，涕泣……"牛衣是用麻或草所编为牛御寒之物。后用此典形容士人生活贫病困厄。

[4] 叔敖：即孙叔敖，楚庄王时曾为令尹。死后其子贫，优孟扮作孙叔敖与楚王谈论，引起楚王对故人的思念之情，封孙叔敖之子四百户。见《史记·滑稽列传》。此指模仿徐渭之画者。

[5] 捉刀人：《世说新语·容止》载：曹操将要接见匈奴使者，因貌丑，让崔琰代替，自己捉刀立床头。事毕，派人问匈奴使者魏王何如，使者回答："魏王雅望非常，然床头捉刀人，此乃英雄也。"曹操听到后，派人追杀匈奴使者。

[6]《兰亭》定武本：唐太宗得王羲之《兰亭序》帖真迹，临摹刻石于学士院，碑石历五代时战乱，至宋仁宗时重被发现，置于定州州治，定州属定武军，故称"定武兰亭"。

【评析】

徐渭一代奇才，诗文、戏剧、书画皆妙绝当世。王思任此跋只记其逸事，而其书画之精妙已尽在不言之中。

题徐慧姬卷[1]

以人所怜者而复怜人，又乞怜我之人而怜我所欲怜之人，情乎，色乎？展转相借，亦妇女中之微生高矣[2]。虽然，微生高亦大不易，世有指水盟心，投弓刻臂，一遇虺蜴当前[3]，抛而去之矣。则徐姬之急友，虽为情色，尚亦有古道哉。

【注释】

[1] 徐慧姬：未详。

[2] 微生高：春秋鲁人，即尾生。《庄子·盗跖》："尾生与女子期于梁下。女子不来，水至，不去，抱梁柱而死。"

[3] 虺蜴：毒虫。

【评析】

从"情色"二字腾挪出三层意思，既切题，又曲折有致。

为杨仕任题坡公小札[1]

端明书札[2],质朴简悉之中自有文章。片纸只字,价重鸡林[3]。如是幅皆玉堂粉笺之剩,吉光片翠,望之眉青可喜也。然其用笔,每每侧卧取态,体似贵妃[4],不知者谓难辞墨猪之诮[5]。此未梦见孝侯庙碑脚汗作何气耳[6],敢轻訾公哉?仕任得此,日向蕉桐几下,焚檀瀹茗,展玩数过。亦觉凉风习习,生一翻韵致也。

【注释】

[1] 坡公:指苏轼,苏轼号东坡居士。
[2] 端明:苏轼曾任端明殿大学士,此代指苏轼。
[3] 价重鸡林:鸡林即新罗国(今朝鲜),唐高宗龙朔三年置新罗为鸡林州,以新罗王为大都督。元稹《白氏长庆集序》言白居易诗"鸡林贾人求市颇切,自云本国宰相每以百金换一篇,其甚伪者,宰相辄能辨别之。自篇章以来,未有如是流传之广者。"
[4] 贵妃:指杨贵妃。苏轼字体颇肥,故以相比。
[5] 墨猪:喻笔画丰肥而无骨力的书法。
[6] 孝侯庙碑:即《平西将军周府君碑》,据传为陆机撰文,集王羲之书。周处,字子隐,义兴阳羡(今江苏宜兴)人,少时为祸乡里,后改过自新。吴亡后出仕西晋,刚正不阿,后战死疆场,追赠平西将军,谥曰"孝"。 脚汗:未详所指。

【评析】

王思任善书法,此论苏轼书,皆临池有得之言。文笔清逸,读之亦有一番韵致。

题朱叔子花阡

朱叔子有色香之癖,其表花阡也[1],当与《瘗鹤铭》同参[2]。美人为黄土,何况粉黛假。叔子得无着相其间乎?是不然,市骏者市其骨,死马价高,活马至矣[3]。焉知花神不作黎丘,玉鱼金碗出在人间[4]。东方白矣,事未可知,则仍当置守冢三万户也[5]。

【注释】

[1] 表:立墓碑。　阡:墓。

[2]《瘗鹤铭》:参见《焦山瘗鹤铭跋》注[1]。瘗,埋葬。

[3] "市骏"三句:《战国策·燕策一》:"古之君人有以千金求千里马者,三年不能得。涓人(内侍)言于君曰:'请求之。'君遣之。三月得千里马,马已死,买其首五百金,反以报君。君大怒曰:'所求者生马,安事死马而捐五百金?'涓人对曰:'死马且买之五百金,况生马乎?天下必以王为能市马,马今至矣。'于是不能期年,千里之马至者三。"

[4] 黎丘:地名。相传黎丘有鬼,喜效人子弟之状以惑人。见《吕氏春秋·疑似》。　玉鱼:唐韦述《两京新记》:"长安大明宫宣政殿,每夜见数十骑衣鲜丽,游往其间。高宗使巫祝刘明奴、王湛然问所由。鬼曰:'我是汉楚王戊太子,死葬于此。'……明奴因宣诏与改葬。鬼喜曰:'我昔日亦是近属豪贵,今在天子宫内,出入不安,改卜极幸甚。我死时天子敛我玉鱼一双,今犹未朽,必以此相送,勿见夺也。'明奴以事奏闻。及发掘,玉鱼宛然,自是其事遂绝。"　金碗:晋干宝《搜神记》记卢充与崔少府女幽婚,别后四年,忽见崔女,女与之金碗而别。后崔女姨母见曰:"昔吾妹生女亡,赠一金碗着棺中。"

[5] 守冢:守护坟墓的人。

【评析】

围绕"花阡"二字生发出绮思遐想,行文颇有幽默感。

题长儿槐起扇头

槐儿年三十,冢妇共之[1],乃自佳事。子黼我佩所不敢望[2]。当此乱离之际,得举案偕老[3],为田舍翁媪足矣。七十二年谑老书此便面[4]。

【注释】

[1] 冢妇:嫡长子的妻子。

[2] 子黼我佩:喻夫妻同享富贵。扬雄《琴清英》:"祝牧与妻偕隐,作《琴歌》云:'天下有道,我黼子佩;天下无道,我负子戴。'"意谓世治做官,世乱则隐居。黼,黼衣,古代绣有白黑色斧形花纹的礼服。

[3] 举案:即"举案齐眉",形容夫妻相敬有礼。

[4] 谑老:王思任晚年号谑庵。 便面:指扇子。

【评析】

寥寥数语,父子亲情宛然。

陈仲公河上赋跋

大天之内,鬼神所治者有三十六洞[1],此外如垒空之在大泽也[2]。以予所游林屋、华阳、明寒、龙鼻、玲珑、华盖、白鹿、宝仙等洞[3],各有各致,不意又有河上一洞[4]。予读姻友陈仲公之赋，剞奇剔怪，滴乳流云，若古琴叫响，潮籁轰雷者，恍然神醉之矣。郑公绩学，不求人知[5]，则此赋一出，遂长正平之价[6]，传次楩之才[7]，安敢不逊心此道？惟是天下兵兴，无可逃乱，此洞异时作元结猗玕[8]，未可知耳。

【注释】

[1] 三十六洞：即三十六洞天，道家称神仙居住的地方。

[2] 垒空：虚空。

[3] 林屋：林屋洞，在江苏苏州市吴中区洞庭西山。　华阳：华阳洞，在江苏句容市东南大茅峰下。　明寒：未详。　龙鼻：龙鼻洞，在浙江乐清市雁荡山之插龙峰。　玲珑：杭州市临安区西有玲珑山。　华盖：浙江永嘉县东有华盖山，下有容城洞，道书以之为第十八洞天。　白鹿：白鹿洞，在江西庐山五老峰下。　宝仙：未详。

[4] 河上洞：在云南昆明富民县城西南五公里处。

[5] "郑公"二句：郑公疑指郑玄，东汉末大儒，《后汉书·郑玄传》载其"隐修经业，杜门不出"。

[6] 正平：祢衡，字正平，东汉末年文士，性情狂傲，曾数次侮慢曹操，曹操遣送与刘表，刘表不能容，又遣送与黄祖，为黄祖所杀。曾在黄祖长子黄射大会宾客时当众作《鹦鹉赋》，"文无加点，辞采甚丽"。见《后汉书·文苑列传·祢衡传》。

[7] 次楩：明代卢柟，字次楩，濬县人。以赀为国学生，博闻强记，以诗赋著名。负才忤县令，令诬以杀人，榜掠论死。陆光祖代为县令，为其平反。后遍游吴会，落魄病酒而卒。《明史·文苑传》有传。

[8] 元结猗玕：元结是中唐诗人，《唐书·元结传》："少居商馀山，著《元子》十篇，天下兵兴，逃入猗玕洞，始称猗玕子。"

【评析】

文笔遒劲疏放，结尾宕开一层，尤富意蕴。

黄帅先手卷跋[1]

桃源惟三代人住得[2],惟晋人记得[3],惟唐人歌行得[4]。今日何人讲起此话?金谷牡丹[5],是其梦寐;春明圊溷[6],实所欢场。见岭即嫌其高,逢坞便愁其僻。忽一帅先,几案武夷[7],犹谓未足,而更辟一桃源。食五谷而又想六谷,饮六齐而又思九齐[8],此饕餮于烟霞者也[9]。帅先住之记之,而曹能始歌之[10],孙子长行之[11],又令王季重跋之。满幅桃花,绿天红雨,一驰意车,魂迷精往矣。孙兴公之赋天台[12],有以哉。

【注释】

[1] 黄帅先:福建建阳人,明末以布衣入史可法幕,后隐居不仕。

[2] 桃源:即桃花源。 三代:指夏、商、周三代。

[3] 晋人记得:晋人指陶渊明,陶渊明作《桃花源记》。

[4] 唐人歌行得:唐人指王维,王维有歌行体诗《桃源行》。

[5] 金谷:即金谷园,晋石崇别墅,在洛阳。

[6] 春明:指京城。唐都长安东面有三门,中名"春明",后用以指代京城。 圊溷:厕所,此指污浊之地。

[7] 几案武夷:将武夷山置于几案之上,指画武夷山。

[8] 六齐:六种等级的酒。

[9] 饕餮:贪于饮食。

[10] 曹能始:曹学佺,字能始,福建侯官人。万历进士,天启间官广西参议,唐王时官至礼部尚书。明亡,入山自缢死。

[11] 孙子长:孙永祚,字子长,江苏常熟人。明贡生,入清隐居不仕。 行之:谓作歌行体诗。

[12] "孙兴公"句:东晋孙绰,字兴公。《世说新语·文学》:"孙兴公作《天台赋》成,以示范荣期,云:'卿试掷地,当作金石声。'"

【评析】

　　以世人之浊俗反衬黄帅先之高洁,由赞人而及其画,颇有移步换形之妙。

圣教序帖跋

　　是帖为次儿寿起所藏,虽非断碑[1],犹在井底之上[2],亦善本也。

　　学《黄庭》而不似[3],犹略有邯郸[4];学《圣教》而不似,则径如章亥矣[5]。善《易》者不言《易》,不可柳下惠[6],方可以下惠。眼不明,胆不决,不必读书写字。儿辈存吾一语。

【注释】

　　[1]断碑:指怀仁集王羲之书《圣教序》,该碑约在南宋时断裂。

　　[2]井底:指褚遂良摹本《兰亭序》。相传明嘉靖间颍上有井中夜放光,颍令探井,得褚摹《兰亭》之宋刻石本。

　　[3]《黄庭》:指《黄庭经》帖,小楷,王羲之书。

　　[4]邯郸:燕国寿陵有少年见赵国邯郸人走路姿态很美,就到邯郸去学那里人的步态,结果不但没有学会,反而把自己原来的走法忘掉了,只好爬着回去。见《庄子·秋水》。此指优美的姿态。

　　[5]章亥:大章和竖亥,古代传说中善走的人。

　　[6]柳下惠:即春秋鲁僖公时大夫展禽,因食邑柳下,谥惠,故称柳下惠,是著名的清高廉洁、道德高尚的人。

【评析】

　　此跋似为褚遂良所书《圣教序》而作,故有"断碑""井底"之比。

跋枯兰再秀卷

为如皋李道生

不佞方为展禽之草[1]，巧风吹活，道生出此卷看，将毋喑而矜之。然此兰，道生之兰也，未曾当户[2]，一日剪忌何来？吾不惑其死而惑其枯，要亦倩女之离[3]，维摩之寂[4]，老农户之尸[5]，南郭子綦之丧[6]，而赵简子帝所之醉也[7]。大凡物能自主，则方死方生，方生方死，皆听其离奇变幻。若只双蒙之民[8]，祖洲之国[9]，其草其竹不死耳。不死何趣？能死而不死者，乃真能自主者也。必曰暖邹子之律[10]，发王者之香[11]，此富贵作缘事；又必曰有莪有杜[12]，本立道生[13]，此名字依合事，李子咈然不屑也[14]。汤义仍曰[15]："情之所至，一往而深焉[16]。"知兰不以李生为柳生乎[17]？天地大矣，岂在此！

【注释】

[1] 展禽之草：指画柳树。展禽，即柳下惠，见《圣教序帖跋》注[5]。许慎《淮南子注》曰："展禽家植柳，身行惠德，因号柳下惠。"此以之指柳树。

[2] 当户：《典略》："曹操杀杨修，曰：'芳兰当门，不得不除。'"

[3] 倩女之离：唐陈玄祐小说《离魂记》，叙衡州张镒之女倩娘和张镒之甥王宙相恋，后张镒以女另许他人，倩娘抑郁卧病。王宙被遣去四川，夜半，倩娘之魂赶到船上与王宙私奔。五年后，两人归家，房中卧病在床的倩娘闻声出见，两女合为一体。

[4] 维摩之寂：维摩是佛教菩萨名，又称维摩诘。《维摩诘经》载，他是毗耶离（吠舍离）神通广大的大乘居士，曾以称病为由，同释迦牟尼派来问病的文殊师利（智慧第一的菩萨）等反复论说佛法，义理精奥。

[5]"老农"句：未详。

[6]"南郭"句：《庄子·齐物论》："南郭子綦隐机而坐，仰天而嘘，嗒焉似丧其耦。"

[7]"而赵"句：《史记·赵世家》载赵简子患病，五日不知人事，名医扁鹊诊视后称三日之内必醒。又过二日半，赵简子寤，曰："我之帝所甚乐，与百神游钧天，广乐九奏万舞，不类三代之乐，其声动人心。"

[8]双蒙之民：即"蒙双民"。昔高阳氏有同产而为夫妇，帝放之于野，相抱而死。神鸟以不死草覆之，七年，男女皆活，同颈二头四手。见张华《博物志》。

[9]祖洲之国：相传在东海中，方五百里，有不死草，生玉田中，可使死人复活。见东方朔《海内十洲记》。

[10]"暖邹"句：邹子指邹衍，战国齐人，燕昭王曾师事之。《北堂书钞》卷一一二引汉刘向《别录》："《方士传》言，邹子在燕，燕有黍谷，地美天寒，不出五谷。邹子居之，吹律而温气至，今名黍谷地。"王充《论衡·寒温篇》："燕有寒谷，不生五谷，邹衍吹律，寒谷可种。燕人种黍其中，号曰黍谷。"

[11]王者之香：《乐府诗集》卷五八《猗兰操序》："《琴操》曰：《猗兰操》，孔子所作……自卫反鲁，隐谷之中，见香兰独茂，喟然叹曰：'兰当为王者香，今乃独茂，与众草为伍。'"

[12]蕊（ruǐ）：草初生貌。　杜：木名，即棠梨。

[13]本立道生：《论语·学而》："君子务本，本立而道生。"

[14]怫然：违背、抵触的样子。

[15]汤义仍：汤显祖，字义仍，明代著名戏剧家，著有《紫钗记》《牡丹亭》《南柯记》和《邯郸记》，世称"临川四梦"。

[16]"情之"二句：汤显祖《牡丹亭题词》："情不知所起，一往而深，生者可以死，死可以生。"

[17]柳生：指《牡丹亭》中男主角柳梦梅。

【评析】

通篇全从"枯兰再秀"之名生发，罗列方死方生之典故，虽有恒饤之嫌，却颇为巧妙。《牡丹亭》中杜丽娘为柳梦梅相思而死，死后又复生，得嫁柳梦梅。作者以之作喻，尤为离奇变幻。

焦山瘗鹤铭跋[1]

铭在焦山崖下，予过之，正值水旺。怅然一咏，不得扪也。然文字两无取，只可谓存古而已。亦不在石顽水泐[2]，不审宋人何以诩恢至此？此本吾家弇州所补跋[3]，冢孙玄照惠好[4]，遗我名硕珍藏[5]。焦山第可存羊[6]，而弇州实为鸿迹[7]，付霞儿其永之。

【注释】

[1]瘗鹤铭：古碑刻，署华阳真逸撰、上皇山樵书，在江苏镇江焦山崖石上，笔法浑穆。关于其书者说法不一，有王羲之、陶弘景、颜真卿诸说。

[2]泐（lè）：石头循脉理而裂散。

[3]弇州：明王世贞号弇州山人。

[4]冢孙：嫡长孙。

[5]名硕：著名的博学之士。

[6]存羊：《论语·八佾》："子贡欲去告朔之饩羊，子曰：'赐也，尔爱其羊，我爱其礼。'"

[7]鸿迹：鸿雁的足迹。苏轼《和子由渑池怀旧》："人生到处知何似，应似飞鸿踏雪泥。泥上偶然留指爪，鸿飞那复计东西。"

【评析】

《瘗鹤铭》有盛名，而王思任谓其文字两无取，不加谬赞，见解独立。

宋人对此铭多加赞赏，如黄庭坚《山谷题跋》云："《瘗鹤铭》，大字之祖也。"又作诗称"大字无过《瘗鹤铭》"。曹士冕《法帖谱系》则称："焦山《瘗鹤铭》笔法之妙，为书家冠冕。"

王世贞《跋焦山瘗鹤铭》："瘗鹤铭，余往岁游焦山后崖水落时得之，仅数字耳。而此帖乃一百许字，盖取旧本刻之壮观亭者。刻手精，颇不失初意，可玩也。其书炳镜古今，第不知为何人造。《润州图经》谓为王右军。至苏子瞻、黄鲁直确以非右军不能也。欧阳永叔疑为顾况，尤无据。黄长睿谓为陶隐居，又谓即丹杨尉王瓒。瓒腕力弱，不办此。隐居虽近似，要之亦悬断也。余不识书，窃以为此铭古拙奇峭，雄伟飞逸，固书家之雄。而结体间涉疏慢者，手不随者，恐右军不得尔。至于锋芒颖露，非尽其本质，亦以石顽水泐之故。而鲁直极推之，又极爱之，得无作捧心邻女耶？"

《又跋》："焦山瘗鹤铭，或以为陶隐居，或以为顾况，或谓即王瓒笔。独苏长公、黄太史以为非右军不能。而《苕溪渔隐》辨其误，似更有据。余所藏旧搨铭书仅缺二十馀字，郡守模之壮观亭者。虽结法加密，而天真微刓。叶伯寅赏从其舅氏周六观游焦山，于水中探刻石，摩挲久之，不及拓，时时怅恨。昨年秋得袁尚之本，仅十六字，加装潢，属余题其后。六观博雅君子，清言为一时冠，不幸早夭。伯寅念之尤切，毋亦寄渭阳之思于朱方之化耶。"

重修东粤阃司跋言[1]

余偶游五羊[2]，得交阃伯建明马公[3]，折节之后，寻往报谒。巍乎奂哉，其堂皇署廨也！则为之相度，非有大力不至此。已而曰：有大力者，必有大心方可。阃伯出迓，语及，辄曰："分所当为耳。"嗟乎！大人君子之言，其见远哉。官如传舍[4]，此陈言也。至于传舍之传舍，则又不待于言者矣。初至之日，借塈涂修葺[5]，而且槀之[6]。及瓜将去[7]，榱题㢇㢈[8]，析为薪矣，可胜叹哉！余每领一官，必东西益宅，或构一精业自怡[9]。不韵之仆笑曰："主家无此大镮[10]。"言不能扛去也，予姑应之："亦我三万六千日中一日之享。"仆但哑哑。

今夫宇宙除四水外，一大空地也。城郭宫室，必有作者，不有作者，伊何寄托？前人种树，后人落实。饮水思源，见子求母。使作而肯因，因而又作，灯灯相续，传之无穷矣。始皇筑长城，亦大英雄之作用，使汉唐宋至今增修，未尝不为万世之利也。愚公移山，曾拄智叟之口[11]；郭泰扫舍，足形毁寓之偷[12]。然则阃伯之心力两竭，岂止为观美永久地哉？人臣视国如家，官一日，报效朝廷一日。如阃伯者，谓之公忠大臣可也。

【注释】

[1] 阃司：帅府。阃，指统兵在外的将帅。

[2] 五羊：广州的别名。

[3] 建明马公：未详。

[4] 传舍：古时供来往行人休止住宿的处所。

[5] 塈（jì）：以泥涂屋。

[6] 槀：杵声，此指杵地。

[7] 及瓜：任期已满。

[8] 榱题：屋檐的椽子头。　㢇㢈（yǎn yí）：门栓。

[9] 精业：精雅的房舍。

[10] 镮：圆环，此指扛物时所穿之环。

[11] "愚公"二句：《列子·汤问》载：北山愚公，年近九十，因屋前太行、王屋二山阻碍出入，决心把山铲平。智叟笑其愚。愚公说：我死有子，子又有孙，孙又生子，而山不加增，何苦而不平？智叟无以应。

[12] 郭泰句：郭泰，东汉太原介休人，字林宗。博通经典，居家教

授,弟子至千人。与李膺相善,同为当时清流领袖。郭泰扫舍事疑为陈蕃事之误。《后汉书·陈蕃传》:"陈蕃,字仲举,汝南平舆人也。祖河东太守。蕃年十五,尝闲处一室,而庭宇芜秽。父友同郡薛勤来候之,谓蕃曰:'孺子何不洒扫以待宾客?'蕃曰:'大丈夫处世,当扫除天下,安事一室乎?'勤知其有清世志,甚奇之。"偷,苟且。

【评析】

叙事议论俱清俊,然因重修署廨而誉人为公忠大臣,终觉不类。

弈律自跋[1]

《诗》云:"奏假无言,时靡有争[2]。"凡争之多,皆起于言之多也。王积薪夜止孤山宿,闻妇姑弈棋,了无丁丁声,而胜负判决才三语耳[3]。是夜出此书以示之,当茫然不知作何解矣。

【注释】

[1]《弈律》:见《弈律自引》注[1]。

[2]"奏假"二句:语出《诗经·商颂》,言奏大乐于宗庙之中,人皆肃敬,无有言者,以时太平和合,故无所争。

[3]"王积薪"数句:唐薛用弱《集异记》载:安史乱起,翰林善围棋者王积薪随玄宗赴四川,夜宿山中孤姥之家,夜间闻妇姑二人隔室对弈,"忽闻姑曰:'子已败矣,吾止胜九枰耳。'妇亦甘焉"。

【评析】

凡争之多,皆起于言之多,不独弈棋为然。

赞

题李卓吾先生小像赞[1]

西方菩提[2],东方滑稽。箭起鹘落,刃騞牛飞[3]。快如嚼藕,爽则哀梨[4]。是非颠倒,骂笑以嬉。公之死生,《藏书》《焚书》。

【注释】

[1] 李卓吾:李贽,晋江人,号卓吾。嘉靖间举人,授辉县教谕。万历初,历南京刑部主事,出为云南姚安知府,弃官归,客居湖北麻城,削发为僧。反对礼教,抨击道学,自标异端。为权势者弹劾,被捕入狱,以剃刀自刎而死。著有《焚书》《续焚书》《藏书》《续藏书》等。

[2] 菩提:梵语,意译正觉,即明辨善恶、觉悟真理之意。

[3] 刃騞(huò)牛飞:《庄子·养生主》:"庖丁为文惠君解牛,手之所触,肩之所倚,足之所履,膝之所踦,砉然响然,奏刀騞然,莫不中音。合于桑林之舞,乃中经首之会。"騞,破裂声。

[4] 哀梨:《世说新语·轻诋》注言秣陵哀仲家产好梨,大如升,入口消释。后比喻文章流畅爽利为如食哀梨。

【评析】

李贽的为人及思想对明末文人影响极深,此赞概括其性情,准确生动,作者敬仰之情亦蕴含其中。

题吕仙自画赞[1]

无钱不行，嗤人世之恶薄；有钱即贯，亦吾道之大觉。一瓢一笠一葫芦，褴褛髼松赤着脚[2]。上走九天，下游五岳。云水无拘，烟霞洒落。三醉岳阳楼，一宿玄潭阁。自写真形，道人别是吕纯阳；有缘付与，真人又是孙思邈[3]。

【注释】

[1]吕仙：即吕洞宾，名岩，以字行，号纯阳子，自称回道人。唐末道士，相传游长安遇钟离权而得道。道教奉为八仙之一。

[2]髼（péng）松：头发散乱貌。

[3]孙思邈：唐初道士，名医。不慕名位，长期隐居终南山，著有《千金要方》等著作，后人尊之为"药王"。宋徽宗追封为"妙应真人"。

【评析】

寥寥数语，写出了传说中吕洞宾自在洒脱的形象。

允修先生题石壁像赞[1]

墨入三寸，字凸一分。执千秋之藻鉴，表一代之雄文。岂以隗器近起[2]，而书《王命论》以藏名山乎[3]？我知之矣，是携二子出峡口，大书特书，以对付王濬十万过此之三军[4]。

【注释】

[1]允修先生：朱延禧，字允修，聊城人。万历进士，历官礼部右侍郎、日讲官，拜东阁大学士，累迁吏部尚书。以论杨涟等为魏忠贤所嫉，辞归。卒谥文恭。

[2] 隗嚣：东汉陇西成纪人，王莽末据陇西起兵，初附刘玄，旋附刘秀，后又称臣于公孙述，为刘秀所灭。

[3]《王命论》：班固之父班彪所作。《汉书·叙传》载刘秀即位于冀州，隗嚣据陇西，公孙述称帝于蜀汉。隗嚣问班彪天下之势，班彪以百姓思刘氏答之，隗嚣不悦，班彪遂作《王命论》以谕之，而隗嚣终不悟。

[4] 王濬：西晋名将，曾任益州刺史。伐吴之役，治战舰发成都，吴人置铁锁于江横截之。王濬烧断铁锁，抵石头城下，吴主孙皓出降。

【评析】

文虽短，颇有顿挫转折之致。

脚板赞

曾入帝王之门，曾踏万峰之顶，曾到齐晋云间欺官之署[1]，曾走狭邪非礼亡赖之处[2]，而不曾投刺于东林、魏党[3]，乞食墦间[4]，沽名井上[5]。所以然者，脚底有文，脚心有骨。

【注释】

[1] 云间：松江县（今上海松江区）的古称。

[2] 亡赖：无赖。

[3] 投刺：递名帖求见。 东林：东林党，明万历间反对阉党的士大夫集团。 魏党：即以魏忠贤为首的阉党。

[4] 乞食墦间：《孟子·离娄下》言：齐国有一人每日酒足饭饱而归，对其妻妾说与贵人一起吃饭。其妻妾疑之，暗中跟踪窥视，方知其人到城外坟地中向祭祀者讨要剩馀祭品而食。墦，坟墓。

[5] 沽名井上：《孟子·滕文公下》："匡章曰：'陈仲子岂不诚廉士哉？居於陵，三日不食，耳无闻，目无见也。井上有李，螬食实者过

半矣,匍匐将往食之,三咽,然后耳有闻,目有见。'"孟子认为陈仲子的做法不近人情。

【评析】

　　此文强烈地体现出作者自由、独立的个性。在举世滔滔之中,能坚定地坚持自己的立场,这是难能可贵的精神。但东林党与阉党的抗争,是正义与邪恶的抗争,正直的士大夫是应该予以支持的,此处则有些是非不分了。

谑庵自赞

　　绳父孙丈独妙虎头之技[1],貌予清晖阁中[2],时予年四十有八,儿童见之,尽皆跳笑。予自对不觉愀然,德业无成,老冉冉其将至也!

　　遂初服[3],四十五。发见白,齿渐龋。兴还高,人不腐。舌如风,笑一肚。要读书,恨愚鲁。半通今,半博古。友子瞻[4],师杜甫。性喜客,肯作主。酒不让,棋堪赌。爱山水,怕官府。奉高堂,居乐土。迟起床,早闭户。任天公,皆有数。不告贫,不诉苦。

【注释】

　　[1]虎头之技:指绘画。东晋著名画家顾恺之小字虎头。
　　[2]貌:描摹,写真。
　　[3]遂初服:指辞去官职,重新穿上当初出仕前的衣服。
　　[4]子瞻:苏轼,字子瞻。

【评析】

　　文笔轻松谐谑,乐天知命之中蕴含着淡淡的无奈。

铭

五簋斋铭[1]

请则不敢,未能免俗。留则所愿,客今不速。飨或一牲,器不破六。惜命养廉,推心置腹。天地此数[2],人神共福。虽非丰腆[3],未尝不足。何以将之,鲁酒脱粟[4]。何以概之,园蔬便肉。何以娱之,琴书棋局。何以乐之,山青水绿。

【注释】

[1] 簋(guǐ):古代祭祀宴享时盛黍稷的器皿。
[2] 天地此数:指五。《易·系辞》:"天数五,地数五。"
[3] 丰腆:丰厚。
[4] 脱粟:粗米。

【评析】

以山水琴书为娱乐,而不求享用丰腆,自是雅士风范。

享二铭[1]

兹何时哉!无霞可餐,而鹄形于面[2];无壤可食,而蚓不充肠。予何修得此,每三饱而犹曰日就月将。自今以往,仿坡老意[3],自奉止一菜一肉。客肯过存者[4],亦即告之而率以为常。此不但安分养福，宽胃养气，省费养财，而室无劳攘，庖不忍声，见在获养心养命之祥。山下有泽，君子以惩忿窒欲[5]。盖惩忿者，镌其斗胜之气[6]；而窒欲者，啬其汩理之狂[7]。六十四卦，惟损不比节苦，而与谦同亨[8]。其繇曰[9]："有孚，元吉，无咎，可贞，利有攸往。"时下自救救人，急服此一字散[10]，仍广布古传圣惠之方[11]。

【注释】

[1] 享二：语出《周易》"损"卦："曷之用，二簋可用享。"

[2] 鹄形于面：即鹄面鸟形，喻因饥饿而瘦削之状。

[3] 坡老：指苏轼，苏轼号东坡居士。

[4] 过存：来访问候。

[5] "山下"二句：损卦上艮下兑，艮为山，兑为泽，是山下有泽之象。《易·象辞》："山下有泽，损，君子以惩忿窒欲。"

[6] 镌：削减。

[7] 啬：少。

[8] "六十"三句：节、谦，皆卦名。《周易》"节"卦："节，亨，苦节不可贞。""谦"卦："谦，亨，君子有终。"

[9] 繇：卦辞。

[10] 散：药。

[11] 圣惠方：药方。

【评析】

此铭与《五簋斋铭》意思相仿，而不如其行文简洁。

说

蔬笋说

　　世人嫌贫贱，我曰不能贫贱耳。吾夫子读《易》至老，而方知富不如贫，贵不如贱也。吾昔卜地，走万山中，得饭一庄户，芥汤佐笋，其香甘饱，妙肉何敢望？已而得一肉，各分半截[1]，战犹未胜肥瘠也。后游天都及东粤[2]，无器不肉，无肉不膏，求其一蔬一笋，若拔厥筋骨。有解人以小蔬片笋荐[3]，吾感之刻骨镂金。而肉食辈苦恼之后，亦复大索，则人性不甚相远矣。戚畹周奎积中赉于炕洞[4]，引予看之，曰"惜福"，予曰："何不散之？"闯贼入[5]，易服而逃，怨家迹之以告逻者，夹脑斩腰，献太子不贷，虽欲为贫贱不可得。则信乎蔬笋之味长也。

【注释】

　　[1]截：大块的肉。

　　[2]天都：指京师。

　　[3]解人：解事之人。荐：进献。

　　[4]戚畹：外戚。　周奎：明思宗朱由检皇后周氏之父。　中赉：宫中的赏赐。

　　[5]闯贼：指李自成。

【评析】

　　鱼肉不如蔬笋，富贵不如贫贱，是过来人语，不可为俗士道。

另，据《明史》载：周奎，苏州人，周皇后之父。李自成逼京师，帝遣内侍徐高密谕奎倡勋戚输饷，奎坚谢无有。高愤泣曰："后父如此，国事去矣。"奎不得已，奏捐万金，且乞皇后为助。及自成陷京师，掠其家，得金数万计，人以是笑奎之愚云。《明季北略》卷二十二："（周奎）被贼擒去。送伪刑官，三夹不死，坐赃七十万，府第、藏库、什物、田产俱没入。"据《石匮书后集》《觚剩》记载，李自成入北京后，命搜寻太子。第二天，周奎交出永王、定王。当时太子已出逃在外，后折回城内，躲入外祖周奎家中。周奎为避祸又献出太子。

赋

老酒豆酒赋

老似民，豆似官。民乃门类之通用，官则席上之偏安。豆之佳者入圣，老之妙者犹仙。圣但知水之有力，仙则吞火而无烟。豆有花露之白，竹叶之青，翻翠涛于秘色；老有雪乳之香，凝霞之珀[1]，泻红玉于春湍。重曰：守吾乡高曾之规矩兮[2]，听他处名号之多般。米欲精兮泉欲洌，老不酸兮豆不甜。

【注释】

[1] 珀：指琥珀色。
[2] 高曾：高祖父和曾祖父。

【评析】

文中"老"指老酒，"豆"指豆酒。行文怪谲尖新，是典型的谵庵风格。

古月临松赋

崇祯己巳闰四月之望[1]，待诏都下，山寺独居，天空如洗，老月下来，忽闻人语飞上松架，作此。

青州厥贡[2]，不记何年之松；盘古以来，仅见今夜之月。虽良媾之偶清，匪我媒而弗悦。天方学水，不难其静，而难其湛湛之深；风更犹鱼，不当其困，而当其圉圉之活[3]。横空织翠，嵌一隋侯之珠[4]；吊碧投蝉，吸百苌弘之血[5]。松怜月寡，月爱松节。境已入于杳然，事亦叨乎冷绝。琴鹄莫来，咽片语而较多；佳人倘玩，突一叹而成嫘。眇眇愁予[6]，孤狷附洁。二老若不我三，则请退而进雪。

【注释】

[1] 崇祯己巳：崇祯二年（1629）。 望：农历每月的十五日。

[2] 青州：古九州之一，在今山东一带。《尚书·禹贡》载青州向天子进贡松树、怪石等物。

[3] "风更"三句：语出《孟子·万章上》："昔者有馈生鱼于郑子产，子产使校人蓄之池，校人烹之。反命曰：'始舍之，圉圉焉，少则洋洋焉，攸然而逝。'子产曰：'得其所哉！得其所哉！'"圉圉：困而未舒的样子。

[4] 隋侯之珠：指明月宝珠。《淮南子·览冥训》注："隋侯，汉东之国姬姓诸侯也。隋侯见大蛇伤断，以药傅之，后蛇于江中衔大珠以报之，因曰隋侯之珠，盖明月珠也。"

[5] 苌弘之血：《庄子·外物》："苌弘死于蜀，藏其血，三年化而为碧。"

[6] 眇眇愁予：屈原《九歌·湘夫人》："帝子降兮北渚，目眇眇兮愁予。"

【评析】

本文写月圆之夜，月出松上的清幽境界，文笔晶莹空灵，摹写尽其形神。

坑厕赋

虽厕亦屋，虽溷亦清，惟越所有。

性喜旷放，不乐楲窬[1]。学禁未成，与洁则宜。嚬武林粪牏之函[2]，至蠕动犹奉客；愁京邸街巷作溷[3]，每昧爽而揽衣。不难随地宴享，极苦无处起居。光访优穆，或内逼而不可待[4]；裨谌谋野[5]，又路远莫致之。惟吾乡党之便便，几于夏屋之渠渠[6]。贮以清泠，甃之文石[7]。区以别矣，各适其适。紫姑是迎[8]，淮南堪谪[9]。虽香非金谷，难惊刘寔之屁[10]；亦无庸果下舞阳，用塞王敦之鼻[11]。周寝庙而视其偃[12]，管宁当为整冠[13]；赋《三都》以需其次，左思不妨着笔[14]。然而垄断者门如市，有贱丈夫焉[15]；僻违者心似水，则亦君子之所可及。重曰：大畜小畜，解之时义大矣[16]；一解两解，有所不用其极。

【注释】

[1] 楲（wēi）窬（yú）：便桶。

[2] 嚬：同"颦"，皱眉。 武林：杭州的别称。 粪牏（yú）：便器，凿木中空如槽形。

[3] 溷（hùn）：厕所。

[4] "光访"二句：唐孙光宪《北梦琐言》卷十："有一丞郎，马上内逼，急诣一空宅，径登溷轩。斯乃大优穆刀绫空屋也。优忽至，丞郎惭谢之。优曰：'侍郎他日内逼，但请光访。'人闻之，莫不绝倒。"

[5] 裨谌：春秋郑大夫，以多谋见称。《左传·襄公三十一年》："裨谌能谋，谋于野则获，谋于邑则否。"

[6] 夏屋：大屋。 渠渠：深广的样子。《诗经·秦风·权舆》："于我乎夏屋渠渠。"

[7] 甃（zhòu）：用砖石砌。 文石：有纹理的石块。

[8] 紫姑：传说中神名。相传紫姑为寿阳人李景之妾，为其妻所妒，常役以秽事，于正月十五日含恨而死。见《荆楚岁时记》。自唐以来有赛紫姑之俗，于正月十五日夜在厕间或猪栏边迎之，以问祸福。

[9] 淮南：指汉淮南王刘安。《神仙传》："淮南王安谒仙伯，坐起不恭，主者奏安不敬，罚守厕三年。"

[10] "虽香"二句：金谷即金谷园，是晋石崇别墅。《世说新语·汰侈》注引《语林》云："刘寔诣石崇，如厕，见有绛纱帐大床，茵蓐甚丽，两婢持锦香囊。寔遽反走，即谓崇曰：'向误入卿内室。'崇曰：'是厕耳。'"

[11] "亦无"二句：庸，用。《世说新语·纰漏》："王敦初尚主（舞阳公主），如厕，见漆盛干枣，本以塞鼻，王谓厕上亦下果，食遂至尽。"

[12] 周寝庙而视其偃：《庄子·庚桑楚》："观室者周于寝庙，又适其偃焉。"偃，厕所。

[13] 管宁：三国时魏国高士。

[14] "赋三都"二句：左思，西晋著名文士，《三都赋》是其代表作。《晋书》本传载其作此赋"构思十年，门庭藩溷，皆着笔纸，遇得一句，即便疏之"。

[15] "然而"二句：《孟子·公孙丑下》："有贱丈夫焉，必求龙断而登之，以左右望而罔市利。"龙断，即垄断。罔，同"网"。

[16] "大畜"二句：大畜、小畜、解，皆《周易》卦名。畜，同"蓄"。

【评析】

此篇赋越东的坑厕，用有关厕所的典故排比而成，乃游戏三昧之作，谐谑幽默，不伤于雅。

附 录

泛太湖游洞庭两山记

余读《震泽编》，慨然有七十二峰之想。已而手弇州、太函、歇庵诸游记，则神淫淫三万六千顷湖波际矣。前游者曰：非笋舆不可穿云，非峨岢之艒，不可破巨浪。因借同年俞观察一檝，而以橙黄桔绿之时，约友生李庭坚往。会庭坚曳州试，债业未竟，乃唤其弟澹湖，又得友汪若水、陈少山，筑酒赢粮，以癸丑十月乙酉从胥门发。十五里，夜宿木渎。渔火星缀，舟如孤驿，四人作吴俗斗百老戏，酒语清安。

明日丙戌，登灵岩山，山半借松碧，如褒绣书生危坐不语。观西施洞、犀牛石、醉罗汉石，俱无奇。眺吴王箭泾，一水邪射里许，甚无谓。相传吴王箭之所及，遂泾焉，当是醉中令耳。入灵岩寺，塔勚钟残，秋深僧老，草花千本。望门外湖气混茫，滚入雪镜一片，为之啜茗延伫者久之。登灵岩阁，是周公瑕所颜，此三字殊不恶。木叶已脱，空旷鸟悲。阁后二瞖井，云神异僧曾以此出木，或有之。磈硊走绝顶，坐琴台石，忆夫差当年亦韵甚，正不知黄雀之寄耳也，若美人能为洋洋操，久有太湖志矣。三友笑语下。十五里至胥口，风小忤，而日迫崦嵫，泊舟伍公祠下。两老木夹一古柏，秃立丫撑，穆穆乎老相国阴风灵气。小子，越之人也，首濡酒，拜而不仰，急就舟卧。次日丁亥，板历鼍窟，而寝甘未喻，乃闻鸡喔白云中，推篷视，则东洞庭山足矣。早市鱼，得银箸者千头，一饭爽极。沿山俱素封丘陇，从曲径入翠峰寺，碧酣欲滴，大约在浓松肥竹间。访所谓悟道泉者，以松火怒发之，淡逸有力，而本泉僧遽欲篡中泠、惠山之座，则吾舌尚存也。而吾友陈仲醇，背泉跨涧，扼楼以领其胜，遂使湖光山色，日日来盟，要言不繁，山川即文字耳。从右肩逾至法海寺，积叶封山，足音四响。饭于芝台上人之榭，万木枝窗，秋声荡壑，意颇冷之。芝台出唐画随喜，乃《如来示寂图》也。广三十尺，修益之，宝相福严，解脱自在，而一时天女龙神悲顿皇惑、眉号口哆之态，俱无丝发遗憾，可谓其死也哀矣。此北宋以前第一手，恐阎立本、赵千里辈不能办也。乃登莫厘峰，看东山自西山飞下，崩洪穿度，相隔四十里，隐隐马迹蛛丝。

两山既共湖相望，而大姓时往来婚嫁，故两山人相见，互称为东山亲家、西山亲家云。是时与澹湖指点龙砂也，日落半规，以其朱光飞跃，注射湖练，煜然万丈，芒颖晌烂，不啻五金之在熔。俄而西山化碧，又闪为紫，予不能恝然莫厘峰矣。汪陈二生乃从岗上呼归，勉去之。澹湖家即山麓，因造访之，获绿橙百个。放舟湖口，举橙酌，新月飘天，小波縠织，乃令童子吹双笛，而予踞石作《四噫》之歌，且为羽声以和之。渔翁樵伯俱乱发走，讶何许人哉！戊子，解缆至白马庙，欲问柳毅龙女事，而风抑不得便，乃吸酒噢之。舟如箕簸，榜人力敌至暮，始抵西山后保。

己丑，观林屋洞，是为第九洞天，相传吴王使灵威丈人探之，十七日而不能穷，乃取禹书以出。天顺中，徐武功秉炬深入，署"隔凡"二字而返。又云其底通阳羡，入三四里许，便闻咿哑声踏顶上。山河互为浮湛，理不足多，但洞不受肩，而中多沮洳，作幽腐气。吾所游贵奇正共晓，又何取于洞洞朦朦耶？至于山骨锋立，眉峭牙崿，万谲千诡，若鼓洪涛，一空涤之，则玲珑透漏，花石纲何必万牛毡裹哉？逾数十武，探旸谷洞，仅一蚌城耳。至王文恪所题丙洞屏岩，则天逗云腰，泉沦石脚，树横竹偃，樱桃明熳。时翠禽啁啾，紫鸳产鷇，大有袁广汉北山圃意。山之前为灵祐观，已芜废。问东园公隐地，无有知者，唯东岳庙前两松苍辣擎舞，可舒林屋屈游之气。自此家家俱在果实中，迤逦峰逼，而包山榜出，松若麻栽，望橙橘遍豁壑间，上下垂垂也。寺钟在楼，被荔裳缠咽，幽不可言。僧虽不韵，然谈吐应酬，皆春花秋实事。予谓茶僧、果僧，犹胜鞋僧、膏药僧及今所谓禅僧、诗僧耳。饭于空翠阁，同访毛公坛，坛故在隈曲中，八风藏纳，五湖挹入。毛公不知何时人，于此得大还去，然亦不能竟有此坛也，吾何羡乎坎离哉！是夜移尊寺桥，月气冷浸，如束起五湖水，倒泼包山者。松木影寒，宿鸟翻扑，却似鱼游荇藻中。而寺僧雪鹤能吴愉，则醉而矚之。还宿空翠阁，檐头星历历如杯大，梦绕万竹，醒来鼻作橙香。

明日庚寅，谋上缥缈峰，过沈氏墓，千尺松以百计。春台夜壑，卧立之间，感彼松下人，安得不为乐？峰去麓十里，予短袖与澹湖、少山先登，凡数十勇乃克之，而若水跛鳖苦甚。偶风色团天，五百里都为晶气。见两舟，如展丝之丸，定而不动良久，近山下，似双莺翔空也。一草庵栖僧，分指晋陵、吴兴、檇李，俱若天际一抹者，仿佛领略之。大抵缥缈峰乃洞庭山之元首，而诸山其肢体也，诸山又似花瓣，而缥缈独占其心，高突旷朗。若气霁云敛，月孤雪壮时，不可不作此观。独恨呆峰至麓，无尺荫寸菁可救喝死，宜乎陶周望乐不偿苦矣！于是相勉下，憩于严氏之楼。村俗，鼓音不绝则鱼至，谓之"榜新鲜"。亟命僮征酒，慰劳罢，相与酌乌砂泉。

访小龙嘴，初入嘴，未之奇也，稍猿引而鼠通之，洞穴如蜂蛎，如岛，如覆敦，如铜锜璧甗，石气云乳，秀媚晶莹，扣之则渔阳玉也。盖西洞庭乃太湖石之家，而临湖者战黏天之浪，日受剥割，遇风则县作于窟，大有佳境云。于是放舟销夏湾，吴王之所逃暑也。昆明太液，又自为一区，兼葭苍苍，杨柳婀娜，浮瓜沉李之际，定觉冰壶十里。命榜人速走石公，诸山之卷太湖也以舌，而石公独拒之以齿，胆怒骨张，而石姥助之。予仰卧于廿丈珊瑚濑上，太清一碧，斜睨万里湖波，与公姥戏弄，撩而不斗，乃涓涓流月，极力照人，若将翔而下者。李生辈各雄饮大叫，川谷哄然，竟不知谁叫谁答。吾昔山游仙于琼台，今水游仙于石公矣。因坐翠矶，走风弄，探云梯，扣严舍人所题屏障诸刻而返。宿明月湾。湾既全受月，而沙渚芦花，映月发光，舟中之人，与百千雁分更而梦焉。辛卯，饭于大龙嘴之下，嘴穴视小龙嘴更怪，则有厂如者矣，奥如者矣，轮菌蟠奇，又如老树之根，徽缠角距不断。凡石之道，以润而尊，以瘦而隽，以空而灵，以活而寿，而是处兼得之，得之且畅。若使米颠穴居于此，何如拜杀涟水城耶？

于是上法喜庵，访梁天监时三松，而路斗绝不可通，舟人以风利，啧啧言华山也。所谓绮里故居黄公泉者，俱从帆前阅过。入华山，则青嶂环回，曲流径绕人家，别有华胥。浮在水中，而实在山，藏在山中，而实在水。四五里聚落，错绣成万花之谷，望竹篱石堵，红橘黄柑，家垂户晃。将至寺，二里长松落落，夹道攫云，俱数百年物，不下千章。而寺之橙橘，益烂漫狼藉，翠羽丹苞之中。无数金珠火齐。寺桥傍，紫葡萄藤叶嫩红老白，束缚古木，薜萝野葛，强附弱攀，悉不辨伦理。寺僧苍簏，剥橘烹泉，香风沸沸，仍落八柑相赠。富丽中幽逸清美，吾尝欲考此数日禄命也，僭矣！僭矣！大抵洞庭之山，西胜于东，而西之中，唯石公可游，花山可居，异日此言，当悬之吴门，不可添减一字。乃移舟看角鹿，山境已绝，太湖若掬而瞰也。有茶花一本，荫可亩馀，四季鲜发，云甪里先生手植，予来时正英英其欲吐，红颜含宝，是飞燕来期射鸟时。甪里事附会不可知，但闻四老出商山，后即入地肺。地肺者，今之三茅山也，去铜官不百里，吾安知其不共采紫芝，买桂楫，作云水游哉！

又数里，探水月寺，名逸甚，而寺不胜，即紫云泉亦一粗泥淖，不足寄陆羽思也。晚乃泊于韩村之湖口，大月点空，满天作青火色，放眼五百里，一敛而水天之白未尽，始觉西子湖匡小围狭。须臾，夜气茫然，明月独飞，如大鱼纵壑者。意冥宫老蛟幽魅，鼋史鼍参，必且纳张珠宴，而一伧兵子以大炮轰之，震来砰磕，可半晌许，遂皆血沸为波，相与泣金翅公至矣。予于此际有雄心焉，不能不歌"老骥伏枥"。壬辰，从韩村入，三里，拔一危岭，得西湖寺，废关云守，阒无半僧。雪鹤言有白香山一碑，拨藓讨之，不可得。而所谓湖者，丈馀绀澈耳，湖既登山，自应以少为贵。出岭隔眸，云梢鸟背，有画一区，是东湖也，而予足不能供目矣，乃下。之资庆寺，红树碧樟，老山秋满，声瓮瓮然在空囊。是中橘柚已剪，众鸟侏俪，聚党罥僧，且妒客至，不得便其捡拾，巧坐枝头，又迁其语怒客。客闻命矣，茶罢，去之。逾岭而得天王寺，寺前松差逊花山，然枇杷花香风，数里氤氲，山椒树祖藤孙，万果汇集，色味纠缠，僧寮碧窈。寺主九莲是解脱禅，能为雅谑者。予谓此地极宜猿狖，相与一笑，肃入竹楼酒我，而送之湖滨。乃探元旸洞。是时日在湖西，曳为紫金大锦，俄而珠梦火跳，化作九微之灯，渔歌樵唱，上下清奋，俱以洞云收之。因寻镇卖桥，还舟，别雪鹤而宿于鼋山之下。癸巳，乃溯波命榜，数槛边丹峰碧巘，一一在枕屦前也。

是役也，邀震泽之灵，自入后保以来，风日清美，船如天上，湖山之状，朝暮五色，悉饱其变。且夜夜明月，秦镜透飞，无有纤云滓秒，万里寒流，濯濯孤玉壶之魄，予盖有游福者哉！向使石公之下，飓母封姨，再一鼓扇，令天际白涛，山呼海立，与石公作昆阳一日之战，予乃凭轼而观之，则输攻墨守，必更有奇焉者，而惜乎未之遇也。然而造化之秘，岂不少爱，予其贪陇蜀而无厌者耶？于是乎游有记，而系之以论。

论曰：太湖如月，洞庭诸山，睨之，则月中桂影也。予数时在东西两枝，缘走穿弄，食其香而寝处其胜，亦人间之月游矣。更有羡者，山与人世隔绝，另划一天。四时有珍果琪花，令口目应接不暇。而又在水中央，无虎豹，不若月明林黑，足不顾胆。且稻蟹鱼鳖之为渚，虽僻在坞中，顿顿鲜食，此则山居人所不敢望也。唯是峰笋不蠢，壑布不飞，渴燥坡陀，童枯圯起，非石公峥嵘其间，则吾未有乐焉。愿请之于帝，而以巨灵胡赟诏入台荡，乱剪数十峰来，仍割其弃馀泉瀑大小二十通，银飞雪挂于花山缥缈之上。一夜雨风，鸡狂犬惑，则吾当变姓名，舆棺荷锸，来此作扫花使矣。而王弇州方虞倭盗之及，不肯移家，嗟乎！倭固有数哉，而盗亦有道存焉矣。

天 台

宿桑洲驿之次日，取石梁道，一过李氏陇，山不守度矣。苍壑乱撑，大石怒特，谿如万鹅掔翼。先有高鹤长鹄，叫雪飞来，草木恶塞，一线黄泥，断续入天。望前行人骡，俱画里尺豆，忽露忽曶。而予亦寄命悬丝上，几不知马之几足。有一岩唤吊溪，戴一石如巾子，中隙明截了然，不知何人掇置。

去六七里，忽有黑猪数万，埋头浴背，负涂涉波而来，一行人怪笑。相传钱王策此石津钱塘，失晓不得去。以理察之，是山所融结俱圆块，水勇土搜，则纍纍滚积下。吾姑欲其妄言之，妄听之也。虽然，欲驾虹则鞭之，欲起羊则叱之，吾恶知仙人赶石非诚言哉？或易之曰"万马渡"，三貜四獮，其形共见，而马之与？

自此上数十岭，如拾浮屠级。云物渐多，予顺风而翔，怳然冀有所遇。须臾雾合，人山俱失，如鱼游气水。同行人恐而相呼，谓山君或乘间，而一跌则蛟龙之宅也。旨哉！历下生之在太华也，予其善载腐肉朽骨者乎？不复知有天矣。

逾岭，雾尽撤，望台山一围，碧浪万千，则又仍在天之下也。然是岭不得即落，不可舆，又不可步，仄劣陡悬，前颅灭，方许后踵生，洪崖肩当于此际合拍。自此见山田如肚幅，又如耳层叠相。有塔出森黑中，是万年寺矣。寺故帛道猷福田，八峰团拱，双涧合襟，能于花瓣中自开一平局，风气之所聚也，巨杉戟列，拄天卫佛，气象沉肃。一戒石云："万年古树，神仙留此，有人伐之，其人即死。"当是游行仙护法作棒语。登妙莲阁，问所为袜衣宝盖者，仅留宋记，而圣母所赐藏经，金辉玉润，规模宏远矣。上人雪堂邀入啜茗，坐竹阁下，流泉潺潺，曲径花深，就樾阴作小圃，药栏点缀，文洁可爱。雪堂，虎林人，文字知识也，苦山之中，构以杭式，便楚楚有快致。仍步出寺门，酌豁桥上。予与睿孺红饮，而雪堂为之白醉，止予再四，其如石梁忡忡何？然而马首屡回，予每饭不忘巨鹿也。

过兰若堂，截溪作沼，杳绿蔽封，人如翠鸟，往来枝叶上穿弄。逾铁船峡、罗汉岭，山益幽险奇邃。舆穷而步，一岭碧阴，浸肌染骨，眉额相照，俱梧竹气，霭暗中窦透数点白天。不知何处轰雷起，则趾及上方广之门矣。清池一镜，斑鱼数百头来迎生客，意是"潇湘绿雨下青风"也。急捉僧从右肩上昙花亭。礼大士已，观所谓石梁者。五月水大壮，上两壑，谷洛斗梁上。梁如独木桥，笋背龟形，长亘二丈，广盈尺，而五六步中，脊隆寸许，牵连对壁路绝，仅容一佛龛。有舆夫不识，浪欲过之，然万山砰磕，已夺气不前，探首梁杪一窥，即股战齿击。一行人不笑而怒，急牵去之。而所谓梁上水者，从玛瑙平腹饱积起走梁下，直挂杳黝之渊。他山瀑布俱圆浑条直，不尽布义，独此扁落，梁若机横其上，真是九天飞帛也。

昙花亭，建自贾秋壑，故有贾像。王龟龄宿世即严首座，曾写石桥碑来，龟龄二诗可读。旧传此山内有方广寺，五百应真罗汉家焉。而瀑布则从入之门也。自昙公拜入后，无敢有问泽者。亭像俱精妙，今杭人葛大悲所润，葛弃家入道在天封寺。壁间咏，惟楚柱史杨修龄妙得石梁解。出亭，左岭有盖竹洞天，大硃篆，瘦硬不减李当涂。数折而下，坐石桥松槭间，望惊汉之翻落，恨不多人共之，更恨奴子且别往。下方广，觉公唤取活火煮本山茗，眼见万里天上水须臾到口，冰壶洗魄，人在雪宫，不禁此清绝也。入寺径，新篁数千，大可抱，俱惨碧滴人。竹里界飞泉，如翡翠中嵌数条银物，虽俗喻，差可拟耳。瀑既善吼，人不得隔丈语，而四山白昼俱阴，夜更易，不无恐怖。眠觉公楼上，喧极反寂，然梦中时时是雷雨。明日从竹西至潭下，飞溅射人，阴风逼气，急走还，但觉渊注停渚，纳而不流，此必有物受之矣。而觉公为我言断桥之瀑更胜，予已心折石梁，低徊久之，然不得不痒痒断桥。

过强岭暗溪者再，始得大壑。着芒履，持一健儿，行六七里，苔砌颠数四。睿孺笑予未缚頣，而楚声爆胫下，则以笑酬之。山深无声迹，亦无樵处，一行童先驱蛇，艰苦尝尽。至桥上，俱大卵石相对，中可跨，故断之，实无桥也。石既圆滑，稍不戒，无何有矣。乃伏石上，推首窥之，则玉龙下注，不知其几千仞也，声色俱厉，为之神渗肉飞。是瀑下有数坎，秋涧时水下一坎，辄停一顷，又下，如切方片玉者，乃足佳。今水盛直下，徒雄雪耳，何能薄石梁而逃此寂阒为？然下数里，一展珠帘水，则鲛人之泪万颗圆明，抽袭冰蚕，向月下织结晶丝箔者。是当嫁龙妹，恐石梁之火浣欲裁作奴衫也。予薄幸矣。

出原路，见舆马如就枕，都不记拨几何恶溪岩也。蹭蹬开口岭，马蹄谢矣，强借舆之，半旋而上之。望脚底，朵朵碧莲花也。一雉惊飞下，半日不得竟，乃堕之。始入涧，而帝居青凤，彷佛翾翾矣。入善应寺，反广衍有田池，宋儒走之，当又有一番理气。即竟力克华顶，访智师拜经台、降魔塔、伏虎坛，俱为瓦砾，而太白读书堂赊与二头陀坐静。至羲之墨池，一勺水耳，其写《黄庭》之洞，近亦芜塞。大抵台山以华顶为心，华顶高一万八千丈，馀山郭之，浪涌云屯，其胜处在夜半观日，霁后观海，秋净观钱塘。烟霞家视顶为归极之所，而予独谓其痴肥童涸，不过一高而已。予昔登清凉之北顶，右手招太华，卷舌一唾，左落东海，千山万山，大者豚畜之，小者马蚁子也。项王一呼，千人自废，安敢摩肩背拱逊雁行乎？司空见惯，一出头山浑闲事耳。然于形家看个字龙，分宗出祖，亦不为无补云。

从华顶还善应寺。步二十里许，既馁且喝。裴晋公逢着便吃，而苦无酒。取左岭下，见娑罗树花，九房六瓣，何必减优钵罗耶？卷丹草更奇，而有白花种种，山鸟尚疑，僧定不识。一绝迳至天封寺，溪田广正，藏纳苞聚。访所谓大悲者，立阕二三语，将由受者不可多，使与者忘少。殿上阿罗汉，一呵即活，云是罗汉自修自证，其二飞至国清。相传智师开此地，有神遇，因号"灵墟"，宋改额"天封"，无他异，但卓锡泉澄澈今古，则佛门之大汤池矣。从天封右径箐篁中过三村舍，出来童子，毛髮皆古，鸡犬见世人，各有傲慢之色。极力走三四峻岭，约十五里许，始至开口，与舆力合。勃窣稍定，乃得赡顾所谓华山顶者，冉冉天半，是云中君也。然予尚在山之领，视下方，不啻裈履几千仞矣。夕阳将至，乱峰丹紫，马头映射，步步看九脑芙蓉，怪峰异石，方圆长短，各如鸟兽器物，人人比拟一事以相夸示。转而上之，约三十里许至金地岭坳，访古定址，已莽为农舍。寻佛陇大慈寺，徒有燕巢之形。去数里许，一壁刮天，有"天台山"三大字，画每径四尺，矢劲铁强，云是美髯公笔，不知何据也？

复上岭至塔头寺，观大师化身，而树封竹暗，宿鸟催呼，前林无路矣。则从绿隙中听下方钟声隐隐，盘折寻去，一径肠袅袅尽而溪桥出，方田绿稻，芊眠晚香，所称为高明寺者。寺是大师读《楞严》，风翻至此所建。而寺主人无尽师说法南明，天乐佐响，乃东南无畏光明幢。偶出象山两高足，延入礼佛，铁像精立，而予则疲于津梁，横身即乐土矣。诘朝，由竹厨下，看幽溪，坐般若石，听浪春。扪一仄径，取圆通洞，三大石堆成，妙有天来，云听呼入，泉喉乱放，蝴咽鹤清，或直吼下如狮子作武，又或奏独笙，或击万鼓。攀萝上松风阁，顾瞻左壁，骨绣毛锦，灯公十丈宝莲舌，无庸导师，便便然灵文玄对，不可谓单直蒲团上来也。

去此三里许，一石跳地插天，欲往从之，茂草跋扈，遂别去。取旧岭上数里，望台邑，一方粔耳。俄有苍筤笋一枝，沉黑拔起山尾，是国清之塔矣。路眩陡不可舆，敕股健束，速向鞋底下取塔。取而益隔，旋十数岭，一蹊俯千丈余，一道银布，从绝涧抛下，乃石梁小弱弟析居此，而日夜啼号者，马慄人寒，各不得语，亦不能转换回侧。稍延至容足地，塔出予马首，然后有国清也。"寺若成，国即清"。初疑开山之谶记当在塔，已而讯塔是隋时物。无有知其宗谱者。寺前大溪环之，有桥，荔裳薜积，横亘其上，而四顾松枫，俱数百年老汉，苍髯绿发，腰曲臂擎，各迎溪舞。右涧合襟，至万工池，池边七石塔佛，立山门千馀年矣。斗拱如洗，即罘罳无一蛛雀，云是鲁倕运斤异踪尔尔。寺僧体虚，肃入见古先生后，遂省寒山拾得灶，灶石俪存。闾丘太守访僧灶下，见拾得薪其胫，乃拜伏。而拾得谓丰干饶舌，遂呼寒山遁去。夫丰干饶舌矣，拾得又何许添足，至笑骂引避？菩萨晓人，不当如是。问大师谈妙，诸天散花亭在何处，及沩山戒坛，丰干骑虎之踪，俱随烟鸟没矣。独飞锡一泓，明珠夜月，相传葛洪金钱定此趾，而大师以锡据之。大仙老佛，岂若小儿夺黍子然？吾从五峰下瞰，寺在玉瓣中，天关地轴，道眼所收，佛仙反不许争风水耶？殿右一井，题曰"曹源"，是宋曹勋笔，偈语禅可。是晚携酒脯，卧急壑乱流中，雄饮大叫，观秦王献俘太庙时，先后鼓吹，浴铁三万，生平以来一日也。国清是天台最初寺，名既旧好，而山清水清，松清塔清，钟清鸟清，桥路俱清，僧更清，而予所居塔左静舍益有清。六七日大雨如注，与溪争响，颇烦聒枕上。蹑屦出寺门，峰头白云下来，追陪欲语，杖履衣袂间，皆作冷香拂拂。橐中米尽，虚上人磨蕨麨，同入绿坳，拨竹本，讨笋烧羹，得饱快。已而天台胡令君遣馈酒具，炙自浔阳，何暇计安邑之累？而家人往市归，复得溪鱼，肥活可人意。遂又邀寺中小友，往壑上饮食，虚上人取石铫，燃竹枝，试予萝茗。有英公能作世语，复能操南音，每一发，云止溪格，手激泉花，足棹湍雪,盖止愿今生国清矣。

　　雨稍霁,虚上人为赤城从臾。赤城去国清五里而近,遂拔足走看。万山俱雄青雌碧,独此山壁立数千仞,报面横扫,中有绿间,遂若霞气。上下三两层,兴公以城字之,真能目此山者。"霞标"一语,当赏二婢。取山肩左上,见二小屋,炭瓦红墙,近视之,则山魈肉土庙也,至前,仅赤岩耳。流水涓涓,路绕压其上,即不见。喘息至上岩,玉京洞天也。仰视峪岈,玉膏乳滴,作雨檐声。洞天缩人,而无数竹青,引万山丹采,从隙中插入人骨,不定何色,面面冷阴而已。寻剔蛇路,必欲登峰诣极。崖叶茶香,正尔扑鼻,而苔滑足劣,樵人大呼不可。相与勉息,跪石斜上,草弱难援,一步一算,偶窥槷刖,几下韩退之泪,犹幸风微,不至同站鸢落耳。遂得观昙猷洗肠井。昔尊者参方广,有罗汉云:其胎时过韭畦,秒不听入,因洗肠此处。绕井韭盛,亦神异迹也。夫了元烧猪,尚能食肉边菜,遂为千古借伎俩。天台僧韭熟时,将洗肠耶?抑纳肝耶?

　　至顶上,观梁岳王妃所建浮屠,草深一丈,蝮豹隐忍避去,不可久停。放眼一观诸山,伯仲十一,玄衲十九,乃还。下探释笺岩,良苦。又访结集岩,无有知者。至下岩,看吴观察"赤城霞"三字。吸茗而下,雨大注,同行扶掖,急走还。

　　次日,天不雨,同虚上人探寒明两岩,从天台西门取道,家家溪树,翠凫雪雁,云磨水碓,想桃花点缀,武陵源当不胜此。村尽处,一桥虹偃,四山舒展,民有麦禾之乐。二十里至龙山寺,无奇。又二十里,饭平头塘,小桥溪店,曲巷短冈,差不俗。渡一两溪,云山绀缥,恍然曾过来,猛记得几年前梦中境界,毫忽不爽。过折岫一何姓家,千尺古松二本,做老态,商敦周鼎,辱在卖浆,可奈何!憩孟湖岭,听割麦种禾,声声山响,数家峭壁下生活,山水隔绝,另有日月。见一石如兽踞,一石如黑灵芝,茎细而房大,可爱。山皆石叠,简积诡戾,裂缝披麻,如今所食饧瓜,又如折破莲囊,托在碧盘之上,大类雁荡。山上洞无数,有仙人棺、龙须洞,奇甚。下山则大竹古藤,长松樟柏,红豆树觔缠骨挺,蔽亏攒植。于是谒寒岩洞,如灰箕道士开口,五脏皆见,可函千人。龟蛇上山石,亦肖。岩左大鹰石观瀑，绝壁光削，约五百丈，练子水抛下，溅石珠碎。右有雀桥如瓮圈，削剩一条，黝不可上，奇险孤匿，似薄石梁，犹着人脚者。呼农僧共酌，吟寒山子诗。是夜，梦残钟冷，高山卧反在水中央。明日过无字崖，看明岩寒拾二峰，似和合仙抱语，两人真石交矣。岩下有通海池，植铁色紫荆树。经八寸关，回望象缩鼻，状稍似。殿顶削崖屏汉，相传间丘太守迹寒拾来，闯入，不甚肖，惟席帽半身，以意逆志耳。至所谓马迹，则各目其三，而予似五之：从壁缝看起，一马出门缩首入；一马昂首相倚出；中一马翘足长嘶，最辨；上一马首修甚，正对人，见前二蹄；背一马首入内隐此马后，露其尾。五马天骨开张，神气皆辣，面壁听之，骄嘶不断，玄黄牝牡，蹄耳不明，俱不妨天闲神骏。间丘弃而去之，何不遂赠玄冠之使，使免跋涉之苦？壁顶挂一瀑，银绳条落，半坠潭时，绥绥洒洒，似一束碎雨。对山一石，孤立二千丈，松柏植其上，必云间鹤得访之。由苔砌入洞三十丈许，愈深暗。从左隙出，见白貍伏在穴上，雪毛森磔。尝穿穴至前岩取饭，僧苦之，以塔压其足。逾数步，一石笋斜插，如萌怒未伸者。至合掌洞，前后天通，此中必无六月。又上一洞，却对唐马一幅，而洞腹用大石击之，辄鼓叫。又上一洞，忽见达磨像，首出藤叶上，俨然西来生气，为近日四明刘光禄破识。寒岩奇，是诗料，明岩巧，是画料。寒拾复起，又当拍手而呼苍天矣。仍从孟湖岭下岭根村，一支径渡三四溪，至白衣庙。小山突兀，溪如明河决溜，而三虬松鼓涛，与之争霸，力不胜而咽，一佳境也。

行二十里许，至广岩寺，随喜荣罗汉肉身。问"贫婆钟"，已灰劫矣。行二十五里许，宿长塘范氏之楼，山民强作解事，方行九宾礼，苦求解，不听，而腹又大楚，甚欲卧，时又相与为磐折，天未明急去。取三茅村，拨尽山坳，得桃源，无洞，有庵曰桃花坞，三楹屋，颜以"俪仙"，亦无刘阮像。剡僧云公止焉，引入看金桥潭，飞泉杵镜，坎坎幽疑，大小石壑相望，不知谁曰"会仙"。而所谓双鬟峰者，二顶葱蔚，亦因事而授之氏也。更入惆怅溪，路尽，则相与扑跌，扪山骨，得迹一趾，遂喜拚一跬，力穷之，溪始尽。山俱大青古绿，恍然三山十二城，绝无声闻，杳然太古。同睿孺及二长老、二仆坐石上，叹谓

"今夕何年",睿孺遂痴去,谓:"水迎花笑,定有人出,必待夕。"予笑曰:"诚有之,但曾卜《易》,得《比》之释'不宁方来,后夫凶'耳。"然二美之赠送,两倩之再来,此地此时,不堪柔肠千古。记得周美成诗:"桃溪不作从容住,秋藕绝来无续处。人如风后入江云,情似雨馀黏地絮。"此红泪下语,年年血在桃花矣。问所谓"琼台双阙"者,土人俱不知何谓,云公曰:"吾当以杖作眼。"

行三四里,过瀑水岭下,高壁障天,清溪照石,望桃源瀑布,似惊虹倒挂几百丈。村农女儿小桥边行汲,入竹去,仙家矣。篱花自笑,居人何必解东西也?云公数乞路,野人都不应。行五六里,一老叟指点,似有要领,而云公十年前曾望见来,于是得入,见所谓"琼台"者。玉山寒并,已为厌腹,而予遂欲如桃源例竟之。初褰裳去帻,从樵路峭入,已而樵路绝,俱罂中行。睿孺乃大恐,求止一石上。予单袒,着草屦,持一方竹,取鸟路。已而鸟路亦绝,僧仆呼吸叮戒,一步潭即一步石,或不可,则退之再试,百计阑入。石尽山塞,山尽石塞,则以竹剔莓苔,蜂缀而猿接之,眠扑偷过。洼隆悬滑,以千尺计,俱数十处,闭听一视,而侥幸齑粉者数矣。喜雨后如秋,轻阴皎淡,不热苦人。约五六里许,琼台正面削突整严,是一万雉方玉楼,大翠大锦荟葰而成者。一山稍圆直佐之。而所谓"双阙",古鼎两柱,峙插其上,碧尽霄霞,令人魂绝。此皆王子晋、葛炼师、魏夫人辈骑青鸾,步云气,汲金浆,而调石髓之所也,予何以至此?罪耶?福耶?游耶?梦耶?始皇失志于东海,武帝绝景于蓬莱,予一日而有琼台、双阙也,予何以至此?正精迷意丧,而寒风阴气,逼紧衣裙。仆云十步外一大黑潭,溪尽山尽矣。视听之,波沸沸然折起,有龙物将出怒人。急走还,不自知其步之翾捷也。乃从山上隔三里望呼睿孺,睿孺得空谷之音,辄大呼,做伪笑,察其色,忧未解,共诘之,乃云:"冈上忽忽大动,若虎出,吾其渊矣。"二僧相视而笑,意间谓吾之所忧,有洪于虎者。相与汲溪啖饼果慰藉。

别云公去。得舆路,才四五里,上斤竹岭,舆不得用。予胜具能缘高若都卢,而是岭则足所未阅者,高不过十四五里,但峻削陡险,仅容一脚步。步则以膝承颔,有千馀折,气喘尽,乃上十之二。渴燥甚，无所得水，觅得一只梨。不仅是，张公大谷至绝顶，路忽大坦，走四五里无人，不知何处下落金庭洞天。乃分探之，始走至。至则为桐柏宫，九峰环裹，三井玄湛，址如仰盂，有平田数十顷，乃司马承祯修炼地。按《真诰》记，吴有勾曲之金陵，越有桐柏之金庭，三灾不生，洪波不登。是宫肇于周，灵于晋，盛于唐，扩于梁、宋，其为瑶池蕊室，玉宇丹台，白鹿青禽，灵芝瑞草者，不可胜纪；而今仅仅一寒道士守黄云之故堂，半丘腐麦子，即不死之灵粒，何以盛衰悬绝至此！然道士犹能指点葛井、宋坛，一一在寒藤苍藓中也。

西行五里，访元明宫，已废。取道仙人迹，望吹箫台，遗响绛云，眇无定处。扪萝至琼台之上，又历南踏双阙，但觉绝壁森倚，呼吸通群帝之座。玉泉、华琳二峰夹其中，阙后千层峰嶻，如大海紫澜，乘风而拥，此天台之心矣，胜游哉！第不敢俯窥，予语道士："此下可径行否？"道士谓必无行理。而予谓从万仞之下飞来，则道士以腹诽我。徐大受山行摘句："大壑之心，琼台突起，岚光波绿，状如削瓜。"语极形容，似从下而得台阙者。然又云"俯百丈龙湫，心悸骨惊，不可近视"，则徐仍从金庭取台阙也。予以穷日之力察之，则台阙之胜，据其巅，反无所见；必望妙于登。而仙路凡隔，人不得入，何从而知之！予其破鸿蒙者乎？兴公之赋天台也，曰："倒景重溟，匿峰千岭，始经魑魅之涂，卒践无人之境。"而结之曰："陟降信宿，迄于仙都，双阙云耸以夹路，琼台中天而悬居。"意兴公图此神秀，未曾亲走其上下，止欲掷地作金声已耳。还至宫，饭罢，谒孤竹二先生石像，冠貌甚古，台山借重首山人，岂九天仆射之说耶？扪宋《乾道碑》十行香火文字，恨韩择木所书《崔尚颂》被风日蚀尽。犹豫走石桥，出洞门，盘折而下。

十里许，至福圣庄，观瀑布，夏雪春雷，江悬海挂，当年瀑布寺中，竹窗松槛，不知何人，年年卧看。溅珠亭仅有遗础，然飞沫时时穿葛可人。予初在桐柏宫，见平畴衍野，一豁苦碍之目，似入潼关，骤得百二山河者。及回首，瀑落九天，仰观所下岭，云封树灭，而后知桐柏宫地在天上也。予目不过两寸，恶能穷宇宙之变哉？相与唱凯还国清，疑眩茫然者两日。

"人间长见画，老去恨空闻"，每咏斯语，辄欲击碎唾壶。万年老杜不得接天台一面，而寓公相处甚久，台鸟尽皆熟识，其洒脱者来掌中就食。一月之内，自魂魄所征候，口鼻所受纳，以至便遗所化捐，无非云气水声也。天台何以侈予？而予亦何由得见侈于天台也？

外史氏曰：予游天台，盖操一日之文衡矣。赖仙佛之灵，风雨无恙，得以搜阅竣事。略用发榜例，品题甲乙，与诸山灵约，矢诸天日，不敢有偷心焉。

文章胎骨清高，气象华贵，万玉剖而璧明，万绣开而锦夺，昆仑嫡血，奴仆群山，仙或许知，人不能到，所谓琼台、双阙也，第一。磅礴浑茫，从天而下，不由父师，立参神圣，雄奇之极，反归正正堂堂，吾畏之，终爱之，石梁瀑布第二。天绘巧妙，鬼斧雕钻，腹字多奇，令人解颐蹒步，能品加入神品，明岩第三。孤月洞庭，正尔寂照，忽有天山万里雪一夜飞来，此旷世逸才，国清第四。恍惚幽玄，不记何代，片时坐对，人化为碧，桃源第五。绕肠雄气，满腹古文，郁郁苍苍，扶馀穷北，万年寺也第六。邓艾缒兵入蜀，要以险绝为功，不险不奇，奇绝乃险，断桥落涧第七。醉笔横披，英英玉立，不与绛灌为伍，名士也，但才气太露，烟火未除，屈置稍后，赤城第八。孤芳独哄，不求赏识，然奇矫无前，人人目摄，寒岩第九。清新俊逸，居然道骨仙风，是瀑水岭下数家也，未有知名，当亟拔之第十。魄张力大，有如天风海涛，夙领台山之誉，华顶第十一。因宜适变，曲有微情，藏若景灭，行必响起，高明寺幽溪第十二。望之甚奇，即之甚平，别造一格，高下倒置，桐柏宫第十三。停匀冲粹，淡日和风，轻入长春之圃，实称其名，天封寺第十四。句句番语，字字鬼才，别有僻肠，不得以文体而黜之，神仙赶石第十五。馀如广严、护国、无相佛陇、福圣诸山水，及悔山、欢溪、顾堂、察岭等，尚有百十胜未录，或前事之工易掩，或一日之长未尽，或星屑而可遗，或雷同而易厌，或目未接予，或足尚妒尔，庶几获附于拔十得五之义，而幸免于挂一漏万之讥也。予之所以次第台山者，如此矣。

雁荡

　　雁荡山是造化小儿时所作者,事事俱糖担中物,不然,则盘古前失存姓氏大人家劫灰未尽之花园耳。山故怪石供,有紧无要,有文无理,有骨无肉,有筋无脉,有体无衣,俱出堆累彫錾之手。落海水不过二条,穿锁结织,如注锡流觞,去来衾脚下。昔西域罗汉诺讵那居震旦大海际,僧贯休作赞,有"雁荡经行云漠漠,龙湫宴坐雨蒙蒙"之语。至宋时构宫伐木。或行四十里,至山顶,见一大池,群雁家焉,遂以此传播。谢康乐称山水癖,守永嘉,绝不知有雁荡。沈存中以为当时陵谷土蔽,未经洗发,如陕西成皋路,但彼土此石耳,理或然。山周遭不及三十里,以马鞍岭为界,东有内谷、外谷。西亦有内谷、外谷。自宋以后,高僧灯续建十八寺,不堪廉贞作祟,今剩其三。

　　自乐清来者,从西入,而予自黄岩来,则从东入也。过盘山岭,至绝岗岭,望见怪作矣。至大荆驿,石青乱拔,尖者笔上,方者笏整。予尝朵颐桂林千笋,不意染指于此,遂觉望腹。一石桥,湾溪绀碧,照见鱼儿须发。若得移家来,小结一楼,朝夕痴对,定须看杀卫玠。予前游天台,出桃源,至瀑水岭下,回首瀑布,便欲走还,鹭田宅,携鸡犬,愿作天台一更老,如妻子有难色,弃之如脱屣矣。而今绕肠三匝,尚未知所适从也。入驿,古樟抱十人,树中巨毋霸,难为同时冯异矣。于是取美人蕉劝酬,瞑欲睡去,则以红烛照之。诘朝,渡一大溪,涉两小溪,经岭村,沿门市米,不啻玄山之宝。山中僧皆青烟白水,黄独蹲鸱。舆人至此则以告,犹幸有斗升自活。两山门据,入其中,野藤莽木,老松嫩篁,俱为溪光映发。看见山肩上,俨然一秃背袈裟,合掌朝内,一行人笑绝,老僧岩不待问也。步二里许,上石梁洞,梁如篮环,矫拗屈曲,彷佛雀桥,而视之更觉铁气饱健,洞空十馀丈,石汗滴沥如雨,二苦僧守其名度命。洞外,桥久竭,无他奇,但对僧岩亲切耳。

　　行三里,上谢公岭,得名者别有一谢,亦未之奇也。逾岭,则海枯天泣,眩怪狂走,同行人大叫,一叫一好。过雷岩,殷在南山之阳。过风洞,冷然善也,冬日则阳气从一斗上,牧儿以洞为炉。看大幞头、小幞头，式如今之朝冠，思廊庙耶？讽林泉耶？吾不得其解。顶有灵芝峰，宛然可望可采。吾来所时，岂直天辅之会乎？何以五明三秀乃尔？《淮南子》谓不生于盘石之上，吾欲结小山中人舌矣。双笋峰才解箨数日，趺坐其下，观照胆潭，名不佳，而实则轩辕之镜。北望悬空一瀑，下作三节银河，滚落幽谷。时熟梅雨至，云来侵瀑，明暗万态，恨前身不是画师。

灵峰寺仅一草堂，栖穷佛，而僧持雁山茶烹潭水，则滴滴玉浆。指点莺崖仙掌，分明愁胡侧目，汉人下涕矣。五老峰不如白岳清寿，然杖履排列，似甲子井井，不是混泥途者。上罗汉洞，初若易取，力步五六层，凡六百馀级，乃听入。万山积塞，而洞正对两峰中，天如一棂玄冰矗起，寒绝奇绝。汉宗室刘允升，弃家同二女佞佛，实华此洞。洞中奉大士，傍列尊者，而首座诺讵那相最古。上有水沥方池，镌为"浣心处"，不知何一老先生题识，想即字"照胆潭"者也。洞高且深，人人看洞，则云来看人。苔暗草软，时时侵轶，我持仆肩下，功更倍上，而舆夫跳浪洞中，大呼喊，则声瀹瀹然瓮满，折转如线，片时乃引堕窒口出。

经响岭头，数十大树，不知名，但其骨采，必不是人间色到者。数家图山写壑，汲乳耕云，坐卧俱游，桃梅作历，业已天矣，又何必拔飞白日？寻净明寺，久为茂草，但星桥无恙。水帘洞玉丝珠颗，亦是瀑水幻格。过听诗叟岩，一人属耳于垣，似闻"大江流日夜"者。或曰：风打山眼，飔过如金仆姑，诗当作矢。听诗不恶，听矢更自胜也。过响岩，舆夫积声索应，字字洪朗。鼓吹游山，此处却不妨数部，自是壁壁夹立，通玄之窝，逼云之巘，悬雨之涧，射虹之泉，令人不暇应接。一山方脚拦溪，骨劲甚，每溪花过，定相激闹，良久方听去。

去数里，入灵岩，两山守之，曰白云寨；山上一圆石，曰顶珠峰；一山酷肖老衲拜佛，曰僧礼石；两方崖曰铁板；一大圆石独托曰钵盂，名义俱确，独白云寨未安。过石桥，得寺门，入之，步遂不能前。吾眼魄出胎来，颇亦平等外境，一日骑驴过华山下，偶觉身小，今入灵岩院，是两番境界矣。正面曰平霞障，障下曰玉屏峰，左曰展旗峰，右曰天柱峰，约俱数千丈。右肩曰卓笔峰、双鸾峰、玉女峰、独秀峰、约俱千馀丈。峰间瀑布直下，曰小龙湫，约二千丈。予在灵峰时，第盱目对之已耳，至此则面须折仰，以鼻揳天，看孤烟，上壁不及十分之三，化为乌有矣。而七分壁，亭亭阔阔，若王谢家子弟，竟不知灶下还有米盐事者。色气青赤相间，是四十里侧看石家锦。展旗扁出，似扇面，犹折蓄十馀幅，战蚩尤时物也。至天柱，平地矗起，孤圆削直，绝无墙壁帖肉，相对已有箭馀，众山不能无愧色矣。对大主人，又对长河直泻，胸中凿通万里，亟唤酒炙。而云来争坐，予便走僧寮，或尼之，未及门，而矢石注瓦上矣，肤寸即合，不可不习山家行藏也。

饭罢，逢乡僧，言龙鼻水津津焉。遂选盖砺屐，从净室取危径，篁箐屯塞，石齿确荦，不认花草，但见寒绿。僧以杖拨蛇，数十盘，扪一石"天开图画"，乃晦老书。又数十盘，约里许，始入谷。脚边俱南星草、芙蓉叶，夹藤牵蔓，腥湿碍雨，岩上乱沥，反觉天漏。缓首急足，强挽上，始至洞。忽起头，夥颐一龙，从西南峡中绕出洞顶数十丈，鳞甲猬磔，垂弧大一鼻至洞尾，鼻二孔，一孔通滴泉，入方石中，又舒一爪护鼻，俱古铜色，腻滑，不知是石是龙也，毛骨为之栗张。而隔峡龙湫，声如海战，又直雷轰电划，只向洞中大索。从行人及僧俱呼大士，作怖声，而予亦勉作揶揄，实恐有叶公之事。此似境耳，视蜓斩渊，不得不以定力推古人。或曰龙鼻水可明目，意是万年老石髓。洞口正对玉女峰，意中婵妓朝朝以洗头盆挹龙液，恐箭括湫隘，难为十丈莲花步也。卓笔峰尖劲有力，不止起八代之衰。而双鸾峰似从太山崖戢翼于此者。独秀峰昂藏自上，颠有百尺之松，四隅天削，觍面永叹，竟万年我不得上，子亦不得下，何至相绝乃尔！而老松人语，非孤寄自苦，第不欲受人间"培植"二字耳。西过仙人桥，望湫下如白蛇惊滚，雪浪奔流，不可逼立，足以对付断桥。上二里，有泉摽起二尺如剑。雨复甚，还下稍憩，俱不解其故。罄橐酝一劳，展席大雄氏前，咍台大鼾快熟。至晓，遂搔首捷衣，急出温看，愈故愈新，然毕竟是天柱了馋也。望屏上，口开裒雾，云是安禅谷，而旗峰半一窦劈长，云是天聪洞，俱奇尽，草大不可上。望峰顶，石如蟾，如兔，如龟，绝肖壁间灯影戏，石石传神。徙倚山门外，铁色树一株，不忍言去。遂从桥上，饭罢，别僧出山口。有云从对壁经过，雪飘练曳，无丝毫入两山之间。两山深紫，对壁大绿，只中一段三四丈，如叠方裁整绵絮，曾见此画来，不意高悬是处！始悟"白寨云"三字，乃见识人安顿者，予不逢云，予不然寨也，天下事可以吾一目悉之乎？

出寨渡溪，展转云壑，左顾右盼，飞泉甚多。经版障岩，如一派流霞。望观音岩，崚绝。阿闪国一现，遂为云所妒，登鞍岭以待之，云且呼党锢我。于是走石门寺废基，上罗汉洞看石罗汉，或云自闽飞来，恶知非应真之化体邪？望常云峰，峰似云耳。过道松洞，洞以羽客得字。经瑞鹿寺遗迹，一峰呦呦岳岳，安得浪指为马？沿涧有大峰，人立而怒。对壁为连云障，障上开二小钳，元李孝光谓是蟹足。稍入涧，有剪刀峰，分开千仞，欲剪青天者，张肃之易其名为"巨鳌"而未决，予以为山波似海，既有彭越，那得无蟛蜞？对壁有两穴，名阎王鼻，然大约似虎头虎眼。入益幽畏，耳根但闻雷走。过一庵，折径而上，数千仞绝壁，悬空挂下一团白柱，又不知是龙是水也。上诺讵那观瀑台，势既雄恶，而潭洞凶暗，令人百端交集。稍狎之，怖心略定。诸家摹仿，各得其一体，而予静图之，初来似雾裹倾灰倒盐，中段搅扰不落，似风缠雪舞，落头则是白烟素火，裹坠一大筒百子流星，九龙戏珠也。隽法师得道后，口若悬河，意讵那对瀑，子在川上时矣。台上数十级，有看不足亭，奇峰胸后，惊水眼前，若肯移赁小齐，敌朱夏，还当向括苍交青岭上，借取万尺松一株来。大龙湫绝顶五里，尚有碧潭，正德中五台二僧庐焉。此龙薮，二僧寂后，仍龙据。去碧潭上约三十里，则为荡湖，是即宋人见雁之顶，亦有鸟路可通，而雨深草塞，予不能好事矣。

还，从锦溪出，壑身如霞，瀑水洗濯珊瑚骨。一行七里，过古塔寺，仅有华阳洞，不及登。所谓梅雨岩，星飘珠溅，颇为龙湫所掩。卓刀峰仅当徐夫人一匕首，而含珠峰弄丸于夹谷之中，似从大湫盗睡骊者，终当风雨取去。逾数溪，至能仁寺。雁山万水奔呼，至寺后，忽渟静如凝靛，从左岭绕下，一溪头泻八尺水屏，声声月珮。由行春桥入寺，望火焰峰不可向迩，戴辰峰则手可以摘星矣。燕尾泉裂玉飞潭，时生空雾。看大镬二只，可饭千僧，云是宋官家物。意当年梵宫鼎丽，游屐必多，而今不能无铜驼野棘之感也。于是从筋竹涧上丹芳岭，旧传筋竹涧，康乐开山止此，山水有缘，显晦有候，岂畚锸之所得取者？岭崚绝，四十九盘，一盘一胜，回望一百奇峰，如郭子仪军，偃旗息鼓，而戟槊棱棱，俱有欲起之意。至岭半，则如看周家东房西序，赤弓大贝，纪甗天球，一有顾命，即俱陈出。上绝岭，看东西内外谷，是一胡桃果，隔别中妙有囊实。

是役也，山谷之外所见者，紫茶、方竹、金线凤尾草、香鱼、白鹇、山乐官、雪髯猿一，而雁荡之观，亦彷佛得其皮毛矣。或曰雁荡应秋游，予独以五月来，宜受云物之吝，然吾不欲其一览而尽，故且以云纤馀委屈之。吾观灵峰之洞，白云之寨，即穷李思训数月之思，恐不能貌其胜，然非云而何以胜也？云壮为雨，雨壮为瀑，酌水知源，助龙湫大观，他时无此洪沛力者，伊谁之赐哉？至于秋清气肃，上荡顶，走山根，呼天剔地，则予尚有葛陂之龙在，秋所同也，而云所独也，吾复何憾也！

游庐山记

疏云"山无主峰，横溃四出，峣峣寥寥，各为尊高，不相揖拱"，善写庐山者矣。山屃楚吻吴，面障洪都，肩柱鄂渚，似喜湖江之隙，而特集美于此者。伏滔曰"重岭桀崿，仰插云日"，言其高也。湛方生曰"窈窕冲融，常含霞而贮气"，言其灵也。郦道元曰"气爽节和，土沃民逸，嘉遁之士，继响岩窟"，言其风气之可隐也。慧远曰"高岩仄宇，峭壁万寻，幽岫穷崖，人兽两绝，天将雨则白气先抟，或大风振岩，群籁兢奏。太史公东游肆目，若涉天庭焉"，是又住山之最久，而得其性情状貌者也。王思任曰：予登汉阳中峰，见庐山从衡来，横亘五百里，无多也，孤芙蓉矗水上耳。然清贫矜持，不呼援倚，泉峰云石，自为瓢衲，团而不散，是以夺襟喉陆海之一宫，而几与五岳讼。

东林山，笋鞾之最外者，以远公胜。虎溪桥，草湮流咽，觉步笑犹有响动，桥遂胜。白莲池，方广畅可，是谢灵运手植。吾不喜雷次宗、刘程之等人琐碎死生，傥渊明放眉而来，即恃才灵运杂心而至，此处箕踞堪饮噱矣，池竟胜。佛前两松，远公前两桂，俱以清古胜。三笑堂，杨德伟屏画，有生气胜。望香炉峰讲经台，翠滴饭中胜。舍利塔，虎跑迹，十八高贤像，神木井，冰壶、聪明、卓锡三泉，陶侃所网金文殊身，莲花漏，鬼垒墙，李邕、柳公权、赵孟頫、王守仁等碑迹，此皆示现神通，贻留往旧。吾听僧指告，存者存之，殁者殁之而已。最可憾一事，游髡虿目，逼人布施，持簿不寸离，庐游之兴，一步一败。然亦有为其愚弄者，干没金钱不小。安得竹根三十个，斜封一角，解发尸陀林中，听其销算也乎？

饭三笑堂已，予携一僧西步，有林翁蘙，拾级而上，乃谒远公墓。公命尽时，欲露骸松林，同之草木。而弟子不忍，辄作荔枝塔覆之。伤哉！"入夜翠微里，千峰明一灯"也，"空悲虎溪月，不见雁门僧"也。

望香谷入西林寺，荒落甚，永公塔亦秃圮矣。虎溪仪正盛，永飘然半衲，不遮胫而来，何无忌曰："清散之风，多于远矣。"永常室虎，人畏之，则谕令入山，人去复至。青山不改，遥想当年。

香谷有广福观，祀匡续先生，今芜废。匡山名自先生得，先生辞威烈王之迎，白日轻举，仅有庐存，因又谓之庐山。然则先生来匡之前，只呼山邪？抑成周以前，人尽无足眼，山犹未生，生犹未奇邪？人世短促，梦梦至此。

白乐天草堂，云去炉峰不数丈，又云寺东，迹之竟茫然。"春有锦绣谷（花），夏有石门涧（云）。秋有虎溪月，冬有炉峰雪"。其言甲庐山矣。又曰：司马秩满，行止自由，则必左手引妻子，右手抱琴书，终老于斯，以成其志。清泉白石，实闻此言，毕竟下回分解若何？李太白于五老峰亦尔，文人轻诋。

盼云峰寺，始登趾，丹嶂万仞，一呼吸，黑云幔尽。急舆至解衣，僧不内。绐宿九奇庵，蒨绿幽蒙，穿枝拨翠，雨淅淅入矣。得吏人送酒，主僧稍恬。万声齐下，梦至潇湘，不知是风是溪是雨？

寨长苦舆力，僧苦米，更上无米，甚无僧也，亟谢手麾去。赋予两胫，时已上庐山一行簿矣。亟趣走，雨后鸣泉争道而下，白云明暗，人行水气中，反不见山也。上锦涧桥，万雪奔雷，支筇巨石之侧，沈叔贤摹画不得，但大呼叫。自此上蹑云亭、甘露亭，觉身境愈虚，卒一下视，踏穿白云几千袭。临试心石，探窥无极，足二分垂外，勇不在此。对山一窦曰黄䑕洞，人飞去不远，留一几尔。绝壁有罅，壁上有字曰"通仙台"，曰"清虚林"，近日始出，绿毛苔隐，两壁咫夹，手腕展布不得，予从滴沥中侧眼辨之，彷佛而已。再上数级，欧阳先生有歌曰"庐山高"书壁，已渝，而吾家伯安表之于坊。逾弥陀石，见大书"白云天际"，雄妥劲畅，然是宋元人笔，殊漫漶。勉至天半亭，凡九十九盘，天池塔见矣。跨脊下林迳，离离密密，瘦黑坚异，尽东晋时松也。佛前两池供汲，以此名寺。寺故高皇帝勅建以祀周颠者，赤脚道人、张铁冠、天目尊者从之，寺以此长庐山。僧每习见官，出口皆香火气，令人不耐。予独游文殊台，徙倚石栏之上。又过探舍身崖，俯视前峰，笋锐莲拥。云絮忽复缠裹。归宿竹阁，虫鸟已绝，深夜阒然。忽闻机杼声，半饷一按，诘朝询之，乃万丈壑底一二老虾蟆咳语。

御碑亭，纪周仙事洋洋大哉，物力严寿。白鹿升仙台，视天池捧其足也。过佛手岩，岩前石如指，天泉沮洳耳，不奇。岩下万木出秒，皆蛇猿之窟。缘崖行百馀步，八分朱书"竹林寺"三大字，云出罗隐手，空同以为周颠，非是。每风雨时，钟呗大作，相传影寺耳。清虚林乃其后户，意神圣变化之迹，如石梁瀑布，五百应真所居，彼以水，此以山耳。又行十馀步，至访仙亭。有趾有山，锦川撑插，两短松绝悬崖以老，卧望一溜绅下，峦壑翻搅，神怳悦也。敛足侧行，望下方雨晴气错，一大圆镜未开水银古也，光耀汤暗，砂点云痕，竟无定处。

从龙角石取废推车岭，望大林峰入寺，皆冈行也，嵚崎之极。忽坦率绵亘，置鸡犬里巷，绝不知是万山上寺。坐白莲峰，面掷笔，掷笔者，远公点经笔所飞处也。别作一开辟，涧水碧澄，老杉舍身资金刚，一本两干，大蔽牛而雄拑虎。二三僧友欠申其下，白茗清阴，葛风孔孔，香汗辑矣。

将至襥封，一大蝉石，奇藤幕之，畴昔之夜，浃我天池者，得非子邪？礼赤脚仙塔，好老杉文杏，不知何树，腹踵数十围大，以石为母，寸土不受。

又不知何岭，下看百丈，有八九十峰，皆肥箨参起白云底。鸟语细碎，忽数群白鹭跳来，逾时，是泉也。沈石田画有豆青石坂，人行泉上，予极爱之。至将军河，恰似一石架大磐上，又数雄石乳石激发湍泻中，旋银舞玉，输帛卷绡，妙难形至，石田画石可也，画水似犹不来。

王赤城题"尺五天"处逾数岭，山肉忽黄，予正讶绝，下一坡，种杉万计，绿雨疏风，拨天无尺也。有僧卜地，鹿为引至，名鹿野，改为黄龙潭，规制从木阁度殿。僧律严，山木不得折一枝，折之必讼，至枝长而后已，以故丛林菀密。予过其巅，徘徊不忍去，是风气之所钟也。天池东林俱逆关苞之，庐龙面发者，归宗为大，背发者，黄龙潭为正，请存斯目。

金竹坪，道场新建，匡山接众处，曹能始匾曰"竹里经声"。有活泼泉，笕至僧厨，极甘冽。寺外一树，白花四瓣，幽馥趁人，问为何名，僧不识也。

出金竹行岭上，远江浮拍，可以全受。此何方也？云是蕲黄之际。安得一阁，题曰"楚天"，听梵鼓松竽，读书其上哉！

九奇峰，九峰皆奇也，而火焰更甚，如数千百骈指指天，天有屈事，急难自白者。上霄峰，玉尖苍秀，秦皇、汉武、太史公之所登也，一磐石函可百人，周景式曰"望九江以观禹功"，其兹峰乎？

仰天坪，实坪顶也，高寒无木，有亦短瘦。五月入佛堂，见一群人爇炙，甚讶之。稍憩，指僵唤火矣。殿屋俱茅庇，何不用瓦？曰风壮瓦飞去，求铁不至也。洪阳先师题"云中寺"。僧昵予征堂颜，为书"天在山中"。

火焰峰，亘百馀丈，向所仰为指矗者，皆石笋也。石怒起如惊雷，择最锐一株，踞其顶望鄱湖，白气中有履数点，又如凫流款款，不见动而见移，半时乃隐者，舟行也。

山至圆通，一龟攀上，短小过峡，分浔阳星子之水。极力四五起，为桃林尖。又大顿起，为汉阳峰，此庐山主人宅中以处者也。看大汉阳峰，亦目之视眉耳，五老峰当拍肩语之。望扬澜左蠡，舟皆豆转，或隐或见。落星石，一荷盂不动者。回首江天，二三抹水光矣。

晒谷石，山顶有数丈石可晒也。臣象坐狮，乃憨山拈出。泉以轻妙，茶以白妙，豆叶菜以苦妙，紫兰花以艳妙。壁垒俱石皮皴竖，远望之，披柴堆炭也，以朴鲁妙。

从炼丹池入牯牛岭，或岗行，或壑行，高高下下，歘楙之极。两行脚语曰："不知何故山以峰名？"则解之曰："人之姓名出在头上。"

九峰互相雄起，俯视天池一锥，乃八座之视丞尉也。其间连师方伯郡牧之长，不知为几千百也。又如莲瓣中穿度，我作魏收蛱蝶，无须不缀。常有诛茅覆闭，声息杳然，不领名胜，不迹路岐者，此中大有苦心之士。

忽然铁裂万丈门闭，白云绵曳，湖气之青，屯如也。三笻几欲顿折。导僧前去，急唤问之，正是含鄱岭口。予昔在青田小洋中得看天锦，以为奇绝，不意五老峰上复看海绵之奇也。天锦之色，金染万鲜，俱非人目所经见。而海绵素铺几万里，抛弹松称，光丝跃然，觉霜雪死白为呆，凹凸不等，小家数耳。予初登金印时，绵冒汉阳，几不憖遗一老，不意天锦之福尚在。绵俱缩入湖江，渐覆四宇，作开辟以来一大供。予置足在中峰之顶，皇恐消受，默念安得裁为大被，袭四天下寒山冷水，无有啼号者。发如是愿以报清恩，犹未足以塞其万一。

五大垛铁云皆紫青融铸，从天崩下，现寿者相，是名"五老"。晬面盎背，而予来褓负其上，觉中老更出一头地。相隔数十丈，下临万仞，探之惴惴，为笔，为垆，为幡竿，为石船，为凌云者，皆儿孙贴膝腋也。白云时时蒸伏，沈叔贤谒一老，不耐事去矣。陆务滋绝叫，见海绵以为观止，不必更登顿也。予曰："访五老也，而何三之，二千里来，反惜此数里乎？当一揖一峰而去。"四老前有台，逼崖缘葛乃至五老，始见鞋山如方凫，江光湖气，收于此矣。导行者楚僧了一云："春夏无此一日，若所谓海绵者，无论几十年中，游人舌不及，即目也不及也。"几许同行至乾岗岭不肯上，仅一银鹿阿端同之，山水岂易缘乎哉？

从五老视月宫庵，直靴尖挑倒也。下取之殊盘极，忽入万馀短鬐松,穿弄绿蒨如鸟枝,暗塞淙淙也,俄而潺湲,溪亦修行择杳僻矣。庵前树黧瘦,竹亦无人世漪媚意。寺秃逃人去,得上方静者,燃薪汲水,又得仰天坪豫勅储斗米,幸无饿,而此一饭中节饱慳,香美不可思议。

脍炙三叠泉,无有知者,忽得随州僧复昙卓契顺也,曰:"第从予来。"披拨灌莽,经钵盂岭,蛇径而人缘之,看匡续先生所遗驴蹄洼。忽山穷天出,有岭横亘如石梁,遥望之,二友踞坐指点,但唤急来。视其东壁万仞,亦青黑铁,俯之夺气。而所谓泉者,如光丝绅绎,又如一蟒蝺,挂肥动刀作三截,可爱亦可畏也。

仙人棋盘石,颇险戾。对望半天青壁,傲云供瀑,不知何翼得有静室如蜂房之缀,意山谷云蜜脾者,毋乃是?相思涧者,亦不知在上在下,但人命止右尺土,过一洞五六寸,首尾相通。侥幸下,三叠泉源如雷炮砰来,人缘壁拈过,一舆夫浪胆,几冲入潭底去。此溪缘行,所谓下路从河者,皆大卵石,勉强滑度。昙师初教予行,似鸟习飞,既而如吏曹堂候官引见,倒行安妥,又进,然步步如乳母顾予也。此深山中见人而喜,一年不过一二度,即昙师亦偶尔来,是前生所交识也矣。

才看三叠泉后,白云即缄山口,龙气岚阴,特赐王郎一假也。

初日峰,上有磨盘石,对山则付礜者千仞,皆黑英石架起,此又不宜以山论,以石论矣。予往年见琼台、双阙,采艳神恍,今乃条支之马肝也。光如玄妻之发,位置佳妥,不知何时堆此灵玉。九秋哀响,安得天杵一叩也?要知山川精华定秘千郛万郭之内,人迹不到,止有日月爱惜耳。壑中潺潺,掬之洗肺。忽忆我几上有三尺鹰瑶,摩赏自雄,遂不知今日作蚁子之乐,拍手一笑。

望天池石过洗脚池,磔硪寒偃,穿跳喜惧,一时数易,不愁死而愁扑,行路难,宁如此!

朱砂峰,呈赤城火色,锐拔层霄,万山青绿,得此一尖,亦是没骨山家数。

过青莲静室一茶,渴肺感激。上一岭望鄱湖,云净波明,返照如锦绡薄射。此五老咽户,住山人谓气不藏蓄,反不庵此。

太乙峰，尊俨挺拔，部落更广，望之徒有唏嘘。数百盘至欢喜亭，日云夕矣，乃见马尾瀑。忽尔黄金万顷，精镠可爱，询之僧，湖中沙也。

枕犁头尖，左五老而右汉阳，万寿寺也。鄱湖一泓，时青时白，以为前供。天外风帆，谷中樵唱，是长者饭边受用。

栖贤寺，安顿秀韵，左回玄嶂，遮却半天。门前雷鸣车过，乃三峡砰来水也。对此清英，尘气洗尽，游人何所生其不肖，而定谓栖者为贤？玉渊万杵登登，雪花千斛琅玕，碧骨上银髓翻腾，快而且活。知其解者，不必苏家兄弟。又云，三叠泉与玉困，胡威父子也，然鲴鱼费钓，不如侯鲭是家常茶饭。

蹑云桥，两瀑短悍，一到绿渊，泲澄灵靛，不知几千仞，直得务光一死。三峡从瞿塘，滟滪谱来，水声之怒，至此化为轰笑。

刘混成白鹤观，穷废亡赖，止一二瘦猪眠游也。然古松古涧，淙淙谖谖，于丹井药臼之间，觉白日静长，棋声恍惚入耳。

白鹿洞以二李显，则洞蹙矣，不若道士云"白鹿洞，准白鹤观也，观之人仆其鹤，洞之人仆其鹿，粮绝则各遣入市"，此语仙冷，差有致。从五老后屏山来，雄崖阴壑，犀牛折桂之水出焉。老松数百章，暗阴古色，极人世幽邃之境，第多一书院，又多一增塑，圣人洞中，大有腐伪之气。

憨山识地理，蛮开五乳山，额曰"浴云"。以五老为左障，殊雄妙。有静室，带泉听涧者可以老。憨山去，而其徒文字读书，英玉和雅，每室香供，飞鸟依人。摩登伽所摄，岂须咒也？

七尖胡鼻峰之前，有刘遗民读书台，可望鄱湖。洗砚池尚在，未审发愿文在此属稿否？

鹤鸣峰下开先寺，佛印之所居也。门前古木桥蔽，磉石截流，殊宜夏坐。至佛前，方见西瀑如玉练下垂。"一条界破青山色"，公道景事亦复不恶，奈何苛求之？东瀑马尾水稍雌逊，会流至青玉峡，但有雷轰，而两瀑反不得见，雪花抟击，至龙池乃绊定。饮噉玉亭上，飘飘乎欲仙去也。

西瀑出双峰剑峰之左，从山腹中挂流三四百丈，登布水台观之始畅，然人觉劳畏。

香炉峰视诸峰更奇秀。望姊妹石，亦娟娟宛肖。而予饭于黄岩中，见金蟒如巨橼，此固其窟宅也。

庐山僧占多，以道士分其胜者，陆修静，然觉神处。简寂观亦有瀑下，不郁秀。礼斗石略具威仪，飞来岱宗扁，幻口也。至于桥边老松五六树，雄古翘撑，当封匡阜松长。

大汉阳峰发为金轮，金输峰下为归宗寺，此吾家右军守浔江进居停廨宾人者也。堂堂正正之局，风气巩藏，土壤膏美，乘地利者不此之求，而傍涛打麓钧之岗，吾不知其何见？

柴桑桥，两青石渡田泥耳，去五柳居不数十步，先生乞食邻家，往往过之。桥石大，有筋脊，不借王阳坂、司马柱也。

悠然见南山，殊荒坨。去栗里约三里许，是归去来馆址，在一山农矣。有涧飞短澍，下萦一潭，丈石突起，陶先生每醉卧此，吐痕尚新。无名氏题曰："渊明醉此石，石亦醉渊明，千载无人会，山高风月清。"吾几欲搥碎之矣。

圆通在甘泉口，望马耳、黄龙等峰，如旗屏蠹列，溪绕竹深，三苏之所信宿，至今胜矣。寺有夜话亭，改清音，又改欧亭，然不如夜话之雅也。

中大林无奇。下大林门径，从松石中穿入，月坐凉生，予与沈叔贤弈久。山台无垣，僧有虎虑，叔贤曰："庐游少此一段点缀也。"

文殊寺拦石门之腧而亘之，中落山半，后屏绝巘，前控喊流，绝肖闽画，又一清风处也。

石门涧妙在泉壑零碎，随人缨足，有珊瑚骨，有玛瑙腹，有于阗青玉肌，尽为雪浪莹澈。溪鱼阵出，曾未见饵，相疑久之，乃信。予门生梁若木、析木，少年颖隽，坐此痴哈不肯去，大似牡丹亭下寻梦。

石门乃天阙也，二毂稍似，而不敢望此之峭峻。石色与大月山东角伯仲。月山石妙在玄英，而石门之石乃青紫云结成打实者，皴法软密团栾，全用黄子久中一块香锦堆叠。寺僧索予圖，题之曰"铁云垛"，更索联，曰"花纲梯海，箭括通天"，皆实录也。

铁船峰在石门之侧，无可登理。石门背有百丈梯通天池，必縋下而缘上，灵运、明远已曾此处着脚矣。

是役也，予年友梁射侯，备兵浔阳，招而赞之。射侯胶于官，而犹韵于友，犹之乎其游也。归语某某之胜，射侯不怿，而两郎君怿甚，请王子为导师，又续为石门之游。是射侯胶于其身，而犹韵于予，犹之乎其游也。虽然，予庐游之韵，终以射侯，不然，傲蛮隐妒之髡，即话言不通，而何所感发之？予曾谓官游不韵，乃今知韵竟以官也；不以官，则九奇庵发足，即无所托宿矣。

同游者姑苏沈叔贤、会稽陆务滋；续游者梁若木、梁析木；伴游者能仁寺僧完赤；而助游者晒谷石僧了宗、吉祥庵了一、离言、楚僧复昙；趣吾游者栖贤之恒水、五乳僧坚持、法可；而不厌吾游者，金竹坪见空、仰天坪含辉；体貌吾游者，开先之东隐、归宗之蠡云、文殊之海空。至天池、东林等寺，则秃恶之观望扰聒，游兴扫尽矣。游史中亦有董狐，例当并书。

予几登大汉阳峰，而为雨所吝，亦不及饮康王谷之水，不得取吴章道，则庐之幽僻隐奇，未尽探焉，予于庐犹有馀憾哉！虽然，莫亲于父子，莫迩于夫妇，而陷缺之缘，人不得以力争之，则庐山与予，犹朋友之交也。

王思任曰：星渚浔阳之间人无几，奔走市城不暇给。以故予山游不见发人，亘古无妇尼之足，亦少觑色僧，亦无处得酒肉，赋命清兀，得遂其高。若生于富闹之乡，则辱淫喧亵，万丈之尺短矣。吾所绝恋者，无山不峰，无峰不石，无石不泉也。至于霞采幻生，白云面起，朝朝暮暮，其处江湖之界乎？所谓山泽通气者矣。

游西山诸名胜记

予读书罕山松寺，手王辰玉游记，跃跃然起，计蜡屐裹粮，非十金不可。客僧有东明者，请前驱："诸山寺皆可主，吾能以苏秦纵横，第携诗韵往，无他虑矣。"筮吉，拔足，邀同漏师仲容、兄大然、主僧月川为汗漫之游,亦复少有所醵。二园丁肩襆盖、二童子职瓢瓠。从下庄买驴,蹄仅八,三人互为政,逊两僧,麾手谢。仲容曰:"长老惯行脚,不须驴矣。"大然笑曰:"焉知不骑驴觅驴哉?"仲容袖《庄》《列》,大然袖《天台止观》,予袖《山海》《水经》。每五里一息。坐刘家岗上,望杏花桃李,不啻石园锦障,翠微缥缈,可据而有也。

数里至云会寺,先之以东公,继之以月公,寺主果出。以夷通夷,言笑晬然。午餐甚设,且止之宿,谢去。日晡至玉泉,其山洞者两。入华严寺,苦矣。主出抄化,驴解去,而予以百缗谋栖立。东公之技见矣,逢一沙弥,导入大士庵,可夜,饭不供而疏饼草草,亦不馁。明旭下望湖亭看湖,湖名裂帛。瀑布以挂,裂帛以拖,名亦致。其水珠珠然、轮轮然,但吐泉作龙口,此则内相家风耳。泉达湖,渐广渐澄,可照客影,荇发绿披,石齦清泚可爱,顾安所得酒?有角巾遥步者,望之是巢必大。仲容目短,大然曰:"是,是,果巢必大也。"则哄唤之。必大曰:"王季重哉?何至此?"入山见似人而喜也。至则共执其臂,索酒食,如兵番子得贼者。必大叫曰:"无梧我,有,有,有。"耳语其童:"速速。"必大,予社友,十六岁戊子乡荐,尊公先生有水田十顷在瓮山,构居积谷,若眉坞,可扰。不二时,酒至,酒且薏,肉有金蹄、有脍、有小鱼鳞鳞、有馎饦、有南笋旧芥撇兰头,豉酱称是。就堤作灶,折枯作火,挥拳歌舞,瓶之馨矣。必大张其说曰:"吾有内酝万瓶,可淹杀公等许许。三狂二秃何足难。"邀往便往。刑一鸡,摘蔬求豕。庄妇村中俏也,亟庖治。又有棋局,一宵千古。明日看功德寺,木球禅师所肇也,为累朝谒陵天子驻跸之所,无他妙,只老松古柏、农来暍阴、蛙语部传而已。勒必大西偕,不可,第以所为内酝者赠两盎别。

走花村者十一,至子庵憩茗者三,取次得卧佛寺,寺有佛,铜卧。有西域娑罗树,蔽牛喧雀,泉不甚潺。东公力入寻僧,勉得饱沃。月公前走香山,日云夕矣,坐其石桥,池泓文漪,朱鲤数十头唅唅喁喁,则堂堂策策之习且信也。陟来青轩借宿,轩主授餐甚次第。明旦凭槛观之,西山爽气,果钟于此。来青者,肃皇帝所命也,聪明莫过,信哉。轩主贤,必欲陪碧云走,寺涧万林,一桥虹亘。佛宇辉丽,僧舍洁清。塈涂追琢，已无馀巧。以山论之，香山似金，碧云似焦；香山可游，碧云可隐；香山可酒，碧云可茶。两寺长俱大奉，娈妻肥酒，逃客自兀。其典坐僧以绪馀素客，然亦叩紫清玉阙之福矣。泉绕僧床，净不容唾，而予鼾熟其间，香山轩主实从谀之。

次日觅洪光寺，十九盘，石蹬也，喘极豗极，磷磷齿齿，登登憩憩，看鬼斧劈天，五丁凿嶂，皆大珰斗金钱几百万万，谋其埋骨受羹之垄。佛前而身后之，以僧为子孙，以寺为家，不讲堪舆，不问孤旺，一作百作，互相诩赛，蛮强歪扭而共为之者，可笑亦可喜也。寺之上，又有弘教，亦正肯构，有珰监督，见斯文来，肃起，邀坐甚拱，名曰摆饭。予三人勉就之，二长老守其苾刍，俱饱适。下中峰庵，日含半规矣。刘百世向以此骄稚我，与僧话及，得盛款，酝尚馀斗。庵当两寺中，视远更沍漾，尽石所砌，无一土尘。白月空行，高天如洗，两水涧声清落，谈至午夜方寝。梦寒境杳，神情开涤，此西山绝胜处也。翠岩在右，亦雄踞。有桐数章，有精舍数级，恶少夺为书室，毒僧不已。一日斮其桐，火其舍，逃去。此亦吾儒之过也。从晏公祠下。他中贵祠佛十九、祠道十一，而晏长侍独祠古帝王贤圣诸大儒。其门曰道统，孰谓此辈无须眉哉。

循樵径而西，觅清凉寺，佛已露坐。里许，得秘魔崖，是卢师晏坐处。崖下，桑乾河故道也。师从南来，祝曰："船止则止。"因止于崖。二童子曰大青小青者，龙也，愿侍左右，能乘云行雨。今涸矣，砾矣，止有石面一尺柏，不瘁不菀。五台亦有秘魔崖，不知谁述作。西之，走涸砾中二里，饭于龙泉庵。陟平坡寺，寺恢闳壮伟，宪宗幸寺，见金刚面黑，笑曰："火里金刚。"一夕毁煅，异哉。上有宝珠洞，何以珠？曰夜夜有珠光照岩，惑其事耳。去之。

游嘉禧寺，地阜林深，土甘水浚，朱碧一同，映隐黑翠之内。其看家楼三层，石峻，寺僧食其力，素封，向苦斩关之盗，一警则要者扃楼，守其宝物，而邻寺福田亦然。寺主清寥，秀冷雅特，骨见衣表。向曾乞予一联，见予到，快极，延入精舍款之。次早来省，则延入其虚白堂，看苏黄等迹、关荆等画，皆吴阊门头哄物也。仲容、大然俱好好，吾亦与之为好好。顾明窗净几，文鱼巧鸟，竹娓娓数十竿，引山涧绕户下，苔藻芷菰，高榆深柳，架上古书亦稍备，此僧殊不俗。俄而内炙大供，烹鲤炰鳖，出米汁几种，皆行家，不知其解。盖去皇姑寺里许，一请而至也。

皇姑寺，英宗所建，征也先之役，有吕尼者不可，上怒其不利，叱力士交极，乃示化。后蒙尘时，尼数见，献其饼饵。居南宫，尼又见。复辟后，诏起保明寺祀尼，肉身趺坐。今其徒繁衍数百，玄发缁袍，皆以色市。长安贵人往往以为异味染指。染指者所事龃龉，须出其胯下则无咎。价甚翔，倍于名妓，老尼更滑于鸨。奉诏宦者门之，僧不许入，然而别有纽会，清寥则力能得之者也。仲容心语曰："贼秃!"大然曰："侍立小童足矣，何必再。"徘徊三日，望姑寺无导师，盈盈脉脉也。

清寥更出青骡白马，资我辈西游。至磨石口承恩寺，东明之土著也，主万庵，是剃头卫玠，代光宗舍佛者。宫梵若忉利，饮食器用，不移而具。万庵与予象戏，仲容曰："子目不及棋，败矣。"果然。戒律甚谨，酒肉不至。院中罗汉松如幂覆，郁乎苍苍也。留此者二宿，思公子兮未敢言，则以帝释故。

去下三里至净德寺，寺僧本宁韶令妥妙，似家有长子。然其生也与予同物，周旋爱敬，使予不可堪。一楼百尺，亦用备武者，望浑河一带渺渺。索予匾，为题"云镜"二字。顷之，村酤饶铋，有鱼二尺者三头，为煤窑户所登，不解食而私之，窑主即寺僧也，人生口腹缘如此。

又二宿而游所谓寿云庵者，诘曲僻处，樱桃林迷绿，止有丝水豁豁，飞花歌鸟。一少僧出迓，新供甚腆，若豫待者，则宁公有庄户敕之耳。西山小庵皆附庸于大寺，只语片字，其应如响，素所约束也。此地果实甚秀，秋清仍当再访。僧乞予对，予题曰："重阴乱绿不分树，暗水流花但有声。"别之去。

穿云破石，至龙恩寺。古树老藤，妙有泉瀑，虽不甚飞怒，而绥绥续续，亦北壑中之活流矣。寺主留供，宁公又遣使至大会，具主礼。大会亦大珰卜藏之所，左于寺。其佛无殿有堂，精整过香碧。其院落广四亩，皆玉石所方者，此石产于大石窝，惟朝中埋路可得，十骡可曳一丈，不知费几许白镪才构此。夜坐时，月来射石如水，其净如拭，僧不畜一帚也。予谓同行："此地只宜打滚、宜蹴丸、宜拳棒、宜放炮仗、宜摸虾儿、宜抽陀螺、宜勒空钟，尤宜踢毽子。"大然扫之曰："弟即不言参禅作文字。"予曰："正作文字，参禅多一想也。"仲容曰："佞哉。"宁公复以鱼酒饷，住此爱此者凡两日。仍过净德别宁公，复为我资足力渡河。

四十里，西南至戒坛，寺曰万寿。松有数百年者二本，坛中榜选佛场，列戒神千许，皆戎装狞塑恐惧相。香灯迥异，颁自内府。僧亦内客，疑我为施主也。饭竟，上西径，云片袭衣裾，历岩洞者甚怪，其乳石者龙鱼之貌。所说庞涓洞、孙膑洞实无考。二子同师鬼谷，在扶风，何以洞此？意者房山有武子墓，因洞之而亦以洞涓耶？马陵在魏地，亦不确。亀勉上极乐峰，是京西出城时所望见蔚蓝方插者乎？俯视浑河如线绕，予憬然有胡儿牧马之思焉。第戒坛以浴佛日盛，游人万万，而苇棚蛆伎，遍山阑入。亀者执鞭驱之，棍狗醉哄，挂褡摩淫，云是元俗。公主舍身，秽此胜场，司土者何不置之重典？山游不幸，决意取径归。

走潭柘寺，是华严师建。前时谭龙欲来听法，苦不得见。山神教龙："师怒则着相，天龙鬼神可以见之。"乃作践一盂饭，师果怒，龙得见之。作礼具言，师为说法，龙得度去，许施其宅。一夕风雨潭平，地涌两鸱吻出，今在殿角云。龙皆怒起，或谓是耶。柘则亭覆者一，枯而不朽。龙子化为青蛇，恒来舐僧臂。黄连树下，有白石佛座，示苦相。元妙严公主拜经砖，膝痕犹在，遂老于此，舍身者是其姊妹耶？非耶？然予所喜者虚阁松涛，断崖石雨，冷烟钟滞，古洞藤缠。一宿万空，赊游今遂，亦可以自慰矣。寺僧言雀儿庵幽险可即，寺去此五里，而仲容不力矣，赋归去矣。

归则渡浑，至石景山，有骨无肤，锤凿已遍。元君庙道士出茶饼相劳，感逾陈蔡之困。最上金阁，北望浑河，夷界所飞至也。东望帝京，中华一界耳。神宗视河时云："此河甚狭，如此汹涌，则黄河了不得也。"大哉王言，有其鱼之想，而三辅臣只奏分黄导淮事，智遂不及夷夏若有一个臣如此。回经上庄，土家数十，花事烂斑，蜂喧蝶舞，口称："王相公来，王相公来。"一盂水相劳。至永年寺，则僧素庵拉入王戚畹赐庄，看贴梗海棠，如憩绣谷者。取酒肉同游拂尘，甚欢畅。去灵福寺里许，街鼓动，而五人踏月还罕山。

松龛一士曰："天下名山，寺领之；天下名寺，僧领之；天下名僧，势与利领之。官曰游，士曰撞。天下僧皆势利，而京西更甚。其相遇时，面目有迎拒焉；其相揖时，肱臂有敬肆焉；其相饭时，繁简有器数焉。凡缙绅游，取仪部一檄，敕皂隶和尚，先期往，如会同馆符发，处处皆应矣。"伤哉士也，饱时饱杀，饿时饿死。即至其处，有名胜，僧不语也；有精舍，僧不止也。游何容易。士何可游。师行而粮食，食不给，师溃矣。予与仲容、大然畅游，尽西山之敦化，赍十金而犹馀九金返，则东明、月川之力哉。

观泰山记

曾谓泰山不如林放乎？儿时问先生，遂结一碧痞。十二岁从盱江还，驴上见峄山，是矣？非是，而痞乃痛。既以姑孰令两附辑圭，走兖道，仅宿春耳，终不我即，去来鞅鞅，青未了也。丙辰之冬，岱入梦，意恶之。丁巳，左官齐幕，开府李公西卿修年好，予还，亟觞之，谓泰山色且落子马首，幸以所得来。而直指毕公又申之以嘉命，今日无笈箸之愁，明日有顺风之纵，少伯才出石室，得夷光而入洞庭也，景日俱贺矣。

乃以六月念四日至博邑，寅鼓，饭家力，汰弱奖健，肩舆出登峰，至红门，改腰笋。看泰山易与耳，吾家秦望兄弟也，两记室朱储言将毋同。至一天门，銮石郁硙，历斗母殿、高老桥，折涧潺潺，幽雌麋定。数里，为水帘洞，晴卷不下，而意可会也。又数里，为马棚崖，言崖可屋马也。又数里，为回马岭，蹄至此不可使为缘也。又数里，为黄岘岭，得名以色，此泰山转伏转起之腧也。獗来一峰，尝向人前雄诞，谓不让泰山，而至此羞涩称妇子。十步一休，五步一徊，苦甚而得快活三。此三里人气一松，谓之快活三也。对岸诸峰，赪纹苍点，披麻皴戟起。数折而憩玉皇阁，以为至矣。举首，天丝杳杳，犹然更衣亭也。两记室曰："夥颐！泰山之高，沈沈者秦望到那许？"隐殷响中见红沫者，二天门乎？且摩蛟龙石，蜿蜒而游也。越数里，飞瀑砰下，高山流水，子牙鼓于此乎？御帐崖，宋跸之以是，秦人所蔽风雨也。何物墓傍松，奄奄一息，而犹忍大夫辱为？又数里，上朝阳洞，登振衣亭，望猱来畏怯逡巡，已甘臣仆下。所谓百丈崖、大小龙塔者，尽夹壁天穿，仙巢灵窟，铁结碾礧，止许五丁削一缝与人也。后人见前人履底，前人见后人顶，如画重累人，正其际耶？自十八盘以上，松益瘦瘦，树坚黑，苔绣或苍或白，路梯立，终无横，人岂特不舆，膝共颏两相支而已。距跃三百，舆人不我戒，级半回首，几吓废，而目与胆大怖。蓬蓬猎猎者即来破肉，生平雪三伏之仇，亦一快事。

　　自三天门内逶迤数里，如入小村，顶在股掌矣。予意先谒青帝，而道士第知有元君。考元君之始，黄帝封岱，遣七女云冠羽衣迎昆仑真人，元君其一也。而祠前载西牛国石氏之女，得曹仙指，入天空山为碧霞君，则又不知何据。金璧轮奂，灵爽赫然，而岳宫之圮，反有遗溲者。岂岳帝似土官，而元君为置吏耶？元君走四方如骛，岁投金钱数万计，士女香灯，丐啼呗诵，雷吼谷摇，有堕踏至死者。而是日仅来一二辈，得飨净游之福，甚恬之。日小午，雾蒸蒸起，道士以为顷刻海布，则又甚虞公羊氏之说。乃饭罢，天浣如碧，得礼青帝宫。右行而登玉皇殿，后有石壁廿丈，明皇《纪泰山铭》字俱掌大，八分古劲，当是仿韩择木笔。有桃花泉，题"雨馀云海"。傍即苏颋《东封颂》，而林焊以"忠孝廉节"刬盖之。焊家堂中物，强以诏泰山，此岂可令乃祖林放见耶？遇每一岩，字面赘字，何处不可，恶而共欲黥泰山为？亟去。看无字碑，丈许，滑玉若幕覆然，绝非此山物，不知何以鞭来？祖龙欲无字，今儒欲有字，蒲车菹楷，幸不为所坑耳，焚书有远识哉！乃上登封台，而泰山之极诣于此，呼吸通帝座矣。下视茫茫，野马也，绚缊也，有蠕引数湾，或明或动者，淙耶？泮耶？汶水耶？而猿蹲几下者，又猱来耶？如鼠拱，如龟伏者，梁父、长白诸山耶？七十二君之所封也，孔颜之所语也，曹谢李杜诸老之所羡咏也，此也。望后嶂一围，其左肩更矗，石黄蒨翠，染突而成，何当吴阊石田辈来此肩一屏去。以予所目，万雅飞至，青有三十馀层，俱翼弱不前。前日济南华不注，一乳椶尔。若顶阁得付一炬，吾当盘礴仰空，以天为纸，濡墨北海，写一"大"字，此后投笔可矣矣。

而道士义为予言黄花洞幽绝也，则从丈人峰取径，抉荒耐怪，十五里不闻鸟声，蛇行而得亭焉。万松枝阁，望其下，黑翠氄氄。洞即天空山也，不甚广。迹元君拇指，饮其泉，两腋毛冷。人言泰山松，泰山实无松，但禀石气，多隐寿于此者胜尔。欲取桃峪尚远，还经回雁峰下，股不佞且矣，乃少卧署中。以日之西，莅五花冈，观周观，酌玉女泉，洌之。扪李斯篆念九字，"昧死请"凡两出，秦诣何栗也。然非天子不考文，岂得人诵泰山哉。即李斯一画，今人未曾梦见，而反芜之垣尻棘首，时官学不师古矣。左行而下为礼斗台、鲁班洞，搜剔无异。而白云洞凡几谺，杨侍郎书"雨天下"三字，差可人。乃上月观，指点州城，亩馀方幄，而穹窿之岳宇，棋枰白秒而已。道士言某峰火焰，某凌汉，某神霄，某寨天胜刘盆子，俱返照中影旃，不大悉。

归路暝矣，沮寒入夜，尽集暑具守腹背，犹不支。起看檐头万星如斗欲滴，又如目睛动闭不等，月去宫鸥尺五也。相与爇松走日观，过汉武玉检碑，不见白云封起，但有奇鬼抟人。久之，黑中一带血融融然，俄而茁，逾两时而盛。人齿战击，尽保亭中。已辨字而山半寂无鸡喔，视下方漆昧，正人世寝酣时也。海气不清，煜煜金荡者，有物黳之，云耶？山耶？不可知。亦无赤丸可探，不如吾乡越峥早望，反得跳快。道士以为非秋不见，则日观此来，误寒多许人矣，吕叔简之解不道学也。从望海石，履仙人桥，窥舍身崖，有大人先生以《孝经》作法律，巨书于石。死之人愚而挺，劝之人古而迂，年年无禁者。何似神道设教，见梦于元君之易从乎？

乃别岳归，下南天门一瞬，顿不知吾何以上，舆股溜甚，以予身荡之，两手据竿，侥幸不振落耳。仍观石经峪，盘似虎丘，大有流趣。乃元人书佛经，一派活泉铺过，而明人遂刻《大学》一章以敌之，苦极此辈。至山麓，日已逾午，不及看汉柏，第回仰数十里，壁立万仞，又霭霭云气中也。

　　生中国,或不能见泰山,见泰山或不能游,游矣或不能尽,尽矣或不能两日之内毫无所蔽,无人而独领。吾乃知岳游有夙,畴昔之梦非妖也。

　　王思任曰:"吾登月观,日落如车,有日之观;吾登日观,月挂如船,有月之观。虽不两得,亦未两失也。秦观入鸟,吴观无马,则断断兮矣,庶几周观之东乎?泰山,丑寅交代之地,是帝之所出震也。万物怒生,于此首建,元气磅礴,形即壮焉,宜其父昆仑而兄四岳也。人身七尺,眼仅寸馀,所见者百里。而域泰山有丈目,即可以通万里。乃其躯四千丈,当如何视由旬耶?维天东柱,障大海,镇中原,钟贤圣,兴云物,润兆民,府神鬼,变化无方,奇不在一泉一石间也。此不可以游赏,而可以观。善观者,观其气而已矣。孔氏观之曰"浑然",孟氏观之曰"浩然",俯察厥理,各有所会。"登泰山",孔氏意也;"小天下",则孟氏意也。若予之意,止在泰山一片青也。今而后,予之腹其空洞矣夫!

游五台山记

　　形生者久,气化为幻,则天之所施,遂无寿焉者乎?曰有之,天无寿风寿雨而有寿雪。三千大千之界予不能知,而盘古之雪都于葱岭,分封峨眉,支衍于五台,则今目之所及也。滇之三果僧月峰曾为予言:"五台有佛雪,绀者是万年物,子不可作舍卫三亿人。"而万历庚戌,予以迁客过繁峙,正月阒寒,锐然往观之,邑生郑振之导焉,由滹沱溯峨峪,潺潺听广长舌也。先得圭峰寺,山颅肉土,其坚逾石。跻藤而上,前捧一峰如壁,右蓄勺泉。嘉靖中,房阑入谷,民保焉,镞飞三日不下,老僧以脱粟话古苦境也。历熊头豹子,芜废不别。间关四十里,所过人家俱在水车风栅里。投秘密寺,木叉和尚修行处也。今日秘魔岩,路仅丝悬,寻钟愈杳,冻岚迫暝,人粟马蝟。刘繁峙觞焉，而予同郑生牛饮之。葢松投浴，梦魂泠然挂峰西也。

次日礼佛，看四山矩函，欲知秘魔所以，蠢头陀蹙官哆其口而已。《三昧经》云：文殊将百亿魔宫一时敝毁。波旬自见老羸，拄杖恐怖，谓之弊魔。意或芽如此。岩之西，有飞女崖，相传代州女不俪，父母勒之，投崖翼去。自此披峦剥峭，寒风积，愁云繁，马头见有湝者，才数丈，而到衣已绣成雪朵也。山尽豫章之材，居僧苦其荒塞，斧斤不力，在在付之一炬，树故名柴木。得雨之后，精气怒生，菌如斗壮，所云天花者也。牧儿得一本，辄易一缣。是木胎禀兑气，辣饱风霜，若劳万牛回首，征出长江，则灵光突兀，何必第鲁国巍然？而且尸之烙之，腐之辱之，曾不如吾乡六尺榆引声价也。雪甚，遂蔽马目，宿狮子窝。昔人见万千金毛，嗥天吼法，有窣者波雄丽，铃语清越，而绥绥者入幌。

次日，雪深数尺，强以皮冠秦复陶，上狮岭，逾金阁，天忽大霁，日芒道道争雪光，眴不可视。是时万顷同缟，雄含物魂，凿度曾谓是耶？溟涬之间，洼窿尽闭，碧青线界，天正分其半。若不得天力薄剧，则人在杳白际，混沌不可知。以故刻刻呼答，如印印涂，侥幸前僧稳熟，不则乃公梧竹舆，雪葬万仞中，将与铜驼玉马相终始矣。始知乏趣袁安，闭户守平安，宁是耳。至午，下小清凉，看般若石，修广五丈，任受如许人，必不登牛马，灵异迹也。寺后两楹，绝壁锦堆，溪鸣琴筑，我极恋此处，可以饮酒。缘渡而扣古清凉，山无泉脉，所云月峰师一呪出之。十八年前曾订予罕山，言俱檀气，今我来思，蛛在衲矣，低回拜之。而夜大众皈依，梵鼓欢厉，松积雪明，午夜如月，不知世界之为菱荇水也？为兜罗绵也？

次日，复下小清凉，上金阁，朱甍驾璧，贝叶千岩，中有立佛数丈，最为无畏。然虫鱼篆幡，薛苔画座，寺不支矣。过数里为普门精舍，地新福，佛貌精好。中官各欲争胜，则内帑之力可颁。崖腹布楼一派，饵香客者。云山妙可层绕，即松径荟幽，亦有花木深意。乃从九龙冈脊取捷下涧道，以螺旋之，以狐试之，巨石碍天，老雪结石，骡蹄把滑，人面血素不定。就中恶树怪藤，生欺强阻，想有山以来，我行第几人也？盼见竹林寺塔，人命差有归著，然盘折良久始得之。寺主澄公，慧业文人也，敕山薮，破莲社，唱和数绝，便欲下榻。而五台梁明府订晤在花园寺，去之，取道巡检司。先是山中探丸聚匪，故有徽兵之设。今作秽粉街，酒僧博少，每每混触名字，又台僧彼此婚嫁，习以为常，而伽蓝若罔闻之，岂佛不校此辈，故作平等观耶？花园寺，汉明帝所题"大孚灵鹫"者也。西域滕兰以天眼观见文殊住此，此刹最丽（丽，十三种本作"古"）。梁明府先期左去，犹得借其饮啖。寺既伟盛而中官以金瓦其殿，且修无遮斋，钟鸣鼎食，魄气甚张。晋大饥，数千人走活，夜则裸而窟焉。蜀僧主之，此功德不作未来者也。

次日，登菩萨顶，上罗睺寺，与西来僧坐语半晌，了不异此中人，但俱老童子，饮水一盂，豆七粒耳。台山共一文殊，而祈媚者各侈一事：罗睺寺，曰唐人张天觉见神灯于此；圆照寺，以为舍利实惠我；真容院，则大士现相七日而就塑者；下塔院寺，则云昔有贫女牵犬丐食，遗发此间，化为金丝而去。总之真幻随境，妄言之而姑诚听之何伤。又迁延而至北山寺，观金刚窟，门扃不启，相传三世诸佛、五百应真俱有事于内。又至三塔等寺，环溪叠壑，虽多圮废，吾独喜古佛残钟，短垣贫衲，寒温一茗，绝胜得意髡作野狐态也。夕阳将下，而纷糅者复丸结矣。

五台不能遍登，登其极者，无如东北。次日，走北台之半，寒风矢透，人仅槁叶，毒龙玄狱，望之恼酸，遂以华严岭归宿。岭既嵬峨，下视塔院如一脱颖锥。又知台山如五瓣莲花，饭仙山左，则青乌氏所谓"瓣心卷阿"者也，有大力者负之而趋矣。须臾日放，而下方正尔其雾，暂作天人一会。寒甚，指泣欲堕，黾勉而至法云寺，不啻还家即衽之快。寺乃三昧姑所开，国初有华严老人诵经，木鱼达金陵，高皇帝循声而诛，其事有神异，诏供之。其室盈丈，一窗凿翠，万片芙蓉插入，吾又极恋此处可以读书。山畔古雪，大担肩入，无论僧依为命，即盛夏起居，一浣一涤皆雪也。惠泉僧狼籍水，五台僧乱用雪，恐各秃必有圊报。郑生闻之哑然，亟热酒茹吾言。天风半夜，海立汉翻，屋瓦飞裂，揽衣狂起，而侍童以为闲事也。

次日，旭畅，从华林望东台，俱晶沙中耕踏，虽苦极，然何如春明门内色味尘乎？由龙王堂上观音平，万山滚蹴，似紫涛沸战釜中，各不相下者。登漫天石，则雁塞神京，不须决眦，西华、东岱直跳恒山尖，一呼之耳，五百里收之瞬睫。而台前万年冰，有培无替，遥望碧光缕缕，返照雪心者，是所称"绀雪"者耶？西王母曰仙之上药，有玄霜绛雪。要之物老则化，不可诬矣。

五台同云，惟四月薄谢，馀尽瀌瀌奕奕之日也。《山海经》以为小咸、由首、空桑之顶盛夏有雪，奈何近在屦下，而遂逸之？文殊三身示化，应现有方，掌握恒沙，毛吞无尽，而骨俗缘轻，如飞蓬之子，何能窥其万一？即轮光灯采，妙明圆应商英所旦暮遇者，而不得一快睹，不敢诳来兹也。惟是寒瘦之性，爱雨而贪雪，谓雨可以减事，雪可以益心也。而兹游也，误入皓冥，吸吞元气，恍惚置身于邃古之初，即八骏之歌《黄竹》，犹其稚玄者矣。而吾生平之雪游，畅于此，乃记之。

游杭州诸胜记

吴山顶极胜，予尝居三茅宫，往眺之，有古松老桧数十章，前瞰海门，后临明圣，大可生事。山主索高价，登水不力，又大盗时至，姑已之。

紫阳宫，石峭斗壁，苍苔绿薛，雨后游之，令我眉飞肉舞。右洞下野鹤蜕存，可以修真，亦可以饮酒。

凤山福院上，石笋如排衙，望大江入海晃晃然，天峰秀拔。其月岩一石圈境，寺僧言中秋时，月嵌于此，不爽锱铢。

西湖之妙，山光水影，明媚相涵，图画天开，镜花自照，四时皆宜也。然涌金门苦于官皂，钱塘门苦僧，苦客，清波门苦鬼。胜在岳坟，最胜在孤山与断拤。吾极不乐豪家徽贾，重楼架舫，优喧粉笑，势利传杯，留门趋入。所喜者野航两掉，坐恰两三，随处夷犹，侣同鸥鹭。或柳堤鱼酒，或僧屋饭蔬，可信可宿，不过一二金而轻移曲探，可尽两湖之致。

昭庆一市闹耳，净寺幽云肥绿可爱，佛宫峻壮，入其中似我身小。

东北僧舍皆竹建，寺前莲沼，香红万点，白鸥沙鸟，往来飞啄。酒家鱼藕甚贱，颇适游人。黄贞父寓园在右肩，有石可剔，而无泉可淙，终不若寺门境界之豁爽可坐也。

飞来灵鹫峰，窦剔洞通，宋之问所云龙宫锁寂，庶几形至。然读其全首，兼语灵隐，不独"楼观沧海日，门对浙江潮"也。其幽斗处曰韬光，在巢沟坞内。其叠翠处曰西清，曰岣嵝，家家以竹笕邮泉，倒行而激取之。可爱在分支擘脉，老树万千，老竹争蔽，戏獼腾猿时或一见。我心所悦者，涧道石桥上，听水看山实为撮要。若雪霁后者一红衲祆，持天台寿藤，步过僧舍，亦画中一快仙矣。

九里松夹灵隐路植，有六朝者，有南宋者，有国初所补者，龙拏虯舞，不与六桥桃柳争媚。

观大士道场，水则南海，而山则上天竺，在北高峰麓，风气团结，龙虎会合，宜其香灯之盛也。所页憾者，夹道残人叫号乏败。中天竺在稽留峰北，共一佛也，过之无问者。下天竺在飞来峰下，岩涧嵌空，寺后有三生石，圆泽托生王氏事也，其磊硊堆垛者以千万计。有一聚气之所，庵之可以得道，内湖外江，予特访之，留待缘人。

玉泉寺方池二亩，蓄鱼五色者百头，游人拍手呼之，啖以饼，辄出应供。坐眠云堂，吸龙井茶一瓯，绿风生于两腋。

石屋、烟霞二洞，皆琢佛累累，醉游者各书姓字，与酒气肉风共留。洞亦何奇，仅可一时逃雨。其下有水乐洞，泉响似金石，可探而有之。

过惠因涧，取支径上凤篁岭，而至辨才圣寿院。有亭曰龙井，水出龙口，泫泫然。寺僧饭我于潮音堂，绿云翠雨，衣骨皆寒，试其茶与泉争白。自秦少游参寥访后，予与褚生元师犹子缄三共之。

保叔塔有天然图画阁，胜绝。左江右湖，烟岚万千。至于返照蒸霞，其锦明玉采之奇，映发杯底。不知雪后更当何如？可以呼鹰落雁矣。

法相寺有长耳佛，云定光者是。吴妇祈嗣者踵接，而媚僧者亦摩肩矣。以故徒蓄妖淫，斋供甚侉。然老竹古杉，森立可仪。

赤山埠往南三四里，走林壑中，大率苍荡寒翳。上一岭而得定慧寺，坐大慈山如交椅然，门榜万象森罗，杉桧皆数百年物。入看虎跑泉，言南岳分至。泉甘而冽，载到城，担可百钱，汲不停手。予以萝芥试之，僧以龙井和之，一时逸气泠然，此子瞻题诗后一乐也。

包家园何难润屋，但其一派雪水滚至，石芽壑笋，沸走云淙，此作泉亭状首，次则传锦衣过街竹阁下，有石三丈，清流扁泻，可以追凉风取清枕，特为粘出。

于忠肃祠，入之毛竦。杭人以至日祈梦，梦不可解，解后则环伸酥破。山高木秀，安得此间结庐？即浴鹭湾小舫一饭，截住跑泉七碗，习习风生。

钱镠王祠，僻静可依。坡公碑四统间立，乃吃糯米饭后所书者。

六桥花柳妍媚，忽尔松柏威森，则精忠武穆之庙墓也。山环水潆，醉人狂子，岸帻者整巾，笑喧者习肃，嗟呼！人心尚有血在。白杨碧槚，鸟亦悲啼。奸桧等铸错接反，头颈俱断。此死铁耳，何不于金牌十二时，效澹庵先生一按哉？予令茂陵，过汤阴，晤其子孙，即苫发者皆凛凛有生气。垂老分节九江，谒其祠已颓废，捐俸葺之。尝读其词吟笺表，雄伟理密，不但武穆，亦文渊也。丰碑大刻，何足揄扬其万一乎！

圣之清者，在花木曰梅，在禽鸟曰鹤。孤山处士终身不娶，以鹤为妻，而梅且妾之。喜客，喜僧，喜茶，喜蔬酌，喜吟，喜游，喜放浪，喜独岭上探梅、亭中放鹤，人皆知之，不知其孤山之妙。

湖心亭宜月，宜雪，宜烟雨，宜晚霞落照。然而醉少狂黩，遗溲撒屎，写句题名，不辱尽之不止。太监孙隆作文昌阁其上，差有顾忌。

两堤梅桃杨柳，花事斓编殊有致。而恶俗辈如伐薪然，似与之为仇为妒，必欲剥其肢体者，不可解。又有折断此枝花，即投树下而去者，更不可解。

冷泉亭，架壑据峰，山既飞来，水亦飞至。望之如擘鹅滚鹭，旋雪团银，快我胸眦。同年李我存、黄浤河觞予是间，复共探窟穿岩，看其中石乳垂滴，诸佛大士像星列，其青紫石光迸处，云瀸瀸起，可爱也。二兄醉别，而予入韬光，问钱岳阳先辈之旨眚，乐游者三日。

放生池，不甚荡漾。予往观之，正值莲池师在舟中为虞德园授戒，闽中方大将军就之剃发，时丁未六月初一日也。予执弟子礼皈依，师谦让未遑，为予讲"受想行识"四字，几数百言，生平得其享用。又敕予做官，以痛苦百姓皮肉为主，异日自有子孙之报。至言哉！是日具螺蟥者舟比比，亦有放而死者，亦有随放随取者，水尽红殷。似奉行者不得其法，而莲师之初意亦晦矣。

先后游吾越诸胜记

幸第后，得借差还乡，侨居钮给谏之园，长公兰径约同叶虚舟往登府山，谒城隍竣，酌于豁然堂上，读文长扁联，真湖山图画也。天风清劲，云偷雪眼，渔耕绣错，烟火万家。曾几何时而庙堂烬易，沧桑之慨，于此惕然。

郡在卧龙山，上最高处，有亭曰"望海"，此太守衙后不可到者。金斗许芳谷以文章事我，特开筵陈醑，具错列珍，轰饮投琼，极一日之乐。海云弥弥，山川明锦，正鹿鸟依人。看所发坡老石砚，亦韵事也，索余跋之。按望海亭，即范蠡之飞翼楼，飞翼者，有飞而吞吴之志，古人忠不忘仇如此！

塔山即飞来东武山也。许玄度舍宅为寺，起浮屠如雀离，为郡治巽方收尽东南之美。朱文懿公以大宗伯家居，开逍遥楼延我，同席者陶周望先生、张肃之年友。息柯亭，乃长公石门吏部所建者，亦曾尊俎相招，侍御冯鸣阳、章念清共之。一山之胜，大都属于朱氏。从宝林寺入路，老桂苍藤，高松寿桧，橘柚木兰，攒立丛倚，是中可无夏日。至春游冶媚，槳姗勃窣时，更觉山川掩映，而予适值其会。

蕺山多蕺草，勾践尝胆复尝蕺，宫女有采蕺之歌。又云欲尝吴粪，欲乱其臭而食之。何以豫知如此？后名襟山，薄太后母家此，见《汉书》。后名王家山，云吾家右军宅此，舍之为戒珠寺，所以又名戒珠山。总之，蕺为古名也。古殿原有卧佛，予犹及见之，后毁矣。今台佛巍然，全越山水谱在是矣。左上为吕稽箭之淇园，已称欲界仙都。

极顶为天海大观亭,南望如画,北望则元气浑茫,十洲三岛,恍惚接天目双乳矣。一日,兄大然邀同余参军携尊旨晚坐,共谓栗里所云山气夕佳,真不谬。俄而风云飞爟,见黑龙挹海,其爪有丈馀,尾有数丈,蠕动良久,而不见其元。生平一目。

白马山庙后稍具岩壑。向为俞氏所有,姻友陈太乙轩之馆之,翼楼复阁。至颠望远,一大观也。此山为蓘之附庸,霞明雪霁时,望招提如李小将军一幅。至于松涛梵响,到耳风清,虽登顿良苦,亦足偿之。

秦望为吾越主山,自郡望之,万丈方圭也。先垅在其下,曾两登之,皆以秋。由云门寺背上,经白乳泉,掬其甘冽。至项羽逋隐处,有茆三楹,稍憩之。行六七里,得独松冈,膝可承颐也。自冈而上,则坡陀渐易。鼓勇而登,天风渐渐,裳袖鼓播,人俱把蹝立腰矣。至顶,则从右而左如骈指者四峰。北望则海气溟滓,日月蔽亏,越城百雉若带围然,诸名山环侍,不啻儿孙也。青乌氏言此山乃涨天水星,又曰冕旒土也。然五行相生,博换而至禹陵,则言水星者近似。

赵知微上天柱看月,以为雨中快绝,此九华之天柱也。吾乡亦有天柱,予登秦望问土人金氏:李斯碑何在?忽堪舆罗廷俊指天柱一龙飞下。逾日往迹之,盖有大天柱、小天柱云。是时卜先安人地,孔棘柴苏蒙昧,予失道,同行友仆俱招呼不应,独至其巅,一片湖金,万围山翠,返照流霞,可爱也。顷之渐冥,误入黄茆中团旋窝转,忽腥风大起,遇一遗樵大叫虎过,而予都不知也。

炉峰从天柱生来,焰突最怪,吾家元章于大雪时曾赤脚登之,大叫奇绝。张肃之以秋深订我,治具于天瓦庵,从马家埠登岭逾涧,老枫红叶,飞藿飘衣,听水淙淙也,至其贤郎读书山阁,试芥茗讫,舍车而徒,得鸥虎轩。此余索之眉道人乘醉所书者,得非用石虎事?肃之曰:"不尔,盖对山百仞,下临绝涧亦百仞,相去三四寻,落照时客酒于轩,而虎常来对坐,或卧或行,或带子来,爬搔跳掷,彼此无猜,鸥畜之耳。"入庵礼佛,领僧之饼果,陟上天瓦,乃石厂也。开尊飞觯,听其家乐丝竹甚细,而予以为总不如孤琴独赏。既已沾醉,予欲登峰造极,肃之不能从,乃拉其叔氏鲁周二生,以筇导之。逾一大石,若紫铁所结者。攀援而上三四里，则冈行，见采药者梯万丈之壁，问之，取骨髓补也。庐山有石衣，此处亦有，而不易铲，非毛人绝迹者安敢试？须臾，至老鼠碍，山迹如鼠尾，中断数尺。阳明公一跃而过，坡老云子厚必能杀人耶？兹且加石坂，须三跬乃跻，然怯者面亦生土矣。绝顶既可取，益勇往克之，同行求少贷，而予故勒之不听憩，乃解衣先陟之，牛角帝星可骑而有也。正苦喝而饷及，予望大海一浮白，俯越城之方隅一浮白，朋视秦望，兄视鹅鼻一浮白，令周鲁二生作回风不断之曲，赤脚先生之后，其我来乎！归语肃之，肃之不能一勺，云去水云乡久矣。时万历丙申九月廿五日。

　　题目山水，有大头颅，北不拜孔林，南不探禹穴，则其游也目小而脚贱。余何幸生越，近圣人之居，朝夕于金书玉简之藏乎。去吾庐七八里，依禹庙，如山东人之叫孔爷，闽儿之叫天妃娘妈也。每至庙，如临父母，看所谓空石者，玉钟倒悬，为恶俗官车断，其下不可知。今有发人之复者，仇之耶？利之耶？圣人之复，容尔仇乎？利乎？门前《岣嵝牌》，则南岳拓至者。予每陟其颠，堪舆以为五行剥尽，土腹怀金，似大有据。传言其穴在飨堂之后，又言先贤欲窥鼎，而绍兴太守连宵置石，题曰"大禹之陵"。又近日小人偷葬事发，掘之则一白髯老人，言语不可知，有何功德而想此事？杨升庵则曰穴在其蜀，司马子长久以为在会稽也。此惟神禹复起，方可对质耳，亦何必于此论辩。惟是五十年前，余摩娑石钟古隶，如九疑文，犹有痕似，今渐漶没矣。其乔松百章，为狂飔所提者十之三，为居民守庙樵夫所阴蚀者十之四。余曾布之郡邑，以为浑闲事也。只可咏少陵句"云气生虚壁，江声走白沙"云尔。

　　越王峥，勾践望吴师之寨也。山有背面，余从夏履桥跋涉廿馀里，憩一饭僧院，蛮从背取峥。愈登愈峻，披莽拨茨，石齿嵯峨，危坐十数盘而得老松之路，则凉飔谡谡，快心脾矣。欧兜祖师道场在此，拜师肉坐，看缠刀竹似左纽文，其焦尾鱼、咬底蛳，事在恍惚焉。四方行脚参礼者如蚁，因念老师一刀愤割，以佛换妻，不但有定力，识亦超人。否则臭辱皮囊，杀之何益？吾兄大然曰："可一不可二也。"剑江罗文泉戏曰："贵乡人耐得此。"大然曰："兄出家久矣，不耐如何？"

予以大觥腩解之。循冈至灵峰，落日半规，千峰飞翠，可挹也。正乏夜酌，而有土人瞌余，饷菱酒鸡炙，且给之鲜。与老僧话旧，黄叶飘纷，天高月淡，林乌戢戢殊冷胜。五鼓梵起，亟拥襆上大尖看日，黑昧中金霞荡涤，如熔碎朱蛋，久之复合。观止矣！质明到寺，万山絮冒，露出此顶也，快哉！

岯山无他奇，系王父所埋藏。三金转车，一勾而止，堪舆家言郡脉所度。余从秦望看之，殊不然，形如犀牛，倒踞不入。

越山秀耸，即无如笔架，中锐，而左右峙之以为翼。以先大夫藏中垅，直造其巅，所谓天机星飞下，如笋如莲，视庐山之金轮，不啻臣仆之。至缙云之鼎湖，则无此颖拔也。几曲奔腾，如龙蛇波动而忽止，先世代传积隳，庶几或遇之乎。

醉李徐囧卿玄仗过我，欲访兰亭，日云夕矣，余曰以明旦。玄仗意甚馋，勅舟舆事粗备，从娄公埠取道。渠爱一青驴，听之笃策，过溪桥而蹶，驴俯地，囧卿天仰，衣裳濡入沙涧，笑甚。余曰："秉心塞渊，其此也耶？"至亭，草木恶蘙，流觞哽咽，大败人意。然而崇山峻岭如故也，修竹茂林如故也，古今人岂遂不相及？然玄仗谓新亭不若旧亭之致，其言可颔。欲看天章寺吾家右军手书，已为人摘去，余曰："即何不索余书？"囧卿曰："差几世耳。"亦一妙语。

吾家大令宅于秦望山下，时五色云觇，遂舍为寺，而题之曰"云门"。太白少陵诸老俱来游咏，更萧翼赚兰亭事脍炙，遂为海内名蓝。大王父岌凤林，视寺佛东家丘也。云门者，寺之总持，分支擘脉良多。至宋南渡，高宗建大殿而砂书大字，传忠广孝之碑，虽为涩笔，然属帝翰，不可澌磨，以故土人但言广孝寺也。复云门者以大令为重，新广孝者以帝王为重，乃有谷洛之斗，大抵髡有我心，究竟从利起见，佛何知哉？髡既可笑，而儒于寺者亦有我心，亦不过从利起见，佛何知哉？当寻戈之时，几有血惨，云："王先生何不出而弄丸？"王先生曰："扬沸止沸，沸愈甚，听其去薪，止矣。"嗣后髡儒以无味解，然石桥边，老木古碑供其虐怒，此则吾儒之咎也。记五十年前余初第归，同张雨若、朱石门信宿，看阳明先生题灰壁诗，老僧白泉，出鹅炙陈酝，挥拳抵足，分韵谈谐，犹有宗风道气，而今岂可得哉！

近日鲁阆然忽遗浓就泊，小构山坞，竹深树靓，猿鹿所不知者。一柴门肩之，击柝可入，精舍数缘，俱縠当。其云老山香、凤襟轩、种翠台，皆余所额也。予极爱其蕉桐一室，午眠晚宿，魄绿魂清，仿佛梵闻而不嘈杂，又不甚禁予酒，即何肉不忌。阆师文，笔墨中当行，吾欲与之结邻矣，其如老去何？

去云门三里，又有慈云寺，晋何胤读书处也，其学井尚存。泉甘而冽，隐蔽万竹深处。老僧六如有文行，栖其间，予同鼎儿进访之，柴关松径，叩之良久，清童延入，师方临古帖。绕屋梅花数十树，雪糁粉烂，为予汲井烹茶，相对静默。一时冷香袭裾，人在碧天界中。

钓台乃化山之水口，石奇峭在溪中，云任公子者妄也，安能逾万山置竿东海乎？然吾姑妄听之。

南镇松妙，近为龙风所芟，然尊神显赫，不可饮欤。内有古桃源，系金仪部前业，足堪栖隐，有数斗壑水也。

樵风径，郑弘为仙人拾箭处，幽深曲隐，黄叶秋清，丹枫紫柏，一扁舟载入，可以忘世。正近石帆山，有宜园，近为吾家大令所有。然旧日款置无学识，当稍更之耳。

道士庄在鉴湖之中，贺季真之一曲也，可渔可田。近日莽蓁苦虺蝮，而冢亦累累，不可游居。北岸桥额，有一庵处，会稽山阴之山水，大会于此。吾欲得数亩，结飞楼百尺，读书其间而无力。留示来者，不必吾子孙耳。

吼山以人工助石，雕琢有致，然其潭渹渹不可测。因凿取者螺旋羊角而下，一失罢矣，狠牛渚马当也。近日陶郡丞布置搂台亭榭甚文致，然恫疑虚愒，予心不乐之。即对山一灵芝峰，亦不是天造者耳。

柯山石荡，止有石佛过桥处微可观，然黢凿不了，其声不可听，此山川入无间地狱者。昔一狂少歌呼醉舞，堕一扇，取之，入而不出，继之者亦然。此游当大署：可畏，可免。

明觉寺为刘青田所游处，以为此间有大地，留一记云形似燕巢。近日沈六合置冢其上，而寺废矣。然松风泉顶，万山师友，予登之一快也。

三江闸为越守川人汤笃斋公祖所造，旱潦开闭，吾越生命所关。

中柱以五行字作则，在水则如常，过水则开，不及水则闭。其功不在禹下。四月放溜，八月观潮，俱快心事也。海鲜时至，买佐伯雅，吾欲日月一至矣。

大枫山、黄山、黄浦山，余以觅地，故皆造其极。看江天海日，金波鳞鳞起，恍然有三神岛之思焉。回首台越诸山，则碧楼绀殿，吾家在云气中也。

六陵在攒宫，离河湄约五七里，有郭太尉庙，祈嗣者夫妇双往，得子则三日内往报名，弥年酬戏愿。空山庙祝以此顿肥。陵存其二，老松十围者将百本，皆宋时物也。予曾同谢大将军踏月归，龙影蛟风，撑肱舞脚，时闻老鹘叫秋，为之毛发飒析。梦寐者又三十年矣。

图书在版编目（CIP）数据

王思任小品全集详注 /（明）王思任著；李鸣注评. -- 北京：北京联合出版公司，2018.12
ISBN 978-7-5596-2773-5

Ⅰ.①王… Ⅱ.①王… ②李… Ⅲ.①小品文—作品集—中国—明代 Ⅳ.①I264.8

中国版本图书馆CIP数据核字(2018)第251579号

王思任小品全集详注

著　　者：[明]王思任　　　　　注　评：李　鸣
选题策划：后浪出版公司　　　　出版统筹：吴兴元
编辑统筹：梅天明　　　　　　　责任编辑：肖　桓
特约编辑：张文斌　李夏夏　　　营销推广：ONEBOOK
装帧制造：墨白空间·张　萌

北京联合出版公司出版
（北京市西城区德外大街83号楼9层　100088）
北京盛通印刷股份有限公司印刷　新华书店经销
字数409千字　889毫米×1194毫米　1/32　15.75印张
2018年12月第1版　2018年12月第1次印刷
ISBN 978-7-5596-2773-5
定价：66.00元

后浪出版咨询（北京）有限责任公司常年法律顾问：北京大成律师事务所
周天晖　copyright@hinabook.com
未经许可，不得以任何方式复制或抄袭本书部分或全部内容
版权所有，侵权必究
本书若有印装质量问题，请与本公司图书销售中心联系调换。电话：010-64010019